宮廷画家ゴヤ

荒ぶる魂のさけび

リオン・フォイヒトヴァンガー著
鈴木芳子訳

エディションq

目次

3

宮廷画家ゴヤ　荒ぶる魂のさけび

1

1　スペイン

十八世紀の終わり、西ヨーロッパのほとんどの国で中世が終わろうとしていた。しかし三方を海に、残りの一方を山々に囲まれたイベリア半島のスペインでは、なおも中世が続いていた。

王室と教会は、アラブ人をイベリア半島から追い出すために、何百年も堅く結束してきた。王室と教会が厳しい規律によってスペイン国民をひとつに結束させねば、外敵を倒すことはできない。両者は王位と祭壇へのあつい信仰心によって国民を一体化させることに成功し、堅固な統一を保ってきた。

十八世紀の終わり頃、スペインの伝統は悲喜劇的硬直状態にあった。二百年前、スペイン最大の文豪セルバンテスは、陰鬱でグロテスクな伝統への固執を『ドン・キホーテ』で描き出した。古めかしく無意味な騎士道精神の慣習にどっぷり漬かった騎士の物語は、時代を超えた普遍性をもち、滑稽で親しみがもて、ほろりとさせられる主人公ドン・キホーテは世界中にその名をとどろかせた。

スペイン人はドン・キホーテに大笑いしたが、伝統への意思を捨てなかった。スペインでは西ヨーロッパのどの国よりも長く、中世の騎士道精神が保たれた。武人の徳、愚者すれすれの英雄的態度、聖母マリア信仰に由来する女性へのいちずな奉仕、こうした特性は、なおもスペイン人の理想とされ、騎士道精神の慣習は、とうに意味を失いながらも命脈を保った。

丈夫《ますらお》ぶりと結びついて、学識や分別を軽んずる風潮、良くも悪くも途方もない自負心があった。スペインという国を誇りに思うと同時に、ひとりひとりが出自と階級に誇りをもっていた。キリスト教精神はスペインではその謙虚さや晴れやかさを失い、荒々しく陰鬱で専制的、教会はこわいもの知らずで傲慢、好戦的で残酷だった。かくして十八世紀末、スペインは世界一古めかしい国だった。町のたたずまい、衣装、立ち居振る舞い、道行く人々のかたくなな表情まで中世の遺物だった。

しかし北のピレネー山脈の向こう側には、世界一明るい理性の国フランスがあり、どんなに遮断しようとしても、フランスの活発なる精神はピレネー山脈を越えて迫ってくる。表向きはかたくなだが、スペイン人はゆっくりと変化の波に洗われていった。

当時スペインは、生粋のスペイン人ではなく、フランス・ブルボン家の血を引く王に支配されていた。スペインを支配するために、かつてハプスブルク家の血を引く支配者がスペイン化せざるを得なかったように、ブルボン家の血を引く支配者は否応なしに順応を迫られた。スペイン貴族はフランス王家やその側近を通してフランスの風習になじみがあり、フランスびいきの者も少なくなかった。

貴族が緩やかに変貌をとげたのに対し、民衆は旧態を死守した。上層階級が放棄した権利と義務を、民衆がむさぼるように踏襲した。最も高貴なスポーツである闘牛は、もともとは由緒ある貴族の特権で、実演も観覧も貴族階級に限られていたのだが、大貴族が闘牛に関心を示さなくなると、そのぶん民衆がこの野蛮な風習に熱中した。大貴族が作法にやかましくなくなると、そのぶん民衆が礼法にうるさくなった。靴屋は下級貴族郷士《イダルゴ》と思われたがり、仕立て屋はくだくだしい称号で挨拶を交わした。ドン・キホーテのような騎士がお払い箱になり、ヴェルサイユのエレガントな紳士にとって変わると、従者サンチョ・パンサが騎士の盾とよぼよぼ馬ロシナンテを引き継いだ。今や民衆の子サンチョ・パンサがドン・キホーテを演じ、より勇ましく、より滑稽だった。

ピレネー山脈の向こう側フランスでは、国民が国王の首をはね、大貴族たちを追放したが、ここスペインでは国民が、フランスの血をひく、王らしからぬ王の君主制を偶像視していた。国民にとって王は王だし、大貴族は大貴族だ。大貴族がますますフランスの風習に傾き、妥協し、共和政体のフランスと協定まで結んだのに対し、スペインの民衆は神をも恐れぬフランスになおも熱い戦いを挑み、王・大貴族・司祭に代わってフランス人をたたきのめそうとした。

もちろん　スペイン人の中にも
この矛盾を
感じている者がいた
彼らの胸の内では
新旧のしきたり
感情と理性が
しばしば
熾烈《しれつ》な戦いを繰り広げた

2　宮廷画家、ゴヤ

第十三代アルバ女公爵ドーニャ・カイェターナは、マドリードの城館に友人たちを招いて観劇の夕べを催した。共和制フランスの恐怖政治からスペインへ逃げてきた王党主義のパリの俳優一座が、ベルトラン作『マリー・アントワネットの受難』を上演する。同時代の出来事を扱った、古典形式の芝居である。

観客は多くなく、たいていは由緒ある上流貴族で、彼らの姿は、舞台の所作がよく見えるように照明を抑えた大広間に没していた。舞台で語られる上品で単調な六脚のイアンボス、格調高いフランス語は、スペイン人の耳にはともすると聞き取れず、暖かい大広間や、座り心地のいい椅子が、けだるく心地よい眠気を助長した。

舞台では、受難の王妃マリー・アントワネットが愛児、十四歳のマリー・テレーズことマダム・ロワイヤルと九歳のルイ十七世に帝王学を授けている。それから彼女は義妹のエリザベス王女に向かい、我が身に何が起ころうとも、殺された夫ルイ十六世に恥じぬ毅然とした態度を保ちましょうと誓うのだった。

招待主であるアルバ女公爵は、まだ姿をみせない。かわって最前列に、その夫君ビリャフランカ侯爵が座っていた。彼は多くの称号の持ち主だが、名門アルバ公爵家の女性と結婚したために、慣習にしたがって〈アルバ公爵〉と呼ばれていた。優雅な物静かな紳士で、体つきはきゃしゃだが、頬はふっくらしていて、美しい黒い瞳の奥から、感傷的で悲壮感に満ちた韻文を朗唱する舞台の痩せぎすの女優を、「あれが亡きマリー・アントワネットか」と物思わしげに見ていた。彼は第一級の芸術作品でないものには手厳しく、この種の出し物を当初から危ぶんでいた。しかし愛する妻は「宮廷がマリー・アントワネットの身の毛もよだつような最期を悼んで、喪に服するように命じたせいで、マドリードの生活が死ぬほど退屈になったわ。何かしなくてはやりきれないわ。『受難』のような芝居は退屈しのぎになるし、ちゃんと〈フランス王妃がお隠れになった喪に服してます〉という証明にもなるわ」と表明した。その気まぐれでヨーロッパじゅうの王宮に知れ渡る妻が、宮廷から命じられた味気ない生活にうんざりしていることを察したので、彼は一も二もなく同意し、この出し物を懸念しながら、じっと我慢しているのだった。

　彼の母、第十代ビリャフランカ侯爵未亡人は、息子の隣に座り、お芝居を適当に聞き流していた――舞台の王妃ときたら、なんて騒々しくて涙もろいんでしょう！　マリー・アントワネットはあんな女性じゃなかったわ。実際にヴェルサイユでマリー・アントワネットに会って言葉を交わしたことがあるけれど、魅力的な明るく愛すべき貴婦人だった。少しばかり目立ちすぎるし、騒々しすぎたけど。要するにハプスブルク家出身の彼女は、ビリャフランカ家のような奥ゆかしい貴族性をまったく持ち合わせていなかったのね。マリー・アントワネットの地味で寡黙な夫ルイに対する関係は、カイェターナ・デ・アルバとその夫ホセとの関係に似ているのではないかしら？　彼女はそっと弱々しく繊細な最愛の息子ホセを盗み見た。思い当たるふしがある。息子は妻カイェターナを愛している。ふたりを一目見ただけで、誰もが気づくわ。でも問題はそんなことじゃない。妻の影に隠れた目立たぬ男、世間の目には〈アルバ女公爵のご夫君〉なのよ。私の息子ホセを本当に知っている人はごく少数。皆はホセの物静かな上品さを褒めるけど、私の息子ホセの内なる音楽性、妙《たえ》なる音楽がさざめくような調和のとれた人柄を知る者はほとんどいない。妻ですら知らないのではないかしら……。

　舞台では残忍な革命裁判長が王妃に判決を下そうとしていた。彼はまず、もう一度王妃のスキャンダラスな行為を責め、愚かしく厭わしい極悪非道の犯罪リストを読み上げた。

くたびれた公使の制服を着た、痩せこけたムッシュー・ド・アブレが大きな安楽椅子に身を沈めていた。彼は共和主義者につかまった幼い王に代わってヴェローナからフランスを統治する王位継承者の代理公使だった。領土をまったく持たない王というのは楽ではないが、そういう君主の使節はもっと辛い。アブレは何十年もヴェルサイユの栄光を代表してきた老練な外交官だったが、現在の不遇はやりきれぬものだった。彼が君主から委任されてマドリード宮廷で伝えねばならぬメッセージは、たびたびひどく横柄で、すりきれた外交官の制服を着て、スペイン宮廷の後ろ盾なくしては昼食代も払えないような男の口から発せられると、なんとも滑稽に思われた。アブレは上着のすりきれた箇所を舟形帽子で隠し、色白でほっそりした可愛い十六歳の娘ジュヌビエーブを隣に座らせた。世が世なれば、娘もフランス・トップ・モードのドレスで艶姿《あですがた》を披露できたのに。ああ、なんと落ちぶれたことだろう。アルバ女公爵からのご招待が、せめてもの慰めか。

舞台上では裁判官長が受難の王妃マリー・アントワネットに死刑を宣告し、彼女は亡き夫と一緒に葬られることを切に望むが、そう易々と死なせてくれない。神をも恐れぬならず者たちは、究極の恥辱を考え出す。あいかわらず韻文で、舞台の残忍きわまりない裁判長は「マリー・アントワネットは長年にわたる不埒な淫蕩によって、わがフランスの品位を貶めてきた。それゆえ彼女を辱め、上半身を裸にし、刑場へ連行するのは国民の意志である」と表明する。

この惨事についてたくさんの報告を読んできた観客も、これは初耳だった。眠気は吹き飛び、皆はぞくぞくしながら耳をすまし、芝居は観客の興味を呼び起こして大円団をむかえた。

幕が下り、丁重な拍手が起こった。客人たちは立上がり、うれしげに四肢を伸ばし、大広間を遊歩した。数多のろうそくに灯がともされ、客人の顔の見分けがつくようになった。

身だしなみの行き届いた貴人たちの間で、入念に値の張る服装をしているのに、少々場違いな印象を与える男がいた。背は高くなく、重たげな瞼《まぶた》、くぼんだ目、大きく突き出した厚い下唇、あぐらをかいた団子鼻、ライオンを思わせる頭部の持ち主。彼が大広間をぶらぶらすると、ほとんどが顔見知りで、彼の挨拶に敬意をもって答える。「ごきげんよう、ドン・フランシスコ」という挨拶が何度も返ってきた。

ドン・フランシスコ・デ・ゴヤは、アルバ女公爵から、えり抜きの客人たちの会合に招待され、自分にふさわしい敬意が払われるのが嬉しかった。思えば寒村フェンデトードスから、ここアルバ邸までの道程は、なんと遠かったことだろう。並大抵の苦労ではなかった。あのちびのフランコがここにいるんだ。今や押しも押されぬ宮廷画家。この上流社会の貴人たちの肖像画を描けば、果たして恩恵を施したのはどちらなのか、にわかには決めがたい。

彼はビリャフランカ老侯爵夫人に深くお辞儀をした。「お芝居はいかがでした？　ドン・フランシスコ」。彼女は聞いた。

「王妃マリー・アントワネットがあのような喋り方をするとは、私には思えません。もしそうだとしたら、彼女の死を悼む気持ちが少々減じることでしょう」

侯爵夫人はほほ笑み、「いずれにせよ国王陛下ご夫妻が、ここにいらっしゃらなくて残念ですわ」と言った。その口調にはいたずらっ子のような響きがあり、美しい瞳で憶せずゴヤを見つめ、薄い唇をわずかに歪めてみせた。ゴヤもほほ笑み返し、彼女が口に出さなかったことを、その表情から読み取った。彼女の表情は、ブルボン家の血を引くスペイン国王夫妻が、身内であるブルボン本家にふりかかった災難を一晩中聞かされたなら、さだめし居心地が悪かったことでしょうと語っていた。

「いつになったら、私を描いてくれるの？　私は年寄りだし、あなたはもっと大事な仕事がおありでしょうけど」と侯爵夫人は言った。ゴヤは誠心誠意それを否認した。侯爵夫人は五十五歳だが、今なお美しく、往年の艶やかさを失っていなかった。諦観の境地に入った知的な顔、シンプルで高価な黒のドレス、一輪のバラを飾った白いしなやかなショール。その姿は、少年時代のゴヤが夢見た、上流階級の貴婦人そのものだった。彼女を描くのは、どんなに楽しいことだろう。

執事が、女公爵が待っている大応接室へ一同を誘った。ゴヤはビリャフランカ侯爵夫人に従い、大広間と応接室をつなぐ廊下をゆっくり通った。そこは画廊になっていて、スペイン、イタリア、フラマンの古《いにしえ》の巨匠たちが描いた選り抜きの絵が掛かっている。どの絵の前でも足を止めずにいられない。瞬くろうそくの光の中で、いずれの絵も、まるで生命あるもののように、壁から強烈な輝きを放っていた。

侯爵夫人は「私は根っからラファエロ・ファンなの。とりわけ、ここに掛かっている『聖家族』は一番のお気に入りよ」と言った。一般の評価とは逆に、ラファエロ信奉者でないゴヤは、あたりさわりのない返答をしようとした。

ギャラリーの突き当たりに着くと、大応接室の両開きの扉越しにカイェターナ・デ・アルバの姿が見えた。古いしきたりに従い、細い格子で仕切られ、絨毯を敷き詰めた低い雛壇に座っている。他の貴婦人のようにフランス・トップ・モードのドレスではなく、純スペイン風の衣装。老侯爵夫人はほほ笑んだ――いかにもカイェターナらしいわ。フランスから来た良いものは受け入れるけれど、事あるとき自分がスペイン女性であることを見せつける。今宵のレセプションの主催者は彼女。招待状は夫の名ではなく、彼女の名で送られたのだから、前半はフランス観劇、後半はスペイン風だと悪口を言う者はいないでしょう。でも、自宅の夜会でマハ（伊達女）のようなスペイン風衣装で登場するというのは、少々やりすぎよ。侯爵夫人は画家に「いつも新しいことを思いつくのよ、私たちのカイェターナは」と言って、「エ・レ・シャトワヤーンテ」とフランス語で続けた。

ゴヤは何も答えなかった。惚《ほう》けたように無言でドアの敷居に立ったまま、アルバ女公爵を凝視した。銀灰色のドレスに黒いレース。化粧っ気のない卵形の顔は真珠色に輝き、高い櫛で結い上げられた縮れた豊かな黒髪が、その色白の顔を縁取る。華奢な先の尖った小さな靴先が、たっぷりしたスカートからのぞいている。可愛らしい白い小さなむく犬を膝にのせ、手袋をはめた左手で小犬を撫でている。右手は手袋をはめていない。子供のようにぽっちゃりした、形のよい右手をソファーの背もたれにしどけなく置き、細い指先を軽く開き、高価な扇を閉じたまま下向きに持っている。

ゴヤがいつまでも黙っているので、侯爵夫人は彼がフランス語がわからないのだと思い、スペイン語で言い直した。「猫の目のように気まぐれな女《ひと》ね」。

ゴヤは構わず雛壇の女性を凝視し続けた。彼女に何度も会っていたし、義理一遍で彼女の肖像画を描いたことがあるけれど、渾身の作ではなかった。またマドリードじゅうが好んで噂する、この貴婦人の顔を、宮廷のタピスリーのそつのないカルトン（下絵）に、遊び半分で用いたこともある。しかし今、目の前にいる彼女は、まるで別人のようだった。一度も会ったことのない女性のようだった。これがアルバ女公爵なのか？

ゴヤの膝はがくがく震えた。彼女の頭髪の一筋一筋、肌の毛穴のひとつひとつ、アーチ形の濃い眉、黒いレースの下の半ばあらわな胸が、彼の情熱の炎をとほうもなくかき立てた。

侯爵夫人の言葉は、意味をきちんと把握しなくても、ゴヤの心に響いた。機械的に返事をした。「ええ、溌剌《はつらつ》として自由な女性ですね。ドーニャ・カイェターナはこのうえなくスペイン的ですよ」。ドアの敷居に立ち尽くし、彼女を凝視した。すると彼女が彼のほうへ顔を向けた。俺を見たのか？　それとも、こちらへぼんやり視線を放っただけか？　彼女は話を続け、左手で小犬を撫で続ける。右手で扇を掲げて広げたので、扇の絵柄がはっきり見えた――バルコニーで歌う歌手の絵だ。彼女は再び扇を閉じ、また開いた。

ゴヤの胸は喜びに踊り、息が止まりそうだった。マハ（伊達女）、市井の娘が教会やお祭りや居酒屋で、見知らぬ男性に秘密裏に自分の気持ちを伝える〈扇言葉〉がある。雛壇から送られた〈扇言葉〉は「こちらへいらっしゃいませんこと？」という誘いだった。

その間、老侯爵夫人は何やら話し続け、ゴヤもおそらく何やら返事をしたのだろう。だが彼は上の空だった。いきなり不作法に侯爵夫人を置き去りにし、広間を突っ切って雛壇へ向かった。

広間は囁き声や忍び笑い、皿やグラスの触れ合う音に満ちていた。ざわめきの中、雛壇から彼女の甲高くはないが硬い、たいそう若々しい声が響いてきた。「結局のところ、マリー・アントワネットは少々おつむが弱かったのではないでしょうか？」。彼女はこの思い切った発言がいかに違和感を抱かせるか気づき、親しみを込めて、からかうように言い直した。「もちろんムッシュー・ベルトランのお芝居に登場するアントワネットのことですけど」。

ゴヤが雛壇に着いた。「お芝居はお気に召して？　セニョール・デ・ゴヤ」と彼女に聞かれても、返事をしなかった。突っ立ったまま、彼女を憶せず、じっと見つめた。彼はもはや若くなく、四十五歳で、美男でもなかった。低目の団子鼻、くぼんだ目、突き出た分厚い下唇の丸顔、ボリュームある髪に、流行にならって髪粉をふりかけた珍妙な髪形、太り気味の身体をエレガントな上着に無理やり押し込み、今にもはち切れそうだった。ライオンを思わせる頭部の持ち主は、まさにその手入れの行き届いた身なりゆえに野暮ったい印象を与えた。最新流行の宮廷服に身を包んだ農夫。

彼は自分が返事をしたのかどうかも、わからなかった。真珠色に輝く尊大で気まぐれな顔から発せられる声は、彼をまたもや当惑わせた。「このレースをどうお思いになって？　アルバ元帥の分捕り品なの。三百年前のフランドルかポルトガルの品だそうよ」。ゴヤは答えなかった。「私を見て、何かお気づきの点でも？　私の肖像画を描いてくださったわね。私のことはよくご存じのはずよ」。

「あの肖像画は無価値です」。思わず声がほとばしり出た。その声は常ならずおもねるように、しわがれて我知らず声高に響いた。「タピスリーの顔もお遊びに過ぎません。私は、もう一度あなた様を描かせていただきたいのです、ドーニャ・カイェターナ」。

彼女はイエスともノーとも言わずに、彼を見つめた。真珠色に輝く顔に変化はないが、きらきら輝く黒い瞳を見開き、彼を見すえた。彼女の視線がゴヤに注がれている短い間、人いきれのする広間で二人だけの濃密な時間が流れたように思われた。

不意に彼女は二人だけの魔法の刻《とき》を解いた。さりげなく言った。「モデルになる時間がないの。モンクロアの別荘の建設で忙しくって」。別荘建設プロジェクトはマドリードでもおおいに話題になっていた――女公爵は故フランス王妃マリー・アントワネットと張り合って、時たまほんの二、三日滞在するための、家族ぐるみの友人とではなく、彼女自身の恋人と過ごすためのプチ・トリアノンを建てる気だと、もっぱらの噂だった。

すぐさま彼女はもとの調子に戻った。「その間に何か別のものを描いて下さらない？　扇絵はどうかしら。『修道士とマハ』の扇絵を描いてくださいな」。

『修道士とマハ』はラモン・デ・ラ・クルスの幕間劇で、公での上演を禁止されたが、好事家の間で密かに上演されている大胆な小喜劇だった。アルバ女公爵が宮廷画家ゴヤに扇絵を描くよう命じる――それはごくありふれたことだ。貴婦人はしばしば扇絵を描かせる。ドーニャ・イサベル・デ・ファルネシオは千以上もの扇絵コレクションで有名だった。雛壇では何ひとつ変わったことが起こったわけではないのに、不遜で許しがたい芝居を見物するかのごとく、人が群がった。

「かわいそうなゴヤ」と老侯爵夫人は下の広間で思った。彼女の脳裏に、今し方ギャラリーで見たルーベンスの絵が、専横な女主人オンパレの奴隷として糸紡ぎをさせられる英雄ヘラクレスの姿が閃いた。老貴婦人は礼儀作法にやかましかったが、この大貴族の夜会で唯一の平民である画家が不作法にも自分を置き去りにしたことを悪くとらなかった。息子の嫁であるカイェターナが、かくもいかがわしく恥知らずなやり方で楽しんでいるのも、あまり気にしなかった。カイェターナのことは理解できたし、彼女自身も経験豊かで、生を謳歌していた。脆弱で繊細な息子には、そのか細い生命力に活を入れる奔流が必要で、そんな女性が傍らにいるのは息子にとって好ましいことなのだから、大目に見てやらなくては。スペインの名家は落日の趣があり、男性はますますデリケートに虚弱になってゆく。力のあるのは女性だ。例えば最愛の息子の嫁、雛壇で、この国の数少ない男の中の男といえる画家と優雅に大胆に戯れる女性である。

当のアルバ公爵はといえば、妻が画家にけしかけた猿芝居を、大きな物思わしげな目で追っていた。ドン・ホセ・アルバレス・デ・トレド、ベルヴィック並びにアルバ第十三代公爵、ビリャフランカ第十一代侯爵にして多くの称号の持ち主。スペインの百十九に及ぶ大貴族のなかでも、彼に匹敵する身分はわずかに二つだけだ。最もこの世の富に恵まれた人間、弱々しく上品で、たいそうエレガントな男性。彼は、彼自身の華々しい出自と、フランドルで今日なおも恐れられている誇らしく重々しい家名アルバが、その権利を付与した現世の運命へ乗り出すことを望まなかった。それどころか高位や現世の厄介な雑事をめぐる、あまたの思惑に倦んでいた。他人に何か指示したり禁止したりすることに、まったく食指をそそられなかった。音楽を聞き、みずから演奏するときのみ真の喜びをおぼえた。音楽の話になると、がぜん活気づき、国王のオペラ助成金打ち切りに反対し、挑発的に彼みずから、王が禁止するまでその金を負担した。今、彼は美しい妻が、画家に餌を投げかけるのを見ていた。自分が非力なのを自覚し、妻の関心が芸術家であり男の中の男であるゴヤに向いているのを察した。妻は自分を好いているが、この種の好意は同情と無縁ではなく、彼女がゴヤを見つめるようなまなざしを、けっして自分に向けることはないのも分かっていた。アルバ公爵の胸にかすかな悲しみが宿った。ひとりだったら、ヴァイオリンに手を伸ばし、ハイドンやボッケリーニを演奏して、『マリー・アントワネットの受難』と、それに続く妻の猿芝居を心から洗い流すのに。母の気遣わしげな視線が自分に注がれるのを感じたので、あいまいな微笑を浮かべて母のほうへ頭《こうべ》をめぐらせた。母と息子は言葉なしで理解しあえた――息子は、雛壇の妻の戯れを許しているのね。

　いっぽう雛壇のゴヤは、女公爵がもはやとりあわず、今宵もう自分には目もくれないだろうと察し、不作法に早々と退出した。

　マドリードの一月の夜、外は荒れ模様だ。風とみぞれが吹きつける。アルバ公爵邸に招待された宮廷画家にふさわしく、馬車とお仕着せの制服を着た従者が待機している。従者のとまどいをよそに、先に帰るよう言いつけた。歩いて帰りたかった。絹のシルクハットや靴が傷んでも、かまうものか。ふだんは倹約家なのだが――。

　荒々しく魅惑的で恐ろしい未来が挑むように目の前に広がっている。サラゴーサの友人マルティン・サパテールあての手紙で、どんなに自分が順調に行ってるか記したのは、ほんの二日前のことなのに。順調というのは本当だった。もう妻のホセファと喧嘩はしてない。子供たちが楽しみだ。たくさんの子供の中で生き残ったのは三人だが、皆、健康で可愛い。妻の兄、無愛想なバイユー、首席宮廷画家はもう俺の芸術や生活には嘴をはさまない、仲直りした。バイユーは胃病に苦しんでおり、もはや長くあるまい。女性たちとの揉め事も昔ほど頻繁ではなくなった。八か月前からつき合っているペパ・トゥドは聞き分けがいい。一年前から悩まされていた重い病気の発作はおさまり、都合の悪いことは耳が遠くなって聞こえなかったことにしている。経済状態は悪くない。国王夫妻はあらゆる機会に、いかに俺を評価しているか示してくださる。王妃の寵臣ドン・マヌエル・ゴドイ、アルクーディア公爵もそうだ。マドリードで名声と金を持つ者はみな、俺に肖像画を描いてもらおうと押しかけてくる。〈近いうちにこちらへ来ませんか、わが心の友マルティン。そうすれば君の金欄《きんらん》の友が、いかに満ち足りた暮らしをしているか、よくわかるよ。君のちびのフランコ、フランシスコ・デ・ゴヤ・イ・ルシエンテス、アカデミー会員にして宮廷画家〉。手紙の上下に、幸運がいつまでも続くように十字をしたため、追伸でエル・ピラール聖堂の聖母に幸運が続くようお祈りし、大きなろうそくを二本献納してくれと友人に頼んだ。

だが、十字もろうそくも役に立たない。二日前には本当だったのに、今はもう夢だ。雛壇の女性がなにもかも台無しにしてしまった。気まぐれで尊大な顔のきらきら輝く大きな瞳が自分に向けられる――なんという幸福。新たな生の横溢。だが、よいものには代償がつきものだ。よいものであればあるほど、高い代償を払わねばならぬ。あの女性のために戦い、苦しむ羽目になるだろう。人間というのは、いつだってデーモンにとり囲まれているんだ。自分の夢や願望に溺れて注意を怠ると、怪物どもが襲いかかってくるのさ。

以前は観察が足りなかった。生身の女を、よりによってアルバ女公爵を気まぐれな人形と見ていた。その背後にあるものが見えなかった。それでもゴヤは当時すでに、なかなかの腕前で、他の者たち、宮廷で彼より出世しているバイユーやマエリャよりも優れた力量の持ち主だった。二人ともメングスやヴィンケルマンから学び、知識がある。これに対してゴヤはより優れた画家の目をしており、ベラスケスや自然を師と仰いでいた。だが未熟者だった。以前は人間の単純で一義的な面のみを見、誰もがもつ雑多で混乱した危険な面を見落としていた。真の意味で絵が描けるようになったのは、ここ数年のことだ。いや、大病してから、ほんの数か月前からだろうか。「描く」とはどういうことか分かりかけてきたとき、四十の坂を越えていた。会得するやいなや、毎日長時間ひたすら描き続けた。そこへ、あの女公爵が運命のように現れた。すばらしい女性だ、またとない体験になるだろう、彼女は俺に多くのことをもたらし、制作のための時間と鋭気を俺から奪うだろう。彼女のために払わねばならない高い代価を思い、自分を、運命を、そして彼女を呪った。

雪の中、小さな鈴の音が響いてきた。悪天候の中を司祭と合唱隊の少年が聖体を持って歩いてゆく。葬送の行列だ。小声で悪態をつきながら、ゴヤはハンカチを引っ張り出すと、ぬかるみに広げてひざまずいた。それは教裁判所のお達しで、しきたりであると同時に、彼の心にかなう行為だった。

葬列に出くわすなんて、縁起でもない。女性関係でうまくいかない兆候だ。〈欲情に燃えるとき、女ではなく、強大な雄牛が袋小路でお前の前に立ちはだかる〉――民衆の古い諺が、庶民ゴヤの脳裏をかすめ、心の中で舌打ちした。

悪天候の中、家壁に沿って歩を進めながら、不機嫌に鼻をならした。道の真ん中に、くるぶしまで没するぬかるみがある。

腹立たしいこと、このうえない。すぐさまフランス代理公使アブレの姿が浮かんだ。奴《やっこ》さんの肖像画を描いてやったのに、いまだに代金を払ってくれない。おまけに、彼に請求書を三度送ったところ、宮廷でフランス紳士をこれ以上煩わせるのは好ましくないと人から注意された。ゴヤは絵の注文が引きも切らず、望むところだったが、支払いの段になると、しばしばトラブルが生じた。それでも出費はかさむ。馬車や馬は何かと物入りだし、使用人は恥知らずで、ますますつけあがる。おまけに手癖が悪い。だが、どうしろというのだ、宮廷画家は太っ腹でいろというのか。フェンデトードスのゴヤ一家の一年分の経費を、あのちびのフランコがたった二日で使い果たしていると知ったら、亡き父は草葉の陰でくやしがって身もだえすることだろう。ともあれ、こんなにぜいたくできるなんて、すばらしいことじゃないか――かすかな笑みがこぼれた。

自宅の前に来ると、夜回りが合鍵で門を開けてくれた。階段をのぼり、濡れた服を脱ぎ捨て、ベッドに横になったが、寝つかれない。寝間着姿でアトリエへ向かった。寒い。忍び足で廊下をそっと歩く。召使アンドレの部屋のドアの隙間から光が漏れている。ゴヤはノックした。「若造が一五レアルも貰っているなら、暖炉の火ぐらい入れろ」召使は服を着ながら不承不承命じられた通りにした。

ゴヤはアトリエに座り、暖炉の火を眺めた。火影が壁を伝って上へ下へ、不気味にはい回る。一方の壁には、行列を描き出したタピスリーが掛かっている。めらめら燃え上がる火が、演壇上の巨大な聖人、熱狂した荒々しい群衆の顔を照らし出した。もういっぽうの壁に掛けられた、ベラスケスの筆による陰鬱で退屈そうな目をした顎ひげの枢機卿は、炎の閃きの中で幽霊じみて見えた。ゴヤの守護聖人である、黒褐色の古木でできた素朴で愛らしいアトチャの聖母像までも、彼を嘲笑し、威嚇するかのようだった。

ゴヤは立ち上がって伸びをし、肩を強く揺さぶって夢魔をふり払い、室内を行ったり来たりした。インクを乾かすのに用いるまき砂をとり、机の上にばらまいた。

砂の上に　彼は描き始めた
裸体の女だった
無造作に　脚を組み
床にしゃがむ女
ゴヤは砂の女を消すと
第二の女を描いた
やはり裸体の踊り子だ
この女も消して
第三の女を描いた
背筋を伸ばし　誇らしげな足取りで
頭に壺を載せている
この女も消す
鉛筆に手を伸ばし
四番目の女を描いた
髪に高く櫛を飾ってる
櫛から流れ落ちる　黒いレースのマンティーリャが
白い裸体を覆っている
行き場のない怒りが込み上げてくるのを感じながら
溜め息をつき
鼻息荒く　フランシスコ・ゴヤは
素描を見つめ　それを引き裂いた

3　アトリエにて

　ゴヤは制作中だ。カンバスには、やや硬直した嘲笑的な面長の顔、弓なりの眉、離れ気味の目、薄い上唇とぎゅっと結んだ下唇の、今にも高笑いをしそうな美女がいて、こちらを見ている。彼女はすでに三度モデルをつとめ、その他に彼女のさまざまなスケッチを描いている。今こそ絵を仕上げねばならない。早描きだし、手仕事には自信がある。それなのに、この肖像画は制作四週目に入るというのに、どうしてもうまくいかない。

　なにもかも「正しい」絵だった。まさしく彼が描こうとした婦人だったし、彼女をかねてから、よく知っており、何度も描いていた。友人ミゲル・ベルムデスの妻が、あますところなく表現されている。貴婦人の仮面の下にひそむ嘲りや緘黙《かんもく》、いたずらっ子のような側面、すべてが表れている。だが、わずかに何かが欠けており、その何かが決定的なのだ。寵臣アルクーディア公爵、ドン・マヌエル・ゴドイのパーティーで彼女に会った。ミゲルはゴドイの腹心の秘書官である。彼女は明るい黄色のドレスを着て、白いレースのショールを羽織っていた。不意にゴヤはこの女性のまったき存在を見て取った。漂うような混乱、底知れぬ謎があった。銀色の紗のようなものをまとった存在。明るい黄色のドレスに白いレースのショール姿のルチーアを一目みるや、自分が何をなそうとしているのか、何をなさねばならないのかを認識した。だが、今はそれに手を焼いている。顔、生身の肉体、姿勢、ドレス、ぴったりの明るいグレーの背景――何もかもそこにあった。それなのに共振がなかった。それこそ問題だというのに。欠けているのは、ごくわずかなものなのに、すべてが欠けているように思われた。

　心の奥底では、なぜこの絵がうまくいかないのかわかっていた。アルバ邸での観劇の夕べから二週間以上たつ。それなのに雛壇のアルバ女公爵からは何の音沙汰もない。ここへ来る気がないなら、一体なぜ俺を呼び寄せ、扇絵を所望したりしたのだろう？　確かに彼女はモンクロアの大胆で滑稽な城館に夢中だ。呼ばれなくても、こちらから出向いて彼女に扇絵を渡しても構わないが、それでは俺の沽券《こけん》にかかわる。彼女のほうから声をかけてくるに違いない、彼女のほうから俺を呼んでくれるだろう。雛壇での出来事は、砂上に描かれた人物のように、簡単に拭い去られるはずはない。

ゴヤはひとりでアトリエにいるわけではなく、ほとんどいつも弟子で共同制作者のアウグスチン・エステーベが一緒だった。部屋は十分な広さがあり、お互い邪魔にならない。

今日のアウグスチンはリカルド将軍の騎馬像を描いている。老いた将軍の冷たく気むずかしい顔つき、馬と軍服の細々した部分と、将軍を正確に再現するのに欠かせぬ数々のメダルをゴヤが描き、残りを几帳面なアウグスチンに委ねた。アウグスチンは三十代初めのやせた男で、秀でた額に後退した波打つ髪、頬はこけ、唇は薄く、顔は面長で、あごは細く、口数が少なかった。いっぽうゴヤは生来はなし好きで、制作中もおしゃべりしているのが好きだった。だが、今日のゴヤは寡黙だった。いつになく、アルバ邸宅での夕べについて身近な者にも語らなかった。

アウグスチンはいつものように、そっとゴヤの後ろに回ると、銀灰色の女性が描かれた銀灰色のカンバスを見つめた。ゴヤのところに来てから七年になる。二人はほとんど一日じゅう一緒にいた。アウグスチンは大画家ではなかったし、自分でもそれを悲しみをもってはっきり自覚していた。だが画業には通じており、彼ほどゴヤの長所と子供っぽさを知悉している者もいなかった。ゴヤは彼を必要とした。アウグスチンの不平まじりの称賛を、小声でぼそっという非難を、無言の非難を必要とした。ゴヤは批評を必要としたが、激しくあらがい、批評した相手を罵倒し、嘲笑し、その面目を失わせた。それでも批評家を必要とし、その確証と否認を要した。寡黙で仏頂面で、理解ある識者で芸術通のアウグスチンを必要とした。ゴヤは彼を罵倒し、どこかへ行ってしまえと願うくせに彼を愛していた。ゴヤはアウグスチンなしにやっていけなかったし、アウグスチンもこの偉大な、稚気あふれる、熱賛し、堪え難い友人なしにはやっていけなかった。

アウグスチンは長いこと絵を見つめていた。カンバスから嘲笑的に彼を見つめるこの婦人を大変よく知っていた。それどころか愛していた。彼は女性にもてなかったし、自分でも魅力に乏しいことを知っていた。ルチーアは夫以外に恋人をもたない、マドリードでは数少ない貞淑な妻として有名だった。ゴヤだったら、その気になれば、どんな女性でもものにすることができるだろう。ゴヤにその気がないらしいので、アウグスチンは安堵すると同時に、それが癇に触った。この絵を芸術通の目で眺める目利きであるだけで十分だ。いい作品だが、ゴヤが目指すものには到達していない――残念に思うと同時にほっとして、彼の大きなカンバスに戻り、黙って将軍の馬の後部を描き続けた。

ゴヤは、アウグスチンが彼の背後に立ち、カンバスを見つめるのに慣れていた。ルチーアの肖像画は大成功とはいえないが、それでも新たな大胆な試みだ。アウグスチンの判断を固唾を飲んで待った。それなのにアウグスチンは、黙って将軍の騎馬像の前に座っている。ゴヤの胸に怒りが込み上げてきた。なんて生意気なんだ、給費生用の無料食堂のひどく薄いスープで露命をつないだ落ちこぼれ学生め。この俺が面倒みてやらなかったら、この臆病者はどうなっていたことだろう？　女という女に恋い焦がれながら、なんの行動もできず、ものにもできない腰抜けめ。無言で自分の絵に戻って行きやがった。だがゴヤは自制し、アウグスチンが絵を凝視していたことにはまるで気づかなかったかのように、制作を続けた。

二分間ゴヤは堪え、腹を立てながらも、いやに穏やかな口調で肩越しに尋ねた。「何か言ったかね？　今日は、俺の耳の具合が悪いのに気がついているだろう？　そのものぐさな口を少しばかり大きく開けてくれても、いいじゃないか？」。

アウグスチンは大声で、ひどくそっけなく答えた。「別に何も」。

「お前の口を開かせようとすると、お前はだんまりを決め込む。何も聞かれないときには、立て板に水でしゃべるくせに」ゴヤは悪態をついた。アウグスチンは返事をしなかった。ゴヤは怒ってさらに続けた。「俺はリカルド将軍に、こけおどしの大作を今週中に届けると約束した。一体、お前の馬はいつになったら完成するんだ？」。

「今日中に終わらせることができますよ。でも、そんなことをしたら、将軍にはお気の毒ってことになりますよ」とそっけない答えが返ってきた。激昂したゴヤは「期日までに引き渡せなかったら、お前のせいだ。そんなに大仕事かね？　一週間もかけて、馬の尻を描き上げられないとはな」と嘲った。

アウグスチンは友のがさつな態度を悪く取らなかった。ゴヤの言葉ではなく、彼の絵を評価していた。ゴヤは絵の中に、カリカチュアすれすれまで、自分がどう感じ、どう考えているかを忠実に再現した。ゴヤがアウグスチンを描いた数々の肖像画には「ドン・アウグスチン・エステーベに、彼の友ゴヤ」という標題が付されていたが、それは真の友のみが描きうる作品だった。

ゴヤはまた肖像画に取り組み、二人ともしばらく無言で制作に励んだ。扉をノックする音がする。不意の来客、司祭ドン・ディエゴが入ってきた。

ゴヤは制作中のところを見られても、気にしなかった。彼は自己鍛練が行き届いており、アントニオ・カルニセーロのような無能な画家が、ムードについて多弁を弄するのを軽蔑していた。ゴヤの友人も子供たちもいつでもアトリエに出入りし、制作中の画家に質問をぶつけ、好きな勝手におしゃべりした。早目の夕食の後、アトリエは閉じられる。その後、出入りできるのは、ゴヤ自身が呼び寄せた友人だけで、たいていはひとりで過ごすのだった。

ゴヤは司祭が来ても、気を悪くしなかった。今日は歓迎したいぐらいだった。目下念頭にあるものに、今日はお目にかかれないらしい。女公爵もルチーアの肖像画も、おあずけか。仕事でも、無理強いできないものがある、待たねばならないものがある。

司祭がアトリエをぶらぶらするのを、ゴヤは何をするというのでもなく眺めた。このでっぷりした紳士はじっと座っていることなく、目立って軽やかな足取りで室内を歩き回った。ドン・ディエゴ司祭はどこにいても、わが意を得た風にあらゆるものを調べ回った。本や筆記具、なんでもかんでも手に取り、またそこに置いた。ゴヤは人の心底をすばやく見抜くことができ、かねてから司祭を知っていたが、それでも司祭の人となりを掴みかねた。たいそう頭の切れる男が絶えず精巧な仮面をかぶっているような気がした。美しく秀でた額、狡猾で抜け目ない目、高くはないが真っ直ぐな鼻、目立って幅広く楽しげな口。青白く陽気で知的な顔と不似合いな黒の僧服。体つきは武骨だが、何もかも洗練されており、僧服ですらエレガントに着こなすことができた。たっぷりした黒絹から高価なレースがのぞき、靴のバックルには輝く石がはめ込まれている。

広いアトリエを歩き回りながら、司祭は親しげに皮肉をこめて、時には辛辣に、けして相手をあきさせないおしゃべりをした。さまざまな事情に通暁し、異端審問所にも教会にも、自由思想家たちの集いにも精通していた。

ゴヤはあまり彼に注意を払わなかったが、「今朝のアルバ女公爵の引見で……」という言葉に興奮してぴくっとした。だが、どうしたことだろう？　司祭の唇が動くのは見えるが、一言も聞こえない。大きな戦慄が彼を襲った。とうに回復したと思っていたのに、また病気がぶり返したのか？　聾になったのか？　彼は古い木彫のアトチャの聖母像に、恐怖に満ちた寄る辺ないまなざしを投げかけた。だが、聖女や聖人が災いから守ってくれるというのか。自分の頭が考えるものがすべてだと、いつも自分に言い聞かせているじゃないか。

幸い、ゴヤの耳はまた聞こえるようになった。司祭はアルバ女公爵の引見に居合わせたホアキン・ペラール博士の話をしている。「つい先日帰国したペラール博士は、一夜にしてマドリード社交界の天才医師になりました。死んだエスパーハ伯爵をよみがえらせたという噂です。博士はあらゆる芸術・学問に通暁し、如才ない社交家で、みなが彼に夢中ですよ。今や社交界の寵児、貴重な存在ですね。アルバ女公爵のもとに日参し、彼女もたいそう高くかっています」。

ゴヤは息を静めようとした。願わくはアウグスチンも司祭も、彼の発作にまったく気づきませんように。二人とも鋭い観察眼の持ち主だ。「床屋兼瀉血《しゃけつ》師じゃ、私の役には立てませんよ」ゴヤは不機嫌そうに言った。医者が理髪師組合から分離されるようになって、まだ日が浅い。司祭はほほ笑んだ。「おやおや、ペラール博士にずいぶん辛口ですね。彼はラテン語にも解剖学にも通じています。彼のラテン語には太鼓判を押しますよ」。

それから司祭はしばし沈黙した。ゴヤのすぐ後ろに立ち、制作中の肖像画を見つめた。アウグスチンは司祭を鋭く観察した。司祭とミゲルは親交があり、司祭が友人の美しい妻ルチーアに示す如才なさには、ときおり非常にエレガントな司祭の通例のお世辞以上のものがあるのに気づいていた。

それゆえ今、司祭がルチーアの肖像画の前に立つと、アウグスチンは彼の口からどんな言葉が漏れるかと、固唾を飲んで待った。だが、いつもは雄弁な紳士は何も言わなかった。

司祭は名医ペラール博士の話を続けた。「ペラール博士は外国からすばらしい絵を持ち帰りましたが、まだ包みは開けておらず、コレクションのために屋敷を探しています。さしあたり見事な馬車、ドン・フランシスコが乗り回しているのより素晴らしい馬車を調達しました。車体はイギリス風で金めっき、飾りはカルニセーロのデザイン。そういえばカルニセーロもアルバ女公爵の朝の引見に来ていましたよ」。

「彼もか?」、ゴヤは思わず大きな声で叫んだ。自分に落ち着けと命じ、怒りと聾の新たな発作が押し寄せてきたのを認めまいとした。難儀だったが、成功した。司祭に床屋、そして宮廷画家の称号をいかさまで手に入れたへぼ絵師カルニセーロの厭わしい三人組が、女公爵が身繕いをし、髪を結い上げてもらっている間じゅう、彼女の回りに座っているようす、彼らのおしゃべり、わざとらしい仕草、彼女を眺めて楽しんでいるさま、彼女が彼らに尊大に「こちらへいらっしゃいませんこと?」といわんばかりに笑いかけるさまが、画家の眼前にありありと浮かんできた。

俺のほうから貴婦人の朝の引見にさっさと行けばいいのだ。彼女はきっと俺に、他の者に対するよりも意味深長に親しげにほほ笑みかけるだろう。だが、あの笑みで、あの餌で彼女は、俺以外の男をもおびき寄せるのだ。行かない、彼女がすぐさま寝所をともにする確信があっても、金輪際行くものか!

司祭は数週間後、宮中喪が明けるやいなや、女公爵はモンクロアのブエナヴィスタ城落成式のパーティーを行うだろうと報告した。「もっとも昨日の軍隊からの知らせでは、この計画遂行はむずかしいでしょうね」。

「軍隊からの知らせとは?」。アウグスチンは常ならぬ素早さで聞いた。

「おそろしく浮き世離れしているね、君たちは」。司祭は叫んだ。「最初の知らせよりもっと悪い知らせだよ」。

「どんな知らせです?」。アウグスチンは迫った。

司祭は「フランス軍がツーロンを奪回したのを本当に知らないんだね。アルバ女公爵の引見では、その話でもちきりですよ。もちろん」と楽しそうに皮肉をこめて「次の闘牛のコスチリャーレスの勝算とペラール博士の新しい馬車の話も出ましたけど」と付け加えた。

「ツーロンが陥落したんですか」。アウグスチンがしゃがれ声で聞いた。

「その知らせは数日前から出回っているよ。人の口に戸はたてられない。ごく若い将校が要塞を奪回した。我らスペイン・英国艦隊の鼻先でね。一介の大尉だよ、ボナフェートだったか、ボナパルトだったか、そんな名前だったな」と司祭は答えた。「それじゃ、まもなく平和の時代が訪れるな」と、ゴヤは悲痛とも冷笑主義ともつかぬ口調で言った。アウグスチンは陰鬱な目でゴヤを見つめ、「スペインではそういう形で平和が戻ることを望む人間は少数でしょう」と怒気を含んだ声で言った。「平和を望まぬ人間も多いよ」と司祭は同意した。

司祭が無造作に軽々しく口にした言葉に、他の二人は目を見張った。司祭には謎めいた部分が多い。彼が〈異端審問所秘書官〉の称号を有して久しい。たいそう狂信的な新任の大審問官ですら、彼にこの称号を認めていた。彼は異端審問所のスパイとして活動しているのだという者もいれば、進歩的な政治家たちと大変親しく、これらの政治家たちの名で発表された著書のゴースト・ライターだ、いや、フランス共和国の密かな信奉者だという噂もあった。ゴヤも、この嘲笑的で寛大な紳士が理解できなかった。わかっているのは、せいぜい司祭が見せる楽しそうな冷笑主義は、仮面だということぐらいだ。

司祭が出て行くと、アウグスチンは「あなたのお友だちのドン・マヌエル・ゴドイの時代になるでしょう。そうすれば、あなたも安泰ですよ」と言った。すなわち寵臣アルクーディア公爵、ゴドイは当初から戦争反対だったから、今こそ政局と折り合えるだろうという意味である。

ゴヤはゴドイの満ち足りたようすを肖像画に何度も描いてやり、アウグスチンの前で、スペイン一の権力者だとほめそやした。それゆえ、今のアウグスチンの嘲りは二重に辛辣に響いた。アウグスチンは常々「私は政治に熱い関心を寄せ、熱意と分別をもって政治について語るのに、あなたはまったく関心がないんですね」とゴヤに文句を言っていた。アウグスチンの発言がゴヤには痛かった。たしかに頭に真っ先に浮かんだ考えは、まもなく平和な時代が訪れ、パトロンのゴドイの時代になるだろうということだった。それを喜ぶのは当然じゃないか。俺は政治家じゃない、政治の世界は俺には入り組みすぎている。国王や顧問官、大貴族にかかわる戦争や平和。俺にはあずかり知らぬことだ、俺は画家なんだから。

ゴヤは答えず、ルチーアの肖像画の前に行き、「絵については何も言わんのだな」と不平を鳴らした。「どういう具合か、自分がいちばんよくわかっているでしょう」。アウグスチンは答え、やはり絵の前に歩み出た。「何ひとつ欠けるところはないのに、何もかも駄目という気がするんだ」。ゴヤは不機嫌に横柄に表明した。「上流社会の夜会になんぞ行くべきじゃないな」と自嘲した。アウグスチンが絵の前に立って見つめたままなので、ゴヤは続けた。「お前のルチーアがいるよ、見えないのかい?」。相手が気を悪くしたのを見て取り、意地悪そうに続けた。「よく見てご覧。彼女と何をしでかそうというんだね、プラトニック・ラブ信奉者君」。この言葉をわざわざ一音節ずつ区切って発音した。アウグスチンは唇をきゅっと堅く結んだ。一度もルチーアへの愛を口にしたことなどないのに、ゴヤが嘲るので、機嫌が悪くなった。「自分が魅力的でないことぐらい知ってます」。アウグスチンは答えた。自分の声が常ならず地鳴りのように響いた。「でも、私があなただったら、あなたのように才能に恵まれ、宮廷画家の称号を持っていたとしても、我らが友人ミゲルの奥方を誘惑しようなんて気は起こしませんね」。

ゴヤは言った
「高貴な人生訓は　ご立派な定言だ
頭のてっぺんから　つま先まで徳の塊だ
その徳が　まだ一度も試練に
恋い焦がれる女性の誘惑に
さらされたことがないとは
なんと残念なことだろう」
アウグスチンは答えない
陰鬱な面持ちで　あごを撫でながら
絵の中の愛する女性を見つめてる
ゴヤは怒った「お前が発する
うんざりするような空気に
色彩も調色もリズムも失せる
どんな奴でも　親友でもお手上げさ」

ゴヤは帽子とマントを手にすると
怒ってアトリエを後にした

4 恋人ペパ

ゴヤは今日のように特に予定のない日は、家族と一緒に夕べを過ごすことを好んだ。妻のことは好きだし、子供たちは可愛い。だが今日のような気分では、家族の食卓のたわいない会話に耐えられそうもない。恋人のペパ・トッドのもとへ行くことにした。

ペパは不意の来訪を喜んだ。彼女は他のマドリード女のように、けしてだらしない格好はしなかった。今日は輝くばかりに白い肌が引き立つ、しゃれた青いナイトガウン姿だ。ソファーに寄り掛かり、物憂げにそそるような様子で扇をもて遊びながら、ゴヤとのんびり話を始めた。

女中頭のコンチータが来て、ゴヤに夕食のメニューは何がいいか尋ねた。やせたコンチータはペパを赤ん坊のときから世話しており、生活の浮き沈みの激しい若い女主人にいつも影のように寄り添ってきた。献立の相談をすると、コンチータは必要な物、とりわけゴヤの大好物である庶民的な辛口のシェリー酒マンサニージャを取りに退出した。

コンチータが出て行っても、ゴヤは言葉少なだった。ペパの瀟洒《しょうしゃ》な居間はたいそう暖かく、二人とも話があるのに、気だるく億劫だった。ペパは妙に厚かましく、そのたいそう白い顔をじっと、あらぬ方に向けたままだ。赤みを帯びた美しいブロンドの髪、額は狭く、緑色の瞳を大きく見開いている。

「ここ数日、何をしていたんだい?」。とうとうゴヤは切り出した。

「歌のレッスンよ、マリア・プルピーリョが新作のサルスエラで歌っていたクープレを三曲習ったわ、それから女中頭とトランプをしたの。コンチータったら、まっ正直なくせに、賭け事になるといかさまをするのよ、おかしいでしょ。でも大丈夫、私も三レアル彼女からだまし取ったから。それから仕立て屋のところに行ったの。プエルタ・セラーダのリゼッテ嬢の店よ。お友だちのルチーアが、リゼッテ嬢なら特別価格で作ってくれるって請け合ったの。でも特別価格といっても、私が入り用なマントは目玉が飛び出るほど高いのよ。やっぱり引き続きブセタの店に仕立てを頼まなきゃ。そうそう、私、ルチーアの家に行ったのよ。ルチーアも一度こちらに来たわ」。

ゴヤはルチーアが肖像画について何を言ったか知りたくて、うずうずしていた。ペパが彼をじらすので、ゴヤのほうから問い質さねばならなかった。

「そうね、何度も肖像画の話を聞かされたわ。黄色のドレス姿の彼女を描いたのでしょう。リゼッテ嬢が作ったドレスよ。八〇〇レアルの出費ですって。高価な品だってことは、あなたにもわかるでしょ」

ゴヤはじりじりしたが、自制した。「それで、ルチーアは肖像画について、どう言ったんだ?」。

「なかなか仕上がらないのを不思議がってたわ。『とうに出来上がっていいはずなのに。主人に見せるのをドン・フランシスコは嫌がっているのかしら』って言うの。正直に言うと、私も不思議だわ。たしかにミゲルは気むずかしくて、何にでも難癖をつける人よ。でもあなたはそんなこと気にしないでしょ。それよりミゲルは、あなたにどのくらい支払ってくれるかしら? 『友人どうしだから』とか何とか理屈をつけて、おそらく全然払わないでしょうね。必要経費三〇〇〇レアルの回収は無理ね」

ゴヤは立上がり、行ったり来たりした。こんなことなら家族と一緒に過ごしたほうがよかった!

「本当のところ、何が悩みなの?」。ペパはしつこかった。「海軍大将にあげた私の肖像画には、三日もかけなかったけど、彼は四〇〇〇払ってくれた。ルチーアは私よりむずかしい? いったい何なの? 彼女と寝たいの? それとも、もう寝たの? ほんとに、きれいな女《ひと》よね」。ペパは何の感情もこめずに、さりげなく言った。

ゴヤのどっしりした顔は陰鬱だった。ペパはからかっているのか? おそらく違うだろう。ペパはびっくりするほど、ずばずば物を言う女だ。その気になれば、貴婦人ぶった仮面の下のルチーアをものにできたはずだが、いろいろ差し支えがあった。ペパには時々がまんがならない。根本的に俺の好みのタイプじゃない。ぽちゃぽちゃした、太り気味の姥桜。滑らかな髪をした、きれいな可愛い雌豚ちゃん。

ペパはギターを手に取ると、小声で心をこめて歌い出した。そんな姿勢で、ギター伴奏をしながら古い民衆ロマンスのメロディーを口ずさむときの彼女は素敵だった。彼女が古い詩句に自分の体験を重ね合わせているのが、ゴヤにも伝わってくる。ペパは二十三歳だが、経験豊富だった。裕福な農園主の娘としてアメリカの植民地で育ったが、ペパが十歳のとき、父は船と財産を失った。一家はヨーロッパへ戻り、ペパは贅沢三昧の暮らしから、一転して貧しい境遇になったが、楽天的な性格ゆえ、運命の急変にくよくよしなかった。若い海軍将校フェリペ・トッドが彼女の人生にあらわれた。御しやすい美男で、似合いの夫婦と思われたが、貧しい彼は妻のために多額の借金をするはめになった。夫婦生活が長引いても、二人はあまり幸せではなかったことだろう。夫はメキシコの海で戦隊航行中に命を失った。彼は善人だったから、天国にいることだろう。ペパがドン・フェデリーコ・マッサレード海軍大将に寡婦年金の値上げを求める嘆願状を渡すと、この太った中年男は彼女に首ったけになった。ペパを若くて可愛い未亡人と呼び、マジョール街の瀟洒《しょうしゃ》な住宅を手配してくれた。海軍大将は高位の貴族ばかりからなる彼の友人たちにペパを引き合わせてくれなかったが、有名な宮廷画家に彼女の肖像画を描くよう依頼した。これは非常に有意義であった。今や戦争のさなか、マッサレード海軍大将は彼の無敵艦隊を率いて遠海を航行中だったから、孤独をかこつ彼女のお相手を二つ返事でつとめてくれる画家と会えるのは、嬉しいことだった。

ペパは温順な性格で、現在の境遇に不満はなかった。だが、しばしば広大な農地や、数えきれないほどの奴隷がいた植民地での豊かな生活の記憶がよみがえった。あの贅沢な生活のただひとつの名残が、まっ正直で、トランプのときだけいかさまをする年老いた忠実なコンチータだった。ゴヤことフランコは素敵な恋人で、若い未亡人を慰めてくれる願ったり叶ったりの男性で、しかも偉大な画家だ。だが、ゴヤは多忙で、芸術や宮廷、たくさんの友人や女性たちに気をとられ、ペパのもとにいるときですら、必ずしも彼女のことを考えていなかった。

ロマンスのメロディーを口ずさみながら、ペパはさまざまなことを夢見、彼女自身がロマンスのヒロインになっていた。ムーア人に襲われる、あるいは恋人によってムーア人に売られる、うら若い美女。褐色の肌をした勇敢な侯爵から熱愛される白い肌の寵姫。このマドリードで幸運に恵まれることも夢見た。市内の宮殿から年に三、四度、田舎のお城に旅し、また宮廷へ戻る、いつも執事や侍女や理髪師にかしずかれて、とびきりシックなパリ・モードのドレスや、百年も前のイサベル女王やカール五世の元帥たちの分捕り品である宝石で身を飾るのだ。女中頭がペパにテーブル・セッティングを手伝ってくれるよう頼み、食事になった。ゴヤとペパは、美味でボリュームたっぷりの食事を満喫した。

マッサレード海軍大将の肖像画が二人を見下ろしている。海軍大将はゴヤに妹のために自分の肖像画を描かせ、その複製をペパのために注文したのだった。アウグスチンが複製画を几帳面に制作し、ペパと画家は海軍大将の監視下で食事をとる格好になった。

ゴヤはペパに対して激しい情熱をおぼえなかったが、彼女が彼に当然のごとく肌を許したことは、彼を喜ばせ、十分満足させた。農夫らしく現実感覚に長けたゴヤは、ペパが愛のために払う犠牲を考慮した。彼女の資産状態も知っていた。夫である海軍将校の死後、ペパは大女優ティラーナのもとで女優修業をしており、彼女の手元に残った財産はわずかだった。戦争が始まってからは、彼女に毎月一五〇〇レアル振り込まれているが、そのうち政府の寡婦年金がいくらで、海軍大将からのお手当てがいくらなのかは定かでない一五〇〇レアルは多いといえば多いし、少ないといえば少ない。リゼッテ嬢の店でドレスを仕立てるのは無理だ。ゴヤは吝嗇《りんしょく》ではなく、美しく可愛い恋人にしばしば贈り物を、ささやかな、時にはかなりの贈り物をした。しかしアラゴンの農夫の計算高さは失わず、彼女にプレゼントしようと思っていた品の価格を聞いた途端、しばしば買うのをためらった。

食事が下げられ、部屋はたいそう暖かい。ペパはソファーに美しく心地好さそうに、しどけなくもたれかかって、形のよい手を扇のようにパタパタさせている。どうやらルチーアと自分の肖像画のことを考えているらしい。それから海軍大将の肖像画を扇で指しながら言った。「こちらにも、あなた、細心の注意を払っていなかったようね。見たところ、右腕が短すぎるわ」。

ゴヤは突如、あまたの不幸に見舞われた思いだった。ここ数日、ろくでもないことばかりだ。アルバ女公爵からは音沙汰なし、ルチーアの肖像画は不出来、政治は癪の種、アウグスチンは批判がましい。そしてペパまで、たわけた生意気な態度に出る。並み居るスペインの大貴族たちの面前で、かのアルバ女公爵にあたかも寝所をともにするかのごとく、じっと見つめられた男が、こんな姥桜のへらず口に耳を傾けねばならないのか？　彼は灰色の絹の帽子を手に取ると、ペパの頭にかぶせた。「こうすれば、海軍大将の絵が前より、よく見えるようになるだろう」。その声は怒気を含んでいた。

彼女が帽子を脱ぐと、高く結い上げた髪は乱れ、滑稽だが可愛らしかった。「コンチータ」と彼女は怒って叫び、老女が現れると「玄関を開けて、お客様がお帰りだそうよ」。

だが、ゴヤはただ笑っていた。「冗談だよ、コンチータ。台所へ戻っていいよ」老女が去ると、ペパに謝った。「今日は気骨が折れる一日だった。腹の立つことばっかりで……。ところで、あの絵について言ったことは、合点がいかないね。よく見てご覧。片腕が短すぎるなんてことはないよ」ペパはふくれっ面で「短いわよ」と言い張る。ゴヤは温厚な調子で「君の目は節穴だね。でも乱れた髪が可愛いよ。新型のヘアスタイルだ」と彼女を宥めて、キスをした。

後にベッドの中で彼女は言った。「海軍大将がもうすぐご帰還なのよ。モラレス艦長から挨拶があったの」。するとゴヤは新たな局面に立たされることになる。「本当に海軍大将が戻ってきたら、どうするんだい?」。「彼に言うわ、彼に言うわ。私たち二人の間にあったこと、それはすべて過去のこと」。彼女はロマンスを引用した。

「彼は不愉快だろうね」。ゴヤは声に出して熟考した。「彼はまずツーロンを失った。それから君を」。「ツーロンが陥落したのは、彼の責任じゃないわ」ペパは公平に海軍大将の味方をした。「イギリス軍が悪いのよ。でも彼のせいにされちゃうのよ。人生って、そういうものよ」。

しばらくしてからゴヤは、ずっと考えていたことを口に出した。「君の寡婦年金はどうなるの?」。「さあ……。たぶん、大丈夫じゃないかしら」とお気楽な返事が返ってきた。

女を養うのは、ゴヤの責務ではなかった。偉大なる画家はそんなことをする必要はない。ペパを彼の人生から締め出すことも考えた。美女が快適な暮らしをするのは当然だ。だが、ゴヤが彼女に渡す金が十分でないという理由で、彼女が他の男のものになったり、海軍大将のもとに戻ることを考えると、気がむしゃくしゃした。

「心配しなくて大丈夫
今まで通りの暮らしができるように
面倒みるよ」
彼は力なく言った
「ありがとう」ペパは物憂げに言った
「じゃあ、壁の海軍大将は外そう」
彼は元気よく提案した
「どうして？」ペパは聞いた
「右腕が短すぎるから？
いいえ、本当は全然短くなんかないの
あなたがルチーアにそれだけ苦心してるってことを
言いたかっただけよ」

5　ゴヤの光

ゴヤはひとり肖像画の前に立ち、鋭い目で欠点を探った。たしかにルチーアだ、まちがいない。彼女の息遣い、彼女の愛の吐息が聞こえてきそうだ。ゴヤが見たままのルチーア。彼女の技巧的なところ、仮面めいた、いわくありげなところ、すべてがそこに表現されている。実際ルチーアには何を考えているのかわからないところがある。そもそも三十歳になろうする女性が、淑女の仮面をつけずに人前に出るものか。

「彼女と寝たいの？」とペパは聞いた。愚問だ。血の通った健康な男なら誰だって、きれいな女を見たら、寝たいと思うに決まってる。ルチーアは挑発的でありながら貴婦人のようで、他の誰とも違う美しさを放っていた。彼女の夫ミゲルはゴヤの友人だが、正直に言って、ルチーアにアタックするのをためらうのは、友情のせいではない。ルチーアの持つ、なにやら謎めいた漠たるものがゴヤを押しとどめ、それこそ男としてではなく、画家として刺激される点だった。ルチーアそのもの、あるいはルチーアではないものが分かちがたく、まぼろしのように不気味に、交互に入り交じって去来した。以前ゴドイの舞踏会で見た黄色のドレスの上の紗のような銀色の輝き、祝福され、呪われた光。それこそルチーアの本性であり、ゴヤの求める真実であり、彼が描きたい絵だった。

突然、絵が新たな視点で見えてきた。どうすれば、この玉虫色の微光を放つ銀灰色を表現できるかがわかった。背景ではない。ルチーアの黄色いドレスの上に、白い織り地を被せればいいというわけでもない。ここの、この線はもっと弱くして、この柔肌の色合いが相乗効果をあげるようにしなければならない。光は彼女の手から、顔から発せられているのだから。こうした些細なことが成功の鍵を握る。目を閉じて心眼で見た。いかになすべきかがわかった。

仕事に打ち込み、あちこち手を加えた。細かな部分を取り除いたり、付け加えたりした。何の苦もなく、すらすらとはかどる。信じられないほど短時間で完了した。

作品をじっと見つめた。いい出来だ。完成だ。新たな大いなる何かがある。ちらちらと微光を放つ、あるがままのルチーア。漂い消え去ろうとするものも、とどめることができた。ゴヤの光、ゴヤの香気、ゴヤの目が見た世界だった。

満足し、彼の顔は惚《ほう》けたように弛緩した。軽い疲労をおぼえ、安楽椅子に座り込んだ。

アウグスチンが来て、もごもごと挨拶し、二、三歩進み、肖像画を見ずに通り過ぎようとしたが、何かが彼の注意を引いたらしく、急に体の向きを変えた。眼光が鋭くなった。アウグスチンは長いこと見つめていた。咳払いをし、とうとう「おみごと」とかすれた声で言った。「やりましたね、光と香気が感じられます。あなたの真の銀灰色を見つけたんですね」。

ゴヤは少年のように顔をぱっと輝かせた。「本気かい?」と言ってアウグスチンの肩に手を置いた。

「私はめったに冗談は言わないんです」。アウグスチンは深く感動していた。ゴヤ以上に感動していたかもしれない。ミゲルや司祭のように、アリストテレスやヴィンケルマンを引用して胸中を披瀝する術を知らなかった。何もできない可哀相な画家だが、誰よりも絵に通じており、ゴヤが先人たちの予見しなかった業《わざ》を成し遂げたことを見て取った。描線から解放されている。他の画家たちは描線を際立たせることばかり考えており、その結果、着色された素描以上のものではなくなってしまっている。だがゴヤは世界を新たに多様に見ることを習得していた。うぬぼれ屋のゴヤ本人すら、新たな偉業を成し遂げたことに気づいていないのではないか。

ゴヤはたいそうゆっくりと、絵筆を入念に拭いた。声にならぬ喜びをかみしめながら言った。「アウグスチン、お前をもう一度描こう。茶色のくたびれた上着を着て、仏頂面をしていてくれ。俺の銀灰色がすばらしいと言ったね。お前の仏頂面と俺の輝くばかりの色、きっと独特の効果が出ることだろう」。ゴヤは、アウグスチンが制作中の将軍の巨大な騎馬像の前へ歩み出た。「馬の尻は、なかなかいいぞ」と褒めると、もう一度念入りに絵筆を拭いた。

アウグスチンは　この男の友人であり
仕事仲間であることに
深い喜びをおぼえた
不器用ながらも
彼なりにゴヤを
正しい道に導く手助けをしたのだ
父親のような気持ちで
友情あふれるまなざしで
ゴヤを　彼のフランコを見つめた
このたいそう才能に恵まれた
愛すべき男を

次々と粗暴な愚行をやらかす男を見つめた
この堪え難い仕事仲間
愛する友人は
忍の一字で耐えるだけの甲斐がある

6　新しい肖像画

後日、肖像画の完成を知らされたミゲルとルチーアが、ゴヤのアトリエを訪れた。

ゴヤとミゲルは互いに文句を言い合う親密な間柄だった。ミゲルは宰相ゴドイ、アルクーディア公爵の第一秘書官で、スペインの運命を背後から操っていた。根本的に親仏派で進歩思想をもつミゲルは、この時期に異端審問所の陰謀から身を守るために、さまざまな手管を用いねばならなかった。ミゲルがおのれの権力を誇示するより隠すことに心をくだく、その思慮深さにゴヤは驚嘆した。だが学者として、特に美術史家としてのミゲルは慎みをかなぐり捨て、彼の大著『芸術家事典』はこのうえなく権威主義的だった。ミゲルはヴィンケルマンやラファエル・メングスの理論に従い、崇高さ、単純さという路線を保持し、古代ギリシア・ローマの模倣に価値を置いていた。「ラファエル・メングスや君の義兄バイユーこそスペインの最も偉大な同時代の巨匠であり、君は最近とみに古典理論から逸脱してゆく」といって、丁重で衒学的な遺憾の意を表し、ゴヤを非難した。

実はゴヤはこの友人に、その妻の肖像画、絵画の法則を度外視して描き上げた作品を見せるのをいたずらっ子のような気持ちで心待ちにしていた。ミゲルは厳格な学説信奉者だが、芸術のわかる人間だ。平静を装い、新作をわくわくしながら待ち受ける公正な友人こそ、ゴヤが望むものだった。ミゲルにまず例の大切な諸原則を長々と開陳させてから、光きらめくルチーアの肖像画と対面させ、あっと言わせたい。そこで香気と光と美にあふれる絵の中の貴婦人には壁側を向かせ、ざらざらした、むきだしの灰褐色の裏面を見せることにした。

待ちに待った瞬間が訪れた。白皙《はくせき》のミゲルは軽く白粉をはたいた四角い顔に微笑を浮かべ、脚を組んで座り、持参した大きな紙ばさみを示した。「戦争中なのにパリの銅版画が手に入ったんだ。君たちに見せてあげるよ。モレルの銅版画だ。ジャック＝ルイ・ダヴィッドが制作した、最も重要な作品を彫ったものだ」と説明した。ジャック＝ルイ・ダヴィッドはフランス一有名な画家で、ミゲルが非常に高く評価している新古典主義の主導者だった。

古典古代の場面と並んで、最新の歴史的出来事と人間たちを描いた銅版画で、古代ギリシアの流儀が保たれていた。独裁政治への忍従拒否を誓ったフランスの代議士たちのいわゆる「テニスコートの誓い」、ダントンやデムーランの像、さらに浴槽で暗殺されたマラーの絵もあった。

このフランス画家の作品は、ゴヤの人となりや作品と相容れないものだった。しかしながら、これらの絵の芸術性を、ゴヤほどよく認識しているものもいなかった。例えば『マラーの暗殺』だ。マラーの頭部はぐったりと横向き、右腕はだらりと浴槽から垂れ下がり、左手には狡猾な殺害者シャルロット・コルデーの持参した嘆願状がなおも握られている。沈着冷静な巨匠の手による深い感動をもたらす作品だ。死者の醜い顔が写真的でありながら、鑑賞者に大きく美しく迫ってくる。画家ダヴィッドは〈人民の友〉マラーを深く愛していたに違いない。絵の中の出来事、その厭わしくも偉大な実相は、ゴヤに他人の作品を批判的に吟味する芸術家であることを忘れさせるほど、強い衝撃を与えた。イーゼルの前で仕事をしているとき、愛する女とベッドにいるとき、浴槽でリラックスしているとき、各人を虎視眈々《こしたんたん》とうかがい、背後から襲いかかる運命――ゴヤは胸が締めつけられるような不安をおぼえた。

「ダヴィッドの絵を見ると、鳥肌がたつ。偉大にして嫌悪すべき男だ」とついにゴヤは言った。皆は、画家で革命家のダヴィッドが国民公会で、パトロンであったルイ十六世の死刑に賛成したことを思った。「たとえ一か月でも、私は彼の人生と私の人生を取り替えたいとは思わない。ベラスケスの名声と引き替えにしたいとも思わない」。ゴヤは言葉を結んだ。

ミゲルは、あらゆる真の芸術はギリシア・ローマ古典美術研究に基づくことがダヴィッドの絵に示されていると述べた。「線ほど大切なものはない。色彩は必要悪で、従属的な機能をもつだけだ」。

ゴヤは温和にほほ笑んだが、アウグスチンが口をはさんだ。アウグスチンはミゲルの豪胆にして柔軟な政策を尊敬称賛していたが、その他の点ではミゲルのすべてに反感を抱いていた。とりわけミゲルの冷淡さ、衒学的で熱狂的な学校教師めいた態度にうんざりしていた。なぜルチーアのようにデリケートで愛らしく神秘的な女性が、こんな歩く百科事典のような味も素っ気もない男と結婚生活を送ることができるのだろう？　ミゲルとその博識ぶった空論がルチーアの前で、ゴヤの絵によって撃沈させられると思うと、意地悪い喜びを感じた。そこでアウグスチンは、ふだんはへの字に結んだ口をあけて、しゃがれ声で「ここに並べられたダヴィッドの絵は、絵画のひとつの高峰ですね」と馬鹿丁寧に言った。

「最高峰だよ」とミゲルが訂正した。

「最高峰ですね」。アウグスチンは認め、慇懃無礼に続けた。「でも、あなたがかくもこき下ろした色彩が、新たな驚くべき効果をあげることだってできるのですよ。最高峰の効果をね」と、しゃちほこばって壁のほうへ歩き、灰褐色の裏面をみせていたルチーアの絵のカンバスをぐっと掲げた。

「予想はつくよ」。ミゲルはほほ笑みながら言った。「ルチーアも私も肖像画の完成を首を長くして待っていた……」最後まで言い終えることができなかった。描かれた輝くばかりのルチーアがイーゼルから、こちらを見つめている。

ミゲルは無言のまま立ち尽くした。絵画をおのれの練り上げた芸術理論で測ることに通じた識者が、自分の十八番《おはこ》を忘れた。カンバスに描かれた女性はよく知っている妻だったが、同時に謎めいた、まるで違う女性だった。いつものミゲルらしくなく、生身のルチーアを見やり、狼狽を必死で隠した。

何年も前、結婚したとき、ルチーアは「マハ（伊達女）」だった。気まぐれで咄嗟《とっさ》の行動に走る下層階級の女。彼女との結婚はひとつの決断、大胆にして危険な即断だった。本能や経験や古典主義研究からミゲルは〈神々は人間にたった一度しか大いなるチャンスを投げ与えない。素早くつかまない者は手ぶらでご帰還だ〉と学んでいた。この即断を後悔したことは、一度もない。昔も今も変わることなく妻を熱愛していた。彼女はいかがわしい下町娘から堂々たるベルムデス夫人になり、皆は彼をうらやんだ。今、カンバスから彼を見つめているのは、魅力的で立派な社交界の貴婦人だ。彼女の回りには把握しがたい銀色にちらちら輝くものが漂う。ミゲルはぴんときた。この歳月、隅々まで知り尽くしたと思っていた妻、出会ったばかりの頃と同じように、おそろしく気まぐれで、異質な存在と思わせる刺激的なルチーア、彼女は今なおマハなのだ。

　ゴヤはふだんはポーカーフェイスの友の驚愕の表情を、晴れやかな満足をもって受け止めた――親愛なるミゲル、君のダヴィッドの手法はすばらしい。明確な線は貴重だし、事物を明確に再現できる。だが現実の人間の世界は明確じゃない。邪悪で危険なもの、いたずら好きの小妖精コーボルトや魔女めいたところや、その奥にあるものは、君が信奉する手法では描ききれない、かの尊敬すべき先人から学び取ることができない。ヴィンケルマンやメングス、君自身もお手上げだろう。

　ゴヤは絵の中のルチーアから、生身のルチーアへ視線をうつした。彼女は立ったまま、黙りこくって絵の中の自分を凝視している。彼女の訝《いぶか》しげにつり上がった眉、細い探るような瞳が絵のちらちらする光を見つめ、気分屋の仮面が幾分はがれ、半開きのぽっちゃりした唇に微笑が浮かんだ。いつもの上品でからかうような微笑ではなく、剣呑で野卑で不品行な微笑だった。突然、ゴヤの記憶の底にまどろんでいた一断片が鮮やかによみがえった――ずいぶん前のことだが、プラドを女性と一緒に散歩していると、十四、五歳のナッツ売りの少女が近づいてきた。俺が連れの女性のためにナッツを買い求めると、少女は高値を吹っ掛け、それより低い金額を差し出すと、この若い売り子、本物のマハは罵詈雑言を怒濤のごとく浴びせた。「二レアルだって？　あきれた旦那だ、今にみてな、半年したら、あたいが気前のいいパトロンを連れてきて模範を見せてやるよ」。それから彼女は仲間の一団に向かって叫んだ。「みんな、こっちを見てごらん！　けちんぼの旦那、しみったれ親爺だ。連れの女のために二レアルしか出さないとさ」。俺は怒り、きまりが悪くなって、生意気な小娘に五レアル投げた――今、過ぎ去った時代の名残、下品ないたずらっ子のルチーア、あつかましい返事やいかがわしい冗談にスリルを感じるルチーアを絵の中に描き込んだことや、絵が現在の彼女の仮面を少々はがす役割を果たしたことで勝利をおさめた。

　かたやアウグスチンは、生身のルチーアが肖像画の前に立つと、いかに生身の女性の美しさが絵の美しさを高め、いかに絵の素晴らしさが生身の彼女の素晴らしさを高めるかを見て、歓喜と欲望で胸がしめつけられそうだった。

皆は口をつぐんだままだ。ついにルチーアが口を開いた。「まるで気づかなかったわ」とゴヤにとぎれがちな声で話しかけた。「私が不品行な女だってことを」。今度は戯れるような調子で、不敵な笑みを漏らした。ゴヤを挑発しているのだ。間違いない、よりによって夫の面前で、夫の友人と火遊びを始めようとしているのだ。ゴヤは満足したが、たいそう丁重に返事をした。「私の絵がお気に召したようで、嬉しいですね」。

このやりとりはアウグスチンを陶酔から引き戻し、ミゲルをへこましてやりたい彼は、「奥様同様、ご主人にも、この絵にご満足いただけましたでしょうか」としゃがれ声で聞いた。

当初の驚きから立ち直ったミゲルは、あまりにも個人的見解は控えようと努めた。ルチーアの夫としても美術史家としても当惑させられたが、この芸術法則を無視した作品が、彼を感動させ、彼の心を打ったこと、これがすばらしい絵であることは否定できなかった。「型破りだ。だが、認めるよ、見事な作品だ」。ミゲルはとうとう言った。

「白状しましたね」。アウグスチンの骨張った痩せた顔に笑みがひろがった。

正直なミゲルは、さらに称賛の言葉を発した。「ルチーア、君はゴドイの舞踏会でこの黄色いドレスを着ていたね。ろうそくの光の中で実に美しかった。そして絵の中の君はもっと美しい。この鬼才は真実を描いた。一体、どうやって成し遂げたんだい?」。

「私が説明できると思いますよ」。アウグスチンが乾いた口調で言った。「真実以上のものがあるんです」。

だがアウグスチンの嫌みも、ミゲルを怒らせることはできなかった。肖像画がもたらした不安や憂慮も、長く彼の心を煩わせなかった。偉大なる芸術の熱狂的なコレクターであるミゲルは、型破りだが、感動をもたらし、美術史的に意義深い絵がわずかな金額で、あるいはただで自分のものになると思うと、胸が熱くなった。

寵臣アルクーディア公爵、ゴドイの最重要執務を任されているミゲルは、忙しい合間を縫って友のアトリエを訪れている。足を組み、機械的にダヴィッドの銅版画をもて遊びながら言った。「ねえ、君がアルクーディア公爵の肖像画を描くとしたら、やはり新手法を用いるかい？」。

ゴヤが顔を上げたので、ミゲルはさりげなく続けた。「彼が宰相になった今、君に彼の肖像画を少なくとも二点依頼しなければならない。それに各省や公的機関のために多くの複製画が必要だ」。

ゴヤは喜んだ。友ミゲルは手ぬかりない男だ。ルチーアの肖像画には一銭も払わないが、代わりに俺にきわめて名誉ある高い報酬の仕事を委任する。ツーロンの陥落を機に、俺の運命の歯車が回り始めた。ペパの面倒をみてやらねばならないが、実入りのいい仕事が舞い込んできた。ミゲルは軽やかな、さりげない口調で続けた。

「よければ、一両日中にゴドイの引見の際に写生できるようにセッティングしてあげるよ」

「ありがとう」。ゴヤは礼を言った。

ミゲルは続けた。「これから、いろいろ変わるだろうね。ゴドイが主導権を握る。スペインも、フランス共和国を世界から締め出すことができない因子として見ることに慣れねばならないだろう」。

アウグスチンが顔を上げ、熱心に尋ねた。「ゴドイが内政を旧体制に戻すということですか？　自由主義者に対して何か対策を講じるでしょうか？」。

「その通り」。ミゲルは答え、銅版画をいじくりながら、ゴヤのほうを見ずに話しかけた。「手助けしてくれるね。ゴドイが君に会いたがっている。彼を写生しながら、君は彼に政治上のアドバイスをすることもできる」。敏捷に組んだ足を揺すりながら、言葉を結んだ。「そろそろホベリャーノスを呼び戻す潮時だと思うんだ」。

もの静かなアウグスチンが興奮して立ち上がった。ゴヤの低い鼻は深く息を吸い込み、不快感が顔にあらわになった。

スペインの最も声望ある自由主義の政治家にして作家のドン・ガスパール・メルチョール・ホベリャーノス、〈スペインのヴォルテール〉と呼ばれる人物のことだ。先代の国王の大臣として彼は、たくさんの有益な改革を行った。しかしカルロス四世とゴドイにとって、この厳格でうるさ型の男は厄介な存在だった。ホベリャーノスは異端審問所や保守主義の大貴族とたえず衝突し、目の上の単瘤だったから、フランス革命の勃発はこの自由主義指導者・革命家を排斥する格好の口実になった。彼は彼方の故郷の山へ追放され、著作の出版を禁じられた。

ゴドイにこの人物の恩赦を願うのは、楽しい仕事ではない。

ゴヤは黙っていた。アウグスチンは興奮し、不作法にしゃちほこばった足取りで行ったり来たりした。ルチーアは扇をもてあそびながら、潤んだ瞳でゴヤの仏頂面を興味深げに眺めている。「どうしてそんな提案をするんだ？　なぜ君が自分でホベリャーノスを擁護しない？」。ゴヤはとうとう尋ねた。

ミゲルは悠然と愛想良く答えた。「ゴドイが政権を握った瞬間、僕はわが自由主義の師にして同志の復権を決意したんだ。だがゴドイは言うに及ばず、誰もが、僕の昇進や哲学はホベリャーノスのおかげを被っており、いかに僕が彼に恩義を感じているか知っている。君なら誰からも怪しまれない。政治的にも中立だし、僕の覚えている限り、ホベリャーノスは君にもよくしてくれたが、君はホベリャーノスのシンパというわけじゃない。君が最初の一押しをすれば、間違いなく効果がある。それから僕が後押しする。ホベリャーノスが檜舞台に再登場すれば、カバルース伯爵や他の人たちの復帰も夢じゃない」。

ゴヤは不機嫌そうに耳にかかるふさふさした髪をなでつけた。ホベリャーノスが以前厚意を示してくれたことが恨めしかった。たしかに、ゴヤが無名で無一文でマドリードへやってきたとき、ホベリャーノスは大きな肖像画を依頼し、紹介の労をとってくれた。だが、本当のところ峻厳なホベリャーノスにはなじめず、画家ダヴィッドに対するのと同じような熱のない称賛を感じるだけだった。快活なゴドイが、絶えず苦言を呈する辛辣なホベリャーノスを嫌うのがよくわかる。それなのに今、有徳の士ミゲルはゴヤに寛大な心で恩返しをしろという。〈善行はこの世では報われず、あの世で報われる〉――ゴヤは古い民衆の金言を思った。

ミゲルは説いた。「ゴドイがフランスと一緒に平和へ向けて舵取りしている今こそ、このような提案は有望だ」

多分その通りだろう。それでもミゲルの頼みは無理な要求だ。ゴヤは感情がすぐ顔に出る質《たち》で、露骨にいやな顔をした。やっとここまで出世したというのに……。粘り強く、先見の明をもって術策をめぐらし、実績で勝ち取らねばならなかった。ここで国政に首を突っ込めば、これまでに手に入れたものを危険にさらすことになる。

「つまるところ君は政治家だが、俺は画家だ」。ゴヤは不機嫌に言った。

ミゲルはさらに忍耐強く説明した。「この場合、君が政治的野心を持たないからこそ、君のほうが望ましい代願者なんだよ」。

ルチーアはゴヤをじっと凝視していた。閉じかけた扇を胸元に向けている。マハの扇言葉で嘲笑的な拒絶を意味する。大きめの口許に漂う微笑が深みを増した。アウグスチンも期待に満ち、嘲るような面持ちでゴヤを見つめている。親友アウグスチンは俺の躊躇を非とするにきまってる。ルチーアやアウグスチンの面前で断りにくい提案をするなんて、ミゲルは卑怯だぞ。

「わかった」ゴヤは不機嫌に元気なく言った
「わかった　やるよ
アトチャの聖母が
お守りくださいますように
悪いことなど起こりませんように」
彼は木彫の像を見て
十字を切った
　だがルチーアは
ほほ笑みながら夫に言った
「あなたのお友達のゴヤは気高く勇敢で
私欲を捨てて喜んで
力を貸してくださる方だとわかっていましたわ
頭のてっぺんからつま先まで　真の郷士《イダルゴ》ですわ」
ゴヤは憤怒の表情でにらんだ

ふたりがルチーアの肖像画を持って

出て行くと
ゴヤは怒ってアウグスチンに言った
「そこに座れよ
笑うがいい　嬉しいだろう
美徳と楽々つき合える
貧乏人だから　失うものなんかないだろう？」
ゴヤはため息をついた
「腹の立つことばかりだよ」
古い諺をつぶやいた
「どこへ行っても結局同じ
義務と借金と餓鬼と雑草」

7　宰相ゴドイ

翌々日ゴヤは依頼された肖像画を描くために、宰相ゴドイの引見に赴いた。控えの間は満杯で、開け放した扉越しに、豪勢な寝室で宰相が衣服や髪を整えてもらっているのが見えた。レースや宝石を扱う業者、珍しい鳥を献上しようとアメリカから戻ったばかりの船長、ゴドイが助成金を出した新刊地理雑誌《世界旅行者》の編集者パヴァン、植物学の奨励を心がけるゴドイに書き上げたばかりの著書を手渡そうとする植物学者ロベルト・オルテガ。嘆願書を出すために訪れた若く美しい女性たち。

ゴヤが取り次ぎを頼むと、ナイトガウンをさっと羽織っただけのゴドイが秘書官や召使を従えて控えの間にやって来た。従僕は赤い靴下をはいていた。それは本来、王家の従僕にのみ許される表彰だったが、ゴドイに全権委任しているカルロス四世は、ゴドイの召使も赤靴下をはくことを許可した。

ゴドイはゴヤを心から歓迎し、「待ってたよ」と言って、ゴヤに奥の部屋に入るよう命じたが、彼自身は控えの間にしばらくとどまった。誰彼の別なく、各人にさりげなく愛想良く話しかけ、敵方の封鎖を破った船長には暖かいねぎらいの言葉をかけ、植物学者には温情こもった礼を述べ、待機しているご婦人方には磊落《らいらく》で遠慮のない視線をぶつけ、嘆願書を秘書官に集めさせ、まとめて全員退出させると、着替えの間へ、ゴヤのもとへ戻った。

ゴドイが着替えをすませ、ミゲルがさまざまな書類に署名を求める説明をしている間、ゴヤは仕事にかかった。生意気そうな、たいそう紅く小さな唇をした宰相ゴドイのふっくらした、いかがわしくも美しい顔には、妙に頑迷なところがあった。描きながら、ゴヤは他の画家の手によるゴドイの下手くそな肖像画がたくさん出回っていることを思い、内心にやりとした。英雄化しようとするから、失敗するんだ。ゴドイを正しく見るのは難しい。ゴドイのまわりには憎悪が渦巻いていた。国事はろくでもないほうへ傾き、君主に忠誠を誓うスペイン人たちはそれを国王のせいではなく、むしろ異邦人のイタリア女性である王妃、とりわけ王妃の情人ゴドイのせいにした――奴は僥倖《ぎょうこう》だけで出世街道を駆け上がった成り上がり者だ、もっと庶民的に振る舞え、王や大貴族の真似は許せん！

だが、ゴヤの考えは違った。まさにこの青年の僥倖、夢のような出世物語こそ、ゴヤが共感を覚えるものだった。

マヌエル・ゴドイは放牧の地エストレマドゥーラ、バダホスの貧乏貴族の家に生まれ、若くして宮廷の近衛少尉になり、ひきしまった恵まれた体格と美声のおかげで、王位継承者の妻すなわち現在のマリア・ルイーサ王妃の目に止まった。この生に貪欲な婦人は、もはや彼を手離そうとしなかった。今日二十七歳の堂々たる体躯の若者は、マヌエル・デ・ゴドイ・アルファレス・デ・ファリア、アルクーディア公爵、ヴァロンの近衛連隊長、王の枢密顧問官、重臣枢密院会長、金羊毛皮勲爵士騎士団の騎士の称号と莫大な財産を有し、王妃の子供たち、すなわちイサベラ王女とフランシスコ・デ・パウラ王子ならびに、たくさんの私生児の父親であった。

邪心を抱くことなく、かくも多くの幸運に耐えるのがいかに困難か、ゴヤにはわかる。ゴドイは柔和で、芸術や学問に敬意を払い、美しいものを愛し、誰かが彼の意に反することをしたときのみ卑劣で残酷になった。若い公爵の幅広の顔に生の横溢を感じさせる肖像画を描くのは、容易ではない。こういう連中は身分や地位をあらわすのにふさわしい態度をとることを好み、そのために高慢で思い上がった仮面をかぶるからだ。ゴドイに共感をおぼえるゴヤは、公爵の退屈そうな表情の下にひそむ、笑いと生きる喜びを開示することができた。

ゴドイは提示された書類にサインをした。「それから閣下に、あまり公にはしたくない報告がございます」。ミゲルはそう言って、ゴヤに微笑をふくんだまなざしを投げ掛けた。

「ゴヤなら構わないよ」とゴドイは愛想良く言い、ミゲルは演説を始めた。フランス君主の代理公使アブレは、スペインは神をも恐れぬフランス共和国に対する戦争に、もっと力を入れるべきだと尊大な調子で要求したという。ゴドイは不機嫌どころか面白がった。「でぶの王子ルイはヴェローナのホテルの一室で戦争ごっこ」と言って画家に説明した。「王子は宿屋《二人のせむし》亭にいるんだが、私たちが送金してやらないと、今までの二部屋住まいから、さらに一部屋召し上げられてしまうんだ。で、要求は?」とミゲルに聞いた。

「アブレの話では、少なくとも一千万フランと二千人以上の兵を、スペイン国王に期待しているそうです」。

「アブレには可愛い娘がいたな」ゴドイは黙考した。「痩せてたな、がりがりだった。細身の女は好きだが、がりがりは御免だ。ゴヤはどうだい?」。返事を待たずに、ミゲルに指示を与えた。「アブレに、私たちはできるだけのことをしたと伝えて、五〇〇〇フラン送金してやれ。ところで君はアブレから、彼の肖像画の代金を払ってもらったかい?」。

ゴヤが首をふると、「ほらね、五年前アブレはヴェルサイユ宮殿一輝かしい男だったのに、今じゃ画家に代金すら払えない」。ミゲルは「残念ながら、アブレが前線強化を願う唯一の人間というわけではないのです。戦場から悪いニュースが届いています」と、書類をパラパラめくり「フィグエラが陥落しました」と伝えた。

今までポーズを崩さなかったのに、ゴドイは驚き、落胆して天を仰ぎ、ミゲルのほうを見た。すぐまた元のポーズに戻ると「失礼」と画家に言った。

「カルスィーニはわが同盟軍が破れたら、フランス軍は他の前線から兵を撤退し、スペインへ攻め入るのではないか、援軍がなければ、フランス軍が三週間後にエブロ河畔に来るのではないかと心配しております」とミゲルが説明した。

ゴヤはそろそろ退出する潮時だと思ったが、ゴドイはポーズを取ったまま、柔らかい声で言った。「カルスィーニに援軍を送るつもりはない」。ミゲルが答えようとすると、ゴドイは続けた。「教会がいい顔をしないだろう。それは覚悟の上だ。同盟国としてできるだけのことはした。わが国が経済的に疲弊してよいものだろうか。宮廷は財政を切り詰められるだけ切り詰めている。マリア・ルイーサ王妃は主馬頭《しゅめのかみ》二名、従僕十名を解雇した。王妃にこれ以上不自由な思いをさせるわけにはいかない」。彼の声は少し高くなったが、ゴヤが指示した通りの姿勢で、頭は動かさなかった。

「カルスィーニ将軍にはどのように伝えましょう?」とミゲルが事務的に聞いた。

「フランス共和国は役立たずの将軍たちをギロチンに処してきたが、スペインは援軍を送らないという形で奉じる——むろんカルスィーニ将軍には今の言葉を丁重な言い回しで伝えてくれ」

ミゲルは報告を続けた。「明らかに我々同盟軍は、フランスを屈伏させるあらゆる望みを放棄しました。プロイセン公使は長い覚書で戦況における政府の見解を記しました」。

「手短に頼む」

「よい条件なら仏政府は和解するだろうと、ローデはほのめかしています」

「よい条件とは?」

「フランス共和国に故フランス王の遺児たちを引き渡せば、プロイセンは名誉ある和解だと考えるでしょう」

「領土をまったく持たないフランス王の遺児が、五千万レアルと一万二千の戦死者と引き替えというのは、小々高すぎるな。そう思わないかい、ドン・フランシスコ」

ゴヤは丁重に笑みを浮かべた。ゴドイが彼を要談に引き入れてくれたことで、いい気持ちになった。緊張して耳を傾けながら描き続けた。

「幼い国王ルイとマリー・テレーズことマダム・ロワイヤルがスペインの庇護で救われたら、フランス君主制の理念が、わが国スペインで命脈を保つことになります。名誉ある和平です」とミゲルが言った。

「ナバラ王国で手を打とう」。

ミゲルがお愛想を言った。「みごとな案です、閣下。私は、カルスィーニに援軍を送らないと、フランス王家の遺児たちで妥結しなければならないのだろうかと案じておりましたから」。彼は書類をひとまとめにすると、暇乞いをし、退出した。

ゴヤは要談にかまけて、ミゲルがゴドイと会えるよう計らった目的を忘れていたが、今やホベリャーノスとの一件が彼の心に重くのしかかってきた。どのように願い事を持ち出せばいいだろう。

ゴヤが口を開く前に、ゴドイが口火を切った。「カルスィーニを解任せよという者が大勢いる。ツーロンを守りきれなかった海軍大将マッサレードを解任せよという者も大勢いる。だが戦争というのは時の運だし、私は恨みに思わないよ。ところで君は、海軍大将のために肖像画を数点、描いているだろう?」と元気よく話し続けた。

「一点は、彼の家で見たような気がする。そうだ、海軍大将の家で、ことのほか美しい婦人の肖像画を見たんだ」。

ゴヤは怪訝《けげん》に思いながら耳を傾けた。ゴドイの魂胆はどこにあるのだろう。海軍大将の依頼で描いた女性とはペパ・トッドだ。彼女がモデルをつとめたことが、ゴヤと知り合うきっかけだった。用心したほうがいい。「ええ、海軍大将のために彼のお知り合いの女性を描きました」と慇懃に答えた。

「あの絵はすばらしかった。現身《うつしみ》の彼女もたいそう美しいに違いない。海軍大将の話では、未亡人で、夫君はメキシコかどこかで亡くなり、海軍省から年金をもらっているそうだね。違ったかな？　とにかく、ことのほか美しいご婦人だ」

ゴヤは農夫のように抜け目なく頭を働かせ、ゴドイのねらいを見て取った。当惑し、思いは千々《ちぢ》に乱れた。俺は陰謀に巻き込まれたんだ！　なぜミゲルがホベリャーノスを自ら擁護せずに、俺を派遣したのかがわかった。ミゲルでは老いた自由主義者のためにペパを提供できない。裏で糸を引いているのはルチーアか？　だからルチーアは、俺がすぐに同意の返事をしなかったとき、あつかましい笑みを浮かべながら、固唾をのんで俺をじっと見つめていたのか？　怒りを覚えながらも、ゴヤは義人ぶるミゲルが、追放の身の義人ホベリャーノスを呼び戻すために、こんな茶番を演じることがおかしかった。おそらくミゲルは、ホベリャーノスの召還のような大事のためなら、恋人をあきらめるのが俺の義務だと思っているのだろう。俺が払う犠牲など、たいしたことないと考えているのだろう。その通りだ。実際ペパのいない人生も考えていたのだから。しかし、こんな役回りを他人《ひと》から押しつけられるのは嫌だ。プライドが傷ついた。ペパがこのうえなく大切というわけではないが、奪い取られたり、金で決着をつけろということになれば、話は別だ。この思い上がった不作法な若造が、ペパに気があるというだけの理由で、彼女を譲るわけにはいかない。

他方ゴヤは、ホベリャーノスに恩義を感じていた。さほど深く愛しているわけでもない姥桜に固執して、ホベリャーノスがスペインの一大事にあって、一切の活動を禁じられ、山居させられるのは正しいことでない。まずは俺から先手を打って、ホベリャーノスの件を持ち出そう。ゴドイは渋い顔をするだろうが、〈酸っぱいワインを出す者は、自分も酸っぱいワインを飲まされることを覚悟せよ〉と諺にもいうじゃないか。難しいところだ、奴《やっこ》さんは難色を示すかもしれない。そうしたら俺も、出方を考えよう。

ペパのことには触れずに、制作を続け、しばらく後にゴヤは言った。「平和になれば、国じゅうが閣下に感謝するでしょう。マドリードの町は活気を取り戻すでしょう。山居していた面々が町に戻れば、人々の胸は熱く燃えるでしょう」。

ゴドイはゴヤの予想通り驚き、「山居していた面々だって？」と鸚鵡返しにした。「マドリードっ子は、私たちが山居を願わねばならなかった数名のあまりにも熱心な進歩主義者たちがいないのを寂しがっていると、君は本気で思っているのかい？」。

「ある種の人々がいなければ寂しいものです。閣下、いくばくかの光がなければ、私の絵も生命の半分が消えてしまいます。例えばカバルース伯爵やガスパール・ホベリャーノスのような人間がいないマドリードもそうです」。ゴドイは驚いて飛び上がった。だがゴヤは動ぜず「閣下、どうか頭を動かさずに」と命じた。

ゴドイは従った。「我々の友ミゲルがそういう発言をするなら、別に不思議じゃない。だが君の口から聞かされるとは意外だね」。

ゴヤは描きながら、あっさり言った。「閣下とミゲルの要談に列席させていただく栄誉を賜りましたときに、私の脳裏をかすめた考えです。ぶしつけな発言をお許しください。閣下の率直なご様子に、つい口をはさんだまでです」。

ゴドイも相手の腹が読めてきた。「率直な意見は好きだよ」と、いやに愛想よく言った。「君の提案は十分考慮しよう」。それから時を移さず、たいそう快活に話を続けた。「先程のみごとに描かれた肖像画の婦人の話に戻るけど、彼女はこのマドリードにいるんじゃないかな？ 君は最近、彼女に会わなかったかい？」。

ゴドイがかくも回りくどいやり方をとらねばならないのが、ゴヤにはおかしかった。することなすこと、警察書類やサンタ・カーサ、異端審問所の記録簿に整然と、たいそう精確に記録される。ゴドイはもちろん何もかも、ペパのことも、ゴヤと彼女との関係も知っているのだ。おそらくミゲルとも話し合ったことだろう。しかしゴヤは控え目な態度を崩さず、「たしかに、そのご婦人とたびたび会っております」と冷ややかな返事をした。

ゴドイは、はっきり口にするほかなかった。ゴヤから指示された方向に頭をけなげに保ったまま、さりげなく言った。「私をそのご婦人に紹介してもらえないだろうか。私のことを『女たらし』などと敵意ある噂を流す者がいるが、私は真に美しいものには熱く真摯な愛を捧げる人間だと伝えてくれないか。あのご婦人の肖像画は、知的な女性の姿を伝えてくれる。きっと話のわかる女性だ。たいがいの女は寝るしか能がなく、三度も顔を合わせれば、もうやることがない。違うかい？」。

ゴヤの脳裏をひどく猥褻なものがかすめたが、「ええ、閣下、哲学談義のできる女性は少ないですね」と言った。するとゴドイはあけすけになって、「皆で一緒に楽しい夕べを過ごすというのは、どうかな？ あの愛すべき未亡人と数名の友人と、皆で楽しく飲み食いして、おしゃべりして、歌を歌うというのはどうだろう？ たしかドーニャ・ルチーアは、彼女と知り合いだったな。もちろん君がその会合に同席してくれるという条件で」と説いた。

はなしは明快だった。ゴヤがペパの件をのめば、ゴドイもホベリャーノスの件をのむということだ。豊満なペパが艶かしくしどけなく座り、大きく見開いた緑の瞳の奥から彼を見つめるさまが眼前に浮かんだ。今なら、レースのついた上等な厚地の緑色のドレス姿のペパを正しく描ける。それこそ、ルチーアの絵に適用した、あの新たな銀灰色にふさわしいのではないか。海軍大将マッサレードのために描いたペパの肖像画も悪くはないが、あのころ俺はペパに心底ほれ込んでいたから、その心情をそのまま描き込んだのだ。俺の上首尾な絵にゴドイが釣られたとは面白い。今こそペパが、ありのままの彼女が見える。どのように描けばいいか、どんな風に描かねばならないかもわかる。彼女の愛の姿態を思い浮かべながら、この瞬間、心の中で彼女と決別した。「閣下にお目にかかるのは、きっとトッド夫人にとって栄誉であり喜びでしょう」。

まもなく赤靴下をはいた召使があらわれ、「ご婦人が閣下をすでに十分もお待ちです」と告げた。男の控え目ながらも、敬意のこもった断固たる顔つきは、「ご婦人」とはとりもなおさず王妃であることを物語っていた。

「残念だが、ここで中断だ」。ゴドイは溜め息をついた。

ゴヤは相反する感情に苛まれながら帰宅した。俺は女に冷たかった。出世のために女を捨てたこともある。だが今回のように不当に強いられたことはなかった。ホベリャーノスのためでなければ、こんな要求をのみはしないのに……。

アトリエにはアウグスチンがいた。苦虫をかみつぶしたような、おしつけがましい顔をしたこの男にも、俺をこんな胸糞の悪い取引に引っ張り込んだ責任がある。ゴヤはゴドイのスケッチに取り組んだ。描くうちに、ゴドイの肉付きのいい顔から温和さや知性が消え、下劣な好色漢の顔があらわれ、それは豚に似ていた。ゴヤはスケッチを破り、机に砂をまいて描いた。艶めかしい浮かれ女の性悪猫ルチーア、かどのある狡猾な狐のミゲル。不機嫌に溜め息をついて、それらの顔を消し去った。

その夜ゴヤは機嫌が悪かった
次の夜も機嫌が悪かった
だが三日目に
アルバ邸から使いが来た

お仕着せの制服を着た召使が
招待状を手渡した
アルバ女公爵から
新居ブエナヴィスタ城
落成式の
招待状だ
さらに　こう書かれていた
「私の扇絵はいつになったら
いただけるのかしら？」
ゴヤはほほ笑み
大きく息を吸いながら
読みにくい小さな文字を眺めた
これはまぎれもない証《あかし》だ
天からのご褒美だ
スペインとホベリャーノスのために
自分自身と　おのれの傲慢さに
打ち勝ったのだから

8　王妃と宰相

プロイセン公使フォン・ローデは、ポツダム宛てにドン・マヌエル・ゴドイ、アルクーディア公爵についての報告を書いていた。〈彼は朝早く起床し、主馬頭《しゅめのかみ》や他の側近らに、一日の詳しい指示をし、八時に別荘地の馬場へ赴きます。毎朝九時ごろ王妃が現れ、一緒に乗馬をします。彼の馬術はすばらしい。それは十一時まで続きます。国王も狩猟から戻ると、一緒に乗馬をします。その間に早くも、彼とあらゆる種類の仕事の話をしたい大勢の人が待機しています。さばくのに十五分とかかりません。それから公式の朝の引見です。たいてい身分の高いご婦人が半ダースほど同席し、第一級の音楽家が演奏しております。一時になると彼は王宮へ赴きます。王宮には彼自身の客室、居室、執務室、寝室があります。重臣という性格上、王の公の午餐会に出席します。午餐会の後は私室に行きます。私室は王妃の部屋の真下にあり、隠れ階段を使って彼のもとへ忍んできた王妃と本当の食事をとります。その間、国王は再び狩りに出ます。密会の際、王妃と彼は口裏を合わせて王を欺きます。

七時になると王と直談します。八時に私室へ戻りますが、たいてい三十名から四十名のあらゆる身分・階級の女性たちが嘆願書をもって待っています。この嘆願書の処理に彼は二時間以上かけます。十時になると部下たちを呼び寄せ、本来の仕事にかかります。概して二時間で終えます。時間厳守で仕事をすばやくこなし、手紙にも頭を悩ますことなく、ほぼ即日返信します。彼は明敏で、仕事にうんざりすることがあっても、判断の確かさが、即断から生じる欠陥を補ってくれるでしょう。

要するに彼は若年ながら、困難な職務をそつなくこなしています。各国の重職に、このような官吏がいれば、ヨーロッパは安泰でしょう〉

9　王妃の恋敵

ゴドイと若き未亡人ペパ・トッドのパーティはルチーアの家で行われた。広大な家に美術品がいっぱいだ。壁には上から下まで、大小、今昔を問わず絵が目の眩むほどびっしりと掛けてあり、まるで絨毯のようだった。

ルチーアはスペインの古くからのしきたりにならい、高い天蓋のついた雛壇に座り、客人を招き入れた。高い櫛で飾った髪、全身黒ずくめで、可愛らしい仮面のような顔をトカゲのようにのぞかせている。表向きは楚々と控え目に、内心はいたずらっ子のように喜々として、これから起こる出来事を心待ちにしていた。

ゴドイが早々と現れた。入念に身繕いし、エレガントでシンプルな装いだ。鬘《かつら》はつけず、赤みを帯びたブロンドの髪に髪粉すら振っていない。あまたの勲章の中から、今日は金羊毛皮勲章だけをつけている。幅広の顔にはいつもの傲慢な様子が微塵もなかった。招待者のルチーアと礼儀正しい会話をしようとしたが、心ここにあらずの風情で、人待ち顔だ。

ドン・ディエゴ司祭がルチーアの肖像画の前に立っている。初めミゲルはこの絵だけ別の場所に置こうとしたが、他の高価な品々に囲まれているほうが、いっそう絵の個性が際立つことに気づき、他のたくさんの絵と一緒に飾ることにした。司祭は長く黙っていられなかった。ラテン語とフランス語の引用をちりばめながら、この作品は斬新で素晴らしいと褒めそやした。それはルチーアに対する愛の告白のように響いた。ミゲルは複雑な心境で、生身の妻と妻の肖像画に対する称賛の言葉を聞いた。司祭が彼よりも玄人っぽく、作品とその斬新なトーンを褒めそやすことができるのを認めねばならなかった。

ペパが現れた。明るいレースのケープに緑のドレス、装身具は海軍大将の贈り物である、宝石をちりばめた十字架だけだ。まさしくゴドイが恥知らずな提案をしたとき、ゴヤが思い描いたペパ、これから描いてやろうと考えているペパだった。「老女中が輿《こし》を調達するのに手間取ってしまって……」とペパは遅くなった非礼を詫びた。ゴヤは彼女のずうずうしい落ち着き払った態度にあきれると同時に感心した。二人の間では、今晩起こることについて、わずかなほのめかしがあっただけだ。ゴヤは、ペパから悲嘆と呪詛の言葉を浴びせられると覚悟していたのだが、そのようなことは一切起こらず、彼女はさまざまな意味にとれる嘲笑的なつぶやきを漏らしただけだった。ペパの今の勿体ぶった態度は、もちろん魂胆あってのことだ。わざと遅れてきたな。自分の経済的窮状を見せつけるためだ。ゴドイの前で俺の吝嗇《りんしょく》ぶりを暴露し、俺に恥入らせようとしている。ひとこと言ってくれれば、大喜びでというわけにはいかないが、俺だってもっと援助したのに。卑怯だぞ。

ゴドイは彼女の言葉をほとんど聞いておらず、彼女をじっと見つめたが、ふだんはけして見せない敬意の込もったまなざしだった。ルチーアがペパを紹介すると、ゴドイは王妃や王女たちに対するよりも深々とお辞儀し、いかにゴヤが描いた彼女の肖像画に感動したか、こういう特別な場合には偉大なる巨匠の作品ですら、いかに実物に遅れをとるか、よどみなく語り続けた。貴婦人に仕える騎士の愛のまなざしだった。

ペパはおおげさな褒め言葉に慣れていた。マドリードのマホ（伊達男）も、地方の郷士も、宮廷の大貴族もスペイン男は皆同じだ。だが、そのニュアンスを察し、この貴人が、もうすぐ帰還する海軍大将よりも、戦死した海軍少佐の夫よりも彼女に首ったけなのを見抜いた。ゴヤが私を裏切って売り渡す気なら、ゴヤはいかに価値ある女を失ったか思い知るでしょう。見てらっしゃい。ペパはふっくらした唇から大きく輝く白い歯を見せて愛想良く慇懃にほほ笑みながら、扇言葉はイエスでもノーでもなく、ゴヤがゴドイの動きを反感をもって目で追うのを満足げに眺めた。

小姓が食事の支度ができたことを告げた。皆、食堂へ向かう。食堂の壁も上から下まで、フランス、フラマン、スペインの巨匠によって描かれた静物画や台所用品の絵でびっしり覆われている。ベラスケス作『ウルカヌスの鍛冶場』、ファン・ダイク作『カナの婚礼』、狩猟鳥獣、魚や果実がみずみずしく描かれ、いかにも美味しそうだ。そして食卓には選り抜きの料理が適量置かれている。サラダ、魚、ケーキや菓子類、マラガ酒にシェリー酒、パンチ、氷片を入れた甘いジュース。小姓だけで召使はおらず、男性が女性に料理をとってサービスした。

ゴドイはペパに熱心に話しかける。「ゴヤの肖像画の通り、明るい安らぎに輝いていますね。あなたの落ち着きにはいかなる興奮が隠されているのでしょう。平静さの中に興奮と感動が潜んでいるのではないでしょうか。フランス語は話されますか？」。「アン・プ（少し）」。ぎこちないアクセントで彼女が答えると、「マドリードの他の女性たちより教養がありますね。宮廷の貴婦人やお洒落女やマハには、空疎なお世辞しか言えませんが、あなたとなら知的な事柄や人生について語り合えそうです」。ペパは座って飲みながら、耳を傾ける。レースの手袋を通して、彼女のふくよかな腕が白くほのかに輝くようだ。

ペパの扇言葉〈お上手ですこと！〉に勢い込んだゴドイは、すぐさま宣言した。「ゴヤにもう一枚あなたの肖像画を描いてもらわなくては。そうして座ってらっしゃるあなたを、ゴヤに全力で、この私のために描いてもらわなくては」。

ルチーアがゴヤを会話に引き入れた。静かに落ち着き払って座ったまま彼女は、ゴドイがペパの気を引こうとするのを眺めていた。ゴドイがペパを見つめ、彼女の上にかがみ込む様子から、彼が情熱のとりこになっているのが、ありありとわかった。ルチーアはそれを満足げに眺めた。氷片を浮かべたジュースを啜りながらルチーアは、さりげなくゴヤに言った。「ペパが楽しそうで嬉しいわ。かわいそうな女《ひと》なんですもの。若い身空で未亡人になって、そのうえ両親もいないなんて。浮き沈みの多い人生に感嘆すべき平静さで耐えてきたのですもの。そうでしょう?」。ゴドイから目を離さず、ルチーアは続けた。「不思議ね、そもそもあなたの絵がゴドイ宰相の、かわいそうなペパへの関心を呼び起こしたのでしょう。あなたはご自分の絵で、運命を作り出したのね」

ゴヤはどんな男よりも、自分のほうがずっと女という生き物をよく知っていると思っていた。ここに座っている長身でほっそりした愛らしい淑女の仮面をかぶった不埒なルチーアは、生意気にも俺を笑い者にしている。耳に、あのプラドのナッツ売りの少女、俺に仲間をけしかけた、蓮《はす》っ葉《ぱ》娘の厚かましい金切り声が響いてくる。してやられたのか? ペパはどの程度この件の裏に通じているのだろう。ルチーアとぐるになって俺を笑い者にしている、などと思ってもみなかった。深い憤りが込み上げてきたが、自制し、そっけない返事をし、愚鈍を装い、ルチーアの潤んだ離れ気味の双眸をぼんやりと見つめた。「今日のあなたは、いやに刺々《とげとげ》しいのね。ペパの幸運がお気に召さないのかしら?」。ルチーアは、やんわりと言った。

司祭が二人のほうへやってくる。ルチーアとの面白くない会話に終止符を打つきっかけができて、ゴヤはほっとした。

ルチーアのもとを離れるやいなや、今度はペパが彼を呼んだ。グラスにパンチを注げという。ゴドイはペパがゴヤと二人きりになりたがっているのを察し、ペパの機嫌を損ねたくないので、他の人たちのところへ行った。「今日の私はいかが?」。ペパは物憂げにたおやかに椅子に座っている。ゴヤは落ち着かない気持ちだった。ペパとはいつでも腹を割って話す覚悟ができていた。話し合いもなく、わだかまりを残したまま別れるとしたら、ペパのせいだ。怒るべき原因のあるのは俺のほうなのだから。

「ここには長居したくないわ。あなたの家へ行きましょうか、それとも私の所へ来る?」

ゴヤはあっけにとられ、ぽかんとしていた。何のつもりだ？　今晩の招待が何を意味するか、わからないほど馬鹿ではあるまい。それともルチーアが説明していないのか？　何にでも噛みつくのは、俺のほうか？

実際はペパは何日も前から、この件がわかっていたが、ゴヤが想像したほど簡単には決心がつかなかった。何日も自問した——どうしてゴヤは話してくれないのかしら、話し合いをすべきじゃないかしら。ペパはじたばたしない性格だったが、ゴヤが自分の出世のためであれ、あるいは玉の輿の邪魔立てをしたくないので身を引いたのであれ、彼女をかくもあっさりと譲ったことが腹立たしかった。あれこれ思い悩むうちに、いかに自分がゴヤに恋着しているかに気づいた。

ペパは経験豊かだが、根は単純な女性だった。男たちと目配せを交わし、戯れの恋をしたが、夫のフェリペ・トッドが身を委ねた最初の男性だった。後に、とりわけ女優修行時代、男たちがこの若き未亡人をめぐってしのぎを削ったが、気を引くどころか、肘鉄を食わせてきた。その後、海軍大将の大船に乗ると、彼女の自尊心も高まった。そしてゴヤによってはじめて、深い愛の歓びを知ったのである。それなのに彼のほうは、もはや彼女を愛していない——なんとも残念なことだった。

ルチーアから寵臣ゴドイがおおいに知り合いになりたがっていると聞かされたペパは、明るい幸せな前途が開けたと思った。いくつもの壮麗な宮殿をもち、恭しい召使にかしずかれるというロマンスの夢が実現するかもしれない。王妃の情人ゴドイが自分の愛人になったら、どうなるのかしらと夢想し、トランプのときも上の空で、老女中にいつもよりごまかされた。それでも彼女は、ゴヤさえその気なら、ゴヤの恋人でいようと決心した。そう決意して、ここに来たのだ。

だから今、彼女ははっきりと問いかけた。「今晩あなたの家へ行きましょうか？　それとも私の所へ来る？」。ゴヤは黙っている。「私が重荷なの？　なぜ私を宰相に投げ渡すの？」。優しく小声で聞いた。他の者たちは、あたりさわりのない会話をしていると思ったことだろう。

美しく艶《なまめか》しく座るペパ。男としても画家としても眺めて楽しい女。腹立たしいが彼女の言うことはもっともだ。俺には意中の女がいる、まだ手に入れたわけじゃないが……。アルバ女公爵が俺の人生にひょいと現れ、俺をとりこにしたんだ。だから君を宰相に譲るんだ。だけど、それだけじゃない。この件に関して、ホベリャーノスとスペインのために俺が払った犠牲なんぞ、君には思いもよらぬことだろう。すぐさま激しい怒りが込み上げてきた。なんだって、俺はいつも誤解されるんだ。できればペパを殴りつけてやりたい。

アウグスチンはルチーアとペパを交互に見比べ、裏があるとにらんだ。ゴヤが苦境に立たされている。ゴヤは私を必要としている、そうでなければ今晩私をここへ連れて来はしまい。私たちの堅い絆のあかしだ。だが今宵の宴は楽しくない。アウグスチンはただ、ぼんやりと立ち尽くし、女難のゴヤをうらやんだ。美味しくもないマラガ酒と、美味しくもないシャンパンを交互に飲んだ——悲しかった。

ゴドイは十分礼儀を守ったので、そろそろペパに向かう潮時と見た。ペパも満更でもなさそうだ。ゴヤにはっきりと「あなたが拒むなら、私の負けよ。わかったわ、あなたが示す道を行きましょう」と告げた。彼女のロマンスでは、袖にされた女性は、別の男性から崇められ称賛されることになっている。ゴドイのような大金持ちの貴族なら、ただ拾い上げたりはしない。ゴドイだったら、女性のために喜んで莫大な金を差し出すでしょう。

ペパは、しばしば仲良しのルチーアと一緒に外出したが、ルチーア夫妻がときおり催す名士連の宴にはけして行かなかった。上流階級がしがない海軍将校の未亡人なんぞを受け入れないことを、よくわきまえていたからだ。だが、これからは事情が一変するだろう。宰相の寵愛を受けるなら、ひっそり咲く日陰の花ではなく、公認の側室に、王妃が歯ぎしりするような恋敵になってやる。

ゴドイは酒に酔い痴れ、シャンパンのせいで、またペパの側にいることで興奮していた。彼女の目に華々しい存在でありたかった。「乗馬はしますか?」と聞いた。愚問である。女性で乗馬をするのは大貴族か大富豪に限られていた。悠然とペパは、父の大農場へはときどき馬で出かけたが、スペインで乗るのはロバかラバだと答えた。「これから埋め合わせをしなくては。ぜひ乗馬をなさってください。馬上のあなたはきっと女神のように神々しいことでしょう。かく言う私も、乗馬は不得手ではありません」。

ペパは好機とみた。「あなたの卓越した乗馬の腕前はスペインじゅうに知れ渡っておりますわ。一度拝見させていただいても、よろしいかしら?」

　この無邪気な問いは国一番の美女の口から発せられても、大胆きわまりない不当な要求だった。ゴドイの乗馬には常に王妃が同席し、国王もしばしば合流するからだ。これはマドリードじゅうの噂だったから、ペパが知らないはずはない。ゴドイは一瞬面食らったが、冷静さを失わず、大きな檻のように美しい口が開かれ、彼を誘うのを見た。彼女の大きく美しい誘惑的な口許と緑色の瞳を静かにじっと見つめた。今の申し出をはねつければ、この麻痺させるような香気を放つ白い肌に赤毛のすばらしい女性を失うだろう。この申し出をはねつけても、彼女と一夜をともにすることぐらいはできるかもしれない。だが彼の望みはもっと大きかった。いつも彼女をそばに、片時も離さずにそばにおきたかった、彼女を完全に自分のものにしたかった。ぐい飲みし、またぐい飲みし、とうとうゴドイは言った。「もちろんですとも。あなたの前で馬を走らせるのは、大変な名誉です。王室一家は数日後、フェリペ二世が建造したマドリード北西にあるエスコリアル城へ参ります。でも近々、あなたの忠実なしもべである私はマドリードの別荘に戻り、執務の憂いをふるい落とし、あなたのために馬を走らせましょう、ペパ」。彼女を愛称で呼んだのは初めてだった。

　ペパは心の中で勝利を祝った。彼女のロマンスを思い浮かべた。ゴドイの言葉はロマンスのように詩的に響く。これからは私の人生は一変し、ゴドイの生活も変わるでしょう。もちろんゴヤの人生も……。ゴヤのために尽くしてあげることもできれば、拒絶もできるのよ。もちろん拒絶する気はないわ。でも、ゴヤの出世を左右できる立場にあることを思い知らせてやる――緑の瞳は復讐の炎で燃え上がった。

　ミゲルはゴドイがペパの気を引こうとしているのを見て、心配になった。ゴドイはしばしば情熱的な振る舞いをするが、今回のように真剣なのは初めてだった。ばかなことをしでかさないように、気をつけねばならない。王妃をあだやおろそかに思うと――。王妃マリア・ルイーサは情人ゴドイが羽をのばすのは構わないが、真剣な恋に落ちるのを我慢しなかった。ペパとの一件は一夜だけでは終わりそうにない。王妃はいったん怒りにかられると、手がつけられない。王妃はゴドイの政策もミゲルの政策も邪魔立てできるのだ。

　だが、今から心配しても仕方がない。彼はゴドイとペパに背を向け、愛妻ルチーアを見た。なんと貴婦人らしい美しさに満ちていることか。ゴヤの肖像画が我が家のコレクションに参入してから、妻の淑女らしい美しさが以前より多義的になったように思われた。多年にわたり膨大な研究から確固たる規則を見出してきた。善と美の一致を説いて、道徳感覚による倫理学と美学を唱導したイギリスの思想家シャフツベリーの著作を読み、何が美しく、何が美しくないかを明らかにしたつもりだった。だが今、その境界が溶け去ろうとしている。肖像画のルチーアと現身《うつしみ》のルチーアの双方から、ちらちらと微光が発せられ、それは彼を落ち着かない気持ちにさせた。

ゴドイから乗馬見学を許されたペパは、より打ち解けた態度を示した。彼に子供時代や大農園や奴隷たちの話、知人たち、ことに大女優ティラーナのことや自分の女優修行のことを語って聞かせた。

「あなたが舞台に立ったら素敵でしょうね」とゴドイはすぐさま熱心に表明した。「大げさではないのに雄弁な仕草、表情豊かな顔、天授の美声――ひとめ見た時から舞台にうってつけの方だと思いました。歌も歌われるのでしょう?」。

「少しだけですわ」

「一曲歌っていただけませんか?」と彼は頼んだ。

「自分ひとりのためにしか歌いませんの」。だが、ゴドイががっかりした顔をしたので、彼女は豊かな物憂げな声で「誰かのために歌うと、その方がとても慕わしく思われて……」と付け加え、彼をじっと見つめた。

「いつか私のために歌ってくださるでしょう?」彼は小声で切望した。ペパは返事の代わりに扇を閉じて、拒絶のサインを送った。「ゴヤのためには歌ったのでしょう?」。彼は嫉妬にかられて言った。ペパは押し黙り、硬い表情になった。ゴドイは激しく後悔し、頼んだ。「許してください、あなたのお気を悪くするつもりではなかったのです。私は音楽が大好きで、みずからのうちに音楽を持たない女性を好きになることはありません。私も少しばかり歌えますので、あなたのために一曲歌いたいと思います」。

王妃マリア・ルイーサが情人ゴドイの歌を聞くのが何よりも好きなことは、マドリードじゅうに知れ渡っていた。だがゴドイは王妃の願いをなかなか適えてやらず、四度に三度は辞退していた。ペパは初対面で彼をかくもいいなりにできるのが、たいそう誇らしかったが、余裕ある好意をみせるにとどめた。「ねえ、ルチーア、宰相が私たちのために歌ってくださるそうよ」と叫んだ。一同は驚いた。

小姓がギターを持って来た。ゴドイは足を組み、ギターを調律し、歌い出した。自分で伴奏しながら、兵役にとられ、戦場へ行かねばならない若者の古い感傷的なロマンスを歌った。「無敵艦隊は行く／僕のロージッタは残る／ああ　僕のロージッタ！」。感情をこめた巧みな歌いぶりで、声もよく訓練されていた。

「もっと歌ってくださいな！」。うっとりした婦人達の要望に答えて、彼は小唄クープレ、セギディーリャを歌った。闘牛場で赤恥をかき、闘牛はおろか人前に出られなくなった闘牛士のセンチメンタルで皮肉な歌だった――昔は二百人もの美しく優雅なマドリードの女性たち、お洒落女やマハたち、二人の公爵夫人までもがお互いの目玉をくりぬきかねないほど彼を奪いあったのに、今や故郷の田舎娘が彼のために藁の寝床を準備してくれるのを喜ばねばならない身の上だ。皆は拍手喝采し、ゴドイも満足し、ギターを脇へ置いた。

だが女性たちは「もっと歌ってくださいな！」とせがんだ。彼はためらいながらも心動かされ、短い喜歌劇トナディーリャを歌うので、もうひとり歌い手が必要だと表明し、ゴヤを見つめた。歌が大好きなゴヤは、ワインの勢いも手伝って承諾した。二人はひそひそ相談し、試しに歌ってみた。両者の息もぴったりだ。二人は、ラバ引きの喜歌劇を歌い、踊り、演じた。ラバ引きは旅客を罵り、客の要求はエスカレートするいっぽう。客はラバ引きとラバをせかし、上り坂でも降りようとせず、おまけにしみったれで、チップを一銭も払おうとしない。両者の諍いと罵倒に、ラバのいななきが加わり、ゴドイとゴヤは本音さながら、やり合った。

スペインの宰相と宮廷画家は熱心に歌い踊った。エレガントに着飾った貴人二名は、罵倒するラバ引きとけちな旅行者を演じたどころか、まさにそのものであり、互いの本性をむき出しにしていた。

女性たちは黙って見物した。小声で歓談していた司祭とミゲルは、両者の歌合戦が白熱すると、いぶかしげに口をつぐんだ。高い知性と教養に対する自意識から、彼らは歌合戦にひそかな軽蔑を禁じ得なかった。この二人の野蛮人どもは女たちに気に入られようと躍起になっている、自分たちの品位をおとしめていることにも気づかない。

ゴドイとゴヤは思う存分歌い、飛び跳ねたので、幸福な疲労感を味わいながら深く息をした。

するとクと今度は、アウグスチンの出番だった。

酔うとスペイン人は愚行をやらかす、尊厳を失う。アウグスチンはいつぞやワインのせいで理性を失ったことがあるのを忘れていた。今日は下戸なのに飲んでいたし、自分でもそれがわかっていた。自分にも、他の客人にも腹が立った。お腹に金ぴか物をぶらさげたアルクーディア公爵とかいう、たいそうな肩書きのゴドイ、汚水のごとく芸術とおのれの真情を吐き出すゴヤ。幸運の女神のご加護で、二人は卑賤の身から頂点まで登りつめ、誰もが夢見る富や権力、名声、美女が意のままだ。天や運命に謙虚な気持ちで感謝するどころか、二人は天下の美女の前で道化を演じ、手負いの猪のごとく吠え、跳ね回る。この私はただ指をくわえて眺め、喉からあふれるほどシャンパンを飲むほかない。今こそ、せめて司祭に思う存分自分の意見を述べ、学者ばか、古文書ばかのミゲルに、ルチーアの隣に座る幸福がどんなものかわからせてやりたい。

アウグスチンはしわがれ声で、いわゆるお偉さんの空疎な学識について私見を開陳し始めた――奴らはアリストテレスやヴィンケルマンについてギリシア語やドイツ語で長々とおしゃべりする。研究のための金と時間がたっぷりあれば、留め金つきの上等な靴と洒落た衣服を着込んで大学で聴講できる。アウグスチン・エステーベのように飢えをしのぐために日銭を稼いだり、施しを期待する必要がなければ、別に難しいことじゃない。お偉さんたちは宴会や闘牛や博士号取得のために必要な二万レアルを持っている。だが、博士号を持たない、私たちのような者は、種々の博士号を有する四つの大学やアカデミーよりも芸術に精通しているのに、ただ座って、喉からあふれるほどシャンパンを飲むしかない、凱旋将軍の尻の下の馬を描くしかないんだ――アウグスチンはテーブル上にどうとばかり倒れ、はあはあと苦しげに息をした。

司祭は優しく言った。「そうか、われらのアウグスチンも彼の喜歌劇を披露したんだね」。

ゴドイはお抱え画家のやせた助手に理解を示し、「スイス人の飲みっぷりだ」と好意的に言った。スイスの近衛兵は休暇の晩に酔っ払って腕を組んで路上を行進し、野卑な声でわめいて通行人に迷惑をかけることで有名だった。ゴドイは他人にからむアウグスチンの酩酊ぶりと、陽気で同情心ある自分のほろ酔いの違いを認め、満足した。ゴドイはゴヤの隣に座ると、さらに飲みながら、年長で利口で共感できる友である画家に心情を吐露した。

ミゲルはペパに向かった。彼女は目下のところ、明らかに宰相に影響力をもっているので、スペインの利益と進歩のためにも、彼女の友情を確保するのは適切と思われた。

司祭はルチーアの隣に座っていた。彼は人を見る目があり、ルチーアをよく知っていると思っていた。ルチーアは体験豊富だ、うぬぼれ屋に違いない、目標のものを手に入れたのだから。こういう女性を手に入れるのは難しい。だが彼は学者で哲学者で理論家だったから、体系的に戦略を練った。他人なら満足をおぼえる事柄にルチーアが軽い嘲りを示すところを見ると、彼女は自分の出自を意識し、それに誇りを持っているのだろう。下層階級の出身で、マハであることを忘れておらず、そこに彼女の強みがある。マドリードのマホやマハは何者にも譲歩しない、大貴族のように、いや、それ以上に生粋のスペイン人として振る舞う。司祭はルチーアの中に、パリのロラン夫人のような密かな女革命家の姿を見て取り、それに基づいて計画を練った。

司祭は、ミゲルが妻のルチーアと国務について話すのか、そもそも彼女が国務に関心があるのかも知らなかった。しかし彼は、ルチーアが雛壇やサロンからスペインの運命を操っているかのように振る舞った。「平和へのひそかな歩みはあまり功を奏しませんでした。パリはスペインに不信感を抱いています。異端審問所に覚えのめでたい聖職者と、ヨーロッパ第一級のサロンをもつエレガントな貴婦人が、パリっ子たちに対するスペインの国務に、宮廷の政治家よりも自由な、しかしそれ故に効果的な影響を及ぼすことができるとは、お考えになりませんか?」。

司祭は自分がパリで影響力を持ち、雲の上人とも親交があることをほのめかした。礼儀正しく慇懃に、注意深く、彼女の助言を請い、彼と結束するよう要請した。利口なルチーアは、司祭のねらいが政治以外の事柄にあるのに気づいたが、教養ある謎めいた紳士から信頼を寄せられ、困難で微妙な役割を提案されると、悪い気はしなかった。ぜいたくに慣れた貴婦人の意味深長で伺うような双眸が、司祭を興味深げに見つめた。

それからルチーアは「少々疲れました。もう遅いので失礼します。お休みなさいませ」と言って退出した。ペパも化粧直しをしたいといって一緒に出て行った。

ゴドイとゴヤの二人は周囲のできごとに頓着せず、飲み交わした。

「私は君の友だちだよ、ゴヤ。君の友人でパトロンだよ」と宰相は画家に請け合った。「私たちスペインの大貴族はいつも芸術を支援してきた。私は芸術的センスがあるんだ。私の歌いっぷりは、聞いただろう。私たちは一心同体だ、君と私、画家と政治家。君はアラゴンの農民の出だね。言葉を聞けばわかる。私の母は貴族だが、ここだけの話、実は私も農民の出なんだ。私は大出世した。君も大出世させてあげるよ。全幅の信頼を置いてくれ。君も私も、男の中の男だ。男の中の男というのは、スペインには少ないんだよ。〈スペインは偉大なる男たちを生み出すが、あっと言う間に彼らを消耗する〉という諺があるけど、本当にそうだね。あまたの戦いから、生き残る者はわずかだ。君と私は生き残った。だから女たちが私たちをめぐって争うのさ。父は私のことをいつも『マヌエル、私の勇ましい闘牛君』と呼んでいたが、まさにその通りだ。この勇ましい闘牛を仕留める闘牛士はまだ現れない。ねえ、ドン・フランシスコ、私のフランコ、人間は自分から幸運の女神を呼び込まなきゃ。つきを自分で呼ばなきゃ、指をくわえて見てるだけでは幸せにはなれないよ。幸運というのは、鼻や足や尻や他のものと同じように特性なんだ。ついてる奴もいれば、ついてない奴もいる。君はいい奴だな。私は感謝の念を忘れない人間だ。君に恩義を感じてる。私は生まれつき目はいいけど、真に見ることを教えてくれたのは君だ。君があの未亡人の肖像画を描かなかったら、はたして彼女に巡り合えただろうか？　君の絵がなかったら、あの女性の神々しさを認識することができただろうか？　ところで、彼女はどこへ行ったんだろう？　いなくなってしまった。いや、また戻ってくるだろう。幸運は私から逃げない。ねえ、あのペパは女の中の女だ、私にうってつけの女性だ。こんなこと、君に言うまでもないけれど。彼女は頭がいいし、教養があるし、フランス語もしゃべれる。それだけじゃない、芸術家だ、ティラーナとも親しい。他人を咎め立てせず控え目。数少ない本物の貴婦人のひとりだね。彼女が慕わしく思う男だけが、彼女の内なる音楽を知ることが許される。いつか私が彼女の内なる音楽を知る日が、夜がきっと訪れる。今夜かもしれない。そう思わないか？」。

ゴヤは相反する感情に引き裂かれる思いで、話に耳を傾けた。この酔った男に対して友愛の情と軽蔑の念が、同時にわきおこった。ゴドイは本心をさらけ出した。酩酊状態のゴドイは、俺に心を許し、気の置けない友人と見なし、事実友人扱いしている。事態は、なんと奇妙に絡み合っていることだろう。ホベリャーノスをもう一度政治の檜舞台に立たせたい一心で、自分を犠牲にしてペパを差し出したら、スペイン一の権力者ゴドイが「友人」になった。高慢で小うるさい義兄のバイユーはもう必要ない。今やいかなる障害もものともせぬ宰相ゴドイの強力な手蔓で、首席宮廷画家になれるのは確実だ。おっと、うっかり口にすると危ないぞ、くわばら、くわばら。「幸運というのは特性のようなもの」というゴドイの言葉は思い上がりだ。俺は、このゴヤは思い上がってなんかいない。いつも人間の回りにうごめく闇の力を自覚している――心の中で十字を切り、〈幸運はまたたく間に立ち去り、不幸は翼を広げる〉という古い諺を思った。首席宮廷画家になるまでに、一波乱ありそうだ。それでも「君と私は一心同体、君も私も男の中の男」というゴドイの言葉は正しい。闇の力をものともせず、自分の行いに自信をもて。今日はひとつ幸運が舞い込んだじゃないか。首席宮廷画家に任命するという国王の辞令ではない。真珠色に輝く卵形の顔、形のよい童女のようにぽっちゃりした手、猫の目にように気まぐれな女性が幸運を招いている。アルバ女公爵は俺を絶望の淵に追い込むことがあっても、結局モンクロアへ、ブエナヴィスタ城へ招待してくれたじゃないか。それも彼女の直筆の手紙で。

ゴドイはおしゃべりを続けていたが、不意に口をつぐんだ。化粧直しをしたペパが現れた。

ろうそくは燃え尽き、気の抜けたワインの香りが室内に満ち、お小姓は疲れきって椅子に座ったまま、うとうとしていた。アウグスチンはテーブルの皿の上に身を投げ出し、大きな頭を抱え込んだ姿勢で、いびきをかいて寝ていた。ミゲルも疲れているようだ。ペパはいつものようにさりげなく座っているが、体じゅうに若々しい生命力がみなぎっていた。

ミゲルが新しくろうそくに火をともそうとすると、ゴドイはいやに冷静にそれを押しとどめた。「その必要はないよ、素晴らしい宴も、もうお開きにしよう」。

ゴドイは驚くほど敏捷にペパに歩み寄り、深々とお辞儀をした。「どうか、ご自宅まで送らせていただきたいのですが」と甘えるような声で言った。ペパは緑色の瞳で落ち着いて優しく彼を見つめ、扇をもてあそびながら「ありがとうございます」と言って、うなずいた。

そうして　ゴドイとペパは
ゴヤの傍らを　歩み去った
外では女中頭が　座ったまま眠り込んでいた
にっこりしながらペパが　起こすと
女中頭は　飛び起きた
ゴドイのみごとな馬車が
門の前でひづめの音も小気味良く
待機していた
赤靴下の召使が
馬車の扉を開ける
馬車は　ゴドイとペパを乗せ
夜のマドリードを疾走した

10　自由主義者ホベリャーノス

それから数日後、ゴヤが元気なくゴドイの肖像画を描いていると、思いがけぬ訪問客があった。ガスパール・ホベリャーノスだった。宰相ゴドイは即、約束を実行したのである。

尊敬する政治家がアトリエに入ってきたのを見て、アウグスチンのやせた顔に敬意と喜び、とまどいが広がった。ゴヤも、この大人物がマドリード到着直後にお礼に現れたので、誇らしい気持ちになると同時に当惑し恐縮した。

「追放の身にあるときも」とホベリャーノスは表明した。「ずっと、私の敵が最後にはきっと私を呼び戻すに違いないと信じていた。進歩の理念というのは、腐敗した暴君の恣意よりも強大だからだ。だが、ドン・フランシスコ、君のとりなしがなければ、山居はもっと長引いただろう。同志が祖国のために勇気ある一言を発してくれると、慰めになり、またおおいに力づけられる。正直に言って、そういう言葉が君のような思いもよらぬ人物の口から発せられると、二重の喜びだ。君の厚意に礼を述べよう」。彼は威厳をもって語ったが、その深い皺の刻まれた骨張った厳しい顔つきは、不機嫌そうなままだった。言い終わると、お辞儀をした。

自由主義者の仲間内では大言壮語は当たり前だが、大げさな調子はゴヤの性に合わず、ホベリャーノスの訪問のくだくだしい言い回しにも面食らった。ゴヤは曖昧な返事をし、それでも「ドン・ガスパール、たいそうお元気そうですね」と言った。

客人は辛辣な調子で答えた。「流謫《るたく》の身の私が悲しみと落胆でやつれ果てたと思っておられる方々は、きっと当てが外れるだろうね。私は山が好きだし、登山や狩りをし、静かに勉学に専念することができた。君の言う通り、山居は私にとってプラスになったよ」。

アウグスチンは敬意を込めて「それでは、その静かな時間の中で、重要な著書を何冊も執筆されたのですね」と言った。

「暇があったから、私の思想を書きつけた。哲学や国政についてのエッセイだ。私の原稿をたいそう大切に思ってくれる親しい友人たちがいて、オランダへ密かに持ち出された。マドリードにはごく少数しか入っていないと思う。まったく出回ってないかもしれない」

「とんでもない」とアウグスチンはほほ笑み、情熱をこめて、しわがれ声で言った。「マドリードにも、厚くはないが重要な、例えば『パンと闘牛』が出回ってますよ。著者はカンディード・ノセダルになっていますが、一度ホベリャーノスの著書を読んだ者なら、ノセダルの正体は何者か、すぐ見破りますよ。こんな本を書ける人間はスペインにひとりしかいませんから」。

ホベリャーノスの皺だらけのやせた顔が赤くなった。アウグスチンは興奮して話し続けた。「異端審問所は本の検閲に躍起になっていますから、読んでいる現場をおさえられると、まずいですね。でもマドリードっ子はひるまず、原稿を次々と書き写しています。暗記できる人間も大勢いますよ。――『マドリードは家屋よりも教会や礼拝堂が多く、平信徒より僧侶や聖職者の多い町だ。どの街角でも贋物の聖遺物が売られ、偽りの奇蹟がまことしやかに語られる。宗教は不合理な外見《そとみ》ばかりから成り立っており、真の同胞愛は信徒会の前に死に絶える。迷信はびこる腐敗しきった無知なスペインには、どこへ行っても汚れた聖母像が掲げられている。私たちは毎月告解に行くが、死ぬまで罪深さの中にどっぷりつかって日を送る。いかなる邪教の徒といえども、私たちスペインのキリスト教徒ほど野蛮で犯罪的な民はいないだろう。私たちが恐れているのは、最後の審判ではなく、異端審問所の牢獄である』」と引用した。

「本当にカンディード・ノセダルのいう通りだ」と言って、ホベリャーノスはにやりとした。

その間ゴヤは朗々と詠じられる文言を、腹立たしく気遣わしげに聞いていた。ひとつ屋根の下で、こんな文言を朗唱するアウグスチンに怒りをおぼえた。ゴヤは教会も当局もきらいだったが、このように大胆で罰当たりな演説は危険だ。異端審問所に目をつけられるかもしれない。彼はアトチャの聖母像を見つめ、十字を切った。

しかし画家として、ホベリャーノスに起こった変化に目をとめないわけにはいかなかった。ホベリャーノスのきつい顔に柔和な表情が宿った。出版禁止の身にあって、マドリードへ密輸された匿名の自著から、赤の他人がたっぷり引用してみせるという状況がおもしろいらしい。ゴヤはホベリャーノスの硬い表情のもとで起こった変化を見て、片意地だが有徳の士である、この大人物をどう描くべきか考えた。

ホベリャーノスは今や心地好く、政界の過去の思い出に浸り、進歩主義の措置を貫徹するために、いかに抜け目なく立ち回らねばならなかったかを語った。例えば彼が、マドリードのあらゆる汚物をこれ以上路上にばらまいてはいけないという指令に踏み切ると、反対派が、汚物の悪臭によって空気が濃縮されないなら、マドリードの薄い空気が危険な病を引き起こすという医師の診断を持ち出した。そこで彼は、マドリードの空気は確かに薄いが、彼によって導入された工場の煤煙で十分に濃縮されるという、別の医師の診断を打ち出した。

まもなくホベリャーノスの快活な気分は失せた。彼は今日日《きょうび》の政体をますます激しく弾劾し、躍起になった。

「私たちのころは、減税して下層階級の生活水準向上をはかったのに。少なくとも子供たちの八人にひとりは、学校へ通えたし、アメリカから金を積んだ船が戻れば、不時に備えるためのささやかな積立をした。だが、現在の政体は浪費するだけだ。スペインの支配者たちは、フランス革命の主要原因のひとつが王妃マリー・アントワネットの浪費だったことがわかっていない。彼らは湯水のように金をつかう。軍隊を強化するどころか、寵臣やイギリス馬やアラビア馬に金を注ぎ込む。私たちは教育と福祉を推進しなければならないのに、支配者たちときたら、無知と貧困を増長している。このままでは人心と国土の荒廃を招くだけだ。私たちスペインの国旗、黄と赤は、彼らにとって黄金と血の色なんだ」。

ゴヤにはホベリャーノスの演説は歪曲され、誇張されているように感じた。個々の点においては正しいかもしれないが、憎悪が全体像をゆがめていた。ゴヤが今ホベリャーノスを描くなら、それは陰鬱で視野の狭い狂信者以外の何者でもなかった。それでも明らかに、このホベリャーノスはスペインで最も賢く、徳の高い男のひとりだった。政治に関わる者は一面のみを誇張しなければならない。ゴヤは自分が政治とは無関係でいられるので、ほっとした。

ホベリャーノスはずっとゴドイの肖像画に憤怒のまなざしを向けていたが、半ば完成した絵の中の尊大な宰相を非難がましく指さした。「この男とその情婦がかくも乱費しなければ、学校教育資金をもっと調達できたのに。だが、それこそ奴らのねらいだ。国民の無知を助長させ、国民が苦悩の原因はどこにあるか見極めるのを阻むこと。貧しいフランスが全世界の覇者になれるのはどうしてか？　私は声を大にして言いたい。フランス国民は理性を、徳を重んじるからだ。彼らには志操がある。だが、私たちスペイン人はどうだろう？　国王は脳なし、王妃は下半身の欲望の塊、そして宰相は唯一の資格証明書として持ち合わせているのが、引き締まった太股ときている」。

ゴヤは激昂した。たしかに国王カルロス四世は目から鼻へ抜けるような男ではないし、王妃マリア・ルイーサは気まぐれで好色だ。だが国王は善意の人で、それなりに貫禄があり、王妃は恐ろしく頭が切れ、世継ぎの王子や王女を次々と世に送り出し、宰相ゴドイは怒らせさえしなければ、つき合いやすい男だ。ともあれ、あのひとかどの人物は嬉しいことに、俺を友情に値すると評価してくれた。権力は神の恩寵によって国王に与えられているのだ。もしホベリャーノスが本当に今の放談を信じているのなら、奴はスペイン人じゃない、神に見放された殺戮の国フランスへ行くがいい！

　ゴヤは自分を落ち着かせ、「宰相に対して少々、公正を欠いていませんか」とだけ言った。

「少々だって？」。ホベリャーノスは鸚鵡返しに言った。「『おおいに』だろう？　『宰相に対して、おおいに公正を欠いている』だろう？　私はあのやくざ者に対して、公正でありたいなどと思わない。奴が私に不当な仕打ちをすることが、奴の多くの悪行の中で一番ましな点だ。義をもって政治を行うことはできない。徳と義は同一じゃない。徳はときおり公正を欠くことを要求する」。

　ゴヤは自分の置かれた状況の皮肉な内的矛盾に苦しみながらも、依然として穏やかな口調で言った。「でも結局のところ、宰相ゴドイは、かつてあなたにしたことの埋め合わせをしようと努力したんですよ。さもなければ、あなたを呼び戻したりしませんよ」。

　ホベリャーノスは描きかけの宰相の肖像画に怒りの視線をぶつけながら、答えた。「この人間に礼を言わねばならぬと思うと、私の夜の眠りは奪われる」。

　政界の急変で永久に忘却の淵に沈み、事実上葬り去られる者は多い。ホベリャーノスにとっても辛い逆風だったが、さらなる急変によって彼は表舞台に復帰したのである。「この話はやめよう、芸術の話をしよう。君に感謝するよ、ドン・フランシスコ。君の芸術は好きだよ。今やスペイン第一級の肖像画家という噂だ」。そう話すときのホベリャーノスの顔は明るく輝き、魅惑的なまでに好意的だったので、ゴヤは心から彼の言葉が嬉しかった。だが、それは束の間の喜びで、ホベリャーノスはすぐさま堪え難いコメントをした。「まさしくバイユーやマエリャの域に達していると言う者もいる」。アウグスチンまで、ぎくりとした。

　ホベリャーノスはアトリエを歩き回り、ゴヤの絵画や習作を黙って、しげしげと真剣に見つめていたが、ついに切り出した。「君には恩義がある。だからこそ君に率直に語らねばならない。君はたいした技量の持ち主だ。バイユーやマエリャと同等、いや、彼らをはるかに上回る技量の持ち主だ。だが君は大いなる伝統的な真理に対して、あまりにも多くの実験を行っている。君は色彩と戯れ、線を解き放つ。そうして君の才能をだめにしているんだ。ジャック＝ルイ・ダヴィッドを手本にしたまえ。当地マドリードでもあういう画家が必要だ。ジャック＝ルイ・ダヴィッドのような画家なら、宮廷とその腐敗ぶりに怒りの炎を燃やすだろう。優雅な貴婦人ではなく、雷鳴のゼウスを描くことだろう」と言った。ゴヤは「老いぼれのばか者め」と心の中で思った。だが〈怒りは理性を奪う〉という諺を思い浮かべ、嘲りを隠し、こう答えた。「あなたの肖像画を描いて差し上げましょうか？」。

一瞬ホベリャーノスが怒りの発作を起こすのではないかと思われた。だが彼は自制し、やんわりと答えた。「私の異議を真剣に受け止めてもらえないとは残念だね。私のほうは、君を信用しているのだから。政治に次いで、私が心魅かれるのは芸術だ。芸術家の才能と政治家の情熱がひとつに結ばれれば、人類が到達しうる至高のものを目指すことができるだろう。ダヴィッドのような画家なら、この国にとってミラボーのような政治家に劣らぬ有用な存在となるだろう」。

ホベリャーノスが出て行ってから、ゴヤは肩をすくめた。怒りが込み上げてきた。あんな義人ぶった男の知ったかぶりのたわごとを黙って拝聴せねばならぬとは！「彼には晴耕雨読の山暮らしをずっとさせておけばよかった」と思わず吐き出すと、アウグスチンに言った。「お前のせいだ。お前が愚かで狂信的な非難めいた目でじっと俺を見つめるから、ホベリャーノスを呼び戻す話に首を突っ込んでしまった。オーケーするなんて、俺もばかだったよ。あんな退屈な衒学者に長々とまとわりつかれる羽目になるとは……。奴にじっと見つめられると、パレットまで干からびる」。

今回ばかりはアウグスチンも黙っていない。むっとして喧嘩腰で言い返した。「そんな言い方はないでしょう。もちろん彼が、あなたやダヴィッドについて言ったことはお門違いだ。だが、彼の『芸術を政治の世界で活かそう』という主張は、今日日《きょうび》のスペインではもっともです。心に銘記しておいたほうがいいですよ」。

ゴヤがわめき出すのを期待したが、そうはならなかった。ゴヤは抑えた声で、憎悪のこもった嘲りをもって答えた。「馬の尻ひとつ仕上げるのにも、えらく手間取る輩《やから》が説教かね？　お前の馬の尻が、政界を牛耳るとでもいうのか？　スペインのダヴィッド気取りか、とんでもない大ばか者だ、スペインのダヴィッド様、ドン・アウグスチン殿、大した才能じゃないか」。

アウグスチンはやせた顔を突き出し、怒って頑固に言った。「言わせてもらいましょう、ドン・フランシスコ、いや、フランコ、宮廷画家にしてアカデミー会員殿。あなたが身をよじって悶絶し、どんなに怒りをぶちまけようが、ホベリャーノスの言葉は揺るぎなく正しい。あなたの絵はこけおどしの大作です、どんなにあなたに才能があってもね。私の馬の尻のほうが、あなたが描く上流婦人の好色なお顔よりも政治的で意味があります。臆病にも政治的中立を気取り、何の見解も持たず、意見を表明する気もなく、絵の具の染みにすぎない駄作を描きながら」とゴドイの肖像画を指し示し、「あなたは敢えて自分自身を見ようとしないでしょう。恥さらしですよ、みっともない、恥を知りなさい。何週間も前から絵の具を塗りたくっていますが、これは駄作です。自分でよくわかっているでしょう。みごとな軍服とみごとな勲章を、みごとな色合いで仕上げてる。だが、この顔は空虚で、輝きなど、どこにもありはしない。絵じゃない、たれ流しだ。宰相にごますりですか。あの宰相はあなたと同じ種類の人間だ。尊大で見え坊で、わずかばかりの名声を守るために汲々としている。だから、あなたは敢えて彼がどんな人間か、描こうとしないのです。あなたは真実が怖いんです。彼の本性が、自分の本性が暴かれるのが怖いんです。あなたは臆病者だ」。

もうたくさんだ。ゴヤはライオンを思わせる、いかつい頭部を前に突き出し、アウグスチンに突進した。拳を固めて彼のすぐ目の前に立った。「黙れ、この青瓢箪《あおびょうたん》」。どすの聞いた小声で命じた。

「やれやれ。一日に十時間も絵の具を塗りたくって、自分の勤勉ぶりや、何百点という作品がご自慢だ。だが私に言わせれば、あなたは軽率でだらしない怠け者だ。弱腰のいくじなし、才能が泣きますよ。あのルチーアの肖像画では、あなたの光、あなたの香気を生み出した。それなのに今はどうです？　集中するどころか、新たな課題に取り組み、飽くことなく追究するどころか、自分の技量におんぶして、旧態依然たる仕事ぶりで絵の具を乱暴に塗りたくるだけだ」。

「この野郎、いいかげんにしろ、黙れ」。ゴヤは相手が思わず後退りするような、威嚇的な口調で言った。アウグスチンは怯《ひる》まなかった。ゴヤが深く息をするのを見て、この激怒している喧嘩友達がすぐさま麻痺状態に陥ったのが分かった。そこでアウグスチンは声高に言った。「宰相ゴドイは、この肖像画を見て満足するかもしれません。しかし駄作は駄作です。見場《みば》のいい駄作です、見せかけだけの駄作です。こんな惨めな作品しか描けないのはなぜです？　おそろしく怠け者だからです。集中しようという気がないからです。情欲に燃えて、集中できないんでしょう。恥さらしですよ、恥を知りなさい。あなたは女を待っているのでしょう。その女はなかなかイエスと言わない。おそらく待つ甲斐もない女だ」。

ゴヤが最後に聞こえた言葉は「恥を知りなさい」だった。その後は暗赤色の怒りの雲がゴヤを覆い、耳や脳を打ちのめしたので、何も聞こえなかった。「出て行け！」。ゴヤは吠えた。「お前のホベリャーノスのところへ行くがいい。ダヴィッドが、浴槽で暗殺されたマラーを描いたように、奴《やっこ》さんを描くがいい。出て行け、出て行け、二度と帰ってくるな！」。

アウグスチンが何と答えたか、ゴヤには何も聞こえなかった。ただ相手の唇が動くのだけが見えた。アウグスチンに飛び掛かろうとしたが、相手は本当に、しゃちほこばった早足で出て行ってしまった。

ゴヤは半ば完成したゴドイの肖像画とともに
茫然と残された
「恥を知れ」
彼は何度も何度もこの言葉を繰り返した
「恥を知れ　恥を知れ」
走り出し　急いでアウグスチンの後を追い
大声で呼び掛けた
自分の声がむなしく響くのに耐えられなかった
何も聞こえない　音のない世界
「戻ってこい」彼は叫んだ
「戻れよ　大ばか者

最後まで俺の話を聞け
ずいぶん俺を　こき下ろしてくれたじゃないか
俺の返答を聞いたら
お前は　気難しい婆さんのように
カンカンに怒るだろうな」

11　アルバ女公爵の城

ゴヤは、百十九人に及ぶスペイン大貴族の半数の肖像画を描いていた。彼らの弱点や、ささやかな欠点を知悉し、憶することなく、水を得た魚のごとく闊達に活動した。それなのに今、モンクロアのアルバ女公爵を訪ねるのは、たいそう気おくれがした。まるで小さな子供のころ、絶対的な力をもつ地主であるフェンデトードスの伯爵に初めて拝謁するときのようだ。

自分でも滑稽に思われた。いったい俺は何を恐れているのだろう？　何を期待している？　俺にあからさまな誘いをかける女性のもとへ赴くのだ、まやかしであろうはずがない。しかしなぜ彼女は、かくも長く沈黙を守っていたのだろう？

事実、彼女はこの数週間多忙だった。町じゅうがアルバ女公爵の噂でもちきりだった。彼女の一挙一動が噂になる。どこにいても彼女の名が出る。ゴヤはそれを心待ちにすると同時に恐れた。

彼女の名は、マホやマハで賑わう居酒屋でも、大貴族のサロンでも同じ効果を発揮する。人々は彼女の素行の悪さを語り、あしざまに罵るが、同時にスペイン一残忍な男として有名なアルバ元帥の曾孫が、輝くばかりに美しく無邪気で尊大で、気まぐれに遊び暮らすのに魅了された。彼女は街の若者たちと闘牛の話に興じたかと思うと、次は高慢に挨拶もなく素通りした。挑発的にフランス趣味を誇示したかと思うと、生粋のマハのごとく純スペイン風の振る舞いをした。絶えず異国イタリアの血を引く王妃との諍いの種を求めていた。

結局のところアルバ女公爵は、王妃に劣らず誇り高く浪費家で、気分まかせで金を湯水のごとく遣い、お世辞にも品行方正とはいえなかった。しかし、闘牛士コスチリャーレスが仕留めた闘牛を王妃に捧げたとき、闘牛場は水を打ったように静かだったのに対し、アルバ女公爵に捧げたとき、闘牛場には歓呼の嵐が吹き荒れた。

スペイン国家が戦時の耐乏生活を課しているときに、新たな城を建てるとは、ふてぶてしいこと、このうえない。フランス王妃マリー・アントワネットが断頭台の露と消えた理由のひとつに、プチ・トリアノン建設に見られる濫費があったのではないか。アルバ家特有の御しがたい誇りに満ちた不遜な笑みを浮かべて、アルバ女公爵は王妃マリー・アントワネットがその役を降りざるを得なかった、その時点からアントワネット役を引き継いだ。だからといって彼女を称賛しているのか憎んでいるのか、一口に言えない者も多かった。ゴヤもそうだ。アルバ女公爵とマドリードっ子はいつもそういう関係にあった。彼女に腹を立てる者もいれば、おもしろがる者もいた。要するに彼女は皆に愛されていたのである。

新築の城は小規模で、アルバ女公爵のごく親しい友人のみ、大貴族の中でも最も身分の高い者のみが招かれた。そのメンバーに加えられたことで、ゴヤは誇らしく愉快な気持ちになった。だが彼女は来年の気候のごとく予測不能、いつどう出るかわからない女性だ。自分から俺を招待したことすら、とうに忘れているかも知れない。どういう風に迎えてくれるのだろう？　扇を持っているだろうか？　扇言葉で合図してくるだろうか？　ゴヤと呼ぶのだろうか、それともドン・フランシスコ、あるいはただフランシスコとだけ呼ぶのだろうか？

馬車はブエナヴィスタの格子門につき、馬車寄せの斜道を上ってゆく。部外者を排除するように、冷ややかに尊大に、建物の正面がそびえていた。両開きの扉が開くと、優美な弧を描く内階段があり、階段の踊り場には訪問客を見下ろすように、先代の堂々たる肖像画が掛かっていた。ゴヤは、ブルボン家よりも高貴で由緒あるスペインきっての名門アルバの家名の前で息苦しさをおぼえた。宮廷服を身にまとい、中身は農夫のまま、ゴヤは執事に案内されて、召使が二列にずらりと並ぶ大階段を上った。行く先々で、口々に重々しく小声で「宮廷画家セニョール・デ・ゴヤ」と囁かれた。扉の前に立っていた召使が大きな声で「宮廷画家セニョール・デ・ゴヤ」と言った。

内面の気おくれを押し隠して威厳を保ち、階段をのぼりつめたゴヤは、小さな宮殿の古典的で厳めしい建築様式をからかうように大胆な対称をなす内装に驚いた。フランス宮廷が一世代前に、ルイ十五世とデュバリュー夫人の時代にくりひろげた、このうえなく豪華な晴れやかさが支配していた。この宮殿の持ち主は、スペイン一輝かしく厳めしい家名の持ち主であると同時に、失墜したフランス貴族の雅やかな処世哲学の信奉者だということを誇示したいのだろうか？　しかし宮殿の壁に掛けてある絵画は、フランス貴族の類似の城に飾られる絵画とは、まるで違う種類のものだった。ブーシェもなければワトーもない、ゴヤや義兄バイユーのタピスリーもない。昔のスペイン巨匠の絵ばかりだった。ベラスケスの手による暗鬱で冷酷な大貴族の肖像画、リベラの陰鬱な聖者、スルバランの狂信的で陰気な僧侶。

これらの絵画に囲まれて賓客が座っている。あまり数は多くない。国王の御前でも着帽の特権をもつ十二人の大貴族のうちの五人が、令夫人同伴で来ていた。フランス少年王と摂政の代理公使で、いまだにゴヤに描かせた肖像画代金未払いのアブレが、みすぼらしい服装と挑戦的な顔つきで、堂々と座っている。その隣には細身で可憐な十六歳の娘ジュヌビエーブがいた。司祭のドン・ディエゴもいた。さらに金髪で恰幅がよく、はっきりした目鼻立ちで穏やかな顔つきの紳士が座っていた。自己紹介されるまでもなく、ゴヤはこの紳士が何者かわかった。憎らしい医師、ペラール博士だ。

繊細な遊び心が随所に見られる宮殿に、厳めしく道徳的な陰鬱な影を落としているのは、誰だろう？　あれは教会と王室の反対者ホベリャーノスだ。国王はいやいや彼を呼び戻したものの、拝謁と忠誠を示す手の甲への口づけをまだ許していない。アルバ女公爵が、よりによって国王夫妻がお目見えする今日、彼を招待するとは、大胆きわまりない行為だ。どういう展開になるか見物《みもの》だ。集まった紳士淑女も、ホベリャーノスに対してどういう態度を取ればいいか、よくわからなかった。彼に丁重に冷ややかに挨拶したが、それ以上の会話を避けた。それはホベリャーノスの望むところらしい。スペインきっての大貴族の貴婦人から、こうした機会に招待されるとは、とりもなおさず彼の当面の勝利を意味する。彼は貴族連中とのお付き合いに関心がなく、金の小さな椅子にぽつねんと強情に座っていた。ゴヤはこの愛らしい椅子が、有徳の士ホベリャーノスの、かくも仰々しい威厳のために崩壊するのではないかと思った。

アルバ公爵とその母、ビリャフランカ侯爵夫人が来客を歓待した。公爵はいつもより生き生きとしており、「驚くような、ちょっとしたイベントがありますよ」とゴヤに語った。司祭は、ブエナヴィスタ城の劇場の柿落《こけらお》としに室内楽をやる、それも公爵が自ら演奏するのだと説明した。ゴヤはあまり興味がなく、いらいらしていた。招待してくれた女主人がいないのが寂しかった。客人を接待するのに本人がいないとは妙だ。その理由も司祭が説明してくれた。「国王ご夫妻が到着されるまで、宮殿の景観を楽しんでくれたまえ。アルバ女公爵は待つのが嫌いなんだ。相手が国王ご夫妻だろうが、『待つなんて嫌よ』というわけだ。優秀な取次の召使を手配し、国王ご夫妻到着と同時に、大広間に国王夫妻の真ん前に、彼女が登場する手はずになっている」。

ようやくアルバ女公爵が姿を現した。何度もゴヤは「彼女を見ても落ち着いた態度でいろ」と自分に言い聞かせたが、以前マドリードのアルバ邸の雛壇で生じたことが、また起こった。賓客、四方八方金づくめ、絵画、鏡、シャンデリア、他のものがすべて彼の目前から消え去り、彼女しか目に入らなかった。彼女はこのうえなく挑発的でシンプルな装いだった。当節のフランス共和国の女性たちが好んで着るような、白の飾りのないドレス姿で、細い腰を幅広のサッシュで締め、裾には金の縁取りがある。手首にシンプルな金のブレスレットをはめ、それ以外の装身具はつけていない。豊かな黒髪が奔放な渦を巻いて、あらわな肩に垂れていた。

ゴヤはじっと見つめた。彼に先立って挨拶する権利のある人たちをものともせず、彼女の前に進み出ようとした。しかし予定通り、階段吹き抜きから高らかな声が響いてきた。「スペイン国王陛下ご夫妻!」。居合わせた人々は両側に人垣をつくり、アルバ女公爵はたった今到着した賓客を出迎えた。

執事は杖でトントンと床を叩き、一声、告げた。「スペイン国王陛下ご夫妻とアルクーディア公爵!」。ついにお三方の登場である。四十六歳のカルロス四世は恰幅がよく太鼓腹、銀の刺繍のある赤い燕尾服に重々しい大綬《だいじゅ》章《しょう》と金羊毛皮勲爵士章をつけ、三角帽子を小脇にかかえ、左手にはステッキを持ち、大きな肉厚の鼻、大きな口、いくぶん薄くなった頭髪とその分広くなった額、のんきな赤ら顔の持ち主で、人々に感銘を与えるよう努めていた。彼の隣には半歩下がって、たっぷりしたフープスカートで両開きの扉をふさぎ、聖女像のごとく宝石でごてごてと身を飾り、手には特大の扇を持ったマリア・ルイーサ・フォン・パルマ王妃の姿があった。極大の帽子の羽飾りが、高い扉のアーチをかすめるばかりに揺れている。二人の後ろには宰相ゴドイが美しい濃艶な顔に、いつもの尊大なほほ笑みを浮かべて控えていた。

アルバ女公爵は膝をかがめて宮廷風のお辞儀をし、まず国王の、それから王妃の手の甲に口づけした。王妃は驚嘆の念を隠すのに苦労しながら、小さな鋭い黒い目で、不遜なアルバ女公爵が大胆にもスペイン国王夫妻を接待する際の、挑発的なまでにシンプルなドレスをじろじろ見た。

接見が行われた。これを待っていたかのように、反乱分子ホベリャーノスが立ち上がった。国王はぼんやりしていて、すぐにはホベリャーノスに気づかなかったが、咳払いをして「しばらくだね、変わりはないかね？　たいそう元気そうだね」と言った。王妃は、一瞬ばつの悪い困惑を隠せなかったが、それでも、この男を呼び戻したなら、少なくとも財政の手腕をかってやるべきだと心の中で思った。そこで彼女はこの反乱分子に手の甲への口づけを許した。「この困難な時代にあって、スペイン国家は、たとえどんな者であれ各人の奉仕を必要としております。かくして国王と私は、あなたの真価を実証する機会を与えることに決めました」。

王妃は大きな気持ちよい声で話したので、誰もが、この難しい状況を脱する彼女の手腕、その両義的恩情に感服せざるを得なかった。「ありがとうございます。陛下」とホベリャーノスは、大広間にいる全員が聞き取れる、鍛練された演説家の声で返事をした。「私の能力が表舞台から長く遠のいていたために、さびついていなければよいのですが」。

マリア・ルイーサ王妃は内心、アルバ女公爵にしてやられたと思った。

人々は城を見学した。「たいそう美しい。実にくつろげる！」とカルロス四世は称賛した。だが嫉妬深い王妃は、晴れやかで瀟洒《しょうしゃ》な内装の高価なディテールを物知り顔で値踏みした。昔のスペインの巨匠による数々の作品が、周囲の愛らしくも取るに足らないものを妙に冷ややかに勿体ぶって見下ろしているのを指し示し、「壁に風変わりなものを掛けておくのね。こういう絵の中にいると、背筋がぞっとします」と言った。

劇場の間に行くと、冷静で打ち解けない大貴族ですら、歓喜の叫び声をあげた。無数のろうそくの光を受けて、青と金の広間が豪華に品よく輝き、桟敷席も椅子席も選び抜かれた最高級の素材で作られ、礼式にかない優美だ。バルコニーを支える支柱は古めかしい紋章動物で飾られ、この館の女主人が、スペインきっての名門貴族の貴婦人であることを物語っていた。

アルバ公爵が何週間も前から心待ちにしていた瞬間が訪れた。執事が客人たちに着席を願い、舞台に公爵、義妹のマリア・トマーサ、アブレの愛娘ジュヌビエーブが登場した。義妹は黒髪、がっしりした体格で、ジュヌビエーブや公爵と並ぶと頑丈そうに見えたが、舞台の三つの楽器の中では一番小さいヴィオラを演奏した。細身で可憐なジュヌビエーブが大きなチェロの前に座ると、衣装や体格の点で楽器に圧倒されそうだ。公爵自身はたいそう珍しい楽器ヴィオラ・ディ・ボルディーネを、たくさんの弦があり、さほど大きくはないが、低音を強く優しく感動的に奏でるヴィオラ・ダ・ガンバの一種を演奏した。

三人は音合わせをして試しに演奏すると、うなずき合って、ハイドンの嬉遊曲を演奏し始めた。マリア・トマーサは落ち着いてヴィオラを演奏し、ジュヌビエーブは瞳を大きく見開き、はにかみながら熱心に大きなチェロに取り組んだ。ふだんはクールで夢見るような公爵は、楽器を手にした途端、がぜん活気づく。弦を抑え爪弾く指は、それ自体、まるで息づく生き物のようだった。美しいメランコリックな瞳は輝き、楽器から、その眠れる美質を誘い出している間じゅう、ふだんは抑制のきいた彼の身体が前へ後ろへ揺れ動いた。ビリャフランカ老侯爵夫人は感動して、最愛の息子をうっとりと見つめ、「私のホセは芸術家ではありませんこと？」と隣に座っていたゴヤに聞いた。ゴヤは目も耳も、上の空だった。まだアルバ女公爵と一言も話していない。彼女は果たして俺に気づいてくれたのだろうか？

音楽は来賓たちの心をとらえ、演奏で疲労し微笑する公爵に、嘘いつわりない称賛が送られた。カルロス四世も、四重奏にして自分も演奏に加えるよう要請したとき、公爵が見え透いた口実で何度も拒否したことを忘れ、公爵にねぎらいの言葉をかけてやろうとした。でっぷりした不格好な国王が、華奢な公爵の前に立った。「あなたは真の芸術家ですね。公爵にしておくのは惜しいくらいです。本当に、あなたのヴィオラ・ディ・ボルディーノに比べれば、私のヴァイオリンは児戯に等しい」。

アルバ女公爵は「この劇場はしろうと愛好家が特技を披露する場ですの。どなたか、お試しになられません？」と表明した。王妃はゴドイにさりげなく、だが皆に聞こえるように「いかが、あなたのロマンスやセギディーリャを披露なさっては？」と言った。ゴドイは一瞬ためらったが、へりくだった態度で「かくも上品な雰囲気の中で、しかも、あの素晴らしい演奏の後で、私のへたな芸を披露するのは場違いです」と答えた。王妃は引き下がらなかった。「そんな遠慮しないで」と説得にかかった。勧めているのは、もはや王妃ではなく、愛人がかくも多芸多才であるのを知り合いに見せたがる女だった。だがゴドイはペパのことを思い、とても歌う気になれなかった。「王妃様、今日は声がよく出ないので、歌いません」と答えた。

ぶっきらぼうな言い方だった。たとえ王妃の寵臣や愛人でも、少なくとも人前ではそんな言い方は許されないだろう。ちょっとの間、当惑した沈黙が支配した。だがアルバ女公爵の気配りのおかげで、王妃は惨敗をほんの数秒味わっただけですんだ。アルバ女公爵が皆を食事に誘ったのである。

ゴヤはホベリャーノスや司祭とともに、下位の貴族の席に座った。仕方がない。ゴヤは不機嫌に、ほとんどしゃべらず、ひたすら食べた。まだアルバ女公爵と一言も言葉を交わしていない。食後、公爵はすぐさま退出し、ゴヤはひとり部屋の隅に残った。もはや怒りはなく、ぐったりとした失意に襲われた。

「私を避けているの、ドン・フランシスコ」と硬い声が響いてきた。その声はオーストリアの巨匠ハイドンの音楽よりも、彼の心を深く揺さぶった。「お会いするのは何週間ぶりかしら。私を避けてらっしゃるのね」。

ゴヤは彼女を憶せず、じっと見つめた。彼女は雛壇のときとはうってかわって、優しい目をしている。扇をもてあそび――彼の描いた扇絵ではなかった――少なくとも好意的な合図を送ってきた。「隣にお座りなさい」。彼女は命令した。「ここ数週間は別荘の建設で忙しくて……。まもなく、また忙しくなるわ、エスコリアル城へ行くのよ。私が戻ったらすぐ、新手法で私の肖像画を描きなさい。あなたの新手の肖像画に世界じゅうが夢中になるように」。

耳を傾けていたゴヤは、黙ってお辞儀をした。

「私の館についてはー言も言ってくださらないのね。『お世辞は言わない』主義なのかしら。あの舞台はどう思って？　ノー・コメントね。粗野な男性や、大声をあげる豊満な胸の女性向きの出し物なら、お好きなのでしょう。私は、そういう類いのものも好きよ、時によってはね。でも、私の舞台では違うものを上演したいの。大胆で、しかも上品で優雅なものを。例えばカルデロンの『愛を弄ぶ者に災いあれ』はどうかしら？　それとも『ゴメス・アリアの乙女』のほうがいいかしら？」

ゴヤの耳は聞こえなくなり、目の前がちかちかした。『ゴメス・アリアの乙女』は甘口のドタバタ喜劇で、ある少女にぞっこん惚れ込み、さらってくるが、すぐに飽きてムーア人に売り渡す男の話である。ゴヤは心臓が止まる思いだった。彼女は宰相ゴドイとペパの一件を知って、俺を嘲笑しているのだ。何やらもごもご言うと、立上がり、不器用にお辞儀をし、彼女のもとを去った。

怒りが込み上げてきた。彼女の言葉を反芻し、熟考し、斟酌した。ゴメスはならず者だ、どんな女でもなびく非凡な悪党だ。あの台詞は、俺が彼女のもとで将来おおいに見込みありということなのか。だが俺はそんな風に扱われるのはごめんだ。弄ばれるような小僧っ子じゃない。

宰相ゴドイがゴヤの隣に座り、男同士のうちとけた会話を始めた。アルバ邸の劇場で、先ほど王妃相手に繰り広げた、ばかばかしい攻防について長口舌をふるった。「相手が誰であれ、口車に乗せられてたまるか。私は、自分が歌いたいときに歌うんだ。これらの大貴族のためではなく、私を理解してくれる人たちのために歌うんだ。まったく社交界というのは！　私もそのひとりだけど……。君も私も、情熱の炎にすぐ引火するタイプだね。君は、夜の御伽の相手を願いたいご婦人が、いったいここに何人いる？　私は五人を割ってるよ。ジュヌビエーブは可愛いが、まだ子供だ。子供相手に楽しめるほど、年寄りじゃないんでね。それから招待主である、ご親切な女公爵もだめだな。彼女は私には、あまりにも複雑で、あまりにも気まぐれで、あまりにも尊大だ。彼女は、何週間も何か月も自分に求愛してくれる男性がお望みなんだ。この私には向かないよ。アバンチュールの序曲の長いのは嫌いだ。すぐ幕が上がるのがいい」。

ゴヤはぼんやりと苦々しい賛同の気持ちで聞いた。ゴドイの言う通りだ。高慢な人形のような浮かれ女。たくさんだ、彼女のことなんぞ、きれいさっぱり忘れてみせる。国王夫妻がいる間は、俺が退去するわけにはいくまい。国王夫妻が退出したらすぐ帰ろう。アルバ女公爵も、彼女に劣らず奇嬌なブエナヴィスタ城も永遠に忘却の淵に沈めよう。

さしあたりゴヤは、三重奏を演奏した二人の女性を囲む一団のもとへ赴いた。音楽が話題になっている。ペラール博士が大きくはないが、よく通る落ち着いた声で、遺憾ながらも時代から取り残されゆく楽器ヴィオラ・ディ・ボルディーネや、この楽器用にたくさん作曲したオーストリアの音楽家ハイドンについて博識ぶりを披露していた。「ところで、博士」とアルバ女公爵の声が響いてきた。「そもそも、あなたが通じておられない事柄というのはございますの？」。

彼女の硬い声には、軽いからかいが込められていたが、ゴヤはそこに、彼女を夢中にさせる博士との絆を、一種の愛情を聞き取った。すぐさま悠揚迫らぬ態度で博士は、知り合いの若者が単純な処方によって、最高の学識者との誉れを頂戴した逸話を語り始めた。「要するに若者は三つの文献に通じており、いつでもどこでもそれを用いたのです。聖ヒエロニムスの著作の一文を引用し、また折に触れて、ヴェルギウスが彼の英雄アエネイスを涙もろく迷信深い男に仕立てたのは、同じ特性の持ち主だった皇帝アウグストゥスにおもねるためだったという話をしました。それから彼はドロメダルスの血液組織について語りました。この三つのデータを賢く利用することによって、件《くだん》の若者は最高の学識者だとの評判を得たのです」。

驚嘆の沈黙がしばし続いた。ゴヤのふと漏らした言葉を聞きつけたペラール博士は、落ち着いた、やや大きな声で司祭に「そちらの太った紳士はどなたでしょう？」と聞いた。それから面白そうに、ほっと吐息をつき、『人間の知識など知れたものだ』という宮廷画家のご意見は、もっともです。例えば医学では、どんなに優秀な学者でも百パーセントの確信をもって断言できることはきわめて少ないのです。明々白々たる事実というのは、四、五百あるかどうか……。きわめてまじめな医者が知らないこと、あるいは当座のところ知り得ない事を列挙していったら、図書館が満杯になってしまうでしょう」と医師は尊大さなど微塵もなく語ったが、卓越した柔らかい語り口は、無知蒙昧な輩《やから》を難なく魅了した。

アルバ女公爵は、彼女の友人ペラール博士に不意打ちを食わせたゴヤの激しさをおもしろがり、男性たちに自分がいかなる力を持っているか、画家に見せつけようとした。すぐさま愛想よく宰相ゴドイに話しかけた。「あなたが先ほど劇場で歌うのをお断りになられたのは、よくわかりますわ。でもここは手厳しい批評家のいる劇場ではなく、単なる集いの場です。どうか一曲歌って、私たちを楽しませてくださいな。あなたの美声はつとに評判ですのよ」。

他の人たちがいくぶん気まずい思いで固唾を飲んでゴドイを見つめているのに、カルロス四世は「すばらしい考えだ、これは楽しめそうだ」と言った。ゴドイは一瞬ためらった。これ以上王妃を怒らせるのは得策ではないが、これらの貴人たちのもとで後込みするのも恥さらしだ。〈尻に敷かれっぱなし〉というわけじゃない。彼は寛大で甘美な笑みをみせ、アルバ女公爵にお辞儀をし、姿勢を正し、咳払いをすると歌った。

マリア・ルイーサ王妃は小さな黒い目に怒りを込めて、宿敵アルバ邸で受けた二度目の侮辱に威厳をもって耐えた。宝石をごてごてとつけた幅広のスカートの上で背筋を伸ばし、とがった顎をぐいと上げ、巨大な扇をゆっくりあおぎ、口許には愛想のよい笑みを浮かべた。

ゴヤは王妃をしばしば描いてきたから、王妃をよく知っていた。王妃の生への執着、享楽と満たされぬ欲望によって破壊された顔の小皺の一本一本まで知り尽くしていた。けっして美人ではないが、それでも若いころは男性を引きつける野性的で奔放な生命力に輝いていた。体格もよかった。今では数多の出産のために、肉がたるんでしまったが、腕だけは美しかった。誇らしげに、あるだけの宝石でごてごてと飾り立てた王妃が、贅を尽くしたシンプルな装いの輝くばかりに美しいアルバ女公爵の前に座るとは、なんとかわいそうなことだろうと、ゴヤは辛辣な喜びと同時に同情をおぼえた。老いの影が見える王妃は、鋭利な頭脳と無限の権力を持っている。もういっぽうの女性は胸が締めつけられるほど美しい。二人とも意地が悪く魔女のようだ。だが問題は、どちらの魔女がより危険かということだ。醜い魔女か、それとも美しい魔女か。アルバ女公爵が二度もライバルの自尊心を傷つけるのは、やりすぎだし、なんと愚かで残酷なことだろう。アルバ女公爵をこれ以上見ているのはよくない。「国王が退出したら、すぐ俺も退出するぞ」と怒って決意し、その文句を十度も自分に言い聞かせた。

だが、もうひとつの声が聞こえてきた――なんとしても、ここに残れ！　あの美しい魔女は、俺の生命を危険にさらす誘惑者だ。またとない体験になるだろう。至高の歓びと地獄の苦悩を生み出す源となるだろう。このまたとない体験を避けて通るような真似はするな。

宰相ゴドイは今回は三曲だけ歌った。三曲目を歌い終わるか終わらないうちに、王妃は「明日は早朝から狩りよ、カルロス。もうお暇しましょう」と言った。

カルロス国王は豪奢なベストの前ボタンを外したので、中に着ていた簡素なベストと、幾本もの時計の鎖が丸見えになった。時計を二つ引っぱり、じっと見つめ、耳をすまし、双方を比べた。彼は大の時計好きで、厳密さを愛した。「十時十二分だ」と断言した。また時計を懐へしまうと、ベストの前ボタンをかけ、椅子にどっかと座り、食べ物の消化がよいようにゆったりと腰を落ち着けた。「まだ半時間ほどいられるよ。今宵はほんとうに気持ちのいい晩だね」。

国王の表明は、ドン・ディエゴ司祭にとって、またとない渡しぜりふになった。心底、戦争反対である司祭は、宰相ゴドイと王妃が和平を望んでいるが、このような情況下では慎重にそれを公にするのを控えていることを知っていた。抜け目のない司祭は、女性として敗北を喫し、いらだっている気性の激しい王妃マリア・ルイーサが今こそ宿敵アルバ女公爵が太刀打ちできない分野で政治力を誇示し、威力を発揮するチャンスに飛びつくだろうと計算した。好機を逃さず、司祭は話し始めた。

「陛下は今日の晴れやかな雰囲気を称賛しておられます。『気持ちよさ』は陛下が好まれる表現です。今日スペイン人は身分の貴賤を問わず、あらゆる集いの場で、ほっと安堵の息をつき、そんな雰囲気を味わっていることでしょう。なぜなら賢明なる政府の英断のおかげで、この過酷な戦争が終焉に向かっているからです」。

カルロス国王はいぶかしげに、黒い僧服をエレガントに着こなした、でっぷりした不格好な男を見つめた。この風変わりな男は廷臣だろうか、それとも僧侶だろうか。国王は、彼の口から出た奇妙な文句が何を意味するのかわからなかった。しかし司祭のねらい通り、王妃マリア・ルイーサはこの餌に飛びつき、女性としてではなく王妃として力を発揮できる好機を利用した。彼女は名誉ある、だが夥《おびただ》しい血と金を流出させる戦争の続行よりも、節度ある和平を望む、慈愛に満ちた王妃を演じようとした。「あなたの言葉を聞いて、満足です」と王妃はよく響く声で表明した。「国王と私は、謀反をはたらいたフランスに対して、君主制の聖なる規律を他の誰よりも長く激しく守り抜いてきました。フランスに王権神授の復権を求め、同盟国に懇願し、ときには威嚇しました。しかし残念ながら、同盟国の諸侯や諸国民は、私たちスペイン人ほど犠牲の精神に富んでいないのです。彼らは私たちの同意があろうがなかろうが、フランス共和国を認知する気でいます。スペインのみが奮闘しても、スペインが国境で生死を賭した戦いに巻き込まれている間に、なにやら他の貪欲な国がスペインの無敵艦隊をねたみ、スペインに襲いかかるということになりかねません。国王と私は、王家と国民の栄誉を満たし、神と世界の前で私たちの国民に平和を返すのが当然だという結論に達しました。和平に栄光あれ!」。

ブルボン家の血を引くマリア・ルイーサ・フォン・パルマはそう語った。彼女は起立せずに、たっぷりしたスカートと宝石と羽飾りをまとい、偶像のごとく、あたりを睥睨《へいげい》して座っていた。先祖の肖像画から、女王らしい態度とはいかなるものか学んできた。訓練された美声の、軽いイタリア訛りは、彼女と聴衆との間の厳かな距離を崇高なものにした。

フランス少年王と摂政の大使である哀れなアブレは、王妃の言葉を聞いて、絶望に襲われた。今宵は楽しい一夜だったのに。アルバ女公爵から招待されたばかりか、貧しくとも美しく才能ある愛娘が嬉遊曲演奏に加わったのである。ジュヌビエーブが舞台に登場した短い刻《とき》だけが、今宵の闇を照らす唯一の光だったのか。今始めてアブレは、フランス王家への悪口雑言を吐いた太った蛇、抜け目ない司祭の顔に気づいた。筋金入りの反徒ホベリャーノスの憎らしい顔もある。スペイン国王夫妻に首をはねられて当然の輩《やから》が、アルバ女公爵夜会の賓客とは聞いてあきれる。いたいけなフランス少年王の大使の姿をカンバスにとどめる栄誉に浴したと喜ぶどころか、下層民さながら繰り返し肖像画の代金をねだる図々しい画家までいる。かくも恐ろしい一撃に見舞われるとは! 君主制の代弁者たるスペイン王妃が大貴族たちの面前で、あからさまな恥知らずな言葉で君主制の原則を裏切ったのを、じかに、この耳で聞かされるとは! 裏切りの張本人が王妃とは! それなのに悠然と姿勢を正して、ここに座っていなければならない。頭を両腕で抱え込み、泣き叫ぶことはできない。ああ、暴徒のパリに残り、あのままルイ十六世とともに断頭台の露と消えていればよかった！

いっぽう司祭とホベリャーノスの喜びは大きかった。司祭は人心を操る術を心得、好機をとらえたことが誇らしかった。自分こそスペインにおける唯一の識見ある偉大な政治家だ。進歩に貢献した功績が歴史の記録に残らないことだけが、心残りだった。ホベリャーノスのほうはもちろん、王妃マリア・ルイーサ、この王冠をかぶった娼婦が和平を告知したのは、お国の繁栄のためではなく、戦争で出費がかさみ、彼女と情人が贅沢三昧できなくなるのを憂慮したためだと見抜いた。しかし理由はどうあれ、王妃は戦争終結の心積もりがあることを皆の前で表明した。まもなく平和が訪れ、善と国民のために有益な改革に熱意を注ぐ人物が勝利をおさめる時代が来るだろう。

たいていの客人にとって、王妃マリア・ルイーサの告知は晴天の霹靂《へきれき》というわけではなく、むしろ朗報だった。王妃の決意をあっぱれとは思わないが、理に適ったことだと感じた。戦争終結に異存はない。これ以上戦争が続けば、各人が倹約を余儀なくされる。王妃は、英断とはいえぬ決定に、賢くも威厳の衣を着せたのだ。

そういうわけで大貴族たちは、王妃を評価した。だがアルバ女公爵だけは別だった。ライバルの王妃が彼女の新築の城館で、大向こうをうならせる、誇らしげな決め台詞を吐くことに我慢できず、反駁した。「きっと、多くのスペイン人は王妃様の英断に感嘆することでしょう。しかし私自身は——おそらく他にもおられるのではないかと思いますが——敵軍がわが国の国土に侵入している今、平和条約締結を考えることに深い悲しみをおぼえます。思えば、貧しい人々がなけなしの金を軍備のために寄付し、国民は歓喜して歌い、足取りも軽やかに、あるいは威勢よく足を踏み鳴らしながら戦場へ赴いたのではありませんか。私は愚かな若い女かもしれませんが、あの熱狂の後にくるのが、この結末では少々興ざめという気持ちを拭い去ることができません」。

アルバ女公爵は立ち上がった。洗練されたシンプルな白いドレスのほっそりした姿が、派手でけばけばしい王妃の前にすっくと立っている。

哀れなフランス大使アブレの心は晴れやかになった。スペインにはなおも神聖で高貴なものに賛同する声がある、なおも神をも恐れぬ暴動に対して王権を擁護する人間がいる。彼は感動して、このオルレアンの処女ならぬスペインのジャンヌ・ダルクを見つめ、愛娘ジュヌビエーブの手を優しく撫でた。

アルバ女公爵の発言は、他の人々の心にも波紋を呼び起こした。王妃の言うことは理に適っており、いっぽうアルバ女公爵の言葉は夢想的で、このうえなく明るいヒロイックなナンセンスだ。だが、彼女はなんと美しく大胆なことか！　スペイン王妃の前でこんな口がきける人間は、男であれ女であれ、スペインにはひとりもいないだろう。会衆の心はアルバ女公爵に傾いた。

彼女が話を終えても、みな無言だった。カルロス国王だけが大きな頭を振りながら、宥めるように言った。

「おやおや、まあまあ」。

王妃マリア・ルイーサは彼女の勝利が一転して敗北を喫したのを、痛烈に感じ取った。できれば、この生意気な宿敵をこらしめしてやりたい、私には力があるのだから。だが感情のおもむくままに振る舞ってはいけない、他者の言葉に打ちのめされてもいけない、激してもいけない。王妃は落ち着いた声で「私の若く可愛いお友だち、あなたの新宅は、正面は古きよきスペイン様式なのに、内装は『これが新時代でございます』と主張してらっしゃるわね。もしかしたら、あなたご自身もそうなのかしら」と言った。これに対して気の利いた返事をするのは難しいだろう。王妃が彼女の臣下たる第一級の大貴族に、威厳に満ちた訓戒を与えたのである。だが、そのいっぽうで、こんなことは何の役にも立たないと分かっていた。皆にとって私が醜い中年女であることに変わりはないし、あの女は理不尽なことをしても、皆から「さもありなん」と思われるのだ。

それはアルバ女公爵にも分かっていた。王妃の前で膝を屈めてお辞儀すると、ことさら恭順の意を示した。「妃殿下のご不興を買ってしまったことを、たいそう遺憾に思っております。私は若くして親を亡くし、野放図な育ち方をしたものですから。心ならずも、スペイン宮廷の謹厳で分別ある定められた礼式と抵触してしまうのです」と言いながら、彼女はアルバ家の先祖で、その残虐さで恐れられた元帥の肖像画をちらりと仰いだ。国王はこの元帥に勘定書でも記すように、〈スペイン国王のために征服した王国四つ、九回にわたる圧勝、あまたの武勲、二一七の包囲、軍役六〇年〉という、勲功を記した戦役リストを送ってきていた。

ゴヤは複雑な心境で二人の貴婦人の論争を聞いていた。王権神授説信奉者の彼にとって、家臣の従義務は聖母信仰と同じく神聖なものだった。アルバ女公爵の言葉はひどく僭越なものに思われた。不遜な言葉は災いを招く——彼女の言葉を聞いて、心の中で十字を切った。それでも彼女の誇り高い美しさにうっとりし、胸が締めつけられるようだった。

スペイン国王夫妻はまもなく気取った、寛大とはいえない態度で退出した。ゴヤも他の人たちも、そのまま残った。

ホベリャーノスは今こそ、女公爵を教導しなければと思った。本当は彼女の演説の直後にそうしたかったのだが、この誇り高く美しい貴婦人は、燃えるような祖国愛とその愚かさゆえに、彼にとって母国スペインのアレゴリーであり、そんな女性に、ライバルの王妃の面前で意見するのは忍びなかった。彼は意味ありげに口を開いた。

「勝利を手にすることなくスペインが戦争終結を迎えることに対する、あなたの心痛はよくわかります。私はあなたに劣らぬスペイン魂の持ち主ですが、私の頭脳は論理に沿って考えます。今回は王室の顧問官たちの言う通りです。戦争が長引いても損害をもたらすだけです。不必要な戦争ほど不毛な犯罪はありません。貴婦人に戦争の惨禍を思い浮かべて下さいと願うのは辛いことですが、どうか今世紀の偉大な作家の文章を引用させてください。『カンディードは死体の山の上を這って、灰燼に帰した村に着いた。敵は国際法の規則にのっとり、村を燃き尽くした。男たちは殴打されて身をよじりながら、自分たちの妻がわが子を血まみれの乳房で庇いながら、締め殺されるのを目の当たりにせねばならなかった。娘たちは男たちの欲望を満たした後、腹を割かれて殺された。大火傷を負った者たちは、断末魔の苦しみを終わらせるための、とどめの一刺しを懇願していた。大地は飛び散った脳味噌や、ばらばらに切断された手足であふれていた』——皆様、どうか、この不快な描写をご容赦ください。私は自分の経験から、この描き手の言う通りだと申し上げることができます。さらに申し上げるなら、ここで描かれたことは、まさしく今、まさに今夜、スペインの北の地方で起こった出来事なのです」。

異端審問所をものともせず、禁書とされている作家ヴォルテールをアルバ女公爵の城館で引用するとは、ホベリャーノスはなんと非常識で際どい真似をするのだろう。なんと刺激的な晩だろう——皆はつい長居をした。

ゴヤは、ホベリャーノスの言葉を女公爵に対する警告と受け止めた。彼女の言動は災厄を招く、彼女と関わりたくない。ついに退出しようとした。
するとアルバ女公爵が彼のほうを向いた。片手は軽く彼の腕に触れ、もう片手は扇で誘うような合図を送ってきた。

彼女は言った「今日は失礼しました
エスコリアルから戻ってきたら
私を描いてくださいな」
驚き　当惑して
ゴヤは彼女を見つめ
魔女の新手のいたずらに覚悟をきめた
彼女は親しげに
彼にぐっと接近し
話し続けた
「失礼しました
許してくださいな
長く待てない性《たち》なのです
ドン・フランシスコ
宮廷へお招きするか
あるいは
私自身があなたの所へ参ります
そうしたら　すぐに私を描きなさい
ふたりで

友人たちがあっと驚くような作品にしましょうね」

12　義兄バイユーの死

ふだん家族と正餐を囲むとき、ゴヤは頭のてっぺんからつま先まで家長だった。妻のホセファや子供たちと一緒に楽しく食事し、会話した。しかし今日は皆、沈んだ面持ちで、ゴヤもホセファも三人の子供たちもやせたアウグスチンも言葉少なだった。長患いしていたホセファの兄フランシスコ・バイユーがあと二、三日の生命だろうという知らせが来たのである。

ゴヤはわきから妻を観察した。妻はいつものように背筋を伸ばして座り、面長の顔は悲しみを押し隠している。明るく生き生きとした瞳はまっすぐものを見つめ、鼻は大きく、上唇をかみ締めて薄い唇をきっと一文字に結び、顎はいつもよりとがって見えた。赤みを帯びた金髪を太い三つ編みにして、古代の司祭の帽子のように斜め後ろへ結い上げている。サラゴーサで結婚後まもないころ、二人の愛児をそれぞれ幼子イエスと洗礼者ヨハネに見立て、優美に輝く聖母マリアとしての妻を描いたことがある。それから二十年間、希望や失望を彼女とともにしてきた。辛い時もあれば、楽しい時もあった。子宝に恵まれたが、幼い生命が消えてゆくのを目の当たりにしなければならなかった。妻は今も当時の面影を宿していた。幾度も出産を体験したのに、四十三歳の今なお、少女のような繊細さ、あどけなさ、清烈さを漂わせていた。

ゴヤには今日のホセファの胸中が手に取るようにわかり、同情した。彼女が失おうとしているのは兄だけではない。ゴヤに恋したとき、彼女は男性としてのゴヤに、その活力に、反抗心に、生命の充溢に恋い焦がれたが、画家としてのゴヤをあまり評価していなかった。彼女にとってフランシスコ・バイユー、首席宮廷画家、アカデミー会長、スペインで最も有名な画家である兄こそ、一門の長だった。ゴヤ家の名声も、もとはといえば兄に由来する。ゴヤが兄や兄の理論に反旗をかざすたびに、ホセファは心を痛めた。

彼女は兄によく似ていた。だが、バイユーの我慢できない点も、相手がホセファだと、ゴヤには好ましく映った。義兄は鼻持ちならぬうぬぼれ屋で頑固だった。妻も家名に誇りを持ち、向こう気が強く、意地っ張りだったが、それは彼女をさらに魅力的に見せた。ゴヤはあるがままのホセファだからこそ、サラゴーサのバイユー家の出であるからこそ、彼女を愛した。しばしば意に沿わぬ仕事でも引き受けるのは、ひとえにバイユー家の女性にふさわしい豊かな生活を送る資金を、夫である自分が調達できることを示したいためだった。

ホセファは一度も彼の芸術家としてのいたらなさや、派手な女性関係を咎めたことがなかった。妻の忍従は彼にとって自明のものだ。フランシスコ・ゴヤのような人間と結婚した女性は、夫が品行方正の堅蔵《かたぞう》ではなく、男の中の男であることを肝に銘じておかねばなるまい。

そのぶん頻繁に義兄のバイユーは、ゴヤの生活に干渉しようとし、ゴヤのほうではこの首席宮廷画家、物知り顔の品行方正の堅蔵《かたぞう》の要求をはねつけた。「何が言いたい？　夜のお伽は、妻に大サービスしている、毎年のように子宝に恵まれている。食卓を共にしている。妻に身分不相応の贅沢をさせているじゃないか」。――彼女は倹約家で、はっきりいってけちだった。品行方正の堅蔵の妹だから、当然といえば当然だ。「お前は朝食は、貴族様の真似をして、ベッドでチョコレートを飲んでるそうじゃないか。極上のボリビア産チョコレート、それもホセファの目の前で、出入りの商人が細かく砕いてみせるそうだな」。バイユーは高慢な態度で、田舎出のゴヤをあてこすり、ゴヤと関係のあった女性を卑しめる言葉を吐いた。ゴヤは思わず義兄の首根っこをつかみ、揺さぶった。すると義兄の銀の縫い取りのある燕尾服が破れた。

今、ホセファは愛する兄を失おうとしている。それとともに彼女の人生から大いなる栄光が失われるだろう。だが彼女は背筋を伸ばし、顔色ひとつ変えず座っていた。そういう女性だからこそ、ゴヤは妻を愛し称賛した。

食卓の陰鬱な沈黙が、しだいにゴヤの重荷になってきた。出し抜けに「みんな、このまま食事を続けておくれ、俺はすぐバイユーのもとへ行く」と言った。ホセファが目を上げ、ゴヤの胸中を想像し、ほっとした――夫は誰もいないところで瀕死の兄に、今までのすべてを謝りたいと思っているのね。

義兄は低いベッドに横たわり、たくさんの枕に支えられていた。土気色のやせた顔にはいっそう深い皺が刻まれ、厳しく苦渋に満ちていた。

ゴヤは壁の聖フランチェスコを描いたお馴染みの絵が、上下さかさまに掛けられているのに気づいた。古い民間信仰では、このように聖者に無理な姿勢をとらせると、聖者が助けてくれると信じられていた。教養ある頑固者の義兄が、俗信にすがるとは思えないが、名医たちの診察も万策尽きた今、芸術と国家と家族のため生き長らえるには、気休めでも構わぬらしい。

ゴヤは義兄を気の毒に思うように努めた。なんといっても妻の兄だし、俺に好意を持ち、たびたび手を貸してくれた。だがどうしても同情の念がわいてこない。この病人のために、俺の人生はだいなしにされた。サラゴーサの大聖堂のフレスコ画を描いたとき、バイユーは大聖堂参事会員全員の前で、俺を愚かで反抗的な学校生徒のように幾度も幾度も叱り飛ばしたのだ。あの恥辱は今も忘れられない。おまけに俺と妻を仲違いさせようとした。ホセファに兄がいかに崇敬に値し、俺がいかに軽蔑すべき人間かほのめかす。大聖堂参事会は俺の足下に報酬を投げつけ、言語道断、俺を追い払ったが、それも、もとはといえば義兄のせいだ。それでも参事会はホセファには「われらの偉大なる巨匠バイユーの妹」として金メダルを贈ってくれた。今、病める瀕死の義兄を見下ろし、憤りをおぼえながら、ゴヤは〈義兄と鋤《すき》は、地上にあるときのみ役に立つ〉という古い諺を思い浮かべた。

無性にバイユーの肖像画を描いてみたくなった。義兄の威厳や目標に向かってひたすら努力する勤勉さや知性を損なうことなく、その頑固さ、無味乾燥な偏狭さを描き出してみたい。

バイユーは辛そうだが、いつもの如才ない言葉で語り始めた。「僕はもう逝くよ。君に席を譲ろう。君がアカデミー会長になるんだ。大臣、マエリャやラモンとも話し合った。マエリャや僕の弟ラモンが、君に先立って会長の椅子についてもおかしくない。だが僕は君こそ、この空席にふさわしいと思うんだ。君のほうが才能がある。君はおよそ礼儀作法をわきまえないし、小生意気な自意識が強すぎるけど……。僕の可愛い妹のために、素行のおさまらぬ、その夫をひいきにしたと神の前で申し開きができるかな……」と言葉を切った。話すのは難儀らしくハアハア息を切らした。〈ばかめ、義兄の助力なんぞなくても、アカデミー会長の椅子はいただきだ。宰相ゴドイがとりはからってくれるさ〉とゴヤは思った。

「君は御しがたい心情の持ち主だ」バイユーは話し続けた。「僕の手で描かれた君の肖像画が、この世に一枚も存在しないのは、君にとっていいことかもしれない。だが、僕のうるさい忠告がなくて残念だと思う日がきっと来るよ。最後に警告しておこう。古典的な伝統を大切にしたまえ。毎日二、三ページ、メングスの理論を読みたまえ。メングスの献辞と僕の注意書きを記した本を君にあげよう。彼と僕が成し遂げたことがわかるよ。自制したまえ。そうすれば君も、メングスや僕ぐらいの業績を残すことができるだろう」。

ゴヤは嘲笑と同時に、憐憫の情をおぼえた。この哀れな男は最後のわずかばかりの力をふり絞って、大画家ぶりを吹聴している。バイユーはたえず「真の芸術」を追い求め、自分が正しいかどうか書物を繰り返し読んで確かめたものだ。義兄は画家の目をしており、手先も器用だったが、理論をふりかざし、なにもかもだいなしにした――君と君のメングスのおかげで、俺は何年も無駄足を踏んだ、それどころか後戻りさせられたよ。口をへの字に結び、不信の目を向ける俺のアウグスチンのほうが、君たちの規則や理論よりもずっと俺にはありがたい。首席宮廷画家よ、理論に縛られて、さぞかし難儀な一生だったことだろう。まわりの人間も大変だったよ。君が土にかえれば、君も、まわりの人間も楽になる。

バイユーは義弟に最後の演説を聞かせるのが、最期のおつとめと考えていたのだろうか。直後に断末魔の苦しみが始まった。バイユーの親友や親戚、ホセファ、ラモン、画家のマエリャが低いベッドに深刻な表情でやってきた。ゴヤは息苦しそうにあえぐ義兄を険しい目で眺めた。この鼻は鋭い勘をもたず、この口元の皺は報われぬ努力を物語り、この唇は口やかましく難癖ばかりをつけていた。死に神が接吻しても、このやせた顔に顕著な変化など、あらわれないだろう。

この首席宮廷画家をたいそう高く評価していたカルロス国王は、大貴族と同じ葬儀を執り行うよう指示した。フランシスコ・バイユーはサン・ファン・バウチスタ教会の地下聖堂の、スペインが生んだ最大の画家ドン・ディエゴ・ベラスケスの傍らに葬られた。

遺族と少数の友人たちはバイユーのアトリエをぐるりと見渡し、遺作をどうすべきか協議した。おびただしい数の完成した絵、未完成の絵があった。鑑賞者たちを最も惹きつけたのは、バイユー自身がイーゼルの前に立っている自画像だ。パレット、絵筆、ベストは入念に描いてあるが、絵はあきらかに未完成だ。あの几帳面な画家が、自分の顔を仕上げていないとは！　生まれる前から朽ち果てているような、生気のない瞳をした未完成の顔が、鑑賞者たちをじっと見やっている。しばらくするとラモンが「兄が、この絵を完成させられなかったのは、なんと残念なことでしょう」と言った。「私が仕上げましょう」——ゴヤの言葉に皆は驚いて顔を上げ、一瞬ためらいの色が走った。だが早くもゴヤはカンバスを占拠していた。

アウグスチンの前で、ゴヤは長い時間をかけてバイユーの肖像画を完成させた。死者に対する崇敬の念から、既存の絵にあまり変更を加えなかった。眉毛にごくわずかに険悪な雲行きを加え、口元の皺をわずかに深くして疲労の色をにじませ、顎にごくわずかに強情さを、口角にごくわずかに不平屋の陰影を加えた。愛憎の情がはたらいても、ゴヤの冷静で大胆な揺るぎない画家の目が曇ることはなかった。ついに完成したとき、それは一生涯あくせくし、威厳を保つことにも倦まずたゆまず努力することにも疲れ、永眠を義務と心得た、老いの影を宿した不機嫌で怒りっぽい紳士の肖像画だった。

アウグスチンはゴヤの隣に立ち、完成した作品を眺めた。カンバスから、自分に与えられてしかるべき以上のものを世間に要求し、与えるより取ることを望んだ男が偉そうに目を光らせている。すべてがゴヤが新たに発見した明るく漂うような銀灰色の光に浸されていた。アウグスチンは、この卓越した銀灰色の軽やかさは、バイユーの顔の堅さと絵筆をもつ手の教師ぶった分別くささを強調しているのを意地悪く見て取った。肖像画に描かれた人物が魅力に乏しければ乏しいほど、絵としての魅力が増してくる。「すばらしい業《わざ》ですね」とアウグスチンの口から、満足げな称賛の言葉が漏れた。

ホセファは長いこと黙って
兄バイユーの肖像画を見つめていた
ゴヤは聞いた「お義兄さんは満足したかな？」
ホセファは上唇をかみ締めた

「この絵をどうするの？」
彼女は聞いた
「君のものだよ」
彼は答えた
「ありがとう」
　彼女はこの絵をどこに
掛けようかと考えた
ぴったりの場所が
なかなか見つからなかった
結局　絵をサラゴーサにいる
兄のマヌエル・バイユーのもとへ送った

13　アカデミー会長

ゴヤはエスコリアル城からの便りを首を長くして待ったが、アルバ女公爵からは何の音沙汰もない。義兄の喪中のつれづれが、焦燥感をいっそう募らせた。

そんなある日、故郷から思いがけぬ訪問客があった。マルティン・サパテールだ。

ゴヤは親友マルティンを見ると、激しく抱擁し、あらゆる聖人の名をあげて喜びをあらわし、彼にキスし、安楽椅子に無理やり座らせたかと思うと、また立たせ、腕を組んでアトリエ内を歩き回った。

ゴヤはプライドが高かったが、生来はなし好きで、よくホセファ、アウグスチン、ミゲルの前で腹蔵なくおしゃべりしていた。だが、心に秘めた虚栄心や不快感といった本音を話せるのは、親友マルティンだけだった。この恰幅のいい堂々とした、温和で品位ある紳士に何百もの質問を浴びせ、ゴヤ自身も夢中になって脈絡のない話をした。その間、アウグスチンは嫉妬と羨望にかられて聞き耳をたてた。

ゴヤは六歳のとき、フェンデトードスの村からサラゴーサに来た。それ以来マルティンと仲良しだ。二人はフライ・ホアキンの学校で読み書きを習っていたが、それぞれライバル関係にある流派を信奉していた。ゴヤはピラールの聖母派、マルティンは聖ルイス派だった。ゴヤ少年にしたたか殴られたマルティン少年は、称賛の念をもってピラールの聖母へ鞍替えした。以来二人は大親友になった。ゴヤの無鉄砲で強烈な個性は、友にスリルを味合わせ、いっぽう物の道理をわきまえたマルティンはゴヤに実際的な助言を与え、実務を指導した。ゴヤは貧しい家庭の出だったが、マルティンは裕福な声望あるブルジョワの出身だった。幼い少年の時分からマルティンは、ゴヤの芸術家としての天分を信じていた。サラゴーサのパトロンであるピグナテーリ伯爵が、小さなフランシスコ・ゴヤに素描と絵画の授業を受けさせることにしたのは、マルティンの父の口添えがあったからだ。

「君はちっとも変わらないね」とゴヤは、自分より頭ひとつ分大きいマルティンに言った。「大きな鼻がまた大きくなったかな。堂々として威厳がある。君の背後にサラゴーサの家々が見えるようだ。サルバドーレ家、グラサ家、アスナレス家」。マルティンが言葉をはさんだ。「それと小城館と食料品店と橋」。「全部だよ」。ゴヤは心から言った。実際ゴヤの脳裏には、少年時代のサラゴーサの町並み、倦怠感ただよう素晴らしい景観、泥と埃、教会の塔の壁、灰緑色のよどんだエブロ川、砂塵の舞う沈んだ色合いの平地、彼方の山々がありありと浮かんできた。

二人一緒にいると、たちまち少年時代に戻ってしまう。冒険と魅力に富んだ人生が二人の前に広がり、どの曲がり角にも新たな何かが、探し回って見つけ出し、闘って獲得せねばならない何かが潜んでいた。二人は、いかにお互いを必要としていたことだろう。ゴヤは世話好きな友の実務の才覚を必要とし、いっぽうゴヤから画家の目で見た世界と真情を披瀝されると、マルティンの単調な世界はパッと彩り豊かになるのだった。

くる日もくる日もゴヤは友人を描いた。それは至福の時だった。あるがままのマルティン、聡明で威厳があり、親しみがもて、少々俗っぽくて温情あふれる彼を、カンバスにうつしとるのは楽しく、このうえない喜びだった。高い知性をうかがわせる瞳、知的で明るく穏やかなまなざし、ふっくらした頬、どっしりした鼻。「これが私なんだね」とマルティンは言って舌を鳴らした。

ゴヤには、描いているときと、友とおしゃべりをしている時間と、どちらが楽しいのかわからなかった。しばしば口実をもうけてはアウグスチンを外へ出し、堰《せき》を切ったように話し始めた。昔の思い出が、ごっちゃになってよみがえった。恋愛沙汰、貧窮、警察とのいざこざ、異端審問所からのスリルある逃走、荒っぽい決闘申し込み、ナイフとサーベルを使った危険きわまりない喧嘩、尊大なバイユー家との確執。彼は貧しかった青年時代と現在の栄華との相違について、ざっくばらんに言い立てた。今や堅固なマドリードの館に、高価な家具や芸術品に囲まれ、お仕着せの制服を来た召使にかしずかれ、貴人たちが訪れ――この高名な画家は面会を断ることもあるんだよ――イギリス様式の金メッキの二人乗り四輪箱馬車、マドリードに三台しかない、りっぱな馬車を乗り回している。この豪華馬車は彼のご自慢だった。この馬車を、特に馬を維持するのは、マドリードでは高くついたが、それだけの甲斐はあり、ゴヤは出費を惜しまなかった。義兄バイユーが亡くなって日も浅く、喪中にはふさわしくなかったが、ゴヤは友を乗せてプラドへ出かけた。

ときおりゴヤとマルティンは歌い、楽器を演奏し、セギディーリャスやボレロを踊った。二人ともスペインの大衆音楽が大好きで、よく個々の音楽作品の価値をめぐって論争した。いつもゴヤは、友の好みが退屈だと言ってこきおろした。また友が闘牛士コスチリャーレスのファンなのをからかった。ゴヤ自身はラミロに肩入れしていた。ゴヤは机に砂をまくと、二人の闘牛士の姿を描いた。ひとりは小柄でがっしりしたラミロの体に、ライオンのようなゴヤ自身の顔をしており、もうひとりは、長身で恰幅のいいコスチリャーレスの体に、マルティンのごとく大きな鼻の持ち主だった。二人とも大笑いした。

笑っていたゴヤは不意に黙り込み、顔を曇らせ、不機嫌な表情になった。「ちゃんちゃらおかしいね、君に自分の出世ぶりを吹聴したけど……。たしかに大出世だ。宮廷画家、数日後にはアカデミー会長だ。スペイン一の画家の目をもち、絵筆を持たせたらマドリード一だ。皆が俺をうらやましがる。だが、マルティン、これは表の顔だ。裏は糞だ」。

マルティンは友の突然の激変ぶりや、手のつけられない怒りの爆発をよく知っていた。「フランコ、フランコ」

と言って落ち着かせようとした。「そんな不埒な、罰当たりことを言ってはいけない!」。ゴヤはアトチャの聖母像をちらりと見やると、十字を切り、続けた。「本当のことだよ。俺が持っている現世の宝には、みな悪しき側面がある。奥には敵意に満ちたデーモンが、妖怪がうじゃうじゃいて、俺を見てニヤリと笑いかけるのさ。義兄が、あの仏頂面の知ったかぶりが、帰らぬ旅の人となったのは、俺にとってラッキーだった。だが妻のホセファが俺にぴたりとくっついて、昼も夜も嘆き節を聞かせる。宰相ゴドイが俺と親しくなってくれたのはラッキーだ。彼はスペイン一の権力者で、若くて好男子だが、剣呑なやくざ者でもある。奴が俺を抱き込もうするやり方が、どうも引っ掛かる。ホベリャーノスの件で一役かわされたことが忘れられない。俺は義人ぶった男がどうも好きになれん。誰からも礼を言われるわけじゃないし……。ペパは、あの緑色の瞳で俺を嘲るように見るだけで、まるで天から幸運が降ってわいたかのように、今じゃ女王様気取りだ。皆、俺を利用することしか考えていない。誰も俺をわかってくれようともしない」。激しい言葉で彼は、ミゲルとアウグスチンが、国王と国政のために一肌脱ぐよう攻め立てた言語道断の出来事について吐き出した。「俺は宮廷画家で、宮廷人で、実際そうだし、それは俺の望みであり、誇りでもある。画業で俺はスペインのために、大口をたたいて勿体ぶった態度をとる、いかなる政治改革主義者よりも、大いなる貢献をしたのだ。画家なら、絵を描かなくては」。きっぱりした憤怒の口調だった。がっしりした幅広の顔は陰鬱だった。「画家なら、絵を描かなくてはならない。それがすべてだ」。

「金銭問題については、こういう事柄に明るい人物と話さなきゃ」とゴヤは続けた。びっくりするほど明るい口調だった。マルティンはゴヤが助言を求めているのだと思った。自分はサラゴーサの銀行家で、事情に明るい。「いい助言ができれば、嬉しいよ」と心から言い、慎重に言い添えた。「私のみるところ、君の懐具合は安泰というわけではないね」。

ゴヤはそれを認めようとはしなかった。「俺はくよくよしない性分なんだ。めそめそするのも嫌いだ。お金は重要じゃない。ただ必要なんだ。ここマドリードでは、本当に〈一文なしじゃ、行き場は監獄、病院、墓地の三つだけ〉という諺通りなんだよ。衣装や不正直な召使たちに、大枚をはたかなきゃならない。地位にふさわしい暮らしをしなきゃならない。そうしないと、すぐさま大貴族たちが足下をみて安値で買いたたく。俺は馬車馬のように働いているが、そこから何かをつかみたいからだ。人生は金がなければ楽しめない。だからといって、女から金をせびられてるわけじゃない。ときおり上流階級のご婦人方の添い寝をするが、彼女たちは恋人が富貴な殿御《とのご》のごとく、ご入場することを要求するんだよ」。

マルティンは、ゴヤが贅沢三昧の暮らしに染まりながらも、吝嗇《りんしょく》な農民らしさが抜けきらず、良心の呵責にさいなまれているのがわかった。ゴヤは友の慰めの言葉、激励の言葉を必要としているのだ。そこでマルティンは言った。「宮廷画家フランシスコ・ゴヤはアラゴンの牧人が一年で稼ぐより多くの金を、たった一時間で稼ぐ。二日で仕上げた肖像画で、四〇〇〇レアルも手にするじゃないか。そういう金満家は将来に不安なぞ感じる必要はないよ。それに君のアトリエは、サラゴーサの私の銀行より、安全な資金源だ」。

ゴヤはこうした慰めの言葉をもっと聞きたがった。「なにもかも順調だ。だがサラゴーサの連中が途方もない要求をしてくるのを忘れないでくれ。とりわけ俺の兄弟たちだ。〈ウジ虫はこってりしたチーズが大好き〉だからね」と苦々しく諺を引用した。「母に不自由な思いはさせない。第一に母を愛しているし、第二に宮廷画家の母親は裕福な暮らしをすべきだ。だが兄のトーマスは俺をなめてる。トーマスのためにモレリア通りに、金めっき職人の工房を建ててやり、注文がくるように計らってやったのに。婚礼の際には一〇〇〇レアル、子供が生まれるたびに三〇〇レアルの祝儀をあげてるのに。カミーロはもっと始末が悪い。カミーロのために膝を屈して、チンチョンの主任司祭の地位をお願いした。あんなこと、自分のためだったら死んでもやらない、舌をかみ切ったほうがましだ。カミーロはそれでも不平たらたらだ。今日は教会、明日は牧師館のために、ああしろ、こうしろと言う。奴は恩を忘れて、うまい汁を吸うことしか考えないんだ」。

マルティンは何度もこの話を聞かされていた。「本題に入ろうじゃないか。大司教と同じくらい実入りがあるんだろう？　君の口座の話をしよう」と穏やかに提案した。「そうだな、三万レアルぐらいかな」。

マルティンはほほ笑んだ。ゴヤは気分しだいで金額を法外につり上げたり、縮小させたりする癖がある。ゴヤには屋敷と家財道具を別として、八万レアルの財産があった。「情けないな」とゴヤは言った。「そうでもないよ」とマルティンは慰め、しばらく考えた。「銀行がスペインの優先株を安く譲ってくれるかもしれない。カバルース伯爵が銀行を引き継げば、表舞台に返り咲いたホベリャーノスが仲介してくれるだろう。君も関係者だからね」とほほ笑みながら言葉を結んだ。ゴヤが異議を唱えようとすると、マルティンは「任せてくれ、品位をもって微妙な問題に対処してみせるから」と請け合った。

マルティンが熱心に話に耳を傾け、分別ある助言を授けてくれたので、ゴヤは晴れやかで伸び伸びした気持ちになった。秘中の秘、アルバ女公爵をめぐる夢想を打ち明けようとしたが、うまくいかなかった。言葉を見つけることができなかった――俺の銀灰色を発見するまで、色彩とは何か知らなかったように、雛壇のアルバ女公爵の視線を受け止めるまで人間の情熱とは何か知らなかった。いや、「情熱」などという言葉で、俺を満たしている、この気持ちを表現することはできない。言葉ではとても表現しきれない。いつも俺の切れ切れの言葉から胸中を察してくれる親友マルティンですら理解できないだろう。

嬉しいことに、マルティンのマドリード滞在中に、アカデミー会長任命式が執り行われた。宮廷画家ドン・ペドロ・マエリャとアカデミー会員二名がゴヤの屋敷を訪れ、証書を手渡した。ゴヤが定式に乗っ取った古典的な手法で描かないという理由で、しばしばゴヤを見下してきた連中だ。その彼らが今や、ゴヤのために、りっぱな印章付きの羊皮紙に書かれた、敬意と名誉の荘重な文言を読み上げている。ゴヤは喜びをもって耳を傾けた。

代表団が立ち去ると、ゴヤは妻と友人アウグスチンとマルティンに、喜びを押し隠し、軽蔑の口調でこう言っただけだった。「年に二五ダブロンの役職か。一枚の絵で俺が稼ぐ代金だ。その代わりに少なくとも週に一度宮廷服を着込み、能無しどもと一緒に座って退屈な時間を過ごし、儀式ばったたわごとを聞かされ、俺のほうからも儀式ばったたわごとをくりださねばならない。〈名誉は大きく、益は薄い〉というところかな」と古い諺を引用した。

ゴヤと二人だけになると、マルティンは心から言った。「幸運と至福を。セニョール・ドン・フランシスコ・デ・ゴヤ・イ・ルシエンテス、宮廷画家、サン・フェルナンド・アカデミー会長。ピラールの聖母のご加護がありますように」。

「それとアトチャの聖母のご加護も」とゴヤは急いで付け加え、壁ぎわの守護聖人を見やり、十字を切った。それから二人は笑い出し、互いの背中をたたいて愉快に大騒ぎをした。思いがけない遺産が転がり込んだ農民のセギディーリャを歌った。こんなリフレインだ。「さあ、踊ろう、踊ろう／ファンダンゴを踊ろう／金のある奴は踊ろう／ファンダンゴを踊ろう／金は天下の回りもの」。そうして二人はファンダンゴを踊った。

二人は最後まで踊ると、くたびれて椅子に座り込んだ。ゴヤは友に頼み事をした。「俺には敵が多い。坊主や、貴婦人の引見の際に俺の怪しげな素姓を笑いものにする奴らだ。この前は召使のアンドレまで、意地悪く、なにげなさを装って『郷士《イダルゴ》、どこやらの貴人のご落胤』とぬかしやがった。ゴヤ家は初期キリスト教時代からの高貴な血筋であることは間違いなく、母のドーニャ・グラシア・デ・ルシエンテスは、ゴート族の遥かな昔までさかのぼって辿ることのできる由緒ある家柄の出だ。この純粋な血筋を証明できる文書が家にあればいいのだが……。マルティン、ヒエロニムス師を説得して、フェデトードスとサラゴーサの教会記録簿の管理者に、母方の家系図を書いてくれるように頼んでもらえないだろうか。将来、俺の出自を疑う奴がいたら、家系図をみせて横っ面をはれるように」。

それから数日間、ゴヤ家は祝賀の挨拶に訪れる客でにぎわった。

ルチーアとペパが、ドン・ディエゴ司祭のエスコートで訪れた。ゴヤは驚き、居心地が悪く、いつになく言葉少なだった。マルティンは彼らと丁重に楽しげに会話を交わした。アウグスチンは複雑な気持ちで、美女たちを陰鬱な目で眺めた。

ゴヤと二人きりで話す機会を見つけたペパは、アンニュイな声で、皮肉っぽい調子で話し始めた。「ファッケル通りのアントルチャ街の豪邸に住んでいるの。ゴドイ宰相が私のために、今は亡き伯爵夫人の遺産から買い取ってくれたのよ。ゴドイは何度もエスコリアルからマドリードへ、私を訪ねてきたわ。彼の別荘での乗馬にも招待してくれて、お得意の馬術を、妙技を披露してくれたわ」。

ゴヤはすでにペパの大出世を耳にしており、聞き流そうと努めていたが、今や詳細にわたって聞かされる羽目になった。

「ところで、ゴドイがあなたをエスコリアルへ招待してくれたわよ。私の熱心な口利きのおかげよ」。さりげなく言うと、ゴヤが彼女に拳をふりおろすまいと、じっと堪えているのを楽しげに眺めた。

優しく投げやりな調子で彼女は言った

「私のほうは　もうエスコリアルに
行ってきたのよ」

彼が怒りに青ざめ無言でいると

彼女は続けた

「二人とも出世したわね」

ご婦人方が退場すると

「やれやれ」とマルティンは言った

舌打ちして繰り返した

「やれやれ」

　数日後　赤靴下をはいた

使者が訪れた

〈アカデミー会長ドン・フランシスコ・ゴヤを

エスコリアルの宮廷へ

ご招待申し上げます〉との

メッセージだった

マドリード北西、三〇マイル、グアダラマ山脈を背景に、エスコリアル城はそびえていた。畏怖の念を起こさせるような巨大な石の塊が、冷たく荘厳な、人を寄せつけぬ陰鬱な趣きを呈していた。エスコリアル城はバチカンやヴェルサイユ宮殿と並ぶヨーロッパで最も有名な建造物で、スペイン人の間では「世界七不思議に次ぐ八不思議」とされていた。

十六世紀後半に、陰鬱で狂信的で好色で疑い深く、官僚主義的で、芸術的センスがある支配者フェリペ二世がこの城を造った目的は三つある。第一にスペイン軍がサン・カータンで仏軍と戦ったとき、聖ローレンチウス修道院が砲撃で玉砕され、スペイン生まれのローレンチウスは、生きながら火あぶりに処され、その壮絶な殉教はスペイン人にとってかけがえのないものとなった。フェリペ二世は彼のために世界に二つとない霊廟を建てようと考えた。第二にフェリペ二世は、父王カール五世の「私と王妃の遺骨を奉納する荘厳な墓碑をつくりなさい」という遺言を実行しようとした。第三にフェリペ二世は、修道士や祈りに囲まれ、内省と信仰のうちに孤高の晩年をおくろうと考えたのである。

世界に冠たる王の孤高にふさわしい城のために、彼は出費を惜しまなかった。西インド諸島から極上の木材を、クエンカの森から最高級の樹々を命じ、グラナダやアラセーナの山々から褐色や緑や赤の斑模様の大理石、フィラブレスの山々から白い大理石、ブルゴ・デ・オスマの断崖から碧玉を切り出させた。優秀な画家や石工をスペインばかりでなく、フランドル、フィレンツェ、ミラノから呼び寄せた。彼の城のために、たくさんの積み荷が七つの海を越え、はるばる遠方から運ばれた。国王はみずから手に取り、自分の目で細部にいたるまで検分した。国王が戦場にいれば、毎日戦場へ報告させ、海外からの収益をすべて建築のために注ぎ込んだ。

壮大なプランによれば、エスコリアル城全体が、聖ローレンチウスの殉教のために神が用いた道具、彼が火あぶりにされたときの鉄格子を象徴するものであらねばならなかった。たくさんの中庭のある、どっしりした四角い建物は、この火刑用格子の逆の形をしており、四つの角塔は四つの台座を、突出した親王の館は握りをあらわしていた。敬虔な壮麗さに満ちた厳めしい建物は、ピラミッドのように遠い来世を考えて考案され、はるか彼方の材料、ペラレホスの灰白色の花こう岩でできており、十六の中庭、二六七三の窓、一九四〇の扉、一八六〇の部屋、八六の階段、八九の噴水、五一の鐘があった。

　またエスコリアル城のすばらしい図書室には、十三万冊の蔵書と四千以上の写本があった。特に高価なアラビアの写本は、モロッコのスルタン、スィディアンの財宝を運ぶ船からの分捕り品で、海を越えて運ばれたものだ。ムーア人の王は二百万レアルと引きかえに写本返還を求め、これに対してスペイン側は全キリスト教徒の捕虜釈放を要求した。スルタンは不同意だったので、写本はエスコリアル城に残ることになった。

　城には二〇四の彫像と一五六三点の絵画があり、その中にはレオナルド・ダ・ヴィンチ、ヴェロネーゼ、ラファエル・メングス、ルーベンス、ファン・ダイク、エル・グレコ、ベラスケスの傑作もあった。

　こうした芸術作品以上にスペイン人が誇りに思っているのは、聖堂に大切に保管されている宝物すなわち聖遺物で、金、銀、金めっきの聖堂、上質の木でできた櫃《ひつ》が一五一五もあり、その多くはびっしりと宝石で覆われていた。その中には完全に保たれた聖者や殉教者の骸骨が十体、一四四の頭蓋骨、三六六の手足の骨、一四二七のばらばらの手足の指が保管されていた。聖アントニウスの腕、聖女テレサの足、ヘロデ王に殺された乳飲み子の小さな骸骨もあった。さらにイエス・キリストを縛った紐の一部、茨《いばら》の冠の刺が二つ、兵士が差し出した酢で浸した海綿の一部、彼がはりつけにされた十字架の木片があった。イエスが水をワインに変える奇蹟を行った陶器の容器、聖アウグスチンのインク壺、聖ピーウス五世の泡疹でできた石もあった。悪魔に惑わされた修道士が、中の豪華な品々を持ち逃げし、どれが聖イシドロの腕で、どれが聖女ベロニカの腕かもはや判別できないように、山盛りに投げ捨てたという悪い噂があった。

　特別な祈祷室にはエスコリアルの最も誇らしい聖遺物、聖性がこのうえなく感動的な驚くべき方法で明らかになったホスチア（聖餐式のパン）、ミサの未聖別ホスチアが保管されていた。あるときオランダの修道院で、異端者がこのホスチアを奪取し、床に投げつけ、足で踏みつぶすと、ホスチアから血が流れ出した。滴り落ちる血は、未聖別ホスチアに宿る神性のあかしだ。このホスチアはウィーンへ、さらにプラハの皇帝ルドルフ二世のもとへ運ばれた。世界に冠たるフィリペ二世はこのホスチアの中から頂戴したのだが、オランダの三つの都市や重要な貿易許可権と交換という高い買い物だった。今、このホスチアは異端者の目にふれることなく、エスコリアル城に眠っている。

エスコリアル城同様、物々しい宮中の礼法は、スペインの支配者に、厳密に確定された一定期間、それぞれの城に滞在することを要求した。国王と廷臣はエスコリアルに六三日滞在することになっており、日取りも決まっていた。先代の王カルロス三世はこの規則ゆえに逝去した。肺炎の初期症状にありながら、医師の警告を無視して規定の日にエスコリアルに移動したのだった。

のんきなカルロス四世も、城の陰鬱な威光には圧迫感をおぼえ、エスコリアル城で過ごさねばならない九週間のために、彼好みの内装に変えた。フェリペ二世は晩年を、僧庵のように侘しい下の部屋で過ごしたが、カルロス四世は、遊びに興じる子供たちや、いちゃつく羊飼いの娘や、おしゃべりで豊満な洗濯女を描いた楽しげな絵画や壁掛けに囲まれ、快適な上の部屋で過ごした。

慣習にしたがって毎週一度、国王はエスコリアルの教会へ行き、逝去した先祖たちのお参りをした。御影石《みかげ》でできたユダ族の王たちのいる中庭を通る。竪琴と剣をもったダビデ、書物をもった知恵者ソロモン、破城槌をもった予言者エゼキエル、ミサの道具をもったマナッセ、斧をもったヨシャファト。これらの道具を用いてエルサレムの殿堂を建てた王たちだ。エスコリアル城は旧約聖書のソロモンの殿堂を、現今のキリスト教世界によみがえらせたものだ。

これらの王たちの傍らを通り過ぎたカルロス国王の前に、教会の正門が姿をあらわす。この門は存命もしくは、すでに崩御した王のためにのみ開かれる。がっしりした体格の国王は落ち着かぬ気持ちで、だが重々しく威厳ある顔つきで、犯しがたく調和のとれた建物の中を歩む。恰幅のいい彼も、巨大ドームの広大な空間に身を置くと、まるで小人だ。

選び抜かれた大理石の壁とアーチの間を、王が降りてゆくと、まず初めに親王たちの霊廟《れいびょう》や王子や王女、子供たちが王位につくことのなかった王家の女性たちの墓碑がある。さらに降りてゆくと、やはり御影石《みかげ》でできたカトリック両王すなわちアラゴン王フェルナンド二世とカスティーリャ女王イサベルの霊廟がある。ヨーロッパ一誇らかで壮麗な陵墓、壁が碧玉や黒い大理石に覆われた八角形の部屋。中央礼拝堂の祭壇の下には墓碑があり、ホスチアを差し出す司祭が亡き王の真上に立つことで、亡き王も神の恩寵にあずかるのだった。
先祖たちが眠る青銅の棺の間に、カルロス四世は立った。

カルロス四世は
亡き先祖たちの名を刻んだ
簡素で上品な書体や
これから　ここに永眠するはずの
人を待つ空《から》の棺を眺めた
碑文のひとつには
「ドン・カルロス四世」
もうひとつは
「王妃マリア・ルイーサ」と刻まれていた
五分間彼は立ち尽くした
それが慣習だったから
三百　数えると　地下の穴蔵を後にし
階段をのぼっていった
足早に　さらに足を早めて
彼の足音が　教会じゅうに　こだました
中庭を抜け

ユダ族の王たちの傍らを
わきめもふらず　急ぎ足で通り過ぎ
明るく晴れやかな自室へ向かう
好みの絵画に囲まれて
重々しく陰気な衣装を素早く脱ぎ捨てて
狩猟服に着替えるのだった

15　宰相の愛妾ペパ

ゴヤはエスコリアル城ではなく、サン・ロレンツォの宿に泊まった。エスコリアル城が広大なのに、客人を全員泊めるには十分でないことは承知していたが、それでも腹が立った。

ミゲルが来た。ルチーアのことを聞くと、「うん、妻も来てる。元気だ」と控え目な返事が返ってきた。政治の話になると、ミゲルは活気づいた。「バーゼルでフランス相手に行われている和平交渉は、順調とはいえない。フランスはルイ十六世の遺児である娘と小さな息子を引き渡すことを拒んでいる。いっぽうスペインはフランス王の遺児たちの解放にプライドをかけている。宰相ゴドイはこの点を譲らない」。

後にゴヤは司祭ドン・ディエゴとルチーアに出会った。司祭は政治状況について詳細な報告をした。「軍事的には敗北だが、王妃だけは物の道理をわきまえ、フランス王の遺児たちを断念すれば和平交渉成立とみている。だがカルロス王はゴドイにけしかけられて躊躇している。ゴドイは君主の称号がほしくて、フランスの可愛い王女様との縁組に心が動いている」。

「その計画を後押ししているのはペパよ」とルチーアが言った。彼女の離れ気味の潤んだ瞳は、ゴヤにはよけい嘲笑的にずるそうに見えた。「ペパもここに来ているのか？」とゴヤは不快な驚きをおぼえた。司祭が「マッサレード海軍大将の罷免後、セニョーラ・ペパ・トゥドは、年金のことでいろいろ問題が生じた。宮廷に請願に来ている」と説明した。「王妃は彼女がマドリードで決定を待たないのをいぶかしく思っておられるわ。でも、ペパの人となりは、よくご存じでしょう。いったん言い出したら、引かないわ。彼女のマヌエル・ゴドイをフランス王の娘と結婚させようというアイデアに夢中なの。彼女はゴドイに一日おきに、王女様を英雄的にさらった若者ラミロのバラードを歌ってきかせているわ」とルチーアが説明を補足した。「ペパのエスコリアル滞在が、私たちの和平代表団の課題を、より複雑にしていることは確かだ」と司祭は言った。

かつての愛人ペパが王侯の問題に首を突っ込むのが、ゴヤには気に入らなかった。神が定めた現世の秩序に反する。「ペパを訪ねてあげてね。下の宿にいるわ」とルチーアは親切ごかしに言った。ゴヤはペパを避けようと決意した。

翌朝ゴヤは、慣例に従って王妃の引見に陪席するために、エスコリアル城へ赴いた。アルバ女公爵も来ているだろうか。彼女に会いたいのか、会うのが怖いのか、自分でも分からなかった。

控えの間は、着飾った貴人たちでいっぱいだった。司祭もフランス王の大使アブレもいる。こけおどしの絵に法外な値段をつけることにのみ熟練している、いかさま絵師カルニセーロの姿を見て、ゴヤは眉を曇らせた。

寝室の両開きの扉が開いていた。化粧台の前にスペイン王妃が座り、上流貴族の貴婦人たちが厳密に定められた儀礼どおりにお勤めをしていた。某公爵夫人はスカートを、某伯爵夫人は上着を、某侯爵夫人はリボンを手渡す。コンパスで測ったような仕草、化粧した仮面のような顔で、彼女たちは行ったり来たりしている。物憂げに凍りついたような微笑を浮かべ、よくできた人形のようだ。この何百年にもわたる歴史を誇る端正な物腰は、果たしてすばらしいのだろうか、それとも滑稽なのだろうか?

そこへアルバ女公爵が現れた。ゴヤの胸は高鳴った。彼女も他の女性たちと同じような四肢の動かし方をし、人形のような化粧や服装をしている。他の女性たちが亡き支配者たちの墓碑の上にあるエスコリアル城で、昔ながらのしきたりに従うと、狂言を演じているようで滑稽だ。だがアルバ女公爵はこの場にしっくり馴染んでおり、彼女の一挙手一投足が、生まれながら身に備わったもののように思われた。

宰相ゴドイがゴヤを呼び寄せた。「私の次なる肖像画を描いてもらえれば嬉しい。だが残念ながら目下、モデルになる時間がまったくない。そうでなくても困難な和平交渉が、個人的な問題で錯綜している。私たちの共通の友人ペパが、私を英雄にしたがっているのだよ。愛すべき愛国的行為だ。だが私は、自分や私たちの友人ペパを英雄にするために、スペインに流血させるわけにはいかない。私は政治家だ。感情ではなく、政治的急務や理性にしたがわねばならない」。

居心地の悪い思いでゴヤは聞いていた。またもや不当な要求、無理な期待、屈辱的状況が自分を待っているような気がする。「そのうえ、王妃は下さねばならない決定の重さに神経質になっており、例えば私たちの友人ペパの存在のような些細な事柄にも、ご不快をおぼえるのだ。当のご婦人はもちろん王妃の意向に従うだろうが、気を悪くするのは当然だね。そこで私は、彼女がマドリードへ戻る前に、ささやかなお楽しみを提供したい。ペパや私の愉快な友人たちと、この前、行ったような楽しい夜会を君の助力で設けるのはどうだろう？」。

「それはペパのアイデアですか？」とゴヤは、不快感を苦労して隠しながら言った。

「半分は彼女、半分は私のアイデアだ」とゴドイは白状した。「ペパはエスコリアルの私の部屋で夜会を催したがっている。『すばらしく楽しい夜になるでしょうね』と期待に胸をはずませている」。

ゴヤはひどく腹が立った。いったいペパは何を考えているんだ？　なぜスペインで最も荘重な城で、どうでもいいような夜会を催したいのだろう？　〈雌鳥《めんどり》はカテドラルにそぐわない〉と不機嫌に古い諺を思い浮かべた。なぜペパは俺を参加させようとするのか？　どんなに出世したか見せつけたいのか？　だが、宰相ゴドイの招待を拒絶するのは無理だ。

翌日の晩、ゴヤは壮麗な階段をのぼり、長い厳めしい廊下を通り、宰相ゴドイのもとを訪れた。

控えの間にはペパの女中頭、やせたコンチータが座っていた。ゴヤに恭しく挨拶をしたが、やせた顔に妙に馴々しい小癪で下品な笑みを浮かべた。

ゴドイのパーティーは、ルチーア宅と同じ顔触れで、アウグスチンと慎重なミゲルだけがいなかった。シンプルな緑のドレスを着たペパはたいそう美しく、ゴヤも不承不承それを認めないわけにはいかなかった。ペパの胸の内が、彼女の不興と勝利が如実に伝わってくる。ペパは俺から離れてゆく儀式が必要なのだ。女性が望むすべてが、今や彼女の手に転がり込んできたのだから。ペパは亡き王たちの霊廟のあるスペイン一の威光を放つ宮殿に、生意気に誇らしげに立ち、夜会を催し、俺を呼び寄せた。そして俺はそれを拒むことができない。〈思い知らせてやるわ、この犬畜生〉〈犬め、これでも食らえ〉か……。

ペパは彼に愛想よく、しかし他人行儀に挨拶した。「やっとお目にかかれて嬉しいですわ。陛下の肖像画を描くために、こちらにいらしていると伺いましたの。待たされて、お気の毒ですこと。私もこちらに用事がございまして……。でも要件は片付いたも同然ですから、明日はマドリードへ戻れますわ」。

ゴヤは彼女の両肩をつかんで揺さぶり、その小癪な顔に激しく口汚ない言葉を浴びせてやりたかった。だが宰相ゴドイの前で、そんなことをするわけにはいかない。

ゴドイはエスコリアルの壮麗な自室を、ペパの夜会のために使わせるのが当然至極のように振る舞った。陽気で、おしゃべりで騒々しかった。だが彼は無邪気を装っているだけだ。王妃マリア・ルイーサは情人の言動を大目に見てきたが、今回ばかりはやりすぎではないだろうか？

この夜会を純粋に楽しんでいるのは、司祭だった。ルチーアがいるのが嬉しいのだ。知恵をめぐらせ、紆余曲折を経て、ゆっくりと彼はルチーアに接近した。彼女は司祭の目で政治情勢を眺め、この夜会の皮肉な冒涜行為に、いたずらっ子のような喜びをおぼえた。未来を案じ、先見の明あるフェリペ二世ですら、自分の墓の上で、スペインの宰相が恋人といちゃついて時を過ごすなどとは夢にも思わなかったことだろう。

その晩ペパはロマンスを一曲、また一曲と、全部で三曲も歌った。ドン・アルフォンソ王のロマンスだ。アルフォンソは〈美しきラケル〉と呼ばれるユダヤ女性に恋をし、七年間彼女と暮らし、王妃であるイギリス女性レオノーラをひとりぼっちにする。大貴族たちは激昂し、ラケルを撲殺する。王は身も世もなく嘆き悲しむ。「彼のユダヤ女性／美しきラケルは永遠に彼から奪い去られた／アルフォンソは悲しみ嘆いた／ラケル恋しさが／胸の裂けるような悲しみが彼の心をさいなむ」とペパは歌った。それから天使が現れて彼の罪をとがめ、悔悟した彼は罪滅ぼしに何千人というムーア人を殺す。

ペパの歌に、皆は感慨深く耳を傾けた。「私たちのペパは、私を古いスペインの英雄に仕立てたいんだ」とゴドイは一見唐突に言った。するとペパも支離滅裂な返事をし、「私の中にはユダヤの血もムーア人の血も一滴も流れてないわ。由緒あるカスティーリャの純潔種よ」と言って十字を切った。「知ってるよ、みな知ってるよ」とゴドイは急いで答えた。

「前より歌が上達したね」とゴヤは、ペパと二人きりになると言った。ペパの緑色の瞳が彼の顔を厚かましく、まじまじと見つめている。「私のロマンスは現実より美しいのよ」。

「今は政治に関心があるそうだね」

彼女は愛想よく返事をした。「政治になんか興味ないわ。ゴドイに興味があるの。海軍将校だった夫フェリペが生きていたころ、あるいは海軍大将マッサレードと過ごしたころは、海軍が興味の対象だったわ。あなたと親しくしていたころは、絵に興味を持った。あなたが描いた海軍大将の片腕が短すぎると私が指摘したのを、覚えてる？　今はゴドイに夢中なの。スペイン最大の政治家ですもの、世界一になれないはずないわ。でも私は、昔のお友達を忘れたりしない。『ゴヤを首席宮廷画家に任命してはいかが？』という私の提案を、ゴドイから国王に勧告してもらったのだけど、残念ながら、首席宮廷画家の給料を節約したいカルロス国王は、首を縦に振らないのよ」。

ゴヤは穏やかに言った。「俺が君の立場だったら、ルイ十六世の遺児たちの行く末を案じるのは、スペイン国王やフランス国民公会にまかせるよ」。

ペパは彼から目をそらさない。「あなたは頭がいいし、私のロマンスの男性たちとは違うわ。あなたは、ご自分の業《わざ》を有効に役立てる術をとてもよく心得ているもの。あなたの忠告もきっと有益でしょう。でも、ご忠告いただかなくても結構よ」。

〈溺れている女を助けると「水浴びしたかっただけなのに、よけいなお世話よ」というからな……。同時にうまく表現できないが、確かな男の本能、農民の嗅覚でペパの胸中を悟った。俺を傷つけようとするのは、俺に愛着している証拠だ。ぐずぐずいっているが、こちらの目顔ひとつで、俺にむしゃぶりつくさ。ペパの嘲笑や強がりが、なんだか気の毒に思えた。

ゴヤは、ゴドイとペパが夜宴をお開きにしてくれるのを待った。いくらなんでもエスコリアルで、王妃と一つ屋根の下で、カール五世とフェリペ二世が眠る霊廟の上で夜を過ごすような真似はしないだろう。ルチーアと司祭は暇乞いをしたが、ペパは席を立とうとしない。ゴヤは宿へ戻らねばならない。「お休みなさい、ドン・フランシスコ」とペパは心地好く響く、物憂げな声で言った。「お休みなさい、フランコ」ともう一度言って、彼の顔をまじまじと見つめた。

ゴヤが控えの間を通ると
女中頭が眠たそうに　うずくまっていた
彼女はにやりと笑って　うなずくと
立ち上がり　深々とお辞儀をした
ゴヤは十字を切った
エスコリアルの屋根の下
やせた老女の存在は
ゴドイとペパの夜以上に
冒涜的に思われた

16　女公爵の誘惑

宮廷画家ゴヤの宿に、エスコリアルから一通の手紙が届けられた。〈明日は王妃のもとでお勤めがございません。なぜ一度の私の引見に来てくださらないの？　あなたの友カイェターナ・デ・アルバ〉。どんなにこのメッセージを心待ちにしていたことだろう。あらゆる苦渋は吹き飛んだ。〈あなたの友カイェターナ・デ・アルバ〉か。猫の目のように気まぐれ、いや、情の濃《こま》やかな女性だ。

翌日、到着するやいなや、アルバ女公爵は彼を手招きし、「やっと来てくださったのね」と歓迎の挨拶をした。「お話がたくさんありますの。他の方々がお帰りになっても、残ってくださいね」。

彼女のいくぶん硬い声は無頓着に大きく響き、他の人たちの耳にも届いたが、それだけに作為のない心のこもったものだった。残念ながら、ゴヤがあまり会いたくない面々も多かった。金髪で長身のペラール博士は言うに及ばず、いかさま絵師カルニセーロ、お洒落な美男のサン・アドリアン侯爵――その愛想のよい振る舞いに、ゴヤはいつも慇懃無礼を嗅ぎ取った――、おまけにエスコリアルにはおよそ不似合いな闘牛士コスチリャーレスまでいる。

アルバ女公爵は、誰にでも好意あふれるまなざしを送る。待っている間、ゴヤの喜びは曇りがちで、誰かに話しかけられても、言葉少なく無愛想だった。

客人たちの後ろの壁には、色鮮やかなタピスリーが掛かっていた。アルバ公爵家は、国王がひと昔前の趣味である明るい内装に変えた少数の部屋のひとつを占有していた。タピスリーの中には、ゴヤが無頓着に楽しく描いていたころのカルトン（下絵）もあった。少女四人が「わら人形」を張り渡した布の上で高く跳ね上げて遊んでいる。人物配置も悪くないし、動きも自然だ。だが昔の作品が、今のゴヤには気に入らなかった。このマハ、人形を跳ね上げている市井の少女は本物じゃない。これはマハじゃない、マハに扮した宮廷の女官だ。彼女たちの陽気さは、王妃の引見で観察した女官たちの人工的な硬直した陽気さだ。わら人形の滑稽で痛ましい動きのほうが、少女たちの動きより、まだ真実味がある。

あのころは、こうした無頓着な仮装が好ましく思われ、熱心に仕事に励んだ。皆がそうだった。パリの画家たちは、ゴヤのマホやマハと同様、こわばって不自然な、羊飼いに扮したヴェルサイユの貴人たちを描いた。こうした雅やかな羊飼いたちの中には、フランス革命の動乱の中で、そのエレガントな、人形のようにきれいな首をはねられてしまった者もいる。あの頃よりずっと修行を積んだ今、この明るい民衆茶番劇が不自然で愚かしい噴飯ものに思われた。

ゴブラン織りの軽率で空虚な顔は、肖像画ではないが、それでも人物描写・性格描写になっていた。人形のように愛らしい顔をした三番目の女性は、アルバ女公爵であることを幾つもの根拠をもって否認できるが、それでも、それは彼女の顔だった。ある人物を暗示しながら匿名のまま伏せておくというテクニックにおいて、ゴヤは抜きん出た力量の持ち主だった。わら人形をおもしろがって放り投げているのは、まさしくアルバ女公爵だ。

まもなくアルバ女公爵は「皆様、私、疲れてしまいましたわ」と愛想はよいが、きっぱりした口調で出し抜けに来訪者たちに暇乞いするよう表明した。「あなたは残ってくださいね、ドン・フランシスコ」と念を押した。

皆が退出すると、彼女は「散歩をしましょう、オイフェミア」と言って、女官を「こちらはドーニャ・ルイーサ・マリア・ベスタ・オイフェミア・デ・フェレル・イ・エスターラ」と紹介した。ゴヤは深々とお辞儀をし、「お知り合いになれて光栄です、ドーニャ・オイフェミア」と言った。貴婦人との恋愛沙汰では、女官は明暗の鍵を握る重要人物である。

侍女たちが香油や化粧水の小瓶を化粧台にのせてきた。散歩前の日除け対策だ。女公爵の真珠色に輝く卵形の顔が真っ白に塗られてゆく。それでも大きくアーチを描く眉はそのままで、やはりアルバ女公爵の顔だった。わら人形のゴブラン織りの三番目の女性を描いたとき、俺はいったいどこに目をつけていたのか?

「お嬢様、散歩は、どのドレスがよろしいでしょう? パリ風の緑のドレス、それともアンダルシア風、それともマドリード産の白のモスリンになさいますか?」と女官が聞いた。「もちろん白のモスリンよ」と女主人は命じた。「それに赤いサッシュを」。

彼女はゴヤにはもう話しかけず、着替えに専念した。マドリードの貴婦人は身繕いするとき、男性をまわりに置く習慣があり、腕や肩や背中や胸を惜しげもなく見せる。ただ昔ながらのしきたりにならい、足だけはあらわにしない。だが、彼女は足も隠さなかった。〈娘っ子の足がいやと言わなけりゃ／まもなく全部がお前のものに〉――ゴヤの脳裏を古い歌のリフレインが駆け巡った。情熱と欲望にかられながらも、ゴヤは客観的に慣れた目で、身繕いのくだくだしい儀式、用意周到な女官に導かれて進行する儀式を受容した。オイフェミアはやせて背が高く、たいそう細い首と、狭い額、低い鼻、ふっくらした唇の幅広の顔の持ち主だった。アルバ女公爵は、この黒服の威厳ある老女を横柄に、まるで奴隷のように扱い、ときにはおどけて、冒涜的なまでに心安く振る舞った。

白いモスリンのドレスはフォーマルなものより短く、裾を引きずらないので、散歩に適していた。彼女は赤いサッシュをきゅっと結び、豊かな黒髪を薄いネットで覆った。

アルバ女公爵がいつも連れ歩いている二人が、お供した。お小姓のフリオ、真っ白い顔にとがった鼻、生意気な目つきの十歳くらいの少年と、マリア・ルスという五歳くらいの小さな黒人の女の子だ。女官が日傘を、お小姓が白粉と香水の入った容器を持ち、黒人の少女は白い小さなむく犬ドン・ファニートを抱いた。

ゴヤとアルバ女公爵を先頭にした小さな行列は、壮麗な廊下を通り、大階段を下り、庭へ出た。花壇やツゲやイチイの生け垣に囲まれた、曲がりくねった敷石の小道を進み、荘厳な城を後にした。アルバ女公爵は庭園を出て、一本の小道を選んだ。急に道が狭くなって、亡き王のお気に入りの場所、エスコリアル城の有名な景観をのぞむ岩棚に連なる小道だ。

空気はさわやかで、晴れた大空に太陽が輝き、そよ風が吹いていた。アルバ女公爵は華奢な靴で、しっかりと楽しげに歩を進める。流行にならい、つま先を外へけりだす。扇を閉じたまま左手に持ち、軽く振る。愛らしく優美に、決然と彼女は石に覆われた細い小道、灰褐色の荒れ地をゆっくりとのぼり、グアダラマの前山に通じる小道を歩む。

ゴヤは彼女の斜め後ろを歩いた。客人としてエスコリアル城を訪れる者はみな、宮廷服を着るのが決まりだった。きちきちの服に帽子という堅苦しい出で立ちで、剣も鬘《かつら》も窮屈だった。目の前に、アルバ女公爵の華奢な身体が、赤いサッシュをあでやかに結んだ愛らしい丸みを帯びた腰がある。背筋を伸ばし、小柄でほっそりした姿がいつも目の前にある。〈闊歩する〉のでも〈遊歩する〉のでも、〈踊るような足取り〉というのでもない。彼女の動きをあらわすのにふさわしい言葉が見つからなかった。

日の当たる灰褐色の荒れ地を抜ける登り道が、ゴヤには長く思われた。老いた女官は威厳をもって泣き言を言わずに四肢を動かし、小姓のフリオはつまらなそうに香水と白粉の小瓶を持ち、黒人の幼女マリア・ルスは後になり、先になり小走りに進み、小犬は不機嫌に高飛車にキャンキャン吠え、今にも座り込んで用を足そうとした。ゴヤは、流行にならい賑々しく気取って原野を進む小さな行列の滑稽さを自覚していた。

肩越しにアルバ女公爵が「セニョーラ・ペパ・トッドもあなたと同じ宿にいらっしゃるの？」と聞いた。「彼女はもう旅立ったと聞いております」とゴヤは努めて無関心を装い、返事をした。「あなたは、彼女のために素敵な宴を催したそうですね。それとも宰相ゴドイだったかしら？　少しお話してください。堅苦しくなさらずに。宰相ゴドイは頑強ですが、王妃のイタリア女性も剛《ごう》の者ですよ。あの勇ましい闘牛にとどめを刺す闘牛士は、誰だと思いますか？」。

「事情に通じておりませんので……。陛下」。彼はそっけなく答えた。

「陛下という呼び方だけはやめてくださいな」

フェリペ王が愛した岩棚だ。王はここから彼の城が出来上がるのを、石が次々と積まれてゆくのを眺めた。アルバ女公爵は腰を下ろし、扇を閉じたまま膝の上に置いた。女官と子供たちも彼女の後ろに腰を下ろした。ゴヤは立っていた。「お座りなさい」と肩越しに命令が飛んだ。彼は地面に腰を下ろしたが、剣やとがった小石が邪魔になった。「帽子はかぶったままでいなさい」とさらに命令する。故意か偶然か、真剣なのか皮肉なのか。〈帽子をかぶったままで〉というのは、王が十二人の大貴族にのみ許すしきたりだった。

気まぐれで華奢な彼女は岩場に座り、かげろうのようにゆらめく荒れ地の向こうの城を眺めている。そんな風に彼女の先祖も、狂信的なフェリペ王に何度となく命じられて、ここに座ったかもしれない。先代のアルバ公爵もここで、国王が小声で丁寧に頼む指示や、「強国を襲撃せよ」「異端派の地方を壊滅せよ」といった命令を熟考したかもしれない。

アルバ女公爵はじっと静かに座り、他の者たちも身動きもしない。荒れ地と一体化したように硬直した城がそびえる、生気のない広大な荒れ地を前に、彼らは麻痺状態になった。

ゴヤも石だらけの荒れ地を凝視した。突然、何かが動くのが見えた。得体の知れない生き物だ。だがはっきり見える。荒れ地と同じ灰褐色をしている。巨大なガマか、亀か？　人間の顔をしている。大きな目玉をギョロリとさせて、ゆっくりとこちらへ近づいてくる。にんまりと不気味な笑いを浮かべながら、「獲物はいただきだ」とばかりに、そいつは近づいてくる。逃げろ、どうして皆、じっとしてるんだ？　夜しか活動しない妖怪もいれば、日中に力を発揮する妖怪もいる。数は少ないが、もっと危険だ。ゴヤは白昼に忍び寄る妖怪を知っていた。子供の頃、妖怪が自分から「自分には人畜無害な、いい名前があるんだ。ヤンタール（昼食）、あるいはもっと感じのいい名前、シエスタ（昼寝）というんだ」と名乗ったのである。だが本当は愛想良くニヤリと笑って気を引く、油断のならぬ怪物だ。昼日中にのみ姿をあらわす。白昼むっくり起き上がり、自由に活動し、威力を発揮するのだ。

　アルバ女公爵が話し始めると、すぐさまそのガマの妖怪は姿を消し、荒れ地はまた荒涼たる風景に戻った。

「今回、私のエスコリアル滞在中に、とんでもないことが起こるでしょう」

「どんなことでしょう?」とゴヤは尋ねた。

「オイフェミアは信頼できる女《ひと》で、未来を予言できるの。魔女と通じているのよ。私を怒らせたりしたら、異端審問所に訴えてやるわ」

「そんな冒涜的なことをおっしゃらないでくださいませ、お嬢様」。女官が頼んだ。「宮廷画家は賢いお方ですから、冗談がおわかりでしょう。でもあなた様は感情の赴くままに、口を滑らせてしまいますから」。

「話しなさい、オイフェミア、エスコリアの基礎壁の中に生き埋めにされた人々の話を」と女主人は命じた。

「古い話でございます。それにドン・フランシスコ様もご存じでしょう」と女官は答えた。

「もったいぶらないで」と女主人に命じられ、女官は話し始めた。

「サン・ロレンソの村にマテオとかいう名の若者がいて、修道士たちが農民に課す重税について不平を言っていました。彼はそもそも異端者でした。修道士たちが彼を告発すると、マテオは黒犬に変身し、村人たちは、夜な夜な吠える黒犬にそそのかされて、修道士たちに背きました。とうとう修道士たちは、この犬を修道院の棟に繋ぎました。すると今度は犬は別な姿に変身したのです。村に堂々たる若い武人があらわれて、自分は百二十七人のムーア人を殺したと主張し、人々を扇動し、修道士たちに刃向いました。でも学識ある僧が、この武人と黒犬とマテオが同一人物であるのに気づき、異端審問所に彼を訴えました。追っ手がくると、武人はまた犬に戻りました。修道士たちは犬をつかまえ、増築部分の土台に生き埋めにしました。ちょうど修道院がエスコリアル城に建て変えられたころのことです。今も満月の夜には、犬の吠える声がします」と老女は言葉を結んだ。

「興味深いお話ですね」とゴヤは言った。

「ところで」とアルバ女公爵は肩越しにゴヤに話しかけた。「私に予言してくれる女性がもうひとりいるの。祖母の腰元でブリヒダという名で、魔女として火あぶりの刑に処されたのよ。大勢の人々が彼女の潔白を主張したのだけど、死刑執行人が十字架に許しのキスをするよう頼んでも、彼女はキスしなかった。それが魔女だという確かな証《あか》しよ。彼女はしばしば私のところに来て、これから起こることを予言してくれるの。実に優秀な予言者よ」。

「何を予言されたのですか?」と聞くと、感情を交えぬ返事が返ってきた。「私は年をとらないでしょうって。人生から何かを得ようとしたら、好機を利用しなさいって」。

彼女は彼のほうを振り向いた
きらきら輝く大きな瞳が
彼を見つめた
「魔女の言葉を信じる?」と彼女が聞いた
「もちろん信じますよ」と
ゴヤはつっけんどんに答えた
よく用いる　荒っぽい
郷里の方言で
付け加えた
「当然だとも
俺は魔女の言葉を信じるね」

17　王の画家

ゴヤがアルバ女公爵の姿を見かけないまま、数日が過ぎた。彼女からは何の音沙汰もない。宿の自室にこもり、ひたすら待った。白昼の妖怪をスケッチし、二度、三度と描いた。それにしても猫の目のように気まぐれな女性だ。

思いがけず城に移るよう要請された。彼女が国王に頼んで計らってくれたのだと、熱い喜びが全身を走った。だが彼女ではなく、国王みずからの希望だという。政治的緊迫状態は去り、王妃マリア・ルイーサと宰相ゴドイも仲直りし、暇になった国王は、ゴヤに肖像画を描かせようと思いついたのだった。

カルロス国王はゴヤを高く評価していた。のんびりした粘着気質の国王は、国王にふさわしい振る舞いをわきまえていた。また芸術、特に絵画を庇護するというスペイン国王の伝統的使命を重荷と感じなかった。優れた画家の絵画のなかに、自分が永遠に生き続けることに喜びをおぼえた。

熱心に国王は、ゴヤと一緒に、今回はどういう肖像画がいいか熟考した。彼はどんな臣下でもすぐさま「私こと国王」という署名を思い浮かべるような、いかにも国王にふさわしい三枚の絵画を望んだ。

ゴヤはかねてから、ベラスケスが肖像画において王のマントの威厳をフィリペ国王の顔に反映させる、その技量に感嘆していた。人物と衣服の統一性を生み出すことをベラスケスから学んだ。緋色やアーミン模様の飾り帯や勲章、金銀の縫い取りのある赤、青、茶の上着姿のカルロス国王、徒歩や馬上の近衛兵の軍服姿のカルロス国王を描いた。カルロス国王のお人好しで粗野で、無理に威厳をつくろった顔と尊厳なる衣装、胸元に押しつけた二重顎やでっぷりした腹と輝く数々の星形勲章から、のんびりした生身のカルロスを偽ることなく、鑑賞者に国王とはこういうものかと納得させる、新たな人物像を生み出すことに成功した。なじみのテーマで新たな効果的なバリエーションを見つけるのは、楽しみでもあった。

国王は画家に協力するという課題を心得、くたびれるポーズにもよく堪えてくれた。国王のほうから中断を提案することはなかったが、休憩はありがたかった。そうした場合、ゴヤと親しげに、スペイン人どうしのおしゃべりをした。重々しい国王の上着を脱ぎ、ゆったりした肘掛け椅子にでんと座ったり、胴着とズボン姿でドシンドシンと歩き回ったりした。すると、いくつもの時計の鎖がよく見え、王はよく時計の話をした。半ば冗談で、半ば真顔で「ひとつ、偉大なる先王カール五世を凌駕している点がある。私の時計たちは一秒の誤差もなく、同時刻をさしているのだよ」と言って、誇らしげに時計を次々と引っ張りだし、比較し、耳にあて、ゴヤに見せ、また時計の針が刻む音に耳を傾けるのだった。「肝心なのは、時計をいつも身につけていることだ。時計の機能を十全に保つためには、人間の身体のすぐそばに置かなくてはいけないのだ。時計というのは人間みたいなものだ」と説明した。実際、王はお気に入りの数々の時計をいつも身につけていることを重んじた。自分で身につけることができない時計は、侍従に持たせた。

ゴヤは、注文された肖像画のために、三つか四つポーズをとってもらえば十分だった。スケッチさえ出来上がり、後からアトリエに国王の上着や軍服を送ってもらえば、素早く、いい仕事ができる。だがエスコリアルで退屈していたカルロス国王は、モデルをつとめるのが嬉しく、五日、いや一週間にわたって毎朝二、三時間、画家の前に座った。ゴヤとのおしゃべりが楽しいらしい。ゴヤに子供たちのことをあれこれ尋ね、彼の子供たち、すなわち王子や王女たちの話をした。狩りの話、大好物の料理の話をした。その際、寵臣ゴドイの生まれ故郷エストレマドゥーラ産極上ハムを褒めることも、けっして忘れなかった。

とうとう王妃が、カルロス国王のためにゴヤは十分時間をさいたので、今度は自分がモデルをつとめる番だと表明した。

マリア・ルイーサ王妃は上機嫌で、エスコリアルで催されたペパの〈狂宴〉については、人々が期待したほど激昂していなかった。一番肝心なのは、件《くだん》の女性が立ち去り、王妃の体面を傷つけることなく、思う存分ゴドイをそばに置けることだ。ゴドイのほうでも、王妃が懸念していた大騒ぎをやらかさなかったので、ほっとしたばかりでなく、当分「英雄になってちょうだい」とペパにせがまれずにすむので、好都合だった。抜け目のない王妃は、このうえなく寛大なところを見せ、あたかもゴドイが長年フランス共和国との宥和のために貢献してきたかのごとく、大貴族や大臣たちの前で、彼をスペインに平和をもたらした功労者として褒め称えた。こうして王妃と宰相をつなぐ絆は、以前より緊密になった。

それゆえゴヤは、晴れやかで寛大なマリア・ルイーサをまのあたりにすることになった。およそ十年ほど前、まだ皇太子妃だったころにも彼女を描いている。当時も辛辣でけっして美人とはいえなかったが、それでも男性を魅了することができた。今や彼女は老いて、より醜くなっている。それでも王妃として、魅力的な女性にうつるようにとの努力は怠らなかった。全ヨーロッパの首都からドレス、下着、高価な香油や香水を取り寄せ、夜は小麦粉や珍しい油でこしらえた美顔パックをほどこし、踊りの名手とともに身体を鍛練し、美しい歩き方をマスターするために足首に鎖をつけて鏡の前を行ったり来たりした。ゴヤにこのうえなくあけすけに、女性として輝くために、いかに犠牲を払っているか、その苦労話をした。彼女の荒らぶる生命力に感銘を受けたゴヤは、あるがままの彼女、醜くも興味深い女性としてのマリア・ルイーサを描こうと考えた。

自分のアトリエに付属している品々や、特にアウグスチンの助言と非難めいた文句、手助けがほしかった。エスコリアル城の狭い部屋では思うようにいかない。

さて、宰相ゴドイから仲直りのしるしに、彼の厩舎の誉れである名馬マルシアルを贈られた王妃は、この雄馬に乗っている自分を描いてもらおうと考えた。短期間に助手もなく、そのような大作を仕上げるのは、不可能に等しい。そこでゴヤは、友人にして弟子のアウグスチン・エステーベの参加許可を求めた。

アウグスチンが来た。彼はにやりと笑って、友人ゴヤに「あなたがいないと、寂しいですよ。エスコリアルに招いてくれて満足です」と挨拶した。

まもなくアウグスチンは、ゴヤが仕事の真っ最中に突然脱線することや、苦渋に満ちて何かを待っている、待てど暮らせど来ぬ何かを待ち続けていることに気づいた。まもなくミゲルやルチーア、司祭の言葉から諸関連を察知したアウグスチンは、ゴヤが今回は何かに深く、からめとられて身動きができなくなっているのを見抜いた。

そこでアウグスチンは、友の仕事ぶりを口やかましく咎め立てした。「これらの肖像画は、標準を下回る出来栄えですよ」「あなたは手はせっせと動かしても、心ここにあらずという有様で、集中力がない」「お偉さんの肖像画では、今のあなたには物足りないというわけですか」「無能ぶりを露呈する理由がわかりませんね。瑣末的なことにとらわれて、仕事に心が向いていませんよ」。「小賢しいおしゃべり野郎、ねたみ屋、落ちこぼれ学生め」とゴヤは言い返したが、比較的静かな口調だった。「この絵が、カルロス国王の絵と同じくらい上出来なのは、よくわかっているじゃないか」。「たしかに。でも、まずい絵ですよ、力量が落ちます。何度でも言いますが、あなたは怠け者ですよ」。アウグスチンはルチーアのことを想い、怒りが込み上げてきた。「女性とのアバンチュールを楽しむには、年をとりすぎていますよ」と敵意を込めて言った。「まだまだ学ばねばならぬことが、たくさんあるでしょう、人生は短いんです。どんなに仕事をしても、あなたの仕事など知れたものです。そして、あなた自身は撤去される竪穴にほかならない」。

「言いたいことはそれだけかね。今日はお前の意見をとことん聞いてやるよ」と、ゴヤは小声で怒って言った。「あなたは身にあまる途方もない幸運を手にしている」とアウグスチンはすぐさま言った。「国王が何度もモデルとして前に座り、胴着姿で、わざわざ、あなたに時計のチクタクを聞かせてくれるんですよ。この人物の内面をのぞきこむ、またとないチャンスです。カルロス国王の顔に、私たち愛国者が見るものを描き込みましたか？感性が眠って盲目になっているから、どんな素人にも見えるものが、あなたには見えない。恥を知りなさい。カルロス国王が愛想よく、エストレマドゥーラ産ハムの話をしたから、偉大な王だと思い、豪華な燕尾服と金羊毛皮勲爵士章に、威厳ある顔を描いたというわけですか？」。ゴヤは依然としておそろしく静かな口調で言った。「言いたいことは全部吐き出したかね。じゃあ、俺がお前を自宅へ送り返してやろう。サン・ロレンソの市で売りに出された一番の老いぼれラバに乗せてね」。

ゴヤは荒っぽい返事を期待した。アウグスチンが、エスコリアルの城全体が震えるほど、大きな音をたててドアを閉め、走り去るのを期待した。だが、そうしたことは起こらなかった。アウグスチンは一枚の紙を手に取り、凝視している。「ヤンタール」——白昼の妖怪の素描だ。引き出しから王の肖像画用スケッチを取り出したとき、まぎれ込んでいたらしい。アウグスチンは立ち尽くし、それを穴のあくほど見つめている。

だがゴヤは、いつもに似合わず、当惑したように言った。「くだらない、描きなぐりだ。手慰みだよ、カプリチョス、気まぐれだ」。

そのときからアウグスチンは、ゴヤの女性とのアバンチュールや、ぞんざいな仕事ぶりについて一切話題にしなくなった。仕事の技術的な事柄についてのみ、優しく慎重に言葉を選んで語るようになった。ゴヤは、アウグスチンがかくも深くこちらの心中を察するのが、自分にとって有り難いのか有り難くないのか、自分でもよくわからなかった。

王妃マリア・ルイーサは近衛部隊所持者として名馬マルシアルに乗って、ゴヤの前を闊歩した。馬術の名手であった彼女は近衛兵の軍服姿で、男性と同じ姿勢で馬に乗り、頭を高く大胆にそらした。

本当はその後、王妃が木挽き台でポーズをとってモデルをつとめてくれれば十分だった。だがゴヤにとって、王妃が二度、三度とアウグスチンの前で馬術を披露してくれるのは、刺激的な楽しみだった。ゴヤは王妃に、馬の向きをああしろ、こうしろ、頭はその姿勢で保て、いや、こうだと、あれこれ命じた。アウグスチンを前面に押し出し、彼がこの絵画制作にいかに関与しているかを強調し、「アウグスチン、どう思う？　このままがいいかな？　それとも、こう変えたほうがいいかい？　お前の意見を聞かせておくれ」と尋ねるのだった。

何年も前に　はじめてゴヤが
お偉方を描いたとき
彼自身は背景を描いただけだった
小さく縮こまって
影も薄く
大貴族に　注文された作品を
差し出した
今や　友人にして弟子の助手を
楽しませるため

恐れ多くも
スペイン王妃を描く前に
王妃に馬術を披露させるご身分だ
ゴヤの父親が生きて
この光景を拝めなかったのは
残念至極
父はきっと驚いて目をむいたことだろう

18　マドリードへ

ゴヤは王妃マリア・ルイーサの部屋から自室へつながる廊下を歩いていた。王妃の部屋から戻るところだった。赤い靴下をはいた侍従が絵の道具一式を捧げ持つ。すると向こう側から、女官オイフェミアを連れたアルバ女公爵が愛らしく優美な、しっかりした足取りでやってきた。

ゴヤの膝はがくがく震え、足下の床がぐらぐら揺れるように思われた。彼女は立ち止まり、「お会いできてよかったわ」と挨拶すると、ゆっくりと明快なフランス語で言った。「エスコリアルには耐えられません。一両日マドリードへ参ります。水曜日に発ちます。あちらで合流しましょうか」。

驚きに満ちた幸福感が、ゴヤを襲った。ついにその時が訪れた。精確な日時まで約束してくれた、水曜日だ、水曜日の夜だ。だが、すぐさま農夫の抜け目のなさで、折しもその時刻は都合がつかないことに気づいた。王妃がモデルをつとめるのは木曜の早朝だ。そのとき画家である俺がいなければ、出世の道は断たれる。首席宮廷画家になれないどころか、もはや宮廷画家の職はくびだ。振り出しに戻ることになる。だが、もしこの場で、彼女の最後の言葉の余韻が残っているうちに、彼女の尊大で嘲笑的で蠱惑《こわく》的な顔に向かって、喜び勇んでイエスと答えなければ、彼女は廊下を先へ進み、俺のもとから永久に去ってしまうだろう。

早くも彼女は人目につかないほど僅かに先へ進もうとしており、その嘲笑的な口許に、微かな嘲りの色が浮かんだ。この恐ろしい女性は、俺の胸中を手に取るようにわかっている。せっかくのチャンスを棒にふるのか？ゴヤは不安にかられ、素早くかすれ声で、どもりながらスペイン語で「あの……。水曜日の晩にマドリードのあなたを訪問してもよいという意味でしょうか？」と言った。彼女は依然としてフランス語で答えた。「正しくご理解なさってますわ」。

ゴヤは自分でも、どうやって自室まで辿り着いたのか、わからなかった。長い間ぼんやりと重苦しい気持ちで座っていた。だが「もう決めた、心は決まっている」とだけ、感じていた。

それから彼は、農夫の抜け目なさで算段し始めた。運命がアルバ女公爵とともに過ごす夜のために、高い代償を要求するのはもっともだ。俺の出世と引き換えにしろというのか？　王妃のモデルを拒否するには、説得力ある有無を言わせぬ根拠が必要だ。例えば誰かが病気になった、近親者のひとりが瀕死の重病になったというのは、どうだろう。そうした内容の急を告げる手紙を、王妃の侍従長に提示せねばなるまい。

一時間後ゴヤは無愛想を装って「マドリードのエスケラのところへはいつ行くんだね？　絵の具をいつまで待たせる気だ？」と、アウグスチンに聞いた。アウグスチンはいぶかしげに彼を見つめた。「絵の具でしたら、まだ三、四日はもちます。それに毎日、使いの者が来ますから、彼に詳しい指示書を持たせてやれば、エスケラのほうでよく心得ていますよ」。

だがゴヤは怒って主張した。「お前がマドリードへ行くんだ。今日中に！」。

「どうかしてますよ。宰相ゴドイの洗礼名の日までに絵を仕上げるって、堅く約束したじゃありませんか。あなたのほうから、王妃に四回モデルをつとめてくれとお願いしたんですよ。それなのに、私を使いに出すとは！」。

「マドリードへ行け！」とゴヤは命じた。それから、かすれ声で不機嫌に断固たる調子で付け加えた。「お前はマドリードに行って、そこで『ゴヤの小さな娘エレナが重い病気になり、妻のホセファが夫にすぐ戻ってきてもらいたがっている』という知らせを受け取るんだ」。

アウグスチンは仰天した。「一体なにを言っているんです？　わけがわかりませんよ」。

「わからなくていいよ」とゴヤは、いらいらして言った。「とにかく『ゴヤの娘エレナが病気』というメッセージを受け取れ。それだけだ」。

アウグスチンは唖然とし、室内を行ったり来たりして思案の体《てい》だ。「つまり、あなたは王妃をほうり出して、自分がマドリードへ行きたいんですね」と、ついに筋道の通った推論をした。ゴヤは苦悶の表情を浮かべ、懇願するように言った。「俺はマドリードへ行かねばならぬ。命運がかかってるんだ」。

「もっと違った口実は見つかりませんか?」とアウグスチンはためらいながら聞いた。ゴヤ自身も、こんな口実を考え出した自分が恐ろしかったが、別の口実は見つからなかった。「今、俺を見殺しにしないでくれ」としつこくせがんだ。「納期が迫ったときの俺の仕事ぶりは、よく知ってるじゃないか。絵は必ず完成させる、いい作品にしてみせる。だから今、俺を見殺しにしないでくれ」。

アウグスチンは白昼の妖怪ヤンタールの素描を見てからというもの、ゴヤがとてつもないことをやらかそうとしている、それは誰にも止められないだろうと感じていた。「マドリードへ行ってあげます。そして、手紙を持ってきてあげましょう」と不幸なアウグスチンは言った。

「恩に着るよ。どうかわかってくれ」とゴヤは頼んだ。

アウグスチンが発つと、ゴヤは仕事に励もうとした。自己鍛練を積んでいるはずなのに、集中できなかった。マドリードの一夜はどんなふうに過ぎるのだろうと、思いは渦を巻いた。身を焼く熱い想いに、胸は高鳴ったが、すぐまた我にかえった。郊外の居酒屋での邪念が脳裏によみがえった。

あのときはルチーアや司祭と一緒だった。ルチーアの訳知り顔の、嘲るような視線を感じた――公爵夫人であれ娼婦であれ、女性の扱いは心得ている。だが水曜日の夜、ぶざまな真似をやらかすかもしれない。司祭の機敏さが、しばしば嘲りの的にしてきた彼の優雅さがうらやましかった。アルバ女公爵の笑いが、ほほ笑みが怖かった。

まんじりともせず、水曜日の夜が更けてゆく。アウグスチンがついに戻ってきた。旅装もとかずに、埃だらけのまま戸口に立ち、後ろには松明をもった召使が控えていた。「手紙ですよ」とアウグスチンは言った。手紙はアウグスチンの手の中でひどく重そうに見えた。ゴヤはベッドに起き上がり、手紙を受け取ったが、開封せず、あたかも重さを量るかのごとく、ただ手に持っていた。

「あなたがお入り用な手紙ですよ」

「恩に着るよ」とゴヤは言った。

翌朝ゴヤは王妃の侍従長であるベガ・インクラン侯爵に、「誠に遺憾ながら、やむにやまれぬ事情により、今朝は王妃様に肖像画のモデルをなさっていただくのはむりと存じます」と理由を述べて、手紙を手渡した。侯爵は手紙を受け取り、読まずにテーブルに置くと、言った。

「王妃様は肖像画のモデルをなさるのを、どのみちお断りせねばならないでしょう。フランシスコ・デ・パウラ王子様が重いご病気なのです」。

ゴヤは真っ青になって侯爵を見つめた
どもりながら言葉少なに
バタバタと物凄いスピードで
部屋を後にした
侍従長は　軽い不快感を抱いて
彼を見送り
心の中で思った
「この芸術家は作法が　まるでなってない
だがエスコリアルでは　こういうことにも耐えねばならぬ
ならず者め　賤民め」

19　女公爵との夜

彼が到着すると、アルバ女公爵は「クルスの劇場に行きましょう」と言った。『反目する兄弟』という芝居をやってるの。聞く限りでは駄作らしいわ。でもコロナードが道化役、ヒスマーナがスーブレットをつとめていて、歌曲は絶品よ」。

ゴヤは彼女のさりげない口調が腹立たしかった。愛の一夜の序幕がこれか？

劇場の入り口にはたくさんの若者が待ち構え、女性たちが馬車や輿《こし》から降りるのを眺めていた。女性の脚があらわになる唯一のチャンスだ。アルバ女公爵が輿《こし》から降りると、「なんて美味しそうな脚だ」という声が飛んだ。「繊細で、まろやかで、かぶりつきたいほど愛らしい」。

ゴヤは憮然として隣に立っていた。殴りかかりたいところだが、スキャンダルは避けたい。

劇場の奥に行くのに、長く暗い通路を歩かねばならなかった。騒々しく、人の波でごった返していた。行商人たちが水やお菓子や菓子を差し出す。汚く、悪臭がただよう。突き飛ばされながら、服や靴を糞便から守るので精一杯だ。少数の桟敷席——男性にエスコートされた女性のみが桟敷席に座ることが認められた——はすでに予約済みで、ゴヤは桟敷席をひとつ手に入れるために、長々と交渉し、法外な出費をせねばならなかった。

二人が席に座るやいなや、平土間が騒々しくなった。立見席の連中がアルバ女公爵の姿を認め、呼び掛け、拍手をした。そちらほど騒々しくはないが、女性たちはもっと物見高かった。〈鶏小屋〉と呼ばれる天井桟敷に陣取り、一様にお決まりの黒服に白いスカーフを身につけた女たちが、今やいっせいに桟敷席のほうを見て、鶏のごとくコッコと笑っている。

ゴヤのどっしりした陰鬱な顔は引きつったが、表情を変えないよう努めた。アルバ女公爵のほうは、周囲の騒ぎを他人事《ひとごと》のように平然と受け流し、彼に愛想よく話しかける。

『反目する兄弟』はほんとうに駄作で、劇作家ローペ・デ・ベーガの気の抜けた二番煎じだった。悪党の弟が、父の寵愛と少女の恋慕を一身に集める高潔な兄を、その地位から追い落とす話だ。第一幕の墓場での決闘シーンでは、さまざまな亡霊が現れる。悪者の弟はりっぱな兄を森へ追いやり、父を城内牢に幽閉する。農民たちは新しい支配者の悪政に憤る。観客も負けじと激昂し、市長役の俳優が悪者の弟の片棒を担ぐために舞台に登場すると、見物客たちは彼に唾を吐きかけ、彼をぶちのめそうとしたので、彼は「私は正真正銘、俳優のガロです」と誓わねばならなかった。

「あなたは『チョリソ』派、それとも『ポラコ』派？」と女公爵は画家に聞いた。舞台に心酔するマドリードの観客は、半世紀ほど前から二派に分かれていた。ひとつはずいぶん前に亡くなった道化役者の名にちなんで「チョリソ」派、もうひとつは敵陣に対する論難書を出版した司祭の名にちなんで「ポラコ」派と呼ばれていた。ゴヤはチョリソ派だと白状した。「そうだと思いましたわ」と彼女は意地悪く言った。「アルバ家はポラコ派ですの。祖父もそうでした」。

第一幕の後の歌は愉快で、賑やかな大騒ぎのうちに終わった。第二幕は鎖のガチャガチャ鳴る音や、わらのガサガサいう音とともに始まった。現代風に半ズボンをはき、肩に翼をつけた男性の天使が、幽閉された老人を慰める。悪者の弟の中傷に不審感を抱く少女が、荒涼たる森で愛する伯爵に出会う。観客は感動し、静かになり、固唾を飲んで見守っている。アルバ女公爵は、今なら人目につかずに、騒がれずに出て行けると判断した。

二人はさわやかな夕べの空気を吸った。「あなたの出入りの居酒屋へ行きましょう」。

ゴヤは、わざと知らん顔で、上品なレストランを提案した。「セフェリーノに行きますか」。

「あなたがよく行く居酒屋よ」

「夜会服でマノレリアへは行けませんよ」とゴヤは不愉快そうに言った。マノレリアはマホやマハの拠点で、町はずれにある。「言われるまでもないわ」と彼女は小声で早口で言った。「私は自宅へ戻って着替えます。あなたもそうなさい」。

ゴヤはむっりした顔で自宅へ戻った。こんなことのために、かくも多くの苦悩を我が身に背負い込んだのか？可愛いエレナをめぐる縁起でもない手紙を考え出し、出世を危険にさらしたのか？「恥を知りなさい」という、アウグスチンのしわがれ声が頭の中でガンガン鳴った。

着替える前に、つま先立ちでそっと子供部屋へ行き、可愛いエレナの姿を見守った。愛娘は何も知らずに、すやすやと眠っている。

古いマホの衣装をつけると、不機嫌は吹き飛び、幸せな期待に胸がふくらんだ。使い古しの衣服だし、ズボンも、派手な緑のベストも、短めの赤い上着も、今の彼には窮屈だった。だが、大好きな装束で、楽しい思い出がたくさん詰まっている。幅広のサッシュを結び、折り畳み式ナイフを差し込むと、まるで別人に、冒険心に満ちた若者になったような気がした。〈修道服を着てごらん。そうすりゃ、ラテン語ペラペラさ〉と古い諺を思い浮かべた。大きなマントですっぽりと身体を覆い、顔に深く影を落とす、つば広帽をかぶった。正体を隠し、強盗・殺人にもってこいのスタイルという理由で、カルロス三世時代に禁止された装束だ。

誰やら見分けがつかない、謎の男の風体で出発した。アルバ邸の門番が中に入れまいとしたときは、おもわずニヤリとした。ゴヤが顔を見せると、門番もニヤリとした。アルバ女公爵も彼の出で立ちに、その様変わりににっこりした。彼女のほうはたっぷりした派手なスカートに、多色の刺繍がほどこされた、襟ぐりの大きく開いた胴着姿だった。髪にはネットがかぶせてある。彼女にとてもよく似合っており、見た人はマハだと思うだろう。

「どこへ行きましょうか？」と彼女は聞いた。

「バルキーリョにロサリアの居酒屋がありますが、あの店の連中はマンティーリャに腹を立てるでしょう」とゴヤは警告した。オイフェミアが彼女にマンティーリャをかぶせたからだ。ベールをつけた女性は、マノレリア界隈ではまず歓迎されない。だが、彼女は返事をせずに、マンティーリャを深く顔におろした。

「ご一緒させてくださいませ、お嬢様」と女官が頼んだ。「お嬢様がマノレリアにいらっしゃると思っただけで、心配で息が止まりそうです」。

「ばかね。ドン・フランシスコは勇敢な殿方ですから、ちゃんとエスコートしてくださるわ」と女主人は一蹴した。

居酒屋は満員だった。客たちは座って酒を飲み、煙草をふかし、言葉少なで、カスティーリャ地方特有の重々しさを醸し出している。たいていの若者たちはつば広の帽子をかぶっている。女性たちは粗野で、誰一人ベールをつけておらず、なかなかの美人ぞろいだ。居酒屋には濃く煙がたちこめ、誰かがギターをつまびいている。

新入りの客には、必ずしも好意的ではないが、節度ある好奇の目が向けられる。ゴヤに密輸煙草を差し出す者がいる。「いくらだ?」とゴヤが聞くと、「二二レアル」と男は要求した。「俺がフランス野郎に見えるかね? 随分ふっかけてくれるじゃないか。相場の一六レアル払おう」。

若い娘が「連れのご婦人にシガレットぐらい買うだろ?」と口をはさんできた。「私は吸わないわ」とアルバ女公爵はベールの下で言った。「一度、吸ってごらんよ」と娘は食い下がる。その横にいた若者が「煙草は脳味噌をすっきりさせて、食欲を刺激し、歯を丈夫にしてくれるよ」と説明した。娘は「こちらの奥方様はマンティーリャを外せないとさ」と嫌みを言った。「うるさいぞ、サンカ、小娘のくせに喧嘩を売るなよ」と若者が言ったが、娘は譲らない。「旦那、その女に、マンティーリャを取るように言っておくれ。この店じゃ、ベールを取るのが礼儀だよ。作法から、はずれてるね」。

若者は他のテーブルの客たちに耳打ちした。「フランス女かもしれん」。

だからゴヤは、前もって彼女に、マンティーリャが庶民の反感を招くかもしれないと警告したのだ。マホのことなら、俺はよく知っている。俺もマホだから。マホは相手の無遠慮な態度に耐えられない。マホは自分こそ、第一級のスペイン人だ、スペイン男の鑑《かがみ》だと思っている。侮蔑的な態度をとる物見高いよそ者に我慢する気など、さらさらない。マホたちのもとへ行くとき、居酒屋へ脚を踏み入れる者は、彼らのしきたりに合わせて、しっかりと自分の顔を見せねばならない。

ギターの男は演奏をやめた。皆がゴヤを見つめている。何があっても譲歩してはいけない。

「今、フランス女って言ったのは誰だ?」とゴヤは聞いた。声のトーンは変えずに、煙草をくわえ、何気なさを装って言った。しばし沈黙があった。ぴちぴちした女将のロサリアが、ギターの男に「ぼやっとしてないで、ファンダンゴを弾きなさい」と言った。しかしゴヤは「フランス女って言ったのは誰だ?」と繰り返した。

「俺さ」とマホが言った。

「こちらのご婦人に謝ってもらおうか」ゴヤは言った。

「そんな必要ないさ。その女はマンティーリャを取らないんだから」と別の男が答えた。その通りだが、ここで譲るわけにはいかない。

「お前の意見なんぞ、誰も聞いてないぞ。引っ込んでろ。それとも皆殺しにして、ずらりと並んだ死体の上で、俺がファンダンゴを踊ってやろうか」——居合わせた人々を歓喜させる、マノレリア界隈の決め台詞だ。

だが、アルバ女公爵をフランス女と言った若者は怯《ひる》まなかった。「これから十、かぞえる。それまでにお連れさんの高慢ちきなベールを取らせることができないなら、今まで遠慮していたが、一発あんたに蹴りを入れてやる。アランフェスまで、あんたが吹っ飛ぶような蹴りを」。

ゴヤは今こそ、行動を起こす時だと見て取った。立上がり、長いマントをはらりと脱ぎ捨て、ナイフに手を伸ばした。

そのとき、驚きの歓声があがった。アルバ女公爵がマンティーリャを取ったのだ。

「アルバ様、我らのアルバ様だ！」。皆、口々に叫んだ。若者は「失礼致しました。『フランス女』などと滅相もない。あなた様は私たちの仲間です」と言った。

ゴヤには、彼らの示す敬意やなれなれしさが喧嘩よりも厭わしかった。若者の言葉は当を得ていない。アルバ女公爵はこの店にふさわしくない。彼女はマハを気取る貴婦人にすぎない。ゴヤはそんな女性をここへ連れて来たことが、本物のマハたちに対して恥ずかしかった。また、かつて自分がタピスリーの下絵に庶民に扮した公爵夫人や伯爵夫人たちを描いたことを思い出し、自分に腹が立った。

アルバ女公爵は他の人々と、マハ気取りでおしゃべりをしている。愛想のよい言葉が彼女の口から、ぽんぽん飛び出す。彼女の態度が本心から出たものではなく、気安さの背後に軽蔑が隠されていることに、俺以外、誰も気づかないらしい。

「もう出ましょう」とゴヤは出し抜けに言った。それは、彼が意図したより横柄に響いた。

一瞬アルバ女公爵は、驚いて目を大きく見開いたが、すぐさま優越感と微かな嘲笑をもって、他の人々に説明した。「皆さん、残念ながら、私はもう行かないと……」。こちらの宮廷画家は、肖像画を依頼してくれる、お偉さんのためにアトリエで待機せねばならないそうよ」。

皆はどっと笑った――なんと滑稽な言い訳だろう。ゴヤは憤怒にかられた。

輿《こし》が運ばれてきた。「ぜひ、またお出でください」と皆は心から称賛をこめて、彼女に別れの挨拶をした。

「どこへ行きます?」。ゴヤは不機嫌に聞いた。

「もちろん、モデルがくるアトリエですわ」

彼女の約束に、ゴヤはほっと息をついた。だが、なにしろ気まぐれな女性だから、途中で気が変わるかもしれない。

今までの出来事に対して、憤懣やる方ない思いだった。彼女の気まぐれに振り回されて、お手上げか。怒りと期待と情熱に翻弄され、彼女の輿《こし》の傍らで夜は過ぎてゆく。鈴の音が聞こえてきた。司祭の臨終の聖体拝領だ。輿《こし》の担ぎ手は輿をおろし、アルバ女公爵は輿《こし》をおりた。ゴヤは彼女のためにハンカチを広げ、司祭と少年が通り過ぎるまで、皆ひざまずいた。

やっとゴヤの家に着き、門番が開けてくれた。アトリエへ行く。ゴヤは不器用にろうそくをつけた。彼女は肘掛け椅子にゆったり座ると、「ここは暗くて寒いわ」ときっぱり言う。召使のアンドレを起こすと、アンドレはたくさんのろうそくが立てられる銀の燭台を二つ持ってきて、むっつり顔でのろのろと火をおこした。彼女はベールをとってゴヤをじっと見つめる。アンドレが部屋を出て行くまで、ゴヤも彼女も無言だった。

ようやく若者は出て行った。部屋は暖かみのある、ぼんやりした光に包まれた。巨大な聖人と興奮した群衆の行列のタピスリーも、ベラスケスの顎鬚のある陰鬱な枢機卿も薄ぼんやりと沈んだままだ。アルバ女公爵は絵に近づいた。

「ベラスケスの作品が、どうしてここに?」と彼女は誰に言うともなく言った。

「オスーナ公爵夫人から賜ったものです」

「そういえば、アラメーダで見たことがあるわ。彼女から一夜の寵愛を賜ったの?」

出し抜けに彼女は子供っぽい硬い声で優しく聞いた。ゴヤは答えなかった。彼女は絵の前を離れない。しばらくしてから彼は言った。「ベラスケスからは、他の誰よりも、たくさんのことを学びました」。

「モンテフリオの私の別荘にベラスケスの作品があるの。小品ながら逸品よ。人知れず、あそこにあるの。アンダルシアに来たら、見せてあげるわ。あの絵は、この部屋にぴったりじゃないかしら」

彼女は机に置かれたスケッチ、王妃の肖像画の下絵を眺めた。「どうやら、あのイタリア女性をあるがままに醜く描こうとしてらっしゃるようね。でも彼女が許すかしら？」。

「マリア・ルイーサ王妃は聡明な方ですから、ご自分に似た肖像画を好まれると思います」

「そうね、あの容姿なら、せめて聡明でなければ」

彼女は長椅子に腰を下ろし、ゆったりと背もたれに寄り掛かった。うっすらと白粉をはたいた、小さな真珠色に輝く顔。

「マハとしてのあなたを描く、いや、それは駄目です。仮面をつけたあなたを描くような真似は二度としたくありません。どれが本当のあなたなのか、わかれば……」

「無理よ。私自身にも、わからないのですもの。でも真面目な話、マハでいるのが一番好き。他の人たちが、どう思おうと、構うものですか。それこそマハの流儀でしょう？」

「こんな風に、じっと見つめられると、気になりますか？」

「あなたは画家なのだから、悪く取ったりしませんわ。画家は絵を描くだけですか？　絵ばかり描いているの？少し雄弁になったら？」

彼はじっと黙ったままだ。彼女は話題を戻した。「私はマハになるように躾《しつけ》られたの、祖父からルソー流儀の教育を受けたのよ。ところで、ルソーは何者か、ご存じかしら？」。

ゴヤは気を悪くするどころか、面白がった。「友人たちにときおり百科全書派の著書を読まされますから」。

彼女の目がきらりと光った。異端審問所は、百科全書派の書物を目の敵にしており、それらを所有し読むことは厄介を招く危険な行為だ。だが、それ以上深入りせずに、彼女は話を続けた。「私の父は早く亡くなり、祖父が暇な時はいつも私の相手をしてくれたの。ときおり祖母の腰元だった、今は亡きブリヒダが訪ねてきて、こうしなさい、こうしてはいけないと、あれこれ教えてくれたわ。ドン・フランシスコ、私をマハとして描きなさい」。

ゴヤは暖炉の火をかきたてた。「私はあなたの話を一言も信じていません。ご自分のことをマハだと思ってらっしゃるとか、亡き腰元の幽霊話も信じていません」。ふりむき、挑むように彼女の顔をのぞき込んだ。「雄弁にもなれますよ。ときおり百科全書派の書物を読みますが、私はマホですから」。

「あなたが嫉妬から殺傷沙汰を起こし、四、五人殺したというのは本当なのですか」と彼女は平然と穏やかな口調で聞いた。「警察に目をつけられてイタリアへ逃亡したとか、ローマで尼僧をかどわかし、スペイン大使が救いの手を差し伸べたとかいう話は本当なのですか？　それとも、世間の注目を集め、もっと多くの依頼がくるように、なにもかも、あなたが流した噂なのですか？」。

ゴヤは思った――俺を侮辱するために、こんな時間にわざわざアトリエまで来たわけではあるまい。男を屈伏させれば、自尊心が保たれるというわけか。彼は自制し、落ち着いて優しく冗談っぽく答えた。「マホというのは大言壮語や自慢話が大好きなんですよ。それぐらい心得ておかねばなりませんよ、陛下」。

「もう一度、陛下と呼んだら帰ります！」

「あなたはお帰りにはならない、陛下。あなたは私を――」ゴヤは言葉を探した。「――破滅させることをねらっている」。

「なんだって、私があなたを破滅させたがっているなどと思うのですか？　フランコ」。彼女は優しく尋ねた。

「さあ、あなたが何をねらっているのか、どうして私にわかりましょう」

「まるで哲学論議か異端分子の考えのようだわ、フランコ。あなたは神よりも、むしろ悪魔を信じているのではなくて？」

「異端審問所が私たち二人のうち、どちらかを訴え出るとしたら、あなたです」

「異端審問所はアルバ公爵家の人間を訴えたりしません」。彼女はこれほど明快なことはないとばかりに答え、そこに傲慢さは微塵も感じられなかった。「私がときおり、あなたにひどいことを言っても、あまり生真面目にとらないで。たびたびピラールの聖母に、あなたに幸運がほほ笑みかけますようにお祈りしているの。あなたは悪魔にひどく苦しめられているように思われて――。でも」と木像のアトチャの聖母に目をやり、「あなたはもうピラールの聖母を信じてないのね。昔は信じていたのでしょう、サラゴーサ出身ですもの。ともかく不実だわ」。

彼女は立上がり、太古の黒褐色の木像の前に歩み寄り、その前を行きつ戻りつ眺めた。「アトチャの聖母の前で不敬の言葉を吐きたくないわ。ましてや、あなたの守り神ですもの。きっと大きな力を持っているのね。この聖母を侮辱してはいけないわ」。

彼女はそっと注意深く
大きな黒いベール
マンティーリャを
アトチャの聖母像に
かぶせた
これから先は
聖母像にみせてはいけないわ
黒髪から高い櫛をとり
ハイヒールをさっと脱いだ
今はもう　あえかな女がいるだけ
暖炉の炎がゆらめき燃え上がり
黒いスカートが
それから　色鮮やかな胴着が
床上に　散ってゆく
羞恥の色なく　大胆に

2

1　異端審問所

一四七八年カトリック両王ことフェルナンド二世とイサベル一世は異端訴追の特別法廷を設置した。アラブ人を打ち倒し、宗教を統一し国家の統一を保たねばならない。「ひとつの群れ、ひとりの牧人、ひとつの信仰、ひとりの王、ひとつの剣」と詩人エルナンド・アクーニャは歌った。

この宗教裁判所、異端審問所は義務を遂行した。アラブ人やユダヤ人、カトリック信仰の仮面の下に異端の考えを秘している人たち、すなわち隠れイスラム教徒や隠れユダヤ教徒をひそかに監視し、排斥し、抹殺した。

こうした任務を遂行することで、異端審問所は国内で自立した権力を持つようになった。なるほど名目上は、異端の発見や処罰に活動が限られている。しかしそもそも異端とは何を指すのか？　異端信仰とはカトリック教会のドグマと抵触する考えであり、ひいては、あらゆる著書、印刷物、話し言葉や歌や踊りまでが異端審問の検閲対象になった。また異端審問所は役職を願い出た人間の純血性を調べる職務を担う。いかなる候補者も、その「血の純潔」を、古代キリスト教まで溯る先祖の出自を証明せねばならず、先祖にムーア人やユダヤ人がいてはならない。その鑑定を一手に担う異端審問所は、調査を任意に長引かせ、高い料金を見積もることができるばかりでなく、スペインの国務に従事できるか否かの最終決定まで、意のままだった。裸体描写や重婚、猥褻行為も異端、破門の対象とされた。聖書で禁じられているという理由で、高利貸しも異端とされ、非スペイン人と馬を売買することも、ピレネーの向こう側の不信心者たちに利益をもたらすという理由で異端とされた。

こうした管轄範囲の拡大解釈によって、異端審問所は次第に国王の権利を浸食し、中央政府の威信をむしばんだ。

毎年、祝祭日になると異端審問所は、いわゆる《信仰のお触れ》、自分に「異端の傾向あり」と思う者は、三十日という恩赦の期間内にみずから異端審問所に自分の咎を認めるよう警告する布告を出した。さらにあらゆる信者は、彼らが見聞きした、いかなる異端をも告発するよう要請された。「異端の疑いあり」とされる行為の長いリストがあり、あらゆるユダヤの風習、祝日の晩にろうそくをともすことや、安息日に下着を替えること、豚肉を食べないこと、食事の前に手を洗うことが「人目をしのぶ異端」とされた。外国語で書かれた書物や、宗教書以外の書物を読むことも「異端の傾向あり」と考えられた。疑わしいと思えば、子供たちは両親を、夫は妻を、妻は夫を告発することを余儀なくされ、背けば彼らが破門された。

異端の裁判は極秘のうちに行われた。暗々裏に罪が着せられ、〈異端〉として告発された者に、それを教えるだけで重い罪に問われた。証拠不十分でも逮捕され、異端審問所の牢獄に消えていった人々について敢えて問う者はいなかった。告発者も証人も被疑者も、宣誓によって沈黙を義務づけられ、誓いに反する行為は異端そのものと同様に処罰された。

有罪を否定したり、自説に固執したりすると、拷問が待っていた。拷問吏の人件費節減のため、異端審問所の要請で、しばしば高位の文官が、この神意にかなう行為を遂行した。拷問は、あらゆる手続きと同様に、詳細に記録をとる書記や医師の面前で、規則に従って行われた。何百年にもわたって異端審問官たちは、拷問という厭わしい手段を、異端者を頑迷さから解放し、真の認識の道へ導くために、慈悲の心から用いているのだと力説してきた。

〈異端〉として告発された者が白状し、懺悔すると、それによって「教会と和解した」ことになった。和解は贖罪と結びついており、和解者にはむち打ちの刑や、悔悟服姿で町じゅう引き回しの刑、《世俗の腕》すなわち世俗権力の法にしたがって三年から八年の刑期が待っていた。死ぬまでガレー船を漕がされる者もいた。贖罪者の財産は差し押さえられ、たびたび家も壊された。贖罪者とその子孫は五代にわたって、役職や声望ある職業につけなかった。

異端審問所は、異端者が罪をまったく認めなかったり、部分的にしか認めなかったりしても、「寛大なる措置」の原則に固執した。教会は罪人を殺さない。頑固な違反者や再度罪を犯す者を、共同社会から締め出し、《世俗の腕》すなわち世俗権力に引き渡した。《世俗の腕》も、処刑用の首切り刀を奨励せず、ヨハネ福音書十五に出てくる「私にとどまらぬものは、ブドウの蔓のように外に投げ出されて枯れる。そして集めて火に投げ込まれ、焼かれる」という文言を守ることを要求し、ブドウの蔓すなわち共同社会から排斥された人間の生身の肉体を燃やした。異端者がすでに死亡している場合は、掘り起こして死体を焼き、異端者が判決言い渡し後に罪を認めた場合は、扼殺して死体を焼いた。異端者が逃亡した場合は、その似姿を焼いた。異端者の財産は差し押さえられ、没収された財産は一部は国家に帰属し、一部は異端審問所のものになった。

無罪判決は稀だったから、異端審問所はたいそう裕福だった。カルロス四世の時代までにスペインの異端審問所によって火あぶり、または重罪を言い渡された人間の総数は、三四万八千九百七人にのぼった。

異端審問所の審理は秘密裏に行われるが、刑の宣告は仰々しく公の場でなされ、刑が執行された。判決の宣告と執行は「信仰の式典」「信仰の告知、信仰声明、宗教裁判による死刑宣告と処刑、アウトダフェ」と呼ばれ、それに関与するのは神意にかなう行為とされた。壮麗な行列が続き、厳かに異端審問所の除幕式が行われ、巨大な壇上には高位の聖職者・文民がずらりと並ぶ。犯罪者はひとり残らず召還され、前に引き出され、悔悟服を着せられ、異端のとんがり帽子をかぶせられ、とどろくような声で判決を宣告された。火刑場での刑の宣告は、軍隊を多数動員して行われた。群衆は異端者の火刑を、闘牛をもしのぐ好奇の目で貪欲に見物し、宣告後改悛する罪人があまりにも多く、火刑ではなく扼殺で我慢しなければならなくなると、見物人は不平を鳴らした。

このようなアウトダフェ、宗教裁判による死刑宣告と処刑は、しばしば戴冠式や王の婚礼、世継ぎの王子の誕生のような祝い事の際に執行され、王家のひとりが薪の山に点火することになっていた。

実態に精通した聖職者たちが、異端者の火刑について本を出版し、大変な人気を博していた。例えばマジョルカ島の異端者の火刑について、パードレ・ガーラウは次のように語っている。〈三名の頑迷な罪人が火刑に処され、炎が回ると、絶望して杭から解放してくれるよう頼んだ。異端者ベニート・テロンヒは自分でいましめをふりほどいたが、身体の左半分は炎の餌食になっていた。自分から炎の中に飛び込んでみせると啖呵《たんか》をきったベニートの妹カタリーナは、いざとなると絶叫し、「助けて」とすすり泣いた。異端者ラファエル・バリャは煙の中に彫像のごとくみじろぎもせず立っていたが、炎が彼の身体をなめ始めると、身をよじって苦悶した。バリャは小豚のようにバラ色でころころ太っていたので、身体の外側が燃え尽きても、内側は燃え続け、死体が破裂して、内臓が飛び出してきた〉。パードレ・ガーラウの小冊子『勝利の信仰』は大成功をおさめ、十四版を重ね、ゴヤの時代にも最新刊が出ていた。

異端審問官の中には、純粋に信仰への熱意から行う者もいれば、権勢欲や所有欲、欲情を満足させるために権威を利用する者もいた。間一髪で難を逃れ、生き延びた犠牲者たちの話には、誇張があるかもしれないが、異端審問所の手引き書、訴訟規則がいかに異端審問官たちの意のままに操られているか、審理がいかに恣意的に遂行されるかを物語っている。

異端審問所はすべてのスペイン人をカトリック教に統一し、全ヨーロッパを覆う宗教戦争の嵐からスペインを守っているのだと豪語したが、そのために大きな犠牲が払われた。異端審問所はスペイン人に「道義よりも、ドグマへの揺るぎない信仰こそ大切」と説いた。スペインを旅した外国人は口をそろえて、「この異端審問の国スペインでは、宗教はモラルとはほとんど無関係で、ドグマに対する熱情がしばしば不道徳な行状と結びついている」と表明している。たびたび、全世界の反感を招く犯罪、たとえば告解のさなか、告解者を誘惑するといった類いの行為に対して寛大な処置をしたが、ほんのわずかでもドグマと技術的に抵触すると、どんな場合でも厳しく罰せられた。例えばコルドバでは、異端と判定されたメンブレケとかいう男の説教に列席していたという理由で、たった一度の審理で百七人もの男女や子供たちが火刑に処されている。

ゴヤが生まれたころ、たくさんのユダヤ教徒がいたが、その中にユダヤの風習に従ったという理由で、特に華々しい火刑に処せられた十八歳の少女がいた。当代フランスの最も偉大な作家モンテスキューは『法の精神』において、宗教裁判にかけられた男の口を借りて、宗教裁判官たちに次の建言を行っている。〈あなた方はイスラム教徒を、「イスラム教を剣で広めている」といって非難します。それなのに、なぜ、あなた方は火であなた方の宗教を広めようとするのでしょうか？　あなた方は殉教者の血が流されたと大騒ぎをして、キリスト教の神性を裏づけようとします。ローマ皇帝ディオクレティアヌスはキリスト教徒の大迫害を行いましたが、今やあなた方自身が迫害者となり、私たちを殉教者にしようとしているではありませんか。私たちにはキリスト教徒になれと要求しながら、自分たちはキリスト教徒であることを放棄しています。卑しくも人間の形をしているなら、せめて雀の涙ほどの正義感を持っている素振りだけでもして下さい。あなた方の活動が将来、年代記編集者にとって、私たちのヨーロッパが未開人と野蛮人の巣窟だったと証明するのに役立つことだけは確かでしょう〉。

十八世紀の後半にはスペインでも、国士の衰退・人口減少・知力と国力の低下の主たる原因を異端審問に求める著作が出回っており、フランス・ブルボン家の血を引く当時の支配者たちも、この国はいわば異端審問をめぐる近代改革なくしては滅ぶと認識していた。それゆえ彼らは伝統を敬い、宗教裁判の権威を認めながら、その最も重要な機能と特権を剥奪した。

しかしながら、異端審問所は民衆になおも多大なる影響を与え異端審問の闇と秘儀の魔力は、その吸引力を増すいっぽうだった。《信仰のお触れ》の日は、お触れがもたらす不吉な脅威ゆえに一種独特の魅力があった。異端審問の公式判決・処刑は、恐怖とサディスティックな欲望が入り交じり、もっとセンセーションを巻き起こした。

至る所で　ひそかに
異端審問がうかがっている
各人の運命がかかっている
欺け
想念や感懐は
信頼できる人間にのみ
ささやき声で語れ

しかし　この絶えざる脅威が
生に刺激を与え
スペイン人たちは
異端審問を手放そうとしない
異端審問はスペイン国民に
スペイン人の神を
特に民衆の神を与えてくれるから
スペイン人たちは
ちょうど彼らの国王を
頑固に強情に守るように
異端審問を固守した

2　バーゼル和平交渉

フランス共和国を相手どったスペイン王家の、バーゼル和平交渉は長引いた。スペイン側は腹の底ではフランス王家の遺児たち引き渡しは無理と見ていたが、体面を重んじ、最後の最後までこの条件に固執することを義務とした。いっぽうフランス共和国側は、カペー家ことフランス王の遺児たちを野放しにして王党派の抵抗勢力を生み出す気などなく、かたくなに拒否し続けた。にもかかわらず、フランス王位継承者の大使アブレは、スペインが頑強に粘れば最後には勝利を手にするだろうとはかない夢を紡ぎ、早くも少年王がマドリードで救われて、自分が教師兼後見人となり、偉大で優美で愛されるフランスの影の摂政となる姿を夢想した。

そこへ恐ろしい知らせが入った。少年王ルイ十七世が亡くなったというのである。アブレはこの訃報を信じなかった。王政支持者が少年王を連れ去って、どこかにかくまっているのではないか？　しかし、スペイン王妃マリア・ルイーサと宰相ゴドイは、少年王ルイの崩御を進んで受け入れ、スペイン宮廷は内心安堵しつつ、お悔やみの挨拶を述べた。守るべき名誉もなくなった今、残っているのは、わずらわしい争点だけだ。

それでも和平交渉は進まなかった。フランス共和国は、軍隊の勝利を盾に、サン・セバスチアンを主都とするグイプスコア地方の割譲と、四十億の戦時賠償金を要求した。王妃マリア・ルイーサは宰相ゴドイに「和平は、私たちにもう少し裕福な生活を認めてくれることを期待します」と表明した。ゴドイは、四十億払うことは許されないと見て取った。ペパはペパで「戦争で、あなたはスペイン人として一回り大きくなると思うわ」と語り、ゴドイはバスク地方を犠牲にはできないと認識した。彼は秘書官ミゲルに勿体ぶった沈痛な面持ちで、「私はスペイン人だ。サン・セバスチアンも割譲させないし、バスク地方を貢ぎ物として差し出すことも拒否する」と述べた。

機略にたけたミゲルは、上司ゴドイの評判を落とすことなく、パリに慎重に探りを入れて、まもなく〈パリ総裁政府は和平条約ばかりでなく、スペインと同盟を結ぼうと躍起になっている。同盟が保証されれば、フランス共和国は和平の条件を大幅に緩和するだろう〉という注目すべき情報を入手した。

「私の知るところでは、閣下が個人的にその待望の同盟を成立させると約束なされば、それでパリ総裁政府は満足することでしょう」とミゲルは慎重に言葉を結んだ。

宰相ゴドイの目が輝いた。「私が、個人的にだって?」。彼の問いかけには心地好い驚きの響きがあった。

「そうです。閣下がご自分の直筆で、そのような確約を記したお手紙を、もちろん内密に、パリ総裁政府宛てにお送りになれば、私たちがシエージェス大修道院長に伝えます。そうすれば、フランス共和国は厄介な条項にいつまでも固執しないでしょう」とミゲルは確証した。

パリで重要人物として個人的に評価されているということは、ゴドイの自尊心をくすぐった。思い切って王妃に言った。「私に、パリの政治家たちと公的ではなく個人的に意見を交換する権限を与えていただければ、まずまずの、しかも名誉ある和平を成立させることができるでしょう」。

マリア・ルイーサ王妃は懐疑的だった。「あなたはご自分を過大評価なさっているようね、坊や」。

ゴドイは気を悪くし、「わかりました、ドーニャ・マリア・ルイーサ。王国の救出はあなたにお任せします」と言って、ミゲルがどんなにせがんでも、シエージェス大修道院長に書状を送らなかった。

長引く交渉にうんざりしたフランス側は、ペリニョン将軍に前進命令を出した。フランス共和国の軍隊はビルバオ、ミランダ、ヴィットリーアと破竹の勢いで戦勝をおさめ、カスティーリャの境界まで攻め入った。マドリードはパニック状態に陥り、宮廷はアンダルシアへ逃げる装備をしているという噂がとんだ。

「王妃様、私があなたを、あなたとスペインを救出致します」とゴドイは表明し、書状を認《したた》めた。

一週間後、暫定的和平条約が調印された。フランス共和国はスペイン領アンティル諸島の割譲に満足し、バスク地方を断念したばかりか、戦時賠償金の十年に及ぶ分割払いに同意した。さらにフランス共和国はルイ十六世の娘マリー・テレーズをオーストリアへ引き渡すという義務を負った。

戦いには破れたが、国土を荒らされることなく、窮地を脱したのは、スペインにとって大きな喜びであり、驚きだった。あのマヌエル・ゴドイのおかげだ！

「君は私にとってかけがえない人だ」とカルロス四世は、宰相ゴドイの肩を強くたたいた。

「どのように私が成就したか、お教えしましょうか」とゴドイは王妃に言ったが、王妃は「いいえ、けっこうよ」と答えた。彼女には大方の予想がついた。知りたくもなかった。

有利な和平はひとえにゴドイのおかげであり、彼にまれにみる栄誉が与えられた。彼はグラナダの国有地を寄贈され、〈平和大公〉の称号を賜り、スペインの全軍隊の総司令官に任命された。

総司令官の軍服姿でゴドイは、国王夫妻に感謝の意を表した。白いズボンにはちきれんばかりの太股、上着をまとった誇らしげな胸、帽子を小脇にかかえ、羽飾りをこれみよがしに振ってみせた。

「りっぱだね」とカルロス国王は言ったが、すばやく付け加えた。「帽子をかぶりたまえ！」。国王に返事をする前に帽子をかぶっていなくてもよいのは、第一級の十二の大貴族のみだ。第二級の貴族は返事をした直後は帽子をかぶっていることが許され、第三級の貴族は椅子を勧められたとき、帽子をかぶることが許された。

マリア・ルイーサ王妃は、この和平はゴドイひとりの手柄ではない、助言者がいる、いかがわしく反抗的な親仏派の自由主義者が陰で糸を引いている、この一見輝かしい成果は、新たな戦争と予測しがたい結果を、よくない結末を引き寄せるのではないかと案じた。だが、ともかく、さしあたり栄誉と輝きに満ちた平和が訪れ、調印したのはゴドイだし、王妃自身、総司令官の軍服に身を包んだ青年の勇姿に感銘を受け、胸の高鳴りをおさえることができなかった。

十二の大貴族はなおも健在で、その子孫は九百年前、ナバラのサンチョ三世大王の時代から増え続け、スペインを支配していた。彼らは互いに親愛の情をこめて、「君」と呼び合っていた。今や、王の寵臣マヌエル・ゴドイ〈平和大公〉は十三番目の大貴族に列せられたのである。彼は下級貴族の生まれからくる憚りを克服し、アルコス公爵、ベハール公爵、メディナ・シドニア公爵といった面々に「君」と呼び掛けた。彼らは軽い驚きを示したが、すぐゴドイに「君」と呼び返した。ゴドイは幸福だった。

彼はアルバ公爵に「今日の君はとても元気そうで、嬉しいですよ」と言った。華奢でエレガントなアルバ公爵の穏やかな丸顔にも、そのメランコリックな美しい黒い瞳にも、まったく変化がなかった。「お心遣いありがとう、閣下」。

アルバ公爵は「閣下」とは言ってくれたが、「君」とは言ってくれなかった。

ゴドイはドン・ルイス・マリア・デ・ブルボン、チンチョン伯爵、セビーリャ大司教に「君」で呼び掛けてみた。「君に会うのは久し振りだね、ルイス」。

若い生真面目な紳士は、ゴドイをじっと見つめ、まるで、そこに誰もいなかったかのように立ち去った。

ルイスには半分ブルボンの血が流れていた。カスティーリャの親王の息子で、国王の従弟にあたるが、彼の母はアラゴンの小貴族ドーニャ・マリア・テレサ・デ・バリャブリガで、国王は彼に〈親王〉の称号を認めなかった。ゴドイは思った――ルイスはたしかに王家の血を引く人間。しかし今日の私は高位の称号と声望を手にしている。私は虚栄心の強い人間ではないが、ブルボン家の落とし胤《たね》、身分違いの結婚から生まれたこの青年の傲慢さをけして忘れないだろう。

マリア・ルイーサ王妃は、彼女の寵臣に人々が加えた不当な仕打ちを埋め合わせるために、彼に新たな名誉を贈ることにした。宮廷の占星術師は、ゴドイ家はバイエルンの選定侯並びにスチュアート王家と親戚だとくだくだしく弁じた。王家の家系図学者は長いリストを手に、ドン・マヌエル・ゴドイは古いゴートの王家の出であると言明した。「すでに彼の名前が証明しているではありませんか。ゴドイの名は、「ゴード・ソイ（私はゴート人だ）」という単語に由来します」。

さらにカルロス国王は、ゴドイこと平和大公が公式の職務の場に姿をあらわすときは、告知者がヤヌスの双面を――平和大公は過去と未来を正しく見通したという印である――先に立って持ち歩くように手配した。

ゴドイがこの新たな肩書きを披露したのは、科学アカデミー発足の時である。

彼はまっすぐには行かずに
四輪馬車で回り道をした
友人たちのなかでも
ペパ・トッドに　新たな双頭の輝き
ヤヌスの双面を持つ自分を
真っ先に見てほしかった
窓辺にペパが立つと
ゴドイは恭しく挨拶した
ペパは誇らしかった
彼をさながら歌曲やロマンスのヒーローのように
スペインの救世主
スペイン一の男性にしたのは
この私よ
彼の晴れ姿を

私のために
ゴヤに描いてもらいましょう
ペパは心に決めた

3　自由主義思想

宰相ゴドイは、自由主義思想の友人かつ助言者に激励され、自分の意外な人気に便乗し、進歩的政策に踏み切った。かねてから芸術・学問の保護者と見なされることに重きを置いていたが、さらに、こうしたリベラルな政策によって、パリの権力者たちに同盟に大いに乗り気であるところを見せようとした。

しかしゴドイの指令は、教会の抵抗にあい、功を奏しなかった。ゴドイの友人たちは「異端審問所の裁判権を縮小し、異端審問所に、もっと多くの収益を国家に捧げるよう要求すべきです」「宰相は国民の愛と称賛の的なのですから、教会の非課税を廃止し、昔ながらの夢を実現すると同時に、国家財政を立て直し、国家の近代化に反対する教会の抵抗を玉砕すべきです」などと忠告した。

公然と戦いの火蓋を切るのは、ゴドイの性に合わなかった。ペパも、ゴドイに決定的な処置を思いとどまらせようと懸命だった。ペパは子供のころ、異端者の火刑を間近に見たことがあり、物々しい野蛮さ、幟《のぼり》や司祭、燃え盛る炎の中で息絶える哀れな罪人たちの姿は、彼女の心に深い傷を残した。彼女の聴罪司祭は、彼女が宗教裁判の秘義に関心を持つよう心をくだいた。異端審問所の面々がペパのもとを出入りし、大審問官と親しいグラナダのデスプイヒ大司教までが、マドリードを訪れると、彼女と接見した。

一七六〇年代、七〇年代、異端審問所の影響力は縮小したが、フランスで神をも恐れぬ所行と暴動が蔓延すると、異端審問所は勢いをもり返した。リベラルな大審問官シエラは失墜し、トレドの狂信的な枢機卿大司教、陰険なフランシスコ・デ・ロレンサーナが権力を握った。政府の同意を得て、異端審問所は、フランスの理論に共感を示す思想傾向を、神をも恐れぬ「哲学主義」として迫害し、親仏派に反対する処置に出た。しかしながらフランス共和国と和平条約が締結され、同盟計画が進むと、自由思想家がまたもや力を得て、異端審問所の権力を脅かした。

抜け目のない政治家で策士であるロレンサーナは下準備を怠らなかった。ゴドイを筆頭とする大臣や高位高官は「哲学主義」や、自然に神と匹敵する力を付与する「自然主義」にかぶれているのではないか。これらの人物に対する資料を収集し、裁判所の書類文庫に告発が山積みになった。自発的な助っ人や雇いの助手たちが平和大公ゴドイの身辺を探り、ペパ・トッドと高位の聖職者との交友、ゴドイの朝な夕なの言動が宗教裁判所の記録簿に入念に記録されることになった。大審問官ロレンサーナは、ゴドイのペパに対する愛情の温度に応じて、寵臣である彼と王妃との関係が熱くなったり、冷たくなったりするのを厳密に吟味し、査定した。かくしてロレンサーナは、一般に考えられているほどゴドイの立場は強くなく、異端審問所の立場は弱くないという結論に達した。

ロレンサーナは罰当たりな宰相に向かって進撃し、異端者たちに反撃を加えた。幾つもの地方都市で、哲学主義を理由に声望ある名士や教授や高級官僚に対する異端審問が始まった。前フランス大使アソーラ伯爵、カルロス三世のもとで王子の家庭教師をしていた文献学者イェレグイ、サラマンカ大学の有名な数学者ルイス・デ・サマニェホが逮捕され、判決が下された。

大審問官ロレンサーナは、宰相ゴドイが介入してくるだろう、自由思想の同志奪回をはかるだろうと緊張して待ち受けた。だがゴドイは動かず、異端審問所に、これらの人物は王に貢献してきたのだから寛容な処罰をと、あまり熱のこもらない異議を唱えただけだった。

そこでロレンサーナは最後の手段に出た。すなわちヨーロッパじゅうにその名をとどろかせた自由思想指導者にして作家・政治家オラビーデの処刑である。

ドン・パブロ・オラビーデはペルーのリマの生まれで神童の誉れ高く、若くして裁判官に任命され、リマの町が恐ろしい大地震にみまわれて崩壊したとき、持ち主の没落によって帰属が争われた土地・財産の管理を任された。この若い貴人は、相続の合法性が認められなかった資金を、教会や劇場の建設に活用した。これが聖職者たちの反感をかった。強大なペルーの聖職者の支持を得て、相続権を否認された人々がマドリードに訴え出た。オラビーデはマドリードへ召還され、裁判が行われ、職権を剥奪され、いくつもの損害賠償義務を宣告され、勾留判決を受けた。まもなく病弱を理由に釈放されると、国内の自由思想家たちから殉教者として賛美され、大富豪の未亡人と結婚した。償っていない刑を免除され、旅に出て、パリを頻繁に訪れた。スペインとパリにそれぞれ城館を構え、ヴォルテールやルソーと親交を結び、手紙のやりとりをした。劇場を経営し、自ら翻訳した最新のフランス戯曲を上演した。カルロス三世のリベラルな大臣アランダは、重要な件には彼の忠告を取り入れた。ヨーロッパじゅうで、パブロ・オラビーデは進歩思想の指導者と目されていた。

さて、シエラ・モレーナの南斜面には、昔は耕作地だったのに、ムーア人の追放によって、今や荒れ地と化した広大な土地があり、メスタすなわち移動牧羊組合は、この領地を彼らの大きな移動牧羊の牧草地として無料で用いていた。オラビーデに促された政府は、移動牧羊組合から特権を剥奪し、オラビーデに荒れ地に入植する権限を与えた。彼はバイエルン長官テューリーゲルの助力で、一万人の農民をそこへ入植させた。入植者の大半はドイツ人だが、リヨンの養蚕業者や絹織物業者もいた。地方長官に任命され、広汎な代理権を得たオラビーデは、入植地をリベラルな体制にし、入植者たちに生まれ故郷の司祭を連れてくることを認めた。プロテスタントも入植が認められた。わずか数年でオラビーデは、荒れ地を小集落や村や小さな町、宿屋や工房、工場の立ち並ぶ肥沃な土地に変えたのである。

プファルツの入植者たちは、彼らの聖職者としてカプチン会修道士、フライブルクのロームアルト修道士を連れて来た。ロームアルトは、リベラルなオラビーデと反りが合わなかった。揉め事が増えるにつれ、彼はオラビーデを無神論者で唯物主義者だとして異端審問所に訴えた。異端審問所は規則通り秘密裏に、オラビーデがまったく気づかないうちに証人尋問をし、資料を収集したが、この声望ある名士を正式に告訴しようとはしなかった。しかし移動牧羊組合メスタは、グラナダの大司教デスプイヒの庇護を仰いだ。デスプイヒと国王の聴罪司祭であるオズマ司祭に迫られ、カルロス国王はためらいながらも「異端審問所が事実関係がうやむやなままオラビーデを逮捕しても、国王は邪魔立てしない」と表明した。

こういったことはみな、ゴドイが権力を握る前の出来事である。厳格な大審問官はリベラルな大審問官と交替し、この大審問官はもっとリベラルなシエラにとって代わられ、その間ずっとオラビーデは異端審問の獄につながれていた。彼らはオラビーデを釈放すれば、異端審問所の評判が落ちると考えたが、断罪もしなかった。だが、第四十三代大審問官ことドン・フランシスコ・ロレンサーナは、前任者たちとは違ったタイプの男性で、異端者オラビーデに判決を言い渡す決心をした。そうすれば高位高官の中にもいる嘲笑者たちに、異端審問所の健在ぶりと支配力をアピールできる。

ロレンサーナはゴドイの優柔不断ぶりを知っていたが、それでも教皇庁の助力を確保したかった。精力的なピーウス六世なら、きっと了解するだろう。彼は教皇の了解を得るのを職責とみなし、教皇に手紙を書いた。〈オラビーデの犯罪を異端審問判決で贖わせようと考えております。しかしながら、神をも恐れぬ世相にあって、かくも庇護され高く評価されている異端のえせ哲学者のひとりを公式に断罪すれば、必ずやスペインの異端審問所のみならず、世界中の教会で非難の嵐を呼ぶことになるのではないかと思います。ご指示いただければ幸いです〉

異端審問所の秘書官のひとりであるドン・ディエゴ司祭は、大審問官ロレンサーナの計画を知った。彼とミゲルは、平和大公ゴドイに「先手を打ちましょう。ロレンサーナに時期を違えず、政府はそのような異端審問判決に甘んじるような真似はしないと表明すべきです」と迫った。

一瞬ゴドイはとまどった。だがあいかわらず、彼はロレンサーナと公に一戦交えるのを避けたかった。「パブロ・オラビーデは進歩的な大臣アランダのもとで逮捕され、国王が異端審問の処置に同意したのだ。こういう状況下で判決を妨げるのは、私の職務ではない」と表明した。ロレンサーナは政府を萎縮させたいだけだ。判決は、公式宣告・処刑ではなく、非公開で下されるだろうと考えた。ペパを想い、ミゲルの懇願には耳をかさず、投げやりなくせに、妙に自信のある態度をみせるのだった。

ミゲルとホベリャーノスと
ドン・ディエゴ司祭は
憂い顔で座り

不満をぶちまけ討議した
友である
画家ゴヤが
頼みの綱だ
ゴヤは今週ペパの依頼で
平和大公ゴドイの肖像画を
描いてるから

4　モデル

ゴヤはアルバ女公爵への情熱のとりこになっていた。初めはかくも瞬時に生まれた情熱は、瞬時に消え去るのではないか思っていた。今までも、女性にぞっこん惚れ込み、二、三週間後その女性に何を見たのか自分でもわからなくて愕然とすることが、しばしばあったからだ。ところがアルバ女公爵ときたら毎回別人のようで、彼女を知り尽くすことなどできなかった。精確な画家の目で、彼女の外見の隅々まで探り、記憶で描くことができた。にもかかわらず、会う度にまるで違う女性のように思われ、彼にとって、いつまでたっても予測しがたい存在だった。

考えているときも、描いているときも、他の人としゃべっているときでも、何をしていても、ゴヤは頭のどこかで、いつも彼女のことを想っていた。彼女との縁《えにし》は、妻ホセファとの穏やかで確かな絆とは、まるで違うものだったし、過去の女性たちのもとで味わった甘く苦い情愛とはまるで異なるものだった。

アルバ女公爵は突如、豹変する。それでも徹頭徹尾、彼女そのひとだった。彼女には多くの顔がある。ゴヤは彼女のたくさんの顔を見たが、究極の顔をまだ見ていなかった。それを感じたし、わかるのだが、実にさまざまな仮面の下に隠された、つながりある統一性をいまだに見出せなかった。彼女は、今は「この石像」と思えば、次は「あの石像」へと変貌する。そして、いつも把握できない、理解できない石像に戻ってゆく。いつも手慰みに、撒き砂の上にあれこれ彼女の顔を描いてみるのだが、彼女の真の顔は、水が真砂《まさご》に吸い込まれるように消えてゆくのだった。

ゴヤは彼女を描いた。彼女を戸外に立たせ、細心の注意を払って入念に風景を描いた。風景はアルバ女公爵の中へと溶けていった。華奢な彼女が誇らしげに白いドレス姿で立っている。濃いアーチ形の眉、波打つ黒髪、高めに結んだサッシュ、胸元には赤いリボン。手前には、飼い主とお揃いの赤いリボンを後ろ足に結んだ白いむく犬が、ちょこんと立っている。彼女は気取って尊大に自分の足下を指さし、そこには「アルバ女公爵に フランシスコ・デ・ゴヤ」という薄く小さな文字が読めた。その文字は、彼女の双眸を敬意をもって仰いでいた。

雛壇で目にした彼女、エスコリアル城の散歩でみた彼女も描いた。何度も何度も描いたが、ゴヤは満足できなかった。あのとき雛壇で彼を圧倒したもの、あの散歩のときに彼を当惑させたもの、絶えず彼を苛立たせ魅了するものは、絵の中に現れなかった。

それにもかかわらずゴヤは幸福だった。彼女は羞恥の色なく自分をさらけ出し、ゴヤはもはや若くなく太り気味で、下層階級の出である自分が、彼女の寵愛を受けるのが誇らしかった。ゴヤはこのうえなくエレガントな服装をし、絵を描くときでさえ、いや、描くときだからこそエレガントに装った。マドリードに来たばかりのころ、上等のシックな服で描いていたのだが、妻のホセファに「高価な服を汚さないよう仕事用の上っ張りを着てちょうだい」とせめたてられ、説得されて、経済観念が発達しているゴヤは、上っ張りを着用するようになったのである。今や、再び上っ張りを廃止した。だが窮屈なトップ・モードの服装をした自分の滑稽さを自覚し、自分を笑い飛ばした。〈鏡に見入る洒落男〉を描いた。おそろしく高いカラーに喉を締め上げられ、頭を動かすこともできず、やっかいな手袋の中で手首の関節はがんじがらめ、きつい袖のために腕の自由もきかず、止め金のついた踵の低い靴でちょこちょこ歩く男。

彼は自分にも他人にも寛大になった。ミゲルの衒学者ぶり、司祭の洗練された眼識、アウグスチンの憂い顔も気にならない。家族の団欒では如才なく陽気だった——願わくば、世界じゅうがこの幸せを共にしますように。

アルバ女公爵には子供っぽいところがあったが、彼はそれ以上に稚気にあふれていた。彼女が前触れなしにやってくると、彼は逆立ちをして、つま先を振って歓迎の挨拶をしてみせた。彼女を喜ばせるためなら、大喜びで十八番《おはこ》を披露した。愉快な渋面をつくった自画像をはじめ、女官ドーニャ・オイフェミア、伊達男サン・アドリアン、お人よしで間抜けだが貫禄ある国王カルロス四世らの顔を見事に歪曲したスケッチを彼女のために描き出した。二人はしばしば劇場に出かけ、彼はトナディーリャ（短い喜歌劇）やサイネテ（庶民の生活を題材にした一幕物の風俗喜劇）のたわいもない冗談に笑い転げた。また、二人はよくマノレリアへ出かけ、マホで賑わう居酒屋で愛される上客となった。

初老のゴヤは、第二の青春を謳歌していた。以前はよいものも悪いものも、何もかも陳腐で、食べ慣れた料理のように何の変哲もなかったのに、今や彼の前に、清新の気に満ちた豊かな世界が、より味わい深く、より熱く燃える第二の青春が広がっていた。

だが、そのいっぽうで、デーモンが、悪霊がうかがっている、この大いなる幸福は、大きな災いをもたらすに違いないと自覚していた――白昼の妖怪ヤンタールを見たではないか。俺の人生にアルバ女公爵が現れたのは途方もない幸福だが、その代償を払わねばなるまい。覚悟はできている。

幸福感は仕事にも伝播し、たくさんの絵を喜びをもって描いた。筆さばきは軽やか、目は鋭く俊敏で精確だった。デ・カストロ・テレーノ公爵、ミゲル、司祭の肖像画を描いた。宰相ゴドイは異なるポーズの肖像画を二点注文してきた。

注文ではなく、自分自身の楽しみのために描いた絵もある。手間のかかる細かい作業を要する労作、『聖イシドロの牧場』、首都マドリードの守護聖人、聖イシドロ詣での絵だった。

聖イシドロの牧場や庵《いおり》の巡遊は、マドリードっ子の大好きな行楽だった。ゴヤも妻ホセファの安産を祝い、聖イシドロの牧場で三百人の友人を招き、パーティーを催したことがある。恒例の七面鳥料理を食べ、ミサを聞いた。このような行楽は、かねてからマドリードの画家の格好の画題だった。マエリャや義兄バイユーばかりでなく、ゴヤも十年前、王立タピスリー工場のカルトン（下絵）で描いている。あのタピスリーに描き出された祝祭の喜びは、仮面をつけた騎士や貴婦人の技巧的な陽気さだった。今、ゴヤは彼自身の本然の喜び、マドリードの喜びを描いた。

背景には広やかに
愛するマドリードの町が隆起していた
白い家並みや城
塔や教会の丸屋根
前方をマンサナーレス河が
ゆったりと流れる
両岸でマドリードっ子は
守護聖人をたたえる
馬車や　騎手たち　たくさんの小さな人物が
のんびりと　散策するさまが
どれもみな　入念に描かれている
娘に若者
ブルジョワに騎士
座ったり　寝そべったり
飲み食いし　おしゃべりし　戯れの恋をする
屈託なく
明るく晴れやかに
ゴヤは彼の曇りなき心の
あらゆる喜びを描いた

確実な　筆さばき
鋭い画家の目が絵を貫く
長年彼に窮屈な思いをさせてきた
「描線」の教えを振り落とした
彼は今や自由だ
幸福だ
『聖イシドロの牧場』には
あらゆる景観　光と色彩があふれていた
前面の民衆　河川
背後の白く広やかなマドリードの町が
ひとつに溶け合う
香気と町と人間が
ハーモニーを織り成し
色あざやかに軽やかに
明るい幸せに輝いていた

5　教会との戦い

ゴヤは、「お茶会」に招待したいというホベリャーノスの丁重だが強引な手紙を受け取った。自由主義の信奉者たちは、貴族的で反動的なチョコレートよりも、お茶を好んだ。彼らがお茶を贔屓《ひいき》にするのは、絶対主義によるお茶の高騰に反対する暴動、いわゆる「ボストン茶事件」が、アメリカ独立革命の口火を切ったからだ。

ゴヤはこの気の抜けたような飲み物も、衒学的で激しやすいホベリャーノスも好きでなかった。しかし、ホベリャーノスのような人物に、有無を言わせぬ丁重さで招待されて、それを断るわけにはいかない。

ホベリャーノスのお茶会は少人数だった。ミゲル、大銀行家カバルース伯爵、もちろんディエゴ司祭もいた。弁護士で作家のホセ・キンターナは初対面だったが、キンターナが十六歳のときに書いたといわれる詩は、万人に流布していたから、ゴヤもよく知っていた。キンターナはたいそう若く、二十歳か二十一歳より上には見えない。遅咲きの画家ゴヤは、早熟の芸術家の業績に疑念を抱いていたが、控え目で生き生きしたキンターナには好感をもった。

壁には家長であるホベリャーノスの大きな肖像画が掛かっていた。約二十年前、ゴヤがマドリードに来たばかりのころ描いた作品だ。優美でシンプルな書き物机に、一分のすきもない身なりをした、礼儀正しいホベリャーノスが座っている。人物にも衣服にも家具にも、気取った気障なところが見られ、今日のホベリャーノスに見られる陰鬱な有徳の士めいたところは微塵もない。あのころの彼は、今よりずっと温和だったのだろう。だが、お調子者ではなかった——どんなに若くてもこの俺が、フランシスコ・ゴヤがホベリャーノスを調子のよい偽善者と見なすことなどあるわけがない。

予想通り、政治の話になり、平和大公ゴドイの行状が激しく非難された。たしかにゴドイは、おそろしく自意識の強い男だった。ゴドイがモデルをつとめる今、いかに彼が傲慢にノンシャランに大物ぶりをみせつけるか、ゴヤは間近で観察することができた。しかし、こうした虚栄心が国を損なうだろうか？　ゴドイはむしろ意欲的に、進歩を推進しようとしているではないか？　自分の人気を、有益な改革のために利用しているではないか？

「平和大公ゴドイの政策は、手ぬるい」とホベリャーノスは言った。「大切なのは、異端審問に対する戦い、教会に対する戦いだ。聖職者に対して、宰相ゴドイは、賤民が宗教裁判所に対して抱く迷信じみた恐れを抱いている。あらゆる真剣な改革の試みは、聖職者の権力を奪うことを目標にしなければならない」と熱狂し、躍起になって弁じた。「なぜなら諸悪の根源は、大衆の無知にある、そしてその無知を庇護し助長しているのは教会だからだ。首都マドリードでも見るもの聞くもの、腹立たしいが、地方の無知・迷信ときたら、胸が締め付けられるようだ。ドン・フランシスコ、君はペラール博士のコレクションから、蝋でできた小さなキリスト像を見せてもらうといい。ペラール博士は、修道院の庭師の仲介で入手したと言っていた。尼僧たちは、この聖なるキリスト像でお人形遊びをしていた。小さなイエス様に司祭の衣装を着せたり、かつらや節くれ立った金の杖で司祭や博士の扮装をさせたりしていたそうだ。メディナ・コエリ公爵夫人ですら病気の息子のために、聖イグナチウスの粉々になった指を半分はスープ、半分は浣腸剤として投与させているのに、どうやって、この国で衛生法規を実行することができよう？　この種の奇蹟に疑いを抱く者は誰であれ、異端審問所の餌食になるのだ」。

突然ホベリャーノスは自分から話を中断し、ほほ笑みながら言った。「失礼、私は不作法なホストだね。ワインや食べ物の代わりに、私の怒りという苦い飲み物を君たちに勧めてしまったね」。

彼は香料を入れた強壮用のぶどう酒ヒポクラス、上等なシェリー酒パハレテ、果物、パイや糖菓子を運ばせた。

話題は絵画や書物にうつった。司祭は、若いキンターナに「自作の詩をいくつか朗読してくださいませんか。どうか遠慮なさらずに」と申し出た。キンターナは承諾したが、「少々大胆な新しい作風の散文作品を朗読したいと思います。ささやかな伝記です。かつて本の前置きにつけていた、当節ふたたび流行になった『細密画《ミニアチュール》』、ミニポートレートのようなものです」と説明した。

皆が同意したので、キンターナはドミニコ会修道士バルトロメ・カランサ、トレドの大司教、異端審問の輝かしき殉教者の生涯を朗読し始めた。

彼の死後　三百年たっても
彼を称えることは禁じられている
それでも民衆は
いたるところで彼のことを褒めそやす
彼の敬虔な言葉や
信仰あつき行いについて語り
褒めたたえる

6　異端の聖職者

ドン・バルトロメ・カランサは若くして神学教授として頭角をあらわし、スペイン教義学の第一人者とされていた。カール五世から、スペインと教会の特別任務を司るトリエステ司教会議へ代理人として派遣され、その後継者フェリペ二世に英国やフランドルの宗教上政治上の忠言を呈し、トレドの大司教並びにスペイン首席大司教の地位についた。カランサの司祭職義務に対する厳しい査定と慈善行為は、ヨーロッパじゅうに鳴り響き、当代もっとも品格ある聖職者との呼び名が高かった。

ただ彼は政治的手腕を持ち合わせていなかった。彼の高い地位や名声、高位聖職者の義務とはいえ、容赦ない過酷な判決は嫉妬と敵意を呼び起こした。

彼の仇敵はセビーリャ大司教ドン・フェルナンド・ヴァルデスだった。カランサは間接的だがヴァルデスに、神学上の所見に照らしてセビーリャ大司教区の収益から、五十万ドゥカーテンの戦時特別税をフェリペ国王に支払わせたことがある。ヴァルデスは金銭欲の強い男だった。後に、スペイン最大の教会禄《ろく》、八百万から一千万の年金があるトレド大司教区をカランサに横取りされたヴァルデスは、この怨敵《おんてき》に屈辱を与える機会をうかがった。

絶好のチャンスが訪れたのは、ヴァルデスが大審問官に任命されたときであった。大司教カランサは、毀誉褒貶著しい『教理問答評釈書』を著した。神学上の見解の相違からカランサに自尊心を傷つけられたことのある博学のドミニコ会修道士メルチョール・カノは、「この教理問答評釈書の九か所に異端の疑いがあります」と表明した。疑点について、専門家の所見が提出され、訴えが出された。大審問官ヴァルデスは供述を子細に研究し、告訴に踏み切る資料になると考えた。

著書に対する審理が係争中であると警告されたカランサは、『教理問答評釈書』の模範的正統信仰を褒めちぎる高名な神学者による専門的意見を提示し、フランドルに滞在中の、神学上の教え子フェリペ王に庇護を求めた。

いっぽう大審問官ヴァルデスは、国王が戻ったらカランサにもはや手出しできないので、思い切った行動に出る決意をした。

カランサがトレラグナに公用で旅行したときをねらい、異端審問所は「この地のいかなる住人といえども二日にわたって家を留守にしてはいけない」と命じ、大司教カランサの邸宅を、強大な武装部隊で取り囲んだ。「宗教裁判所の者だ、門を開けよ」という声が響き渡り、異端審問官デ・カストロは目に涙を浮かべて、カランサのベッドにひざまずき、彼に許しを乞いながら、逮捕命令を呈示した。カランサは十字を切り、身柄を拘束された。こうして彼の姿は、あたかも大地に飲み込まれたかのごとく、人々の眼前から消えていった。

大審問官ヴァルデスは急いでフランドルのフェリペ王のもとへ旅立ち、報告した。「高位聖職者は異端審問所の裁判には服さず、ローマ教皇の裁判権にのみ服します。しかし私は、特に危険な場合にはローマ教皇の許可なくとも審理を行うことを許すという全権を委任されております。今回のケースが、まさにこの『特に危険な場合』にあたります」と国王相手に論じ、資料を提示して説明した。さらに「トレド大司教区の収益はすでに強制保管されており、異端審問所は裁判諸経費填補後、ここからの収益を国王に献上したいと存じます」と強調した。その結果フェリペ国王は、助言者で宗教上の師カランサに異端の臭いがすると理解し、大審問官の措置に同意した。

カランサはバリャドリドへ連れて行かれ、お供ひとりと一緒に、サン・ペドロ郊外の窓もなければ光も差さない二部屋に閉じ込められた。

長期にわたる審理が始まった。九十三人の証人が尋問され、カランサの文書保管所が隅から隅までつつき回された。四十年前カランサが神学生だった当時の説教用メモが出てきた。カランサがトリエステ司教会議の専門家として反駁するために書き写した異端の書物の写しや、類似の疑わしげな文書がたくさんあった。

教皇が異端審問官に全権を与えたといっても、それはヴァルデスに容疑者と資料の確保の権限を認めたに過ぎない。パウル教皇は、逮捕者と書類をローマへ送るよう要求した。大審問官ヴァルデスは、「国王がトレド大司教区の収益を享受しております」と言い逃れをした。パウル教皇の没後、ピーウス四世が就任し、ローマが付与した全権は二年の期限付きであったから、教皇ピーウス四世は逮捕者と裁判資料の引き渡しを求めた。大審問官ヴァルデスは、「国王は大司教区の収益から教皇の甥に年金を払っております」と言い逃れをした。教皇ピーウス四世は全権を二年延期し、その後さらに一年延期した。

そうこうする間に、カランサ事件は、ヨーロッパじゅうのスキャンダルになった。トリエント公会議は「大司教カランサに加えられた重大な不正は、教会に対する侮辱であり、スペイン異端審問所による聖職者不可侵特権の侵害である」と考え、スペインの異端審問所が異端の主要因とみなしたカランサの著書『教理問答評釈書』を禁書目録にすえなかったどころか、「世界中の信者が読み、心に刻むべきカトリックの良書」と判定した。

すると教皇ピーウス四世は、司教会議と全世界に「神聖な椅子が、スペイン国王の頑迷な態度によって卑しめられています。カランサ事件を審議する全権は、来年の一月一日に最終的に期限が切れます。抑留中の大司教カランサをあらゆる書類資料とともにローマ当局へ引き渡しなさい」と通告してきた。しかしフェリペ国王は異端審問所を援護した。フェリペ国王はトレド大司教区の収益を手放す気はなく、また今、自分が教皇に譲歩すれば、国王の威信に傷がつくと考えた。

教皇は荘重に「大司教の引き渡しをこれ以上引き延ばすなら、関係者全員を事実上破門し、彼らの位階と職務を剥奪し、犯罪者とみなし、今後二度と役職に復帰できないようにします。カランサを即刻ローマ教皇使節に引き渡しなさい」と表明した。だがフェリペ国王は返事をせず、カランサはバリャドリドの監獄に入れられたままだった。

ついに、教皇使節団がスペインで、スペイン異端審問所と共同でカランサ事件を審議することで折り合いがついた。ローマは四人の精鋭使節団を送った。これほどの逸材が一国の王に送られたことがあっただろうか。後の教皇グレゴール十三世、後の教皇ウルバン七世、アルドブランディーニ枢機卿（後の教皇クレメンス八世の弟）、後の教皇ズィクストゥス五世の四名である。大審問官は使節団を、彼らにふさわしい敬意をもって迎えたが、あくまで異端審問所の最高裁判所の枠内で、十五人のスペイン人とともに裁判を行うことを要求した。つまり使節団は一九票のうち四票の議決権しか持てないことになる。審議中に、教皇ピーウス四世が亡くなった。臨終の床で彼は、「貪欲なスペイン国王を満足させるために、大司教カランサ事件で、聖書正典法にもとり、司教会議や枢機卿の意志に反する行いをしました。何よりも私の良心を苦しめるのは、カランサ事件で役に立てなかったことです」と表明した。

ピーウス四世の後継者ピーウス五世は気むずかしい男だった。ほどなくスペイン大使スニーガは国王に「教皇は国政に未経験で、個人的興味も持ち合わせておりません。彼は自分が正しいと思うことのみを行い、それ以外のことは何ひとつしません」と苦情を述べた。実際、新教皇は「大審問官と彼の部下たちの裁判権を即刻失効させなさい。大審問官ヴァルデスは勾留中の大司教カランサをただちに釈放し、ローマへ送りなさい。教皇みずからが裁きます。この件の書類は三か月以内にローマに送りなさい。すべては神の怒りの天罰であり、使徒ペテロとパウロの不興をかう、破門に値する行為です」と表明していた。

金と権力の亡者、復讐の鬼と化した老いたヴァルデスは、新教皇との戦いの火蓋を切る決意を固めたが、厄介な内政・外交問題に巻き込まれていたスペイン国王は異議をはさまなかった。カランサは教皇の使節団に引き渡され、イタリアに送られた。スペインの獄に八年間つながれていたカランサは、今度は抑留中の身ながらも、聖アンジェロの城で快適に暮らすことができた。教皇ピーウス五世は、なにごとも徹底的に行う人だったので、審理を最初から始めるよう命じた。膨大な資料がみな、イタリア語とラテン語に翻訳された。四名のスペイン人を含む十七名の聖職者から成る特別法廷は、教皇を議長として毎週、審議を行った。スペイン国王はこのうえなく興味をもって審理を見守り、たえず新たな資料を送付してきた。

裁判は長引いた。カランサはスペインでの八年にわたる勾留に続き、イタリアに五年間勾留された。

教皇はあらゆる賛否を考量した。教皇も法廷も、カランサ大司教を異端の咎ありとは考えなかった。多くの論拠をふまえた入念な判決文が、教皇の監督のもとで起草されたが、教皇はその判決を告知せず、儀礼上、まずフェリペ国王に伝えた。

無罪判決と、それを根拠づける判決文の後を追うように、教皇ピーウス五世の訃報がスペインに届いた。判決文は告知されることなく、消失した。

ピーウス五世の後継者グレゴール十三世は、もちろん無罪判決のことを知っていた。カランサの件で、かつてスペインに派遣された四名の使節のひとりだったから、スペイン国王の頑固さも熟知していた。彼はこの事件全体をあらためて個人的に吟味しようと表明した。

フェリペ国王は、さらに資料を送ってきた。ほどなく国王は、「カランサの異端の件については、知と情において納得しているので、早く刑の宣告がなされることを望みます」という書状を送ってきた。三週間後、国王は再度、自筆の手紙を送り、異端者を火刑に処すことを強く要求してきた。「少しでも減刑されると、カランサが後日トレド大司教に返り咲く可能性があります。スペイン国王として、異端者がスペイン王国最高の宗教的栄誉を担うなどという事態に、どうして堪えることができましょう」。

これらの書状が教皇に届く前に、大司教カランサに対する慎重な判決が下された。「カランサは十六か所で軽度の異端の咎ありと考えられる。公に異端との関係を絶つことを誓い、五年間、司教区職を休職することを命じる。この間、彼はオルビエトの修道院で生活し、月に一千クローネの収入を得るものとする。さらに彼は軽度の宗教的贖罪を負うものとする」というものであった。

教皇グレゴール十三世はフェリペ国王に、この判決を私信で伝えた。「この行状・学識・慈善行為において卓越した人物に、私たちの本懐である無罪判決ではなく、有罪判決を下さねばならぬとは、痛恨の至りです」と教皇は記した。

ドン・バルトロメ・カランサ、トレドの大司教は、十七年の長きにわたり、スペイン国土をさすらい、スペインとイタリアの獄につながれ、数多の聖職者の中でも最も徳高き聖者とみなされていた。教皇パウル四世も、ピーウス四世もピーウス五世も、彼に判決が下される前に亡くなっている。

カランサ大司教はバチカンで、あやまちと関係を絶つことを誓うと、教皇が課した宗教的贖罪、七つのローマの教会詣でに赴いた。教皇グレゴール十三世は、敬意と思いやりのしるしとして、この教会詣でのためにカランサには自分の輿《こし》を、その従者には自分の馬を使わせることを申し出たが、カランサは辞退し、徒歩で教会詣でをした。行く先々で彼をひとめ見ようと黒山の人だかりができた。はるばる遠方から会いにくる者も大勢いた。すれちがうだけで、皆が彼に畏敬の念を示した。カランサの贖罪は、教皇ですら望めない大勝利をもたらした。

贖罪の旅から戻ったカランサは、激痛のためベッドに伏したが、数日後、人事不省に陥った。教皇は彼に罪の免責と教皇の祝福を送り、カランサは七つの高位聖職者栄誉保持者になった。赦免され、臨終者に授ける秘跡の直前に、彼は皆の前で荘重に表明した。「誓って全能の神に釈明します。秘跡にあらわれる王の中の王、私はその方を受け入れようとしております。神学を学んでいたころ、また、その後スペイン、ドイツ、イタリア、イギリスで執筆し、説教し、論争し、祈りを捧げていたとき、私はいつもキリスト教に勝利を得させよう、異端と闘おうと努めて参りました。私は神の恩寵により、たくさんの人々をカトリックに改宗させました。長く私の告解者だったフェリペ国王が、その証人です。私はフェリペ国王を愛しました、心から愛しました。いかなる臣民といえども、王にこれほど真摯な愛を注いだ者はいないでしょう。私はまた――疑わしいと表明する方々がおりますが――いかなるあやまちもおかさなかったと確言致します。人々は私の言葉をねじ曲げ、誤った意味の解釈を付したのです。それでも神の代理人による宣言ゆえに、私は私の審理に終止符をうった判決を正しいと認めます。私はいまわの際に、私に反対する審理に関与した人々全員の不正を許します。彼らを恨んだことはありません。私の魂があの世へ飛び立つとき――主の御心《みこころ》によって天へ召されることを願うのですが――私は彼らのために祈りましょう」。

カランサの死体解剖が命じられ、医師たちは、七十三歳の老人の死因を癌と認定したが、その診断を信じる者はいなかった。皆は、死因はスペイン国王にあると考えた。国王自身も書いているように、誇り高き国王はカランサがトレド大司教に返り咲くことに耐えられなかった。国王と大司教は同じ空の下で生きられない、国王はいかなる方法であれ、敵から解放されることを神によって国王に与えられた権利とみなしていたのである。

フェリペ国王は教皇にしたためた
「判決は学識ある経験豊かな
多くのスペインの司祭にとって
あまりにも温情的と思われることでしょう

しかし　私こと国王は
信仰あつく公正な裁きを求める
教皇の真摯な努力を認めます
神の正しき手が働き
教皇の温情あふれる判決によって
もたらされる
さらなる悪から
守って下さったのです」

7　反乱分子たち

『細密画《ミニアチュール》』の形で若きキンターナが、ホベリャーノスとその客人のために朗読したのは、異端の聖者、大司教ドン・バルトロメ・カランサの物語だった。

誰もが知っている話なのに、キンターナが朗読すると、新鮮な感じがした。キンターナは一般に知られていない、推察するほかない事柄を、事実として提示するのをいとわなかった。不思議なことに、彼が語ると、事実はそれ以外にはありえないという気がした。

ゴヤも他の人々と同様に、夢中になって聞き惚れた――この若者が皆の前で披露しているお話は、二百五十年前の出来事とは思えない。今日の事件のように興奮させ、激昂させる。これは命取りになりかねない剣呑な話だ。人生の充溢を約束された今の俺が、こうして反乱分子や狂信者に囲まれて座るなんて、どうかしてる。だが、怒りをこらえて物語を朗読する世間知らずの若者は気に入った。耳を傾けずにはいられない。

キンターナの朗読が終わると、息詰まるような沈黙が支配した。ついにホベリャーノスが咳払いをして言った。

「純スペイン的なものに抵触しても、それは問題ではありません。あなたの言葉は力にあふれている。あなたはまだたいそう若い。これから研鑽を積み、錬磨されることでしょう」

司祭が立ち上がった。メンバーの中でキンターナの朗読に最も心ゆさぶられたのは、彼かもしれない。「私たちは利口ですよ、私たち異端審問所の人間は」と言った。パトロンだった大審問官シエラが失墜し、神学上、由々しき点があると非難されても〈異端審問所秘書官〉の肩書きを持つ司祭が、「私たち異端審問所の人間」と名乗るのは当然である。司祭はホベリャーノスの広々とした部屋を入ったり来たりし、あちこちで物を手に取っては、しげしげと眺め、短いスピーチをした。「私たち異端審問所の人間は、いつも利口でした。大司教カランサを逮捕し、獄につないだのは、私たちではありません。教皇とフェリペ国王です。今、大審問官ロレンサーナがついにオラビーデの件に決定を下すなら、偉大な人物を逮捕させた当人がするのではないでしょうか。ロレンサーナが、かくも長く懸案になっている事件に終止符を打つのではないでしょうか」。

ゴヤは耳をそばだてた。パブロ・オラビーデのことはちょっと知っているだけだったが、何年か前、この勇果敢な才子が逮捕され、シエラ・モレーナにおける彼の大いなる基盤が危機にさらされたとき、衝撃を受けた。ゴヤも先週、異端審問所がオラビーデに最終判決を下すつもりらしいという噂を小耳にはさんだが、軽く聞き流してしまった。自分の幸福をよからぬ噂で曇らされたくなかったのだ。だが、今、キンターナの朗読を聞いた感動さめやらぬ中、ゴヤは問い質さずにいられなかった。「それでは本当に……?」。

「きっとやるでしょうね」。ドン・ディエゴ司祭は答えた。司祭のいつもの晴れやかで賢そうな瞳から、今や楽しげな色合いが消えていた。「ロレンサーナは当初から純粋な教義のための戦いにおいて、大審問官ヴァルデスと同じように有名になりたいという野心を抱いています。彼はすでにオラビーデを破滅させるために教皇の同意を得ています。宰相ゴドイがいつまでも優柔不断な態度をとるなら、また国王が大審問官を食い止めなければ、このマドリードの町は何百年以来なかったような宗教裁判所による火刑であふれかえることでしょう」

ゴヤははっきりと、司祭の禍々《まがまが》しい予言や若きキンターナの朗読が、自分に向けられたものだと感じた。早くもホベリャーノスはゴヤに単刀直入に切り出した。「ドン・フランシスコ、君は今、平和大公ゴドイの肖像画を描いている。ゴドイはモデルをつとめるときには、胸襟を開くそうだね。一度オラビーデの件を話してみてくれないか?」。ホベリャーノスはさりげなく話そうと努めているが、一言一言が重みをもっている。水をうったような静寂が支配し、皆がゴヤの返事を待ち受けた。

ゴヤは不快感をおぼえた。「宰相ゴドイが、絵画以外の問題で、私の言葉を真剣に受け止めるかどうか疑問です。正直に言って私自身も、私の画業に関係ない事柄で真剣に受け止められなくても、別に構わないのです」と弱腰の軽口をたたいた。皆は不同意の面持ちで黙っている。ホベリャーノスは厳しく率直に言った。

「君は自分が実際にそうであるよりも、軽率な人間であるかのように振る舞っている。君は才能がある。才能ある人間は、あらゆる分野に才能を発揮するんだ。シーザーは偉大な政治家かつ軍司令官であるのみならず、偉大な作家でもあった。ソクラテスは哲学者で教祖で武人だった、彼は全人だった。レオナルド・ダ・ヴィンチは画家であるのみならず、科学者で技術者で、城塞を築き、飛行機をつくった。かく言う私も僭越ながら、国家経済の分野ばかりでなく、絵画の問題で真剣に受け止めてもらうことを望んでいるのだよ」。

ゴヤは、ホベリャーノスの目に〈弱虫〉とうつる危険をおかしても、政治に巻き込まれるという過ちを二度と繰り返したくなかった。「遺憾ながら、『否』とお答えせねばなりません。ドン・パブロ・オラビーデの措置については、あなたに劣らず怒りをおぼえます。しかし」と、決然たる調子を増大させながら表明した。「宰相ゴドイと、その件について話をする気はありません。きっと私たちの友人ドン・ミゲルが、その謀計についてゴドイと詳細に論じたことでしょう。ドン・ディエゴ、きっとあなたも」と、司祭のほうを向いた。「賢くも、あらゆる説得術を用いてゴドイを説き伏せようとしたことでしょう。経験豊かな政治家である、お二方にできなかったことを、アラゴン出身の素朴な画家である、この私にやってのけろというのですか?」。

ミゲルは挑戦を受け止めた。「たくさんのお偉さんが、わけても君をそばに置きたがるのは肖像画のためだけではない。彼らは一日じゅうスペシャリストに囲まれている。学者や技術者、あるいは私のような政治家といった専門家だ。しかし芸術家というのは専門家以上の存在だ。芸術家はあらゆるものに影響を及ぼし、あらゆるものの本質を知悉し、あらゆるものを代弁し、国民全体のために代弁する。ゴドイもそれを知っているからこそ、君の言葉に耳を傾けるんだ。だからこそ、君はパブロ・オラビーデの極悪非道の審理について、ゴドイと話をすべきだ」。

若きキンターナが控え目ながら、情熱をこめて話に割り込んできた。「ドン・ミゲル、あなたの言葉は、私自身もしばしば感じていることです」と叫んだ。「ドン・フランシスコ、あなたは私たち哀れな作家とは違って、誰もが理解する言葉、普遍言語を語ります。あなたの絵の前に立つと、人間の外見や作家の言葉よりも深く、人間の本質がわかるのです」。

「お若い方、私の芸術におおいに敬意を表して下さるのですね。でも残念ながら、私に宰相ゴドイと語らせることを強いることはできません。そんなことをすれば、私は私の普遍言語を奪われてしまうでしょう。私は画家です」とゴヤは不作法なほど大きな声で言った。「ご理解いただきたい、私は画家です。画家以外のなにものでもありません」。

ゴヤはひとりきりになると、ホベリャーノスとその茶会の気まずい思い出を振り落とそうとした。拒絶の理由を繰り返した。正当な理由だ。〈よく聞き、よく見て、口を閉じよ〉――いにしえの賢人の名言である。だが、不快感は残った。

信頼できる人物と話し、自己正当化しなければ――彼はアウグスチンに、ホベリャーノスと他の人たちが、国務に彼を介入させようとしたこと、そしてもちろん断ったことを話した。「人間というのは、しゃべることを学ぶのに二年、沈黙するのを学ぶのに六十年必要とするんだ」とゴヤは、無理やり元気を装って言葉を結んだ。

アウグスチンはうかぬ顔だった。この件について、すでに知っているようだった。「沈黙は、同意したも同然ですよ」とアウグスチンはしわがれ声で答えた。ゴヤは返事をしなかった。アウグスチンは努めて大声を出すまい、努めて穏やかに話そうとしていた。「時勢に反して窓に目隠しをしていると、自分の家の中にいても、事態が悪化したのに気がつかないということになってしまいますよ」。

「ばかを言うな」。ゴヤはいきり立った。「絵が以前より、下手くそになったとでも言うのか?」。

それから平静を装い、「有徳の士ホベリャーノスは、たびたび俺に感銘を与えるよ、あの頑固さと大言壮語には感心させられるよ。しばしば滑稽だけどね」と公平に認めた。

「現実の世界ではなく
あるべき理想の世界で
この世に生きようとする者は滑稽だ
順応しなきゃ　それしかない」
ゴヤは激しく叫んだ
「それなら　あなたはそうすればいいでしょう」
アウグスチンは穏やかに言った
ゴヤは大声を出さずに言った
「二つの世界の間には
一本の道があるはずだ
俺は　その道を見つけてやる
なんとしても　その道を見つけてみせる
アウグスチン　辛抱が肝心だ」

8　異端審問所の使者

ゴヤはアトリエにひとり、『聖イシドロの牧場』の晴れやかな絵に没頭し、喜びをもって描いていた。ふと何者かの気配を感じた。誰かがいる。ノックもせずに入ってきたのは、制服姿の異端審問所の使者だった。「イエス・キリストに栄えあれ」。男は言った。

「とこしえに。アーメン」。ゴヤは答えた。

「ドン・フランシスコ、宗教裁判所の書状をお渡しします。ご確認ください」

使者はたいそう丁寧に言うと、受け取りを渡した。ゴヤは署名し、男から書状を受け取り、十字を切った。

「聖母マリアのご加護がありますように」。使者は言った。

「聖母マリアのご加護がありますように」。ゴヤが答えると、使者は退出した。

ゴヤは封印された書状を開けずに手に持ったまま、座り込んだ。最近〈異端審問所はドン・パブロ・オラビーデの判決を公にせず、特別告知、すなわち招待客を指定した告知で判決を下すつもりらしい〉という噂が飛び交っている。招待されるのは名誉なことだが、同時に危険だった。訓戒にも等しい。間違いない、今、手にしているのが、その招待状だ。今になって、使者が足音もなく忽然と現れたことのショックが、じわじわとよみがえってきた。両膝は萎えて、掛け椅子にぐったりと座り込んだ。書状を開くまでに、長い時間がかかった。

ゴヤから異端審問所からの招待の話を聞いたホセファは、大きな衝撃を受けた。兄のバイユーは「ゴヤの不品行な行状が、異端の評判を呼び起こすだろう」と予言していたけれど、それが本当になるとは……。異端審問官がこの剣呑な招待を決定したのは、神をも恐れぬ人々との腐れ縁以上に、アルバ女公爵との恋愛をおおっぴらに見せびらかしているせいよ。まずいことに、夫は本当に異端者で、さらにまずいことに、私は夫を愛している。好きでたまらないのよ。異端審問所に拷問にかけられても、夫に不利な言葉を一言も発しないでしょう――ホセファはその無口で尊大なバイユー家の顔を、平静に保とうと努めた。唇をふだんよりいっそうきつくかみしめ、「聖母のご加護を、フランコ」とだけ言った。

アルバ女公爵ですら、異端審問所からの招待の話を聞くと、一瞬息をのみ、動揺を隠せなかった。だが、すぐさま自制した。「ドン・フランシスコ、あなたがいかに重要人物かがわかるわ」。

大審問官ロレンサーナは、異端審問所の勝利に同席させるために、ミゲルやカバルース伯爵、ホベリャーノス、宰相ゴドイといったスペイン第一級の名士を招待した。ローマ教皇から「王を刺激しないようにオラビーデの件は一般公開せず、しかしながら異端者の刑の申し渡しは公衆の目にふれるように」と助言されたロレンサーナは、「開かれた」特別裁判を命じ、その結果、傍聴禁止にもかかわらず、マドリードの民衆は、異端者の屈辱を見物できることになった。

厳粛なる式典の一週間前、太鼓とホルンとトランペットをもった異端審問所の下僕と公証人が馬でマドリードの町を練り歩き、先触れの伝令が「神とカトリック教の栄光において、宗教裁判所はサン・ドミンゴ・エル・レアル教会で『開かれた』特別裁判を執り行います。神の御心《みこころ》に適う礼拝ですから、信者は全員この聖なる式典に同席しなさい」と告知した。

裁判の前日、異端審問のしるしである幟《のぼり》と大きな緑色の十字架が教会に運ばれた。松明を掲げて「神よ、私を憐れんでください」で始まる詩篇第五十一、ミゼーレの祈りを歌う修道士たちに囲まれて、ドミニコ会の管区長が緑の十字架をもった。深紅のダマスク織りの豪華な刺繍がほどこされた幟には、王の紋章や宗教裁判所の紋章、十字架と剣とオリーブ枝のむちが見えた。幟のあとには、判決後葬られる異端者の亡骸のための棺や逃亡者の似顔絵が続いた。通りには群衆が押し寄せ、幟や緑の十字架の前でひざまずいた。

裁判の日には早朝からサン・ドミンゴ・エル・レアル教会に大臣・将軍・大学の学長・文壇の大御所といった招待客が集まった。みな進歩思想の疑いのある著名人ばかりだ。このような式典に招待されて、出席しなければ、たとえ病欠でも、異端を告白したも同然ととられるだろう。

さらに、オラビーデを倒して勝利を祝いたい面々も招待されていた。グラナダの大司教デスプイヒ、オスマの司教、フライブルクのロームアルト修道士、オラビーデの入植によって無料の牧草地を失った移動牧羊組合メスタの人々がいた。

敵も味方も全員、大きな演壇に座り、向こう側の第二の演壇に異端審問官たちが着席するのを待った。頭上には聖ドミンゴの有名な絵——聖ドミンゴが難行に疲弊して地面に倒れていると、聖母が胸から慈愛の乳を彼の口に注ぎ込んだと言われる——が掛かっていた。

教会の中央の壇が開かれ、黒布に覆われた十字架をくくりつけた棺や、逃亡した異端者の似顔絵が置かれていた。第二の壇には、血の通った生身の異端者が座ることになっていた。

外に、裁判官や犯罪者の行列が近づいてきた。ムルシアの騎兵連隊を先頭に、アフリカの騎兵隊が行列のしんがりをつとめ、マドリードの残りの駐屯軍全体が両側にずらりと並ぶ。異端審問所の官吏が二列に並び、その間を罪人たちが歩む。

教会の入り口には、サン・ドミンゴ教会の聖職者や従者が待ち受けていた。ロレンサーナのすぐ後ろには、マドリードの宗教裁判所議長ドン・ホセ・ケベード博士や、第一級の大貴族である三名の名誉秘書官、六名の在職秘書官がいた。その中にはドン・ディエゴ司祭の顔もあった。行列が教会へ入るとき、招待客たちはひざまずいた。

招待客たちが再び顔を上げると、異端者の壇も埋まっていた。異端者たちは、棺が載った壇の向かい側の低い椅子に座り、彼らの足下には黒布で覆われた十字架があった。

異端者は全員で四名で、いずれも悔罪服を着せられていた。黒い斜め十字のついた袋状の黄色の荒布のシャツを着て、首回りにはエニシダをぶら下げ、頭には紙製のとんがり帽子をかぶっている。素足に黄色の荒布の靴をはき、両手には緑の十字架を握っている。

ゴヤは悔罪服を着せられた哀れな罪人たちの姿を見て、深く心を動かされた。どの教会にも悔罪服がぶらさがっている。ゴヤの脳裏に、子供のころ、悔罪服が何を意味するのか初めて教えられたときの記憶がよみがえってきた——あれは罪人を地獄に突き落とす恐ろしい悪魔が描かれた古色蒼然たる悔罪服だった。その服の上には、百年前あるいは何年か前にこれを着せられた異端者の名前と犯罪が記されていた——あのときのしびれるような恐怖がよみがえり、あの異端者の末裔が今日なおも、信仰あつい会衆によって排斥されるのだという思いが心中を去来した。

ゴヤは憑かれた者のむさぼるような好奇心で、パブロ・オラビーデの顔を探し求めた。悔罪服にとんがり帽子姿の四人は、みな似通っていて区別がつかない。四人とも、生気のうせた灰色の顔をして、前屈みに座っている。女性もいたが、男性とほとんど見分けがつかない。人の顔を鮮明な記憶力でおぼえるゴヤは、何年も前に出会ったパブロ・オラビーデの顔をはっきりと思い浮かべることができた。華奢で上品な生き生きした紳士で、好感を抱かせるおもざしの持ち主だった。今、ゴヤは四人のうち誰がオラビーデなのか見分けるのに、長い時間を要した。オラビーデには、もはや顔がなかった。顔はぼやけ、拭い去られてしまっていた。

秘書官が演壇にあがり、居合わせた者に、異端審問所にも異端の追及にも厳密な服従を義務づける、お決まりの宣誓文を読み上げた。みな、アーメンを唱えた。

ドミニコ会の管区長が「立て、主よ、あなたのために裁きを」という短い激越な説教をした。「宗教裁判所と、苦しみを余儀なくされた罪人の演壇という、この印象的なシーンを、私たちはいつの日か最後の審判で震えながら体験するでしょう。懐疑的な人々は『主よ、あなたはユダヤ教徒やマホメット教徒や異端者以外にも敵がいるのではないでしょうか？　日毎に無数の人々が、他の神のおきてにそむく罪や犯罪をおかし、あなたの神聖さを侮辱しているのではないでしょうか？』と問います。すると、神は『確かにありますが、それは許されうる、ささいな罪です。私はユダヤ教徒やマホメット教徒や異端者に対してのみ、宥和しがたい嫌悪をおぼえます。なぜなら彼らは、私の名と私の名誉を汚しているからです』と答えます。これこそダビデが主に呼び掛けたとき、言おうとしたことです。『過度の同情によるまどろみ、温情から目覚めよ！　立て、主よ、あなたのために裁きを！』――この言葉にしたがって、本日、宗教裁判所は行動を起こしたのです」。

それから四人の異端者の判決が読み上げられた。ドン・パブロ・オラビーデが、位階もなければ名もない庶民と一緒にされている。おそらく異端審問の裁きの前では、身分の高き者も低き者も平等であることを示すためだろう。

最初に召喚されたのは、以前パレンシアの神学校にいたコック、ホセ・オルチッツだった。彼はピラールの聖母像が起こす奇蹟に対する疑いを口にし、そのうえ死後に起こる最悪のことは、犬に食われることだと表明したという。犬にまつわる発言は、殉教者の死体が犬や猛禽類や豚の餌食になることがあるので、ささいな異端とみなされた。その他の発言はドグマの途方もない否認とみなされた。この男は市中引き回しのうえ、二百回のむち打ち刑に処せられることになった。さらに《世俗の腕》に引き渡され、ガレー船の漕ぎ手として五年の償いをすることになった。

彼に次いで召喚されたのは、書籍販売業者コンスタシア・ロドリギスだった。彼女の在庫には、インデックスに、無害なタイトルで偽装装丁された本が十七冊あった。この女性は通例の「付加刑」である流刑や財産の押収の他に、「恥さらしの刑」すなわち触れ役が彼女の罪と刑罰を告知しながら、上半身裸で市中を引き回すという刑に処されることになった。

修士号をもつマヌエル・サンチェス・ベラスコは、サン・カイェターノ教会で、「聖者は私を助けることはできない」という類いの冒涜的な発言をした。彼は微温な贖罪で免れた。マドリードに足を踏み入れることを終生禁じられ、名誉ある地位や名望ある職業につくことを禁じられた。

判決は、根拠や証明を几帳面に列挙し、ゆっくりと読み上げられた。招待客たちは退屈したり興奮したりしながら、耳を傾け、オラビーデの判決を心待ちにした。招待客たちは、グロテスクな悔罪服を着せられた哀れな人々、不注意な言葉を漏らしたために人生をめちゃめちゃにされた人々が不憫で、同情を禁じ得なかった。また、百万の耳で軽率な発言に耳をすまし、任意に選び出し、どんな人間だろうが破滅させる力をもつ異端審問所に恐怖をおぼえた。

ついにパブロ・オラビーデが召喚され、彼の全称号が読み上げられた。前ペルー副王法務官、前セビーリャ地方長官、前ネエバ・ポブラシオン総督、前サンチアゴ結社指揮官、前アンデレ十字騎士団騎士。

紙製のとんがり帽子のために恐ろしく背が高く見える小柄な男が連れてこられると、人いきれのする教会は水をうったようにしんとなった。彼は自分で歩こうとするのだが、右側の聖職者と左側の看守に支えられ、引っ張られる形になった。不格好な黄色の布靴をはかされた彼の引きずるような足音が、教会の石床に響いた。

彼は明らかにちゃんと立っていることができなかったので、着席を許され座ったが、被告席をくぎる低い手摺に上半身がグニャリともたれかかった。高いとんがり帽子がグロテスクにそびえたつ。回りには大臣・大学の学長・高名な学者・作家がいる。敵もいれば味方もいる。彼の恥辱の目撃者たち。

判決は詳細にわたり検討され、多くの神学理論で強固に根拠づけられていた。〈被疑者は、不注意な発言をしたことを認めたが、正当なるカトリックの信仰を捨てたことは一度もなく、異端の罪も犯さなかったと主張している。しかし宗教裁判所は彼の論文や著書を調べ、七十二名の証人を尋問した。その結果パブロ・オラビーデの罪は証明された。彼は奇蹟を信じないと表明した。非カトリック教徒が地獄に落ちることを否認した。異教ローマの数々の皇帝を、キリスト教国の諸侯よりも好むと発言した。カトリック司祭と神学生を、人類の精神の進歩をはばむものとして咎めた。神に祈れば凶作を免れるということに疑義をはさんだ。これらは不注意な発言以上のものであり、ほかならぬ異端である。さらにオラビーデは、たくさんの禁書を所有している。反キリストの先駆者、悪名高きヴォルテールの著書をもっている。スイスのヴォルテールを訪問し、彼に敬意と友情を示している。オラビーデの書類の中に極めつきの異端者ヴォルテールの書いた手紙が見つかった。さらに被疑者は証人たちの前で、教会の鐘は雷雨に役立たないと表明した。また疫病が蔓延したときには、死者は教会ではなく、村から遠く離れた十分に聖別されていない土地に葬るべきだと表明した。要するにパブロ・オラビーデは、一六六のケースにおいて異議なく異端であると証明される〉。

一六六のケースが読み上げられるのに、二時間以上かかった。二時間目の終わりころ、オラビーデは斜めに倒れた——気絶したのである。水をふりかけられ、数分後に彼が意識をとりもどすと、引き続き罪状が読み上げられた。

ついに終了した。「これらの根拠から、彼は罪ありと認められる異端者、キリスト教共同社会を腐敗させる構成員であると明言し、彼が異端と手を切り、教会と和解するよう判決を下します」——〈償いとして、ヘローナのカプチーノ修道院で八年過ごすことと、次の付加刑を科する。財産の押収。終生マドリードやあらゆるスペインの都、ペルーやアンダルシアやシエラ・モレーナの入植地に近付いてはならない。名誉称号や官職を禁じる。医師・薬剤師・教師・弁護士・税徴収者の職につくことを禁じる。馬に乗ること、装身具をつけること、絹や上等の毛織物を身につけることを禁じ、荒いサージのような荒布でできた衣服のみを許す。ヘローナの修道院を去った後、彼の悔罪服を全世界に知らしめるために、彼の異端者としての記載と並んで、ヌエバ・ポブラシオンの教会につるす。彼の子孫五代目まで、この付加刑に服するものとする〉。

たくさんのろうそくが燃え、教会内の空気はよどみ、底冷えがして重苦しかった。修道服・僧服姿の聖職者たち、正装したお偉方は疲弊し、内面の動揺を秘して、深く息をつき、静かに耳を傾けた。

ドン・ディエゴ司祭が、マドリードの宗教裁判所の秘書官のひとりとして、異端審問官席に座っていた——私は大審問官シエラの友人だ。ロレンサーナはシエラを失脚させ、被告席に立たせたではないか。ロレンサーナはもちろん、大審問官シエラが、異端審問所の審理方法を時代精神に合う方式にする覚書を推敲するよう、私に委任したことを知っている。私もオラビーデのように悔罪服を着せられて、あの椅子に座らされることは十分考えられる。ロレンサーナがさしあたり私を逮捕しないのは、私が宰相ゴドイの親友で公式司書だからだ。当然ブラックリストに載っているだろうから、いつ逮捕され、いつ宗教裁判所の判決に服することになってもおかしくない。とうの昔に逃亡することもできた。ピレネー山脈の向こうに逃亡し、自分と異端審問所の間にピレネーという防壁を設けることもできた。そうしなかったのは、ひとえにルチーアのためだ。彼女にほどこす政治教育を完了させるまではスペインを去れない。彼女の姿を見ないではいられない。

いっぽうゴドイは、顕職にある人たちが並ぶ第一列に座っていたが、立ち上がって足音高く教会を後にしなければという気持ちになった。友人たちの言う通りだ。この恥ずべき茶番劇を許してはいけない。ロレンサーナの生意気な言動をみくびっていた。ロレンサーナがアウトダフェ、宗教裁判所による刑の公式宣告・処刑を告知したとき、もう手遅れだった。告知後に宗教裁判を禁じるような冒涜行為は、大混乱を招くだろう。我が身の失脚を招くかもしれない。しかし、ロレンサーナが神の審判という権威をかさに、国じゅうを支配し、こういうやり方でオラビーデのような人物を踏みしだくとは言語道断だ。オラビーデの足の小指はロレンサーナの思い上がった脳味噌よりも価値ある。だが他方、ペパの言う通りだ。あちらの勝利の椅子にふんぞり返っているのは、フランシスコ・ロレンサーナではなく、ローマ・カトリック教会と祭壇だ、教会全体が相手なのだ。大審問官の長衣を正当にまとった瞬間から、ロレンサーナのような卑劣漢ですら、神の正義の化身になってしまう。奴に反対する行動は、得策とはいえない。だが、友人たちよ、私を見くびるな——ゴドイは堅く心に誓った——ロレンサーナよ、嘆かわしい茶番劇はここまでだ、オラビーデを死刑に追いやるようなまねは断じて許さない。

フランシスコ・ゴヤは焼けつくような痛み、共感をもって、哀れな罪人たちを見ていた。今、下で起こっていることは、われわれの誰の身にも起こりうることだ。いたる所で悪霊が、デーモンがうかがっている。デーモンは不幸なパブロ・オラビーデに悔罪服を着せ、とんがり帽子をかぶせた。デーモンは大審問官やその仲間の姿をとって、オラビーデを嘲っているのだ。〈犬め、これでも食らえ〉というわけか。ゴヤは座って、じっと見つめ、サン・ドミンゴ・エル・レアル教会で起こった出来事を、いかなる細部も見逃さずに知覚した。同時に少年時代に故郷サラゴーサで見たアウトダフェ、宗教裁判所の判決の公式宣告・処刑の記憶がよみがえった。もっと物々しく身の毛のよだつグロテスクなものだった。あれはピラールの大聖堂の中と前だった。そのあと小門前で異端者が火刑に処された。あの日より、もっと鮮やかに異端審問官や罪人やサラゴーサの証人たちの姿が浮かび上がり、罪人が焼かれたときの臭いが立ちのぼってきた。あのときの異端者と、今日の哀れな罪人の姿が、ゴヤの心の中でひとつに溶け合った。

オラビーデはひざまずき、黒布で覆われた十字架に顔を向け、開かれた聖書に手をおいて、誓いの言葉を述べた。司祭が手本を言ってみせると、オラビーデは「いかなる異端信仰をも放棄します。みずから見解や言動によって犯したような特別な異端とも縁を切ります」と繰り返した。司祭がまた、お手本を言ってみせると、彼は「神と聖母にかけて、謙譲と忍耐において、いかなる償いも受け入れ、諸力に服します」と繰り返した。拒んだり、さらなる違反行為を犯したりすれば、改悛の情のない累犯の異端者とみなされ、審理なくして厳格な教会法と薪の山の犠牲になるだろう。

教会の開け放たれた扉から
外の群衆の不満の声が
くぐもって聞こえてきた
満場の教会内は
静寂に包まれていた
隣人に　触れただけでも
鉾槍《ほこやり》が　床をこすっただけでも
その音が聞こえるほど静かだ

静寂の中を
司祭の言葉だけが貫く
オラビーデの言葉は一言も聞き取れなかった
生気のない灰色の顔の
唇が　難儀そうに
開いたり閉じたりするのが
見えただけだった
かくして宗教裁判は終結した
外から　明るくきびきびと
兵隊の号令と　規則正しい足音が
響いてくる
彼らの行進と同じ秩序で
異端審問官と
哀れな罪人の行列が
サン・ドミンゴ教会から出てきた

9　描かれたデーモン

アウグスチンは問い質しはしないが、ゴヤがサン・ドミンゴ教会で見聞きしたことを語るのを、固唾をのんで待ち受けた。あきらかに、ゴヤに語るよう迫っている。

ゴヤは黙っていた。言葉が見つからない。どう表現していいか、わからない。見聞きしたことは、あまりにも錯綜していた。オラビーデの苦悩や、異端審問官の残虐な狂信以上のものを見た。異端審問官や異端者、傍聴人のまわりを飛び交い、はい回り、うずくまるデーモン、いつも人間のまわりにいる妖怪どもを見た。デーモンのグロテスクな喜びを見た。おとなしくお茶を飲んでいるアウグスチンにはけして理解できないだろうが、俺は身の毛のよだつような不気味な茶番劇に同情や憎悪、吐き気をもよおしながら、こういうデーモンたちの喜びをともに味わったのである。そればかりではない。裁かれ火刑に処される異端者を見て少年のころ感じた、あの子供じみた、怖いものみたさの貪欲な喜びが再び目覚めた。さきほど見た光景と昔の記憶、今の気持ちと昔の体験が切れ切れに交錯する混乱状態を、言葉にすることはできない。

だが描くことならできる。

ゴヤは描いた。他の事柄はすべて排除して、ひたすら描いた。平和大公ゴドイがモデルをつとめると言ってきたが、断った。アルバ女公爵に会うのも控えた。誰もアトリエに入れなかった。アウグスチンにすら、彼の絵をちらりとでも見ることを禁じた――完成したら、アウグスチンに真っ先に見せるよ。

彼は制作のために一番高価な衣服を着た。窮屈なのに、たびたびマホの衣装を着て制作した。

精神を集中させ、すばやく描いた。夜も制作に励んだ。どこからでもちょうどよい具合に光が当たるように、ろうそくを固定させた金属板付きの低めのシルクハットをかぶった。

『聖イシドロの牧場』を描いてからというもの、彼は新たな視点と色彩が自分の中にむくむくと育ってくるのを感じていた。喜びに胸が踊った。控え目だが、勝利の喜びを隠せず、親友マルティンに手紙を書いた。〈今、何点か小さな絵を描いている。ただ描きたいという気持ちから描いている。注文されて描く絵とはまったく違う、自分の心にかなう絵だ。自分の観察と気分に任せた絵だ。想像の翼のはばたくまま、見たがままの世界を描いている。すばらしい絵になるだろう、まず友人たちに絵を見せて、それからアカデミーに展示しようと考えている。私の心のマルティン、君にもぜひ見にきてほしい〉。それから、彼はこの思い上がった自信ゆえにすべてをふいにするデーモンがどたん場で介入しないように、手紙の上で大きな十字を切った。

とうとう完成の日がきた。ゴヤは満足感をもって、だが怒ったような口調でアウグスチンに「さあ、完成した。じっくり見ておくれ。よければ何か感想を聞かせてくれ」と言って、数枚の絵を見せた。

一枚目には情けない田舎の闘牛が描かれていた。闘牛士のいる闘牛場、馬、観客、背景にはありふれた民家。牛は追い立てられ、血を流している。防御柵にへばりついた、いくじなしの弱虫牛だ。よだれをたらし、もはや闘う気力すらなく、死を求めている。観客は、見せ物にならない腑抜《ふぬ》け牛に激昂している。牛は日の当たる場所、闘牛場ではなく、卑怯にも日の当たらぬ場所で生命を終えることを望んでいる。牛はあまり大きく描かれていなかった。ゴヤが描こうとしたのは闘う雄牛ではなく、牛の運命だった。運命を握るのは闘牛士や観客や馬であり、それがとりもなおさず闘牛である。象徴的な絵だが、過剰なところは少しもない。

第二の絵は、精神病院の狂人たちだ。アーチ形の石以外は何もない、地下室のような巨大空間。アーチと格子窓から光がもれる。ここに狂人たちは押し込められ、ひとりひとりが途方もなく孤独である。各人がそれぞれのナンセンスな行為をくりだす。中央のたくましい裸の若者は荒々しい身振りで、しつこく脅すように、見えない論敵に向かって説教をしている。半裸の者たちは頭部をインディアンのように、冠や牛の角や色鮮やかな羽を飾っている。石のアーチの中にしゃがみ、立ち、縮こまって横になる狂人たち。だが彼らの周囲には淡い光が満ちていた。

第三の絵は、聖金曜日の行列だ。ひしめく群衆を描かなくても、旗や十字架や参加者、見物人、贖罪者の賑わいがはっきりと感じられた。たくましい男たちが、汗まみれになって重い演壇を担いでいる。光輪のある大きな聖母像を掲げた演壇が、黒布で覆われた家々の前を、ゆらゆらと通り過ぎる。その後ろを大きな聖ヨセフ像を掲げた演壇がゆく。さらにその後ろを、キリスト十字架像を掲げた第三の演壇がゆく。最も印象的なのは贖罪者、悔罪者の白いとんがり帽子をかぶった、半裸のむち打ち苦行者だ。黒い悪魔の形相をした黒服の男もいれば、たくさんの尻尾のついた鞭を狂信的に振り回す男もいる。

ゴヤは九歳のときサラゴーサで、聖職者パードレ・アレバーロが宗教裁判で裁かれるのを体験した。告解者たちを半裸にし、むち打ってきたパードレが、罪を犯した身体部分をむち打たれていた。パードレに下された判決は、温情的なものだったが、パードレが自分と告解者たちに課した贖罪行為は、規則に反し禁じられた欲望を満たす行為であるとされ、詳細にわたる描写が長たらしく、くだくだしい根拠をもって読み上げられた。何十年もゴヤの記憶の底に眠っていた出来事だ。オラビーデの判決で、少年の日に味わった当惑と心火が、鮮やかによみがえってきたのだ。また、たくさんのむち打ち苦行者、みずからに苦行をかして、将来の苦悩を回避しようとする聖金曜日の行列の奇妙な贖罪者の姿が浮かんだ。彼らは喜びをもって自らを懲らしめている。彼らの鞭は恋人に捧げられたものだ。恋人のかたわらを通り過ぎるとき、彼らはことさら血しぶきをあげようとする。それが聖母のみならず、恋人に捧げる栄光と愛の奉仕だ――そんな贖罪者を描いた。絵の前方を贖罪者たちが半裸で踊るように練り歩く。筋肉質の背中を丸め、白い腰布をまとい、悔罪者の白いとんがり帽子をかぶっている。彼らにぎらぎらした光が降り注ぐ。いっぽう聖母から発せられる光は柔らかく、やさしい。

第四の絵には、別種の行列『鰯の埋葬』が描かれていた。カーニバルをしめくくる放埒な祭り、長く厳しい四旬節前の最後の祭りだ。群衆が賑々しくひしめき合い、悪魔のような面構えを描いた大きな旗があり、数人の若者が子供が怯えるような野蛮な仮面をつけ、二人の少女（女装した男性らしい）が、三人目の仮面をつけた男とぎこちないダンスを踊っている。絵から発せられるのは、不自然で憑かれたような陽気さ、熱狂的な浮かれ騒ぎである。この直後に、「粗布をまとい灰をかぶって悔い改める」（マタイ福音書十一の二十一）改悛の時の訪れが予感される。

この絵にもゴヤは個人的な怒りを描き込んだ。イギリス人はスペインの四旬節につけこみ、大量の乾燥魚を輸入しようとしたが、教皇は厭わしいイギリス人にうまい汁を吸わせまいとして、医師や告解師を証人として、四旬節に魚を食べる権利を認めた。この特権を享受しようとする者は、教皇の許可が印刷された大勅書、それも毎年教区の司祭の署名入りの新版を購入せねばならない。司祭は請願者の収入に応じて、その代金をつり上げた。ゴヤはその高額なのに毎年毎年、腹を立てていたから、『鰯の埋葬』のどんちゃん騒ぎには特に怒りをおぼえた。

第五の絵は、宗教裁判が描かれていた。サン・ドミンゴ教会ではなく、淡い色調の高いアーチのある明るい教会だ。演壇の前方には悔罪服を着せられた異端者がしゃがんでいて、他の者たちより一段高く描かれている。明色のグロテスクなとんがり帽子が宙に斜めに飛び出している。異端者は困苦と恥辱の塊と化し、今にもくずおれそうだ。そんな姿を際立たせることで、彼の悲痛が二重に痛ましいものにうつる。彼から離れて、他の三人の罪人が沈むように座っている。彼と同様に、両手を縛られ、悔罪服にとんがり帽子姿だ。ひとりは痩せさらばえ、あとの二人も姿勢を保つのがやっとという有様だ。背景では、あたりを睥睨《へいげい》する異端審問官の前で、秘書官が判決を読み上げる。周囲には、聖俗問わず、高位高官の人々が縁なし帽やかつらを被って座っている。いずれもよく肥えて堂々と、我関せずとばかり仮面のような顔をしている。その真ん中に、信仰あつい人々につかまって、判決を宣告される異端者がいる。

これらの絵の前にアウグスチンは立った。立ち尽くし、凝視し、絵を飲み干した。度胆を抜かれた。喜びに満ちた驚きだった。今までに見た絵とは、まったく違っている。ゴヤの今までの作品とは別物だが、それでもやはりゴヤの作品だ。たくさんの人間のいる詳細な出来事が描かれているが、余分なものは何ひとつない。無駄のない充溢があった。個々の人物も事物も全体に奉仕し、全体に服さないものは割愛されている。さらに不思議なことに、五枚の絵は内容は多様なのに統一感があった。アウグスチンにはそれがよくわかった。瀕死の雄牛、にぎやかなカーニバルの行列、贖罪者たち、精神病院、異端審問所――どれもみなスペインそのものだ。スペイン的な喜びでもある、野蛮で残虐で陰鬱な闇。それを描き出せるのは唯一、友ゴヤだけだ。そこには軽やかな躍動感もあった。出来事のもたらす恐怖が、空の繊細な明るさ、ニュアンスに富んだ漂うような光によって相殺される。アウグスチンはこれらの絵から、ゴヤが言葉で伝えられなかったものを感じ取ることができた。鬼才ゴヤにとって、悪しきデーモンは歓迎すべき存在なのだ――ゴヤが描き出した陰鬱さには、生きたい、見たい、描きたいという意欲、たとえどんな人生であろうとも、生きることの歓びが輝いていた。

これらの絵は政府に対して
叛旗をひるがえしたものなのだろうか
王位や祭壇に怒りをぶつけたものなのだろうか
目で見るのと
言葉で語るのは　ちがう

それでも　これらの小さな絵は
いかなる扇動的な言葉よりも
見る者の心を波立たせる
よだれを垂らした瀕死の雄牛と
暗い四旬節の夜の
野蛮な喜びは
人の心を沸き立たせ
むち打たれる贖罪者の
白い裸体の行列と
異端者の裁判は
怒りを苦渋に満ちたものにする
「どうだい？　感想は？」
ゴヤは聞いた
「別に」とアウグスチンは答えたが
そのやせて骨張った顔全体に
輝くばかりに
明るい笑みが広がった

10　真実の絵

ホセファが来て絵を眺めたが、部屋の隅へ、あとずさりしてしまった。愛する夫が、底知れぬ不気味な存在に思えた。

ホベリャーノスが若き詩人キンターナを連れて訪れた。「君は私たちの仲間だ、ドン・フランシスコ。私はすんでのところで君に不当な仕打ちをするところだった」とホベリャーノスは言った。若いキンターナは喜び、「あなたの絵画は普遍言語です。ラバ引きから宰相まで、誰もが理解できます」と喜んだ。

ミゲル、ルチーア、ドン・ディエゴ司祭が絵を鑑賞した。このような絵画をメングスやバイユーの規則ではかろうとするのはナンセンスだ。

「私たちは学び直さねばならないような気がしますよ、ドン・ミゲル」と司祭は言った。

翌週ミゲルはもう一度ゴヤを訪問した。ゴヤの絵を見てから、夜もおちおち眠れない。芸術通にして政治家ミゲルを落ち着かない気分にさせる絵だ。他の人々、例えば大審問官ロレンサーナのような敵も、絵画から発せられる密かな激昂を嗅ぎ取るのではないか。絵画の芸術性には無関心でも、これらの作品を不快で扇動的で異端とみなすのではないだろうか。

ミゲルは、それを友人ゴヤにわからせようとした。「君はこれらの絵で、政治的公正に対する君の勇気と意志を十分に示した。それ以上のことをするのは、つまり絵を展示しようなどというのは、無謀だ。異端審問所に招かれ、サン・ドミンゴ教会の宗教裁判の判決に居合わせた男が、このような絵を展示するとしたら、それは『宗教裁判にはがまんできない』という挑戦を意味する」と説いた。

ゴヤは予期せぬ展開に、ひそかな喜びをもって、自分の作品を観察した。「これらの絵に、異端審問所が口をさしはさむような点は見当たらないよ。亡くなった義兄から違反規則をむりやり覚え込まされたからね。裸体は描かなかった。女性の脚も描かなかった。異端審問所の禁令にふれるようなものは、俺の絵のどこを探してもないよ。絵に何ひとつ違反行為は認められない」と、絵に視線をさまよわせながら繰り返し、真剣な面持ちで首をふった。

ミゲルは、ゴヤの素朴な農民の抜け目なさに溜め息をつき、忍耐強く説明した。「個々に明白な暴動の因子があるわけじゃない。だが、これらの絵はまぎれもなく謀反の匂いがするんだ」。

「君の真意がわからない。どうやら君は友に対して正当な振る舞いができないらしい。前には『純然たる芸術家たれ』といったのに、今度は『政治家たれ』という。一体全体、俺の絵が政治となんの関わりがあるというのだ？　俺の前にも、異端審問を描いた画家は大勢いるじゃないか？」

「今だから、まずいんだよ！　それに、こんな風には描かなかった！」。ミゲルは叫んだ。

ゴヤは肩をすくめた。「これらの絵が俺に不都合をもたらすだなんて、想像できない。俺は描かざるを得なかった。俺に何ができるかを示す作品だ。お蔵入りさせる気はない。皆に見せるつもりだ、展示する」。

だが、ミゲルのはっきりした顔立ちに浮かぶ憂慮と心配の表情を見て取り、暖かい口調で付け加えた。「君だって、自分の身をしばしば危険にさらしてきたじゃないか。俺が不用心なまねをしないよう気遣ってくれるとは、友情のあかしだね」。

それから、断固とした口調で締めくくった。「多言を弄しても、むだだよ。展示する！」。

ミゲルはさじを投げた。「少なくともゴドイがこちらへ来て、絵のために釈明してくれるよう計らおう。そうすれば大審問官も手出しを控えるかもしれない」。

まもなくゴドイがやってきた。ペパ同伴である。ゴヤが特別裁判に招かれたとき、ペパはどんなにゴヤの身を案じたことだろう。

「いつも言っているでしょう、あなたの見解は異端の匂いがするって。ゴドイは私が望むほどカトリック的でないのだけれど、彼の場合は『重要な地位にある政治家で、王の特権を守らねばならないから』と言い訳がたつわ。でも、フランコ、あなたは一介の画家なのよ」。

「心配ないよ、ドン・フランシスコ」ゴドイは陽気に元気づけた。「私が君をきっと守ってみせる。異端審問所は一大スペクタクルを私の目の前で一度やってみせたが、二度目はないと思え。さあ、絵を見せておくれ。ミゲルが絵のことを、いろいろ話してた」。

二人は絵を鑑賞した。

「すばらしい。君は私に感謝すべきだよ。宗教裁判を許可したのは、この私なのだから。さもなければ、この絵は描かれなかったことだろう」とゴドイは言った。

ペパは絵を長いこと見つめ、黙っている。それから豊かな物憂げな声で、ゆったりと言った。

「みごとに描いてあるわ。どうして雄牛がこんなに小さく、闘牛士がこんなに大きいのか、私にはわからないけど。でも、あなたにはちゃんとした理由があるのでしょう。あなたはうぬぼれ屋だから、褒め過ぎないようにしないと……。でも、あなたは本当に偉大な画家だと思うわ」。彼女は瞳を大きく見開き、緑色の瞳で憶せずゴヤを見つめた。

これはゴドイの気に入らなかった。「もうお暇しなくては。これらの絵を送ってくれないか。私が購入しよう」。自分の楽しみのために描いた絵が、金をもたらすとは、ゴヤにとって嬉しい驚きだった。ゴドイは金離れがよかった。しかし、これらの絵はゴドイやペパのために描いたのではない。無知蒙昧の輩《やから》の手に渡すつもりはなかった。だが平和大公ゴドイの感情を害するのは得策ではない。

「残念ながら、これらの絵はお渡しできません。先約があるのです」

ゴドイは容赦なく言った。「それじゃ、一点だけ渡してくれ。一点はペパに、もう一点は私に」と横柄に言い、もはや反駁は不可能になった。

二人が暇乞いするとき、ペパはまた言った。

「雄牛は小さすぎるわ。あなたにもわかるでしょう、フランシスコ。でも、あなたはスペインの誉れよ」

ゴドイは少し不機嫌に言った。「ペパときたら、いつもロマンスの登場人物みたいなしゃべり方をするんだよ」。

ゴヤの友人たちは残らず絵を見にきたのに、アルバ女公爵だけはまだ来ない。彼は待った。情熱が大波のように彼に襲いかかり、どす黒い怒りが体内で渦を巻いた。

やっと彼女が来たが、ひとりではなかった。医師のペラール博士が一緒だ。

「あなたがいなくて寂しかったわ、フランコ」

二人は見つめ合った。まるで長年の別れの後、やっと再会したかのように憶せず、熱く幸福に満ちたまなざしだった。

それから彼女は絵の前に立った。彼女の誇らしげなアーチ形の眉の下の、大きなきらきら輝く瞳が、作品を吸い込んだ。無邪気に注意深く、没頭して絵に見入っていた。ゴヤは喜びと誇りで胸がいっぱいになった。人生にこれ以上のものを望むことができるだろうか――自宅の小さな部屋に、俺にしか描くことができない作品があり、俺のために定められた、かけがえのない女性がいる。

「私も一役買いたいわ」と彼女は言った。

ゴヤはすぐさま理解し、深い喜びが込み上げてきた。それこそまさに、彼が感じたこと、感じさせたかったことだ。闘牛、カーニバル、異端審問に居合わせたい、「一役買いたい」、それどころか精神病院の絵の前で、衣服、理性、道義、理性、すべてから解放されたいという暗い衝動にかられなかったとしたら、これらの作品は失敗に終わったことになる。「私も一役買いたいわ」――彼女はそう感じてくれたのだ。

二人ともペラール博士がいるのを忘れていた。ペラールが落ち着いた声で口をはさんだ。

「いかなる美術史家の大著より、あなたの言葉は含蓄に富んでいます、可愛い女公爵」

この青年が生意気にもなれなれしく、「可愛い女公爵」と呼び掛けたために、ゴヤの幸福は不意に破られた。このふたりはどういう関係なのだろう?

ペラールは今度はゴヤに向かって「もっとも感嘆したのは、あなたの絵は陰鬱な内容なのに、かくも軽やかで軽快なことです。明るいといってもいいでしょう。ドーニャ・カイェターナのおっしゃる通りです。ドン・フランシスコ、あなたが描いているように、残虐さには心そそるものがあります」と語り、出し抜けに「この絵の一枚を私に売ってくれませんか?」と言った。

ゴヤは内心、鼻先でフンと笑った。このペラールは俺の絵に対して、なかなかのセンスの持ち主だ。それは認めねばならなない。ペパのようなぼんくらじゃない。だが、ゴヤはぶっきらぼうに「私はお高いですよ、博士」と答えた。するとペラールはたいそう丁重に「私も極貧というわけではありません、宮廷画家」と答えた。アルバ女公爵が、親しげだが、きっぱりした口調で命じた。「二枚、私に譲りなさい、フランシスコ」。

ゴヤはかっとなった。だが、ほほ笑みながら、ことのほか愛想よく言った。「これらの絵のうち二点を、あなたへの贈り物とさせていただきます。愛する可愛い心の友」。

ゴヤはペラールの「可愛い女公爵」に対抗して、「愛する可愛い心の友」を持ち出した――お返しだ！

「絵はあなたへの贈り物です」

「ありがとう」。アルバ女公爵は静かに親しげに言った。

美術品コレクターのペラールは、ゴヤのぶっきらぼうな態度に動ぜず、これらの絵の一点か二点を自分が所有できるかもしれないという希望を持ち、熱心に確信をもって表明した。「これらの絵は新芸術の急先鋒となるでしょう。来たるべき世紀の先鋒に立つ作品です。この人間を我が身に引きつけて考えるのは」と言って、『異端審問』の異端者を指した。「狂気の沙汰です。でもドーニャ・カイェターナの言う通り、彼の立場になりたいのです」。ペラールは興奮し、堰《せき》を切ったように語り続けた。「ドン・フランシスコ、あなたの直観を史実が裏付けています。逃亡することもできたのに、異端審問の領域にとどまり、摘発されるのを待っているユダヤ教徒、キリスト教徒を装ったユダヤ教徒、隠れユダヤ教徒がいます。このような悔罪服を着せられて座ることに惹かれるのです」。

ゴヤは意地悪く言った。「妙にお詳しいのですね、隠れユダヤ教徒の心理に。異端審問所に目をつけられないように、気をつけなさい」。

ペラール博士は穏やかに言った。「ユダヤの血が一滴も流れていないと、どうやって知ることができましょう？　私たちのうち誰が確信をもって、そう主張できるでしょう？　たしかに、ユダヤ人やムーア人からは優秀な医師が輩出しています。私は、彼らの著書からたくさんのことを学びました。外国で勉学にいそしむことができて、よかったと思います」。

ゴヤは、オラビーデ失脚直後に、こんな発言をするペラールの勇気を認めざるを得なかった。それでも不快感は増すばかりだった。

ほどなくホセファに、アルバ公爵家の宝蔵から、女公爵の挨拶とともに古い銀製品が贈られてきた。ホセファはたくさんの高価な品々に当惑した。豪華な贈り物であるのは一目瞭然だが、素直に喜べない。どうも引っ掛かる。ゴヤは「俺が女公爵に絵を二枚プレゼントしたからだよ。贈り物のお返しがくるのは、当然じゃないか。それに」と語り、楽しそうに言葉を結んだ。「絵を売ったとしても、六〇〇〇レアル以上は望めないよ。目の前の贈り物はゆうに三万レアルの価値はある。いつも言ってるじゃないか、〈大盤振る舞い、しまり屋よりも報われる〉って」。

ゴヤは絵をアカデミーに展示した。ゴヤの友人たちは不安を秘して、異端審問所の反応を固唾を飲んで待った。ゴヤは、異端審問所鑑定家が彼の作品を視察するので、その場にいるようにという知らせを受け取った。聖職者たちの先頭には大司教デスプイヒがいた。ペパがこの高位聖職者と親しいことは、ゴヤも知っていた。もしかしたらペパがこの大司教を送ってよこしたのだろうか？　俺を助けるためか、それとも俺を破滅させるためか？

高位聖職者は絵を鑑賞した。「敬虔な、よい作品です。この『異端審問』からは、良い感化を及ぼす脅威が発せられています。それこそ私たちがめざすものです。この絵を寄付していただけませんか。大審問官への贈り物にしてください」。

ゴヤはとまどったが、内心嬉しかった。ホセファにさりげなく、『異端審問』は異端審問所に寄付することになったと語った。

ホセファは　夫の不謹慎さに
身を堅くして言った
「あの絵は　薪の山に投げ込まれるわ
あなたは　獄につながれるわ」
ゴヤはやはり　さりげない口調で言った
「大審問官が　あの絵をくれと
俺に頼んだのだ」
ホセファはぎょっとして立ち尽くした

「フランコ　一体　何をしでかしたの
私には　とても理解できないわ
フランコ　フランコ　魔法でも使ったの？」

11　救出

パブロ・オラビーデが異端審問の被告席に座らされたのを見て以来、司祭はわが身に刻一刻と危険が迫っているのをひしひしと感じた。失脚したシエラの友人であり、異端審問所内の敵、獅子身中の虫である自分を、ロレンサーナは憎んでいる。ロレンサーナの魔手をのがれるために残された時間はわずかだ。だがルチーアを残してマドリードを発つことがどうしてもできなかった。

ゴドイは大言壮語で保護を約束するが、当てにできない。ロレンサーナを阻止する手段は、ひとつしかない。今こそ、ゴドイがオラビーデを異端審問の手から奪い取るときだ。

司祭とミゲルは、ゴドイにオラビーデ逃亡の手助けをするよう迫った。ゴドイ本人もサン・ドミンゴ教会の一件を不名誉に思いオラビーデを高慢な聖職者の手から奪いたかった。しかし、このような不遜な行為がいかに危険か重々承知していた。王妃の明確な許可なくしてはむずかしいだろう。王妃が不同意なら、とうてい無理だ。マリア・ルイーサ王妃はペパとの情事がなおも続いているのを怒り、このところ諍いが絶えない。彼を傷つけては楽しんでいるようで、オラビーデの件で彼が敗北を喫したことで嘲る。王妃から「自分の後始末は自分でなさい」と言われるのが関の山だろう。

ゴドイは進歩的な友人たちに釈明した。「オラビーデをヘローナの修道院から脱出させるのは、見合わせたい。有罪宣告された異端者を誘拐するというのは、デリケートな問題だ。カルロス国王を味方につけよう。時間をくれ」。

さしあたりゴドイは、異端審問に反対する戦いを別の陣営でくり広げた。

戦争以来、暴落するいっぽうのスペイン通貨に梃入《てこい》れせねばならない。外国の実業家がスペインに多額の投資を申し出ていたが、残念ながら、こうした威勢のいいスポンサーはみなユダヤ人だった。何百年も前から、異端審問所は、ユダヤ人はひとりとしてスペインの土を踏ませないという姿勢を崩さなかった。いっぽうスペインの財政立て直しを考えるユダヤ人たちは、スペインの国土に足を踏み入れて、じかに経済状態を把握することを重視した。そこでゴドイは王妃に演説をし「借款は二〇〇万にのぼります」と言った。マリア・ルイーサ王妃は、彼が大審問官に強く丁重に、二名のユダヤ人紳士の入国認可を要請することに異議を唱えなかった。

ロレンサーナは即座にきっぱりとはねつけた。すると国王から要請があり、宰相ゴドイを交じえて要談が行われた。カルロス国王はいつもほどお人好しでなく、大審問官は「ユダヤ人は二名まで入国してよい。ユダヤ人の滞在中は異端審問所の監視をつけてもいいが、くれぐれも目立たぬように」という条件をのまねばならなかった。ユダヤ人紳士、すなわちアントワープ出身のベーマー氏とアムステルダム出身のペレイラ氏は、マドリードにセンセーションを巻き起こした。進歩的思想の持ち主は競うように、この二人とお近づきになろうとした。ホベリャーノスは二人をお茶会に招き、アルバ女公爵も二人のためにレセプションを催した。

レセプションで、ゴヤは両名をじっくり観察した。二人とも、レンブラントの絵のユダヤ人とはまるで違った容貌だったので、がっかりした。ベーマー氏は、非業の死をとげた王妃マリー・アントワネットの御用宝石商で、ゴヤが何百人と見てきたエレガントなフランス人となんら変わるところがなかった。ペレイラ氏は、このうえなく達者で流暢なカスティーリャ語を話した。二人のユダヤ人紳士は、大貴族たちと大貴族どうしのように交際した。

ロレンサーナは、自分の在職中にマドリードの空気がユダヤ人の息で汚されたことに、ひどく腹を立て、自由主義信奉者たちに対する攻撃の刃を鋭くした。ここ数年、影響力ある人物が禁書を所有することに目をつぶってきたのだが、今や家宅捜索が頻繁に行われ、それとともに異端審問所の資料も増加した。

司祭がふだんと違う時刻に帰宅すると、異端審問所のスパイとして知られるロペス・ジルとかいう男が、司祭の家から出てゆくところだった。司祭はゴドイに「私にオラビーデの二の舞いを演じさせないでください。ロレンサーナに警告を与えてください。いや、それよりむしろオラビーデを逃亡させてください」と懇願した。

司祭の抗議は、宰相ゴドイの心を揺さぶった。ゴドイは半ば承諾したが、それでもまだぐずぐずしていた。するとなんと大審問官のほうから尻尾を出したのである——飛んで火に入る夏の虫だ。このところ、聖職者たちは一連の書物で民衆に〈ホベリャーノスやカバルースやキンターナの扇動的な書物を焚書にせよ。執筆者たちは、スペインがカトリックの国であることを肝に銘じるべきだ〉と訴えていた。そして今度は〈一国の宰相が王妃とぐるになって、前代未聞の放縦の範を示しているのだから、神を否認する汚らわしい書物が大目に見られるどころか、称賛されるのも道理だ〉という文言の、毒のあるパンフレットを配付したのである。

警察からパンフレットを渡されたとき、ゴドイはロレンサーナの勇み足にほくそ笑んだ。彼は王妃に誹謗文書を差し出した。読み終えたマリア・ルイーサは「ロレンサーナにはおしおきが必要ね」とおそろしく静かに言った。

「いつもながら陛下のおっしゃる通りです」。ゴドイは答えた。

「あなたの大失態を、私がまるくおさめてあげますからね。安心なさい」

ゴドイは無邪気に聞いた。「オラビーデの件ですか？　私も、彼らの手からオラビーデを奪回しなければと思っています」。

「カルロスと話してみましょう」と王妃は答えた。

マリア・ルイーサ王妃はカルロス国王と話し、ゴドイはミゲルに、ミゲルは司祭に、司祭は大審問官と話した。

大審問官との会話はラテン語で交わされた。司祭は切り出した。「私は異端審問所の一介の構成員として、その最高責任者と話すのではなく、私人として話したいと思います。もちろん宰相ゴドイもスペイン国王も、この話し合いの結果と成り行きに関心をもっております」。

「わかりました。もちろん非公式にですが、あなたから宰相ゴドイに、ゴドイから国王ドン・カルロスに、『前大審問官シエラに対する嫌疑の動機が山積みで、彼に下された判決は不可避のものだった』と伝えてください。ところで、あなたはシエラをよくご存じでしたから、こうした類いの躓《つまず》きを予見していたのではありませんか」

とロレンサーナは言った。

「私はシエラを、そしてあなたという方をよく存じ上げておりますから、予見しておりました」

「あなたは今も、シエラから委託された文書を作成していますね」

司祭の理性は〈否認せよ〉と命じたが、彼の心はそれにあらがった。「私は、その仕事をやめることを命じられておりません」と司祭は完璧なラテン語で答え、さらに続けた。「全知全能の神は、月に満ち欠けを命じられました。全知全能の神は異端審問所に、時には寛大さを、時には厳格さを浸透させます。卑見ながら私の仕事もいつの日か有用になるのではないかと存じます」。

「あなたは正しい信仰というより、希望に傾いているようですね。とにかく、メッセージを伝えてください」

「平和大公ゴドイは、有罪判決を下された異端者パブロ・オラビーデがたいそうか弱い肉体の持ち主であることを配慮していただきたいと考えております。異端審問所の監督下にあるときにオラビーデの肉体が滅びたら、平和大公ゴドイは、ヨーロッパじゅうの攻撃の矢がスペインとスペイン国王に向けられるのではないかと憂慮し、それゆえ、かの異端者の健康状態に特別な注意を払っていただきたいと願っております」

「あなたも知っているように、人間の寿命は異端審問所によってではなく、三位一体によって定められるのです」

「猊下《げいか》、三位一体が、異端者が異端審問所の監護下でみまかるように、彼の寿命をかくも短く見積もるなら、スペイン国王はそこに神の不同意を見ることでしょう。国王は、神に異端審問所の指揮の交代を提案せねばならないことでしょう」

ロレンサーナは三十秒ほど堅く押し黙っていたが、「ゴドイは異端審問所に何を命じたのです?」と単刀直入に聞いた。

司祭はことのほか丁重に答えた。「平和大公ゴドイもスペイン国王も、王の中の王、神の営みに介入しようなどと考えておりません。スペインで神の裁判権を管轄していらっしゃるのは、あなたです。でもお二人は、異端者オラビーデのか弱い肉体には療養が必要ゆえ、湯治へ送り出していただけないだろうかと願っておられます。平和大公ゴドイは、遅くとも三日以内に、あなたの考量の結果をお聞かせいただければ喜ぶことでしょう」。

「伝達、ありがとう。あなたと、あなたの友人たちの気遣いは忘れません」

話し合いの間じゅう、司祭は自分の洗練されたラテン語と、大審問官のがさつなラテン語の相違を楽しんだ。

ロレンサーナは、宰相ゴドイに簡潔に事務的に、「異端審問所は、贖罪の異端者パブロ・オラビーデを静養のため、湯治としてカルダス・デ・モントブイへ送ります」と伝えた。

「どうだね、私はちゃんとやってのけただろう?」。ゴドイは友人のミゲルと司祭に誇らしげに聞いた。

「これから先、どうなるとお考えですか?」と司祭は聞いた。ゴドイは親しげに、ずるそうにニヤリとした。

「あなたには、ひとつ役目を考えてあるんだ。実はかねてからパリへ、同盟交渉のために極秘司令をたずさえた特別使節を派遣しており、その職務を引き継いでもらいたい。あなたに全権を委任しよう。旅の途中で、友人オラビーデを訪問しても、それほど回り道ではないだろう。あなたが彼を長い散歩に連れ出すのも、さほど困難ではあるまい。彼が道に迷ってフランス語圏へ入り込んでしまったら、それは彼の問題だ」

いつもなら当意即妙の受け答えをする司祭だが、今度ばかりは青ざめ、口をつぐんだ。ゴドイの申し出に飛びつき、オラビーデを自分の手でロレンサーナから奪い、無事スペインから脱出させたかった。だが、そんなことをしたら自分も、短期間どころか永久にフランスにとどまらねばならないだろう。有罪判決を下された異端者誘拐という重罪を犯した後、敢えて帰国しても、もはやスペインでは誰ひとり庇ってくれる者はいないだろう。王も庇護の手を差し伸べてくれないだろう。そうしたら大審問官につかまって――ロレンサーナの瞳には燃えるような憎悪があったではないか――国じゅうが狂信的に歓呼する中、火刑に処されるだろう。

「ありがとうございます。私がそのような冒険にうってつけの男かどうか考えるために、一日のご猶予を願います」と司祭は言った。

彼はルチーアと話し合った。「私の志向と哲学は委任された使命を引き受けることを命じるのですが、そうすれば二度とスペインの土を踏めないでしょう。あなたのそばから永久に放逐されるのかと思うと、決心がつきません」。

ルチーアは常になく物思わしげだった。「オラビーデはかつてパリに新たなスペインを築いたのではなかったかしら？　あなたがご自分でそうおっしゃったのよ。これから、あなたとオラビーデのお二人で、もう一度試みてはいかが？」と説いた。司祭が黙っているので、彼女は続けた。「マダム・ターリエとは旧知の間柄です。彼女はスペインにいたころ、テレサ・カバルースと呼ばれていて、仲良しだったのよ。ぜひ再会したいわ。彼女はパリで影響力をもっているそうよ。私はパリでスペインの理想のため、お役に立てないかしら」。

穏やかな学識ある冷笑家の機略に満ちた司祭が、少女から初めて承諾の返事をもらった少年のように赤くなった。「あなたが……ほんとうに……」。これだけ答えるのが、やっとだった。

ルチーアのほうは事務的に質問してきた。「フランスの村に到着するのに、どのくらいかかりますか」。司祭は少し考え、「二週間ですね、二週間後にはセルベールにいます」と答えた。

「旅に出るとなると、準備がいりますわ」。ルチーアは司祭をじっと見つめた。「パリへ向かう前に、セルベールで一週間休憩をとってくださいな」。

恰幅のよい彼は、もはやエレガントな機知に富んだ紳士ではなかった。少年のような幸福感に満ち、息をはずませていた。

司祭は言った
「それが実現されたら
フランスの国土セルベールから　無事
ピレネー山脈を望むことができたら
ドーニャ・ルチーア
あなたを右側に
救出したドン・パブロ・オラビーデを左側に
見ることができたら
私は　真に
神を信じることができるでしょう」

12　ルチーアの情熱

ミゲルが、ゴヤのもとにやって来たのは、それから三週間後のことである。

「嬉しい知らせだ。パブロ・オラビーデは無事だ。司祭が彼を国境越えさせたよ」とミゲルは報告した。

ゴヤは不思議な思いにとらわれた。オラビーデ救出にも、司祭の逃亡にも、深く心を揺さぶられた。司祭が当分、もしかしたら永久に帰国できないことは、ゴヤにもはっきりわかった――ごく若い時分、死人が出て逃亡を余儀なくされたときのことを思い出した。あの日のことが、カディスの白い海岸が視界から消えてゆくさま、どのくらいの間かわからないが、愛するスペインを離れねばならない心痛が、まるで今日の出来事のようにありありと蘇った。だが俺は若かったし、間一髪で難を逃れ、俺の前には茫漠たる未来が広がっていた。いっぽう司祭はもはや若くなく、馴染みの生活を捨て、不確かな人生へ歩み出さねばならない。俺が今日逃亡しなければならないとしたら、これ以上悲惨なことはないだろう。マドリード、サラゴーサ、宮廷、闘牛場、ホセファと子供たち、名声、マハたち、家屋敷、豪華な馬車、そしてアルバ女公爵を捨てるなんて、到底考えられない、とてもそんな気になれない。

ミゲルはいつもの姿勢で、脚を組んで座っている。軽く白粉をはたいた愛想のよい色白の顔はたいそう穏やかだった。だがゴヤが若き日の思い出から我に返り、鋭い精確な目で観察すると、ミゲルの顔には微かな憂慮が浮かんでいた。

ミゲルはつとめてさりげなく語った。「かねてからカバルース伯爵に、彼の令嬢マダム・ターリエの旧友ルチーアをパリに送ってほしいと頼まれていたんだ。今はオラビーデも司祭もパリにいるから、招待を受けることにした。あの二人と一緒なら、ルチーアもきっと大きな影響力をもつ女友達のもとで、政治的にかなりのことをやれるんじゃないかな」。

ゴヤは一瞬あっけにとられた。だが、すぐ諸々の関連を見て取った。友人が気の毒だった。ミゲルはルチーアを拾い上げた。玉虫色の輝きを放つ蓮《はす》っ葉《ぱ》な小娘。せっかくマドリード第一級の女性に仕立て上げたのに……。かわいそうなミゲル。だが、彼女を弁護し、かばってやるとは、なんと騎士道精神にあふれていることか。

ゴヤは、ルチーアにこんな情熱があるとは思ってもみなかった。伊達男、例えばサン・アドリアンのようなダンディな貴族の後を追い回すなら、まだしもわかる。だが司祭のような金も称号もない、太っちょの中年男を追いかけるとは……。冒険に走る亡命した異端審問官というのは、パリでは何ともわびしい印象を与えるのではないか。女というのは、わからない生き物だ。女という女、例外なく、本当にわからん。

晩になるとミゲルはひとり小部屋に座り、大著『芸術家事典』の執筆用メモに目を通した。この仕事が気晴しになってくれれば……。だが、気持ちは字面を離れ、ルチーアの肖像画に向かうのだった。

ゴヤの絵の通りだ。肖像画のちらちらする光、たいそう曖昧なもの、貴婦人の仮面に潜むいたずらっ子、それが真実だ。描線や明快さとは何の関わりもない、内も外も無秩序。飼い慣らせないマハを変身させたと思い込んでいた僕は、なんと愚かだったことだろう。

いつも自分を過大評価してきた。教訓から学ぶことのできない時代遅れの古典文学研究者、理性には神的力があると信じ、大衆の無知蒙昧を屈伏させるのが知識人の使命だと思い込んだドン・キホーテのような男。なんと、のぼせ上がった高慢さ！　理性にいったいなんの効能があるというのだろう？　荒涼たる殺伐とした孤独の中に生きることを余儀なくされているというのに。

ミゲルはオラビーデと過ごした一夜を思い出した。オラビーデは、シエラ・モレーナから野獣を追い出し、荒野を耕地にしてみせると夢中になって話した。二、三年は、彼の実験は成功したかのように見えた。だがオラビーデは自分の破滅という代価を払わねばならなかった。今、あの土地は以前と同じ荒野にもどっている。僕についても、まったく同じことが言える。いかなる才知の持ち主といえども、けして人間の内面から、粗野で荒々しい暴力的なものを駆逐しえないだろう。理性には、野蛮なものを道義的なものに変貌させる力などない。

悔罪服姿のオラビーデがサン・ドミンゴ教会に座っているのを見たとき、ミゲルは生まれて初めて、自分が哀れな役立たずに思われた。成功はほんの一瞬の出来事にすぎない。すぐ人間は逆戻りをする。本然の姿に、けだものになってしまう。理性がフランスで大衆に光をもたらし、革命が成功したと思われたのは、二年間だけだ。その後ふたたび横暴をきわめ、いっそう深い闇が支配したではないか。

清澄さ　希望　明るさは芸術の中にだけある
いや　それもちがう
メングスやバイユーは　薄っぺらで　わざとらしい
彼らの絵は　彼らの描線は
本物じゃない
人間はあんなじゃない
人間は　なにもかも　ぼんやりと暗く不透明だ
　ミゲルはぐったりと座り込んだ
不安が重くのしかかる
身近な人たち
ルチーアや友人ゴヤに対する
違和感が重くのしかかる
彼らの中には　なんと多くの未知の部分が
ぼんやりと暗く敵意に満ちた混乱があることだろう
ミゲルは座って
友が描いてくれた
ルチーアの肖像画を凝視した
孤独に思わず身を震わせた

13　教皇の陰謀

大審問官ロレンサーナは、異端者オラビーデを易々と国外逃亡できるよう移送命令を出させたときの、ならず者ゴドイの人を人とも思わぬ態度や、背教者の司祭とラテン語で会話せねばならなかったときのことを思い出すたびに、激しい怒りが込み上げてきた。長年、宗教裁判にたずさわってきたが、これほど不埒な挑戦はなかった。ロレンサーナの親友で助言者であるグラナダの大司教デスプイヒと、オスマの司教は、強行手段に訴えるよう切願した。「ゴドイの重罪を処罰することなく甘受すれば、異端審問所はますます弱体化するでしょう。大審問官はすぐさま、あの生意気な異端者を逮捕し、異端審問被告席に立たせるべきです。そうすればスペインじゅうが、大審問官に感謝することでしょう」とせがみ立てた。

それこそロレンサーナの望むところだった。だが、マリア・ルイーサ王妃が情人を手放すわけがない。ゴドイを逮捕することは、異端審問所始まって以来の王権との戦いをくりひろげることを意味する。それでもロレンサーナはついに、教皇が明文で許可しさえすれば、宰相ゴドイに立ち向かうと表明した。

大司教デスプイヒはローマの友人ヴィンセンティ枢機卿に話をし、枢機卿は教皇ピーウス六世に、大審問官がいかに危険な決定の前に立たされているかを話した。ナポレオン・ボナパルト将軍が教皇の諸州に侵入し、教皇を捕らえると脅しをかけてきており、ピーウス六世自身、ピンチに立たされていた。だが教皇は、脅しをかけられると、闘争心をかきたてられる人物だったから、闘魂をみなぎらせ、ロレンサーナの相談にのった。教皇は枢機卿ヴィンセンティに、大司教デスプイヒ経由で教皇の意見がロレンサーナに伝わるようにした。ラテン語で記された書状には〈平和大公ゴドイの犯罪は、天に唾する行為であり、スペイン国王がこのような男をいちばんの助言者にしているとは言語道断です。教皇は大審問官の計画を明文にて許可します。ロレンサーナがゴドイの悪行に終止符をうつなら、スペインのみならず、キリスト教国の元首を邪悪な敵から解放することになるでしょう〉とあった。

ところが、この教皇の書状をセビーリャへ運ぶ急使が、ゲーノア付近でナポレオン・ボナパルト将軍の兵士につかまってしまった。書状を読んだナポレオンは、ラテン語が大の得意というわけではないが、すぐさま陰謀の匂いをかぎつけ、大審問官が教皇を後ろ盾に、平和大公ゴドイに対して悪事をたくらんでいるのを見抜いた。若きフランスの将軍は、自分と同じように夢のような出世街道を駆けのぼった若きスペイン宰相に親近感をおぼえていた。またナポレオンは、さっぱり進捗しないフランス・スペインの同盟交渉にやきもきしていた。そこで彼は教皇の書状の写しをとらせると、友好的な挨拶とともに、その写しをゴドイに送り、〈この写しのオリジナルをロレンサーナ本人が受け取るのは、三週間後です〉と言葉を添えた。

ゴドイは将軍ナポレオンが示してくれた、戦友のよしみが嬉しく、ミゲルに相談した。政敵としてのみならず、大審問官を憎んでいたミゲルは、心の中で喚声をあげた――司祭を国外へ追いやり、ルチーアまで僕のもとを去った、その元凶はロレンサーナにある。ロレンサーナに人生をめちゃめちゃにされたのだ。今や、この悪巧みにたけた敵が僕の手中にある！

ミゲルはゴドイに説明した。「書状には、ロレンサーナと二人の聖職者が職権を悪用し、スペイン国王に国益を損なう政策を指図しようという意図があからさまに出ています。彼らは国王の目の届かぬところで、外国勢力と結託して陰謀をたくらみ、フランス共和国と戦争しようとしています。宰相は、この三人を逮捕すべきです。カスティーリャの最高裁判所が反逆罪の判決を下すでしょう」。

しかし、ゴドイはかくも断固たる措置におじけづき、「熟考せねばならない。三週間の猶予をくれ」と言った。

数日が、さらに一週間が過ぎたが、ゴドイはまだ躊躇していた――裏切り者の書状を手にして身の安全を確保した、こちらから攻撃しなくてもよかろう。

ふだんは冷静なミゲルだが、今回ばかりは不満を抑えることができなかった。友人ゴヤの前で、苦々しく嘆いた。「極悪非道のロレンサーナを厄介払いし、スペイン教会をローマから独立させ、異端審問所に致命的打撃を与える絶好のチャンスだというのに。ゴドイの優柔不断さが、なにもかも駄目にしてしまう。今、この不倶戴天の敵をやっつけてしまわないと、後日ゴドイのためにならない。ゴドイは根っからものぐさで、戦う気なんか、さらさらない。ペパもよく言ってるけど、彼はあの、のらりくらりとした態度をスペインの伝統的寛容さと思っているんだ」。

ミゲルは鬱積していた怒りと悲しみをすべてゴヤに吐き出した。「愛想がよく気のいいゴドイは想像を絶する頑固者だ。外柔内剛というか、グニャリとした肉塊のような怠け者なのに、梃子《てこ》でも動かない。度外れの見栄っ張りでもある。彼に提案するときは、どんな提案でも、おべっかを使って砂糖をたっぷりまぶしてやらねばならない。ゴドイの虚栄心と恣意の前に、敗北を実感し、屈辱的に膝を屈する日々だ。目標に一インチでも近づけるために、妥協し、回りくどい方法をとらねばならないのには、我ながら吐き気がする。僕はまだそんな年でもないのに、疲労困憊して年寄りになったような気がする。今回また失敗したら、ゴドイがロレンサーナを追っ払わないなら、お手上げだ。僕は政治から手を引き、絵画や書物に囲まれて暮らすよ」。

ゴヤは、ミゲルが、かくも悲しげで打ち砕かれているのを見たことがなかった――いつもは落ち着いた不屈の男なのに……。どうすればミゲルを助けることができるだろう？ アイデアがひらめいた。

ゴヤはそのころ、平和大公ゴドイから注文された肖像画の最後の仕上げにかかっていた。ゴドイは絵のモデルをつとめるときはいつも、ことのほか開放的になる――きっとゴドイは俺に、大審問官の陰謀と、その失敗について、うぬぼれた皮肉な調子で語って聞かせるだろう。そうしたら俺のほうから宰相に提案を持ち出すのだ。

案の定ゴドイは彼にロレンサーナの話をし、ロレンサーナの陰謀が暴露した、名誉ある愉快な経過を語って聞かせた。ゴドイは高笑いをし、この悪しき陰謀を軽く冗談のように考えているかのように振る舞った。ゴヤは彼の陽気さに調子を合わせ、「あなたのような方は、大審問官の悪ふざけにもユーモアをもってお返しするのでしょうね」と言った。

ゴドイは勲章やリボンできらびやかに正装し、しゃちほこばってポーズをとっていた。右腕はさしずめ功労者の漠たるアレゴリー表現だ。首をしゃきっと伸ばしたまま、ゴドイは聞いた。「君はどう考える？」。

ゴヤは落ち着いて仕事を続けながら、ゆっくりと答えた。「教皇は、将軍ナポレオンによって窮地に追い込まれました。スペイン宮廷は教皇に、たとえば大審問官と司教二名という慰め手を送るべきではないでしょうか」。

ゴドイは一瞬熟考し、ポーズをといて、画家の肩をぽんとたたいた。「君は実に面白い男だね。すばらしいアイデアだ」と叫び、騒々しく、あけっぴろげに、しゃべり始めた。「君と私、私たちは友達だ。最初からわかっていたよ。私たちは同類だ。残りの大貴族連中ときたら、夜伽《よとぎ》の女性を調達するにも苦労している。だが私たちは、女は選《よ》り取《ど》り見取《みど》り、おまけに好きなようにこねくり回せる。だからこそ、私たちはかくも幸運なんだ。幸運の鍵を握るのは女性だよ」。

さてゴドイは自信満々で、カルロス国王とマリア・ルイーサ王妃のもとへ赴き、悪巧みにたけた聖職者たちの陰謀の書状の件を話した。

カルロスは首を振りながら言った。「ロレンサーナがそんなことをするとは……。彼が君に苦情があるなら、教皇にではなく私に言うべきだ。私の知らないところで! 君の言う通りだ。汚いやり方だ、大逆罪だ。許されない行為だ」。

マリア・ルイーサ王妃の瞳に邪悪な光が宿ったのを見て、ゴドイは、彼女があの誹謗文のことで大審問官に仕返しができるのを喜んでいるのがわかった。

「考えてみたのですが、ロレンサーナと二人の司教を教皇のもとへ送っては、いかがでしょう。教皇は助言に窮し、慰め手を切に必要としているでしょうから」とゴドイは言った。

国王はすぐには飲み込めなかったが、マリア・ルイーサ王妃はにっこりした。「見事な解決策です。あなたのアイデアですか、それともミゲル?」。

「聖母に誓って申し上げますが、ミゲルではありません」とゴドイは怒って答えた。

ロレンサーナと二人の司教は、国王の委任で教皇のもとへ赴くよう、ナポレオンが教皇領をフランス共和国とし、教皇には避難所としてマジョルカ島を提供するので、数年間は慰め手として教皇のお供をするようにと知らされた。

大審問官ロレンサーナが
国王夫妻に暇乞いをすると
王妃はことのほか優しく
彼に語りかけた
「教皇には　私から
くれぐれも宜しくと伝えて下さい
ローマへ向かう旅の途上で
じっくり　お考えになって
王妃を下品に中傷する
あなたのような方は
罪を負うことを
暴動の邪悪な精神が
今日　ヨーロッパの
いたるところで吹き荒れていることを
大審問官様
ごきげんよう
順風の人生を祈ります」

14　画家と女公爵

アルバ女公爵と馴れ初めのころ、ゴヤはかつてない満足感を味わい、固い絆で結ばれていると感じた。だが次第に、愛の充足の真っ直中にあっても、頻繁に落ち着かぬ気持ちに襲われるようになった。愛されていると確信しても、彼女の気まぐれは彼を不安にした。出来事であれ、人間であれ、絵であれ、彼女の受け入れ方は、誰にも予測できない。彼にはくだらなく思えることでも、彼女にとって重要なことがしばしばあった。いっぽう彼の心を揺さぶる人間や出来事に対して、たびたび彼女はすげない態度をとった。

ゴヤは仕事に逃避した。依頼は多く、彼の手から作品がやすやすと生み出され、注文主は満足し、彼の懐には報酬が転がり込んだ。

四人の娘に囲まれたモンティーホ伯爵夫人を描いた。十五年前のような硬直した絵だった。アウグスチンは一言いわずにはおられなかった。「民衆、マホやマハの群像を描くとき、あなたのコンポジションは自然なのに、貴族一家を描くときは、ぎこちない」。

ゴヤは怒って下唇を突き出したものの、「憎たらしいアウグスチンの奴が、俺に気づかせてくれたよ」と笑って、太い二本線を引いて絵を反故にすると、最初から描き始めた。

オスーナ公爵夫人がゴヤに、アラメーダの田舎の別荘のために幻想的な絵を数点依頼した。ゴヤは仕事がぎっしりつまっていたが、オスーナ公爵夫人はかつての女友達であるばかりか、駆け出しのころ、仕事を依頼し、紹介の労を取ってくれていたので、仕事を引き受けた。アルバ女公爵は不機嫌そうに、軽い驚きの言葉をもらした。「忠実な男友達ですこと」

オスーナ公爵夫人のために描いたのは、妖術使いや魔女のシーンだった。錬金術師が動物に姿を変えられ、犬の頭や尻尾が転がっている魔女の厨《くりや》だ。上半身裸で、とんがり帽子をかぶった魔女たちが空を飛んだり、踊ったりしており、下にはベールを被った連中がよたよた歩き回っている。第三の絵には、優美な力強い角をもつ巨大な直立山羊の姿をした悪魔が、まわりの魔女たちに崇められている。なにもかも軽快で軽やか、幻想的で刺激的だった。

アウグスチンは絵を鑑賞した。「名人芸ですね」。

「それで?」とゴヤが聞くと、アウグスチンは慎重に言葉を選びながら言った。「以前は新たなものを発見しても、まもなく飽きてしまい、また新たなものを求めていた。どんな思いつきにも斬新さがありました。だが、これは」とアウグスチンは軽蔑するような身振りで魔女の絵を指し示した。「これは異端審問の絵と同じです。ただ中身がありません、空虚です」。

「ご指摘ありがとう」とゴヤは言った。

アルバ女公爵はこれらの絵の前に立つと、「けっこうな絵ですこと！　別にオスーナ公爵夫人がうらやましいと思わないわ」と言った。ゴヤは憮然とした。「これらの絵は不出来だということですか？」。

「魔女の存在を信じてるの？」

「前にも私にそう問いかけたことがありますね」とゴヤは不満げに答えた。

「あなたはあのとき肯定したわ。だから、『けっこうな絵ですこと！』と言ったのよ」

彼女の言葉はゴヤを喜ばせると同時に、うんざりさせた。たびたび、彼女は他の誰よりも深く、彼の絵を理解した。それなのに、彼女をたしかに感動させたと思われる絵を、すぐまた無関心に見捨てるのだった。彼女は間髪を入れずに言葉を発するくせに、心乱されることなく、いつもの彼女に戻ってしまう。たびたびゴヤは、習慣に反して、なぜそうしなければならないのか、なぜ他のやり方ではだめなのか説こうとした。だが彼女はきちんと聞いておらず、退屈してしまうので、ゴヤはあきらめざるを得なかった。

彼女の真の姿を描くのも、あきらめた。ゴヤの手による数々のアルバ女公爵肖像画は、彼女からも世間からも絶賛されたが、ゴヤを満足させなかった――どの肖像画にも十全たる真実が現れていない、それゆえ、これは本物じゃない。彼女は「マハの装束をつけた仮装ではなく、本物のマハとしての私を描いて」とせがんだ。しかしゴヤには、彼女がマハには見えず、したがってマハとしての彼女を描くこともなかった。

ゴヤとの交遊を無頓着に披露するとき、彼女はたしかにマハだった。劇場、闘牛場、プラドの散歩、いたるところに、彼女はゴヤ同伴で出没した。初めゴヤはそれが嬉しかったが、次第に自分の情熱が世間の見せ物になるのに嫌気がさし、迷惑だった。彼女にそうしたことをほのめかすと、彼女のアーチ形の眉がさらに釣り上がった

――私はアルバ女公爵よ、問答無用。

ゴヤは、アルバ公爵邸や姑のビリャフランカ老侯爵夫人邸で催される、あらゆるパーティーに招待された。夫

君のアルバ公爵やビリャフランカ侯爵夫人は、俺たちの関係を知っているのだろうか？　二人はおくびにも出さなかった、ちらりとでも表情に出すことすらなかった。公爵が別世界の人間に思われ、ゴヤは哀れみに似た感情を抱いていた。だが音楽の話になると、公爵の顔が急に活気づくのに、ゴヤは感動し、感嘆の念に打たれた。たいていの大貴族は、高慢さ以外なにも持ち合わせないのに、この人物は違う。

ゴヤは、ビリャフランカ老侯爵夫人には敬意と好感を抱いていた。彼女は人を見る目があった。アルバ女公爵を「猫の目のように気まぐれ」な女性と評したことがある。まことにその通りだ——ゴヤは実感した。本当はもっと彼女と、アルバ女公爵の話をしたかった。だがビリャフランカ老侯爵夫人は、気取らず愛すべき女性でありながら、押しも押されぬ上流階級の貴婦人だから、とてもそんな真似はできない。

アルバ女公爵のお取り巻きの中で、いちばんゴヤの気にさわるのはホアキン・ペラール博士だった。博士が乗り回している美しい馬車も癪の種だった。彼が世界のあらゆる出来事、公爵の音楽やゴヤの絵画について語る博識ぶりにも、うんざりした。とりわけ腹立たしいのは、いつもなら人間関係をすばやく見抜けるのに、アルバ女公爵が医師ペラールと、いかなる関係なのか、はっきりしないことだ。医師の丁重で自制心に富んだ顔からも、アルバ女公爵がみせる皮肉っぽい親しさからも、いっこうに読み取れない。次第に医師がいるだけで癇に触るようになった。ペラール博士に出会うたびに、平静を保つように自分に命じた。他の者なら唖然とするようなゴヤの愚かしく粗野な発言にもペラールは親しげな落ち着いたほほ笑みで答えるのだった。

ペラール博士が外国で収集した絵画にふさわしい場所がみつからないので、アルバ女公爵はリリア宮の広間を二つ提供した。自分の友人やペラールの友人を招待し、《ペラール・コレクション鑑賞会》を催した。

実にさまざまな絵が相並んでいた。フラマンやドイツの巨匠、知名度の低い昔のイタリアの画家、グレコ、メングス、ダヴィド、ゴヤの作品もあった——アルバ女公爵がゴヤの作品をペラール博士に贈ったのだ。多様ながら統一がとれており、気ままだが紛れもない識者の趣味のよさがうかがえた。

アルバ女公爵や他の人々の面前で、ペラールは嘆いた。

「私がまだ手に入れることができないのは、ラファエロです。後世の人々は、私たちがラファエロを過大評価しすぎていると考えるかもしれませんが、私は自分の趣味を変えることはできません。ラファエロを一点手に入れるためなら、ここに掛かっている絵のいずれでも、ためらわずに手放しましょう。ドン・フランシスコ、不同意のようですね。でも、きっと、あなたにはあなたの理由がおありでしょう。どうか、その根拠をお聞かせください」とペラールは親しげにゴヤに話しかけた。

「あなたに、その根拠をお話しするとしたら、たいそう面倒なことになりますね。それは、あなたが私に医学的見解を詳述しようとするのと同じくらい、無目的なことです」とゴヤは不作法に言った。

ペラール博士は、愛想のいい顔つきを変えずに、話題を変えて他の人たちと話を続けた。

アルバ女公爵は笑顔のままだったが、ゴヤの生意気な態度を懲らしめずにはいられなかった。彼女は、お決まりの舞踏会が始まると、時代遅れのメヌエットを演奏させ、ゴヤに彼女の相手役を踊るよう勧誘した。太り気味のゴヤは、はちきれんばかりの礼服姿に優美なメヌエットでは、さっぱり見栄えがしないことを自覚していた。彼女の言いなりになるのが嫌で、ぶつぶつ不平を言った。だが彼女の一瞥に踊らざるを得なかった。歯を食いしばって踊り、怒りに燃えて帰宅した。

七月半ば宮廷は、猛暑のシーズンを避暑地で過ごすために、サン・イルデフォンソの山のお城へ移動する。アルバ女公爵は王妃の第一女官として同行する義務があり、ゴヤはマドリードで長く孤独な夏をおくる覚悟をした。ある日のこと、アルバ女公爵が言った。「夫のドン・ホセが今年は体調がすぐれず、猛暑のさなか宮仕えは無理だわ。丁重に休暇を要請したの。ピエドライタの田舎の別荘で、夏じゅうドン・ホセのお相手をしようと思っているの。ドン・フランシスコ、私たちと一緒にピエドライタに来ていただけないかしら。夫と義母の肖像画を描いてくださいな。もう私のことは描いてくださらないの？　時間はたっぷりあるわ、私たちの誰にモデルをつとめさせてもいいのよ、何度でもモデルになるわよ」。

ゴヤの顔はぱっと輝いた。アルバ女公爵が犠牲を払ったのがわかった。王妃に反感を抱いていても、彼女は田舎で長く退屈な夏を過ごすより、宮廷生活を好む女性だったから。

後日、マリア・ルイーサ王妃は引見の後、アルバ女公爵を引き止めた。

「ご夫君ドン・ホセがピエドライタで十分保養されることを心から祈っています。ご夫君のお相手をつとめようと決意されるとは、ご立派ですわ。でも、そうすると宮廷とマドリードの町は、スペイン第一級の貴婦人にまつわる噂を耳にする機会が少なくなってしまうでしょう」と王妃は親しげに言葉を結んだ。

アルバ女公爵は、大胆不敵かつ愛らしく答えた。「王妃様、おっしゃる通りですわ。この宮廷は、噂から身を守るのが難しいのです。不思議なことに、私は誰とでも噂になってしまいますの。テーバ伯爵、ドン・アウグスチン・ランカスター、フェンテス伯爵、トラスマーラ公爵……星の数ほどございますわ」。ただし、これらは皆、王妃の愛人とされていた殿方の名前である。マリア・ルイーサ王妃はますます愛想よく答えた。「あなたも私も、ときおり定められた礼法そっちのけで、マハ役を演じるのが好きなのですね。あなたは若く、醜女というわけではないし、私は神の恩寵によって王妃ですから、それも許されるでしょう。ところで私の立場はつらいのですよ、私の青春は過ぎ去り、必ずしも殿方の目に絶世の美女とは映らないのですから。私はこの欠損を、知力と技巧、理性と術策によって埋め合わせなければなりません。私の歯の数本を、ダイヤモンドで代替せねばならなかったのです。とらえて離さないために――」と彼女はしなをつくり、ほほ笑んだ。「私が猛然とすばやく、つかみかかりたいときには――」。

アルバ女公爵もほほ笑んだが、それはタピスリーの仮装したマハたちの示す、こわばった微笑だった。イタリア生まれのマリア・ルイーサ王妃の言葉には、脅しの響きがあった。

アルバ女公爵は「ピエドライタでは、交遊関係は狭くなるでしょう。画家ゴヤに私たちを訪問してくださるよう、お願いしました。でも彼は、私の肖像画を完成させることは、けしてないだろうと考えております」と元気よく言った。

マリア・ルイーサ王妃は「芸術愛好家でらっしゃること。あなたを研究するチャンスを画家に与えているのですね。お気をつけ遊ばせ、あなたにまつわる噂などないように」とさりげなく付け加えた。

「それは王家の命令で

警告なのでしょうか」
アルバ女公爵はさりげなく
だが　王妃の目をしっかり見すえて
尋ねた
王妃は愛想良く答えた
「母のような女友達からの
忠告とお考えなさい」
アルバ女公爵はそっと身震いした
だが　これから過ごす日々
ゴヤと共に過ごす日々に
思いをはせ
王妃の辛辣なほのめかしを
頭から　水滴のように
ふりおとした

15　避暑地の恋

宮廷がサン・イルデフォンソの夏の宮殿に移動するころ、ペパことドーニャ・ホセファ・トッドも猛暑をマドリードで過ごすのは健康上よくないと感じていた。ゴドイはためらわずに彼女をサン・イルデフォンソに招待した。

ペパは官邸で女中頭のコンチータとともに、ゆったりと、のんびりした夏を過ごした。コンチータとトランプをしたり、フランス語を学んだり、ギターをつまびいたりした。ゴドイがある時間帯に城の庭園を自由に出入りできるようにしてくれたので、有名な噴水の前に座り、何時間も過ごした。噂の女神ファマの泉、狩猟の女神ディアナの泉、風の泉の前で、噴水の音、水の音楽に耳をすまし、ロマンスを口ずさみながら、時には物憂げに悲しく、時には甘く、海の藻屑と消えた亡夫や画家ゴヤとの思い出に浸った。

ゴドイとペパは広大な山野へ遠出をした。城は山や森に囲まれていたが、狩猟用に道がよく整備されている。マドリードで乗馬を習得した彼女は、ゴドイと一緒にロサヤ谷やヴァルサインの森に馬で遠乗りをした。

たびたびゴドイは、ゴヤのことや、アルバ家に滞在する画家の夏を話題にした。華奢で優美なアルバ女公爵と雄牛のごとく力があり猛々しいゴヤの組み合わせについて、卑猥な冗談を言った。ペパは聞き耳をたてたが、顔色ひとつ変えず、一言も発しなかった。ゴドイは頻繁にアルバ家別荘地ピエドライタのことを口にした。うぬぼれの強い平和大公ゴドイは、大貴族どうしの〈君〉という呼び掛けで返答してくれなかった尊大なアルバ家と、画家とのかくも親密な結び付きを嘲笑することに、満足をおぼえた。画家がアルバ女公爵への情熱のとりこになり、ペパにご執心でないのは好都合だ。でもペパのような女性と恋愛三昧できるゴヤのような男が、アルバ女公爵のような女にいったい何を見出だしたのだろう？　見当もつかない。気むずかしく技巧的で、気取った人形のようなアルバ女公爵に、ゴドイは反感をもっていた。ペパには話さなかったが、一度王妃の引見でアルバ女公爵に親しげに冗談めかして「私たちの友人ゴヤは、今日はどうしているのでしょう？」と聞いたことがある。すると、あのお人形のような女性は、かつて夫君のアルバ公爵が〈君〉と呼び掛けられたときと同様、愛想のよい顔をまったく崩さずに、眉のみ、異常につり上げてみせたのだった。

ある日のこと、ヴァルサインの古い狩猟用の館の廃墟へ馬で遠乗りしたとき、ゴドイは軽口をたたいた。「ゴヤは今なおピエドライタにいる。アルバ女公爵に飽くことがないらしい」。

ペパはそのときは何も答えなかったが、後からゴドイに驚くべき言葉を放った。二人が馬から下りて、地べたに座って休息し、馬丁が準備した軽食をとっていたときのことだ。ペパは出し抜けに言った。「ゴヤに馬上の私を描いてほしいの」。

ゴドイはちょうどウサギのパテを口に運ぼうとしているときだったが、手を止めた。ペパは乗馬の名手というわけではないが、馬上の彼女はことのほか美しく、それは万人の認めるところだ。乗馬服姿の肖像画を描かせたいという、ペパの言い分はもっともだ。だが、乗馬は少し前まで大貴族の特権だった。高位の貴族でない人間が、乗馬姿の肖像画を描かせるというのは禁じられているわけでないが、前例がなく、少なくとも異例のことだ。それに、もし一国の宰相が若い未亡人ペパ・トッドの乗馬姿を描かせたりしたら、王妃が、世間がいったい何と言うだろう？　「ゴヤはピエドライタで休暇中だ、アルバ家の客だよ」とペパの考慮を促した。

「でも、あなたが頼めば、ゴヤはピエドライタではなく、サン・イルデフォンソに滞在してくれるのではないかしら？」

「私の可愛い女、あなたのアイデアにはいつもびっくりさせられますよ」とゴドイはフランス語で言った。

ペパはぎこちないフランス語で問い返した。「それで、彼に来てもらえるかしら？」。

「もちろんですよ。お望みのままに」

「どうもありがとう」

ゴドイはペパの願いを考えると、次第にわくわくしてきた。尊大なアルバ一族から画家を奪い取るのだ。だが、ゴヤの人となりは知っている。ゴヤはこちらの要請を口実を設けて拒否できる。ゴヤを本当にサン・イルデフォンソに呼び寄せたかったら、しかるべき方法で招待せねばなるまい。

そこで彼は、マリア・ルイーサ王妃に持ち掛けた。

「サン・イルデフォンソでのつれづれの慰めに、もう一度私にくださる肖像画のモデルをつとめていただけませんか。ゴヤに描かせてはいかがでしょう。私も彼に肖像画を描いてもらい、それをあなたに献上したいと考えております」

生意気なアルバ女公爵の牧歌的な幸せをやぶる、このアイデアはマリア・ルイーサ王妃を魅了した。

「悪くないアイデアだわ。あなたからゴヤに、こちらへ来るように伝えてちょうだい。モデルになる時間をつくるわ」

平和大公ゴドイは、ピエドライタへ向けて特別急使を送り、このメッセージをさも重大事件のように仕立てた。

そのころゴヤは、静かな楽しい時を過ごしていた。静かで上品な夫君の公爵の前では、ゴヤもアルバ女公爵も控え目にせざるを得ないが、夫君も姑である老侯爵夫人も、アルバ女公爵を遊び好きの優美な子供と考えていたから、二人が遠出しても、その気まぐれを大目に見ており、好きなだけゴヤと二人きりにしてくれた。

週に二、三度、公爵は音楽を演奏した。老侯爵夫人はひとえに息子に対する愛から、傾聴し、賛美した。ゴヤとアルバ女公爵は、庶民的な歌や踊り、トナディーリャやセギディーリャしか解さず、公爵の調和は二人には高尚すぎた。それを理解できるのは、唯一ペラール博士だった。

ゴヤは公爵から肖像画を依頼された。ゴヤは初めはためらいがちだったが、次第に興がのり、熱心に描いた。大きな美しいメランコリックな瞳をした、たいそう上品な憂愁の貴公子、彼のクラヴィチェンバロと楽譜に寄せる情熱が如実に伝わってくる肖像画が完成した。

ゴヤは老侯爵夫人も描いた。彼女を描くことで、彼女をいっそう深く理解した。当初ゴヤの目に、彼女は明るく愛すべき偉大なる貴婦人にうつった。だが今ゴヤは、彼女のなおも若さの名残をとどめた美しい顔にかすかな哀愁を見て取った。息子の妻の生き方を理解し、許すいっぽうで、第十代ビリャフランカ侯爵未亡人である彼女は品位を重んじていた。彼女の言葉から、嫁の情熱が制御しがたいほど激しく危険になってゆくかもしれないという、ごく控え目な憂慮が聞き取れた。それはゴヤの耳に警告のように響き、侯爵夫人の肖像画は、彼が期待していたほど闊達な筆さばきではなかった。

結局ゴヤは見たままを描写した。生き生きした、たおやかで晴れやかなおもざし、繊細な青いリボン、ゴヤが贈呈したバラの花のおかげで、基本的には快活な肖像画に仕上がった。侯爵夫人は絵の前に立ち、ほほ笑みながら言った。「あなたは、私の顔の中に、老いゆく気むずかしい女性を見たのね。そんな憂愁の晩秋をあからさまに持ち歩いているとは、自分でも知らなかったわ」。それから、元気よく言葉を結んだ。「でも、すばらしい絵だわ。私のような年齢のご婦人を描く時間がおありだったら、ぜひ、もう一度私を描いてくださいな」。

アルバ女公爵のほうはいつも天真爛漫で明朗だった。ゴヤがひとりで住めるように、小さな隣の館を提供した。そこで彼は毎日、彼女と会った。いつも彼女は涼しくなる夕刻に現れる。夏でも黒ずくめで威厳をもった足取りで歩む女官オイフェミアが同行した。たびたび黒人の少女ルスとお小姓のフリオも連れてきた。たいてい二、三匹猫を連れている。アルバ女公爵はあどけないほど自然に振る舞った。ギターを持参して、ゴヤにセギディーリャや茶番劇サイネテを演奏するよう頼み、皆で一緒に演じた。

たびたび年老いた女官は魔女の話をさせられた。

「ドン・フランシスコ、あなたは魔女の素質があるわ。有名な魔女のもとへ修行に行きなさい」とアルバ女公爵はゴヤをけしかけた。すると女官オイフェミアは「耳がぴたっとくっついていないから、この方は魔女の適性はございません」と否認した。「耳たぶのとがっている方は、魔法の誘惑から我が身を遠ざけておかねばなりません。そういう生徒は変身の真っ最中に、にっちもさっちもいかなくなって、惨めな最期をとげるのです」。

一度アルバ女公爵は亡き腰元ブリヒダの来訪をうけた。死者は「宮廷画家との関係は長く続くでしょう。たびたび誤解があり、豊かな愛や諍いを経て、終焉を迎えることでしょう」と予言したという。

アルバ女公爵に執拗にせがまれて、ゴヤは再び彼女を描こうとした。筆はなかなか進まず、彼女はいらいらした。「私は早描きルカじゃありませんよ」とゴヤは怒って言った。早描きルカとは、カルロス二世のためにたくさんの絵を描いて高く評価され、早描きと高収入で知られたルカ・ジョルダーノのことである。苦労したにもかかわらず、今回も彼女の絵を完成させなかった。「マドリードの貴婦人の中で、私が唯一本物のマハだってことを、あなたは認めたくないからでしょう」と彼女は冗談めかして言った。

アルバ女公爵の肖像画が失敗に終わったことが、ゴヤにとってピエドライタでの唯一の心残りだった。それ以外はすべて楽しく晴れやかだった。

こうした快活で平穏な日々のさなか、突如、赤い靴下をはいた平和大公ゴドイの急使が、ゴヤをサン・イルデフォンソに招待する旨の手紙を持って現れた。

ゴヤは誇らしい気持ちになると同時に当惑した。スペイン王家の人々はセゴビアの山間、サン・イルデフォンソ城で避暑と保養につとめ、政府執務も多少手を抜いて、くだくだしい儀式も簡素化し、国王夫妻は第一級の大貴族や親しい友人としか会わなかった。《サン・イルデフォンソ城、避暑へのご招待》は大変な栄誉だ。快哉を叫ぶいっぽうで、ひどく気重だった。ピエドライタの夏は人生の最も美しい時であり、なにものにも代えがたい。それに今「出発します」などと言ったら、アルバ女公爵は、どんな反応をするだろう？

ゴヤから書状を見せられた彼女は、宿敵マリア・ルイーサ王妃の脅しを語って聞かせるような真似はせず、自制した。「このうえなく丁重で慎重な拒否の理由を考えなければだめよ、フランコ」と静かに言った。「きっと王妃は、あのイタリア女性は『女アルバと画家の夏をだいなしにする、たいそう洗練された巧妙なやり口を考え出した』と思っているわ。拒絶の手紙を受け取ったら、王妃は歯ぎしりすることでしょう」。

ゴヤは惚《ほう》けたように呆然と彼女を見つめた。この手紙は自分の芸術のために書かれたのではなく、マリア・ルイーサ王妃が宿敵アルバ女公爵に害を与えるために書かれたのだということに、思い至らなかったのである。ようやく薄ぼんやりと、招待の真相がわかった。ペパが裏で糸を引いている。

その間にアルバ女公爵は、華奢で形のよい子供のようにふっくらした手で、ゴドイからの招待状を無造作に戯れるように引き裂いた。ゴヤは意識せずに彼女の動きを見つめていたが、画家の精確な目は、彼女の仕草を永久に網膜に焼き付けた。

「私は宮廷画家です。私の仕事は王妃に仕えることです」。彼はためらいながら言った。

「私が見る限り、これは王妃からの招待状ではないわ」。それから、子供っぽい硬い声で締めくくった。「ゴドイに命令されたからといって、あなたは駆けつけねばならないの？」。

ゴヤは激しい怒りにかられた。俺がまだ首席宮廷画家になっていないことが、すべてはマリア・ルイーサ王妃の一存にかかっていることがわからないのか？　要するに彼女はこのピエドライタで退屈しているのだ。俺が出て行ったら、たいそう気を悪くするだろう。

「出発を二、三日、あるいは四、五日延期しましょう。『ピエドライタで肖像画を完成させねばならないので……』と釈明しましょう」とゴヤは説得性に乏しい返事をした。

「ご親切、痛み入りますわ、ドン・フランシスコ」と彼女は不気味なまでに愛想よく答えた。声にこんな調子をこめることができるのは、アルバ女公爵ぐらいだ。「馬車がお入り用なら、執事におっしゃってくださいな」。

今や彼の脳裏に、彼女のために、愛娘エレナの瀕死の重病をでっちあげた、あの夜の苦悩がまざまざとよみがえった。言葉がほとばしり出た。「わかってください。私は大貴族ではありません。画家です、マリア・ルイーサ王妃の依頼に左右される、ごく平凡な画家なんです。それに」と、暗い目つきで彼女をじっと見すえながら付け加えた。「ゴドイの依頼にも左右されるんです」。

彼女は何も答えなかった。しかし、彼女の表情にただよう微かな計り知れぬ尊大な軽蔑は、どんな言葉よりも彼をいらだたせた。怒りが爆発した。「あなたは私の成功にも、芸術にもまったく関心がない。あなたは、自分さえ楽しけりゃ、それでいいんだ」。

彼女は出て行った。足早にではない。いつもの軽やかで漂うような、だが、しっかりした足取りだった。

ゴヤは、老侯爵夫人と夫君の公爵に暇乞いをした。

ゴヤは自分を抑えて
アルバ女公爵に面会を求めた
だが　女官はそっけなく言った
「陛下はご多忙です」
「いつお会いできるのでしょう」
ゴヤは尋ねた
「陛下は一日中　多忙です
明日も　明後日も」
女官オイフェミアは
丁重に　そしらぬ顔で言った

16　マホとマハ

十六世紀スペインを代表する二つのタイプがある。騎士と大貴族、そしてピカロだ。ピカロは卑賤の身だが、あらゆる姦計と欺瞞、機知によって現世を戦い抜いて一生を終える悪党である。民衆や詩人は、英雄や武人を賛美するいっぽう、大胆で抜け目がなく、常に陽気で世知にたけた下層階級の悪党をそれに劣らず愛し、称賛した。民衆にとって、ピカロも大貴族もまさしくスペイン的で互いに補完しあうものだ。作家マテオ・アレマンのピカレスク小説『悪漢グスマン・デ・アルファラーチェの生涯』の主人公グスマンや、『ラサリーリョ・デ・トルメス』の盲人の手引きをする少年ラサリーリョにみられるように、大詩人たちは、やくざ者やいたずら者を、その逆境、無節操でしたたかな唯物主義、図太く闊達な処世術とともに、レコンキスタで活躍したスペインの英雄エル・シッドや騎士精神を代表するドン・キホーテに劣らず、生き生きと伝えている。

十八世紀になると、悪党ピカロと悪女ピカラは、それぞれマホとマハになった。

マホやマハの本質やしきたりは、絶対王政や異端審問と同じように、脈々と続いている。

マホはどんな大都市にもいるが、本拠地はマドリード、それも特定の居住区マノレリアだ。マホは鍛冶屋、錠前屋、織工、旅籠や肉屋、または密輸や行商、賭け事で生計を立てていた。マハは居酒屋の女将、衣服や下着の繕い物、露店の売り子をし、果物・花・食料品を提供した。名所・旧跡を訪ねる旅や市《いち》では、マハもその商いの品も欠かせない。マハは、金持ち男からお金を引き出すことを厭わなかった。

〈粋〉の信奉者たちは、スペインの伝統的な装束に固執した。マホはぴっちりした半ズボン、バックルのついた靴、短い上着、幅広のサッシュベルト、つば広のソフト帽であるソンブレロ、長マント、折り畳み式ナイフ、どっしりした黒い葉巻。マハは低いヒールの靴、襟ぐりの大きく開いた刺繍のついた胴着、胸元には色鮮やかなショール。祭りのときにはレースのマンティーリャと高い飾り櫛で髪を飾る。しばしば左の靴下止めに小さなナイフを隠している。

お上《かみ》は、マホの長マントや、顔を隠す大きなソンブレロに難色を示した。マホは、生業の汚点や染みをあっさり隠せる長マントや、他者に正体を知られたくないとき都合よく顔を陰にしてくれるソンブレロを愛用した。カルロス三世は「わがマドリード市民は、謀反人のように顔を隠して通りを忍び歩く。君主制・文明国家の平和を愛する臣民の歩みではない」と嘆いた。宰相エスキラーチェ、カルロス三世がナポリから連れてきた政治家はついに、このマントとソンブレロを禁じた。しかしマホたちは暴動を起こし、民衆の実態を把握できない不人気な宰相はスペインから追い払われた。エスキラーチェの後任は抜け目なく、死刑執行人が刑を執行する際に、この望ましからざるソンブレロをかぶることを命じた。すると効果てきめんで、多くの者がソンブレロをあきらめるようになった。

マホやマハは、独特の装束ばかりでなく、独自のしきたり、独自の哲学、独自の言葉をもっている。古いスペインの伝統を崇拝し、狂信的に絶対王政や聖職者を擁護したが、変転めまぐるしい法律や命令を嫌い、軽蔑した。密輸はマホの特権で、名誉にかけて密輸タバコしか吸わない。マホは体面を重んじ、寡黙だが、いったん口を開けば、生きのいい大袈裟な言い回しをし、その生彩に富む大言壮語は、詩文学の源泉であり、国境を越えて有名だった。

マホは誇り高かった。何者だろうが、マホをわきへ押し退けたり、横目でじろりと見ることは許されない。ペティメトラすなわち、中産階級の伊達男と絶えず反目していた。ブルジョワ子弟の極上の背広をぼろぼろにしたり、伊達男の入念に整えられた髪形をくしゃくしゃにするのは、マホやマハの大好きな遊びだった。警察ですらマホと正面からぶつかることを避けた。喧嘩好きなマホは激しい言葉を浴びせて殴り合いをし、すぐさまナイフに手をやるからだ。

啓蒙主義と理性に反対、フランス野郎に反対、革命と革命にまつわるすべてに反対——この点マホは、君主制や教会にとってきわめて頼りになる味方だ。マホは豪華な国王の城、大貴族の派手なパレード、教会の壮麗な行列を愛した。闘牛、旗、馬と剣を愛し、その荒々しいスペイン国民としての誇りは、こういったすべてを廃止しようとする外国かぶれ、知識階級や自由主義者に、不信と憎悪の目を向けた。進歩的な作家や政治家はマホに、住居の向上や、パンと肉のより豊かな供給を約束したが、徒労に終わった。マホは、大いなる賭けと祝祭さえあればよかった。

マホとマハは大いなる祝祭をにぎやかに熱狂して見物した。劇場の平土間で押し合いへし合いし、チョリソ派とポラコ派の精鋭部隊であり、聖体の祝日に上演される民衆の宗教劇、キリスト受難劇が禁止されたときは大騒ぎだった。この「聖体神秘劇」では、マホはいつもの装束を脱ぎ捨て、キリストの茨の冠と腰布をまとい、十字架にかかり、他の上演者たちはセギディーリャスを踊ることになっていたからである。またマホはアウトダフェ、異端審問判決・処刑の熱狂的ファンであり、闘牛の熱狂的愛好者であり、闘牛士や闘牛や異端者の死に方がまずいと激昂した。物見高く姿勢を正して見物した。

恋愛沙汰になると、マホは炎のように激しく、寛容で寛大だった。恋人に華々しく贈り物をするが、恋人が彼を怒らせるようなまねをすれば、遠慮なく殴りつけた。恋人を捨てるとき、恋人にふられたときは、贈り物を返せと要求した。マハは恋人の伊達男を躊躇なく骨の髄までしゃぶり尽くし、結婚後も、金離れのよい愛人のひとりや二人持つことを厭わなかった。スペイン男は、「通りでは誇り高い貴婦人、教会では天使、ベッドでは娼婦」という女性における最高の特性をそなえたマハを褒めたたえた。外国人も、世界中どこを探しても、生粋のマハほど多くの喜びを約束し、欲望を満たしてくれる女性はいないという点で一致していた。ルイ十六世の大使ジャン＝フランソワ・ド・ブルゴワは、その有名なスペインに関する著書で、マハの大胆さと放縦さを弾劾し、かつマハの放つ魅力と魅惑を称えるために、たくさんの言葉を費やしている。

マホは自分こそ、スペインに冠たる代表者だと思っており、この点では大貴族に譲らなかった。それは国じゅうの一致した見解だった。れっきとしたスペイン人なら、マホやマハの心意気をもっていなければならない。マホとマハは、風俗喜劇サイネテやトナディーリャの一番人気の登場人物であり、作家や芸術家にとって格好の非難の的となった。

マホやマハの装束を
貴族に禁じた
禁令をものともせず
喜んで　色鮮やかな衣装に
身をすべりこませた
会話にはマホやマハが愛する
大言壮語を織り込んだ
多くの大貴族や
ブルジョワが
マホやマハを
演じて悦に入った
彼らの中にマホやマハが息づいていた

17　砕かれた幸福

サン・イルデフォンソで、ゴヤは丁重に迎え入れられた。宿泊所も今回は宿屋ではなく、城内に彼専用の部屋が設けられ、書物やお菓子やワイン、それも彼好みのものばかり揃っている。赤靴下の従僕のひとりが、絶えず召使として彼に仕えることになっていた。あてがわれた一角は三部屋から成り立っており、そのうち一部屋をアトリエとして使うことにした。

ゴドイから夕方六時ころ、馬場にくるよう言伝《ことづて》があった。夕方の会合場所としては珍しい。ゴドイ本人もしくはマリア・ルイーサ王妃が、また乗馬姿の肖像画を描かせるつもりなのだろうか？

馬場にはマヌエル・ゴドイとペパがいた。彼女はゴヤに、にこやかに挨拶した。「ドン・マヌエルが、あなたにこちらに来ていただこうという卓越したアイデアを思いついたの。私たちは、この素敵な山岳地方ですばらしい時を過ごしているのよ。あなたも楽しんでくださると嬉しいわ」。

隣には乗馬服姿のゴドイが、背筋を伸ばし、寵姿をかたわらに置く喜びに満ち、満足げに立っている。

アルバ女公爵の言った通りだ。なんと質《たち》の悪いいたずらだろう。この二人は自分たちが、俺の人生最高の幸福を打ち砕いたとは思ってないだろう、いや、だからこそ、やったのかもしれない。袖にした尻軽女、あばずれペパの気まぐれのために、俺のかけがえのない夏がおじゃんになるとは、なんと阿呆らしく、なんと腹立たしいことか。

平和大公ゴドイは言った。「フランコ、君に何かと注文の多い仕事を頼みたい。まず手始めに、私のために馬上のセニョーラ・ペパ・トッドを描いてほしい。彼女は乗馬服がすばらしく似合うと思わないかい？」。ゴドイがペパに向かって騎士よろしく深々とお辞儀をすると、馬丁が走って、馬を連れてきた。

ゴヤはできれば、生粋マホの流儀で、ペパに強烈な平手打ちをお見舞いしたかった。しかし俺は、もはやマホではない、成功と宮廷生活で堕落してしまった。いったん上りつめたら、怒りにまかせて何もかもだいなしにするわけにはいかない。しかし、丸ぽちゃ姥桜の乗馬姿を描く気にはなれなかった。〈ワシは大空へ、ブタはごみ溜めへ〉――乗馬姿を描かせようとは、このめかしこんだ女の、なんと思い上がっていることだろう。大貴族の貴婦人として描けというのか！　それもよりによって、この俺に！

「残念ながら、そのような注文は私の力を超えております」。ゴヤは丁重に言った。「私は美人画の大家ではないので、私がセニョーラ・トッドの乗馬姿を描いても、私の絵は、あなたがご覧になっている彼女の姿に大きく遅れをとるのではないかと思います」。

ペパの落ち着き払った白い顔が、少しゆがんだ。「あなたが私の喜びをだいなしにすることぐらい、予想できたはずなのに……。フランコ、あなたときたら、私のどんな楽しみもだいなしにするのね」。ペパは幅広の額に皺を寄せた。「お願い、ドン・マヌエル、絵はマエリャかカルニセーロに依頼してちょうだい」。

ゴドイは、この企てはどうやら画家にとっても危険すぎるらしいと見て取った。内心、こういう方法で思い切った企てを回避できたので、ほっとした。「もう一度熟考したほうがよさそうだね。ゴヤのような画家が、君の乗馬姿を敢えて描かないというのに、はたしてマエリャやカルニセーロのような画家が君にとってふさわしいかな？」と落ち着いて言った。

ペナラーラの山がそびえ、心地好い、さわやかなそよ風が吹いていたが、三名の間には不穏な空気がただよった。「では、これでお暇させていただきます」とゴヤは言った。「ばかなことを言わないでくれ。ペパもわかってくれるよ。今晩はあけておいたから、一緒に食事をしよう」とゴドイは言った。

食事の間じゅう、ペパは寡黙で悠然と座っており、そんな彼女は美しかった。ゴヤは彼女と寝所を共にしたいという気持ちにかられた。そうすればアルバ女公爵、ゴドイ、ペパ本人に対する仕返しになる。だが、あいかわらずペパに惹かれるということをペパ本人に示したくなかった。ゴヤも言葉少なだった。

他方ゴドイは病的に陽気で、「ギターをもったペパの肖像画はどうかな？」と閃いた。ゴヤも悪くないアイデアだと思った。〈ワシは大空へ、ブタはごみ溜めへ、ぼうっと夢見がちの顔をしたペパはギターをもって〉か。

ゴヤは意欲的に制作にかかった。ペパは従順なモデルだった。欲望をかきたてるように、しどけなく座り、憶することなくまっすぐゴヤを見つめる。なんともそそられる。ペパが彼を嘲るとき、その後でそのぶん従順になる。だが彼はアルバ女公爵で満たされていた。今はだめだ。肖像画には彼のあらゆる欲望が描き込まれた。猛スピードで仕事をすすめた――俺はその気になれば、〈早描きルカ〉にひけをとらないぞ。三度モデルをつとめさせ、『ギターをもった貴婦人』が完成した。

「すばらしい出来栄えよ、フランコ」とペパは満足して言った。ゴドイはうっとりしている。

マリア・ルイーサ王妃が、ゴヤに自分のところへ来るように命じた。それでは王妃もやはり、この陰謀に荷担しているのか。苦い思いを胸に、ゴヤは王妃のもとへ赴いた。王妃の親しげな挨拶に、ゴヤの理性が戻ってきた。王妃に腹をたてる理由がない。王妃は俺の夏と喜びをだいなしにしたかったわけではなく、宿敵アルバ女公爵のお楽しみをぶちこわしたかったのだ。アルバ女公爵はますます挑発的になってゆくのだから、当然だろう。心の奥底でゴヤは、王妃とアルバ女公爵が自分をめぐって争奪戦をくり広げているのに、ある種の満足をおぼえた。

このことはサラゴーサの親友マルティンに、手紙で知らせてやらなければ。

マリア・ルイーサ王妃は、ゴヤがいてくれるのを心底喜んだ。王妃はゴヤの賢明で党派に左右されない、しかも控え目な判断を高く評価しており、彼の芸術にも理解があった。またゴヤがピエドライタではなく、サン・イルデフォンソにいるのが愉快だった。アルバ女公爵にこの太った中年男を与えたくないわけではない。夜伽には、知的すぎない、軍服をエレガントに着こなせる、ひき締まった体の若者のほうがいい。でもアルバ女公爵は思い上がりすぎている、ときおりお灸をすえてやらなければ！　だからこそ、今、フランシスコ・ゴヤに、カイェターナ・デ・アルバではなく、私を、アリア・ルイーサ・デ・ブルボン・イ・ブルボンを描かせるのよ。

アルバ女公爵のことを考えていると、王妃の脳裏に名案が浮かんだ。「マハとしての王妃を描きませんか」とゴヤに提案した。

ゴヤは不意打ちを食らい、不快に思った――〈乗馬姿のペパ〉の次は〈マハとしての王妃〉を描けというのか？　だが内心、王妃にかなりマハ的要素があるのを認めていた。定められた礼法を無視し、噂をものともしないところ、とりわけ奔放な生の渇望である。マハの装束は、大貴族には仮装舞踏会で許されるのがせいぜいだ。〈マハを気取るマリア・ルイーサ王妃の肖像画〉は、少なくとも見る者に違和感を抱かせることだろう。アルバ女公爵との新たな諍いの種になるに違いない。

ゴヤは慎重に断念するよう忠告したが、王妃は頑として聞き入れない。ようやく「衣装は色鮮やかなものではなく、黒」ということで妥協した。その他の点では王妃はいつものように画家の邪魔になるどころか、サポートしてくれる優秀なモデルだった。王妃は「あるがままの私を描きなさい。理想化しないで。あるがままの私でいたいのです」という言葉をくりかえした。

それにもかかわらず肖像画の制作は、あまり捗《はかど》らなかった。王妃の要求も多かったし、画家がおのれに課する要求も大きかった。ゴドイとペパの関係がなおも続いているので、王妃は嫉妬の怒りから、神経質になっており、モデル役をしばしばキャンセルした。

仕事がないとゴヤは、退屈しのぎに城内や庭園をぶらぶらした。マエリャやバイユーのフレスコ画の前に立ち、下唇を突き出して、嘲るような批判の目で眺めた。神話の人物像の並ぶ噴水の前で、上下動する水の戯れを見た。噴水越しに、噴水の上に巨大な白亜の宮殿を、想像を絶する労苦とともに高地に建設されたスペインのヴェルサイユを、蜃気楼のような城を眺めた。彼は、建造物や庭園のフランス的技巧と、スペインの荒々しい自然との間のわざとらしい対照を、誰よりも強く感じ取ることができた。また、この宮殿を建設したフィリペ五世を、彼が費やした途方もない時間と金と労力を、最初に機会仕掛けの大規模な人工噴水を演出した彼のきまぐれを、誰よりもよく理解できた。おのれの気まぐれに倦んだフェリペ五世は「この噴水のために私は五〇〇万費やしたが、噴水が私を楽しませてくれるのは、五分だけだ」と語ったという。

ゴヤは宮廷の貴人たちと同席するのに耐えられなかった。ゴドイやペパのお相手も嫌だった。光あふれる、堅苦しく、計算されつくした、厭わしいフランス式豪華絢爛さの真っ直中で、ただひとり、そうしたものから距離をとろうとするたびに、アルバ女公爵への想いが、怒濤のように彼を襲った。頭ではありえないとわかっていても、彼女から「フランコ、戻ってきて」という手紙が来るのではないかと夢想した。二人の関係が終わってしまうはずがない。彼女は俺に、俺は彼女にこんなにも強く結びついている!

サン・イルデフォンソを発ちたかった。マドリードの自宅のアトリエのほうが、まだしも安らぎを得られるのではないか。肖像画の制作は延び延びになっている。マリア・ルイーサ王妃は、画家に劣らず神経質になっており、モデルをつとめると約束しておきながら、ますます頻繁にキャンセルした。

すると結果的に、作品の完成は何週間も先送りになってしまうのだった。

パルマで王妃の幼い従弟が亡くなり、王妃は実家である大公家の威厳と高貴さを強調することを重んじたので、通例の礼法以上に、小さな王子のために宮中喪が命じられた。こうなると肖像画のモデルはまたもや中断だ。ゴヤは〈マドリードへ戻ることをお許しください。肖像画は完成したも同然ですから、不備な点はマドリードで仕上げたいと存じます〉と請願書を提出した。だが、返答は「妃殿下は画家が当地で絵を完成させることを望んでおられます。あと十日もすれば、妃殿下はまたモデルをつとめることがおできになるでしょう。貴殿もマドリードから黒服を送ってもらうことが望ましいでしょう」という、そっけないものだった。

マドリードの家人が黒靴下を送り忘れたので、侍従長ベガ・インクラン侯爵はゴヤに王妃の御前に出ないように示唆し、ゴヤは無期懲役を命じられたような気分になった。ゴヤは怒ってアトリエに戻り、白靴下をはくと、墨で右靴下には侍従長に似た男を、左靴下には気性がベガ・インクラン侯爵に似た別の侍従の顔を描いた。彼は今回は、無遠慮に怒りをこらえることなく、マリア・ルイーサ王妃に迫った。国王が主催する集いの席のことである。国王は理解に苦しみ、少し気を悪くして「靴下に描かれた、奇妙な見苦しい小男たちは何だね？」と尋ねた。ゴヤは、どっしりした顔に陰鬱な表情を浮かべ、「喪に服しております。陛下、喪の悲しみの真っ直中にいるのです」と答えた。マリア・ルイーサ王妃は朗笑した。

翌週、絵画制作が再開され、肖像画は完成した。彼は後ろに下がり、『マハを気取る王妃——黒いマンティーリャ姿のドーニャ・マリア・ルイーサ』を、現身《うつしみ》の王妃に引き合わせた。

マハかつ王妃の彼女が堂々と、しかも自然なポーズでそこに立っていた。猛禽類を思わせる鼻、瞳は明敏で貪欲、頑丈なあご、唇はダイヤモンドの歯ゆえ、硬くきっと結んでいる。化粧をほどこされた顔は、英知と貪欲と凶暴さに満ちていた。鬘《かつら》から流れ落ちるマンティーリャを胸元で交差させ、深い襟ぐりのあらわな首は若々しく魅惑的、肉づきのよい腕は美しく、指輪をはめた左手をゆったりと下ろし、右手を胸の上におき、閉じた小さな扇を持っている。好機をうかがい静観する誘惑の仕草だ。

ゴヤは、ありのままの王妃を、過不足なく描こうと努めた。彼のマリア・ルイーサ王妃は醜かった。しかし、その醜さを生き生きした、きらめくような、魅力的とさえいえるものにした。王妃の髪を飾る青みを帯びた赤いリボンの光が、レースの誇らしげな黒を引き立て、靴の金色が、おびただしい量の黒の輝くアクセントになっている。全体を肌色の鈍い輝きを放つ色調にした。

王妃は、文句のつけようがないと思った。耳に快く響く言葉で満足の意を表明し、ゴヤにみずから、このサン・イルデフォンソで複製を二枚仕上げるよう要請した。

敬意をこめて、だがきっぱりと彼は拒絶した。「これほど真剣にこの絵に全力を注いだ以上、複製をつくることは不可能です。しかし私の協力者ドン・アウグスチン・エステーヴなら——妃殿下もご存じの、確かな力量の持ち主です——お望みの複製画を完成させられると思います」。

ついに彼はマドリードへ戻ることができた。

だが、マドリードもサン・イルデフォンソより居心地がいいというわけではなかった。何百回も心の中で言った——最善策はアルバ女公爵に手紙を書くか、俺がさっさとピエドライタに舞い戻ることだ。だがプライドが許さなかった。

彼は　あるがままの自分であることを呪った
なぜ　よりによって
アルバ女公爵に惚れ込んだのだろう？
この厄介きわまる情熱が俺に
次々と犠牲を要求する
彼女にまつわる　すべてが
高い代償を要求する
彼女に対する怒りが
脳裏を去来した
デーモンが　妖怪どもが
どの隅にもうずくまり
俺に飛びかかろうと
虎視眈々とねらっている
そんなデーモンたちが　アルバ女公爵と
ひとつに溶け合った

18　女公爵と王妃

晩夏、アルバ公爵家がマドリードへ戻ってきた。アルバ女公爵はゴヤの前に姿を現さず、何の連絡もしてこない。ゴヤは幾度かアルバ家の馬車とすれちがった。「見るな」と自分に命じても、つい目がいってしまう。乗っていたのは、二回は夫君の公爵、二回は見知らぬ男、一回はビリャフランカ老侯爵夫人だった。

そんなとき、〈宮廷画家ご夫妻ゴヤ・イ・ルシエンテスとセニョーラ・ドーニャ・ホセファを、公爵の音楽の夕べにご招待申し上げます〉というカードが届けられた。演目はハイドンのオペラ『月世界』だ。ゴヤは初めは「絶対に行くものか」と硬く心に決めていたくせに、一時間もたつと心変わりし、出席を決めた。ホセファは、招待に応じるのは当然と考えていた。

ゴヤが不幸にもアルバ女公爵に絡め取られることになった、あの最初の晩と同じく、アルバ女公爵はまだ姿を見せず、初めハイドンのオペラを傾聴させられることになった。隣に座っているのは妻ホセファ。不安と期待と焦燥がゴヤを苛《さいな》んだ。ピエドライタのひとときの思い出が苦く押し寄せてきた。ピエドライタでも公爵が音楽会を催したが、あのとき隣に座っていたのはアルバ女公爵だった。

『月世界』は軽快で優美なオペラだった。美人の娘が二人いる紳士、天文学にとりつかれた金持ちのブオナフェーデは、いかさま天文学者エクリティコに、自分は月にいると思い込まされ、「月」での体験が、地上だったらけして許さないような求婚者に、娘たちを娶《めあわ》せてしまう。公爵本人が、カルロ・ゴルドーニ作イタリア語台本を、司祭――目下パリへ逃亡中――の手助けでスペイン語に翻訳していた。演出は上出来、音楽は懸念していたほど仰々しくなく、状況さえ違えば優美な演目を楽しめたのだが、ゴヤは心の中で悪態をつき、歯ぎしりをした。

ついにオペラが終わり、執事が皆を大ホールへいざなった。

あの時と同じように、アルバ女公爵はスペインの伝統にならい、客人たちを雛壇で迎え入れた。今回、彼女は高い天蓋の下に座っていた。ファン・マルチネス・モンタネスに作らせた、彩色木彫の聖母像が飾ってある。聖母像は両手を組んで、頭を垂れ、スペイン的な誇らしげな微笑を浮かべて、愛くるしい天使たちの頭部で支えられた半月形のスツールに優美に座っている。この愛らしい木彫の下に、アルバ女公爵もやはり愛らしく座っているのだが、彼女のまなざしには冒涜的で人の心を惑わすようなところがあった。今日は化粧をして、白粉をはたいており、ウエストをきゅっと絞り、スカートを大きく広げた昔のヴェルサイユ風ドレスを着ている。わざとらしく人形のようで、滑稽なほど尊大に見えた。きらきら輝く瞳やアーチ形の眉は驚くほど生き生きしているのに、硬い笑みを浮かべた白い顔は、受胎告知に慎ましやかに微笑しながら耳を傾ける聖母の顔《かんばせ》と、婉然たる大胆さという共通点をもち、それだけに二重に罪深く感じられた。

ゴヤは魅せられると同時に怒りにかられ、彼女と自分、二人の間にあるのは何なのか、途方もない恋心なのか、それとも途方もない淫行なのか、何か言ってやろうと戦意を固めた。しかし、彼女は二人きりで話す機会をまったく作ってくれなかった。それどころか彼に対して距離をとり、たいそう丁重に接した。

その他の点でも、この夜会はゴヤにとって腹立たしいことばかりだった。いかさま絵師のカルニセーロがいる。彼が『月世界』の舞台装置の下絵を担当したのだが、そのレモネードのように甘ったるい下手くそな書き割りに、オペラが終わってからも、ゴヤの目はむずむずした。夫君である公爵と義母である老侯爵夫人の友好的な態度にも腹が立った。公爵は「巨匠カルニセーロの書き割りはたいそう美しいのですが、舞台装置の下絵をドン・フランシスコ・ゴヤにお願いできなかったことを残念に思います。妻が、『宮廷画家はこのところ多忙をきわめている』と言うものですから」と言った。またビリャフランカ老侯爵夫人は、「あなたには、ビリャフランカ邸を訪問し、もう一枚私の肖像画を描いてくれる暇などないのですね。悲しいことだけど」と言った――二人の言葉には、かすかな皮肉が込められている。この二人は、俺とアルバ女公爵との間柄が終焉をむかえたことを、うすうす感づいているのだ。

ペラール博士は、まったくもって堪え難い存在だった。ハイドンの音楽について、へどの出そうな博識ぶりを披露している。医師ペラールが、望遠鏡をのぞくブオナフェーデが観察したものを誇らしげに告げるシーンでは、そのつどハイドンがいかに着想豊かな当意即妙の編曲をしているか、またハイドンの音楽は、いかなるリアリズムをもって空を跳ぶ感動を伝えているかを、専門用語を自在に駆使しながら情熱をこめて語ると、ふだんは打ち解けない公爵の顔がぱっと明るく輝いた。だが、この軽薄才子の小賢しいおしゃべり以上に、不愉快なのは、アルバ女公爵と医師との間で交わされる、ゴヤには理解できない親しげなやり取りだった。医師の冗談に、それも二人の間にしか通じない冗談に彼女が笑う。〈おしゃべり医者〉が彼女と話すようすには、肉体関係を結んだ女性に対する征服者の喜びめいたものがあった。

連日この夕べの集いを苦悶と喜びを胸に心待ちにしていたゴヤは、暇乞いをしてアルバ女公爵の影響圏から撤退できたとき、腹立たしくも、ほっとした。帰途、ホセファは「今宵の催しは大成功だったわね。公爵は本当に偉大な音楽家だし、とってもすてきなオペラだったわ」と言った。

その日からゴヤは、〈半月の聖母の下にいるアルバ女公爵〉の小さな板絵を描き始めた。モデルの顔を匿名のままでありながら、何者か識別させるテクニックにおいて、ゴヤの右に出る者はいない。天蓋下の白塗りの顔をした貴婦人には、扇情的で意地悪く嘲笑的で冒涜的なところがあった。アウグスチンがいないときに、こっそり描き、この小さな絵をアウグスチンから隠していた。熱心に手早く描いた。あるとき、うっかり隠すのを忘れてしまい、戻ってきてみると、絵の前にアウグスチンが立っている。「すばらしい。これこそ真実の中の真実です」。「見せ物じゃない。お前に見られるとは不覚だった」とゴヤは答えて、絵を永久にしまいこんでしまった。

アルバ女公爵から何の音沙汰もないまま、さらに一週間が過ぎた。三か月待っても、一年待っても、何の連絡も寄こさないのではないか……。彼女のもとを、ピエドライタを発ったことを深く後悔した。

そんなとき不意に、アトリエに女官オイフェミアが現れ、世間話でもするように、ごく自然な調子で聞いた。「明日の晩、お嬢様とご一緒にクルスへ出かけるお暇とお気持ちはおありでしょうか？　コメーリャの『欺かれた詐欺師』がございます。お嬢様はセギディーリャが絶品と聞いて、期待してらっしゃいます」

ゴヤと女公爵は劇場へ行き、昨日別れたばかりであるかのごとく振る舞い、二人ともお互いに何一つ問い質さず、ピエドライタの出来事については一切触れなかった。

翌週から二人は頻繁に会い、ピエドライタの諍い前と変わらぬ生活を送り、まるで一心同体のように生き、愛し合った。

ふつう彼女は来訪を予告するので、ゴヤもそのときは、ひとりでいるようにはからった。一度予告なしに訪れたことがある。ちょうどアウグスチンがいて、『マハを気取る王妃——黒いマンティーリャ姿のドーニャ・マリア・ルイーサ』の複製を製作中だった。

アルバ女公爵は、王妃の肖像画をじっと見つめた——ライバルが落ち着き払って堂々と立っているわ。ゴヤは王妃の醜さを隠蔽しなかった。それは認めるわ。でもマリア・ルイーサ王妃のわずかばかりの美点、肉づきのよい腕や襟ぐりのあいた胸元をひき立つように描いている。ゴヤは王妃に風格を与えたのよ。カンバスの中の王妃は、本物そっくりなのに、マハであると同時に偉大なる貴婦人で、滑稽なところなど微塵もない——アルバ女公爵は身震いし、王妃が警告を発したときの、あの微かな悪寒をおぼえた。

「なぜ、彼女をこんな風に描いたの？」と意地悪く、アウグスチンがいることなどお構いなしに、単刀直入に尋ねた。

「いい絵です」とゴヤは怒って事務的に答えた。

「わからないわ。この女は、私たちの夏をだいなしにしたのよ。あなたと私の喜びを、下劣きわまりない手口で打ち砕いたのよ。私たち二人とも、彼女の正体が身にしみてわかっているはずじゃありませんか。イタリアの蓮《はす》っ葉《ぱ》女じゃないの。それなのに、あなたは彼女を王妃として描いた。頭のてっぺんから、つま先までスペイン風にね」

「私がこういう風に描いたのは、彼女がこういう人物だからですよ」とゴヤは静かに、だがアルバ女公爵にひけをとらぬ尊大さで答えた。アウグスチンは胸の内で、友に喝采した。

それからというもの彼女は、王妃に対していっそう辛辣な嫌がらせをするようになった。マリア・ルイーサ王妃がパリからたいそう大胆なドレスを調達したと聞いたアルバ女公爵は、そのドレスの型紙を手に入れ、王妃がそのドレスを着たレセプションの翌日、プラドの並木道に、自分の侍女たちを乗せたアルバ家の馬車二台を走らせた——侍女全員、昨日の王妃とまったく同じドレスを着ている。人々は笑い、王妃は怒ったが、アルバ女公爵が期待していたほどの効果はなかった。ビリャフランカ老侯爵夫人はこれを心ない冗談と思い、ゴヤはろくでもない悪ふざけだと思った。

だが彼の非難は
彼女のまなざし　雰囲気
天真爛漫な貴婦人らしい振る舞いの前で
とろけてしまう
ゴヤは　かつてないほど強く幸福を感じた
だが脅威も増大した
脅威は幸福と分かちがたく深く結びついていた

19　娘の死

そのころマドリードでは悪疫がはびこり、とりわけ子供たちが次々と咽頭疾患に倒れた。初めは扁桃炎、咽喉がはれあがり、まもなく飲食物を飲み込めなくなり、脈や心臓の鼓動が弱まり、鼻から異臭を放つ気味悪い色の鼻水が出た。病に伏した子供たちは呼吸困難に喘ぎ、多数の死者がでた。

ゴヤの三人の子供のうち、マリアーノが、ついで末っ子エレナが病に倒れた。

ゴヤは、何の役にも立たないとわかっていても、苦しそうに喘ぐエレナのベッドから身をもぎはなすことができなかった。子供の苦しみは増すいっぽうだ。彼は恐怖を募らせた——あのデーモンが復讐の牙をむいたのだ！アルバ女公爵と一夜を過ごすために、《エレナ大病》の偽手紙をでっちあげたことの報いだ。ついに来るべきものが来たのか！

家庭医のガリャルド博士は、熱い飲み物と湿布を処方し、その後、熱が上がると、水風呂を処方した。彼はヒポクラテスを引用した。確実に実行せよ、暗がりを手探りせよ。

ゴヤは祈祷に逃避した。〈病を癒す聖女〉に治癒の祈願をし、嘆願した紙テープを小さな玉に丸め、グラスの水に入れて子供たちに飲ませた。子供たちが飲み込めないとは凶兆だ。エレナのためにゴヤは大枚をはたき、修道院からエレナの守護聖人がまとう衣の一部を借りてきて、病に伏す娘に毛布としてかけてやった。

ホセファがこの子たちを身ごもった当時を思い出した。聖ライムントや聖ヴィンセント・フェレールの像を家に持ち込み、妻のお産が軽くすむよう熱心に祈願した。万事うまくいったので、聖イシドロ詣でをし、聖者たちに感謝を捧げた。俺がみずから冒涜的に子供をデーモンの、暗い諸力の犠牲として差し出したりしなければ、なにもかも順調だったのに……。

アトチャの郊外へ出て、アトチャの聖母の前で自分自身を弾劾した。〈私は私の快楽のために子供を売り渡しました。後悔しております。私の悔悟の念を受け入れ、どうか助けてください〉。武骨な農夫のような見知らぬ司祭に告解した。ゴヤはこの司祭は自分の告白など理解できないと思っていたが、どうやら司祭は理解したらしい。司祭は優しかった。ゴヤに断食と主の祈りを唱えることを課し、その女性との姦通を禁じた。〈あなたの瞳がもはや妖婦カイェターナを見て曇らされることのないように〉。

——何もかも狂気の沙汰だ。ゴヤは荒らぶる感情を理性によって抑えることを、みずからに命じた。理性が眠れば、夢魔が、錯乱した悪夢が、コウモリの翼もち、猫の顔した怪物が襲いかかってくる。俺の狂気を内に閉じ込めねばならない、おとなしくさせねばならない、外に噴出させてはならない、外部に漏らしてはならない。ゴヤはアウグスチンにも、ミゲルにも、ホセファにも口外しなかった。ただ親友マルティン・サパテールにだけは手紙に書いた。〈あのとき、私は自分の快楽のために、呪わしく罪深い口実を考え出した。今、デーモンたちが、あの嘘を現実のものにしてしまった。最愛の子供が瀕死の重病に伏しているのは、私のせいだ。こういったことは、理性の光に照らせば何の拠り所もなく、実相ではないだろう。だが私にとって、これはとりもなおさず真実なのだ〉。手紙に三度、十字を切ると、ピラールの聖母に大盤振る舞いをして、子供たちの病が癒えるように、ろうそくをどっさり献納してほしいと友人に頼んだ。

アルバ女公爵も、ゴヤの子供たちの病気を耳にしていた。ゴヤは《エレナ大病》という口実をでっちあげたことを一度も話したことはないが、彼女のほうでゴヤの胸中の混乱を察し、女官を送って来訪を予告した。ゴヤに面会を拒否されても頓着せず、妻のホセファを訪問し、「侍医ペラール博士を送ります」と申し出た。

ゴヤは、ペラールが来ても顔を出さなかった。ホセファは「落ち着いた、聡明で博識な方ね」と彼を褒めそやした。ゴヤは口をつぐんでいた。二日後マリアーノは目に見えて快方に向かい、医師は「もう大丈夫です」と太鼓判を押した。だが、三日目に可愛いエレナが亡くなった。

ゴヤの絶望、運命に対する怒りは計り知れぬものだった。愛娘の亡骸の横たわるベッドからアトリエへ向かうと、助けてくれなかった聖人たちに呪詛の言葉をはき、悪態をつき、アルバ女公爵を罵った——あの魔女、あの淫婦の尊大な気まぐれと色欲が俺に最愛の娘を犠牲にするよう強いたのだ。再び死児の床に戻り、愛娘の凄絶な窒息の発作を思い浮かべた。ただ見守るだけで、なす術もなかった。ゴヤのどっしりした獅子を思わせる顔は、極限の苦悩を刻んだ仮面と化した。これほどの苦悩を、辛酸をなめ尽くした者はいないだろう。再びアトリエへ戻ると、苦悩は激怒と復讐心に変貌した。あの売女に、あの尊大な人形のような顔に、今の胸中を吐き出したい、怒りと軽蔑をぶつけたい。

アウグスチンは、ほとんどいつもゴヤの傍らにいたが、まるで自分の存在を消すかのように、爪先立ちでそっと歩き、必要最低限のことしか話さなかった。アウグスチンは何も聞かずに、このところ山積みになっている仕事をゴヤに代わってこなしてくれた。ゴヤは、友の示す思いやりが嬉しかった。自分をよく理解し、安手の慰めの言葉をかけない、この友がありがたかった。

ゴヤは、妻の不同意の驚きをよそに、エレナのために、まるで王女様のような葬儀を命じた。

薄暗い広間に座っていると、弔問客が大勢来訪し、お悔やみの言葉を述べた。二日目になるとゴヤは、弔問客の悲しみを装う空虚な表情に耐え切れず、アトリエに逃げ込んだ。

アトリエで、座ったかと思うと横たわり、また、落ち着きなく歩き回った。紙に鉛筆で夢想を描くことがあっても、完成しないうちにスケッチをやぶり捨てた。

そこへアルバ女公爵が入ってきた。

ゴヤは彼女が来るのを期待し、恋い焦がれ、同時に恐れた。彼女は美しかった。仮面のような顔ではなく、窮状にある恋人を慰める恋する女の顔だった。ゴヤは画家の精確な目でそれを見て取った——彼女は俺を傷つけるが、俺のほうは彼女をもっと深く傷つけているのだ。だが彼の理性は、彼女のまなざしが発する奔放な快楽の猛威の前に、押し流されてしまった。はじめて雛壇に座る彼女を見たときから常に感じていたもの、彼女の不埒で残酷な気まぐれや、そういう女に自分が縛られていることに対する怒り、運命に対する恐怖——俺を苦しめるために、運命はこの女を遣わしたのだ——こういったすべてが、心の中で膨れ上がった。

彼は下唇を突き出した。彼の肉付きのよい顔は自制しようとしても、制御しがたい怒りに震えた。彼女は思わず後退りした。「のこのこやって来るとは！　俺の子供を殺しておいて、次は俺を嘲りに来たのか！」。

彼女はまだ自制心があった。「落ち着いて、フランコ。悲痛から、自分を狂気に追い込むような真似はしないで」と命じた。そうか。この女は俺が何に苦しんでいるのか、わからないのだ。石女《うまずめ》。何も生み出さない女、何も産まず、悲痛も喜びもなく、ただただ空虚な快楽だけがある。石女《うまずめ》、魔女、悪魔がこの世へ送り込んだ悪の化身。

「あんたは、なにもかも知っていたんだ」。彼は怒りと妄想を吐き出した。「見越していたんだろう。俺に、エレナの病気を思いつかせた。『私のためにエレナを犠牲にしなさい、あるいは出世を、芸術を犠牲にしなさい』というわけか。それが、俺があんたのもとへ行く代償か。二度目はピエドライタだ、あんたは俺を宮廷へ行かせまいとした。『名誉を、芸術を犠牲になさい』というわけか。だが、俺はあんたの手中にはまらなかった。お次の要求はマハを気取るマリア・ルイーサ王妃の恥じ知らずな絵か。あんたは俺からすべてを奪う気だ。俺の子供たちを、俺のキャリアを、俺の画業を。忌まわしい石女《うまずめ》の陰部の悦楽のために」——猥褻な言葉を吐いた——「あんたは俺から一切合切を奪う気だ」。

途方もない激怒が彼女をとらえた。恋人を慰めにきた恋する女は、素のアルバ女公爵に、鬼と恐れられたアルバ元帥の曾孫に変貌した——お情けで男のほうから言葉をかけることを許し、私と同じ空気を吸わせることを許してやったのに。こんなにも目をかけてやったのに。この粗野な農夫は、見え透いた口実をもうけたことに対する、浅はかな悔悟のために、私を罵るよりましな方法を思いつかないのね。彼女は小声で、辛辣なまでに愛想よく言った。「当初から、フェンデトーデスのゴヤは宮廷道化になるしかなかったのよ。マホでありたいですって？　あなたはどんな衣装をつけても農夫よ。どうして他の女性たちが、オスーナ公爵夫人やメディナ・コエリのような女性が、あなたに接近したのかわかる？　うすのろ男、間抜け男の立ち居振る舞いがおかしいのよ。あなたを踊らせるのに魔女は必要ないわ、わら人形さん」。小声で話しているのに、子供っぽい声は甲高く野卑に響いた。

彼女が柳眉を逆立てるのを見たゴヤは、かくも彼女を怒らせることができて、少しばかり満足した。だが痛いところをつかれた。彼自身がたびたび心の奥底で邪推していたことを嘲笑されたのである。だが、それは真実ではない、真実であるはずはない。女性たちは退屈しのぎや酔興から、ベッドに呼び寄せたりしない、オスーナ公爵夫人も、メディナ・コエリも、彼女本人だって、そんなことはしない。彼女が彼のもとで百度も悦びを味わい、淡雪のように溶けたさまを思い浮かべた。この売女の生意気で尊大な怒った美しい顔に、これ以上ないほどの卑猥で猥雑な言葉を投げつけてやる。この女をぐいとつかんで、引きずって、文字通りドアからほうり出してやる。

彼女はゴヤが近づくのを見ていた——私を殴る気ね、殴りなさい。でも覚悟しなさい、そんなことをしたら、私のほうがあなたを殺してあげるわ。「あなたにはプライドというものがないの？　あなたのほうが私よりも力が強いのよ、さあ！」と挑発した。

だが、ゴヤは彼女に襲いかからなかった。殴らなかった、ぐいとつかみもしなかった。彼は歩みを止めた。彼女の唇が開いたり閉じたりするのが見えたが、一言も聞こえなかった。病がまたもや彼を襲った。音がまったく聞こえない、耳がまったく聞こえなくなった！

安楽椅子に　彼は身を投げ出した
顔の前で　絶望的に両手を振った

事態を察した彼女は
驚いて駆け寄り
小さな子供をあやすように
彼を撫でたが
何を言っているのか
ゴヤには　まったく聞こえなかった
彼女の唇が動くのだけが見えた
優しい言葉なのは　わかる
彼は目を閉じた
全身の力が抜け　涙がこぼれた

20　フランス共和国

ミゲルは日々、政務に追われていたが、前ほど仕事に喜びをおぼえなくなった。ルチーアへの未練を断ち切り、ゴドイに臣服せねばならぬ怒りを紛らすために、晩は美術研究に没頭しようとした。

偉大なる先達ニッコロ・マキャベリが、失脚後サン・カシアーノの地所での生活を記した本をくりかえし読んだ。〈マキャベリは日の出とともに起床し、森へ行き、木こりに指示をする。それから小一時間、散歩し、泉や鳥のおとり場で休憩し、ダンテ、ペトラルカ、チブール、オービッドといった愛読書を取り出し、彼らの愛の物語を読みながら、自分の恋物語を思い、しばし思い出に耽る。それから街道の宿屋へ行き、旅人から新情報を集め、旅人の見解を探る。わび住まいに戻り、質素な食事をする。居酒屋へ行き、居酒屋の主人・肉屋・粉屋・二人のれんが工とチェスやトランプをする。きまってわずかな金額をめぐって喧嘩をし、その口論はサン・カシアーノの村まで響く。晩にマキャベリはみすぼらしい衣服を脱ぎ、礼装し、彼の蔵書に、古《いにしえ》の偉人たちの集いに向かう。彼らとの歓談は楽しく、彼らのほうでも彼に親しげに語りかける。かくして彼は自室にこもって憂いなき四時間を過ごし、不愉快な日常生活を忘れる。貧窮を思い煩うこともなければ、死の恐怖に怯えることもない。古典作家たちとともに生き、彼らと問答し、彼らの著作を読み、自著の執筆に励む〉。

ミゲルはマキャベリにならおうとした——絵画・書物・原稿に囲まれて、芸術家事典の執筆に励もう。ときおり一、二時間、執筆に没頭し、ルチーアの肖像画から心身をもぎはなすことができた。

ルチーアのほうは、頻繁にこだわりなく手紙を書いてきた。まるで本当に夫から委託されてパリ旅行をしているように、政治について、いろいろ書いてきた。〈影響力ある著明な方々とお近付きになりました。驚くことばかりです。彼らはスペインがなおもフランスとの同盟を渋っていることに腹を立てています〉。

パリの画家たちについて、とりわけ画家ジャック＝ルイ・ダヴィッドの伸展ぶりについて報告してきた。〈ダヴィッドはロベスピエールの失脚後、二度も投獄されました。品位をもって慎重に彼の古典的な共和国の理想を放棄することなく、新体制に、自由・平等の精神の路線変更に適応しています。新たに組織された学芸院の絵画部の会員に任命され、美術行政の企画責任者として美術館の組織化を企てるなど、フランス画壇きっての声望と影響力をもっています。現在、大作『サビーニの女たち』を制作中です。ローマ人に娘や妹を略奪されたサビーニの男たちが時節を待ってローマを攻撃するのですが、そのさらわれた女たちが戦闘のなかに割って入るさまが、新古典主義の画風と古代風に装った裸体人物で描かれています。当代の政情を反映し、党派争いの和解を願う気持ちをあらわしています。獄中すでに、この絵のプランを練っていたそうです。何か月も前からじっくりと丹念に制作しています。パリじゅうが作品の進行を固唾をのんで見守っており、二週間ごとに公報が出されます〉。

後に彼女はパリの巨匠について追加報告をし、ミゲルに銅版画や絵画を送ってきた。ダヴィッドの絵もあった。〈安く入手したかったのですが……〉という。ミゲルは複雑な気持ちで、高価な諸作品と対峙した。飽くことなきコレクターとして、これらの品々を所有できるのは嬉しい。だが自分に期待されているのは政務で、同盟の締結を促進させるのが仕事だ。このような駆け引きをすると、自分の主義が曲解されるかもしれない。

ゴドイが文書で明示しなくても、フランスと手を結ばねばならないのは明らかだ。同盟を結べば、スペインは強大化したフランス共和国と、のっぴきならぬ関係になるが、フランスの助力がなければ、スペインは圧倒的強さを誇る英国艦隊から植民地を守れないというのが現状だ。平和大公ゴドイが盟約を果たしても、非難を浴びることはないだろう。

しかしゴドイはなおも躊躇し、絶えず新たな口実をこしらえ、パリをうまく釣っておこうとした。国王や秘書官ミゲルの前では、「スペインを、半永久的になりそうな桎梏《しっこく》につなぐのは不安です」と愛国者の誓いをした。マリア・ルイーサ王妃は満面に笑みを浮かべ、ミゲルは腹の中で笑った。二人とも、宰相の態度を左右しているのは、たいそうプライベートな理由であることを知っていたからだ。

実はゴドイは、フランス王家の大使アブレの娘、可憐なジュヌビエーブと色事におよんでいたのである。

彼は情熱もなく、乗り気でもなく、この情事に迷い込んだ。退屈な公式パーティーのある晩、彼はジュヌビエーブにかりそめの好意を抱いた。ふだんはいけ好かない少女の子供っぽい痩身に、そのときはなぜか惹かれた――この少女は最も由緒あるフランス貴族の出だ。認めたくはないが、彼はゴヤに少し嫉妬していた。ペパが今なお画家に恋着しているのを、ぼんやり感じていた。自分はペパに首ったけというわけではない、ペパの地位は絶対安泰というわけではないと思い知らせる、いい機会だ。口実をこしらえて、ジュヌビエーブを呼び寄せると、いきなり襲いかかった。おぼこ娘はびっくりして逃げ出し、真っ青になって父親にこの横暴な奇襲を訴えた。いっぽうアブレは厄介な問題に直面していた。フランス共和国は、スペインにフランス王家の残党への支援を打ち切るよう迫っていた。噂によると国外追放を要求しているらしい。これが目前に迫った同盟の条件になるかもしれない。主君ルイ十八世は亡命し、経済的逼迫《ひっぱく》のなかドイツをさすらう身の上だ。フランスからの資金援助が頼みの綱なのだが、それをアブレがスペイン国王の大臣に懇願せねばならないのである。けだもののような平和大公ゴドイが愛娘に惚れたのは、神の摂理かもしれない。あのミノタウルスのような化け物に、可愛いジュヌビエーブを差し出すのが、祖国に対する義務ではないだろうか？

かくしてジュヌビエーブ・ド・アブレは、ゴドイの愛人リストに名を連ねることになった。ゴドイの小娘に対する情欲は、たちまち消え失せた。肝心のペパが、彼の新たな情事に気を悪くするどころか、歓迎したのだから、なおさらである。しかし痩せっぽちの小娘はしぶとかった。おまけに小娘の後ろには、その父親が丁重かつ脅かすように控えている。ヨーロッパを股にかけてきたアブレは「スペインはフランス君主制の窮状につけ込み、フランス貴婦人を辱めた」と陰気に嘆き、ゴドイにばつの悪い思いをさせた。同盟を締結し、フランス王党派を追放し、ぐちっぽいジュヌビエーブとその父親を厄介払いしたかった。だが平和大公ゴドイたる者が、恋人のうら若い乙女を国外追放したら、彼と同地位にある人々、十二の第一級の大貴族たちは、どんな顔をするだろう！ペパやマリア・ルイーサ王妃から、どんなに嘲弄されることだろう！

いっぽうパリ総裁政府は、政治にゴドイの情事を介入させる気などさらさらなかった。スペインに甘すぎるという理由で、大使ペリニョン将軍を罷免し、後任として市民フェルディナン＝ピエール・ギヨマルデを任命した。パリ在住のスペイン密偵が市民ギヨマルデの経歴を報告してきた。それはスペイン宮廷のサン・イルデフォンソ城の晴れやかな避暑に暗い影を投じた。ギヨマルデはまだ若く、パリ近郊の村医者だった。サオネ・エ・ロワール県はこの狂信的な共和主義者を国民公会へ派遣した。ルイ十六世の裁判で彼は「私は裁き手として死刑に一票を、政治家として死刑に一票を投じます。それゆえ私は死刑に二票を投じます」と表明した。北方の三つの県の特別委員に任命された彼は、これまで「寺院・教会もしくは礼拝堂」の名で知られてきた公の建造物は、これからは迷信・盲信ではなく、公共福祉のために用いるよう布告した。フランス共和国はこの国王殺しの無神論者を、王党派追放と同盟締結の圧力をかけるために、サン・イルデフォンソに派遣したのである。

ギヨマルデは到着すると、まずスペインの大臣合議体に出頭した。ハンサムできちんとした、高慢で、礼儀作法を重んじる、そっけない男性――スペイン国王の大臣たちは彼をそのように見た。ギヨマルデのほうは〈スペイン内閣は、一羽の七面鳥にふり回される四人の愚か者から成り立っています〉とパリに報告した。

ギヨマルデは共和国の任務につくと、規則にしたがい、「私は共和国に対する心からの忠誠と、国王に対する永遠の憎悪を誓います」と荘重な宣誓をした。彼は「大使として、スペイン宮廷でこの君主に対する憎悪をあからさまに示すわけにはいきません。いかなる態度をとればよいでしょうか」と総裁政府に丁重に指示を仰いだ。すると「スペインの宮廷作法にけして逆らわず、そのぶん政治的要求の面では断じて譲らぬように」と助言された。その結果、この新米の市民大使はかなりの屈辱を味わうはめになった。

まずギヨマルデは仰々しい謁見で、スペイン国王に外交使節信任状を渡し、国王一家にお目見えした。玉座の間には国王夫妻の他に王子や王女が集まり、このフランス国王殺害者は、愚か者カルロスと、悪女メッサリーナにも比すべき淫蕩《いんとう》なマリア・ルイーサの手のみならず、ぐうたら息子とぐうたら娘の手にも恭しく口づけしなければならなかった。おまけに一番年少の小さなフランシスコ・デ・パウラ、七面鳥の私生児が走り寄ってきて、嬉しそうに「パパ、パパ」と叫んで彼を歓迎した。

ギヨマルデはその直後に、宰相ゴドイの低劣な嘲りをぐっと堪えねばならなかった。ギヨマルデは覚書で、総裁政府の指令によってフランス共和国官吏は〈市民〉を名乗らねばならないことを示し、〈閣下〉という呼び掛けを断る旨を申し出た。ゴドイは答えた。「〈あなた〉という呼びかけは、スペイン語では通常ではないと、閣下に申し上げねばなりません。通常、身分の低い人々には〈貴公〉、高位の人には〈閣下〉、非常に身分の高い人々が同じ身分の人どうしに〈君〉と呼びかけます。〈閣下〉という呼びかけが許されないなら、私は将来閣下との交際において〈君〉という呼びかけの語を用いることになると、閣下に申し上げます」。

それでもギヨマルデが共和国のために耐え忍んだ不快感は、国王が彼のために催した特別記念祝賀会によって少々埋め合わされた。

マリア・ルイーサ王妃は、新任のフランス大使が気に入った。毅然とした印象的なおもざしで、最近パリ総裁政府が高位の共和国官吏に定めた、色鮮やかできらびやかな制服がよく似合う。その美しい容姿は、痩せっぽちでみすぼらしい初老のアブレとは比べ物にならない。マリア・ルイーサ王妃は、市民ギヨマルデの機嫌を損ねないよう、彼のために特別記念晩餐会を設けることを表明した。平和大公ゴドイにとって、なんとも具合の悪いプランだ。ルイ十六世の首をはねた張本人にそのような度外れの栄誉を許可したら、可憐なジュヌビエーブが死ぬほど気に病み、彼女の非難の嘆き節を聞かされる羽目になるのは目に見えているうえに、厭わしい下賤の身のギヨマルデが、そんな形で称賛されるとは腹立たしい限りだ。彼は王妃に「フランス男をそういう形で表彰するなんて、共和国の要求にあっさり屈伏したも同然です」と語った。ゴドイの本心を見抜いた王妃は、彼の当惑をおもしろがり、「愛しい人、二枚舌はおよしなさい。私はギヨマルデが気に入ったのよ」と優しく言った。ゴドイは、少なくともアブレも招待すべきだと提案した。マリア・ルイーサ王妃は、別の難問が持ち上がるだろうと予期しながら、ゴドイの目を覚まさせてあげるわと、ほほ笑みながら同意した。

サン・イルデフォンソの特別記念晩餐会は、ほぼ十年前にヴェルサイユで催されたような、贅を尽くした豪奢なものだった。テーブルの上座にルイ十六世の殺害に手を下した下賤の身のギヨマルデが輝くばかりの華麗な姿で座り、はるか下座には追放された王家の代表者アブレが擦り切れた制服を着て、細身の娘と並んで座っていた。きらびやかな市民ギヨマルデは、哀れな王党派を意地の悪い目つきで眺め、アブレのほうは生まれながらの品格で相手の視線を無視した。

食後、国王夫妻による接見が行われた。市民ギヨマルデに敬意を表し、肉・豆・腸詰めなどの煮込み料理、庶民的なオリャ・ポドリダが供されたのだが、国王はこれが大好物で、喜んで話題にした。

「スペインの民族料理はいかがですか、侯爵」と国王は、陽気にアブレに尋ねた。庶民的な味付けのボリュームある料理が口にあわないアブレは、わずかな称賛の言葉をくりだすのにてこずった。堅物が苦手な国王は、アブレに構わず、今度はもうひとりの大使ギヨマルデに向かった。

「スペインの民族料理はいかがですか？　あなたに敬意を表して供したものです」とよく響く声で尋ねた。それから国王は、古典的なオリャ・ポドリダをつくる様々な方法について詳しく述べた。「九種の野菜と七種の香辛料を用いる点では共通しているのですが、牛・羊・鶏・豚ソーセージ・ベーコンを主にするか、肉類は三種にするかについては、意見はさまざまに分かれています。私個人としては、五種類の肉を全部入れるのが好きです。できるだけ、たくさんのものを入れて、よく混ぜます。これを食べるたびに、『国王が国民のあらゆる階層とつながりをもつのに似ている』と思うのです」。

暴君とその妻がそれなりに努力しているということは、大使ギヨマルデをいい気持ちにさせたが、王党派の裏切り者を自分と同席させた非礼には、憤りをおぼえた。表彰の件は瞬時に忘れ、たちまち屈辱に対する怒りが膨れ上がった。彼は腰を据えて、かねてからの諸要求に関する厳しい覚書を書き、王党派のフランス難民をただちに追放せよと、脅すような言い回しで要求した。

マリア・ルイーサ王妃はゴドイに「あなたが提案したアブレ招待の件が、昔からの誹に、火に油を注ぐ結果になったわ」と優しく注意した。ゴドイは返す言葉もなかった。下賤の男の要求に従うのは、不名誉な敗北だ。背に腹はかえられない。

ヤヌスの双頭に先導をつとめさせ、平和大公ゴドイは豪華な馬車でギヨマルデの先に立って案内した。ゴドイは一度認められた賓客の特権にそむくのは、礼儀正しきスペインの根本規則に反するとくだくだしく説明した。ギヨマルデは「スペイン王室政府はこれからも、フランス王家の残党がスペインの国土に存続するのを許容もしくは支援するなら、フランス共和国はそれをフランス共和国に対する敵対行為と見なします」と言った。

ゴドイの少し顔が青ざめたが、予期していなかったわけではない。「アブレが一年以内にルイ十八世を訪問し、ドイツに滞在するなら、スペイン宮廷を憂慮から解放することになると、アブレにそれとなく理解させましょう」とゴドイは慇懃に答えた。ギヨマルデが冷たく、さらに脅すように「共和国はそのような再延期は……」と言いかけると、「聞いてください」と平和大公ゴドイが口をはさんだ。「スペイン王室政府は客を歓待するという評判を落とさないためにも、他の分野でフランス共和国に歩み寄りましょう」。ゴドイは立上がり、勲章をカチャカチャいわせながら、重々しく告知した。「私は閣下に、スペイン国王の名で次の表明をするよう委任されております。アブレが一年間はスペインにとどまることを承知なさるなら、スペイン国王は二週間以内に、フランス共和国がこの前の覚書で提案した形で、同盟条約を締結する心構えがあります」。

かくして、おおいに手間取ったスペイン王国と、唯一不可分フランス共和国の相互防衛条約締結が合意に達した。スペイン国王は、そこから必然的に生じる大英帝国との闘争を斟酌せねばならなかった。

艦隊も港も
戦争の態勢に入った
サン・イルデフォンソの城で

荘重に
スペイン国王と
フランス共和国の
友好関係を記す条約が
署名・押印された
イギリス大使
セント・エレンス卿は
通過証を所望した

21　ラ・マルセイエーズ

ゴヤは何日も狂乱状態で、音のない世界に閉じ込められていた。慰めようとする人間がいると、手のつけようのない怒りを爆発させて拒絶し、ことさら愚かしい振る舞いをした。今や誰もがアウグスチンにならって、彼の姿を見かけただけで、足音をしのばせ、そっと歩いた。ゴヤ自身、我が身をもてあましているのがわかった。

アルバ女公爵が来訪した。召使は、いかなる訪問客だろうが撃退し、誰一人ゴヤと面会させないように厳命されていた。ホセファが応対し、丁重に断った。夫の虚脱状態は、子供を亡くしたためではなく、この女性のせいだと、ホセファにははっきりわかった。「主人はしばらく、もしかしたら何か月も、仕事も社交も無理だと思います」。

何日も、一週間以上ゴヤは、ホセファとアウグスチン以外は誰も近づけなかった。この二人にも、無言の怒りをぶつけるだけだった。

根っから勤勉なアウグスチンは、このところ暇なので、エッチングのテクニックを磨くことに専念して日々を過ごした。銅版画家ジャン＝バプチスト・ル・プランスは、松脂《まつやに》の粉末（アクアチント）を用いて明暗階調を得る方法を編み出した。ル・プランスは生涯それを極秘にしていたのだが、死後、百科全書で世に知られるところとなり、勉強熱心なアウグスチンはそれを試すことにした。ゴヤはぼんやりと、ただ眺めていた。ゴヤも若いころ、ベラスケスの模写をしてエッチングを制作したが、あまりうまくいかなかった。アウグスチンは、この新技術は師匠を魅了するにちがいないと思ったが、賢明にもそれを口に出さなかった。ゴヤはいっさい問い質さず、アウグスチンの仕事机を行ったり来たりしながら、じっと見守った。

ときおりミゲルがやってきた。当初はほとんど無言だったが、次第にやや大きな声でアウグスチンと歓談した

——ゴヤは二人の歓談についてきているだろうか？

一度ゴヤは聞き耳をたてているということを隠さなかった。ミゲルが画家ジャック＝ルイ・ダヴィッドが新体制に鞍替えしたことを話したときのことである。アウグスチンはその話を聞くと、嘲笑的なコメントをした。「ダヴィッドの作品は様式は完璧ですが、空虚で表面的な感じがすると、前々から思っていました。ダヴィッドが自由・平等・友愛の精神から離脱し、支配権力に、大ブルジョワの実業家側に寝返っても、驚くに値しません」。ゴヤは意地悪い笑みを浮かべた——それじゃ、共和主義者の鑑《かがみ》ダヴィッド、親仏派の偶像は時勢に迎合したわけだ。すると今度は友人たちは、俺が革命家になることを期待しているのかな。「金が錆びるご時世だ。鉄はどうしろというんだ？　ダヴィッドが処刑台にのぼりたくないというのは、よくわかるよ。だが、彼が断首台の露と消える道を選んでいたら、彼の絵は古代ギリシアの美の追求以上のものになったのに」とゴヤは怒って言った。

親友マルティン・サパテールが思いがけず訪れると、ゴヤはやっと心が晴れた。実はホセファがサラゴーサに手紙を書いたのだが、彼女もマルティンも、マドリードに来たのはゴヤのためだとは一言も漏らさなかった。

ようやくゴヤが、苦悩や怒りを忌憚なく打ち明けられる人間が現れた。「女のために『子供が瀕死の重病だ』などと嘘をつく羽目になった。俺にそんな考えを吹き込めるのは、あの猫かぶりで性悪のアルバ女公爵ぐらいだ。子供を殺しておきながら、あの女は俺のところへきて、俺を嘲った。俺があの女の罪を面と向かって言ってやると、報酬に満足できない娼婦のように下品な言葉で俺を打ちのめした。すると怒りが俺を襲い、俺は聾者になった」。

マルティンは煙草を吸いながら、静かに注意深く耳を傾けた。何も言わなかった。どっしりした鼻の上の明敏で優しげな瞳に、ものおもわしげな同情の色があった。

「俺が気が狂ったと思ってるんだろう」。ゴヤは荒れた。「皆が、俺のことを気がふれたと思っている。まるで発狂したかのように、俺を避ける。俺は狂ってなんかいない。そいつは侮辱だ。俺が狂っているとしたら、あの女が俺に魔法をかけて、狂人の振る舞いをさせるんだ。『精神病院』の絵を見せたとき、あの女は『一役買いたいわ』とぬかした」。

「これだけは言っておきたい」。ゴヤはしばらくすると、また話し始めた。それまでは、やや大声でしゃべっていたのに、マルティンにぐっと近付き、小声で秘密めかして話した。「俺は、今のところは、まだ狂ってはいない。だが、いつか狂う日がくるかもしれない。たびたび、いや、しょっちゅう、そういう気がするんだ」。

慎重なマルティンは言葉少なだった。だが、この泰然自若たる友がいてくれるだけで、ゴヤは気が休まった。

マルティンがサラゴーサへ戻る直前、ビリャフランカ老侯爵夫人からの使者がきた。〈ピエドライタでも話題にのぼりましたが、私の二枚目の肖像画を描く時間はおありでしょうか〉という問い合わせだった。

依頼を引き受けるよう説得するマルティンに対し、ゴヤは乗り気でないふりをした。しかし内心はすぐ引き受ける決意をしていた。この依頼は裏でアルバ女公爵が糸を引いているかもしれない、ビリャフランカ邸で仕事をしていれば、偶然彼女が義母である老侯爵夫人を訪問するかもしれない。もう一度会いたい——怒りと欲求が燃え上がった。会ってどうするつもりなのか、自分でもわからない、だが、とにかく一目会わずにいられない。彼は老侯爵夫人の依頼を引き受けた。

ビリャフランカ老侯爵夫人は、ゴヤと嫁との関係を、ゴヤにとって好ましい以上に感づいているらしかった。老侯爵夫人の優しげで尊大な瞳にまっすぐに見つめられると、たびたびゴヤは内兜《うちかぶと》を見透かされるような気がして、依頼を引き受けたことを後悔した。

にもかかわらず、仕事をずるずると長引かせた。アルバ女公爵が来るのを期待し、恐れるためばかりではない。老侯爵夫人と向かい合うと、アルバ女公爵の行状における、ゴヤが今まで考えたくなかった、あるいは考えまいとしてきた、いわくありげで曖昧なところが見えてきた。怒りにまかせて彼女を「石女《うまずめ》」と呼んだことがある。だが、ほんとうにそうなのか？　もし彼女が寝所をともにした男性たちとの間に子供をもうけているとしたら、夫や義母は、はたしてその私生児にアルバ姓やビリャフランカ姓を名乗らせるだろうか？　彼女はこうした厄介事を避けるために、ペラール博士や女官オイフェミアの手を借りているのではないだろうか？　もしそうなら、ペラール医師との親密さの説明がつく。ゴヤはビリャフランカ老侯爵夫人の肖像画を描きながら、アルバ家の内情は意外に複雑なのではないかと思った。

老侯爵夫人の肖像画は、うまくいかなかった。これほど一枚の肖像画のために多くのスケッチをしたことはないのに、自分でも何を描こうとしているのか、まったく見えてこない。聴覚もあいかわらず不調だ。安心感を抱いている相手なら、唇の動きを見ただけで、何を言っているのか、たやすく読み取ることができるのに、老侯爵夫人の言葉はほとんど理解できなかった。お目当てのアルバ女公爵はついに現れなかった。

マルティンがサラゴーサへ戻ると、今度はミゲルが頻繁に顔を出すようになった。ゴヤが多くを語らなくても、ミゲルは、友の憂慮や混乱を察していた。ミゲルは〈好意に甘える〉という形をとって、ある提案をした。情に厚い彼は、友ゴヤを助けたかった。

「ゴドイとフランス共和国大使との関係は、あいかわらず冷ややかだ。外交上、ギヨマルデのご機嫌を取り結ぶのが得策なのだが、平和大公ゴドイは、賤民ギヨマルデに個人的敗北を喫してからというもの、露骨に反感を示したいという気持ちをおさえることができない。秘書官の僕は、このフランスの要人を宥めるためにあらゆる手段を用い、あらゆる機会をとらえて彼の意を満たそうとしている。さて、ギヨマルデは芸術に色気を見せている。王党派の大使アブレが、スペインで最も偉大な画家に肖像画を描いてもらったことが癪にさわるらしい。『ゴヤが私の肖像画を描いてくれれば、嬉しいのだが』と僕に暗示した。ドン・フランシスコ、君がこの依頼を引き受けなければ、スペインの自由主義信奉者のために貢献することになる。君にとっても、いい気晴らしになるんじゃないかな。ただ、すぐ仕事にかかってもらわねばならない。あのフランス男は気が短い。ゴドイがしょっちゅう、これみよがしに待たせるものだから、いらいらしている」。

ゴヤは、ビリャフランカ老侯爵夫人の肖像画制作を中途でやめる口実ができて、ほっとした。老侯爵夫人は、彼の弁解を優しくさえぎり、「私の肖像画は、また暇ができて、その気になったときに始めてくだされぱいいわ」と力づけた。

老侯爵夫人には優しくしてもらったが、ゴヤはやるせない気持ちで、ビリャフランカ邸を後にした。肖像画を完成できなかった――彼女に対しても、自分に対しても恥ずかしい。こんなことは、以前はめったになかったのに。その後も、しばしば未完成の絵を思って苦悶した。

ゴヤはそれだけいっそう熱心に、新たな仕事に励んだ。ギヨマルデは、ゴヤがすぐさま要請に応じてくれたことに気をよくし、愛想がよかった。ギヨマルデは職務の象徴である制服姿の自分を描いてもらおうと考えた。「敬愛する巨匠、私ではなく、フランス共和国を描いていただきたい」と要求し、もったいぶった身振りで語った。「共和国はここ数年のうちに、多くの変化をこうむった。市民《シトワイエン》ゴヤ君、君もきっと、事物の発展をとらえるアリストテレスのデュナミス（可動態）とエネルゲイア（現実態）について、あらゆる事物に当初から内在し、実現をめざす力を、瑞兆《ずいちょう》を耳にしているだろう。共和国が共和国として円熟すればするほど、共和国のフェルディナン＝ピエール・ギヨマルデはますます市民《シトワイエン》ギヨマルデになるのだ」。

ゴヤは仰々しいフランス語をほとんど理解しなかった。しかし画家ダヴィッドのことが脳裏をかすめた――ルイ十六世殺害の下手人で教会破壊者ギヨマルデは、共和国が民衆の影響を脱し貪欲な大ブルジョワの手に委ねられたとき、いかに苦悶し苦闘したことだろう。ギヨマルデはこの変化を口外しまいと努めている。彼の態度には、耐えざる緊張があり、彼の瞳には狂人めいた誇りがある。この男は自己欺瞞へ逃れようとすればするほど、ますます深刻な狂気に追い込まれてゆく……。

これを描けるとは、なんと喜ばしいことだろう。ギヨマルデの言葉はきちんと把握できなかったが、ゴヤは相手が望むものを描いた。無敵の共和国、偉大で芝居がかった共和国、そのご大層《たいそう》な狂気めいた思い上がりを描いた。

聴覚を失ったために、ゴヤの目はいっそう鋭くなった。失われた音の世界を、色彩で、色の世界で補おうとした。以前は一度も使ったことのない色彩、青・白・赤の陶酔、共和国の色彩を描いた。

フェルディナン・ギヨマルデ、田舎医者、今や唯一不可分フランス共和国大使、ルイ十六世に二度死刑宣告をし、スペイン王国にフランスへの従属を強いた男が座っている。紺青の制服姿で、もったいぶってやや横顔を見せる姿勢をとり、頭部はしっかりと鑑賞者へ向けている。鑑賞者の真ん前で、彼のサーベルの柄頭《つかがしら》がきらめき、飾り帯の青・白・赤のリボンが輝く。青・白・赤の羽飾りと青・白・赤の帽章のついたきらびやかな舟形帽子が机に投げ出されている。片手は椅子の背もたれをつかみ、もういっぽうの手は力強く効果的になまめかしく太股に置いている。すべての光が彼の顔で反射している。短く刈った黒い巻き毛が形のよい広い額を囲み、弓なりの唇、細い鼻梁の高い鼻。自分の値打ちを知る聡明な男の面長の整った顔。椅子、机、房飾りのついた卓布といった付属品は、ほのかに黄金色に輝き、青みを帯びた色調にした。混乱の中にも配列の妙をみせる大胆な色彩の不協和音。

初めゴヤは厭世的な気持ちで、大使の顔や態度を実物以上に高慢に、実物以上に気取った風に描いた。この男と共和国の妄想をより辛辣にあらわにした。だが用意周到なミゲルとアウグスチンから、ギヨマルデの目的意識をもった活力や共和国の途方もない成果について聞かせられると、嘲笑への傾きを緩和し、ギヨマルデの長所をより明確に描き出した。

現身《うつしみ》のフェルディナン・ギヨマルデは
絵の中に座る
市民《シトワイエン》フェルディナン・ギヨマルデの前に立った
二人のギヨマルデは
互いの瞳をのぞきこんだ
自分の姿
自国の偉大さに感動して

フランス大使ギヨマルデは言った
「これこそフランス共和国です」
ゴヤには　その言葉が
よく聞こえなかった
だが　ギヨマルデの瞳や
唇の動きを見て
ゴヤの心に
フランス国歌「ラ・マルセイエーズ」が響いてきた

22　医師ペラールの選択

マドリードの多くの子供たちを死に至らしめた疫病がほぼ鳴りを潜めたころ、マリア・ルイーサ王妃の末っ子フランシスコ・デ・パウラ王子が病に倒れた。王妃は八児を出産、存命した七名のうち、末っ子のパウラ王子を一番可愛がっていた。赤みを帯びたブロンドの少年は、まぎれもなくゴドイの息子である。この秘蔵っ子が今や、断末魔の苦しみに喘ぎながら、手の施しようもなくベッドに横たわっていた。

老齢の侍医ヴィンセント・ピケール博士は冷水と冷湿布を処方した。王妃は陰鬱な面持ちで、最も敵視しているマドリード一有名な医師ペラール博士の診断を求めた。ペラールは老いた侍医の言葉に丁重に注意深く耳を傾け、老医師が驚きあきれて、あいた口がふさがらないような処方をした。

王子は快復し、元気になった。

マリア・ルイーサ王妃は、ペラール博士にこれからも小さな王子ばかりでなく、彼女自身や王家全体を診てもらえないかと尋ねた。

王妃の申し出は、実に魅惑的な誘惑だった。王家の侍医になれば、王室一家の政治問題・私的問題に及ぼす影響力は計り知れず、スペイン王家のすばらしい美術コレクションが手に入るだろう。だが引き受ければ、学問や趣味に費やす時間が奪われ、アルバ女公爵との甘美で刺激的な絆をきっぱり断念せねばならなくなる。ペラールは恭しく「熟慮の時間をいただきたいと存じます」と申し出た。

ふだんは明晰で落ち着いた彼も、とまどいを隠せなかった。王妃の申し出を拒否すれば、幸運の女神の手招きに背を向けるばかりか、王妃を敵にまわすことになる。だが、なんとしてもアルバ女公爵を失いたくない。

彼ほどアルバ女公爵をよく知っている人間はいなかった。本人以上に彼女をよく知っているのではないだろうか。彼女は羞恥心なく淡々と、医師に身体を百回も診察させ、肉体の苦しみを訴え、助けを求め、助言を受け入れた。教養あるペラール博士は、古代ローマの貴婦人は、医療行為の助手や顧問として買い取った学識あるギリシア奴隷に、美しい裸体の手入れをさせ、奴隷の器用な両手は、彼女たちにとって、ブラシや香油をふくんだスポンジと変わらないことを知っていた。アルバ女公爵から男友達・助言者・腹心の友として遇されても、彼女は自分のことをそうしたギリシア奴隷医師以上の存在とは考えていないのではないか——しばしば、そんな疑念にかられた。

純然たる自由精神の持ち主を自認する彼は、ド・ラ・メトリー、ドルバック、エルヴェシウスを師と仰ぎ、感情や思考は小便や汗と同様に肉体の産物だと深く確信していた。人体の解剖学的構造も快楽も個体差はなく、雌牛に飛び掛かる雄牛の発情と、ベアトリーチェに対するダンテの愛は程度の差だ。愛は根本的に情欲とは異なるなどというのは、美化された盲信だ。ペラール博士は自らを唯物快楽主義者と位置づけ、「生の唯一の意味は快楽である」と表明し、エピクロス学派の端くれを自称した。

しかしアルバ女公爵の前では、こんな哲学は何の役にも立たなかった。真剣にねらいを定めれば、彼女を相手に一夜の快楽を満喫することはできるだろう。だが妙なことに、主義に反して、それだけでは満足できなかった。彼女からもっと多くのものを受け取りたかった。彼女が男性を選択するようすを観察し、その唯一の規範が感情であるのを見て取った。その感情は一時間か、もっと短い時間しか続かないが、その瞬間たしかに現存している。無差別任意の選択ではなく、そのときそのとき、ひとりの男性を選んでいた。そして残念ながら、自分にお鉢がまわってくることはなかった。

マリア・ルイーサ王妃の申し出を拒否するのは、愚の骨頂だ。人生最大のチャンスを棒にふることになる。アルバ女公爵の気まぐれが、自分に有利な展開を見せることはないだろうが、王妃の申し出は断ろう。アルバ女公爵のもとで呼吸できないなら、彼女のしなやかな身体のはかりがたい気まぐれを間近で観察できないなら、自分の人生の意味は失われてしまう。

彼はアルバ女公爵に、王妃からの申し出の件を小声で、さりげなく語った。「丁重さは不可欠ゆえ、熟慮する時間をいただきたいと申し上げましたが、もちろん辞退するつもりです」。

このところアルバ女公爵は順風満帆というわけではなかった――ゴヤがいないと、とっても寂しいわ。ペラールまで失うとしたら、とても堪えられないわ。王妃、あのイタリア女性は、敵の弱みにつけ込む好機を逃さないのね。だが自制し、ペラール同様、普通に会話を続けた。「あなたとご一緒するのを私が嬉しく思っているのは、ご存じでしょう。でも、私のためでしたら、辞退なさらなくて結構よ」。

彼をじっと静かに優しく見つめた。アーチ形の眉の下で、瞳がきらきら輝いていた。

ペラールには、彼女の心の内がはっきり読めた――「お礼に一夜の恩情をさしあげますわ」というわけか。そんなものを受け取っても所詮、自分は彼女とはまるで異質の人間だ。永遠に彼女は手に入らない存在だろう。

彼女は言った
「私が感謝などしない女であることは
ご存じでしょう」
「ええ」静かにペラールは言った
「私が王妃の申し出を受諾しないのは
私自身のためです
あなたのためではありません」

「それならいいわ」
彼女は子供のように背伸びをして
自分のほうへ身を屈める男の額に
真剣な面持ちで軽く口づけをした

23　色事の代償

アルバ女公爵は表向きはこれまでと変わらぬ、賑々しく派手やかな日々を過ごした。無数の約束をし、劇場や闘牛場へ足を運び、他家を訪問し、パーティーを催し、夫君ホセや姑である老侯爵夫人と一緒に過ごした。だが今や、この上流階級らしく洗練された生活を送る三人の間に、小さな亀裂が生じ、それはさざ波のように広がっていった。

ビリャフランカ侯爵夫人が息子のホセを、厳めしい名門中の名門アルバ家の唯一の継承者である令嬢と婚約させたとき——両名ともまだ子供だった——両家の肩書きと富の合一を求めたばかりでなく、彼女自身が令嬢カイエターナの優雅で強烈な個性に魅了されていた。息子の繊細で脆弱な生が、令嬢の力強く豊穣な生によって活性化されることを望んだ。たしかに令嬢は、祖父からルソー流の教育をほどこされており、少女のころから「猫の目のように気まぐれ」で、少々自己中心的だった。だがビリャフランカ侯爵夫人は、アルバ家のような名門の令嬢は伝統や礼儀に反する行いはしないと見込んでいた。

アルバ女公爵はどんなに気まぐれでも、どんなに激昂しても、貴婦人としての品位を落とすまねはしなかった。恋愛に巻き込まれても、私生児にスペインきっての名門の家名を名乗らせるかどうかなどという厄介事に、姑や夫を直面させることはなかった。姑に厄介な問題を持ち込んで助言を請うより、むしろ、そのような状況を避ける秘策を見出していた。

しかし突然、アルバ女公爵は無力をさらけだした。これまでは、面倒な色事を難なく脱してきたのに……。上流階級の貴婦人に愛人がいても、悪くとる者はいない。アルバ女公爵が宮廷画家ゴヤをお取り巻きのひとりに選んでも、悪くとる者はいない。だが最近の彼女が自分の情熱を公衆の目にさらすやり方は、巧みとはいえなかった。その絆を静かに徐々に解消するのではなく、突然断ち切るとは度を越えている。マドリードじゅうが、これは火遊びの域を越えていると見なし、夫君のアルバ公爵を気の毒に思った。姑のビリャフランカ侯爵夫人は心ならずも、嫁の恋情の深さを注視せねばならなくなった。

公爵も母親と同じような気持ちだった。カイェターナは夫を愛していると思わせようとしたことは一度もないが、伴侶としての厚意や思いやりをみせてくれた。だから妻の気まぐれを甘受してきたのだ。今や突然、妻の激情は激しい恋の情熱に変じ、それは夫である彼の上品さや中庸の精神を侮辱するものだった。心の平衡を失った公爵は、自制しているにもかかわらず怒りっぽくなった。

苛立ちから脱するために、公爵は驚くべき一大決心をした。かねてから何よりも音楽を愛する公爵は、音楽の話をするときの国王の騒々しい凡庸さや、くだらない冗談に、もはや我慢できなくなった。ある日、公爵はカルロス国王が第一バイオリンを下手くそに演奏している四重奏を聞かされる羽目になった。公爵は母のビリャフランカ侯爵夫人に語った。「国王の無神経きわまる悪趣味は、スペインじゅうの真の音楽を窒息させます。これ以上、私は宮廷にもマドリードにも耐えられません。耳と心を清めるために、イタリアとドイツへ旅行したいと思います」。

彼は、母親が旅に反対するのではないかと案じた。実際ビリャフランカ侯爵夫人は、そのような旅は息子の健康に負担をかけるのではないかと危ぶんだ——でも気晴らしや音楽は息子を元気づけてくれるでしょう。旅に出れば嫁の問題も自然消滅するのではないかしら。イタリア男やドイツ男をみれば、嫁もマドリードの画家のことなど、じき忘れてしまうでしょう——彼女は息子の計画に暖かい言葉で、ためらうことなく同意した。

二人はすぐに旅立つことを決心した。「少人数で旅行したいと思います。母上、妻、そして私、召使は少数でけっこうです」と公爵は言った。

「もちろんペラール博士も同行させるのでしょう」と侯爵夫人は言った。

「博士はいないほうがいいです」という息子の言葉に、侯爵夫人は顔を上げた。「ペラールは連れていきません」と公爵は優しく、だがいつになく、きっぱりと言った。そして「彼は音楽について博識すぎます。私は自分の好みに適うものが自然に見つかるようにしたいのです」とほほ笑みながら付け加えた。侯爵夫人もほほ笑んだ——息子の言葉は、半分は真実だわ。旅行中、音楽を自分で楽しみ、妻を独り占めしたいのね。妻の秘密に通じた人間抜きで。

「そうね、ペラール博士はマドリードに残しましょう」

夫から目論見を聞かされたアルバ女公爵は、気まずい思いと驚きを禁じ得なかった。「蒲柳《ほりゅう》の質のあなたが、過酷な長旅に耐えられるかしら。ピエドライタか海辺の領地で、夏を過ごしたほうがいいのではないかしら」と慎重に尋ねた。だが、夫君は、まったく別人のように生き生きと目的意識をもって、妻の異論を優しくきっぱりと退けた。

彼女の全身全霊があらがった。スペイン以外の地で生活することなど考えられないわ。二度フランスへ行ったことがあるけれど、スペインが恋しくて矢も盾もたまらず帰国した。夫が口にするドイツの町やドイツの楽士の名すら野蛮に響く。旅に出たら、きっとゴヤは悪くとるでしょう。「俺を苦しめるためにマドリードを発ったのだ」と誤解して、二度と弁明の機会を与えてくれないわ。ゴヤを永遠に失うことになる。でも病身の夫の旅に随行しなければ、宮廷を、国じゅうを敵にまわすことになるでしょう。夫について行かないわけにはいかないわ。

いつも理解を示してくれる姑に相談した。「今、スペインを発つわけにはいきません。そのような強行軍がホセの健康にいかに害を及ぼすか、考えてもみてください」と姑に、このプランをとりやめるよう切に頼んだ。

今回ばかりは、姑は軟化しなかった。姑の知的で慈愛に満ちた顔にかすかな敵意が見て取れた。老侯爵夫人は薄い唇にほほ笑みを浮かべたが、好意の笑みではなかった。

事実、侯爵夫人はかすかな意地悪い勝利を味わっていた。多年の経験を積んだ彼女は、愛の何たるかを知悉し、嫁カイェターナの情熱を理解し、嫁の哀願の切実さを感知した。でも息子ホセが、私のすべてなの。最愛の息子、あの子の生命はもう長くないわ。カイェターナには、息子の晩年を楽にしてやる思いやりがほしい。せめて〈夫ドン・ホセは私にとって大切な人よ〉と、息子に思わせるよう努めてほしい。侯爵夫人は「あなたの憂慮にはくみしません。この旅はドン・ホセと約束済みですのよ」と悠揚迫らぬ態度で優しく言った。

同じころ公爵は、ペラール博士に外国へ長旅に出る旨を伝えていた。ペラールは驚いた。アルバ女公爵は夫君を旅に出すのか？　彼女ひとりマドリードに残るのか？　ペラールは用心しながら「旅の疲れは閣下のお体にさわるのではないでしょうか」と尋ねた。公爵はさりげなく「未知の人間や未知の新しい音楽との出会いが功を奏し、元気になると思うよ」と答えた。ペラールはますますためらい、アルバ女公爵が同行するのかどうか依然として不明だったので、「閣下はお供をご所望ですか」と尋ねた。公爵は常ならず軽率な、からかうような調子で「ありがとう、でも自分を甘やかしたくないのだ。ペラール君の手助けなしで済ませようと思う」と答えた。

ペラール博士はすぐさま女公爵のもとへ赴いた。博士を同行しないことを知らなかった彼女は、驚きを隠すのに苦労した。二人は途方にくれた。

「ドーニャ・カイェターナ、公爵に付き添うという、あなたの決意は最終的なものですか？」

彼女は返事をせずに、微かに諦めの絶望の身振りをした。初めて彼は、彼女の瞳に、助けを求める悲しみの色を見た。医師の助けを切に必要とするときですら、スペインの大貴族の中でも最も独立心が強く、最も誇り高いこの女性は、その種の動揺を見せたことがなかった。カイェターナ・デ・アルバが彼だけに、暗黙のうちに彼女の窮状を漏らしたことが、彼にかすかな満足感を与えた。

彼女の顔に助けを求める訴えが浮かんだのは、ほんの一瞬のことだった。だが、この瞬間ペラールは、二人の間に以前より深い了解の絆が生まれたと思った。

旅の準備が始まった。アルバ公爵家並びにビリャフランカ侯爵家が旅出つとなれば、たとえ随員は少数でも、多くの準備がいる。

家令　急使　走り使いの者
召使　仕立て屋　腰元が

額に汗して走りまわった
バイエルン　オーストリア
パルマ　モデーナ　トスカーナの大使たちが
仕事に励み　手紙を書き
使者を送ってきた
常ならぬ性急さで
公爵は皆を急がせた
「早く　できるだけ早く
旅に出よう」

24　公爵の死

だがこの旅は敢行されなかった。旅の準備中、公爵が妙な脱力感を訴えたので、旅行は延期され、結局とりやめとなった。

ふだんから公爵は病気がちだったが、今回は動くのもおっくうで、強壮剤の飲み物もさっぱり効き目がない。医師たちも、彼の慢性的疲労困憊状態を解明することができなかった。

やせ細った公爵はゆるやかなナイトガウン姿で、苦痛を伴う脱力感に目を閉じて安楽椅子に座っていた。目を開くと、顔がやせたせいで、いっそう瞳が大きく見えた。表情は堅く厳めしく、病める人のそれだった。公爵の生命の火が消えてゆくのがわかった。

彼は妻カイェターナに対して、静かで丁重で尊大な拒絶を示した。侯爵夫人も彼女に丁重で打ち解けないよそよそしさを示した。あの落ち着いた明るい侯爵夫人が、今や病める息子にそっくりだった。息子の病は昨今の出来事のせいだなどと、おくびにも出さないけれど、姑はもうけっして私の味方をしてくれないでしょうとアルバ女公爵は察した。

死期を悟った公爵は、ビリャフランカ邸で過ごすことを望んだ。それまではベッドに寝たきりになることを嫌がったのに、もはや拒む力もなかった。母、弟ルイス、義妹マリア・トマーサの看護をうけながら、高貴さにも威厳にも疲れ、ただ横たわっていた。妻カイェターナは自分はよそ者なのだと感じた。

ビリャフランカ邸の控えの間に置かれたリストに、高貴な病人の容体を尋ねる訪問客が記帳した。街路にたむろする民衆はささやき合った。スペイン三大貴族のひとり、アルバ公爵のことを、町じゅうが噂した。〈病弱な公爵は長生きは無理だろうと思われていたが、こんなに急に最期を迎えるとは驚きだ。公爵の妙ちきりんな脱力症状には、関係者の利己心が絡んでいるのではないか。こっそり毒を盛られたのではないだろうか〉。そんな飛語が、マドリードじゅうをまことしやかにかけめぐった。かの有名なアルバ元帥や敬虔で陰鬱なフェリペ二世は、敵を静かに効果的に退けることを、政治家としてふさわしく、神意に適った行為とみなしていたではないか。スペインの貴人たちの中には、不自然な死を迎えた者も少なくない。アルバ公爵は、その妻にとって邪魔な存在になったのではないか？　彼女の華やかな恋愛遍歴はスペインじゅうの噂だったではないか？

公爵が臨終の秘跡をさずかったのは、明るい正午のことである。公爵は信心深い質《たち》ではなかったし、他の事柄に心を奪われていたので、司祭はお決まりのラテン語の祈り、赦しを語り、瀕死の公爵にイエスの十字架像を差し出した。公爵は信心深い質ではなかったし、他の事柄に心を奪われているかのように、音楽を聞いているかのように見えた。それでも彼は最後の力をふりしぼって、イエス像に殊勝に丁重に口づけした。すると司祭は黄金の杯から脱脂綿と香油を取り出し、瀕死の公爵の目や鼻や唇、両手、両足に香油を塗った。

公爵が亡くなるとすぐ、しきたり通り荘重な葬儀が執り行われた。死化粧がほどこされ、フランシスコ会修道僧たちの手で位階の衣にくるまれた。死者の部屋は黒いダマスク織りで覆われ、三つの祭壇はアルバ家とビリャフランカ家の宝物、由緒ある高価なキリスト十字架像で飾られ、ベッドの両側と祭壇の上には高々とろうそくがともされ、金色の光を放っていた。ドン・ホセ・アルバレス・デ・トレド、第十三代ベルビック・アルバ公爵、第十一代ビリャフランカ侯爵の遺体が厳かに横たわっていた。

国王は死者ミサを捧げる宮廷内礼拝堂のメンバーを派遣した。聖務には遺族、国王と王妃の代理、大貴族、近しい友人たちが列席した。歌い手も楽士も心を込めて、大の音楽愛好家だった故人のために音楽を奏でた。客人は慣習にしたがい、こわばった威厳ある表情で立ち、ビリャフランカ侯爵夫人が堅い表情でひざまずいている。女性ふたりが、しきたりに反して声をあげて泣いた。ひとりは故人とたいそう親しかった義妹マリア・トマーサで、よく公爵と一緒に音楽を演奏した。そんなとき彼女には、品位ある控え目な公爵の魂の輝きが見えた。もうひとりは可憐な貧しいジュヌビエーブ・ド・アブレだった。数週間後、彼女はこの邪悪の国スペインを発つ。スペインでは、なんと恐ろしい体験をしたことだろう。父の願いに沿って、フランス王家のためにわが身をけだものゴドイの犠牲にせねばならなかった。この国で薄幸の少女が体験した数少ない喜びは、優しく育ちのよい公爵と共に音楽を奏でたことだった。その貴人が今や棺に眠っている。

それから参列者は、亡骸の前を縦列を組んで進み、一晩中、三つの祭壇でミサが捧げられた。亡骸は、黒ビロードで覆われ、金の釘と金の枠縁で装丁された棺におさめられた後、凝った飾りのついたブロンズ製の別の棺におさめられた。遺体はトレドへ運ばれ、そこで慣習にしたがい、アルバ公爵の土葬が行われることになっていた。

由緒ある大聖堂では、大貴族のほぼ全員、おびただしい数の貴族、国王や王妃の代理、トレドの大司教・枢機卿や大聖堂の参事会が棺を待ち受けていた。

聖堂内陣の中央には、葬儀用棺台が設置され、左右に置かれた十二本の大きな銀の枝つき燭台には、たくさんのろうそくがきらめいていた。棺が置かれ、スペイン大貴族にふさわしい葬儀が行われた。鐘が鳴り響き、百十年の歴史を誇る教会はじまって以来の壮麗な葬儀となった。こうしてドン・ホセ・デ・アルバ・イ・ビリャフランカは大聖堂地下、アルバ公爵家の先祖たちが眠るかたわらに下ろされた。

アルバ公爵の称号をもつのは
いまや　カイェターナだけ

ビリャフランカ家の
古い紋章つき盾が
故人の家から
故人の弟の家へと
厳かに譲り渡された
こうして弟ドン・ルイス・マリアは
第十二代ビリャフランカ侯爵を
名乗ることになった
義姉カイェターナが亡くなれば
アルバ公爵の称号も
ルイスのものになるのだ

25　疑惑

ビリャフランカ邸では近親者が友人・知人の弔問を受けていた。

ゴヤも足を運んだ。顔を出さなければ、無礼どころか、とんでもない侮辱になるだろう。

アルバ家が外国旅行準備をすすめていたことは、ゴヤも聞いていた——アルバ女公爵が俺のことなど何とも思っていないということを見せつけるための旅行か！　公爵の重病のことも、病気にまつわる巷説《こうせつ》も知っていた。もちろん理性の前では吹き飛ぶ事実無根の噂だ。だが、いつまでも消えぬ浮説に不安と反発をおぼえ、同時にかすかな意地悪い喜びを感じた。

あのばかげた諍い以来、アルバ女公爵と一度も顔を合わせていない。ゴヤはビリャフランカ邸を訪問したが、生まれてこのかた、これほど心乱されたことがあったろうか。

大広間には鏡や絵画が掛かっていた。黒い低い椅子に、喪中の遺族が座っている。ビリャフランカ侯爵夫人、アルバ女公爵、故人の弟ドン・ルイス・マリアと、その妻マリア・トマーサの四人だ。

ゴヤはしきたり通り当初、無言で座っていた。静かに厳粛な面持ちで座っていても、胸中は重苦しい思念と激しい感情が渦巻いていた。公爵の死因がその妻にあるはずがない。愚にもつかぬ噂だ。だが火のないところに煙はたたない。民衆の言葉には、なにやら真実がある、なにやら強く匂うのだ。公爵を突如襲い、死に至らしめた謎の病に、たしかに彼女は一役買っている。公爵がそのために生命を落したとしたら、なんと恐ろしいことだろう。もし本当だとしたら、なんと甘美な死だろう。〈血に飢えた手と明敏なる頭脳は、代々受け継がれる〉という古い諺が脳裏をよぎった。陰鬱な大広間で、アルバの家名は恐怖と抗しがたい魅力をもたらした。

ゴヤは立上がり、ビリャフランカ侯爵夫人の前へ行き、お辞儀をし、くぐもった声でお悔やみの決まり文句を言った。老侯爵夫人は集中した面持ちで傾聴していたが、ゴヤの精確な画家の目は、彼女の沈着な仮面の下に潜む、以前にはなかった凶猛さを感知した。突如、もうひとつの驚くべき事実に気づいた。喪中の遺族たちが座っている椅子は、実際には互いに九〇センチほどしか離れていないだろう。だがビリャフランカ老侯爵夫人とアルバ女公爵との間には、果てしない深淵があるように思われた。二人の女性の間には、上流階級特有の無言の敵愾《てきがい》心《しん》が広がっていた。

ゴヤはアルバ女公爵の前に進み出て、たいそう丁重にお辞儀をした。彼女は顔をあげ、ゴヤは上から彼女を眺める形になった。白塗りの顔、喉元まで黒服に身を包み、小さな黒いベールで額から眉まで覆っている。

ゴヤの唇は、慎ましやかなお悔やみの言葉を述べた。心の中で思った――この魔女め、殺人鬼、人を誘惑し堕落させる妖婦、お引き摺り、お前は皆を不幸にする。お前は俺の子供を殺した。子供が一体何をしたというのだ？　お前は夫を殺した。夫が何をしたというのだ？　お前の膝に倒れ込んだ、この俺はただではすむまい。お前の本性は知り尽くしている。顔をあわせるのは、これが最後だ。もう二度と会わない、もう二度とお前のもとへは行かない。本心は違うが誓ったのだ。誓いは守る――そう思いながらも、残りの人生も彼女と絡み合わされているのを感じた。憎しみと絶望は、「俺はこの女の、今こうして俺の前に座っている形姿以外の姿態を知っているんだ」という俗悪な勝利の喜びに一転した。抱擁に震える女のあえかな裸体が、誇り高い雲の上人が腕の中でくずおれ、尊大な顔が唇をかみしめて笑いをこらえ、顔がほころび、瞳が閉じられ、その嘲笑的な光が消えるさまが胸によみがえった。二度と、この女を愛撫したりしない、へつらう称賛の言葉を投げかけることもない、最低の娼婦とみなしてやる。

品位あるお悔やみと慰めの言葉を語りながら、ゴヤはそう思った。彼の瞳は尊大に彼女の瞳に見入った。人間の本質を多年にわたり記憶し、網膜に焼き付けてきた画家の目に見据えられると、相手は恐れ、逃げ惑う。彼女の小さく愛らしく大胆で誇り高く凶暴な頭の中で起こっていることを見極めてやる！　彼女はゴヤの視線を、この大広間で起こる当然の出来事のように丁重に平然と受け止めた。だが実際には、白粉をはたいた額の奥では、ゴヤの脳裏で起こっているような、彼女自身にも正しくとらえられない荒々しい思念が渦巻いていた。

これまでアルバ女公爵は、女官オイフェミアから公爵の死にまつわる風評を語って聞かせられても、ほとんど耳を貸さなかった。だが今、ゴヤの努めて平静を装おうとする顔や探るようなまなざしに直面すると、噂を信じているのは賤民だけではないのだと察した――ゴヤを軽蔑するわ。私を夫殺しだと思っているのね、笑止千万だわ。戦慄をおぼえるまでに嫌悪しながら、私から逃れられない男――彼女は勝利に酔った。激しい動揺を胸に秘め、画家にささやかなお礼の言葉を述べた。

ゴヤはやり場のない怒りをおぼえ、退出した。この世にあらゆる悪をもたらす女。それなのに俺はいつも、この女を信じようとする。自分の意志とは反対のことを彼女に口走ってしまう――狂気の沙汰だ。

数日後、女官オイフェミアがアトリエを訪れ、「お嬢様が今晩こちらへ出向かれます。誰にも邪魔されないよう手配していただきたいとおっしゃっております」と言伝《ことづて》をした。

ゴヤは興奮のあまり、ほとんど口がきけなかった。二人の間にあったことや、公爵の死については一言もふれないことにしようと、堅く心に決めた。

アルバ女公爵が深くベールをおろして現れたが、一言も発せず、挨拶の言葉すらなかった。ベールをとると、化粧っ気のない真珠色に輝く顔がバラ色に息づいていた。彼は彼女を引き寄せ、抱き締め、寝床に引き倒した。

その後も、二人は言葉を交わさなかった。彼はもはや、この前ふたりきりになったときに何を口走ったのか覚えていなかった。ただ、ビリャフランカ邸で彼の脳裏をかすめたことが、今また、ぼんやりと浮かんできた――俺のもくろみとはまったく違った展開だったな。根本的に敗北だ。だが、なんとも楽しい敗北だ――疲労と幸福感をおぼえた。

どのくらい時間が過ぎただろう。十分だろうか一時間だろうか？　彼女は硬い小声で、まったく感情を交えずに言った。「暗い影が投じられることは予期していたわ。『欺かれた詐欺師』観劇の直後、亡き腰元ブリヒダが再び私のもとへきて『暗い影が投じられるでしょう』と予言したの。詳しいことは言わなかった。曖昧にしか言わなかったわ。ブリヒダはその気になれば、はっきり言えるのだけれど、私をからかいたいときは、曖昧にしか言わないの。いずれにせよ、だから暗い影が投じられても、私は驚かなかったの」。

「暗い影だって！」。二人の間の凄絶な諍い、公爵の死にまつわる諸々の出来事、それが彼女のいう「暗い影」なのか！　この女は自分の責任を転嫁し、あらゆる事柄を運命のせいにしているのか。「暗い影だって！」。ビリャフランカ邸で脳裏をかすめたことが、不意によみがえった。老侯爵夫人が嫁からずっと離れて座り、嫁ひとりを血なまぐさい浮説にさらしておくさまが、眼前にありありと浮かんできた。だがいっぽう「ナンセンスだ、理性にもとる」と思った。それでも民衆の噂、ロサリアの居酒屋の飛語は、理性よりも強い力をもっていた。〈最悪のことを考えろ、それが真実だ〉。

彼女は話し続けた。「暗い影はいまだに去らないのよ。私たちはめったに会えなくなるでしょう。私は二重に慎重にならなくてはいけないわ。人間というのは、はかりがたい生き物ね。理由もわからずに誰かを歓呼し、理由もわからずに誰かを憎み、呪うのよ」。

〈悪事はおのずから露見する〉という。彼女はしゃべらずにいられないのだろう。だが何をしゃべろうが、俺はこの女のいうことを信じない。彼女が「やらなかった」と言っても、信じない。「やった」と言っても、やはり信じない。こんな風に嘘のつける女はいない。彼女は自分でも、何が真実で、何が嘘なのかわかっていないのだから。

「あなたは、よく話していたでしょう」と彼女は依然として静かに感情を交えず語り続けた。「『デーモンがいるところに潜んでいる。成功者がいると、いっせいにその人間に襲いかかる』って。私がアルバ家の人間でなかったら、異端審問所が来て、私を魔女裁判にかけるでしょうね。フランコ、前に私に異端審問に用心なさいと言ったわね?」。

〈一言もしゃべるな〉とゴヤは自分に命じた。談論はやめよう。そう誓ったではないか。それなのに口は勝手に動いていた。「最良の策はペラールを解雇することでしょう。ペラール博士がそばにいなければ、噂もじきに消えるでしょう」。

彼女はつと彼から離れて、姿勢を正した。肘をついて、半ば寝そべり、髪が黒い波となって裸体を覆った。ゴヤを観察している。ふたり肌を合わせて横たわりながら、彼女の内面に何が起こったか、ゴヤには見当もつかなかった――私が罪の意識をおぼえることをゴヤは望んでいる。でも私は罪悪感など微塵もない、本当にペラールがこの旅を阻止するために、公爵を看護しながら何かを処方したとしても、それは私を助けるためではない、公爵がばかげた旅によって長期にわたってペラールから私を奪おうとしたから、しでかしたのよ。ペラールは王室侍医の地位を退けたとき、はっきりと「私自身のためです、あなたのためではありません」と表明した。ペラールはゴヤよりずっと私のやり方を知っているし、ゴヤより誇り高い。私は誰にも縛られない、従属に甘んじることができない女。それはペラールにもわかっているはず。愚にもつかぬ噂のせいで、私とペラールとの間に新たな連帯感が生まれたかもしれないけれど、ペラールはそれを、ちらりとでも匂わせることはしなかった。彼は周囲の不埒なひそひそ話や薄汚い好奇心などに惑わされない男性よ。

彼女はゴヤの無知に違和感をおぼえ、身震いした。ゴヤは画家で、芸術家として大貴族と交わっている。賤民からみれば夢のような大出世で、ゴヤも鼻高々なのね。でも突然、彼は元の賤民に逆戻りし、ラバ引きのように卑しく狭量になった。ゴヤは私に何を要求しているのでしょう? ペラールがやったなら、ペラールを危険の中に置き去りにせよというの? ゴヤが疎ましかった。だが次の瞬間、彼女は思わず笑った――ゴヤはマホなのね。だから私は彼が好きなのね。マホは嫉妬深い。嫉妬に狂うとき、マホは卑しくなる。

「あなたが、ペラールがお嫌いだとは残念ね。彼のほうでは、あなたが嫌いではないと思うの。彼は私が知る限り最も賢い男性よ。だから異端審問所は『ペラールはユダヤの血を引いている。日夜、短剣と毒物のことを考えている』などと触れ回るのよ。ペラールは本当に頭がいい。それに勇気がある。あなたが彼を嫌いだなんて残念ね」

ゴヤは自分自身にひどく腹が立った。またしても、へまをやらかした。アルバ女公爵は説得されるような女じゃない、とうにわかっていたはずだ。彼女はやりたいことをして、しゃべりたい人間としゃべり、寝たい男と寝るのだ。ペラールを彼女にとって厭わしい存在にしようなどと考えること自体、愚の骨頂だ。

ゴヤは議論をあきらめ、二人は平和裏に別れた。

翌週から二人は逢瀬を重ねた。諍いのことも故公爵のことも一切、話題にしなかった。口に出さないこと、言葉では語り得ぬことが、二人の間柄をいっそう、いかがわしく放埒で危険なものにした。

ゴヤはこのところ大量に仕事をこなした。アウグスチンは「手と目だけで描いてますよ。魂がこもっていませんし」と非難した。アウグスチンは前より不機嫌に喧嘩腰になった。ゴヤは悪態をついて、そのお返しをした。だが心の中でゴヤは認めていた――アウグスチンの言う通りだ。老侯爵夫人の未完成の肖像画が脳裏をよぎり、彼を苦しめた。あの絵を完成させなくては……。

ゴヤはビリャフランカ侯爵夫人に「肖像画の完成のために、あと二、三度モデルをお願いできないでしょうか」と問い合わせた。しかし侯爵夫人の家令から〈向こう数年にわたって時間がございません〉という書状と、完成された肖像画協定価格の小切手が送付されてきただけだった。

書状を見たゴヤは、顔面に一撃をくらったような気がした。こんなやり方で俺を侮辱するとは！　老侯爵夫人はアルバ女公爵の罪と、俺の共犯を確信しているのだ。

自制心に富むアルバ女公爵も、書状の一件を聞くと、顔が青ざめた。

数日後、アルバ女公爵から〈亡夫の遺品を団体や個人に寄贈致します〉と告知があった。ペラール博士は、リリア宮のラファエロの『聖家族』を遺贈された。

古今の巨匠の中でも、ラファエロはスペインが誇る第一級の画家であり、円形の『聖家族』は、スペインが所有する名品中の名品だった。アルバ家の先代がナポリ副王だったときノセラから奪取した名画は、それ以来アルバ公爵家の家宝であり、ラファエロの聖母は当家の貴婦人たちの守護聖人だった。アルバ女公爵が殺人容疑のかかる医師に、このような至宝を、それも亡夫の形見として贈るとは、それはとりもなおさず彼女が医師の前で胸襟を開いたことを意味する。彼が罪に手を染めているなら、彼女もまた罪に手を染めているのだ。

ミゲルとアウグスチンがアルバ女公爵の前代未聞の振る舞いについて話していると、あの聾の兆候である巨大な赤黒い波が押し寄せそうになり、ゴヤは自分に「落ち着け」と命じた。あらん限りの意志の力で、全身を緊張させ、波をせき止めることができた。ミゲルとアウグスチンの会話が、再び聞こえてきた。

ゴヤはアトチャの聖母を見上げ、十字を切った。自分の守護聖人を不埒にも他人にくれてやったアルバ女公爵は、天を挑発している。姑の老侯爵夫人や王妃や異端審問所を、国中を挑発している。彼女が行ったなかでも、最も軽率で、最も不遜で世間知らずで尊大な行為だ。

彼女が恐ろしい、自分自身が恐ろしい。俺は臆病者じゃない、人からも勇敢だと言われている。だが、不安とは何か、知っている。居酒屋で闘牛士ペドロ・ロメロを観察したことがある。ロメロは見られていないと思っていたが、俺はこの勇敢な闘牛士に、彼の瞳に、口許に、四肢の隅々に不安の色を見て取った。ロメロが不安を幾度となく克服せねばならなかったことがわかる。どんな片隅にも、危険が潜んでいる。猫は餌を食べるとき、敵がいないか、あたりを見回す。

用心しないと、負けだ。無事に切り抜けたいなら、上流階級にとどまりたいなら、不安は必定《ひつじょう》、避けがたいものだ。

これに対してアルバ女公爵は
高貴の生まれ
いかなる不安とも無縁な

自由で世間知らずで尊大な高貴の生まれ
高貴の生まれでないものが
縛られ苦しむ不安とは
まったく無縁の存在だ
ゴヤは嫉妬と称賛を禁じ得ない
あるがままの彼女だから
世間知らずで恐れを知らぬ女だから
この放埒で自由な女の前で
自分がひどく惨めで
狭量な存在に思えた
大嫌いなペラール医師が
前よりもっと嫌いになった
自分がこの女から
けして逃れられないと
前よりもよくわかった

26　宿敵

これまでマドリードの民衆はアルバ女公爵を甘やかされた愛すべき子供とみなしてきた。街路でも劇場でも闘牛場でも彼女が姿をみせると、至る所で称賛の声が上がった。マハの振る舞いをして、民衆の仲間だと公言する大貴族の貴婦人だからこそ皆に賛美された。しかし彼女が神聖なる名宝ラファエロの『聖家族』を、夫殺害の嫌疑のかかる男性に贈ると、民衆の賛同の声は一変した。今や彼女は、あのイタリア生まれの王妃と同一視され、いかなる恥知らずな行為も許される特権を笠に着た上流階級のつまらない女になりさがった。ペラール博士が、かわいそうな若い公爵を黒魔術で亡き者にしたに違いない。民衆は異端審問所によってこの一件が明るみに出され、処罰の炎が燃え上がるのを待ち受けた。

「アルバ女公爵がそんなことをするなんて、とても信じられない！」とゴドイは、ペパとトランプをしながら言った。「彼女が私たちの友人ゴヤのために、自分をさらけ出したのは、たいしたことだ。天晴《あっぱれ》だね」。

ペパのほうは、アルバ女公爵にある種の称賛をおぼえた。貴婦人が公然と反抗的に、愛人の肩をもつことに感銘を受けた。ペパはカードをみつめ、しばらく考え、カードを出した。「貴婦人は威厳をもって結果をも引き受けてこそ、偉大なのよ。あなたがアルバ女公爵や医師に対して、しかるべき処置を命ずると考えてもよいのかしら？」。

そのような処置を命じることは、ゴドイの意図するところではなかった。得策ではない。他の大貴族たちはアルバ女公爵の肩をもつだろう。宿敵を始末するかどうかは、マリア・ルイーサ王妃の問題だ。かかわり合いになりたくない――ゴドイは返事をせずにカードを出し、ペパに勝ちを譲った。

だがアルバ女公爵をめぐる思念は、ゴドイの脳裏を去らなかった。ラファエロをめぐる大胆不敵な行為は、いかにアルバ一族が尊大不遜であるかをあらためて見せつける。アルバ一族には今まで、大げさに騒ぐような理由がほとんどなかったが、運命の邪悪な打撃が一族を見舞ったのだ。〈君〉という大貴族どうしで交わされる呼び掛けで答えてくれなかったアルバ公爵は、今や土の下で眠っている。アルバ女公爵にとって、都合のいい状況ではない。彼女をめぐる血の匂いのする噂に、息がつまりそうになっているのではないか？

彼女が依然として堅苦しく、傲慢で、生意気なのか試してみたいという気持ちになった。

造形芸術の保護・後援は、大貴族の特権かつ義務であり、貴人たちは好んで巨匠の作品を互いに交換した。特に喪中は、礼法にかなう退屈しのぎゆえ、芸術保護に専念する。

ゴドイはアルバ女公爵のもとへ赴いた。彼女を見舞った不幸に、お悔やみの言葉を述べ、訪問の本題に入った。

「私の美術コレクションは、イタリアの巨匠の作品が不足しています。助言者ドン・ミゲルも、目下不在の司祭ドン・ディエゴも、同じ意見です。そのかわりスペイン第一級の作品がそろっています。ドーニャ・カイェターナ、どうか私の所有するグレコやベラスケスと交換で、あなたのイタリアの巨匠の作品のいずれかを譲っていただけないでしょうか」。彼は足を組んで座り、美しい濃艶な顔の小さな目で、あつかましく馴々しく、相手の女性の全身を上へ下へと撫で回した。

「絵画の『交換』というのは、私の意に反します」とアルバ女公爵は、有利な展開を胸に秘めながら答えた。「侍医ペラール博士や宮廷画家ゴヤといった、芸術の奥義に通じた友人がおります。根本的に私は収集家というわけではなく、単に絵画が好きなだけですわ。どなたの忠告にも、耳を傾ける気はございません。でも」と愛想よく続けた。「私のギャラリーからイタリア画家の作品のいずれかをあなたにお送りするのは、喜びですわ。いつの日か私がサービスしていただきたいと思ったときには、そちらからの返礼を期待することが許されるでしょうから」。

ゴドイは屈辱を感じた――〈あなたのような成り上がり者は、大貴族のように芸術のパトロン面をしてはいけないわ〉というわけか。私の好意を得る絶好の状況だったのに、有り難く思うどころか、尊大さを見せつけるとは！　異端審問所に〈ペラール博士の処置に関して政府側はけして邪魔立てしない〉と合図を送ってやろうか。

ゴドイの決心がつかないうちに、事態は彼を満足させる方向へ進展していった。

マリア・ルイーサ王妃は、公爵のゆゆしき死の後、宿敵アルバ女公爵と、〈王室の侍医に任命しましょう〉という王妃からの寛大な申し出をはねつけた医師を処罰すべきかどうか熟考していた。これまでは政治的考慮から控えていた。イギリスとの戦闘は捗々しくなく、不平を鳴らす大貴族から、戦争への基金をもっと募らねばならない。こうした状況下で王妃がアルバ女公爵のような第一級の大貴族の貴婦人に対する不興を公に示したら、貴族を挑発するようなものだ。しかしアルバ女公爵の医師へのラファエロ贈呈の件が、大貴族の怒りを呼び起こした今なら、不埒な女の出過ぎた振る舞いをたしなめるのに、異論を唱える者はいないだろう。王妃は未亡人となったアルバ女公爵に、目下王家が滞在しているアランフェスへ赴くよう要請した。

王妃はアルバ女公爵を、明るい執務室に招き入れた。白いダマスク織りの壁、椅子の張り布にも同じ素材が用いられている。デュパンの精巧な彫り物がほどこされた最上質マホガニー製書き物机は、非業の死を遂げたルイ十六世の贈り物だった。亡き王はこの城の最後の仕上げをしてくれたことになる。その書き物机に豪華な夏服を着た王妃が座り、その向かいに黒ずくめのアルバ女公爵が座った。二人は冷やしたレモネードを飲んだ。

「ねえ、あなた、これ以上うわさの的にならないように注意なさいと、前にお話したことがありましたね。残念ながら、あなたは母のような忠告を馬耳東風と聞き流し、あなたが医師に示した無思慮な寛大さが、いかなる怪聞を引き起こすかをまったく考えなかったのですね」

アルバ女公爵は顔を上げ、天真爛漫にいぶかしげに王妃の顔を見つめた。王妃は続けた。「最も簡単なのは、もちろんペラール博士の件の徹底調査を命じることでしょう。私が王に、そのような調査を思いとどまるよう頼んだのは、ドーニャ・カイェターナ、ひとえにあなたのためです。はっきり言うと、あなた自身ではなく、あなたが担うアルバという家名のためです」。

「何のことかわかりませんわ、王妃様。でも、私が陛下の不興を招いたということはわかりますわ」

王妃は相手が一言も発しなかったかのように、話を続けた。「あなたは高貴な家名を守る義務があるなどと考えたこともなければ、それがおできにもならないようね。だから、私はあなたを手助けしなければなりません」。

「手助けなどお願いしておりません、陛下。望んでもおりません」

「返答に窮しない方ね。でも最後通牒は私のほうから」。王妃はレモネードをかたわらへ置き、扇をもてあそんだ。扇言葉は〈これは命令です、四の五の言わせません〉だった。「あなたが望むと望まざるとにかかわらず、新たな噂から庇護して差し上げます。しばらく、喪中期間マドリードを離れなさい」と表明した。

喪中期間！　アランフェスへ出向くよう命じられた瞬間から、アルバ女公爵はマドリード追放を予期していた。だが三年間の追放とは！　第一級の大貴族の未亡人が喪に服する期間は三年だ。マドリードから三年も離れているなんて！　ゴヤなしで三年も過ごさねばならないとは！

マリア・ルイーサ王妃は、なおも運命を操る扇をもてあそびながら、相手を観察した。王妃の唇は軽く開かれ、ダイヤモンドの歯が輝いた。一瞬アルバ女公爵は顔色を変えたが、すぐ自制した。他者に狼狽ぶりをあっさりさらすような真似はしない。「準備期間として三週間ですね」。勝利を心ゆくまで味わう王妃の声は明るかった。アルバ女公爵は動揺を見せずに立上がり、深く膝をかがめてお辞儀をし、「陛下のお心遣いに感謝申し上げます」と型通りの台詞を述べると、王妃の手入れの行き届いた子供のようにふっくらした、びっしり指輪をつけた手に規則通りくちづけした。

アルバ女公爵はゴヤに、この件を伝えた。「私が正しかったことが、わかったでしょう」と気丈を装って言った。「王妃は、あのイタリア女性は、あなたが描き出したような寛大な女じゃないわ」。

ゴヤは狼狽した。彼女が追放される！　マドリードからいなくなる！　この一件で、俺の人生は一変するに違いない。彼女は俺が流謫《るたく》の地にお伴することを期待している。

宮廷のざわめきや、マドリードの雑踏や世間の目をのがれて、彼女の領地で彼女とともに暮らすのは魅力的だ。だが俺は宮廷画家だ、アカデミー会長だ。マドリードを離れるとしても、それはごく短期間だろう。途方にくれ当惑したが、この尊大な貴婦人の運命に介入するのは結局自分だと思うと、幸運の予感と密かな自負心がこみあげてきた。

ゴヤが気持ちの整理がつかないでいると、彼女は話を続けた。「この件には、まったく自由に暮らせるという利点があるわ。マドリードの噂が消えたころ、私の耳に届くから」。

ゴヤは黙っていられなくなって「どこへ行くんですか？」と愚問を発した。

「さしあたり、ここよ」

ゴヤはあっけにとられて彼女を凝視した。

「王妃側が一筆したためなくてはならないようにするの。王の命令書よ。命令書が届いてから、出発するのよ」

ゴヤは決心を迫られた。「お伴してもよろしいでしょうか？」。不器用だが、自分の勇気に誇りをもって尋ねた。早くも農夫の抜け目なさで〈聴覚の病気が休暇願いの格好の口実になる〉と算段していた。

「もちろん一緒よ！」。彼女は満足げに叫んだ。

「すばらしい。マリア・ルイーサ王妃も、われわれに貢献することになるとは、考えもしなかったでしょう」。

彼は歓声をあげた。
しかし王妃はとうに考量済みだった。ゴヤの休暇願いに対して、侍従長から「アカデミー会長は休暇を先へ延ばしていただきたい。国王陛下が大きな仕事を依頼したいとおっしゃっておられます。アランフェスへ招聘致します。国王夫妻はアランフェスにて、詳しくお話したいとおっしゃっておられます」と返事があった。

アルバ女公爵は　それを聞くと
真っ青になり
「卑劣きわまりないあばずれ！」と叫んだ
しかし　すぐ理性を取り戻した
「王妃は一か月　いえ　二か月
あなたを引き止める気ね
そうなると　残念だけど
私たちの幸福は　しばらくおあずけね
すぐ戻って来てね　いい仕事をしてね
王妃そっくりの肖像画を描きなさい」
ほほ笑みながら　意地悪く言葉を結んだ
「あの黒衣の『マハを気取る王妃』のように
そっくりに描きなさい」

27　『カルロス四世の家族』

ゴヤはアランフェスに到着するなり、カルロス国王のもとへ案内された。

国王は幼い二人の子供、フランシスコ・デ・パウロ王子とマリア・イサベル王女と一緒に、おもちゃの舟を運河に浮かべて遊んでいた。子供たちより国王本人がこのおもちゃに夢中だ。「みてごらん、ドン・フランシスコ」と国王は画家に呼び掛けた。「この舟は、フリゲート艦の聖トリニダードの完璧なミニチュアなんだ。フリゲート艦のほうは目下南シナ海、フィリピン諸島を航行中だ。今日はどうなることやら……。なにしろ敵のイギリス軍ときたら悪魔と結託しているのだから。でも、こちらの私たちのフリゲート艦は順風満帆で、島をまわって、峡谷と運河を航行してきたんだ。さあ、君も一緒に楽しもう」とゴヤを促した。

やっと子供たちを去らせ、国王は画家と一緒に庭園を散歩した。太っちょの国王はドシンドシンと地面を踏みしめながら歩き、ゴヤは半歩下がってお伴した。どこまでも続く並木道、高い樹々の小枝が緑のアーチ屋根を形作り、ところどころ差し込む陽光が地面にまだら模様をえがく。

「君を呼んだのはほかでもない。たまたま、このうるわしの五月に、最愛の家族が全員アランフェスにいるのだよ。そこでアイデアがひらめいた。全員一緒に一枚の絵に描いてほしい」

国王も大きな声で話してくれるうえに、ゴヤはこの日は聴覚の具合がよかったが、それでも聞き違えたのではないかと思った。国王の言葉から、夢のような幸運が降ってくる！　だが大急ぎでつかもうとすると、この幸運は雲散霧消してしまうのではないか？

国王が家族全員一緒に一枚の絵におさまろうなどという気持ちになることは、めったにない。高貴な家柄の方々は忍耐力に欠け、こちらの方は暇でも、あちらの方は多忙という具合だった。このような群像画を描くことが許されるのは、きわめて評価の高い巨匠だけだ。ミゲル・ファン・ロー以降は皆無だろう。

「私はこんな風に考えている。例えばフェリペ四世の絵に見られるように、小さな王子が水の入ったグラスを持ち、少年が犬を蹴飛ばしている絵。あるいは祖父フェリペ五世の絵のように皆がのんびり座っている絵。美しく感じがよく品位ある絵。あるいは、私が時計を見比べたり、ヴァイオリンを弾いているところ。読書する王妃や、鬼ごっこをする子供たち。皆が楽しそうに何かにいそしみ、しかも品位ある絵。わかるね、ドン・フランシスコ」

ゴヤは国王の言葉は理解したものの、イメージできなかった。断じて風俗画ではない。ゴヤは慎重だった。千載一遇のチャンスを棒にふってはならない。「信頼を寄せていただき、また特別な顕彰に感謝申し上げます。一両日お時間をいただきたいのですが……。そうすれば陛下にいくつかの案をお出しできると思います」と恭しく答えた。

「いいよ。私はせっかちな人間ではないし、特にアランフェスでは急がない。何か思いついたら、王妃と私に知らせておくれ」と国王は答えた。

その日もその翌日も、ふだんは社交好きなゴヤが人と会うのを避けた。降ってわいた幸運にぽうっとなって、名を呼ばれても耳に入らなかった。アランフェスの明るく晴れやかな城を歩き回り、小枝の織り成す緑のアーチ屋根の下や橋や小橋、人造洞窟や機械仕掛けの大規模な噴水のかたわらをぶらぶらし、みごとな庭園を散策した。「感じのよい絵」――この点は、国王にあきらめてもらわねばなるまい。わざとらしい人物配置のファン・ロー作『フェリペ五世の家族』は陳腐な書き割り、愚かしい駄作だ。あのようなものに堕してはいけない。ベラスケスの『ラス・メニーナス（女官たち）』はスペイン絵画の最高傑作で、俺も称賛しているが、あの氷結したような清澄さには違和感をぬぐえない。相手が偉大なるベラスケスだろうが、小物のファン・ローだろうが、いかなる相手とも競う気はない。俺のライバルは俺自身だ。俺の絵は、他ならぬフランシスコ・ゴヤの絵でなければならない。

翌日になると、自分のやりたいことが彼方に、おぼろげに見えてきた。だが、そのビジョンが消えてしまうのではないかと案じ、敢えて歩み寄ろうとはしなかった。遠くにおぼろげに見える漠たるものを思いをはせ、夜の眠りについた。

翌朝目覚めると、自分のやろうとしていることが、はっきりわかった。

ゴヤは国王夫妻に会見を求め、カルロス国王より、むしろマリア・ルイーサ王妃に向けて、自分のアイデアを語った。「高貴な方々から発せられる並々ならぬ品位を強調することが許されるなら、スペイン王家を最高に再現できるのではないかと存じます。憚《はばか》りながら、こうした機会によくあるような、いわゆる〈自然〉とされるポーズでは、一般貴族や市民階級と変わらぬ印象になってしまうのではないかと思われます。それゆえ、この『カルロス四世の家族』を、ご身分にふさわしいポーズで描かせていただけないでしょうか。王権神授によるご一家として再現したいのです。そうすれば、ご家族ご一同様を神の恩寵の輝きの中に表現できるでしょう」と控え目に意見を述べた。

一瞬カルロス国王は失望した。机にはヴァイオリン、手に時計をもってカンバスにおさまる自分の姿をあきらめきれなかったのだ。そうした感じのいい絵は、国王らしくないかもしれないが、国王も家族の中では私人なのだということを正当化してくれるだろう。しかし、そのいっぽうで宮廷画家の提案は、ここ数週間頻繁に念頭にのぼる事柄をあらためて強く思い起こさせた。パリから〈王党派が陰謀画策中〉という極秘情報が届いており、ゴドイは「この動きを巧みに支援すれば、ブルボン家の首長でもあるカルロス国王に、フランス王の冠を差し出すかもしれません」と暗示していた。スペイン国王にしてフランス国王！　きらめくリボンや勲章をつけ、誇らしげな軍服を着て、立派な体格と威厳に満ちたおもざしで、一家の中央におさまる自分の姿を思い浮かべた。宮廷画家はきっと、〈私ことスペイン国王にしてフランス国王〉の反照をカンバスにうつしとってくれるだろう。「なかなかよさそうなアイデアだね」と告げた。ゴヤはほっと息をついた。

他方、宮廷画家の言葉はただちにマリア・ルイーサ王妃の心をつかんだ――ゴヤは今までも、たびたび身分や地位にふさわしい堂々たる私を描いてきた。家族の中央に王妃である私が立てば、何倍もりっぱで堂々たる印象を与えることでしょう。でもゴヤは簡略化しすぎていないかしら？

「どういう絵を考えているのですか、ドン・フランスシコ？」。王妃は寛大ではあるが、疑念を隠さずに尋ねた。「全員一列に並ぶのですか？　それでは少々単調すぎませんか？」。

「恐れながら、ご一同様に一度並んでいただければ、このうえなく幸せに存じます。王妃様にも、きっと御満足いただけるのではないかと存じます」とゴヤは答えた。

かくして『カルロス四世の家族』の構図を最終的に決めるために、王とその家族が明日、〈緑の間〉に全員正装して集まることになった。

翌日スペイン・ブルボン王家の一同が、老いも若きも〈緑の間〉に集まった。女官が緊張して慎重に、嬰児《みどりご》の王子――この子も絵におさまるのだ――を抱いている。一行は大窓のある広間の日差しの中に座ったり立ったりしている。一番年若の王女と王子、すなわち十二歳のイサベル王女と六歳のフランシスコ・デ・パウラ王子は追いかけっこをしている。全員、午前中らしからぬ正装だ。壁沿いにたくさんの従者がひしめきあって立っている。みな、いかなるお作法の本にもない前代未聞の催しにざわめき、当惑の色を隠せない。

マリア・ルイーサ王妃は事態を掌握していた。「これで全員よ、ドン・フランシスコ。みごとな絵にしあげなさい」。

ゴヤは仕事にかかった。中央に十二歳の王女と六歳の王子と王妃、王妃の左側に堂々たるカルロス国王を前面に置いた。第一グループはこうしておのずから出来上がった。第二のグループを作るのも簡単だった。女官が深く膝をかがめて差し出した乳児を抱いた慎ましやかで美しいマリア・ルイーサ王女、彼女の右手には夫君のたっぷり場所をとる長身のパルマ皇太子、このグループと中央グループとの間には、カルロス国王の弟で、吹出したくなるほど国王と瓜二つのドン・アントニオ・パスクアル親王。ブルボン家の残り三名を鑑賞者から見て絵の左手に配した。十人並みの容貌の無表情な十六歳の少年ドン・フェルナンド皇太子。その弟ドン・カルロスとその伯母にあたるカルロス国王の姉、形容しがたく醜いドーニャ・マリア・ホセファ。小細工を弄しない単純な構図――きっと、へたくそと非難されることだろう。だが、それこそゴヤのねらいだった。

だが「ちょっと待った!」と国王が叫んだ。「ここにいない内親王が二名いるんだ」と驚くゴヤに説明した。「ひとりは姉のポルトガル王女、もうひとりは皇太子の未来の花嫁であるナポリ女性だ」。

「御不在のお二方をイメージで描写せよということでしょうか?」

「好きなようにやりたまえ。重要なことは、二人がちゃんと絵の中におさまっているということだ」と国王は言った。

スペイン皇太子ドン・フェルナンドが、しわがれた変声期の声で怒って文句を言った。「僕がこんな隅っこに立たされるとは不当だ。僕はスペイン皇太子だ。どうして、このちびが」と六歳の王子を指差した。「真ん中で、僕が隅っこなんだ?」。

ゴヤは我慢して、皇太子よりむしろ国王に向かって謝罪の言葉を述べた。「国王陛下ご夫妻の間には大きな王子様ではなく、小さな王子様がいらしたほうが、陛下のお姿がよく映えて、芸術的に望ましいと考えたのです」。「承服できない。僕の位が認められないなんて、面目が保たれないなんて！」とドン・フェルナンドは恨んだ。国王は「お前が背が高すぎるから」と言い、マリア・ルイーサ王妃は「お黙り、ドン・フェルナンド」と命じた。

ゴヤは少し下がって、バラバラに並んだブルボン家の一同を観察した。しばらくしてから「恐れながら、別な広間にうつっていただけないでしょうか。左側からの光が必要です。左上から右下へと照らす、たくさんの光が必要です」と表明した。マリア・ルイーサ王妃はすぐさま了解し、「〈アリアドネの間〉に行きましょう」と提案した。「あそこなら、あなたの必要なものが手に入りますよ、ドン・フランシスコ」。

ばたばたと騒々しく、きらびやかなスペイン王家ご一行は城内を移動した。どっしりした国王と着飾った王妃を先頭に、老若美醜の親王・内親王が続き、お伴の従者や女官がしんがりをつとめる。一行はいくつもの広間や廊下を通り、光あふれる〈アリアドネの間〉に到着した。ゴヤの望み通り、左の高みから斜めに光が差し込み、光の道ができている。神話のシーンを描いた、壁の巨大な絵画が薄暗がりに沈んでいた。

国王、王妃、王子たちの前にゴヤが立って観察した。画家の目が彼らを飽くことなき貪欲さで飲み干した。ゴヤは鋭い精確な批判の目で長いこと注視した。広間には沈黙が支配した。従者たちはここで起こっていること、すなわち一臣下にすぎない画家が国王一家をかくもじろじろ凝視するのは、不作法で不埒で扇動的で、あるまじきことだと思った。おまけに画家は——ゴヤ本人にもなぜかわからないが——しきたりや彼自身の習慣に反して、仕事用の上っ張り姿だ。

とうとうゴヤは口を開いた。「二つお願いがございます。小さな王子様が輝く赤の衣装をお召しになられたら、王子様も国王陛下ご夫妻も、いっそう映えると存じます。それからスペイン皇太子殿下は赤ではなく、明るい青の衣装をお召しになられたら、鑑賞者を惹きつけ、絵の趣きが増すのではないかと存じます」。

「この赤は僕の軍服の色だ。僕の好きな色なんだ」ドン・フェルナンド皇太子は躍起になって言った。

「お前は青を着なさい」。王妃がそっけなく命じた。

「そのかわり、ドン・フランシスコが反対でなければ、もっとたくさんの勲章やリボンをつけていいよ。金羊毛皮勲爵士章もつけていいよ」。カルロス国王はとりなすように言った。

ゴヤは宥めるように「スペイン皇太子殿下は、光の真っ直中に立って下さい。そうすれば、勲章やリボンがことのほか華々しい輝きを放つことでしょう」と言った。

ゴヤはすばやく板に下絵を描き、「国王陛下ご一家には、お一方ずつ、もしくは少人数のグループになっていただき、あと数点スケッチを作成したいと存じます。その後、大きな最終彩色下絵のために、皆様にもう一度集まっていただければ光栄に存じます」と表明した。国王は承諾した。

その夜ゴヤはまんじりともしなかった。ファン・ローのように王室余話を描く気はない。「ベラスケスなら許すが、ゴヤにこんな真似はさせん」などという台詞を誰にも言わせないぞ。ベラスケスは偉大だが、もはや冥府の人だ。俺は現役で覇気満々じゃないか。ひそかな勝利に酔い、内心歓喜の声をあげた——闇の中で、自分が何を描きたいのかが見えてきた。相反する色彩を融和させねばなるまい。輝くような、きらめくような調和が必要だ。夢幻的なきらめきの直中で、人々の顔が赤裸々に鮮やかに浮かび上がる絵。

個々人のスケッチに入る前にゴヤは、国王の近侍のアリサ侯爵に呼ばれた。侯爵は王室会計主任ドン・ロドリゴ・ソレルに彼を引き合わせた。「宮廷画家にいくつかお話しなければならないことがあります」と侯爵は丁寧な口調で、ゴヤを見ずに、虚空をみつめながら話した。「ドン・フェルナンド皇太子殿下の婚約者であらせられる、ナポリ王女ドーニャ・マリア・アントニア様のことですが、双方の交渉がまだ完結しておらず、今後の変更可能性がないわけでもございません。それゆえ宮廷画家が、やんごとなき婚約者を漠とした、いわば匿名の顔《かんばせ》で描いて下されば、変更された場合でも対応できるのではないかと存じます。おわかりいただけるでしょうか」。

「ええ、閣下」とゴヤは答えた。

侯爵は続けた。「嬰児《みどりご》である未来のパルマ皇太子と御不在の内親王殿下を入れると、国王ご一家の人数が十三名になってしまいます。もちろん描かれている貴人たちは、迷信などものともしない高貴な方々ですが、鑑賞者全員がそうとは限りません。先例にならい、宮廷画家自身を絵の中に控え目にさりげなく描き入れることを提案致します。おわかりいただけるでしょうか」。ゴヤはそっけなく「ええ、閣下、それは『陰で絵筆をとる画家自身を描き入れよ』という御命令ですね」と答えた。

「宮廷画家の了解を得られて嬉しいですね」と侯爵は答えた。

ゴヤは考えた――ベラスケスは『ラス・メニーナス（女官たち）』で彼自身を陰でも控え目でもなく、大きく当然のように描き入れた。その後ベラスケスは、国王フェリペの斡旋でサンティアーゴ騎士団の騎士に叙せられたではないか。俺は陰で絵筆をとる自分の姿をはっきり描こう。国王も報いてくれるだろう、フェリペ国王がベラスケスに魅了されたようにとまではいかなくても、首席宮廷画家に任命してくれるだろう。国王がこの困難な大仕事を依頼したことからみても、俺が首席宮廷画家に任命されることは間違いない。

「謝礼の問題が残っております」と王室会計主任ドン・ロドリゴ・ソレルが丁重に言った。すぐさまゴヤは農夫の抜け目なさで算段し、よく聞いておかねばと決意した。こうしたケースでは、画家は依頼されたことを栄誉に思うはずだと見なされ、低い報酬をのまされることが多い。ゴヤは慎重に「私はそもそも、この仕事は高貴な方々の個別的スケッチの集積と考えております。個々人の肖像画を微細にわたり描かねばならないでしょう。いわば、四枚の少人数の群像肖像画と十枚の個人肖像画ということになるのではないかと存じます」と述べた。

アリサ侯爵は黙って立ったまま、尊大な拒絶の態度を示した。王室会計主任ソレルは「謝礼は費やされる時間に基づくのではなく、描かれる貴人の数にしたがって払ってもらいたいということですね。国王陛下ご夫妻とご子息ご息女おひとりにつき二〇〇〇レアル、王家の他の方々おひとりにつき、一〇〇〇レアル支払いましょう」。

ゴヤは、謝礼には不在の内親王殿下や嬰児《みどりご》、ゴヤ自身の頭数も含まれるだろうかと熟考したが、問い質さなかった。

心の中でにんまりした。謝礼として低い金額じゃない。ゴヤは注文主が自分の手も描いてもらおうとするときは、謝礼をつり上げることにしていた。今回は、手は問題外だ。当初から『カルロス四世の家族』では、せいぜい四本から六本しか手は描かないつもりだった。十人分の肖像画の謝礼として、この金額なら悪くない。

その日のうちに〈アリアドネの間〉に急遽アトリエが設けられ、ゴヤは制作にかかった。

ここなら個々のモデルを、家族像全体でどういう位置に立たせるべきか、精確に光を当てることができる。スケッチを入念に仕上げた。パルマ皇太子ドン・ルイスを少々間抜けな優男《やさおとこ》に描いた。嬰児《みどりご》を抱いた、愛らしく親しみがもてるが目立たぬ内親王マリア・ルイーサ。年老いた内親王マリア・ホセファの顔が決然と、皇太子と、いまだ知れぬ高貴な花嫁との間に浮かび上がる。ゴヤは二日間、午前中ずっとスケッチにかかりきりだった。年老いた内親王のぞっとさせるような醜さが彼を魅了した。

ことのほか喜んでモデルをつとめたのは国王だ。背筋を伸ばし、胸と腹を前に突き出す。カルロス勲章の水色のリボンがほのかに光り、ポルトガルのキリスト勲章の赤いリボンが輝き、金羊毛皮勲爵士章がきらめいた。栗色のビロードの上着の灰色のモールが鈍く輝き、剣の柄が閃光を放つ。きらびやかに飾り立てた国王は、通風にもかかわらず、直立不動の姿勢で重々しく誇らしげに長時間立ち続けた。

国王はポーズをとって立つのが嬉しかったが、休憩もまた少なからぬ楽しみだった。剣を置き、時折勲章やリボンのついた重いビロードの上着も脱いで、肘掛け椅子で四肢を伸ばし、お気に入りの時計を手持ちぶたさに愛撫し、狩りや農業や子供たちや日常の問題について歓談した。

ある日、国王は「君も、この絵の中に登場するんだろう、ドン・フランシスコ」と暖かい口調で言い、画家を品定めするようにじろじろ眺めていたが、だしぬけに「君は体格がいいね。ちょっとした組み討ちを、格闘技をやらないか？」と元気よく提案した。「私のほうがずっと背が高いし、力も強いだろうが、年がいってるし、通風持ちだから。君の上腕の二頭筋を動かしてごらん」。

ゴヤが腕を動かしてみせると「わるくないね」と鑑定し、「私の腕にさわってごらん」と命じた。「お見事です、陛下」と称賛するゴヤに、不意にカルロス国王が襲いかかってきた。ゴヤは驚き、激しく抵抗した――マノレリア界隈で、たくさんのマホを相手に取っ組み合いをやってきた俺だ。真剣勝負もあれば、ふざけてやったこともある。カルロス国王はあえぎながら、禁じ手を使って逃げようとした。ゴヤは立腹し、首席宮廷画家になりたいという野望も忘れ、生粋マホの流儀で、国王の腿の内側を思い切りつねった。「あう」という相手の呻き声に、ゴヤは自制し、息をはずませながら「臣下の身ながら、御無礼を」と言ってしばらくその態勢を続け、ようやくカルロス国王を解放した。「君には適わないね」と国王は言った。

その他の点では、国王はゴヤにたいそう親切だった。いつもアランフェスで国王はたいそう機嫌がよく、画家にも、その上機嫌を伝播させようとし、そのため絵画制作は中断された。国王は、公園内にしつらえた建築中の壮麗な別館〈農夫の館〉に画家を案内し、「ここを将来、仕事場にしていいよ」と約束した。たびたびゴヤは、狩りのお供をした。大きな音楽ホールへ連れてゆかれたこともある。国王は優美な中国風の調度品に囲まれて、ヴァイオリン演奏を披露した。

「ヴァイオリンの腕が上がったと思わないかい？　王室の楽団にはもっと名手がいるけれど、あの上品なアルバ公爵が早世した今、大貴族の中で私の右に出る者はいないと思うよ」

ゴヤのモデルの中で唯一反抗的な態度を示したのは、皇太子ドン・フェルナンドだった。ゴヤはこの十六歳の少年をことのほか恭しく取り扱い、彼の心をつかもうと全力を尽くした。だが乱暴で思い上がったフェルナンドは手強かった――小間使や家庭教師や女官たちによって、早くから性の享楽の手ほどきを受けた小さな王子は、まもなくゴドイが母の愛人であることを知り、ゴドイを好奇と嫉妬の目で観察するようになった。十一歳のフェルナンドが軍服の小さな剣を扱いかねていると、ゴドイはいやに愛想よく大人ぶって、臣下らしいところは微塵もなくアドバイスをしたのである――その大嫌いな平和大公ゴドイの友人ゴヤの前に、嫌いな色の軍服を着て立たねばならないとは！　おまけに画家のほうは、僕という、この王位継承者の前で仕事用の上っ張り姿じゃないか。

これに対してマリア・ルイーサ王妃は、たいそう従順なモデルだった。ゴヤが望むまま、王妃ひとりで、あるいは二人の子供を連れて、あるいはどちらか一方の子供だけを連れて、次々とポーズをとってくれた。

ついにゴヤが一同に全員正装して〈アリアドネの間〉で、大きな彩色下絵のためにモデルとして立ってくれるよう、恭しく願い出るときがきた。

ゴヤは立ち並ぶ一同をうっとりと眺めた。夢見た拮抗する色彩の調和がある、豊かで斬新で卓越している。個は全体に、全体は個に服する。右手に赤と金、左手に青と銀、相反する色彩が、ひとつの光輝を放つ。どの光にもニュアンスに富んだ陰があり、どの陰にも光があった。光輝の中に、一人一人のおもざしが赤裸々に仮借なく、くっきりと浮かび上がる。高貴な人々の卑俗さ。果たしてそれを表現できるだろうか。

ゴヤはじっと鋭く無礼なほど凝視した。今回は王室の随員は衝撃の色を隠せなかった。みすぼらしい上っ張りを着た卑しい臣下が、きらびやかに正装した国王夫妻や王子の前に立ち、閲兵する将軍のように国王一家を検分している。これはとりもなおさず反乱だ。こんなことはフランス革命以前にはありえなかった。なぜ王家の人々は黙っているのか？

ゴヤは手早く、しかし長時間にわたって描き続けた。老いた内親王マリア・ホセファが「これ以上立っていられないわ」と苦情をいうと、カルロス国王は「ほんの少し辛抱すれば、まがりなりにも内親王として期待される役割を果したことになります」とたしなめた。ゴヤは聞いていなかった。ほんとうに耳に入らなかった。制作に没頭していた。

ようやくゴヤが休憩にすると、皆は四肢をのばし、出て行こうとした。「あと二〇分だけ！」とゴヤは頼み、不承諾の面々を見て、「あと二〇分だけお願いします！　そうしたら、もう二度とお手数をとらせるようなことはないでしょう」と懇願し、誓った。皆は従い、ゴヤは描いた。水を打ったような静けさの中、大きな蠅が窓に向かって飛んで行く羽音が聞こえてきた。ついにゴヤは「ありがとうございました、陛下。ありがとうございました、殿下。ありがとうございました」と言った。

ひとりになったゴヤは疲労と幸福感から、しばらく座り込んだ――今こそ俺が見たものが形になった。もはや失われることはないだろう。

すると不意にアルバ女公爵に対する熱い想いが込み上げてきた。今までおさえていた思慕の念が堰《せき》を切ったように激しくわき起こった。

このアランフェスに残って仕事を続けるほうが賢明だろう。それにしても彼女はまだマドリードにいるだろうか、あとどのくらい滞在しているのだろう？

彼はマドリードの女公爵に
「明日戻ります」と
知らせた
それから　なぜ
この絵のために
是が非でも数日マドリードへ
戻らねばならないか
その理由をひねりだすために
知恵を絞った
なんて愚かしいことだ
そうと知りながら
やはり　そうせずにいられなかった
彼は　大きな彩色下絵と
個々のスケッチを入念に丸めると
意気揚々と　希望に満ち
飛ぶように
マドリードへ帰った

28　追放

ゴヤがマドリードへ戻った最初の夜、アルバ女公爵は彼のかたわらで過ごした。夏の夜は短い。彼女は朝帰りの現場をだれかに目撃される危険も顧みず、明け方まで長居した。

翌日、彼女は夕刻に訪れた。ゴヤは仕事の話をし、彩色下絵をみせ、大いなる斬新な企てを説明しようとした。彼女は、ゴヤの不器用なおしゃべりをほとんど聞いておらず、派手な衣装に身を固めた思い上がった面々の集合下絵をじっくり眺め、口許をゆがめて笑った。声高に楽しそうに笑った。ゴヤは気を悪くした――いったい、何がおかしいのだろう？　彼女に下絵を見せたことを後悔した。

だが腹を立てたのはつかのまで、彼女に会い、彼女を感じ、彼女を自分のものにできるのが嬉しかった。彼女のすべてが彼を幸せにしてくれた。「幸せよ、わが幸せよ、とこしえに」――繰り返し心の中でつぶやいた。

その晩も彼女は彼の家に泊まった。マドリードで過ごせるのは今宵が最後かもしれない。明日、マリア・ルイーサ王妃から許された三週間の猶予期間が切れる。アルバ家の人間が、この私が勅令で流謫《るたく》の地へ追いやられるなんて、信じられないわ――彼女のみならず、ゴヤにも信じられなかった。

午後ゴヤは彼女から走り書きのメモを受け取った。「すぐ来てちょうだい」とあった。頼りにされてるのだと思ったゴヤは彼女のもとへ駆けつけた。

広大なリリア宮は上へ下への大騒ぎだ。たくさんの召使が走り回っていた。命令が出されては、また撤回される。威厳ある女官オイフェミアですら動揺を隠せなかった。アルバ女公爵は勅令を、国王直筆の命令を受け取ったのである。

ゴヤは彼女の寝室に案内された。彼女は下着姿で、靴をはかず、旅行用のドレスにお召し換えの最中だ。腰元にあれこれ指示をしながら、ゴヤに「今日のうちにマドリードを発って、いつまでかわからないけれどアンダルシアの領地に滞在しなければならないの。特別許可なくしてアンダルシアを後にしてはいけないそうよ。回り道をして旅をするわ。自分の領地をまわって夜を過ごす――そんな旅にしようと思うの」と語り、周囲のてんやわんやの大騒ぎを笑った。小さな白いむく犬がやたらとキャンキャン吠え立てる。

ゴヤは彼女のお伴をしたいと切に願った――彼女がかくも気概に満ち、あけっぴろげな今こそ、彼女のそばにいたい。彼女が俺だけのものになるかもしれない今、あきらめろというのか、あきらめられるものか。『カルロス四世の家族』の絵を放棄してもいい、名誉を捨ててもいい、出世を棒に振ってもいい。彼女と一緒にいたい。

彼女が御託を並べる医師ペラールに愚かしくも家宝を贈って世間に戦いを挑んだように、俺もそれと競うように全世界に戦いを挑みたい——だが次の瞬間、ゴヤの中に、『カルロス四世の家族』を完成させなければという意志がむくむくと頭をもたげた。色彩の洪水・輝き・きらめき・閃光、そこから赤裸々なおもざしが浮かび上がる絵、あの『カルロス四世の家族』が不遜にも完成を強いるのだった。『カルロス四世の家族』をベラスケスの王室御用達と張り合わせる気はないが、どこへ出しても恥ずかしくない絵だ。ゴヤは少ししゃがれ声で「お伴してもよろしいでしょうか」と尋ねたが、すぐさま、あまり熱のこもらない調子で付け加えた。「せめて初日を」彼女は、内兜《うちかぶと》を見透かすかのように、その間ずっとゴヤを見つめていた——なにもかもお見通しか？　恐ろしい女性だ。彼女はゴヤの気のない申し出を笑い飛ばした。好意的な笑いだったが、それでもゴヤは傷ついた。

「首席宮廷画家になる予定の宮廷画家が仕事をほうり出しても、なんの意味もないわ。『王室の不興をかった貴婦人のエスコートをして流謫《るたく》の地へ赴きます』だなんて、どう釈明するの？　お申し出はありがたいわ、ドン・フランシスコ。でもあなたは思慮深い殿方だし、今回は私も思慮深くありたいと思っているのよ。一日中、私の馬車の隣で馬にまたがり、砂塵を吸い込んでも首席宮廷画家になれないばかりか、三日もすれば一生を棒に振ったと後悔することでしょう。そうじゃない？　多年にわたり心の中で、いいえ、面と向かって怨言《えんげん》を投げつけられるなんて、御免被りたいわ。では、ほんとうにありがとう、フランコ」。つま先立ちで、彼にキスをした。

それから、さりげなく言った。「ペラール博士がエスコートしてくれるわ。私はいかなる点でも安全よ」。

ゴヤはペラール博士の同行を受け入れねばならなかった。当然といえば当然だ。それでも傷ついた。

召使が彼女に馬車の準備ができたことを告げた

「あとからいらっしゃいな　フランシスコ」

社交辞令ではなく

願望がにじんでいた

「〈早描きルカ〉のように

絵を完成させなさい
異端審問に追いたてられるかのように
アンダルシアへ
いらっしゃい」

29　異端の匂い

これまでゴヤはアウグスチンに大切な話をする機会がなかった。アルバ女公爵がマドリードを、彼のもとを去るやいなや、「気むずかし屋のアウグスチン、俺の仕事をみせよう」と言って、『カルロス四世の家族』のスケッチを次々とひろげて、板の上に画鋲でとめた。

アウグスチンは下絵の前に立ち、下絵に近づいたり離れたりしながら、大きな頭を突き出して生唾を飲み込み、薄い唇を嘗めて舌打ちした。

「説明しよう……」とゴヤが言うと、「何も言わなくていいですよ、わかります」と拒否する。「お前は何もわかっちゃいないよ」とゴヤは言ったものの黙って、アウグスチンに絵を鑑賞させた。

「畜生！」。ついにアウグスチンは叫んだ。本来なら猥雑で途方もない罵りの言葉だが、アウグスチンがその言葉を発した調子から、ゴヤは、彼がこの絵を理解したのだと悟った。それでもゴヤは自分が何をやろうとしているのか説明せずにいられなかった、何か言わずにはいられなかった。「でっちあげる気はない。ベラスケスを気取る気もない。王室余話は無用。わかるだろう？　これらの人物を並べただけだ。無邪気に、単純に並べてみせただけだ」ゴヤは、自分の言葉は微妙かつ複雑な企図を語るには、舌足らずで拙劣だと感じたが、話し続けずにはいられなかった。「個々のものはもちろん明確でなければならないが、執着してもいけない。絵の中の面々はあるがままに、容赦なく精確に。背景は暗い。〈アリアドネの間〉に居並ぶ大いなる、でくのぼうどもを漠然と感じることができればいい。俺がやろうとしていることが、わかるかい？」。

「私はばかじゃありませんよ」。アウグスチンは静かな密やかな勝利に酔いながら言った。「大いなる企てです。前代未聞の業《わざ》です。フランコ、フランコ、あなたはなんという画家でしょう」。

「今ごろ気づいたのかい？」ゴヤは楽しそうに返事した。「明後日アランフェスに戻る。もちろん、お前も一緒に連れて行く。すばやく完成させよう。肖像画を完成させるには、この下絵をうつしとるだけでいい。心髄はもう掌握できている。すばらしい絵になるだろう」。

「もちろんです」。アウグスチンが確信をもって言った。実はゴヤが一緒に連れていってくれるかどうか危ぶんでいたので、師の招待が手放しで嬉しかった。すぐさま実際的になり「明後日はアランフェスですね。その前に片付けねばならないことが山ほどありますよ。ダッチェルのところで枠やカンバスを、エスケラのところで絵の具を調達してこなきゃ。ワニスのことでもエスケラに相談しなければなりませんね」と言った。

アウグスチンはしばらく考えていたが、ためらいながら言った。「最近ホベリャーノスやミゲル、キンターナといった友人たちに会っていませんね。今度のアランフェス滞在は、何週間にも及ぶのでしょう。彼らと会っておいていたほうがいいですよ」

ゴヤは陰鬱な顔になった。アウグスチンは、ゴヤが怒りを爆発させるのではないかと思った。だがゴヤは自制した。ここまでアウグスチンなしにやってきたのが不思議なくらいだ。この肝胆相照《かんたんあいて》らす間柄の友がいなければ、アランフェスで仕事を続けられないだろう。俺に喜びをもたらしてくれる友。アウグスチンは「友人たちに会わないのは無礼だ」というが、ほんとうにその通りだ。

ゴヤはホベリャーノスの家でミゲルやキンターナに会った。

「ご無沙汰しております。仕事にかかりっきりだったので……」と詫びた。

「仕事というのは、全世界のあらゆる善なるものの中で、後味の悪さを残さない唯一のものだよ」とミゲルが辛辣なコメントをした。当然ながら、話題は政治にうつった。

〈スペインはどうもよくない。ゴヤがアランフェスで俗事から離れ、芸術に没頭している間に、事態はさらに悪化している。フランス共和国との同盟で参戦を余儀なくされたスペイン無敵艦隊は、サン・ヴィンセント岬で大敗を喫し、再起不能だ。英国はフリゲート艦トリニダードを奪い、インドからの輸送を阻止し、スペイン本土の海岸に迫っている。戦費がかさみ、飢餓と貧困をもたらした。パリ総裁政府は、スペインがかくも長く同盟を躊躇したことの仕返しをしたのだ。フランス共和国はイタリアでの戦いで勝利をおさめ、スペインを見殺しにした。ナポレオン将軍はスペイン王家の親戚であるイタリア王家の王冠を奪い、イタリアに根をおろした。たしかにフランス共和国との同盟は、賢明な策だったし、唯一の救いの道だ。だがフランス共和国から同盟の義務を順守するよう攻め立てられているわけでもないのに、スペインは唯々諾々と従う。根本原因は、王妃や宰相ゴドイが寵臣に官職を勤めさせ、やすやすと金で売り渡すことにある。スペインの国益を守るどころか、フランス共和国から賄賂をもらうことしか考えない、ならず者ばかりが要職を占めている。マリア・ルイーサ王妃自身、この手の誘惑に弱くて、一度は威勢よく精力的な要求をしても、パリから高価な贈り物が届いた途端、舌鋒鋭い異議申し立てが、軟弱な愚痴になってしまう〉。

ゴヤは黙って聞いていたが、反抗心でいっぱいだった——俺は宮廷の人間だ。躍起になって宮廷に盾突くこの連中は、根本的に俺の敵だ。おかしなことだが、スペインの〈凶〉が俺にとって〈福〉となるのだ。本物のトリニダードよりも玩具の船に夢中になるお人好しのドン・カルロスは、無能な国王だし、マリア・ルイーサ王妃の治世はまさしく国難だ。だが、ご両人があるがままのご両人でなかったら、俺は仕事を依頼されなかっただろう。それどころかボナパルト将軍がマリア・ルイーサ王妃の兄からパルマ公国を奪ったことが、俺にとって有利な展開になった。そのために、パルマ皇太子夫妻がアランフェスで夏を過ごすことになり、カルロス国王が「全員一緒に」絵におさまろうと思いついたのだから。

他のメンバーが私利私欲に走るスペインの悪政を怒るのはもっともだと認めながらも、ゴヤの思念は違う領域を彷徨った。「支配者たちが、かくも祝福された我らの祖国を没落させることに躍起になっているとは！」。ホベリャーノスのその言葉と口調は、いつまでもゴヤの耳に残った。だがゴヤは大きな頭をふった——別な見方もある。彼はアランフェスへ戻る準備をした。

ここ数日、妻ホセファの相手をする暇がなかったことが、気がかりだった。アルバ女公爵とアウグスチンに見せた下絵を、妻に隠しておくいわれはない。ゴヤは当惑したようにほほ笑みながら、ホセファに下絵をひろげてみせた。

ゴヤは意図を説明しようとした。絵に詳しいホセファは、下絵もゴヤの説明もよく理解できた——完成した絵を思い浮かべることはできるわ。でも、よい絵なのかしら？　たしかにカンバスには、夫の話す通り、みごとな混乱した光輝があることでしょう——国王夫妻や王子たちの顔がくっきりと浮かび上がることでしょう。だが彼女は嫌なものでも見るように下絵を見つめた。完成した絵をイメージすると、悪寒が走った——なにやらデーモンの気配がするわ、危険で扇動的な異端の匂いがするわ。たしかに国王夫妻は美男美女とはいえないけど、ラファエル・メングスやマエリャ、兄のバイユーが描いた肖像画は、これほど醜くはなかったわ。夫が若いころ描いた肖像画だって、似てはいるけれど、やはりこれほど醜悪ではなかったわ。はたして国王夫妻のお気に召すかしら？　この絵から、よからぬことが起こりそうな気がする……。

「それで感想は？」ゴヤは聞いた

「国王と王妃と

とりわけ伯母君の内親王は……」

ホセファは言葉をさがした

ゴヤが助け船を出した

『似すぎているのではないか』というんだね？」

彼女はうなずき

近づいたり離れたりしながら

鑑賞し　ついに言った

「それでも傑作よ

ちょっと　ぎょっとするけれど」

30　完成

アランフェスの〈アリアドネの間〉でアウグスチンは、友ゴヤが慣れた筆さばきで脳裏にあったイメージを鮮明に描き出すのを、識者の賛嘆の念で見つめた。

親友アウグスチンは、『カルロス四世の家族』は政治的な絵だと認識していたが、それを公言しないように用心した。ゴヤも「政治」をやらかそうとは考えていないだろう。ゴヤは絶対王政を信じ、お人好しで貫禄ある国王や、飽くことない食欲で世界というお菓子を自分のためにことのほか大きく切り分ける王妃マリア・ルイーサに対して好感をもっていた。だがスペインを襲う惨事、無敵艦隊の敗走、略奪される国庫、王妃の弱点と傲慢さ、国民の悲惨な生活、こういったすべてが、ゴヤが絵筆を動かしている間じゅう、望むと望まざるとにかかわらず、ゴヤの脳裏を去来した。画家が憎悪を描いていないからこそ、軍服や勲章や宝石の誇らしげな輝き、王権神授の国王一家に付随する輝きから、この王権の担い手の貧しい人間性が、残酷なまでに赤裸々に即物的に、見る者の目に飛び込んでくるのだった。

ゴヤとアウグスチンの共同作業がこれほどうまくいったことはなかった。アウグスチンがその嘘のつけない仏頂面をわずかに歪めただけで、ゴヤは「何やら不手際があるな」と察しがついた。「王妃の口許はどうかな?」と問うと、アウグスチンが考え込みながら頭をかく。すると、ゴヤは下絵では艶然とほほ笑んでいたマリア・ルイーサ王妃を、唇をきゅっとかみ締めた顔に変更した。「アントニオ親王はおそろしく国王に似ておられる」とアウグスチンが言うと、カルロス国王のわざとらしい威風堂々ぶりを強調するために、ゴヤは国王のすぐ後ろに立つアントニオ親王の衒学的で厳めしい表情を、いっそう王の表情に近づけた。

ゴヤは不屈の粘り強さで制作に励んだ。宗教裁判の後、異端審問をめぐる五枚の絵画を描いたときのように、深夜までろうそくの灯をたよりに制作した。低目のシルクハットの金属板にろうそくを固定し、常に願わしい光があたるように工夫した。

ゴヤはきわめて良心的に描いたが、瑣末的な部分は大胆に省略した。皇太子の未来の花嫁が誰になっても大丈夫なように、顔を匿名にしておくよう依頼されていたから、派手やかに着飾った、まだ見ぬ王女が顔をそむけている姿にした。不在のポルトガル王女・摂政の宮を、ゴヤは最後まで忘れていた。アウグスチンが思い出させると、ゴヤは手をふりながら「二分あれば十分だ」と言って、ドン・アントニオ・パスクアルのでっぷりした威厳ある仏頂面を描き続けた。

「お食事ですよ」と宮中の者が告げても、ゴヤは制作を続け、アントニオ親王の顔を完成させた。再び「お食事ですよ」と呼ばれると、「お前だけ先に行って座っていなさい。俺はポルトガル王女・摂政の宮をすばやく描き上げて、すぐ行くよ」とアウグスチンに言った。言葉通り、スープがさめないうちに、アントニオ親王と長身の皇太子ルイスとの間に、彼女の無表情な顔を描き上げた。

画家自身を絵の中に描き込むにも、一時間もかからなかった。近侍の要望通り、やや陰になっているが、暗がりからくっきりと浮かび上がる画家の姿を描き、絵の中の自分にいたずらっぽく満足げにうなずきかけた。

アウグスチンの期待に反して、ゴヤはずっと上機嫌で仕事をしていた。国王夫妻は画家が仕事しやすいようにベストを尽くし、モデルとして立った際に着用した正装用装束や勲章を送ってきた。ゴヤは笑いながらアウグスチンの首にリボンや金羊毛皮勲爵章をかけてやった。また太った従僕にカルロス国王の上着を着せ、「国王のように威厳をもって、気をつけ！」と命じて、アウグスチンを苦笑させた。

最後の仕上げの日がきた。絵筆の先でちょんと押したような点をいれて、光を表現する。ゴヤは自問しながら、友に尋ねた。「これで完成かな?」。

アウグスチンは見つめた。ブルボン家の十三名。世襲王家の嘆かわしい面々の過酷で赤裸々な真実と、見る者を眩惑する色彩の洪水。「ええ、完成です」とアウグスチンは答えた。

「ファン・ローの『フェリペ国王の家族』に似ているかな?」。ゴヤは、にやりとした。

「いいえ」とアウグスチンも笑顔をみせ、「ベラスケスの『ラス・メニーナス（女官たち）』にも似ていません」と答えた。アウグスチンの嗄れた笑い声と、ゴヤの明るい幸福な笑い声が混じり合った。

アウグスチンは、ミゲルに絵を見せることを提案した。ミゲルはアランフェスのゴドイのもとにきている。識者ミゲルの唖然とする顔がみたくて、アウグスチンはわくわくした。

ミゲルは絵を見たとたん、〈心を乱し、反感をもよおさせる、なんとも野蛮な絵〉と即断した。だが口に出すのをためらった。ルチーアの一件で、自分の考えに自信がもてなくなっていた。いかがわしい肖像画を描くゴヤが正しいのだろうか？　この絵も芸術の知識から出たものではなく、ゴヤの底知れぬ本能の深淵から発せられたものなのだろうか。

とうとうミゲルは「変わった絵だね、実に独特だ、個性的だ。だが……」と言いよどんだ。心の中で弁明の下準備をした――僕の何十年にもわたる理論研究がこんな形で欺かれるとは！。僕は二千年に及ぶ古代ギリシア・ローマ研究を基礎とした人文主義的教養、大家の審美的学識を受け継がねばならない。僕はこうした蛮行に物申す責任がある。

「君の色彩には賛嘆するよ。型破りだが、この光の混乱、節度ある色彩の騒乱は高度な技術だと認めよう。だが、なぜ君は君の美に、かくも多くの嫌悪をもよおすものを持ち込むのか？　なぜ鑑賞者に、かくも醜悪で厭わしいものを甘受させるのか？　僕は〈新手の効果〉を評価しない人間だ。理解できない。この絵もそうかい。規則からの逸脱だったら、まあ、大目に見るよ。だが、この絵には逸脱以上のものがある。健全なるリアリズムは歓迎するが、君の描いた『カルロス四世の家族』は肖像画じゃない、カリカチュアだ。なぜ単純きわまりないコンポジションにしたんだ？　いにしえの巨匠の作品や、同時代の作品をふまえているわけでもない。気を悪くしないでくれ。僕は君の友人で、君を称賛している、だが、この絵にはついていけない」。それから権威をもって言葉を締めくくった。「この絵は失敗だよ」。

アウグスチンは、ルチーアの一件で苦い思いをしたくせに、ちっとも学ばない理詰めの学者ばかに、この絵を見せたことを後悔した。アウグスチンが大きな頭を突き出し、怒って言い返すそうとすると、ゴヤが彼を引き止めた。「ちっとも気を悪くしてなんかいないよ」とさりげなくミゲルに言った。ミゲルは矛先を変え、「国王夫妻はこの絵を見たのかい？」と心配そうに尋ねた。

「個々人のスケッチをしたから、多分そのとき見ているだろう。この絵そのものは、製作中は誰にも見せていない」

「失礼、苦言は歓迎されないと承知のうえで、率直に言おう。忠告を引っ込めるわけにはいかない。今のままの状態で、この絵を見せちゃいけない。絶対まずいよ」

ゴヤの顔に憤怒が浮かぶのもお構いなしにミゲルは続けた。「せめてカルロス国王とマリア・ルイーサ王妃をもう少し……」と言葉をさがし、「感じよくできないかな？　僕らの中では、君がいちばん、お二方を寛大に見ることができるはずなんだが……」。「俺はお二方を寛大にも、辛辣にも見ていない。俺は、あるがままの彼らを見ているんだ。彼らはこういう方々なんだ。これからも、こういう方々であり続けるだろう。永遠に」。

絵が乾き、ワニスが塗られた。フランスの額縁作りの達人フリオ・ダッチェルの出番だった。王室一家が作品を観覧する日が決められた。

ゴヤはこれを最後と〈アリアドネの間〉に入り、完成された作品の前を行ったり来たりしながら、王室一家を待った。

扉が開かれ、国王夫妻が入ってきた。庭園を散歩してきたところで、あまり勲章もつけない簡素な装いだ。やはり簡素な装いの平和大公ゴドイがお伴している。かなり大勢の従者が一緒に入ってきた。ミゲルもその中にいた。足を踏み入れるやカルロス国王は上着とベストの下から時計を二つ取り出し、見比べて表明した。「六月十四日十時二十二分、十時二十二分。絵を定刻に引き渡してくれたね、ドン・フランシスコ」。

ブルボン家の人々は、絵のように整列してではなく、勝手ばらばらに立ち並び、絵の中の自分と対面した。生身のブルボン家の面々が、絵の中の面々を凝視している。彼らの後ろにはゴヤが、絵の中では陰に沈む画家が、王室一家を並ばせ、描き出した画家が立っている。

カンバスからは威厳ある輝きが発せられていた。カンバスの中に、等身大、いや、より大きな存在感をもって、本物そっくり、いや、本物以上にそっくりなカルロス四世の家族がいる。誰が描かれているか一目瞭然だ。

ブルボン王家の面々は少し当惑して凝視し、沈黙した。大作だ。今だかつて、王室の人間がこれほどたくさん一堂に会してカンバスにおさめられたことはなかった。

カルロス国王は絵の中でも広間でも、真ん中にどっしりと立っている。国王は全体像も自分の姿も気に入った。栗色のビロードの上着がすばらしい。誰がみてもビロードだとわかる。剣の柄も勲章もリボンも実に精確だし、なによりも彼自身がりっぱにみえる。しっかりと揺るぎなく、そこに立っている。寄る年波や通風をものともせず、肉体に力がみなぎっているのが一目で分かる。巌《いわお》のごとき、私ことスペインおよびフランス国王。たいへん優れた絵だ。ゴヤに愛嬌ある冗談を言おう。だが、マリア・ルイーサ王妃の発言を待ったほうがいいだろう。

素顔の醜い中年のマリア・ルイーサ王妃は、夫や情人や子供たちの間に立ち、鋭い眼を素早く走らせ、絵の中の装いを凝らした醜い中年のマリア・ルイーサ王妃を検分した——ここに描かれた女性の多くの点が、きっと多くの人々のお気に召さないことでしょう。でも、そこがいいのよ。絵の中のあなたは美人ではないけれど、比類ないおもざしだわ。鑑賞者がつくづく眺めずにいられない記憶に残る女性、それこそブルボン家のマリア・ルイーサ、パルマ王女、スペイン王妃、大公の御息女、国王の妻、将来の国王や王妃の母、人生から力づくで勝ち取れるものは勝ち取る意志と能力に恵まれ、エスコリアルでもカトリック両王霊廟でも、恐れを知らず、悔いることも知らない女性。たとえ今日、この世に別れを告げる運命だとしても、人生から欲しいものは勝ち取ったと言えるわ。回りには子供たちがいる——満足げに王妃は、絵の中では手をつないでいる可愛い幼い王子と、肩に腕をまわしている可愛い幼い王女を見つめた。望み通りの、生きる活力にあふれた伸び伸びした子供たち。私と子供たちに相応しい位階を永久に保証してくれる、太った愚かな国王の子供ではなく、誰よりも恋しい男の子供よ。世界が滅びない限り、ヨーロッパに冠たる玉座にのぼるのは、この子たち。健康で美しく聡明な子供たち。父である情人からは立派な体格を、母である私からは明敏なる頭脳を受け継いだ子たち。いい絵だわ、真の絵よ。甘ったるさのない、美化されていない絵。堂々としていてインパクトがある。私のゴドイが、この絵の中に入っていないのが残念だけど。

長く沈黙が続いた。ゴヤは不安になり始め、怒った目つきでミゲルを見やった。ミゲルの不平たらたらの不吉な予言が災いを呼び起こしたのか？　妻のホセファも憂慮していたが、国王夫妻は、あまりにも感じ悪く描かれているると思っているのだろうか？　敬っていないわけではない。それどころか、お人好しの国王にはいつも敬意を払っているし、王妃であると同時にマハである、この生きる喜びにあふれる御婦人にも共感をおぼえる。俺は真実を描いたのだ。これまでだって、そうだった。俺の描く真実に、皆は好意を示した。マホや大貴族、異端審問所でさえ、気に入ったじゃないか。この絵で首席宮廷画家になる胸算用をしていたが、今回はおじゃんか？なんだって、いつまでも黙っているのだろう、この愚か者と娼婦は？

マリア・ルイーサ王妃が口を開いた。「よく描けていますよ、ドン・フランシスコ。忠実な真の絵です。私たちブルボン家の面々がどのような人間だったか後世に伝えるのに、ぴったりの絵です」。

カルロス国王がすかさず、どなって口をはさんだ。「すばらしい絵だ。私たちが望んだ通りの家族の肖像画だ。ところで、大きさはどのくらいだね？　縦は？　横は？」。

「縦二メートル八〇、横三メートル三六です」とゴヤは答えた。

「あらゆる点で大作だね」とカルロス国王は満足して表明し、ゴヤが十二大貴族のひとりであるかのように、いたずらっぽく言った。「ゴヤ、帽子をかぶっていいよ」。

今や全員がゴヤに大げさな祝辞を述べた。ミゲルは常ならぬ感動の面持ちで、強くゴヤの手を握った。ミゲルは国王がどう言うか心配していたので、友が由々しき事態をかくも上首尾に乗り切ったことを心から喜ぶとともに、得心した――無教養で野蛮な作品が、教養のない国王のお眼鏡に適ったからといって、なんの不思議があろう。

平和大公ゴドイが国王の耳元に何やらささやくと、国王は「ちょっと、ほのめかしてもいいだろう」と満面に楽しそうな、いたずらっぽい笑みを浮かべ、ゴヤに向かって大声で「数日後、君は素敵な思いがけない贈り物を受け取ることになるだろう」と言った。ゴドイが「フランコ、とうとうやったね」と請け合った。

義兄バイユーが亡くなってからというもの、ゴヤはどんなに主席宮廷画家に任命されたいと願ったことだろう。やっと御墨《おすみ》付きを頂戴できる、ここに至ってようやく称号が実力に追いついた。二分前までは、うまくいくかどうか疑問だった。今こそ夢がかなった。異存はない。俺は自分の力量を知っている。実を結ぶのが確かな手応えでわかるし、作品は大成功だ。アウグスチンも識者も認め、愚かな支配者たちが称賛してくれた。フランス人もドイツ人も認めるだろう。後世の人々が、世界じゅうの人々が認めるだろう。若き作家キンターナは、ふさわしい言辞を呈してくれたじゃないか。今日は華々しい成功を手にした。明日は得も言われぬ愛する女性を手に入れるだろう。

ゴヤはマドリードへ戻り、アンダルシアへの旅の準備をした。

『カルロス四世の家族』制作中、アルバ女公爵のことを、ほとんど考えなかった。だが今や憧れは募り、彼女に会いたくて矢も盾もたまらなかった。仕事が手につかない。絵の具の匂いが厭わしい、カンバスをちらっと見るのも嫌だ。だが首席宮廷画家任命書を手にするまでは、マドリードを離れるわけにはいかない。文書で確認するまでは信じられない。口約束と、その成就との間には、大きな隔たりがある。いつもデーモンがうかがっている。デーモンを引き寄せないように、国王の約束を誰にも漏らしてはいけない。アウグスチンにも妻のホセファにも教えられない。ゴヤは任命書がなかなか来ないのに業を煮やし、マドリードを発てずにいた。

王室会計主任ドン・ロドリゴ・ソレルがゴヤ家を訪れた。「謝礼のことですが、六名の方に対してはお一人につき二〇〇〇レアル、五名の方に関してはお一人につき一〇〇〇レアルということで意見が一致していますね。嬰児《みどりご》の王子様も含まれております。十二番目、十三番目、すなわち不在の内親王のお二方に関しては謝礼なしということで、ご理解いただけるでしょう。なお十四番目、すなわち画家本人も考慮に入れておりません」。

〈金離れがよいとはいえないが、しみったれというわけでもない〉とゴヤは思った。

一日が過ぎ、二日目が過ぎ、さらに三日目が過ぎた。任命書は、それぞれの担当部署に委託されて発行されるのだが、役人が怠け者だったり、虫の居所が悪かったりすると、ずるずると先送りされる。ゴヤがおあずけを食うのは当然だろう。しかし焦燥感は病的に募り、耳の具合が悪化した。ますます頻繁にアンダルシアへ、アルバ女公爵のもとへ旅立ちたいという思いにかられた。

王室会計主任の訪問の四日後、ペパ同伴でゴドイがあらわれた。大きな書類鞄を抱えた赤靴下の従僕が、控え目に後ろに立っている。ペパが言った。「あなたの絵のことを聞いて、ドン・マヌエルの許可を得て、いわば国王夫妻に隠れて、アランフェスに行って絵を見てきたの。こういうやり方は私の流儀ではないのだけど、私がどんなにあなたの絵に興味をもっているか分かるでしょう。本当にいい絵ね、大作ね。大きいだけじゃなく、あなたのこれまでの最高傑作よ。ところどころ手を抜いてるけど。例えばパルマ皇太子は明らかに背が高すぎるわ。でも全体として、すばらしい作品よ。色合いも華やかだわ」。

「今日は公務で来た。君にいい知らせをもってきたよ」とゴドイは言って、赤靴下の従僕に手で合図すると、従僕は大きな官庁印のある文書を差し出した。「私自身が仲介したんだ。さもないと三週間かかってしまうからね。だからこそ、今日こうして君に文書を渡せるんだ。読んできかせようか?」と勿体ぶって尋ねた。

ゴヤは事情を察し、ゴドイに礼を言うのは当然だと思った。それでも相手の偉そうなパトロンぶった態度に少し腹が立った。「今日は耳の調子がよくないので、文書は自分で読んでもいいでしょうか」と答えた。

「お好きなように」。宰相は気分を害した。

ゴヤは読んだ。「国王は、貴殿の業績をたたえ、それを表するとともに、アカデミー教授陣を鼓舞し、いかに貴殿の貴い画業を高く評価しているかを示すため、本日をもって貴殿を年収五万レアルの首席宮廷画家に任命する。また財務局は、馬車の必要経費として、貴殿に毎年五百ドゥカーテンを支払う。さらに財務局は、地位にふさわしい住居の補助費について貴殿と交渉する準備がある。貴殿に末永く神の御加護がありますように。宰相ドン・マヌエル平和大公」。

ゴヤは深く感動し、かすれ声で言った。「礼を申し上げます、ドン・マヌエル」。

「礼を言うにはおよばないよ」とゴドイは言った。天にも昇る心地のゴヤは、ゴドイのささやかな不興も気にならなかった。ペパはゴヤの顔を、大きな美しい緑色の瞳で憶せず見つめながら「私はあなたにお祝いを言う最初の女性になりたかったのよ、フランコ」と言った。

ゴヤはひとりになると、文書を何度も何度も読み返した。とりわけ住居補助費や、五〇〇ドゥカーテンの馬車必要経費が認められたのは嬉しかった。これまで豪華馬車は彼の自慢であるいっぽう、不相応に思えて内心忸怩《じくじ》たるものがあったのだが、今や堂々と権利が認められたのだ。宰相の給料まで値切ろうとした国王を渋ちんだと思っていたが、どうやら誤解していたようだ。カルロス国王は気前がよく、芸術を高く評価してくれる。将来友人たちが国王の悪口を言うようなことがあったら、黙ってはいないぞ。

夫から首席宮廷画家任命の件を聞くと、ホセファはほうっと大きく息をついた――今は亡き兄バイユーがくりかえし「画家は真実を美と結びつけねばならない」と語っていたわ。夫はこの根本原則に反してる。最後の最後まで、国王夫妻が夫の描出した自分たちの姿に同意しないのではないかと心配だった。今回の出世は、兄のバイユーやバイユー家の家名のおかげじゃない。夫の画家としての功績がちゃんと評価されたのね。

ゴヤは友人マルティン・サパテールに手紙を書いた。〈このところ筆を取る暇がなく、ご無沙汰しています。仕事が忙しくてね。でも、いい仕事です。今日もあまり長い手紙は書けません。すぐ南へ、ある大貴族の貴婦人のもとへ旅立つ予定です。誰のことか、君にはもう察しがついているでしょう。首席宮廷画家に任命されました。お給料をどう使うべきかアドバイスをお願いします。アウグスチンに、辞令の写しを君に送るよう頼んでありま す。私の母や兄弟、サラゴーサのみんなに、とりわけフェンデトーデスの老師フライ・ホアキン――彼が私のことを評価しているかどうか知りませんが――に見せてやってくれませんか。これから馬車に乗りますが、今後は国王がこの馬車の必要経費として毎年五〇〇ドゥカーテン払ってくれることになりました。聖母様に称えあれ！精魂込めて仕事し、幸福を満喫し、心地好い疲労をおぼえます。ピラールの聖母に、ろうそくを奮発してくれませんか。わが心のマルティン、君のフランコのために、国王と王妃がいろいろ尽力してくれました〉。

ゴヤは国王夫妻に礼を述べるためにアランフェスへ向かった。南へ向かう特別郵便馬車も予約済みだ。国王夫妻との謁見を終えるとすぐ着替えて、正装をマドリードへ送り返し、まっしぐらにアンダルシアへ旅立った。

馬車をせき立て　急がせた
二日目になると　ベテラン御者は
「街道は穴だらけのうえ
盗賊が出没するので

回り道をしましょう」と言う
ゴヤは回り道をする気など
さらさら　なかった
丸いドゥカーテン金貨を
驚く御者に渡して言った
「心配いらないよ
この馬車には
幸運児が乗っているのだから」

31　幸福な日々

ゴヤはくつろいだ服装で、ゆったりした安楽椅子に座り、アルバ女公爵がベッドでチョコレートを飲むさまを見守った。大きな寝台のアルコーブ〈壁面につくられたくぼみ〉のカーテンが開いている。寝台の両側に精緻な木彫の古代女神像が立ち、胸元が燭台になっている。太陽はとうに高く昇っていたが、ろうそくが灯され、寝室は快い薄暮に包まれていた。壁のフレスコ画の庭園パノラマがほのかに浮かび上がる。アルコーブのだまし絵の高窓から曙光が降り注ぎ、外の暑さを思うと、室内の冷気がいっそう心地好く感じられた。

アルバ女公爵は濃いチョレートに甘いお菓子を浸し、楽しそうにつまんでいる。女官が下に落ちないように、注意深く見守り、ゴヤも満ち足りた気持ちで、ノンシャランと見守っていた。誰も言葉を発しない。

アルバ女公爵は朝食を終えた。女官オイフェミアがカップを下げると、女主人は物憂げに伸びをした。

ゴヤはこのうえなく幸福だった。昨日の午後遅く彼が到着すると、彼女が迎えに走り出て、貴婦人らしからぬ喜びようで、執事の前で彼を抱擁した。彼が風呂に入り、着替えている間も、開いたドア越しにおしゃべりを交わした。旅の間じゅうゴヤは〈先客がいてほったらかしにされるのではないか。他に客がいても、彼女を恨むわけにいかないし……〉と心配だったのだが、来訪者はなく、ペラール博士すら来なかった。二人だけの水入らずの夕食、楽しい晩餐だった。いろいろおしゃべりし、無邪気な冗談、艶っぽい冗談を言い合い、刺のある言葉はまったく思い浮かばなかった。長い濃密な夜、一瞬の陰りもなく、まさに至福のときを過ごした。

彼女は掛け布団をはねのけ、ベッドに座った。「朝の引見にはいらっしゃらなくていいわ。もう一眠りなさってもいいし、城を見物したり庭園を散歩したり、好きなように過ごしてね。食事前に望楼で落ち合って、半時間ほど一緒にお散歩しましょう」。

ゴヤは早目に望楼に着いた。そこからは美しい風景が一目で見渡せる。カディス地方の家々はアラビア様式のゆったりした造りだ。窓は少なく、壁は真っ白、平たい屋根から細い展望台が天に向かって伸び、庭園は雛段状だ。沼地が広やかに緩やかに海へと連なる。サンルーカルの町とその肥沃な平地は、砂漠のオアシスだった。ブドウ園とオリーブ園の両側に、黄白色の平らな景観がひろがる。松やコルクガシの木々から成る森が砂地と競うように生えていた。波打つ砂丘。塩田が白く輝いていた。

ゴヤはさほど関心もなく風景を眺めた――背景を成すのがピエドライタの山々であろうが、サンルーカルの砂丘であろうが、俺にとって大切なのは、宮廷やマドリードから遠く離れて、彼女と二人だけになることだ。

ペラール博士が現れ、二人はさりげない会話を交わした。ペラールは眼前にある館の歴史を語った。「この館の創設者オリバレス伯爵を、ベラスケスがたびたび描いています。オリバレス伯爵はフェリペ四世の宰相だったのですが、追放の憂き目にあい、この館で不遇の晩年を過ごしました。彼の甥で跡取りのドン・ガスパール・デ・ハロが館を増築し、今は彼の名にちなんで〈ハロ館〉と呼ばれています」。

ゴヤに問われるまでもなく、ペラールは先週の出来事を話した。「喪中ですから、ドーニャ・カイェターナは盛大なパーティーを催すわけにはいきませんが、カディス、イェレス、セビリアからたくさんの来客があります」。

ゴヤは〈うまい骨には、犬どもが群がる〉という古い諺を思い出した。

「彼女はカディス、町の館、〈ハロ館〉と、ときおり移動します。一度ベールをつけてカディスの闘牛場に行きました。闘牛士コスチリャーレスが二日、この城に賓客として滞在しました」

〈アルバ女公爵がペパのロマンスに登場する貴婦人のように一日中望楼に立ち、恋人である画家の訪れを首を長くして待っている〉などと期待はしないが、それでもゴヤは少々気を悪くした。

アルバ女公爵が、女官オイフェミア、お小姓フリオ、黒人の少女マリア・ルス、子犬のドン・フアニートと数匹の猫をお伴に登場した。ことのほか入念におめかしをしている。自分のために装ってくれたのだとゴヤは思い、嬉しかった。「祖父母の時代には、未亡人は死ぬまで、もしくは再婚するまで喪服を着ていなければならなかったのよ。今は、そんな必要がなくて嬉しいわ」。

彼女が未亡人の境遇をかくもあけっぴろげに語るのに、ゴヤは驚いた。

ペラールは辞去し、他の者たちは小さな行列をつくって庭園を抜けた。両側を猫たちが尻尾を高く立ててお供する。「人差し指の伸ばし方に、少々高慢さが感じられる他は、あなたは前とまったくお変わりませんね」とゴヤが言うと、「あなたの下唇は前より少々突き出ているわよ」と答えが返ってきた。

庭園にはたくさんの日時計があった。指針がしっかりと描かれた日時計もある。

「オリバレス伯爵は追放の憂き目にあってからというもの、少々奇矯な振る舞いをするようになったの。自分の運命の星が再びのぼるように、時の歩みを止めようと夢見たのね」

軽い食事をした。食堂の壁には、柱ばかり並ぶ生彩のない庭園のフレスコ画やエジプト風花づな装飾がある。ここにも日時計が描かれていて、針がいつも同じ時刻を指していた。

食事が済むと、アルバ女公爵は暇乞いをした。ゴヤは寝室へ行ったが、暑かったので、裸のままベッドに寝そべり、午睡をとることにした。気だるく、なんの不足もない満ち足りた気分だった。こんなことは生まれてこのかた、滅多にない。いつも種々の計画で頭がいっぱいで、明日の予定、来週の予定、新たな計画をたてずに、ベッドに入ることなどない。だが今日は違う。眠りにつくのが惜しいほどだ。眠りの精が訪れ、身体の感覚が悦びとともに溶けてゆく。身体が深く沈んでいくようだ――いつのまにか彼は深い眠りにつき、幸せな気持ちで目覚めた。

ゴヤは初日と同じように、のんびりと満ち足りた日々を過ごした。たいていアルバ女公爵と二人きりだ。ペラールの邪魔は入らない。女官オイフェミアの前で、彼女はいっさい隠し立てをせず、恥じらいを見せることもなかった。

彼女とゴヤは薄暗い部屋で半裸で座っていた。暑い日で、彼女は扇であおぐ。オイフェミアが入ってきて、氷を浮かべたレモネードを供した。女官は扇を見ると、びっくりしてレモネードの入った杯を落とし、女主人のもとへ駆け寄り、扇をさっと取り上げ、「そんな風に座るときに、この扇を用いてはいけません！」と叫んだ。扇には、ピラールの聖母が描かれてあった。こんなささやかな出来事が、サンルーカルの大事件だといってもいい。ゴヤもアルバ女公爵も、人生経験豊かだったが、これほど穏やかで満ち足りた時を過ごしたことはなかった。二人は静かで平和な時間を満喫した。

ゴヤはあまり仕事をしなかった。カンバスも絵筆もパレットも食指をそそらない。画業に手を染めてから、油絵を描かないのは初めてだ。そのかわり、たくさんスケッチをした。ひたすらスケッチがしたかった。アルバ女公爵の日常生活の気づいた点を、次々とスケッチした。「マハとしての私を描いてみない？」と彼女は誘いをかけたが、ゴヤは「のんびりしましょう。画業は、いわば私の思考です。頭を使うのですよ。頭を使うのはお休みしましょう」と言った。

彼女の夥《おびただ》しい称号を長々と記した文書を見たゴヤは、「いったい名前がいくつあるんです？」と尋ねた。郷士《イダルゴ》は名前は六つまで、大貴族は十二まで許され、第一級の大貴族になると無制限だ。名前が多ければ、それだけたくさんの聖人の御加護がある。彼女には三十三の名前があり、「アリア・デル・ピラール・テレサ・カイェターナ・フェリシア・ルイーサ・カタリーナ・アントニア・イサベル……」と数え上げた。

「記憶力のよさには自信がありますが、とても覚えきれません。あなたには名前と同様に、たくさんの顔があるのでしょう。もう一度名前を数え上げてください。名前ごとに、どの名にもそれに相応しい顔を描いてみせます」。

彼女は名をあげ、ゴヤは描く。彼女と女官が二人でそれを眺める。彼は素早く大胆に精確に喜びをもって描き、彼女のどの顔もはっきりと区別できるように描き出した。愛らしい顔もあれば、不気味で邪悪な顔もあった。

彼女は笑って、「オイフェミアは、どの私が好き？」と女官に問いかけた。

「首席宮廷画家の筆さばきはお見事です。でもこれ以上描き続けるのはおやめになったほうが、よろしいのではないかと存じます。なにもかも紙に描きつけると、災いがこないとも限りません」。女官は答えた。

「次の名は?」とゴヤは問い、「スザンナ」の返事に、ゴヤはさらに描き続けた。女官のほうを見ずに描きながら「私のことを妖術使いだと思うかい?」と聞くと、女官は慎重に言葉を選びながら、「私は、芸術は神から賜ったもので、特に聖者の描出に用いられるべきだと考えております」と答えた。ゴヤはスケッチを続けながら、さりげなく「私はたくさんの聖者を描いてきた。私の敬虔なる絵が掛けられている教会はたくさんあるよ、ドーニャ・オイフェミア。最近もオスーナ家のために、聖フランシスコ・デ・ボルハを描いた」と言った。

「オスーナ家はお家の守護聖人がご自慢なの。わがアルバ家は聖者とは無縁だけど」

ゴヤはスケッチを完成させ、入念に番号と名前を記した。『二十四番、スザンナ』。紙面から愛らしく嘲笑的で底知れぬ女性が、こちらをうかがっている。女官オイフェミアは著しい不興を示し、「お嬢様、これらのうちの何枚かは存在しないほうがよろしいかと存じます。首席宮廷画家にこの『スザンナ』や、他のスケッチを破棄してくださるようお願いします」と断固たる調子で切願した。さらに「これらの絵はデーモンを招き寄せます。破棄してもよろしいですか?」と言って、早くも『スザンナ』に手を伸ばし、破棄しようとした。

「やれるものならやってごらんなさい」と女主人は叫び、冗談とも本気ともつかぬ態度で女官に襲いかかった。女官は首から下げていた十字架をかざし、お嬢様の身体に乗り移った悪霊を追い払おうとした。

午前でも午後でもアルバ女公爵が眠っているとき、ゴヤはよくラバでサンルーカルの町へ出かけた。売店でこの土地名産のシェリー酒を飲み、居酒屋で他の客たち、大きな丸い白い帽子をかぶり、夏には紫のマントを羽織る男たちとおしゃべりをした。由緒ある町サンルーカル——町の名はルシファー、悪魔に由来するといわれる——は、嘘や盗みで急場をしのぐならず者たちの溜まり場として毀誉褒貶著しい町で、ピカレスク小説の舞台ともなっており、サンルーカル出身のマホは、自分の出自を誇りにしていた。イギリスの封鎖船がカディスにある今、町は密輸で潤い、活気にあふれていた。いつも居酒屋には、一目で職業がわかるカラフルな衣装をつけたラバ引きがいて、国中の話を聞かせてくれる。ここ以外では聞けないような話ばかりだ。ゴヤは、こうしたラバ引きや他の客と雑談した。ほのめかしに富んだ話も多かったが、ゴヤも相手も互いに流儀を心得、感知した。

ときおりボナンサやチピオーナといった近隣の村へもラバで出かけた。カシの林や明るい黄色の砂丘を通る。いたるところに塩田が白く輝いていた。砂地を通る時、彼は真昼の妖怪《ヤンタール》を見た。半ば亀、半ば人間の形をした妖怪がのろのろと近付いてくる。《シエスタ（昼寝）》の別名にふさわしく、相手を脅かすというより、まどろみへ誘う妖怪。妖怪はゆっくりと、自分の道を這って進む。それは街道でもなく、ゴヤの進行方向でもなかった。ゴヤはラバを止めて、じっと妖怪を見つめた。砂地の遠くから遊ぶ子供たちの喚声が響いてきた。妖怪は砂丘に姿を消した。

館へ戻ると、カディスのセニョール・セバスチアン・マルティネスから手紙がきていた。〈サンタ・クエバ教会に絵を三点寄付したいと思います。首席宮廷画家に引き受けていただけないでしょうか〉という依頼だった。マルティネスはスペイン最大の商船隊所有者でアメリカ貿易をほぼ独占し、芸術のパトロンとしても有名だった。願ってもない提案だ。マルティネスは礼金をはずむだろうし、サンタ・クエバ教会の仕事なら、宮廷に対して「長期休暇」の格好の口実になる。宗教画を描けば、俺の情熱や幸運の罪ほろぼしになるかもしれない。マルティネスと直接話をしよう、カディスなら数時間で行ける。

アルバ女公爵にこの話をした。「願ってもないわ。実は私のほうから、『数日か数週間、一緒にカディスに行きましょう』と提案するつもりだったのよ。戦争中で、あの町は活気があるし、あそこの劇場の出し物は、なかなかのものよ」。

二人は週末に出発することに決めた。

ゴヤはその夜、寝つかれなかった。窓辺に立つと、満月が輝いている。庭園の彼方の輝く海を見やった。

アルバ女公爵が庭園で
涼をもとめている
彼女ひとりきりだ

「下に降りましょうか」
ゴヤは尋ねた
彼女が顔をあげて　こちらを見もしないので
彼も下へ行けない
数匹の猫が
彼女にまとわりついていた
柔らかい光の中
彼女は音もなく
テラスを行き来している
月明りの夜の散策
猫たちが尻尾を高くかかげて
楽しげに意気揚々と
彼女とともに歩むのを
ゴヤは窓辺でじっと見つめた

32　カディスへ

アルバ女公爵の案内で、ゴヤはカディスのハロ館を見て回った。この館の創設者オリバレス伯爵も、ガスパール・デ・ハロも金離れがよかった。細い岬の最先端にあるカディスの家々はたいてい細長く高い建物なのに、ハロ館は大広間を思わせるみごとな石畳の中庭を蔵し、三階建てで、回廊をめぐらせてあった。平らな屋根から望楼が天に向かって伸びてゆく。

広大な館は、湿っぽく冷え冷えとしていた。サンルーカルと同様に、ここでも日時計の針が描かれた時のまま、同じ時刻をさして止まっている。かしこに大理石、絵画、彫刻、燭台がある。先代たちは金に糸目をつけぬ質《たち》だったらしい。だが今、館は顧みられることなく、壁のフレスコ画は落剥し、漆喰もあちこち剥げていた。

ゴヤとアルバ女公爵は踏み減らされた大理石の階段をのぼった。館に劣らず衰えの見える年老いた管理人ペドロが、鍵束をガチャガチャいわせながら厳めしく、ぎこちない足取りで、二人の先に立って歩く。黄ばんで磨り減った大理石の階段をのぼり、ようやく望楼にたどり着いた。らせん階段をのぼり、塔の平たい屋根の上に立つと、低い胸壁ごしに町全体を見渡せた。砂州の発達によってイベリア半島と陸続きになったカディスは、青い海に浮かぶ白い島のように見えた。

ハロ館は、町一番の高台にあった。北東をのぞめば、港や町を守るたくさんの要塞、スペイン無敵艦隊、アンダルシアの平野、彼方にはグラナダの山々がある。西をのぞめば、広大な海と港を封鎖するイギリス艦隊。南はアフリカ海岸だ。眼下には平屋根を色とりどりの草花で飾り立てた家々が並ぶ。「『バビロンの空中庭園』というのが、今は亡き閣下の口癖でございました」と年老いた管理人は語った。

この広大な館で、ゴヤとアルバ女公爵はほとんど二人きりだった。同行したのは女官だけで、他の者、ペラール博士や執事、秘書、使用人は後から来ることになっていた。管理人夫妻の給仕で食事するときはもちろん、ほとんどいつも二人一緒だった。だが、いつまでも二人きりでいられるわけはない——二人は、束の間の二人だけの時間を享受した。

翌日ゴヤは、依頼主セニョール・マルティネスと会うことになっていた。時間はたっぷりあったので、所狭しと家が立ち並ぶ、人ごみの町をぶらついた。張り出した平屋根の白い高層建築が立ち並ぶ狭い通り、円頭石舗装の道を歩いた。並木道、ニレとポプラの塁壁のある遊歩道を歩き、海に至る道へ戻り、雑踏と町のにぎわいを楽しんだ。近隣アフリカ諸国からニワトリやアヒルを輸入してきた回教徒の家禽売り、強烈な匂いを発する色鮮やかな魚貝類を並べる魚屋、多彩な果物を山積みにした果物売り、手押し車の水売り、樽をもった氷売り、ゆったりした半ズボン、トランクホーズ姿で売り物のナツメヤシの真ん中に座り、長い葉巻をくゆらす黒髭のモロッコ人、小さな屋台の立ち食い店や居酒屋の亭主、聖者の絵や護符や水兵帽を商う小売り商人、こおろぎ売り。針金で作った小籠や彩色した小さな家の、きれいな声で鳴く虫たちは、色男から意中の女性に贈る格好のプレゼントだった。こういったすべてが晴天のもと、華やかな色彩とざわめきと匂いを放っていた。青い海はスペイン艦隊とイギリスの艦隊に占拠されている。黒装束の女たちがゴヤに誘いをかけ、色気たっぷりに女を買わないかと持ちかけた。「情欲をかきたてる蒸し暑いアフリカの風、試さなきゃ、損よ。ふるいつきたくなるような別嬪《べっぴん》よ。丸々とした太股よ」と吹聴しながら、両手で宙に描いてみせた。

ゴヤは町の狭い通りへ戻った。そろそろマルティネス家を訪問する頃合だろう。

マルティネスについては、いろいろ聞いていた。スペイン植民地の開墾や産業の近代化に貢献した進歩的人物。カディスの他の豪商とは異なり、富の蓄積には飽き足りず、しばしば不利な状況でも艦隊をアメリカへ送り、海賊と遭遇して拿捕されそうになっても、勇敢にこれをしのいだ。ゴヤは、マルティネスがことのほか質素な服装をし、豪商・政治家・海賊というよりは几帳面な学者を思わせる痩せた男なのに驚いた。

彼の有名な美術品コレクションは、知性と情熱を満たすためというより、威信を高めるためのものだった。ゴヤに愛想よく家宝の話をし、「私が自分でギャラリーのカタログを作成しています」と強調した。「絵画や彫刻より自慢なのは、美術史上意義ある作品のレプリカの収集です。ほぼ完璧でしょう。スペインでは例がありません」と自賛した。「こういったものはセレーナ侯爵家でも、お目にかかれませんよ、ドン・フランシスコ」と意地悪そうに笑った。セレーナ侯爵はカディスの有名な収集家で、マルティネスのライバルだった。「侯爵はおよそ体系的じゃない。こちらでグレコ、あちらでティツィアーノを買い求めるという具合で、気に入れば手当たり次第です。こんな無秩序なやり方では、芸術的学問的な収集は無理です。芸術は秩序です。ヴィンケルマンやメングス、とりわけ亡くなられた、あなたの義兄もそう言っています」と嘲笑した。

三部屋にカディスの古美術品が陳列されていた。マルティネスは、客人に示しながら言った。「私は海の彼方のスペイン植民地に繁栄をもたらしたとか、私の艦隊がイギリス艦隊に劣らぬなどと自惚れてはおりません。ただ、スペイン最古の町の、最も由緒ある家柄の市民であることを誇りに思っています。歴史家ホロスコですら、マルティネス家の先祖に言及しています。セレーナ侯爵よりはるかに古い家柄です」。

〈物知りをひけらかす馬鹿にまさる馬鹿はない〉とゴヤは古い諺を思い浮かべたが、「もちろんです、ドン・セバスチアン」と答えた。

「『ドン』はやめてください。ドン・セバスチアン・デ・マルティネスではなく、セニョール・マルティネスです」と答えが返ってきた。

彼は町の最古の紋章、もはや町の門に飾られていないレリーフを見せた。「ヘラクレスが最果ての西である当地にきたときに建てた柱のレリーフです。『ノン・プリュス・ウルトラ――これ以上は望めない』とヘラクレスは言って、紋章にそう記しました。もちろんラテン語ではなくギリシア語で言ったのですが……」マルティネスは、ピンダロスの美しい詩句をギリシア語で引用した。「当時はギリシア語でなく、フェニキア語でした。我がカディスの民の祖先はヘラクレスよりもっと古い、フェニキアの神メルカルトです。彼が獅子を絞め殺しているさまが他の紋章にあります。いつものことながらカール五世は、この立派な紋章を奪い取り、『ノン』を削除し、『プリュス・ウルトラ――もっと先へ』とモットーを掲げました。かくして先祖と同様に、この勇敢な市民マルティネスは、さらに西へ西へと航路を大胆に進めるのです」。

冷静なマルティネスの顔が町の古美術史の話になると、若返って生き生きと優美になるのを、ゴヤはほほ笑ましく眺めた。「私の話を長々と聞かせてしまって……。仕事でご足労願ったのに」と突然、事務的な口調になり「サンタ・クエバ教会のために絵画を数点お願いします。私からも首席宮廷画家にお願いがあります。はっきり申し上げると、私の肖像画を描いていただきたいのですが、この件は拒絶なさっても結構です、無理強いはしません。でもサンタ・クエバ教会の件は、拒絶するのは難しいでしょう、違いますか?」と含み笑いをした。

ゴヤは答えた。「はっきりおっしゃっていただければ、こちらも話がしやすい。ずばりお尋ねします、絵は何点ですか? 大きさは? 支払額は?」。

マルティネスは同じく事務的に答えた。「教会の仕事はカノニーゴ・デ・メンドーサの管轄で、彼は『最後の晩餐』『五千人のパン』『王子の婚宴のたとえ』の三点を所望しています。大きさは中くらいです。詳しい寸法はサンタ・クエバ教会でカノニーゴと直接お話しいただければと存じます。三番目の質問ですが、あなたを信頼して打ち明けましょう。実は、私の船の何艘かでイギリスの封鎖を打ち破り、その船でアメリカを往復したいと考えています。諸般の事情から、私の小艦隊が出航するのは三週間後になるでしょう。私が自分で絵をサンタ・クエバ教会参事会に渡したいので、仕事は迅速にお願いします。三週間以内に絵を引き渡すことができれば、急がせたお代として三〇〇〇レアル支払いましょう。一枚の絵につき六〇〇〇レアルで、いかがです？　市民階級の男はなかなか気前がいいでしょう」と言葉を結び、含み笑いをした。

ゴヤはしばしば大貴族の
不遜な態度に腹を立てた
白いカディスの町
豊かで贅沢な町
この世で最も豊かで贅沢な町
思い上がったロンドンよりも豊かな町
ブルジョワや船や商人の勢揃いした町
ゴヤは　この町が気に入らなかった
市民階級の誇りは評価するゴヤだが
マルティネスの金も
その美術愛好家ぶりも
気に入らなかった
『五千人のパン』
『王子の婚宴のたとえ』
『最後の晩餐』
どんな絵でも嫌だ

だが何を描くか　誰を描くか
画家は自分で選べない
六〇〇〇レアルは大金だ
ゴヤは豪商のやせ細った手を見
自分の肉付きのよい力強い手を見て言った
「承知しました」

33　禁断の裸婦像

アルバ女公爵はゴヤに望楼にのぼるよう勧めた。今回彼女は、階段の途中にある扉を開け、ゴヤに中に入るよう命じた。

室内は薄暗く、小さな望楼の湿った空気が二人を取り巻いた。彼女がよろい戸を開けると、急にたくさんの光が流れ込んできた。壁に派手な額縁の中くらいの大きさの絵が一枚掛かっていて、その前にゆったりした擦り切れた安楽椅子が二つ置いてある他は、ほとんど何もない。「お座りになって」と、彼女はいたずらっぽいほほ笑みを浮かべて椅子を勧めた。

彼は絵を鑑賞した。筋肉質の男たちと肉付きのいい女たちがいる神話の一場面を描いた絵。ペーター・パウル・ルーベンス工房の作品らしいが、ずば抜けた才能のある弟子の手によるものではない。

彼女は壁のボタンを押した。バネ仕掛けになっているのか、神話の絵はスッと横へずれて、もう一枚、別の絵が現れた。

ゴヤははじかれたように立ち上がると、安楽椅子の後ろに回り、下唇を突き出し、緊張と集中力のあまり怒ったような顔つきになった。見ることに全神経を集中させた。

それは、鑑賞者に背中を向け、右腕で身を支え、鏡をのぞき込みながら横たわる女性の絵だった。裸婦だ。翼のある童子がひざまずいて彼女に鏡を差し出し、鏡には彼女の顔がぼんやりとうつしだされている。外国人が描いた裸婦像ではない、国王や大貴族の城でたびたびお目にかかるアントワープやベネチアの絵画ではない。今、目前に現れた絵は、スペイン人が描いたものだ。こんな絵を描ける画家は一人しかしない、ベラスケスだ。まちがいない、ドン・アントニオ・ポンスやミゲルから、ベラスケスの毀誉褒貶著しい大胆な禁断の〈裸婦像〉のことを聞いたことがある。プシケ、ビーナス、呼び名は何でもいいが、要するに正真正銘裸体の美女だ。ばら色の肌をした丸ぽちゃの女でもなければ、白い肌の豊満な女でもない、ティツィアーノのイタリア女でも、ルーベンスのオランダ女でもない。現実に存在する、すばらしいスペイン美女、ベラスケスの裸婦が今、ほんとうにゴヤの目の前にいる。

ゴヤは、この絵が百五十年前の作品であることも、自分がカディスにいることも、アルバ女公爵がかたわらにいることも忘れた。たった今、完成したばかりの作品であるかのように、ベラスケスの禁断の大胆な〈裸婦〉に見入った。

存命中の人物であれ、故人であれ、誰もが鑑《かがみ》と仰ぐ人物がいる。もし運命が何か望みをかなえてくれるなら、ゴヤはベラスケスの芸術と名声を選ぶだろう。スペインでベラスケス以外、偉大なる巨匠と仰ぐ人物はいない。自然とベラスケスこそ師であり、全生涯かけてベラスケスの芸術を完全に把握しようと努めてきた。その偉大で斬新かつ神秘的で高名な絵が、今、ここにある。時間にして、ほんの三十秒ほどだろうか。直覚と感知、愛と憎悪、敬意と軽蔑が一気にゴヤに襲いかかった。ゴヤはこの絵を称賛すると同時に拒否した。

感嘆せずにはいられない、なんと優雅な婦人が、しどけなさを感じさせずに横たわっていることか。俺の絵はしばしば、座ったり横たわったりするかわりに、宙を漂っている。女性の顔を曇った鏡の薄明の中に置き、鑑賞者の目を細いウエストとよく発達した骨盤をみせて横たわる典型的なスペイン女性の絶妙のボディーラインに向けさせる、ベラスケスの巧みな技に感嘆した。

とりわけ称賛せずにいられないのは、ベラスケスが敢えてこの絵を描いたことだ。異端審問所は、裸体を描くことを断固禁じていた。いかなるスペインの巨匠といえども、このうえなく魅惑的な画題、生身の裸婦を描こうとはしなかった。ベラスケスは王や有力な依頼主の庇護下にあったのかもしれない。フェリペ四世の宮廷でも、不平を並べる司祭たちが権力と影響力をふるっていた。お偉方は移り気だ。ベラスケスがこの女性を描いたのは、ティツィアーノやルーベンスとは違った流儀で裸体を描けることを示したかったからではないか？　大芸術家ベラスケスはスペイン人であることを誇りにしていた。スペイン人に何ができるかを証明したかった。だからこそ、危険を我が身に引き受けたのだ。

ベラスケスはたしかに証明した。真珠色の肌、白く透けるベール、緑灰色の鏡、暗褐色の髪、裸体の童子の赤紫のリボンや虹色の羽、色彩のハーモニーはすばらしい。繊細で軽やかで優雅で毅然とした裸婦。おざなりな箇所は皆無、イタリア女性やオランダ女性の肉体から発せられる淫らな好色さは微塵もない。むしろ、この絵には微かなメランコリーが漂っている。女性が横たわっている黒布、暗赤色のカーテン、鏡の黒枠、その生真面目な色調は親しみやすさとは程遠い。ベラスケスはスペイン人だ。ベラスケスにとって美と愛は、誘惑的な軽やかさとは無縁の、厳しく激しく重厚な悲劇への序章なのだ。

ゴヤは鑑賞し、感嘆した。ベラスケスもおそらく、鑑賞され感嘆されることを望んでいるのだろう。だが一糸まとわぬ柔肌の美女を描くとき、鑑賞者が感嘆しつつも冷静であるように描くのは、正しいことだろうか？　ベラスケスは、有無をいわせぬ名人芸、芸術の独立性を手に入れた。それはヴィンケルマンやラフェアル・メングスや亡き義兄バイユーが多弁を弄した、比類なき至芸である。だが、もし今日、悪魔が何の見返りもなしに、この至芸をこの俺、ゴヤにくれてやると言っても、俺のほうがお断りだ。「よけいなお世話だ！」と答えるだろう。この称賛に値する明るさと暗さを合わせ持つ裸婦像が、この世に存在するのは誠に結構なことだ。だが、それを描いたのがゴヤ、この俺でなくてよかった。俺がいるのは、サン・フアン・バウチスタ小教区教会の立派な墓所ではない。俺が画家ベラスケスではなく、他ならぬ画家フランシスコ・ゴヤであるのが嬉しい。

突然、かん高い声が響いてきた。「怠け者の女性だね。彼女ときたら、年がら年中長椅子に寝そべり、鏡をのぞきこんで、のらくら暮らしているよ」。

ゴヤは飛び上がった。派手な服装をし、メダルや勲章で飾り立てた小人が立っている。

「お客様をおどかしてはだめよ、パディーリャ」と女公爵は優しくたしなめ、ゴヤに「亡くなった祖父の宮廷道化師のパディーリャよ。ここで老いた管理人夫婦の世話になって暮らしていて、人前に滅多に出てこないのよ」と紹介した。パディーリャはかん高い声で続けた。「この裸体のご婦人は、カディスに住んで御満悦さ。他のどこへも行かない、お上品な貴婦人だ、ほんとうに第一級の大貴族のご婦人だ。百五十年前から指一本動かさない」。

――大貴族はいかなる種類の仕事であろうと、働くことを恥と考えていた。

「もう行きなさい、パディーリャ」とアルバ女公爵は、あいかわらず優しく言った。「これ以上、首席宮廷画家の邪魔をしてはだめよ」。

パディーリャは勲章をカチャカチャいわせながらお辞儀をして、出て行った。

彼女は安楽椅子に座り、ゴヤをじっと見つめ、ほほ笑みながらも緊張した面持ちで尋ねた。「パディーリャの言う通りだと思う？　彼女は大貴族だったのかしら？　ティツィアーノやルーベンスの前なら、大貴族の貴婦人が裸体のモデルとして座ったけれど……」。それから硬い子供っぽい声で繰り返した。「あのモデルになった女性も、大貴族だったと思う？」。

ゴヤは今まで画家や絵のことばかり考えていて、モデルのことはまったく念頭になかった。だが彼女の問いに、ゴヤの答えはすでに決まっていた。画家の目の記憶力は確かだ。「違います、大貴族ではありません、マハですよ」。

「マハで、しかも大貴族だったかもしれないわ」

ゴヤは先程と同じ確信をもって答えた。「いいえ、『糸紡ぎの女たち（ラス・イランデーラス）またはアラクネの寓話』に登場する女性です。糸車から糸を巻き取っている女性にまちがいありません。背中、首、腕、肩、髪、姿勢に見覚えがあります」。

「彼女はマハで　大貴族ではありません」
ゴヤは好戦的ではないが

きっぱりと言った
　アルバ女公爵は
『糸紡ぎの女たち』を思い出せなかった
でも　たぶんゴヤの言う通りだわ
彼女は失望した
ゴヤと一緒にこの絵を見たら
もっと素敵だろうと思っていたのよ
彼女は壁のボタンを押した
裸体の女神
裸体の糸紡ぎ女の前に
ルーベンス工房の神話の絵がゆっくり現れた

34　民衆の画家

晩餐のときアルバ女公爵は、宮廷道化師パディーリャの出現に刺激されたのか、ゴヤに昔話を始めた。

「子供のころよく祖父の第十二代アルバ公爵に連れられてカディスを訪れたわ。祖父は自他ともに認めるスペイン一誇り高い男性で、国中に並ぶ者なき高位の人物だった。粗野な国王カルロス三世には好感を抱いていなかった。しばらくフランスで大使をつとめ、その豪華さや礼儀作法で、ルイ十五世や十六世の宮廷を感嘆させ、帰国後は異端審問を挑発したわ。伝統を重んじるいっぽう、いわゆる哲学者、禁断の自由思想家だったの。異端審問の獄で拷問された若者を救って、宮廷道化師に教育したのよ。それが、あなたが今日ご覧になった彼よ。彼をたきつけて大胆で扇動的な演説をさせ、過去の大蜂起の英雄の名にちなんでパディーリャと名づけ、祖父独自の顕彰や勲章を授けた。祖父のアルバ公爵と交際するにふさわしい人間は誰もいないけど、あの道化師だけは別。祖父は自由思想をおおいに楽しみ、カディスをよく訪れた。交易で外国とつながりがあり、異国の商人であふれるカディスは、スペインで最も啓蒙された町よ。祖父は私にルソー流の教育をほどこした。私は、自然・自己固有の観照・幸運の賜物という三つの方法で学ぶように教育されたのよ」とほほ笑みながら言った。

ゴヤは食事をしながら、耳を傾けた。現実の大貴族は、俺が思い描いていたのとは違っている、ずっと複雑で高慢だ。幸運に恵まれないと、時計を止めて、時の歩みを止めようとする者もいる。自分と口をきくに値する人間が他にいないという理由で、辛辣な宮廷道化師を重んじる者もいる。そして、このアルバ女公爵だ。女主人不在の十七のお城と宮廷道化師が一年じゅう、彼女を待っている。女主人のほうは思い出しもしないというのに……。

ゴヤは彼女と寝食を共にした。彼女はゴヤにとって、どんな人間よりも近くて遠い存在だった。

次の日、彼女はカディスの財政を調べに出かけ、以降ゴヤと二人きりで過ごすことは稀になった。戦時下のカディスはますます国の主要都市になり、宮廷人・王室高級官僚・インド評議員らがカディスを訪れ、競うようにアルバ女公爵を表敬訪問したがった。

ゴヤも、マドリードから来たたくさんの友人、知人に出会った。ある日宰相ゴドイの代理でミゲルが現れても、驚くどころか、嬉しかった。

ミゲルの話題はもちろん政治だ。「ゴドイは風見鶏だ。おいしい話となれば、なりふり構わず飛びつく。反動派の貴族や教会と協定を結び、自分で導入しておいた自由主義的政策を自らの手で阻む。彼の外交政策はあてにならない。新任のフランス大使トリューゲは、落ち着いた聡明な人物で、前大使ギヨマルデより手強い。勝ち目のないゴドイは攻撃的になったり、卑屈になったりしている」。

「ギヨマルデはどうなった?」とゴヤは聞いた。

「あの大使はパリへ戻るやいなや、精神病院送りになったよ」

ゴヤはひどく動揺した。ギヨマルデの肖像画を描いたが、肖像画の中の顔に、その悲運をはたして描き出すことができただろうか?

「ギヨマルデは理性を失った。フランス政界の激変についていけなかった。革命的急進主義から、中庸ブルジョワ民主主義という変化なら、かろうじて自分で正当性を理由づけることができたけど、露骨な金権政治へのさらなる急転を看取できなかった。彼の力にあまることだったのだろう」

スペインの銀行弁護士という資格で、若きキンターナもカディスを訪れ、ミゲルと一緒にハロ館のゴヤを訪問した。アルバ女公爵やペラール博士もその場に居合わせた。

ゴヤの姿を見るや、キンターナの顔がぱっと輝き、すぐさま「『カルロス四世の家族』に感激しました」と語り始めた。「ドン・フランシスコ、あなたは知性貧しきスペインの救済者です」。

「どうして?」と女公爵が好奇心にかられて尋ねた。黒服の彼女は輝くばかりに美しく、キンターナが明らかに自分よりゴヤに関心をもっていても、気を悪くしなかった。憶せず、真に感激している若者を観察した。彼女は芸術を庇護したが、大貴族の貴婦人はそうするのが当然なのでそうしているにすぎず、芸術に深く心酔しているわけではなかった。

キンターナは「私たちのスペインは、歴史と伝統を鎖のように引きずっているのです。もし誰かが、今日を形成しているのは大きな社会制度・慣習だとはっきり表明したら、それは、偉大な行為でしょう。ドーニャ・カイエターナ」と熱心に彼女に説いた。「たとえば、今日のスペイン国王は、権力という外的シンボルで飾られていますが、その職務は形骸化しています。王冠は古ぼけた頭部のお飾りに過ぎません。今日、治世には、王権の象徴としての笏《しゃく》より、憲法が必要です。それが『カルロス四世の家族』にはっきりあらわれています」。

「ご冗談を」とゴヤは言った。

ペラール博士はキンターナに、絵について詳しく話してくれるよう頼んだ。若き詩人は驚いて聞いた。「ご存じないのですか?　ドーニャ・カイエターナ、あなたもご存じないのですか?」。

彼女は優しく言った。「話しておいたほうがいいわね、私は勝手にここにいるわけではなく、マドリードから追放されたのです」。

キンターナは、感じのよい微笑を浮かべて謝った。「うっかりしていました。絵のことはご存じないはずですね。あの絵を言葉であらわすことはできません。何人たりとも不可能です」と言いながらも、すぐさま、あふれる色彩や、リアリズムに徹した赤裸々に仮借なく醜く浮かび上がる顔について描写した。ゴヤが目の前にいるのも忘れた。「たくさんの人物がいる絵なのに、手がかくもわずかしか描かれていないのは、画家の特別な識見によるテクニックと考えられます。それによって輝く軍服や正装の上にのった、赤裸々な顔が倍にくっきりと浮かび上がるのです」。

「もっと支払いをはずんでくれたら、手も、もっとたくさん描きましたよ。手には高額をつけることにしているんです」。ゴヤはそっけない口調で言った。

若き詩人は「私たちは皆、スペインは老身だと思っています。そこへフランシスコ・ゴヤが現れて、私たちに『この国はまだまだ若いぞ』と示してくれたのです。フランシスコ・ゴヤ、彼は青春の画家です」。

「おやおや」とゴヤは言った。安楽椅子に座った、太り気味の、肩の筋肉もゆるんできた、耳も遠くなり、他にもあちこちガタがきている、五十の大台にのる日も遠くない男、キンターナがそんな男を〈青春の画家〉と呼ぶのは、少し無理がある。だが誰も笑わなかった。

「ドン・フランシスコの最近の絵画は、『スペインには、ベラスケス、ムリリョ、ゴヤという不滅の三巨匠がいる』という、あかしです」とキンターナは話をしめくくった。

狂信的な収集家ミゲルは〈僕はゴヤの優れた作品を五点所有している〉と内心にんまりしながら、冗談をいった。「カルロス三世は、ベラスケスとムリリョの作品を輸出することを禁じたが、それでもまだ足りないね。君の名を付け加えなきゃ」。

キンターナは考えながら言った。「ベラスケスの場合、事情はもっと単純だったのではないかと思います。彼は国王と貴族を心から尊敬していましたし、当時、それはもっともなことでした。ベラスケスは国王や宮廷に同意していました。スペインの芸術家の至高の使命は、君主制思想の賛美ですが、ベラスケス自身貴族でしたし、芸術家としてそれを目ざすのは自然なことだったのでしょう。これに対して、私たちのゴヤは徹頭徹尾、反貴族的です。今日、これが正しい姿です。ゴヤは国王をベラスケス同様、鋭い目で観察しました。彼はマホですね、民衆のベラスケスです。彼の絵画は、新鮮で情け容赦ない」。
ゴヤは気持ちよさそうに言った。「悪く思わないでくれ。褒めちぎられると、こそばゆくてね。反貴族的で情け容赦ない古い諺、『仏の顔も三度』という古い諺を思い出したよ」。キンターナは笑い、皆は他の話題にうつった。

アルバ女公爵は後でゴヤに言った
「あなたのお友達は二人とも
とっても聡明ね
でも愛人には向かないわ
あのお若い方も向かないわ
不思議ね」
彼女は天真爛漫に口にする
ゴヤの心を
傷つけるかもしれないなどと
思いもしない
「ほんとうに不思議
ミゲルやキンターナやペラールのように
とっても聡明な人たちが
私を真に魅了することはないなんて」

35　豪商マルティネス

スペインで最も有名な女性アルバ女公爵の滞在に、カディスの町の人々は興奮し、皆は競って彼女との交際を求めた。「喪中ですの」を口実に、彼女は気の向くままに社交に応じたり、拒絶したりした。

ゴヤは、誇り高いカディスの人々が彼女の前で落ち着きを失うのを嘲笑的に眺めた。誰よりも動揺しているのは、大胆にして冷静沈着、学識あるマルティネスで、ゴヤはそれを苦々しく思うと同時に興味深く観察した。〈サンタ・クエバ教会の絵画の件〉を口実に、マルティネスはハロ館のゴヤを何度も訪問した。ゴヤは彼を女公爵に紹介しないわけにはいかなかった。マルティネスは宮廷の人気者で、高位高官の人々が彼の歓心を買おうとした。やせた醜男なのに、巨万の富と英雄的行為の名声のおかげで女性に受けがよく、ときおり放埒なアバンチュールを行うことでも評判だった。アルバ女公爵を一目見るなるなり、少年のようなロマンチックな情熱が目覚め、彼女に話しかけるたびに、贅沢に慣れた控え目な紳士は動揺を隠せず、瞳が燃え、冷静な顔が紅潮するのを抑えることができなかった。彼女は面白がって、愛想のよい、ほとんど気づかせない高慢さ――他の人間にはとても真似できない――で応対した。世慣れたマルティネスは、自分が彼女にとって玩具、わら人形に他ならないと認識せざるを得なかった。市民階級の出自を誇りにしている彼が、明らかに、大貴族の貴婦人の自明の不遜さに魅了されている。この古文書通を気取る色事師は彼女としゃべるとき、彼女の由緒ある高位の称号や、厳めしい先祖アルバ元帥の武勲の日づけが脳裏に浮かぶのだろう――ゴヤは意地悪い喜びをおぼえた。

ゴヤはサンタ・クエバ教会の絵画制作をすばやく器用に進めた。必ずしも楽しい仕事ではないが、新たな趣向を凝らした。二週目の終わりにはもうマルティネスに、絵画はいつでも引き渡せますと伝えた。

マルティネスは作品を一万八〇〇〇レアルと見積もり、見識のあるところをみせた。『五千人のパン』の前では「群衆が一体感をもって生き生きと描かれています」と表明し、『最後の晩餐』の前に行くと、「使徒が最後の晩餐のテーブルから逃げ出すように描くのは、フランシスコ・ゴヤぐらいでしょう。主の言葉に驚き、使徒たちが地面に身を投げ出すさまを描くとは新機軸です、扇動的です。別な表現をするなら、異端ですね」と含み笑いをした。

不意に媚びるように、いたずっぽい笑みを浮かべて、「首席宮廷画家は、カディスの商人セバスチアン・マルティネスの肖像画を描く時間と気持ちがおありでしょうか。私の艦隊が出港するのは来週です」と続けた。

「さあ、どうでしょう。カディスには休養で来ていますから」とゴヤは冷淡に答えた。

「いかなる価格なら、休養期間を二、三日中断する気になれるでしょう？」

「二万五〇〇〇レアル」とゴヤは躊躇なく答え、自分でもその大胆さに驚いた。

「了解しました」とマルティネスも躊躇なく答えた。

それから、マルティネスはためらいがちに「女公爵閣下とあなたを拙宅のささやかなパーティーに招待したいのですが、いかがでしょう。サンタ・クエバ教会の絵は完成し、首席宮廷画家と契約を交わし、彼女と面識ができました。私はイギリスの封鎖を破り、アメリカへ航行し、スペインの誉れとなる行動に出ようと考えております。〈プリュス・ウルトラ（もっと先へ）〉ということです」と言って、含み笑いをした。

ゴヤはそっけなく、「私は彼女の全権大使ではありませんし、彼女はたしか、これから二週間は予定が入っています。そのころ、あなたはすでに海上の人ではありませんか」と答えた。

マルティネスはしばらく沈黙した。顔は冷静だが、明らかに動揺している。「ドーニャ・カイエターナとあなたを拙宅にお迎えできる栄誉と喜びのためなら、私は乗船せずに、艦隊を出港させせましょう」。

ゴヤはあっけにとられ、肩をすくめて「本人に直接尋ねてみたら、いかがですか」と勧めた。

内輪の集まりで、〈マルティネスは女公爵のために夜会を催そうと、艦隊に同乗する計画を断念した〉ことが話題になった。キンターナは露骨に不快感を示し、「どこへいっても、会いたくて身を焦がす殿方がいるとは、ご婦人にとって苦痛でしょう」と言った。「あなたはほんとうにお若いのね、セニョール」と女公爵が答えた。

マルティネスは彼女の喪中を考慮して、少数の客しか招待しなかった。彼がバヘルなる人物を、マラガの船主、親しい仕事仲間として紹介したことが、ゴヤの強い関心を引いた。〈異国の紳士バヘル〉はアクセントからすると、イギリス生まれのようだ。封鎖中のイギリス艦隊の将校ではないか？　お忍びでカディスを訪れる紳士は多い。やり手のマルティネスは、いわばイギリス士官との協定によって艦隊の出港を安全なものにしているのだ――ゴヤは驚嘆し、興味をおぼえた。

ミゲルも来た。ミゲルはマルティネスと、その美術史研究に理解を示し、彼の進歩主義的姿勢に好感をもっていた。いっぽう若いキンターナは来なかった――マルティネスが艦隊の航行という愛国的な企てを、美女のために断念したことが許せないのだ。

沈着冷静なマルティネスは今宵の宴でも、堅実で悠揚迫らぬ態度を見せようとした。礼儀作法を心得、他の客人より、ほんの少しだけ多く女公爵のお相手をするだけなのだが、彼の懇願するような称賛のまなざしが幾度となく彼女の上に注がれた。

ミゲルは彼をくだくだしい古文書の話に巻き込んだ。マルティネスの図書館で、信仰の点でゆゆしき書物の初版本を見つけたのだ。ミゲルは冗談めかして「気をつけてください。あなたのように富裕で啓蒙思想を奉じる人物は、異端審問をおびき寄せやすいのです」と言った。

「私の船はイギリス戦線を突破しました。私の書物や見解も、異端審問の間を縫って巧みに舵を取る術を心得ております」。マルティネスの返事には、控え目ながらも誇りが感じられた。

女公爵とゴヤは、食後はお決まりのカード遊びだと思っていたが、マルティネスは、違う余興を考えていた。「劇場の間においでになりませんか？　あなたのためにセラフィナが踊りを披露します」と彼女を誘った。

「セラフィナが？」。彼女は本当に驚いた。

スペイン一有名な踊り子セラフィナは、スペイン民衆に大勝利をもたらした勝利の女神で偶像視されていた。トレドの首座大司教のもとに、とりわけ外国の高位聖職者から「敬虔なスペインが、ファンダンゴやボレロのような卑俗で放埓な踊りに甘んじるとは」と苦情が殺到していた。首座大司教はとうとう、これらの踊りを全面的に禁止すべきかを論題に枢機卿会議を招集した。禁止すれば、とりわけアンダルシアで不満が爆発するのを恐れたセビーリャの大司教は、「威厳ある宗教裁判官がご自分の目で、踊りをご覧になって判断されてはいかがでしょう」と提案した。かくしてセラフィナとパートナーのパブロは、枢機卿会議で踊りを披露することになった。高位聖職者たちはじっと椅子に座っていられなくなり、こうしてファンダンゴは禁止を免れたのだった。

その後まもなくセラフィナは姿を消した。結婚したという。いずれにせよ、彼女が公の場で踊りを披露しなくなって、二、三年たつ。

「セラフィナですって?」と女公爵が嬉しい驚きをもって聞き返したのも、無理はない。マルティネスは種明かしをした。

「彼女は今ヘレスに住んでいます。ヘレスに私の支店がありますが、そこの支配人バルガスと結婚したのです。親しい友人以外の人たちの前で踊るよう、バルガス夫人を説得するのは容易ではありませんでした。ドーニャ・カイェターナ、彼女はあなたのために踊ります」

皆は劇場の間に赴いた。ホールは、民衆の踊り子が演目を披露するのに格好の様相を呈していた。ふだんはたいそうエレガントな劇場の間が、零落したムーア人の貴人の館めいた貧窮した薄汚い応接間に早変わりしている。高価だが擦り切れ、継ぎがあたった絨毯、薄汚れた白い綱をはりめぐらした壁、巧みに赤と金のアラベスクで飾られた天井。みすぼらしい木の椅子、心もとない光を放つ薄暗いランプとろうそく。

客人たちが着席すると、早くも舞台の閉じられた幕の奥から、観客の注意を喚起するカスタネットの鋭い音が聞こえてきた。幕が上がると、アンダルシアの風景を下手くそに描いた舞台の、隅のスツールにギターを持った楽士がひとり、ぽつんと座っている。カスタネットが鳴り響き、書き割りの左手からマホが、右手からマハが登場し、互いに歩み寄った。恋人同士の久々の再会シーン。金・銀のラメをほどこした安価で派手な衣装で、若者のズボンと娘のスカートが腰のあたりでぴたりと寄り添う。薄い素材のたっぷりしたスカートで、丈は短め。観客を一顧だにせず、二人は互いに見つめ合い、腕をあげて、相手を踊りへと誘う。

鼓舞するようなカスタネットの小さな音だけが響く。踊り手は互いにぴたりと寄り添う。女が退き、腕を広げたまま踊りながら後退すると、男はテンポを緩急自在に、女の後を追う。二人とも唇を半開きにし、ダンスというよりパントマイムのようだ。互いに見つめ合ったかと思うと、床を見据える。女はゆっくりと逃げ、男を誘い、媚びる。男はおずおずと、しかし高まる欲望とともに、女を追う。女は男のほうを向く。カスタネットは高らかに鳴り響き、ギターが和し、観客席から見えない小さなオーケストラが演奏を始める。踊り手は互いに衣服が触れんばかりに接近し、互いの顔が間近にある。突然音楽が鳴り止み、カスタネットは沈黙し、踊り手は根がはえたようにじっと動かなくなった。休止は数秒間だったが、永遠に続くかと思われた。

それからギターの音が再び響き、女の身体が震え出し、静止状態からゆっくりと解き放たれ、前後に動く。男も動き出し、激しく彼女の動きに従う。ゆっくりと優しく女は男のほうへ漂うように進む。二人の動きはより激しく、まなざしはより挑発的で、筋肉が情熱にわななく。目を閉じて、向かい合う。最後の瞬間二人は、びくっとして身を引く。再び放埒で放縦でスリリングな休止があった。

二人は退場し、書き割りに姿を消した。しかし観客には、ファンダンゴがすぐ始まる、ジプシーや古代オリエントに由来するソロ・ダンス、セラフィナや彼女の先達によって国中に有名になったソロの踊りが始まるとわかっていた。

セラフィナは今度はカスタネットを持たずに、書き割りから現れた。足踏みと拍手の単調なリズムを伴奏に、寂しげな低い声で、凡庸だが、いつの世も変わることなく真実味をもつ歌を歌った。

私たちを
深い愛のふところへ沈めて
現世の生はかくも短く
死はかくも長いのだから

まもなく言葉は聞き取れなくなり、「アー」というリズミカルで単調であえぐような声だけが、ゆっくりと放埒に響いてきた。踊りは激しく奔放になったかと思うと、また静かな怒りを秘めたものになった。明らかに恋の踊りだ。肉体に宿るあらゆる快楽、甘やかさ、激情を恋人の前にさらしている。

観客は静かに座っていた。単調な荒々しい足踏みは観客の四肢を貫いたが、彼らは身動ぎもせず、硬直したように踊り子を見続けた。舞台では淫らなことは何一つ起こらず、裸身もない。清浄なまま、このうえなく自然な肉欲と情欲が演じられ、リズムの中へ溶けてゆく。

観客はこの踊りを何度も見てきたが、かくも完璧な舞は初めてだった。学識あるミゲルと博学のマルティネスは称賛と専門知識をもって、鍛練され洗練されたセラフィナの踊りを眺めた。古代ローマの元老員議員や富豪たちが耽溺したのは、こうした舞姫の踊りにちがいない。その昔、教皇が激怒し、舞の礼として洗礼者ヨハネの首をはねさせたヘロデアの娘サロメになぞらえたのも首肯できる。カディスの踊り子テレトゥーサが、ヴィーナスの彫像のモデルをつとめたという言い伝えも納得できる。

セラフィナは無心な表情で、技巧の限りをつくし、生来の情熱、至高の技が見せる情熱をみなぎらせ、踊りに没頭した。単調なステップと歌は奔放になり、今や観客も加わった。大貴族も富豪も手拍子足拍子をとり、オーレと叫んだ。マルティネスの仕事仲間だというイギリス人将校も、当初の衝撃から立ち直り、足を踏み鳴らし、オーレと叫んだ。セラフィナは踊った。その場をほとんど動かず、観客に背を向けたり、顔を向けたりしながら、彼女の全身はますます激しくわななき、腕を高く上げて空《くう》を切ったかと思うと、突然休止させ、観客は息をのんだ。それは短くも究極の舞、熱気に満ちた極限の痛み・痙攣・切望だった。

ソロの踊りが終わり、すぐさま次の演目が始まった。愛の闘いのパントマイムだ。はにかみ、切望、悲愴な決意、新たな不安、高まる欲望、譲歩、実現、救済、しびれるような満足感。

この舞踏は軽率で誘惑的なところは微塵もなく、奔放で、しかもひたむきだった。観客は没頭した。凡庸だが永遠の真理を謡った歌詞、音楽というより、耳をつんざくような音の連続だが、これほどスペイン人の心の琴線に触れ、生を実感させる芸術はない。この舞踏の前では思弁も論理も無と化す。目を開き、耳を傾けるだけでいい。音の波に、踊りの躍動感に身を任せればいい。

アルバ女公爵も皆と同感だった。いつのまにか彼女の華奢なハイヒールはリズミカルに床をたたき、甲高い子供っぽい声でオーレと叫んでいた。目を閉じて、深い喜びに身をゆだねた。

ゴヤのどっしりした顔はメランコリックで真剣だった。踊り子と同様、無心な表情になった。言葉や意識にのせることのできない、たくさんのものが彼の内部を満たし、彼を突き抜けていった。アンダルシアのボレロに限らず、踊りなら何でも好きなゴヤは、心の中で、故郷アラゴンのホタ、男女が互いに脅し合う闘いの踊り、粗野で激しい情熱の舞いを踊っていた。実際ゴヤはホタをしばしば本物の剣戟のように毅然と踊った。今、ゴヤは他の者と一緒に力強い手で手拍子をとり、高い声でオーレと叫んだ。

踊りは終わった。踊り手たちは、清浄なまま地上の愛のあらゆる局面を味わいつくし、観客にも体験させた。幕がおりると、踊り手たちは一団となって書き割りのほうへ退出した。音楽は急にとぎれ、拍手はなく、観客はぐったりと抜け殻のようになって、黙って座っていた。

マルティネスはゴヤに「お楽しみいただけて嬉しく存じます」と言った。その言葉の底にひそむ調子は、ゴヤを怒らせた。マルティネスの表情は〈セラフィナに興奮されたのでしょう、わかりますよ〉と語っていた。アルバ女公爵もすばやく、ゴヤの気持ちを感知したらしい。「セラフィナが、あなたのような男性を魅了しないはずないわ。ドン・フランシスコはカディスの有名人ですもの。セニョール・マルティネスは私のために踊るよう彼女に働きかけたのですが、あなたを喜ばせるきっかけになるでしょう」。

マルティネスはすかさず言葉をはさんだ。「私のような老実業家の肖像画よりセラフィナを描いてみては？セラフィナことヴァルガス夫人は、あなたのモデルになることを栄誉と考えるでしょう。〈マルティネスを袖にした〉と聞けば、なおさらです。夫のヴァルガスはヘレスの私の支配人だと、申し上げましたよね？」。

セラフィナがやってきた。人々は彼女を絶賛し、お世辞の言葉を浴びせた。彼女はにこりともせず、落ち着いて愛想よく礼を言った。称賛には慣れっこになっていた。

ゴヤは無言で、彼女を凝視した。ついに彼女が「首席宮廷画家はカディスに、あとどのくらい滞在なさる予定ですか？」と尋ねた。

「さあ、一週間か二週間でしょう。でも、その後しばらく近くのサンルーカルに滞在します」

「私は、ここから遠くないヘレスに住んでおります。初秋にガラ・ベッドの儀式を執り行うつもりでしたが、今日少し予定を早めることに決めました。いらしてくださいな」――この地方には、裕福な女性たちが毎年一、二週間病気になり、ベッドに横たわり、甘やかされ、友人や知人が訪問し贈り物をするという風習がある。この目的のためにのみ使われる豪華な寝台は、嫁入り支度の品だった。

ゴヤは　他人の目を気にせず
じっと彼女を見つめた
彼女も視線を返した
二人の間を
単調な嘆きの歌の
旋律が流れた
「私たちを深い愛のふところに
沈めて
明日をも知れぬ生命ゆえ」
ついに彼は　呪縛をとくように
口を開いた
マホがマハに語る口調だった
「ガラ・ベッドの儀式を早める必要はない
俺たちの間にそんなものは不要だ
俺は君を描こう
口実抜きで会おうじゃないか
セラフィナ」

それから二日後の晩、ゴヤはアルバ女公爵と二人きりだった。蒸し暑い熱風にのって、敵対する艦隊の夕べの合図が聞こえてきた。近くから響くのはスペイン軍、彼方から響いてくるのはイギリス軍。

ゴヤは神経質になり、いらいらしていた。サンルーカルに戻り、彼女を独り占めしたかった。突然、大勢の人間に囲まれたカディスの生活に嫌気がさした。過重に休暇を延長し、宮廷の恩恵を危険にさらしてまで、マルティネスや、その同類と一緒に過ごす必要があるだろうか？　だが彼女は明らかに、この実業家から崇拝されることに気をよくしている。俺の気持ちなどお構いなしだ。俺がこの地にこれ以上滞在したくないことぐらい、察してくれてもよさそうなものだ。

こうしたことを思いあぐねていると、彼女が口を開いた。「言うまでもないわ、フランシスコ」。

「えっ？　何がです？」と彼は無邪気を装って問い返した。

彼女はほほ笑んだ。「あなたさえよければ、明日サンルーカルに戻りましょう」。

サンルーカルでまた二人きりになれる――ゴヤの不機嫌は吹き飛んだ。旅立つ前の週と同じ、輝くばかりの幸福に包まれた。カディスの思い出まで美化された。男性には称賛され、女性からは惚れられ、画家としてかつてなかったような高額の報酬に恵まれた。名声は国じゅうにとどろいている。今こそ、俺の底力を、真の力量を示すときだ。俺の芸術は成長の途上だ。そのうえ俺の気持ちを察してくれる得も言われぬ恋人と二人きりだ。俺は若い。それを証明したじゃないか。望みのものはすべて手にした。〈人生と芸術の黄金の杯を飲み干すとき〉――ミゲルが好んで引用する詩行が脳裏をよぎった。

寝台に長々とねそべりながら、アルバ女公爵が尋ねた。「今でも、私をマハとして描く気はないの？」。

「ありますとも」ゴヤは即答した。二人で散歩している優美で楽しげな絵を描いた。マハの装束に黒いマンティーリャをつけた彼女がスズメバチのように細い腰を艶やかにしならせ、少し後ろを歩くゴヤのほうを振り向いている。片手には広げた扇を誘うように持ち、もういっぽうの手は横柄に挑発するように人差し指を伸ばしている。ゴヤのほうは宮廷風の雅やかな態度で話しかけ、エレガントな装いで、しゃちほこばって真っ直ぐに立ち、長靴に高価なレースのついた褐色の燕尾服を着込んでいる。別人のように若返らせ、小娘さながら恋に夢中になっている自分を描いた。

彼女は、今なおゴヤが自分をマハとして見る気がないこと、大貴族の貴婦人の仮装として描いたに過ぎないことを見て取った。それでも、その絵は彼女を喜ばせた。ゴヤのからかいには悪意がない。彼は若者のように大はしゃぎで、自分でも面白がっているのではないかしら？

別の日、彼女は「また亡き腰元ブリヒダの訪問を受けたわ。『あなた様はマハとして描いてもらわないうちに逝去されることとでしょう』って言うのよ」と語った。

安楽椅子に物憂げに座っていたゴヤは「それは残念ながら、信じざるを得ないようですね」と言った。

「冗談はやめて！　ブリヒダの言った意味はわかるでしょう」

「大吉の予言じゃありませんか。『マハとして描いてもらう必要はございません、百五十歳まで生きるでしょう』という意味ですよ」

「天寿を全うしたら、マハとして描いてもらうわ。ブリヒダはお見通しなのよ」

「ところで、ブリヒダはどんな衣装を着ているのです？」

彼女は驚き、「腰元のドレスよ！　『どんな衣装を着ているのです？』だなんて！　まるで異端審問だわ！」といきり立った。ゴヤは温和に答えた。「私は画家です。自分の目に見えないものは、私にとって存在しないのです。幽霊は描けません。描けるような幽霊は、本物の幽霊じゃありません」。

カディスでも遠慮していたペラール博士だが、今や自分を〈招かれざる客〉と判断したときは、まったく姿をあらわさなくなった。だが、あいかわらず陽気で聡明な社交家で、その博識ぶりをゴヤに誇示した。アルバ公爵の死に際して怪しげな役割を演じた男が、かくも常に明るく満ち足りていられるとは！　おそらく、行状は控え目だが、不遜なこの男は、大衆をはるかに超越し、〈愚鈍な大衆には許されぬことも、博学の士たる自分には許される〉と思っているのだろう。公爵の死に関与したとき、それは冷静に躊躇なく成された行為であり、ペラールは〈どの隅にもデーモンがうずくまり、うかがっている〉などと一瞬たりとも思わないに違いない。

かつてペラールが肖像画を依頼したとき、ゴヤは嘲りをもって拒絶した。だが、今ゴヤは、この彫りの深い顔立ちの、不気味な謎めいた男ペラールを、自分にとってはっきりさせたい気持ちにかられた。ある日突撃さながら、ゴヤのほうから肖像画の件を持ち出した。ペラールは驚き、冗談めかして言った。「マルティネスのように奮発できませんよ」。

ゴヤは笑って「『わが友に』と肖像画に描き入れましょう」と提案した。それは、画家が贈り物に記す決まり文句だった。ゴヤの手による肖像画を画家本人からプレゼントされる——熱心なコレクターであるペラールの胸は熱くなった。自制心に富んだ顔を紅潮させ「たいそう気前のいい方ですね」と言った。

ゴヤは長時間、熱心に肖像画に取り組んだ。あの銀灰色の光、ゴヤ独自の繊細な光で、ペラール医師の聡明で落ち着いた顔の背後にある闇を際立たせたい。この医師のすべてを明らかに、あらわにしたい。ペラールの両手がはっきり見えるように座らせた。「おやおや、両手までプレゼントしてくださるのですか？」とペラールは冗談を言った。この両手、アルバ公爵を殺害した両手こそ、ゴヤが描きたかったものだ。

肖像画の写生はたいそう快適に進んだ。ペラールは多弁で、あけっぴろげで、たとえ意味深長なところはあっても、謎を投げかけることはなかった。ゴヤはこの男性に強い興味を抱き、その視線や仕草に反発を感じることがあっても、彼に好意をもつようになった。両者の間に奇妙な友情が芽生えた。不倶戴天の敵にして心腹の友。二人は互いの絆を感じた——私たち二人はお互いを究明しようとしている。私たちは、ともに仮借ない真実を語ることに喜びを覚える人間だ。

ゴヤがアルバ女公爵について話さないので、ペラールも彼女の名を口にしなかった。しかし愛一般についてはしばしば話題にのぼった。「古代の哲学者が、快楽主義者と恋の達人との間にもうけていた相違について聞いたことがありますか？」と医師は画家に聞いた。

「私は画家で、門外漢です。あなたは『不合理なるがゆえに、我は信ず』と述べたカルタゴ生まれの神学者テルトゥリアヌスのような方だ。古代ローマの雄弁家・政治家キケロの三倍も賢い。教えてください」とゴヤは穏やかに言った。

「快楽主義者はひたすら快楽のみを手に入れようとしますが、恋の達人は歓びを感じれば、歓びを与えようとします」

「おもしろいですね」とゴヤは言ったが、少し居心地が悪かった。ペラールはアルバ女公爵のことを念頭においているのだろうか。

「ストア学派の哲学者クレアンテスは『快楽主義の女体に堕ちる者に災いあれ』と説きました。また、そうした人間の特効薬として、大いなる普遍的な事柄、自由と祖国のための戦いに逃避するよう勧めました。結構な説ですが、医師として効き目があるかどうか疑問ですね」

ペラールはモデルをつとめながら、芸術についていろいろ語った。特にゴヤの描く人物の瞳、もの言いたげな、見る人に語りかけるような目を描くテクニックを称賛し、「その秘訣は、実際より白目を小さく、虹彩を実際より大きく描くことにあるのですね」と語った。ゴヤが驚いて顔を上げると、「虹彩の直径はふつう一一ミリですが、あなたのは一三ミリあります。測りました」と言った。ゴヤは笑っていいのかどうか、わからなかった。

また別のとき、ペラールはエル・グレコの話をした。「フェリペ国王がエル・グレコを十分に理解していなかったのは残念です。フェリペ国王があの巨匠に恩恵を賜っていたら、どんなにたくさんの傑作が生まれたことでしょう。あの感激した若い詩人が『ベラスケス、ムリリョ、ゴヤをスペインの三大巨匠』と評していましたが、私は三大巨匠として、グレコ、ベラスケス、ゴヤをあげたい」。

ゴヤは率直に「私はかのギリシャ人、エル・グレコには馴染めません。あまりにも様式化され、貴族的ですし、あまりにも非スペイン的です。おそらく我らが詩人ホセ・キンターナのいう通りでしょう。私はグレコと違ってスペイン人で、農夫で、仮借なく描きますから」と答えた。

やがて絵が完成した。カンバスから、聡明で謎めいたペラールの懐疑的でやや飛び出た大きな瞳が、鑑賞者を眺めている。ゴヤは入念に絵筆で「友ホアキン・ペラールに　ゴヤより」と署名をした。ペラールはじっと見つめ、「ありがとう。ドン・フランシスコ」と言った。

ヘレスから稚拙な手紙が届いた。セラフィナからだ。

「二、三日ヘレスへ行き、セラフィナを描こうと思います」とゴヤはアルバ女公爵に言った。

「彼女をこちらへ呼び寄せたほうが、都合がよくない？」と彼女は悠然として、さりげなく言ったが、言葉の裏に潜む、いたずらっ子のような、わが意を得たりという優越性がゴヤを怒らせた。

「ちらっと考えただけです。私が出向くこともなければ、彼女をこちらへ呼び寄せることもないでしょう。でも、彼女こそ理想のマハです。私がいつかマハを描くとしたら、それは彼女です」と意地悪く付け加えた。

その後ゴヤが定刻にアルバ女公爵のもとへ行くと、彼女は去年の冬の仮装舞踏会でしばしば着用したような衣装で寝椅子に横たわっていた。高価な白い薄地の、マハというより、シャツとズボンから成る闘牛士のような衣装で、身体に柔らかく沿い、ボディーラインがくっきり出る。その上に、黒く輝く蝶をかたどったメタルの飾りのついた派手な黄色のボレロを羽織っている。幅広のバラ色のサッシュで腰をきゅっと締め、両手を頭の後ろで組んで横になっていた。

「セラフィナをマハとして描くなら、このポーズとこの衣装がぴったりしょう？」

「ふうむ……」肯定とも否定ともつかぬ返事をした。寝椅子に横たわる女性は、大胆にもマハに扮した魅力的な貴婦人だが、マノレリア界隈で彼女をマハとみなす人間はひとりもいないだろう。こうしたアルバ女公爵を描くことは想像できるが、こうしたセラフィナを描こうとは思わない。

「あなたがこういうマハを描くとしたら、等身大にするの？」

彼はいくぶん訝しく思った。「技術面に興味をもってくださったのは、今回が初めてですね」。

「今日はそういう気分なのよ」。じれったそうだ。

彼は笑いながら「等身大の四分の三にするでしょう」と教えた。

数日後、彼女はゴヤを、屋敷の目下ほとんど使用していない、豪華な寝室、かつてハロ館の女主人が朝の引見に用いていた部屋に案内した。壁には狩猟シーンを描いた幅広の平凡な絵が掛かっている。カディスのハロ館と同じような装置を用いて、絵を横に移動させると、もう一枚絵をかけるのに十分なスペースの壁があらわれた。

「わかる？　あなたに、私を本物のマハとして描いてほしいの」。ゴヤは彼女を凝視した。本気か？　俺は前に〈ベラスケスが描いた裸体の美女は、女神でも大貴族でもない、正真正銘のマハだ〉と言ったはずだ。

「肖像画を二点依頼します、ドン・フランシスコ。『着衣のマハ』と『裸のマハ』よ」

彼女は一度言い出したら、梃子《てこ》でも動かない。ゴヤは高価な派手な衣装の彼女を描き、透ける布地の下の裸体の彼女を描いた。快楽をむさぼるように深緑のクッションに身を横たえ、両腕を頭の後ろで組み、やや左足を引き、右足をその上にそっとのせている。ゴヤは膝の三角形を強調した。薄く化粧するよう命じ、顔を描いたが、彼女の顔ではなかった。匿名で多義的な顔、特定の個人でありながら、誰でもありうるような顔、ゴヤにしかできない技だ。

アルバ女公爵は栄《は》えある〈マハ・コンテスト〉に参戦するのが嬉しかった。今こそ、勝利の栄冠を手にしたわ。ゴヤはついに私を描いた。セラフィナ、マハの中のマハ、理想のマハがガラ・ベッドの儀式に招いてもむだよ。

彼は絵が掛けられることに決まっている部屋の中で描いた。この部屋の左からくる光は、『着衣のマハ』にぴったりだ。いっぽう『裸のマハ』は、望楼の平屋根で描いた。ここなら胸壁のおかげで、光がうまい具合にあたる。女官オイフェミアはたいそう不機嫌だったが、人目にふれないように見張ってくれた――このような企ては、いつまでも隠しおおせるものではありません。

ゴヤは粘り強く描き続けた。セラフィナを禁じるとは、俺にとって、セラフィナ以上の存在でありたいのだ。セラフィナ以上にマハでありたいのだ。だが、それは無理だ。意地の悪い喜びが胸にこみあげてきた。こうして俺の前に横たわるとき、俺は彼女のわら人形なんかじゃない、彼女のほうが俺の玩具だ。カンバスに生まれるのは、マハなんかじゃない。高貴な生まれ、莫大な富、スペインが与え得るすべてを手にした女性、だが民衆から締め出された哀れな大貴族の貴婦人に過ぎない。どんなにマハを気取っても、マハにはなれっこない。最後の覆いを取り払っても、マハにはなれない。

ゴヤの思考は生身の女性を離れ、作品の女性に向かった。俺が描いているのは、はたして芸術なのだろうか。

サラゴーサの絵の師匠ルサーンが見たら、なんと言うだろう！　ルサーンは着衣の石膏像をスケッチさせた。彼は異端審問の検閲官だった。俺がここでやっていることは、メングスやミゲルを熱狂させる、欠陥もなければ面白みもない芸術と、なんとかけ離れていることだろう。だが、俺は黄泉の客となったベラスケスと競う気など、さらさらない。これは俺の裸婦だ。『着衣のマハ』『裸のマハ』の中に、かつてベッドをともにし、愛欲をむさぼったあらゆる女性の形姿、欲望を煽り立てる肉体を描き込んだ。二つの顔を描いた。ひとつは期待と淫らな欲望に満ち、辛辣で蠱惑《こわく》的なまなざしを放つ顔。もうひとつは欲望を満たされ、まどろみの中から物憂げに早くも新たな充足を求める顔。俺が描こうとしているのは、アルバ女公爵でもなければ、マハでもない。けして鎮まることのない性的快楽そのもの、ねっとりした幸福感と剣呑さをはらんだ、けして癒されることのない愛欲だ。

二枚の絵は完成した。アルバ女公爵は不安げに二枚の絵を見比べた。闘牛士の衣装をつけた女性は、裸の女性と違う顔をしている。二つの顔は、私の顔のようでもあれば、別の女性の顔のようでもある。なぜゴヤは、私の本当の顔を描かなかったのかしら？

「あなたは唯一無二の業《わざ》を成し遂げたのね。そして何やら人の心を落ち着かなくさせる作品を生み出したのね」。ぱっと身をもぎはなすと、「私は、こんなに豊満じゃないわ」とおどけて、からかうように言った。

二人は女官に手伝ってもらって
二枚の絵を壁にかけた
『裸のマハ』が奥
『着衣のマハ』が前面だ
「客人たちは目を丸くするでしょうね」
とアルバ女公爵は言って
無邪気に機械仕掛けをもて遊ぶように
ボタンを押した

するとき『裸のマハ』が現れた
黒ずくめの老女官は
唇をきっと真一文字に結び
嫌悪のあまり身を堅くした
アルバ女公爵はにっこりして
『裸のマハ』を『着衣のマハ』の
派手やかな姿で覆い隠した
ほほ笑みながら
人差し指を伸ばし
華奢な身体と傲然たる美しい面《おもて》を見せ
寛大な仕草でゴヤに
ついてくるよう合図をし
軽やかな足取りで
部屋から出て行った

37　挑発

サンルーカルに客人がきた。サン・アドリアン侯爵である。

ゴヤは不機嫌になった。かねてからサン・アドリアンを知っており、肖像画を描いたことがある。ゴヤの作品の中でも最高の出来栄えの肖像画だ。モデルを野外に座らせ、石柱に寄り掛かる気取った若い紳士として描いた。実際の侯爵はもはや若くなく、四十代初めと思われるが、二十五歳の青年のように生意気で尊大で、きれいな顔をしていた。白いベストに細身の黄色いズボンに青い上着という、ゲーテの『若きヴェルテルの悩み』に登場するヴェルテルばりの乗馬服姿だ。乗馬用鞭をもった手をエレガントに腰にあて、入念に描かれた、もういっぽうの手には本を持ち、なぜか石柱に帽子をのせている。ゴヤは、宮廷の第一級大貴族であり、若くしてインドの重要な委員会会長に任命された、甘やかされた紳士の傲慢さを包み隠さず描き出した。アルバ女公爵のサロンで、たびたび顔を合わせるが、どうやら彼女の求愛者のひとりらしい。彼は王妃のお気に入りだったから、おそらく彼女は、王妃マリア・ルイーサを怒らせるために、短期間彼を愛人にしたのだろう。サン・アドリアンは明敏で、おそろしく教養があり、フランス暮らしが長く、自他共に認める進歩的人物だった。だが彼がまのびした甲高い少年のような声で、冷笑的で気取った機知に富んだコメントを披露するたびに、ゴヤはいらいらし、不作法で武骨な態度をとらないようにするのに苦労した。

サン・アドリアンは愛嬌ある男だった。アルバ女公爵に会いに来ましたと表明し、「宮廷に彼女がいないのに耐えられないのです。それからドン・フランシスコ、あなたに頼みがあります。今セビーリャの近くにいるのですが、インドの委員会を描いていただけませんか」と、甲高い声で「あなたは、なくてならぬお人です」と、芝居がかった言い回しで歌うように言った。「なかなか、よい肖像画を描いてくださる方がいないのですよ。あなたが私たちを袖にすると、カルニセーロのような、いみじくも無難な方を頼みの綱とせねばなりません。そうすると、私たちの顔は実際より、もっと空虚なものになるでしょう」。

サン・アドリアンは一緒に食事をし、アルバ女公爵の朝の引見に同席したが、邪魔しないように努めた。けれども彼がいると煩わしいというより、刺激になった。アルバ女公爵は彼を、でしゃべりな若者のように軽く皮肉っぽく扱った——二人の関係は明らかに過去のものになっていた。いずれにせよ、以前と変わらず、ゴヤは望めば彼女と二人きりになれた。

ある晩ゴヤは、ペラールと芸術の話をしていた。他の二人は話に加わらなかった。話しながらゴヤは、アルバ女公爵がサン・アドリアンへ向けるまなざしに気づいた。マハが向けるような流し目だ！　サン・アドリアンを挑発するような期待に満ちた情欲のまなざし！　それは二秒と続かなかった。俺の思い過ごしだろうか。気のせいだ、忘れよう——だが、一度頭に根づいた妄想を打ち消すのに苦労した。

夜、ひとり考えた——ばかげてる、彼女は俺の中で『裸のマハ』とひとつに溶け合った。事実そうだ。けれども彼女が昔サン・アドリアンと寝所をともにしたことがあるのも確かだ。焼けぼっくいに火がついたのか？　彼女の同意なくして、奴《やっこ》さんがここまでのこのこやって来たりしないだろう。とうにわかっていたはずだ、俺は馬鹿だ、わら人形だ。一睡もできず苦悩に苛《さいな》まれていると、目の前にサン・アドリアンが、あの気取り屋、あの傲慢な伊達男が彼女と横たわる姿が浮かんできた——彼女が奴に『裸のマハ』を見せる、奴はあの吐き気を催すような声で「ゴヤはあなたの美しさを、見ていませんね」とぬかす……。

ばかげてる、俺は嫉妬にかられた阿呆だ。だが恐れる理由はある。俺は年寄りで肥満気味で、耳は遠く、背中は曲がり始めた——アラゴン人にとって、これは特に恥ずべきことだ。気むずかしくなり、自分の気持ちをコントロールできなくなった。彼女は「猫の目のように気まぐれ」な女性だ、ビリャフランカ侯爵夫人の言う通りだ。俺が若く輝くばかりに美しかったとしても、突然彼女が俺に対する興味を失い、他の男を寵愛するということは、おおいにありうる。俺の今の容貌なら、彼女が若くてすらりとした、機知に富み、いつも陽気な伊達男を取るのは当然だろう。

いや、何もかも妄想だ。彼女は王妃マリア・ルイーサに対するあてつけから、サン・アドリアンと火遊びをしただけだ。このゴヤこそ恋人だとはっきり言ったではないか。だが、あの流し目は気のせいじゃない、あれは『裸のマハ』のまなざしじゃない、生身のアルバ女公爵のきらきら輝く瞳だった。彼女は次の瞬間には、何事もなかったかのように無心な瞳をしていた。だが彼女は猫の目のように、くるくる変わる。正体がつかめない。彼女を描くことができないのは、俺のせいじゃない。ベラスケスだって描けまい、誰にもできまい。彼女の裸体は誰にも描けないだろう。裸身ですら、まやかしなのだから。彼女の心は顔と同様、装いがほどこされている。心底、邪悪な女。〈美しい胸には邪悪な心が宿る〉——ペパがよく歌っていた古いロマンスの一節が脳裏をよぎった。

翌朝ゴヤは絵を描き始めた。ついに真のアルバ女公爵を確信した。宙を飛ぶ彼女を、三人の男が雲のように漂って支えている。今回は女性の顔を匿名にしなかった。清楚で不遜な卵形の顔は、この世の女性のもの、カイエターナ・デ・アルバのものだ。男たちの顔もたやすく識別できた。ひとりは闘牛士コスチリャーレス、もうひとりはインドの委員会会長サン・アドリアン、三人目は平和大公ゴドイだった。地上から不格好な男が飛行を眺めている、年老いた宮廷道化のパディーリャだ。ゴヤが描いたのは、たしかに昇天だが、不埒きわまりない昇天で、明らかに天国をめざしたものではなかった。男たちの頭上の女性は、羽でふくらませた広やかな波打つ衣服の中で足を広げている。この浮遊する女性が七つの大罪に淫していることは、想像にかたくない。唇を動かすことなく、「邪魔になったの」というだけの理由で、何の罪もない夫君の殺害を指示できる顔だ。ついにゴヤは見た、ついに把握した。これこそ彼女の究極の顔だ。清楚で不遜で無邪気で、偽りに満ち、不品行な彼女のまことの顔だ。快楽・誘惑・まやかしの化身。

翌日アルバ女公爵は姿を見せなかった。女官が男性たちに「愛犬のドン・ファニートが病気で、嘆いておられます。どなたにもお会いにならないとのことです」と言い訳をした。ゴヤは『彼女は飛び去った（昇天――まやかし）』を描き続けた。

翌日小犬は元気になり、アルバ女公爵は輝くばかりに上機嫌だった。ゴヤは寡黙だったが、彼女は悪くとらず、何度も会話に引き入れようとした。ゴヤが乗ってこないので、サン・アドリアンに向かうと、彼は愛嬌ある媚びるような調子で彼女に応じた。彼がフランス語の名文を引用すると、彼女もフランス語で応じ、会話はフランス語でよどみなく進む。ペラールは意地悪い喜びに浸るいっぽう、同情を禁じ得ず、会話をスペイン語に戻そうとしたが、二人はゴヤがついていけない早口のフランス語で会話を進めた。やっと彼女はゴヤにもフランス語で話しかけたが、ゴヤにはちんぷんかんぷんだった――あきらかに彼女は、サン・アドリアンの前で俺をさらし者にしたいのだ。

夕食後、彼女は「今日はとても気分がいいの。まだベッドにつきたくないわ。もう少し楽しみましょう。召使を呼んで、ファンダンゴを踊らせましょう。侍女のフルエラは踊りの名手だし、馬丁のビンセントも上手よ」と言った。大貴族が社交のつれづれに、召使に踊らせるのは、よくあることだった。

ファンダンゴを踊れる五組が登場し、召使や小作人や農夫など、二十人ほど見物にきた。〈ファンダンゴ上演。

本日無礼講、誰でも歓迎》とお触れが出た。踊りは上手くもなければ下手でもなかったが、ファンダンゴは高度の技術がなくても、誰もが夢中になれる娯楽だ。当初まじめな面持ちで座っていた観客も、手拍子足拍子をとり、オーレと叫んだ。一組ずつ踊り、前の踊り手が消えると、新たな組が現れた。

アルバ女公爵に「踊ってくださらない、フランシスコ?」と言われ、ゴヤは一瞬試練に立たされた。以前にも夫君の公爵やペラールの前でメヌエットを踊らされたことがある。サン・アドリアンの愛嬌ある生意気な顔が目に飛び込んできた。奴の前で俺を見せ物にする気か? ゴヤはためらった。すると彼女はサン・アドリアンに向かった。「あなたはいかが?」。サン・アドリアンは、いかにも伊達男らしく即答した。「願ってもないことです。でも、この衣装ではどうでしょう?」。

「ズボンはそのままで問題ないし、上着は誰かに借りればいいわ。私、着替えて参りますから、その間に準備しておいてね」と彼女は通人ぶった返事をした。

戻ってきた彼女は、ゴヤが描いた『着衣のマハ』の衣装を着ていた。白い薄地のシャツとズボンがくっついたような、ボディーラインを際立たせるぴったりした服に、キラキラ光る黒いメタル柄の黄色いボレロ、幅広のバラ色の絹のサッシュを締めている。こうした出で立ちで、彼女はサン・アドリアンと踊った。二人とも正式の衣装ではなく、本物のファンダンゴでもなかった。侍女のフルエラや馬丁のビンセントのほうが上手だ。セビーリャやカディスの住民、ましてやセラフィナとは比べものにならない。だが、それは違う意味で、あからさまなファンダンゴだった。アルバ女公爵とインドの委員会会長が、サンルーカルの農夫や侍女や馬丁の前で、激情・欲望・恥じらい・愛の実現という茶番劇を披露するのは、たいそう不埒で身分にふさわしくないことだった。彼女がこれら庶民を着替えの間に案内したり、ボタンを押して『裸のマハ』を見せるようなものだろう。踊っている二人がマホ気取り・マハ気取りであることが、ひどく腹立たしかった。厚かましく軽薄な猿芝居だ、こんな茶番は許されない、真のスペイン気質に対する冒涜だ――怒りがこみ上げた。アルバ女公爵とサン・アドリアンへの怒り、自分を取り巻く大貴族たちに対する怒り、着飾った若造とマリオネット人形のような女に対する怒りが込み上げてきた。かつてタピスリーの下絵を制作したころ、この愚かしくも偽りの戯れにかまけたことがあった。

俺は人間と物事をあのころより深く洞察し、より深く体験し、実感している。アルバ女公爵は、あんな輩《やから》とは一線を画する女性だと思っていた。彼女と俺との間柄は遊びじゃない、真実だ、情熱だ、激情、愛、真のファンダンゴだと思っていた。だが、彼女は嘘をついていた、ずっと嘘をついていた。俺はもて遊ばれたのか、俺はこの貴婦人のわら人形、あやつり人形にすぎないのか。

従僕・侍女・農夫・従者・台所女中・厩番にとっては、華やかな晩だった。女主人が彼らの仲間になろうと努めているのを好意的に受け止めたが、女主人のへたな踊りを見て優越感に浸った。手拍子足拍子をとり、オーレと叫んだ。口には出さないが、眼前の貴婦人より、自分たちのほうが上等だと思っていた。侍女のフルエラが今夜馬丁のビンセントと寝るなら、それはこの貴婦人が伊達男や画家と寝るのより、いいことだし、より自然で、よりスペイン的で、秩序の上で理に適っている。

女官は茶番劇に耐えられなかった。お嬢様を愛し、お嬢様が生きがいなのに――今やお嬢様は、あの画家に魔法をかけられてしまった。スペイン一高貴な貴婦人、偉大なるアルバ元帥の末裔が、無頼の徒、ごろつき、賤民の前でかくも品位を落とすような真似をするとは！　女官の目には怒りと怨恨がみなぎっていた。

ペラールは座って見物していたが、拍手もしなければ、オーレと叫ぶこともなかった。アルバ女公爵のこうした突発的行為はしばしば体験していた。これほどけばけばしくはないが、本質的に大差ないだろう。ゴヤの表情から胸中を察し、得心すると同時に気の毒に思った。

アルバ女公爵とサン・アドリアンは上気し、汗ばんできた。音楽と掛け声は大きくなり、二人はくたくたになるまで踊った。ゴヤは心の中で思った――どんなに頑張っても、マハにはなれない。あなたはファンダンゴのことなど、何ひとつ知らないのだから。ひと味違った刺激的な夜にしたいのか。あの太鼓持ち、あの気障な伊達男と寝所を共にする前に、自分に活を入れたいのか――ゴヤは踊りが終わらないうちに立ち去った。

その夜もゴヤは眠れなかった。彼女を昼食前に散歩に誘うのが日課だから、彼女もそう期待しているだろう。だが、彼女のもとへ行かず、「頭痛がしますので、昼食にはいきません」と伝え、『彼女は飛び去った（昇天――まやかし）』の絵を取り出し、完成させた。これ以上一筆も付け加えるところはない。仕事をする気にはなれず、特に日だまりは苦痛だった。また耳の具合が悪くなったような気がする。カンバスを遠ざけた。机に向かい、マドリードへ帰る旨を伝えようと、一通は侍従長宛て、もう一通はアカデミー宛ての手紙の下書きをしながら、思った――アルバ元帥は宮廷道化をそばにおき、彼女は宮廷画家をそばにおく。だが俺はこれ以上、その役はごめんだ――下書きを書いたものの、清書しなかった。

午後に彼女が来た。ちんちくりんの愛犬も一緒だ。まるで何事もなかったかのように振る舞い、愛想がよく陽気だった。「具合が悪いなんて残念ね。ペラールに処方箋をもらえば?」。

「ペラールの手助けなど、いりません。サン・アドリアンを追い払ってください」。ゴヤは陰鬱な顔で要請した。

「ばかなことを言わないで。あなたの機嫌が悪いからといって、彼を侮辱するわけにはいかないわ」

「追い払って!」と固執した。

「なぜ私のことに、くちばしを突っ込むの? 私がそうしたことに我慢できない性分なのは、ご存じでしょう。私はあなたのことに、くちばしを突っ込んだりしないわ。『ああしなさい、こうしてはだめ』などと一度でも言ったことがあったかしら」。この厚かましさがゴヤをかんかんに怒らせた。彼女は俺に、人間が他者に要求できるすべてを要求しておきながら、情け容赦ない犠牲を要求しておきながら、無邪気にのほほんと「あなたから何かを要求したことなど、あったかしら?」なんぞと言い放つ。

「ヘレスへ行きます。セラフィナを描きます」

彼女は静かに座っていた。膝には小犬がいる。「今、出発してくださると丁度いいわ。実は私も一両日出かけようと思っていたの。所有地を訪問し、小作人の仕事ぶりを監督します。サン・アドリアンがエスコートとアドバイスをしてくれるわ」。

ゴヤは下唇を突き出し、くぼんだ褐色の瞳は陰い影をおびた。「一両日留守にするわけじゃありません。あなたは私のために、旅に出る必要はありません。ここでのんびりと、着飾った若造の相手をしていればいいでしょう。これ以上お邪魔しません。私はヘレスからマドリードへ戻ります」。

彼女は立上がったので、小犬がキャンキャン鳴いた。彼女は何か激しい言葉を言おうとした。ゴヤのどっしりした顔を見つめると、彼の瞳は激しく燃え上がり、真っ黒で、白目が見えないほどだった。彼女は自制した。

「冗談でしょう、サンルーカルへ戻らないなんて。そんなことになったら、とっても残念だわ」。彼が黙っているので、彼女は続けた。「ばかなことを言わないで。私という人間をよくご存じのはずよ。私が変わるはずないでしょう、とうてい無理よ。四、五日、私をそっとしておいて。あなたも自分の時間を過ごしなさい。それから戻ってきなさい。私はひとりで、ここにいるわ。なにもかも元どおりになるでしょう」。

ゴヤは憎悪に満ちて、彼女を凝視した。「あなたという人間をよく存じ上げております」。そういうと『彼女は飛び去った（昇天――まやかし）』の絵を取り出し、イーゼルに立てた。

彼女は、無垢で清楚な顔をして軽やかに優美に空を飛ぶ女を見つめた――これは私の顔よ。絵画に詳しいわけではないけど、これほどの侮辱を受けたことはないわ。マリア・ルイーサ王妃からでさえ、これほどの侮辱を受けたことはない。何がそうなのかは言えないが、わかるのよ。私を取り巻く三人の男性、この三名の中に、なぜ宰相ゴドイがいるのかしら？　ゴヤは、ゴドイがいかに私に反感を抱いているか知っている。だから魔女の夜宴の仲間に加えたのね。私は彼のせいで追放されたのよ――怒りが込み上げてきた。下劣な画家が大貴族の貴婦人を、こんな風に描くとは前代未聞ね。こんな扱いを受けるとは。

仕事机に削り刀があった。彼女はそれを取ると、ゆっくりと力強い動きで、カンバスを斜めに、上から下まで切断した。ゴヤは彼女に飛び掛かり、片手で彼女をつかみ、もういっぽうの手で絵をつかんだ。小犬が彼の足の間を走り回り、キャンキャン鳴いた。イーゼルと絵が、あざ笑うようにすさまじい音をたてて床に散った。

二人は息遣いも荒く　立ち尽くした
アルバ女公爵は彼女にしかできない
落ち着き払った高慢な口調で言った
「絵が破損して残念ですこと
価格を言ってくださいな

必ず……」
彼女はそれ以上言えなかった
恐ろしい発作が　あの波が
ゴヤを襲った
打ちのめされ　ぐったりと
ゴヤは　安楽椅子に座り込んだ
彼の顔は　虚無の仮面と化していた

38　聾者ゴヤ

ゴヤは絶望のあまり、麻痺したように何時間も動かなかった。頭の中を同じ文言が渦巻いた。あの女のせいだ……俺がばかだった……俺がばかだった……あのあばずれが俺をどん底に突き落とした……俺は永久に奈落の底か。独り言を大声で言った。自分の声を聞こうとしたが、聞こえなかった。鏡の前へ行っても口の開閉が見えるだけで、やはり何も聞こえなかった。以前の発作のときは高音が聞こえなかったが、今度はいよいよ低音もだめか……。大声で低い声で話してみたが、何も聞こえなかった。前の発作のときは大きな音だったら、微かに反響が聞こえた。石の床に花瓶を投げつけてみた。花瓶は粉々に砕けたが、やはり何も聞こえなかった。

「あの女のせいだ。俺を誑《たぶら》かし、欺き、だました。俺の子供を殺し、俺の出世をだいなしにし、俺の聴覚を奪った」。激しい怒りが込み上げてきた。呪詛の言葉をまき散らし、鏡を粉々に打ち砕いた。血まみれの手を眺めて呆然とし、観念の臍《ほぞ》を固めた。〈思い知るがいいわ、犬畜生〉〈犬め、これでも食らえ〉か。うつろな絶望の表情でうずくまった。

ペラールが来て、ゴヤが彼の口の動きから言葉を読み取れるように、たいそう明瞭に話してくれた。ゴヤは絶望のあまり、石と化したように身動きもせず座っている。ペラールは「鎮静剤をさしあげます。横になりなさい」

と書きつけた。

「いやだ！」とゴヤは叫んだ。

「分別をお持ちなさい。ゆっくり眠れば、なにもかもよくなります」とペラールは書き、飲み物をもって戻ってきた。

ゴヤは彼の手からそれをふりはらい、「俺を殺させはしないぞ」と陰鬱に小声で言った。ゴヤには自分の言葉すら聞こえない。ペラールは相手を同情の面持ちで、ものおもわしげに見つめ、何も言わずに出て行った。

一時間後戻ってくると「今度は飲みますか？」と聞いた。ゴヤは答えず、下唇を突き出して座ったままだ。ペラールは飲み物を混ぜ、ゴヤは飲み干した。

長い眠りからゆっくりと覚めると、ゴヤは現実に戻った。手には包帯がしてあり、新しい鏡がかかっている。立ち上がり、室内を歩き回り、聞こえるかどうか試した。石の床の上に激しく椅子を置いた。微かな反響があった。必死になって再度試みた。たしかだ。大きな音ではないが、ちゃんと聞こえる、空耳なんかじゃない。聞こえるぞ！　希望がさした。

ペラールが来て、説き伏せるのではなく、「カディスの優秀な専門医に診てもらいましょう」とだけ伝えた。ゴヤは肩をあげて、聾を誇張した。だが本当は全身全霊で希望にしがみついていた。

十一時頃だろうか、いつもゴヤが訪問していた時刻に、アルバ女公爵がやってきた。喜びと驚愕がゴヤの全身を走った。彼女は予告通り、あの気取った若造サン・アドリアンと一緒に立ち去ったと思っていた。俺が病気になったからといって、予定を変更するような女じゃない。だが彼女はここにいて、一語一語はっきりわかるように話しかけてくれる。ゴヤは理解するには興奮しすぎていた、理解したくなかった、黙っていた。彼女は彼のそばにしばらく座り、優しく彼の額を撫でた。彼は頭をぐいっとずらした。彼女はしばらくいたが、やがて立ち去った。

カディスの専門医が来て、ゴヤに慰めの言葉を書き、ゴヤには唇の動きが明確にわかるように語り、ペラールには早口でいろいろしゃべった。「高音はしばらくだめですが、低音は大丈夫でしょう」との医師の書き付けに確証を得て、ゴヤの希望はふくらんだ。

だが夜になると、妖怪どもがゴヤのもとへやってきた。猫の顔、犬の顔をしている。大きなフクロウの目でにらみ、恐ろしい鉤爪でつかみ、巨大なコウモリの羽で飛び回る。漆黒の闇の中で目を閉じているのに、彼らの厭わしい顔、心そそられる奇怪な顔がはっきり見える。ゴヤの回りにしゃがみ込み、薄気味悪い息を吐きかける。音から遮断された死の静寂の中で、妖怪どもは以前より凄みを増した。

明け方、空が白むと、自分の聾を意識し、慄然とした。巨大な鐘にすっぽりと覆われ、永久に閉じ込められてしまうかのようだ。俺の喜びや悲しみを誰にも伝えることができないのか。これからは他者から隔絶した生活を送ることになるのか。耐えられない。もはや女性たちの声も、子供たちの声も聞こえないのか。親切なマルティンの声も、アウグスチンの嘲笑的なコメントも、妻のホセファが深い愛情と心配のあまり繰り出す非難も、識者や権力者の称賛の言葉も聞こえないのか。プエタ・デ・ソル（太陽門広場）や闘牛場のざわめきも、音楽も、セギディーリャもトナディーリャも聞こえないのか。居酒屋のマホやマハとおしゃべりをすることもできないのか。人づき合いを避けることになるだろう。聾者と話したい者がいるだろうか。的はずれの返事をして笑い者になるのは、目に見えている。聞こえなくても、なにがしかを聞き取るように、いつも気を配らねばならない。世間の非情さはよく知っている。世間は、自分を守る術を心得た健常者にとっても厳しい。ましてや今の俺のような人間なら、その過酷さはうかがい知れない。記憶を糧に生きざるをえないだろう。だがデーモンは人間の記憶を歪める。心の内で、聞き慣れた味方の声、敵の声に耳をすませてみた。ちゃんと聞き取れるかどうか自信がなかった。ゴヤは絶叫し、暴れた。

高価でみごとな彫り物の金めっき枠の美しい大きな卵形の鏡の前に行った。鏡の中からゴヤを見返したのは、夜通し彼を凝視した怪物より、さらに恐ろしい化け物だった。これが俺か？　頭髪は乱れ、不気味にくぼんだ頬と顎の回りに伸び放題の髭が渦を巻き、くぼんだ眼窩から大きな黒い目がギョロリとのぞき、太い剛毛の眉はグロテスクに逆立ち、眉間や口許には深い皺が刻まれ、唇の片方が歪んでいた。捕獲された動物のように陰鬱で、断念とやり場のない怒りに満ちた表情。かつて『精神病院』の人々の中に描き出した顔だ。

鏡の前を去り、安楽椅子に座り、目を閉じた。ただ、ぼんやりと座っていた。果てしない時間が流れたように思えた。

正午が近づくと、激しい緊張に襲われた――アルバ女公爵は訪ねてきてくれるだろうか。あの伊達男と一緒に行ってしまったのだろうか、いや、そんなはずはない。興奮し、室内を行ったり来たりした。いつも二人が会っていた時刻になった。彼女は来なかった。五分、十分が過ぎた。激しい怒りが込み上げてきた。愛犬の便通がないと、この世の終わりとばかり悲しむ女。それなのに俺が打ちのめされたヨブのようにここに座っていると、行き当たりばったりの伊達男と手をとって、立ち去ってしまうのか。わけのわからぬ復讐心が芽生えた。あの女を踏み付け、突き飛ばし、引き摺り、首を絞めてやりたい、破滅させてやりたい。

だが彼女の姿を見た途端、ゴヤは穏やかな気持ちになった。あらゆる圧迫感は消え、彼の上に覆い被さっていた鐘がパッと外れたような気がした。最悪の事態は過ぎ、再び聴覚が戻ったような気がした。だが彼は敢えて試みなかった。空しい試みや苦悩を彼女に見せたくなかった。彼女がそばにいてくれるだけで嬉しい、それ以上は望まない。彼女の顔を見たいとは思わなかった。ただ彼女が今ここにいるということを感じたかった。ゴヤは安楽椅子に身を投げ、目を閉じて、荒い単調な寝息をたててみた。

――ゴヤは安楽椅子でどうやら眠っているらしいわ。私に何度も何度も叛旗をひるがえした唯一の男性、これほど私を怒らせた男性はいない、これほど絆を感じさせた男性はいない。これまでの私の人生に現れた男性たち、これから現れる女性たちなど、どうでもいいの。かってゴヤの人生に現れた女性たち、これから現れる男性たちなど、どうでもいいの。今日サン・アドリアンと一緒に行ってしまうことも、どうでもいいの。私は他ならぬ、この男性を愛してる、彼だけを愛している、これからもそれは変わらないでしょう。たとえ彼がそのために破滅しても、私自身が破滅しても、私は彼のために自分を変える気はないし、彼のために計画を断念したりしないわ。

今ゴヤは椅子に座ったまま、疲労と絶望から寝息をたてている。なんと不幸な男。彼女ゆえに不幸で、彼女ゆえに幸福な男。これからも繰り返し彼女ゆえに幸福と不幸を味わうことだろう。

彼女は彼に近づき　話しかけた
どうしても言わねばならない
ゴヤは眠っていて聞こえないでしょうけど
目覚めていても　やっぱり聞こえないでしょうけど
ゴヤの耳に　彼女の若々しい硬い声が響いてきた
「フランコ　なんておばかさんなのかしら
なんにもわかっていないのね
いつもあなただけを愛していたわ
おばかさんのフランコ
いつも　この愚かな太った中年男
マホを愛していたわ
あなたは気づかなかった
あなたは　私が他の男たちと一緒に
地獄へ飛んで行こうとしていると思っているのね
不格好な　かけがえのない方　おばかさんね
あなたが好きよ
大胆不敵な画家のあなた
いつまでも　あなただけを愛するわ」
ゴヤはぴくりとも動かない
寝息をたてて眠っているわ……
彼女は部屋を後にした

39　苦悩

居眠りのふりをした自分の機略ににんまりし、ゴヤはその夜はぐっすり眠った。

翌日めざめると、またもや聴覚が完全に失われ、音のない世界、大きな鐘が覆い被さったような世界に永久に閉《く》じ込められてしまったことに気づき、驚愕した。この世で聞いた最後の音が、アルバ女公爵の言葉とは！　彼女から愛の言葉をおびき出した機略の報いがこれか！　甘苦《かんく》が込み上げた。

いつも彼女が来訪する時刻になった。窓へ駆け寄り、外をうかがい、扉を開いて廊下をうかがった。もう来ているのに、足音が聞こえないだけかもしれない。半時間が過ぎた。どうやら彼女は来ないらしい。あんな言葉を俺に語りかけた後、伊達男と一緒に去ってしまうなどということが、ありうるだろうか？

ペラールが来て、昼食を共にしませんかと誘った。ゴヤはできる限りさりげなく「ドーニャ・カイェターナは、もう旅立たれたのですか？」と聞いた。

「彼女は暇乞いに見えたではありませんか」とペラールが驚いて問い返した。「あなたにお別れを言いに、うかがったではありませんか」。

食後、二人は長々と会話をした。ペラールが紙に書きつける前に、はっきりした明瞭な発音で分からせようとするたびに、ゴヤはいらいらした。ゴヤは自分の脆さを恥じた。よく知っているペラールの顔に、意地悪い喜びが浮かんでいないか探ろうとした。そんなものはなかったが、疑念は去らなかった。これから俺は、誰に対しても不審の念を抱くだろう。皆から気むずかしい男、人間嫌いと思われることだろう。だが、本当はそうじゃない。にぎやかな集いが好きだ。皆と喜びや悲しみを分かち合いたい。聾者は、口も閉じよというのか。

ペラールは内耳を描き出し、病状を説明しようとした。「前途洋々というわけにはいきません。手話を学び始めたほうがいいでしょう。フランス人のレペ博士が、いい方式を見出だしました。カディスでもマスターした方はたくさんいます。あなたもそろそろ練習を始めたら、いかがでしょう」。

ゴヤは怒って答えた。「ああ、これからは不具者とだけ、聾唖者とだけ交際せよというのですか。健常者の集いには、招かれざる客というわけですか」。

医師が差しのべた救いの手と下手な慰めの言葉は、ゴヤに、これから音のない恐ろしい世界でどんなに苦しまねばならないかを認識させた。もはや女と寝ることもできないのだろうか？　これまでは、いつも俺が与える立場だった。これからは女が不具者にただただ慈悲心から添い寝をしてくださるというわけか……気持ちが萎えた。俺が悪しき情熱から子供を犠牲にし、俺の芸術も犠牲にしかけたという理由で、デーモンは俺になんと惨い罰を下すことだろう。彼はペラールに出し抜けに言った。「私の病気の本当の原因は、何です？」。

ペラール博士は、この質問を危惧するいっぽうで期待していた。かねてからゴヤの病に関して明確なイメージをもっており、あの最後の恐ろしい発作以来、真実を告げるべきかどうか考えあぐねていた。ゴヤの芸術を称賛し、彼の強烈であふれるばかりに豊かな個性を愛したが、万人を魅了する彼の才能や揺るぎない自信、幸運に寄せる全幅の信頼をうらやんだ。そんな男がついに己の躓《つます》きを受け入れたとき、ペラールは密かな満足をおぼえた――ゴヤに仮借ない真実を告げるとき、私は本当に人間としての、医師としての、友人としての義務を果たしたくて、そうするのだろうか、それとも恵まれた人間に対する恨みを晴らしたくて、そうするのだろうか？

ゴヤが単刀直入に質問したので、ペラールは憂慮を追い払い、悲劇の中心に切り込もうとした。言葉を慎重に選び、淡々と一言一言区切って明瞭に発音しようと努めた。「あなたの病根は脳にあります。脳でゆっくりと聴覚が失われていったのです。あなた自身もしくは先祖の性病に起因すると考えられます。こういう形で発病したのは幸運ともいえます。たいていの場合、脳が冒されるのです」。

ゴヤは、残虐極まりない言葉を発する男の、表現力に富んだ薄い唇を見つめた。彼の中で嵐が荒れ狂った――この男は俺を毒殺する気だ。アルバ公爵を毒殺したように、誰にも気づかれない陰険な込み入ったやり方で毒殺する気だ。この毒殺魔め。だが、ペラールの言う通りだ。俺はどうかしてる、とうに気が狂っているのさ。俺の脳に巣くっているのは罪、狂気、妖術だということを、彼は学術用語で語っただけだ。内面とは裏腹に、口をついて出た言葉は「私が狂っているというんですね」。初めは陰鬱な小声だったが、すぐ大声で繰り返した。

「狂ってる、狂ってる、俺が狂っていると言うのか?」。

ペラールはたいそう静かに、はっきりと「あなたが狂気に陥らずに、難聴ですんだのは幸運ともいえます。理解なさるよう努めてください」と答えた。

ゴヤは大声で叫んだ。「なぜ嘘を言うのです? 今、気がふれていなくても、やがてそうなるでしょう。あなたにはわかっている。難聴と言いましたね。嘘でしょう」とペラールに非を認めさせようと勝ち誇って続けた。「あなたには、私が難聴どころか、永久にまったく耳が聞こえなくなる、完全に聾者に、気の狂った聾者になることがわかっている」。

ペラールは忍耐強く「難聴ですから、希望があります。昔ながらの病が存分に猛威をふるい、鎮まった確信でもあります」と答えた。

「なぜ私を苦しめるのです? なぜはっきりと『お前は狂人だ』と言わないのです?」。ゴヤは訴えた。

「私は嘘を言いたくないのです」とペラールは答えた。

両者の間でさらに、一風変わった忌憚のない会話が交わされた。ペラール博士は病人を慰めたり、嘲ったりした――この病人はそうされたがっているらしい。事実ゴヤは医師の心遣いに礼を述べたかと思うと、わざと医師を傷つけようとした。ペラールは書きつけた。「不幸の中にあっても、あなたは他の人々より恵まれています。他の人々は本当に理性の壁が粉々に崩れるまで、危険な感情を胸中に閉じこめてしまうからです。ドン・フランシスコ、あなたはそれを描き出すことができる。あなたは良心の呵責を、肉体と魂の底から直截に、描き出すことができます」。

「私をたぶらかす気ですか?」とゴヤは嘲るようにニヤリとした。『難聴』で、良心の呵責とやらを魂の底から描き出すことができるですって?」。

冗談の応酬もあれば、ゴヤが苦悩に負けて、医師の腕をつかみ、どっしりした頭を敵の胸に押しつけ、相手を揺さぶったこともあった。彼は自分を理解してくれる人間にしがみつかざるを得なかった。互いにアルバ女公爵について一言も語らなかったが、ゴヤにはわかっていた――宿敵ペラールは理解してくれている。

ゴヤはひとりになると、将来を思って暗澹たる気持ちになった。誰かと一緒にいても、大声を出すだろう、悪態をつくだろう、何を話しても自分の声の調子を調節できないだろう、自分の考えを言葉に出しても、言葉を発していることが実感できないだろう。皆がいぶかしげな面持ちで俺を凝視するだろう、俺はいつも落ち着かぬ気分で、疑心暗鬼になるだろう。誇り高い人間は、同情され笑い者にされるのに耐えられない。ペラールはああ言ったが、狂気に陥ることは免れがたい。

ゴヤは「聾は自分に下された罰だ」と言いたかった。だが告解したところで、司祭の言葉は聞こえないし、ペラールに告げたところで、患者の新手の愚考と見なされるのがオチだ。

ペラールは英明な医師だ。彼はかねてから俺を見抜いていた。きっと何年も前から、俺の狂気を知っていたにちがいない。ずっと前から、俺は気がふれていたのさ。何年も前から怒りと狂気の発作に見舞われていたじゃないか！　なんと多くの妖怪やデーモンをまのあたりにしたことだろう。この手でつかめるぐらい、はっきりと見たのだ。俺だけに見える、他の人間には見えない。しかし、それは世界がまだ音をもっていた頃の話だ。今や、俺は堪えがたい音のない世界に囲まれている。

いつの日か　万人にとっての現実と
自分にとっての現実を
区別できるようになるだろうか
どれが本物のアルバ女公爵なのか？
大貴族の貴婦人か？
官能の歓びの化身として描いた女性か？
魔女として描いた女性か？
空中を浮遊する無垢な女性か？
おお　デーモンが再びそこにいる！

今は白昼だ
白昼にあらわれる妖怪が
いちばん手強《てごわ》い
夜の妖怪より　ずっと危険だ
夢を見ているのだろうか
いや　おそろしく目は冴えている
必死で机に身を投げ出し
妖怪どもを見まいとした
だが　見える
デーモンは俺の中にいる
俺自身がデーモンなのだ
俺の内にも外にもデーモンがいる

40　故郷サラゴーサへ

ペラールはゴヤに「ドーニャ・カイェターナは約十日後に戻ります」と伝えた。ゴヤは下唇を突き出し、暗い表情になり、「私は三日後に旅立ちます」と言った。ペラールは「彼女が残念がりますよ。彼女は、あなたがここにいると思っているでしょうから。私も医師として、当座は難儀な長旅を控えたほうがいいと忠告します。まず今の状態に慣れることです」。

「三日後に旅立ちます」とゴヤは繰り返した。

ペラールはしばし沈黙し、「私も同行しましょうか」と申し出た。

「ご親切はありがたいのですが、将来、お守りや随行者がいないと旅ができないということになると、辛いでしようね」と陰鬱に答えた。

「あなたのために、旅行用の大型馬車を予約しましょう」

「ありがとう。でも私は大型馬車には乗りません。貸し切り郵便馬車も、普通の郵便馬車も使いません。ラバ引きに同行してもらいます。旅籠《はたご》のラバ引きジルを連れていきます。いい奴です。心付けをやれば、酒代をはずめば、私の障害に留意し、私の面倒をみてくれるでしょう」

ペラールが驚きを隠せずにいるので、ゴヤはいらいらして言った。「そんな奇異な目で見ないでください。私は狂ってはいません。私には、ちゃんとした、しかるべき理由があるのです」。

俺を不幸のどん底に置き去りにした女性の姿を見るのに耐えられない。今すぐサンルーカルを発とう。だが、スペインを首席宮廷画家として旅するのはまずい。ペラールの言う通り、俺は今の状態に慣れねばならない。この状態を精確に知らねばならない。聴覚が失われたことの屈辱をとことん味わい尽くさねばならない。まず俺の今の状態をしっかり把握してから、身近な人々や宮廷人や画家仲間の前に姿をあらわそう。しがない市井の男としてスペインを旅しよう。自分の病を公言し、釈明することに慣れよう。「御容赦願います。私は耳がよく聞こえないのです。いわゆる聾者です」と一日に十度も言うことになるだろう。

マドリードへ直行するのではなく、はるか北へ向かおう。マドリードを避けて、アラゴンへ、サラゴーサへ行って、親友のマルティンに会って苦悩を打ち明けよう。マルティンに慰められ、助言をもらえば、妻のホセファや子供たちや友人たちに会う元気が出るだろう。

サンルーカルの旅籠《はたご》でゴヤと丁丁発止とやり合ったジルは、「それっ、急げ」と山々にこだまする掛け声とともにラバを追う昔ながらのスペインの馬方、筋金入りのラバ引きだった。ゴヤがお供にほしがっていると聞くと、ハロ館にカラフルなラバ引きの衣装で現れた。頭にはアルハンブラが描かれた多彩な絹の布をまき、突端をお下げのように後方へ垂らし、その上から唾広のとんがり帽子をかぶっていた。黒い羊皮の上着には豪華な刺繍がほどこされ、大きな透かし模様の銀ボタンがついている。幅の広い絹のサッシュをしめ、そこにナイフがしまってある。銀ボタンのついた青ビロードの半ズボンは派手な縞模様で、黄色の長靴はなめしていない牛皮製だ。こうした派手ないでたちで、ジルはゴヤの前に立った。

「マドリードを避けて、サラゴーサへ一緒に行ってほしい」。

ジルはお偉さんの酔興だと思い、ヒューッと口笛を吹き、大げさな身振りで「おやおや、それは大旅行だね」と言った。ゴヤが土地の風習に馴染んでいるのを知っていたから、羊飼いの年収の五倍の値段、八〇〇レアルを吹っかけた。

ゴヤはラバ引きのジルをじっと見つめた——この男とこれから四週間、生活を共にするのか。俺はもう首席宮廷画家じゃない、庶民だ。ジルも俺も農夫の息子だ、海千山千の男どうしの対決だ。ゴヤが黙って、ただ自分を見つめているので、とうとうジルは言った。「そんなおそろしい長旅には、ラバが二頭必要だ。種ラバ、スペインきっての名ラバ、おいらのバレローソ、その名の通り勇猛果敢なラバを旦那に提供しよう。ご先祖様は、異端者トマス・トレビーノが火刑に処されたとき、彼を乗せたロバのコンスタンテ、そんな敬虔なラバだよ」。

ゴヤは口を開き、のんびりと言った。「聞き違いかな？　俺は耳がよく聞こえないのだ。旅籠《はたご》でお前も気づいていただろう。今はまったく聞こえない、聾者だ。八〇〇レアルだって？」。

ジルはさらに身振り豊かに答えた。「旦那の幸運を祈るよ。でも耳が悪かったら、旅はおいらにとって、おいらのラバにとっても、辛いものになることは必須だ。八〇〇レアルだね」。

ゴヤはおそろしい悪態をつき始めた。ラバ引きに「くそったれ」と罵り、思いつく限りの悪口雑言、呪詛を浴びせ、大声で怒鳴った。ラバ引きも罵り返した。ゴヤは音声は聞こえないものの、相手が疲労困憊しながら悪口をくりだすのを見て、突然罵るのをやめ、大声で笑い出した。「無駄だよ、俺の勝ちに決まってる。お前は俺の台詞をたっぷり聞かせられるが、俺のほうはお前の台詞が聞こえないんだから」。

ジルは、このお偉さんをぺてんにかけるのは到底無理だと悟った。「旦那は、たいした男だ。おいらたちの仲間だ。それじゃ、七八〇レアルで手を打とう」。

結局、両者は七五〇レアルで合意に達した。精確な道筋、宿泊費、道中の経費、ラバの餌も決めた。ジルは旅の道連れに対して、ますます敬意を払うようになった。「神に誓って、いや、悪魔に誓って、旦那のほうがずっと上手《うわて》だね」。

二人は握手で確約した。

ゴヤは旅支度はできるだけ簡素にした。黒い小羊の皮ジャケット、簡素な幅広のサッシュ、黒ビロードの縁取りのあるとんがり帽子を調達した。ワインの携帯用革袋も忘れなかった。鞍袋には必要最低限のものだけを詰め込んだ。

二人は出発した。ゴヤは身なりにかまわず、髭も剃らないので無精髭が伸び放題だ。誰も、首席宮廷画家とは思わないだろう。

長旅ゆえ、一日の道程は短くした。さしあたりコルドバへ向かう街道を選んだ。かつてアルバ女公爵のもとへ、六頭だての郵便馬車を貸し切って疾駆した街道だ――あのときの俺は、期待に胸ふくらませた幸運児だった。今、この街道をのろのろ行くのは、しばしば誤解され笑い者にされながら、音のない世界をみじめな気持ちで辿る老いゆく農夫だ。

ラ・カルロタの旅籠《はたご》で二人は、三日後にコルドバで有名な盗賊ホセ・デ・ロクサス、人呼んで〈短刀のプナル〉が処刑されると教えられた。盗賊、ましてやプナルのような有名な盗賊の処刑は、最高の闘牛より、もっと魅力的で盛大な民衆の祭りだった。神の摂理がそのような処刑が近隣で行われることを定めたのに、それを見逃すとしたら、それこそ烏滸《おこ》の沙汰だ、大罪だ。ラバ引きは即座にゴヤに頼んだ。「急がないなら、コルドバで一日延ばして、盛大なる光景を拝みましょう」。

かねてからゴヤは、不幸にある人間を観察することに魅せられていた。彼自身が不幸の身である今、いっそう惹かれた。処刑を見物することに決めた。

ラバ引きのジルは職業柄、珍聞奇聞に目がなく、道すがらゴヤにたくさんの話を語って聞かせた。ジルが語ると、話に尾ひれがついて、彩り豊かになった。〈長旅には長大なほら話〉。盗賊プナルのこともいろいろ知っていた。今や、地方一帯がこの盗賊の話でもちきりだったたから、ジルは新たな秘話を付け加えた。「盗賊プナルは特に敬虔で信仰厚い盗賊でした。ロザリオと〈コルドバの悲しみの聖母〉像という、二つのお守りを肌身離しませんでした。盗賊どもが少なくとも罪の一部を贖うことができるように、『よき盗賊の守り神』の前に置かれた教会の献金箱に、良心的に収益の十分の一を献上していました。プナルには、聖母の特別な庇護がありました。一味のごろつきが警察に買収されて、プナルの眠っている間にこっそり〈コルドバの悲しみの聖母〉を奪いさえしなければ、プナルは警察につかまらずにすんだのに。盗賊団に襲われる心配がなくなって、民衆はほっとしましたが、プナルに好感をもっていた人々は、お上の処置に不平を鳴らしました。お上は、プナルが一味を兵隊の手に引き渡すなら、彼とその一味に恩赦を約束しようと言い、プナルは降伏するよう一味を説得しました。しかし、お上は『一味はプナルに服従するのではなく、派遣した兵隊に降伏せよ』と表明し、プナルに絞殺刑を宣告したのです」。

ゴヤとジルはコルドバに着くなり、監獄へ盗賊を見に行った。処刑の前日には、有罪判決を受けた人に、誰でも同情や嫌悪を吐露してよいことになっていた。死刑囚の独房の廊下で、フランシスコ会修道士たちが犯罪者の魂を救うミサのための喜捨を集めていた。彼らは募金箱や皿の前に座り、タバコを吸い、ときおり景気づけにこれまでの収益を呼び上げた。

死刑囚の独房はかなり暗かった。机には十字架像、聖母像、二本のろうそくがある。隅に置かれた板張りの寝台に、プナルが寝ていた。縞模様の毛布を口許までかけて、頭の上部しか見えなかった。くしゃくしゃの巻き毛、鋭い黒い瞳がせわしなく動く。看守がゴヤとジルに「場所をあけろ、他の者たちが見たがっている」と言った。ゴヤはプナルが立ち上がった姿を見たかったので、看守にチップをはずみ、残らせてもらった。

しばらくすると、プナルが起き上がった。ほとんど裸身だが、首にロザリオと〈悲しみの聖母〉のお守りをかけていた。看守たちの話によると「ある若者があの〈悲しみの聖母〉を持ってきた。その若者は見知らぬ男から頼まれたという。その男も、やはり別の見知らぬ男から頼まれたという。どうやら、その男こそ、プナルから〈悲しみの聖母〉を盗んだ張本人らしい。奴は、プナルがこれを身に付けずに死んでゆくのは忍びなかったのだろう」ということだった。

毀誉褒貶の果てに、盗賊は板張りの寝台に、ほとんど全裸で、生まれたままの姿で座っていた。むき出しの裸体に、誕生直後につけられたロザリオと、〈悲しみの聖母〉像――彼が獲得し、失い、死刑の前々日に彼の手に再び戻ってきた――をつけている。最期に足枷と鎖か……。独房に罵声と同情の声が飛んだが、プナルは答えない。ときおり顔をあげて「俺は人に殺されるんじゃない、俺の罪が俺を死に追いやるのだ」という言葉を機械的に繰り返した。僧に教えられたのだろう。プナルの目つきがすさみ、絶望し、自暴自棄なのを見たゴヤは、まるで鏡に映った自分の顔を見る思いだった。

翌日の早朝、規定の二時間前に、ゴヤとジルは、処刑が行われるコルドバの大きな広場に出向いた。すでに黒山の人で、窓辺やバルコニー、屋根までやじ馬でいっぱいだ。処刑台の周辺は、兵士たちで遮断されており、特権階級、官吏や社交界の貴人のみ入場が認められた。

「旦那の顔パスってわけにはいきませんか」とラバ引きはせがんだ。群衆の押し合いへしあいの中に立つのが難儀でも、処刑台の光景がよく見えなくても、ゴヤは民衆の真っ直中で、目の前で起こることを体験したかった。我が身に運命の打撃がふりかかって以来はじめてゴヤは、おのれの不幸を忘れ、群衆の中で固唾をのんで待ち受けた。

菓子やソーセージの売り子が群衆の中に押し入る。プナルの所行を歌ったロマンスを安売りする者、上に立ってよく見えるように椅子の貸し出しをする者、乳飲み子を抱えた女性。押され突き飛ばされて、わめく者がいるが、誰も気にとめない。群衆のいらいらは募るいっぽうだ。あと一時間、待たねばならない、あと半時間だ、時間はのろのろ進む。「死刑囚にとっては、時間はもっと早く過ぎるのだろう」と誰かが言った。ゴヤは言葉は聞こえなくても、推察できた。彼は群衆を熟知し、群衆と一体感をもっていた。皆と同じように、同情と残虐さが混じった気持ちで、わくわくして待ち続けた。

ついにカテドラルの鐘が十時を告げた。皆はさらに身体を寄せ合い、首を長く伸ばしたが、依然としてプナルは現れない。敬虔な国スペインでは、裁判所の時計を十分遅らせ、犯罪者に十分の猶予を与えることになっていた。恩赦のためか悔悟の時間を与えるためか。

その十分も過ぎ、いよいよプナルが登場した。

フランシスコ会修道士に囲まれ、支えられ、罪人は黄色のシャツを着せられ、短い最期の道を歩く。ひとりの僧が彼に十字架像を差し出すと、彼は立ち止まって、それにくちづけし、その間、生命をながらえる。彼のためらいが、そこに居合わせたすべての人々に伝わる。皆が延命をのぞみ、できれば刑の執行を先送りにしてやりたいと思う。

いよいよプナルが処刑台の階段のところに来て、ひざまずいた。僧たちに取り巻かれ、群衆が見守る中、最後の告解をした。恰幅のよい優しげな僧に伴われ、彼は階段をのぼった。

プナルはときおり息をはずませながら途切れ途切れに、上から群衆に向かって語りかけた。ゴヤは彼の台詞はわからないが、その表情から、死刑囚が平静を装いながらも計り知れぬ不安にかられているのを見て取った。固唾をのんで、恒例となっている罪人の死刑執行人に対する赦しの言葉を待ち受けた――スペイン人は死刑執行人をたいそう軽蔑していた。宗教に定められた赦しの表明は、プナルにとって最後の数分をさらに辛いものにする。目を細めて、ゴヤはプナルの口許を見つめた。うまい具合に、何を言っているかがわかった。

「俺の罪が俺を殺すのだ。この畜生じゃない。この畜生は、くそくらえだ」――それは法外な侮蔑の言い回しだった。ゴヤは、この盗賊が宗教的義務を果たすと同時に、死刑執行人にふさわしい軽蔑を示したことに、満足した。

盗賊は最後の言葉を発した。「信仰万歳、国王万歳、イエスの名において万歳！」。群衆は耳を傾けたが、あまり賛同しなかった。プナルが「聖母マリア万歳！」と叫ぶと、ようやく群衆は「聖母マリア万歳！」とドッとわいた。ゴヤも一緒に和した。

その間に死刑執行人は準備を進めた。今日が初仕事という若者だった。この新米はどのように試練に耐えるだろう――見物人の間に緊張が走った。

処刑台のまわりの地面には、頑丈な杭が打ち込まれていた。前に置かれた荒削りの木の椅子に、死刑執行人がプナルをぐいと座らせた。プナルのむき出しの手足はたいそうきつく縛られ、どす黒く膨れ上がっている。つい先頃、死刑囚が逆に死刑執行人を殺したことがあったので、用心のためだという。杭にはガローテ、鉄の首輪が固定してあった。このガローテを、死刑執行人がプナルの首にはめると、恰幅のよい僧がプナルの縛られた両手に、小さなキリスト十字架像を差し込んだ。

準備完了だ。両手両足を縛られ、頭を鉄の首枷で杭に押しつけられたプナルは、歯をくいしばる。青空を見上げた顔は、いいしれぬ不安に満ちている。そばにいた僧は少し退き、片手をかざして、まぶしい太陽から彼の両目に陰をつくってやった。死刑執行人はねじの握りをつかんだ。裁判官が合図をすると、死刑執行人はプナルの顔に黒布をかけ、両手でねじを回してしめた。鉄の首枷がプナルの首をぐいぐい絞めてゆく。群衆は息もつかず、絞め殺される人間の両手がひらひらと宙を舞い、胸が激しく波打ち盛り上がるのを見つめた。死刑執行人は黒布の下を慎重にうかがい、これを最後とねじを回した。彼は黒布を取り払い、たたみ、ポケットにしまい、満足げに深く息をし、処刑台を後にし、タバコに火をつけた。今や万人の目の前で、死者の顔がぎらつく太陽のもとにさらされた。無精髭の生えた顔はゆがみ、青く膨れ上がり、目をむき、口からは舌がだらりと垂れ下がっている。

処刑台に大きなろうそく、処刑台の前に黒い棺と、死者のミサのための喜捨を入れる大皿二枚をのせた机が置かれた。見物人たちは熱心に事の次第を弁じ、露骨に言い募った――あの死刑執行人は初心者だ。とにもかくにもプナルは悪名高き大盗賊にふさわしいあっぱれな死に方じゃなかった。

亡骸は午後まで、さらしものになった。ゴヤとジルは言うに及ばず、たいていの見物人はその場にとどまった。ようやく死刑囚を運ぶ車があらわれた。亡骸は郊外の荒れ地、〈王者の卓状台地〉と呼ばれる場所に運ばれ、粉々に砕かれた遺体は奈落の底に投げ込まれることになっていた。やじ馬は三々五々散っていった。「肉は狼に、魂は悪魔に与えよ」と人々は家路を辿りながら歌い、ハミングした。

ゴヤとジルはコルドバを後にし、さらに北へ旅を続けた。

ラバで旅するときの習慣で、二人は大きな街道をさけて、山や谷をめぐる近道である小道を通った。大きな街道には食堂や旅館があったが、枝道には旅籠《はたご》、わらの寝床にノミが飛び交う、みすぼらしい宿しかない。食事もろくなものが出ない。ジルはいつも、首席宮廷画家ともあろう方が、こんなみじめな宿を好むのを不思議がったが、ゴヤは「疲れた背中に、柔らかい枕はいらないよ」と答え、事実夢もみないほど、ぐっすり眠った。

荒れた枝道から主要街道へ曲がるたびに、新たな体験をした。豪華な郵便馬車、幌《ほろ》付き二輪馬車、大型四輪馬車で行くのは大商人や司祭や弁護士、ラバや徒歩で行くのは学生や僧や小売り商人、いかがわしい女、最寄りの市《いち》へ幸運を探す行商人だった。モダンでエレガントな旅馬車で行く豪商、ものものしい紋章やたくさんの補助馬や従僕を従えた金めっきの古風な馬車で行くのは大貴族。ゴヤには馴染みの道だ。ざわめきが聞こえない分、ゴヤはこれらの賑わいに鋭く目を光らせた。めったに油をささない車輪のガタガタいう音、遠くからでもよく響くので野生の獣を遠ざける役割を果たしてくれる派手な騒音、旅人の陽気な騒々しさや、御者やラバ引きの腹の底から出る叫び。車輪が回り、馬やラバが闊歩し、旅人や御者の口の開閉は見えたが、その響きを記憶の底から呼び起こさなければならなかった。それは心身をすりへらす営みであり、面白みがないわけではないが、悲しい作業だった。

不思議なことに、盗賊プナルの地獄の責め苦をともに味わった後では、おのれの苦悩がいくぶん安らいだような気がした。

ジルや他の人々と一緒に、宿屋の前で、八頭の馬が大きな郵便馬車につながれるのを見物したことがある。第一御者がたくさんの手綱の革ひも細工を手にすると、助手の若者が彼の隣で身体をゆすり、宿屋のラバ引きや下男が石や杖を振り上げた。次の瞬間、大きな馬車は動き出した。ゴヤは馬を駆り立てるために、人々が大声で叫ぶのを見た。ゴヤも思わず口を開き、御者やラバ引きの甲高い叫び声に、甲高い声で和した。「それっ！　よお、よお、よおお！」。

その後ふたたびゴヤとジルは主要街道を出て、枝道に入った。大街道より頻繁に、石を積み上げた小さな丘が見られた。十字架や多彩な図が、この場所で亡くなった人々を思い起こさせた。なんと、たくさんの人々が行き倒れになったことか……。図には奈落の底に落ちた者、徘徊する野獣に襲われた者、大水に流された者、盗賊にナイフでめった切りにされた者、卒中の発作でみまかった者などが描かれていた。「敬虔なる旅人よ、ここで足をとめ、死者の魂に祈りを捧げ給え」と文が添えられていた。ゴヤがたびたび帽子をとり、十字を切るのを、ジルはいぶかしく眺めた。

二人はときどき、他のラバ引きの一行と合流した。こうした辺鄙な道では道連れがいたほうがいい。ゴヤは彼らに押しつけがましい真似もしなければ、彼らを避けることもなかった。聾者だと告げることも厭わなかった。ジルはますます雇主に親しみと尊敬の念を払うようになり、ゴヤをだまさなくなった。はした金だけは別である。たびたびジルは、ゴヤの禁止を無視して、自分の雇主、旦那がほんとうは何者なのか、いかなる不幸に見舞われたのか、他の者に教えたいという気持ちをおさえることができなかった。

盗賊に遭遇したこともあった。おのれの生業《なりわい》を心得、すばやく片付ける礼儀正しい盗賊だった。盗賊二人がゴヤの身体検査をしている間、ジルはもうひとりに何やら囁いた——ゴヤの正体を明かしたらしい。盗賊たちは、国王のタピスリーに盗賊と密輸業者の生活情景を愛情をこめて描いた画家に敬意を表し、画家が携帯していた六〇〇レアルのうち半分だけ頂戴した。仕事が終わると、盗賊たちはゴヤに、自分たちの革袋の酒を飲むよう勧め、恭しく大きな帽子をふりながら「聖母のお恵みがありますように！」と丁重に挨拶した。

こうしてゴヤは貧しく　みすぼらしく
聾の世界に閉ざされて
ラバのバレローソ（勇猛果敢）に乗って
はてしなき無音のスペインを旅した
彼の両肩にうずくまり
彼をうち砕こうとする
デーモンに対して強くなろうと決意した
落ち込んだのはデーモンのほうだ
画家フランシスコ・ゴヤ
このアラゴン男は
毅然として　人生の道を歩むぞ

もっと強くなってやる
我が身にふりかかる不幸を活かしてみせる
もっと鋭く見通してやるぞ
描くぞ
大声で笑ったので
ラバ引きのジルは　いぶかしげに
心配そうに　雇主を眺めた

怒りの疾風のごとく
ゴヤは南の町を去った
幸せの絶頂と　苦悩のどん底を
味わった町を去った
北へ向かおう　サラゴーサへ
生まれ故郷へ

3

1　ナポレオンの時代

一七九五年から一八〇〇年までの間、フランス政府を牛耳ったのは民衆ではなく、実業家だった。少し前に百科全書派の哲学者ドルバックは「略奪をはかる実業家ほど危険な者はいない」と述べている。新たなフランスの指導者たちは、私有財産の否定と平等主義を唱えた革命家バフーフとその信奉者を処刑し、「私腹を肥やせ」をスローガンにした。

革命によって啓蒙主義の理念を実現しようとした、もうひとつ国、アメリカ合衆国も古い理念に逆戻りした。フランスの助力なくしては独立を勝ち取れなかったのに、そのフランスに絶縁を宣言し、フランス大使を侮辱し、フランス総裁政府と冷戦に入った。憲法の精神を否認する騒擾《そうじょう》条例を発布し、独立宣言の原理を希釈化した。アメリカの初代大統領ジョージ・ワシントンが退陣すると、フィラデルフィアの新聞は「わが国の悲惨さの元凶である男は、ついに失墜した。国民の自由と幸福を願う人々は、不正を増長し、腐敗を容認したワシントンの名をもはや聞かずにすむと思うと、喜びに胸高鳴る」と歓喜した。

人々は新たな社会秩序を短期間で創造しようと全力で理性によって公的私的事態を規制することに疲れ、人々は疲弊し、理性のまばゆい輝きから、感情の暗がりへと後退していった。世界中で、またもや昔ながらの保守的な理念が鼓吹された。思想の氷山から、信仰・敬虔さ・感傷主義のぬるま湯へと後退していった。自由の嵐から、権威と規律の港へ逃げ込んだ。ロマン主義者は中世の再興を夢み、詩人たちは明るい太陽への憎悪を歌い、月の輝く魅惑の夜に耽溺し、カトリック教会のふところに平和と安らぎを求めた。「私たちは啓蒙主義から、かすり傷ひとつ負わなかった」と枢機卿は喜びを表明した。

だが、それは思い違いだった。多くの知識人をとりこにした、先鋭化された明晰な新理念は、そう易々とは根絶されない。特権階級は内部から徐々に突き崩され、絶対主義・神の恩寵・排他的社会階級制度・教会や貴族の特権、あらゆるものが懐疑の対象になった。フランスとアメリカは大いなる先例を示し、教会と貴族は抵抗したが、人間界の諸々の出来事は、聖別された古文書の中に記された法によってではなく、科学認識の結果に基づいて規制されるべきだという思想が普及した。

一七九五年ころフランスの人口は二千五百万人だった。イギリスとスペインにともに一千百万人、パリに九十万人、ロンドンに八十万人、アメリカ合衆国に三百万の白人と七百万の有色人種がいた。アメリカの大都市フィラデルフィアは四万二千人、ニューヨークは三万人、ボストン、ボルティモア、チャールストンはそれぞれ一万人だった。そのころイギリスの経済学者マルサスは『人口論』を出版し、人類の生命維持に必要な食糧以上に、急速に人口が増加するので、人口増加に歯止めをかけねばならないという法則を立てた。

人類は地球上の前人未到の地を次々と制覇していった。アメリカ合衆国は移住を奨励し、官職や事業所を設けて、一ドル単位で土地を長期有利な条件で信用貸しした。フンボルトは中南米へ大調査旅行をし、気候・動植物・地形・地質に新知見を加え、近代地理学の基礎を築いた。こうして世界は、より身近な居住空間となった。

特にヨーロッパは政治的激動の時代を迎え、旧態依然とした王国は滅び、新たな国家体制、共和政体になった。多数の聖職者が還俗した。教皇は囚われの身となりフランスへ移送され、ベネチアの総督は海に身を投じた。フランス共和国は陸を、イギリスは海を制覇し、イギリスはインドでも決定的な勝利を手にした。世紀転換期のころイギリスは、フランス共和国のさらなる進展と、進歩的理念の波及を妨げるために、ヨーロッパのほとんどすべての国と協定を結んでいる。五年間に行われた戦争・暴力行為の数は、過去百年間の戦争・暴力行為の数を上回り、ドイツの哲学者カントは『恒久平和』の草稿を執筆した。

分裂した世界の軍事指導者たちは、ゴシップをものともせずナポレオン・ボナパルトはジョセフィーヌと結婚し、エマ・ハミルトンを知ったネルソン提督は、彼女を愛するようになった。

人々はこれまでの重々しい華美な衣装から解放され、特権階級と下層階級の服装の境界が取り払われた。まずフランスでは、画家ダヴィッドの影響下で、簡素な古代ローマ・ギリシア風の衣装が人気を博し、メルベイユーズすなわち奇抜な服装をした伊達女が出現した。人々は長ズボンをはくようになり、こうした服装は急速にヨーロッパ全土に広まった。

イタリアの物理学者ボルタは金属による接触電気を発見、定常電流発生装置を発明し、プリーストリーは酸素ガスをはじめ、多数の新気体を発見、スタンホープは鉄製印刷機（スタンホープ印刷機）を発明した。しかしながら人々は、いたるところで旧来の考えと労働方式に固執し、未知の自然法則の発見者・利用者を悪魔の手先と見なし、昔日のように撲滅しようとした。イギリスの医師ジェンナーは牛痘を予防接種に用いれば、痘瘡（天然痘）にかからないと発表し、一般人の失笑をかった。笑われないのは、祝福された泉や川で水浴して病の癒えた者、病に侵された自分の四肢の蝋細工模造品をありとあらゆる聖人たちに捧げる人々だった。異端審問所は、こうした治癒法に疑義をはさむ者をすべて処罰した。

世界中でシェークスピアは史上最大の文豪と認められ、アウグスト・ヴィルヘルム・シュレーゲルはシェークスピアをドイツ語に訳し、その名訳は十八世紀のドイツ語に多大なる影響を及ぼした。ゲーテは『ヘルマンとドロテーア』を、シラーは悲劇『ヴァレンシュタイン』を書き上げた。アルフィエーリは擬古典主義の悲劇『サウル』『アンチゴネー』『第二のブルータス』を執筆し、多彩で意義深い寓話の巨匠カルロ・ゴッヅィは三部作『無用の記憶』を残した。ジェイン・オースティンは『高慢と偏見』『分別と多感』を執筆、コールリッジとスウェーデンの詩人テグネールは処女詩集を発表している。ロシアではヘムニステルが悲劇『解放されたモスクワ』を執筆、カプニストは韻文喜劇『讒言《ざんげん》』の中で、司法当局が買収されるさまを辛辣に皮肉った。これまで本を手に取ったことのない何百万もの人々が、読書に喜びを見出した。しかし教会は識者推薦の書物をたいてい禁書にしており、スペインではこの禁を破ると、さらし者、むち打ち、投獄の刑に科され、王宮でも禁書を読む高級官吏は解雇された。

パリでは民衆が熱狂して見守る中、自由思想家の指導者ヴォルテールの遺骸が霊廟に葬られるいっぽう、マダム・マリー・アン・レノルマの占いサロンが開かれ、大評判になった。マダム・タッソーの蝋人形館には、頭部を小脇を抱えた聖デニスの像と異端者ヴォルテールの像が仲良く並んでいる。

一七九九年ナポレオンのエジプト遠征時に、ナイル河口でエジプト文字を記したロゼッタ石が発見され、後に研究者シャンポリオンがヒエログリフの解読に成功している。フランスの数学者・思想家コンドルセは『人間精神進歩の歴史的概観』を著し、数学者・天文学者ラプラスはニュートン力学の定式化と関連して「ラプラスの魔」という概念を案出し、惑星の生起を自然科学によって解明した。しかし世界は聖書の教えの通り六日で創造されたという信仰を信奉しないと、スペイン王国でもハプスブルク君主制下でも官僚になれなかった。

ゲーテは『エピグラム　ベネチア』において「煙草の臭いと南京虫とニンニクと十字架」の四つが大嫌いと記し、トマス・ペインは合理主義の基本書『理性の時代』を、シュライエルマッハーは『宗教論』を、ノヴァーリスは『キリスト教世界またはヨーロッパ』を著し、フランスの作家シャトーブリアンはロマン主義的カトリックに改宗した。ギボンが機知と醒めたアイロニーをもってキリスト教の成立を蛮行への回帰として描き出した『ローマ帝国衰亡史』は、時代の最も重要な歴史書として一般に褒めそやされ、リチャード・ワトソン司教が優雅かつ穏健にギボンとペインへの反駁を試みた『弁明』も、それに劣らぬ成功をおさめている。物理・化学・生物学の分野で次々と重要な発見がなされ、社会学の原理が相次いで発見され、証明されたが、発見者・告知者は嘲られ、敵視され、投獄された。新たな科学的治癒法が試みられるいっぽう、司祭とまじない師は病人の悪霊を追い払い、祈りと護符で治癒した。

哲学的考察を述べる官僚、貪欲な実業家、物静かな学者、誇大宣伝をするもぐりの医師、権力欲にかられた司祭、農奴、あらゆる刺激に敏感な芸術家、放火殺人に走る愚鈍な田舎の作男、あらゆる人間が狭い空間にひしめき合って生活し、押し合いへし合い、ぶつかり合い、賢者と愚者、有史以来、脳味噌に進化のみられない愚者、氷河期を理解できる頭脳の持ち主がいた。音楽のセンスや美的感性に恵まれた者がいれば、文学や音楽や建築物が皆目わからぬ者がいて、勤勉で活発な者がいれば、魯鈍な怠け者もいた。皆、同じ時代の空気を吸い、肌が触れ合うほど近くにいた。互いに愛し合い、憎み合い、戦争し、協定を結び、協定を破棄し、新たな戦争をし、互いに苦しめ合い、追放し、相手の体を細切れに切り刻み、交わり、子供を設け、お互いを理解し合うことはきわめて稀だった。一握りの賢人と才人が一歩でも前に出ると、残りの圧倒的多数の人間が彼らを抑止し、縛り上げ、殺害し、彼らなりのやり方で片をつけようとした。それでも、ごくわずかの才能ある人々がひそやかに機略を用い、多大なる犠牲を払って前進し、苦労して大衆をも、ほんのわずかだが前進させた。

狭量な野心家たちは、多数者の怠惰さ・愚かさを利用して、腐敗した諸制度を維持しようとした。しかしフランス共和国は世界に新風を巻き起こし、革命の完成者ナポレオンは、多くの死物を最終的に一掃した。

人権の思想は
今や　単なる掛け声以上のものになった
人権思想は多くの国々で現実のものとなった
か弱く未熟だが　はっきりした現実に
成文化された法規になった
なにはともあれ
世人は
十八世紀末　十九世紀初頭になると
十八世紀初頭より
少しばかり多くの分別を
身につけたのである

2　ゴドイの憂鬱

半時間前にサン・イルデフォンソの城を出発したゴドイは、馬車のクッションにだらしなく仏頂面《ぶっちょうづら》で寄り掛かっていた。カディスに向かう長旅だ。到着すると、面白くもない執務が待っている。その前にお忍びでマドリードへ行き、ペパのもとで一休みしよう。そう思っても、ゴドイの心は晴れなかった。

ここ数週間というもの、腹の立つことばかりだ。フランス側から英国との不人気きわまる戦争を続行するよう強いられるだけでも具合が悪いのに、フランス人たちは、スペインと親密なポルトガルに対して取り返しのつかない手段を講じるよう迫る。

イギリス艦隊はポルトガルの港を拠点にしていたが、フランスは同盟条約を盾に、スペインはポルトガルに港を閉鎖するよう要求すべきだという。フランス大使の市民トリューゲは「ポルトガルが拒否したら、スペインは武力で港を閉鎖すべきです」と要求した。無防備な小さな隣国ポルトガルを襲い、勝利をおさめるというのは、たしかに心そそられる。だがポルトガルの摂政の宮はスペイン国王の娘婿であり、カルロス国王とマリア・ルイーサ王妃は自分の娘と戦争したくはないだろう。おまけにポルトガルはこの私、宰相ゴドイに極上の贈り物をしてくれている。だからポルトガルがイギリスに協力しても、目をつぶってきたのだ。

ゴドイの悩みの種は、ポルトガル問題だけでなかった。とうに縁の切れたフランス王室大使アブレのほっそりした令嬢ジュヌビエーヴとの情事が、最近なんともまずい具合に取り沙汰されている。アブレ父娘は、スペイン退去後、ポルトガルへ避難し、スペイン国王の機密費で生活していた。小煩《こうるさ》く粗野でがさつな市民トリューゲは、それを嗅ぎつけ、「宰相ゴドイは王党派との艶っぽい腐れ縁を断ち切り、ポルトガルの摂政の宮に働きかけて、彼らを即刻追放すべきです」と恥知らずな要求をしてきた。

平和大公ゴドイは馬車の中で、サン・イルデフォンソの執務の後味の悪さをかみしめた。カディスでもわずらわしい交渉が待っている。マリア・ルイーサ王妃は数々の寵臣をカディスの艦隊の指導的ポストにつけたが、高位と王妃の寵愛以外なにも持たない無能な上司のために行動を阻まれた有能な士官たちは、退官すると脅しをかけてきた。なにもかも具合が悪かった。いや、なにもかもというわけではない。首都マドリードに近づくにつれて、ゴドイの鬱々たる思いは消えていった。マドリードで一日ペパのもとで過ごして、運命からスペイン王国の舵取りを任せられたことなど忘れよう。マドリード滞在中は政治家としてではなく、人生を謳歌する私人として過ごそう。

だが事態は、ゴドイの思惑通りには運ばなかった。

ペパは何週間もいらいらと退屈な日々を過ごしていた。ゴヤは去った。ゴヤは何週間も何か月も前から、出世を危うくしながら、アルバ女公爵と流謫《るたく》の生活を共にしている。ゴヤはなんと情熱的な男性だったことでしょう。それなのに、なんとあっさりと私をゴドイに譲ったことでしょう——苦い思いがペパの胸中を去来した。それに引き換え、あのゴドイときたら！　愛の言葉を語るとき、大言壮語するけれど、たいてい彼はサン・イルデフォンソかアランフェスかエスコリアルにいて、私をほったらかし。私のもとへ来るときは、いつも人目を忍んでこっそり来るのよ——そういうわけでゴドイを迎えたのは、いらいらした不機嫌なペパだった。

ペパはゴドイに「闘牛場に行きましょう。ペドロ・ロメロの闘牛が見たいわ」とせがんだ。

ゴドイは溜め息をつきながら「日曜日にはカディスへ発たねばならないのだよ」と答えた。

「二日以上、私のもとにいらっしゃれないの？」

「君のために三日あけるのは、むずかしいよ、愛しい女《ひと》。緊急の執務の他に戦争がある。お願いだから、これ以上私に負担をかけさせないでおくれ」

「なぜ私と一緒に闘牛場へ行きたくないのか言ってあげましょうか。あなたは、私のことが恥ずかしいのよ。あなたは私と一緒にいるところを人に見られたくないのよ」

ゴドイはペパに分別を持つよう言って聞かせようとした。「わかっておくれ」。苛々と頼んだ。「私は双肩に恐ろしくたくさんの重荷を担っている。『ポルトガルに、イギリスと手を切らせろ』『ポルトガルの摂政の宮は大切にしろ』『艦隊に六名の愚鈍な大貴族を送れ』『無敵艦隊にさらに三名の愚鈍な大貴族を配属せよ』と命令が山積みだ。おまけにフランス大使トリューゲは『リスボンからアブレ侯爵を追放せよ』と二通目の恥知らずな覚書を寄越した。私が二日遅れてカディスに到着したら、カディスの連中が渋い顔をするのは、目に見えている。君まで『日曜日以降もここにいて』と要求する！　私の苦労をわかってほしい」。

「あなたの苦労は」ペパは喧嘩腰だ。「出所はひとつよ。あなたの放縦で安直な性衝動からきているの。ポルトガルやフランスとの不和は、あなたが、あの痩せっぽちで貧相なジュヌビエーヴと寝ずにいられなかったことに由来しているの」。

ゴドイは怒って答えた。「そう仕向けたのは、君じゃないか。君が私に、私のような男性にふさわしい愛情を示してくれていたら、あんなガリガリの痩せっぽちには指一本触れなかった」。

ペパは激怒した。「あなたがあいかわらず年増のマリア・ルイーサ王妃のベッドに潜り込んでいるのも、私のせいだっていうの?」。

これは度を越えていた。彼の生来の気性、豚の飼育で有名な地方エストレマドゥーラのマホの血が爆発した。彼は肉厚の手をあげると、ペパの顔をしたたか殴った。一瞬ペパは殴り返そうとした。引っ掻き、噛みつき、彼の首を絞めようとした。が、自制した。呼び鈴を引き、叫んだ。「コンチータ! コンチータ!」。

彼女の白い顔に彼の手の跡が燃えるように赤く残り、彼女の緑色の瞳が怒りに燃えるのを見たゴドイは、口ごもりながら詫びた。いかに激務のために、苛立っていたか語った。しかし、痩せこけた厳めしいコンチータがもうその場に来ていた。

ペパは自制した声で「こちらの殿方を玄関までお送りして、コンチータ」と言った。ゴドイは後悔し、休日をだいなしにした自分の愚かさを怒り、欲望に燃えて、彼女の手を取り、抱擁しようとした。しかし彼女は「こちらの方をお連れしなさい、コンチータ、いつまで待たせるの」と叫び、隣室へ逃げ込んだ。ゴドイは帰るしかなかった。

ゴドイは「スペインの安寧を求めて、こんなに努力しているのに、運命は私にわずかな休息も許さない」と怒って独り言を言い、むっつりとカディスへ馬車を急がせた。カディスへ行けば執務に追われ、歓楽の渦に身を投じ、こんな不運を忘れることができるだろう。そのあとマドリードへ戻れば、ペパもその時分には分別を取り戻しているだろう。

実際彼はカディスでは一分も無駄にしなかった。船主・輸出入業者・銀行家と交渉し、事情に通じた艦隊の将校に、愚鈍な大貴族の提督による〈百害あって一利なし〉の活動に終止符を打たせることを約束した。イギリスの封鎖船の面々と密約を交わし、「双方の艦隊は威嚇し合うが、攻撃はしない」という不文協定へ持ち込んだ。こうして彼は昼はスペインのために活動し、夜を名だたる歓楽の都カディスに捧げた。

だが、執務も気晴らしも、ペパへの想いを消し去ることはできなかった。ペパの頬にくっきりと残った自分の手の跡がくりかえし眼前に浮かび、それは後悔・憧れ・情欲とひとつに溶け合った。

執務を終えるやいなや、大至急マドリードへ戻り、旅装のままペパの屋敷へ急いだ。屋敷は乱雑で、家具は壁側に寄せられ、絨毯は紐でくくられ、木箱があり、トランクが荷造りされている。執事は女主人にお目通りを許さず、女中頭コンチータがその隣に厳めしい、取り付く島もない顔で立っている。しかしゴドイが彼女にドゥカーテン金貨を三枚握らせると、少し待たせてから、ペパのもとへ連れて行ってくれた。

「南へ行くわ」。ペパは豊かな、のんびりした声で表明した。「マラガへ行くの。舞台に立つわ。有名なリベロの劇団がマドリードに来て、私と好条件で契約してくれたのよ。あなたの艦隊がいつか自由に海を渡れるようにしてくれたら、私は生まれ故郷へ帰るわ。リマにはスペイン語圏で最高の劇場があるそうよ」。

ゴドイは内心怒りに燃えた。確かにペパを殴ったが、謙虚な気持ちでおとなしく戻ってきた。ペパは、私との間に大西洋を持ち出して脅す気か。またペパを殴りそうになった。暗色の部屋着からのぞく彼女の輝くばかりに白い肌や、大きく見開かれた真摯な緑色の瞳は男心をそそる。ゴドイは彼女の香りを吸い込んだ。カディスで愛の手練手管にたけた魅惑的な女たちと夜を過ごしてきたが、ペパなしでいられない。最高の快楽、天国と地獄が同時に味わえる真の恍惚を私にもたらすことができるのは、彼女だけだ。今、怒りを暴走させてはいけない。巧みに弁舌の才をふるって、ペパを引き止めねばならない。

激しく、くだくだしく彼は詫びた。「今や、あらゆるものが私を引き裂き、苦しめる。マドリードの自由思想家たち、狭量な貴族たち、狂信的な教皇権至上主義者、フランス、ポルトガル。賤民トリューゲと、了見が狭く冷酷でずる賢いタレーランは、私の真に政治家らしい洗練された解決にまったく無理解だ。私は孤立無援なんだ。私をわかってくれるのは将軍ナポレオンだけだ。だが彼は、目下エジプトのどこかで戦っている。こうした状況で、理性を失わないほうがどうかしている。私は罰に値する行為をした。それは認めよう。でも、ペパ、かくも厳しく罰するのは、いかがなものでしょう」と言って、彼女の手を握った。

ペパは手を引っ込めたが、激しくはなかった。「マドリードの生活に満足できないの。長い間、あなたは私の慰めだった。あなたの強さ、あなたの激しい求愛に惑わされたわ。あなたはマホで大貴族だと思っていたのよ。でも、あなたに失望したの。マドリードに私の求めるものは、もう何もないわ」。

彼女のロマンチックな悲しみに、ゴドイは感銘を受けた。「マドリードを去ってはいけない」と激しく確言した。「君が行ってしまったら、私は官職を放り出して引退し、地所のどこかで哲学者だけを友に、心痛の余生を送ることになるだろう。スペインのために、私のもとにとどまっておくれ。君は私のつらい人生に唯一幸福をもたらしてくれる女人だ。君がいなくなったら、この重荷だらけの人生をどうやって過ごせばいいのだろう」と叫んだ。

ペパは白い顔を向けて、憶せず彼を見つめた。彼の血を燃え立たせる物憂げで豊かな声でゆっくりと答えた。「それなら、それを私に言うのではなく、世間に公表してちょうだい。日陰の身はもうたくさん、正式の奥方なら、こんな思いをしないですむわ。あなたの口から『こちらは私の妻です』と公言していただきたいのよ」。

ゴドイは仰天した。結婚、ペパと結婚だって！　よからぬスペインの諺が脳裏を駆け巡った。〈求婚する前に、自分の地位は安泰か、とくと考えよう〉〈惚れた腫れたで結婚すれば、癇癪起こして野垂れ死に〉――だが、なす術なく引き下がるような真似は二度としたくなかった。

「何か月もずっと、君に正式に求婚することを考えてきた。でも、この結婚はマリア・ルイーサ王妃との諍いを招き、私は罷免され、スペインは危機に陥るだろう。私以外いったい誰が、ポルトガルとフランスとの間の綱渡り的な妙技をやってのけることができるだろう。心のままに君と結婚すれば、ポルトガルとの戦争もしくはフランスとの戦争は必須だ」

ペパは彼の顔をじっと見つめていたが、そっけない口調で言った。「おそらく、あなたのおっしゃる通りよ。だからこそ、お別れしたいの」。

ゴドイは抜け道を探した。「時間をくれ、ペパ」。熱心に頼んだ。「少し時間をおくれ」。

「三日だけよ」。ペパは言った。

三日目に彼は言った。「解決策を見出したよ。結婚しよう。でも、さしあたり、この結婚は秘密にしておいておくれ。ポルトガル問題が片付いたら、国王の不興を覚悟で、スペインと世間に私たちの結婚を披露しよう」。

ペパは同意した。

バダホスから高齢の厳かな司祭が呼ばれた。ささやかな政治的陰謀を巡らすのが好きな神父は、喜んで同郷人である万能の平和大公ゴドイに対して勤めを果たした。

公爵ゴドイのマドリードの宮殿の
付属礼拝堂で
夜　薄暗がりの中
婚礼の儀が執り行われた
ペパ流に言えば　ロマンチックだった
証人は　ミゲルと
女中頭コンチータ
神父は
皆に誓わせた
「この婚礼については
何が起ころうとも
誰にも決して漏らしません」

3　王妃の企み

平和大公ゴドイがペパ・トッドと結婚したという噂を聞いた王妃マリア・ルイーサの怒りはすさまじかった。あのやくざ者をごみ溜めから拾い上げ、スペイン一の男にしてやったというのに。彼は今や、髪の毛の一筋一筋まで、あの尻軽女に捧げているのだ。私が恵んでやった輝かしい称号を、彼はあの脳なしの脂ぎった肉塊、間抜けな姥桜にくれてやったのだ。彼がペパとベッドに横たわり、「狸《たぬき》婆《ばばあ》マリア・ルイーサ王妃をだしぬいた」といって大笑いしているようすが、眼前に浮かんだ。あのろくでなしの、でれ助は見込み違いをしている！　横領罪と大逆罪で裁判にかけてやる。彼は王室の財宝を平然とかすめ取り、外国の権力者から賄賂を受け取り、教皇や同盟者を裏切り、パリ総裁政府のメンバーと通じてスペイン国王に対して陰謀を巡らし、所有欲・虚栄心・慢心から、敵味方を問わず、誰にでも裏切りをはたらく。今こそ彼を法廷に立たせてやる、カスティーリャ重臣枢密会議の法廷に訴えてやる。公の場で手酷く恥をかかせて処刑してやるわ。高位聖職者や大貴族、スペインの民衆が歓呼することでしょう。そして、あの尻軽女は上半身裸で市内引き回しと鞭打ちの刑に処してやるわ。

にもかかわらず王妃は、自分は何もできない、拱手傍観するだけだとわかっていた。

世間と人間を熟知した聡明な王妃は、ゴドイと彼女自身をよく知っていた。王妃が如才なく見せる分別と権力は、ときおりゴドイの関心と興味をかきたて、ともすると愛の悦びに転化させることができた。でも、こうした類いのことは、いかに技巧を要し、いかに空《むな》しいことでしょう！　四十四歳の醜女ははちきれんばかりの若者をどのくらいつなぎ止めておけるのかしら。突然、中年女の悲嘆に襲われ、惨めな気持ちになった。私の人生は、何千、いえ、何万人もの若く美しいスペイン女との絶えざる闘争の歴史だった。たえず新たな手立てを求めてきた。パリからドレス・化粧品・香油・白粉を取り寄せ、踊りの名手から手解きを受け、名うての髪結い師に髪を結わせてきた。だけど、巷《ちまた》の愚かな娘っ子のみずみずしい肌の前では、どんな努力も水の泡。

でも、それがどうしたというの。例えばアルバ女公爵は——今でも若いとはいえないけれど、あと数年もしたら、どうなるのかしら？　色香は失せて、見るも無残なありさまでしょう。それに引き換え、私、マリア・ルイーサは美貌に恵まれなかったがゆえに、知性を発達させてきた。絶世の美女でない分、頭が切れ、私の知恵は永遠なのよ。

それに私は、神の恩寵によって、スペイン・インド・その他の島々と陸地の王妃、オーストリア大公妃、ブルグンド公妃、ハプスブルク・フランドル・チロルの伯爵号をもっている。広大な領土をもつ世界帝国は、私同様、もはや清新の気にあふれているとはいえず、衰退の兆しを見せており、市民トリューゲは厚かましくもスペイン王妃に指図してくる。それでも依然として私は世界一強大な権力をもつ女性。スペインとインドと世界の海を治めているのは、お人好しのカルロス国王ではなく、この私であることを世界中が知っているのだから。

それなのに愚かなゴドイは、そんな女性よりペパ・トッドを選んだ！

王妃は鏡に映った自分の姿を検分した。鏡は、あるがままの彼女、あの不埒な噂を聞いて、我を忘れた瞬間の彼女の姿を写し出した。これは私じゃない。私の真の姿じゃない。

王妃は自分の真の姿を見つめたかった。化粧室を出た。控えの間で待機していた第一女官が、礼儀作法に従い、お供しようとした。王妃はいらいらと拒絶の合図をした。ひとりで数々の大広間と廊下を通り抜け、司祭や従僕のかたわらを通り過ぎ、ささげ銃《つつ》をする警備の士官や、床につくまで深々とお辞儀をする佞臣《ねいしん》のかたわらを通り過ぎ、ひとり、きらびやかな接見室の『カルロス四世の家族』の前に立った。

この絵の中のマリア・ルイーサ王妃、これこそ私の真の姿よ。画家は私を知悉している。おそらく私の内実を知る唯一の人間でしょう。統治する王と未来の王や王女に囲まれて、この集団の真の支配者は私。これこそ醜く誇り高く畏怖の念を起こさせる私の真の姿。

このような女性は、たまたま懸想した愚かな若者が、こっそりと尻軽女と結婚したからといって、屈したりしない。あの男を罰したりしないわ、奮闘する甲斐がないもの。でも私は王妃、望みのものは必ず手に入れるし、手元にとどめたいと思ったものは手放さないわ。手立てはまだ決めていないけれど、あの男を手放したりするものですか。

その夜ぐっすり眠った王妃は、朝になると名案が浮かんだ。

彼女はカルロス国王に、果てしない政治的窮状について語った。税をきちんと払わないカディスの商人たちとの諍い、恥知らずなフランス大使トリューゲとの交渉、反抗的な艦隊の将校に対する怒りを列挙した。

「これらの交渉をやってのけられるのは宰相ゴドイだけですわ。彼を助けて、彼の権威を強化せねばなりません」

「そうだね」。カルロス国王は言った。「でも、これ以上何も考えつかないよ。私たちがゴドイに付与できるような称号や位階は、すべてあげたと思うのだが……」。

「こうすれば一挙両得、一度に二つの件が片付くのではないかと思いますの。故ルイス叔父上の子供たちとのごたごたを同時に一掃できますわ。カルロス三世の弟である親王ルイス叔父上は、低位の貴族バリャブリガ家の女性と結婚し、その子供たちはブルボン・チンチョン伯爵・女伯爵という簡素な称号を有しているけれど、その格付けは礼儀作法上いつも問題になっているでしょう」

カルロス国王は、狐につままれたような顔で王妃を見ている。

「あの二人にカスティーリャ親王の位を授け、ゴドイと内親王ドーニャ・テレサを結婚させたら、いかが?」

「名案だ!」。カルロス国王は賛成した。「だが、亡くなった父上はどう思うだろう。亡父はドン・ルイスとドーニャ・テレサに閣下の称号を与えたけれど、親王・内親王の称号は与えてないから」。

「時代は変わったのよ」。マリア・ルイーサ王妃は寛大な忍耐力をもって答えた。「ねえ、愛しいカルロス、あなたはしばしば今は亡きお父様の命令を拡大拡張してきたわ。どうして、このケースにも適用なさらないの?」。

「いつもながら、あなたの言う通りだ」とカルロスは譲歩した。

王妃は精力的に事を進めた。彼女は未来の内親王テレサが嫌いだった。悠然とお上品に構えた小貴族の小娘が癪にさわった。あの臆病女は口に出さなくとも、私の行状を不快に思っているに違いない——修道女のようにもの静かな金髪のテレサを、雄牛のように獰猛なゴドイの寝床に追いやるのが愉快だった。

テレサとゴドイの婚姻の承諾を王から取りつけると、王妃はその日のうちに、みずからマヌエル・ゴドイにこの朗報を知らせた。ゴドイは、いつの日か王妃はペパとの極秘結婚を嗅ぎ付けるだろうと覚悟していたが、うしろめたかった。怒りの嵐が吹き荒れそうだ。

だが、マリア・ルイーサ王妃は満面に笑みを浮かべている。「あなたに素晴らしい吉報があります。カルロス国王が、ブルボン・チンチョン伯爵・女伯爵にカスティーリャ親王の称号を授けてくれることになったの。あなたはドーニャ・テレサと結婚し、彼女の称号も手に入れなさい。こういう形で、あなたと近しい関係を持てて、それを全世界に示すことができて嬉しいわ」。

ゴドイは予期していた恐怖の雷の代わりに、降ってわいた幸運がすぐには飲み込めず、ぽかんとして立ち尽くした。それから歓喜が怒濤のごとく押し寄せて来た。私は本当に、幸運の女神の寵児だ！　私がつかむものはすべて、至福に変わる！　なんと洒落《しゃれ》た、うまい話だろう！　これで、厚かましくも内兜《うちかぶと》を見透かすように私を無視したドン・ルイス・マリアに仕返しができる。片親だけブルボン王家の血を引く雑種め、よくも馬鹿にしてくれたな。私がお前の妹と寝て、私がお前の身分を引き上げてやるよ。

ゴドイはそう思い、誇らしい気持ちでいっぱいになった。父から「私の勇ましい闘牛君」と呼ばれていたが、その通りだ。私はこの才幹で王妃をわがものとしたのだ。マリア・ルイーサ王妃を、うぬぼれと優しさ、情愛をこめて見つめた。

王妃は彼をじっと観察していた――この吉報に彼は興奮するだろう、動転してペパ・トッドと馬鹿な結婚をしてしまったと後悔するだろう。それなのにまったく動揺しないし、当惑した様子もない。りっぱな風采、輝かしい軍服姿、美しい豊頬の幅広の顔は感謝と喜びに輝いている。だが、それ以外のものはまったく伺えない。数秒間マリア・ルイーサ王妃は、あの噂は嘘だ、恥ずべき極秘結婚など行われなかったのだと考えた。

実際ゴドイは幸福の絶頂で、ペパとの極秘結婚のことをすっかり忘れていた。数秒してから、やっと思い出した。くそっ！　彼の顔に「くそっ！」の表情が浮かんだが、あふれる幸福に、一瞬の動転はすぐ消え失せた――あの秘密結婚を抹消することなど造作もない。少し時間をかければ十分だろう。

王妃に大げさなお礼の言葉を振りまき、彼女の指輪をはめた、ぽっちゃりした手に何度も燃えるようなキスをし、ドーニャ・テレサ、王家との婚姻を国中に告知するのは二、三週間後にしていただきたいと申し出た。王妃は内心苦笑し、慎重に、何気《さりげ》なく延期の理由を尋ねた。ゴドイはもったいぶった返事をした。「私の昇格を妨げる政治的暗雲があり、安全をはかりたいのです」。

ゴドイは考えれば考えるほど、ペパとの極秘結婚を切り抜けるのは困難に思われた。結婚を取り消すのは簡単かもしれない。大審問官に合図をすればいい。婚礼の儀式を取り行った同郷の司祭は、はるか彼方の修道院に姿を消した。だがペパは何をしでかすだろう？　結婚が無効になったと知ったら、彼女のロマンスのヒロイン気取りで、大げさに自殺をはかるのではないか、それともドラマチックな、とんでもない愚行をやらかして、内親王との結婚を妨害するのではないか。ペパを抹殺することもできないわけではないが、ペパのいない人生など考えられなかった。

「万事休すだ」彼はミゲルに打ち明けた。

ミゲルは礼儀正しく同情の面持ちで耳を傾けたが、腹の中は煮えくり返るようだった。ゴドイは幸運に恵まれ、ますます傲慢になる。まるで僕を召使のように扱う。ゴドイの破廉恥な貪欲さ、見境ない情欲、御しがたい虚栄心に、反感は募るいっぽうだった。ゴドイが新手の悩みごとを携えて現れると、ミゲルは〈みずからまいた種はみずから刈らねばならぬ〉の法則に従わせようとした。王妃の計画は明らかに、ペパと引き離すことをねらったものだ。ゴドイはペパを手放したくない。王妃はこの二人の関係がいつまでも続くことに我慢できない。僕の手助けがなければ、ゴドイはおしまいだ。助けるだって？　この男とその空疎な傲慢さから解放されること、終生、絵に没頭し、大著『芸術家事典』を完成させることが、僕の真の幸福ではないのか？

ミゲルの脳裏に、果てしない孤独の中で絵や文書に囲まれて座っている自分の姿が浮かんだ――ゴドイがペパのとりこであるように、僕の思念は痛みをもって今なおルチーアのまわりを渦巻く。大いなる国家事業のわくわくするようなゲームは気晴らしになり、もはやそれなしでいられない、国家を陰から操作することをあきらめきれない。やはりゴドイを窮状から救おう。ミゲルは状況を熟慮し、計画を練り、ゴドイに説明した。ゴドイは貪欲にそれに飛びつき、有頂天になってミゲルを抱擁した。

ゴドイは国王に頼んだ。いわくありげに「男同士、騎士同士、個人的な件で助言をお願いしたいのですが」と切り出した。「どうしたんだい?」カルロスは尋ねた。「フランスとの一件は片付いたし、君の宮廷人としての件はまもなく片付くよ」。

こういう風に元気づけられて、ゴドイは国王に打ち明けた。

「実は、貴族の身分ではありませんが、ペパ・トッドという、すばらしい女性と恋愛関係にあります。何年も前からの付き合いですが、彼女はきっと、私の目前に控えた婚姻の知らせに胸を痛めることでしょう。方法はひとつしかありません。内親王との結婚は、フランス・イギリス・ポルトガルとの困難な交渉のためには、宰相の身分に栄光を添えることが必要だと、ペパ・トッドに説明してくださる方がいなければなりません」

「なぜ君が自分で彼女にそう説明しないのだね」。カルロス国王は聞いた。

「権威ある方から説明してもらわねばなりません。国王陛下から説明していただければ、彼女も私の結婚は国益のために行われたのだと納得し、彼女に与えられた恐ろしい苦悩を乗り越えることができると思います」

国王は熟考し、ウインクして、ほほ笑みながら聞いた。「君は、私が説明すれば、君がドーニャ・テレサと結婚しても、件《くだん》の女性はそれを甘受するというんだね」。

「国王陛下、無理にとは申しませんが、セニョーラ・トッドの家で私と晩餐を共にしていただければ、光栄に存じます。陛下がいらっしゃることで、彼女は圧倒されるでしょう。陛下が臣下によくなさっているように、臣民をかくも幸福にする、お優しいお言葉を彼女に二言、三言おかけになり、スペインの国益についてご説明してくださったなら、彼女は私との交際を断たずにすむでしょうし、陛下は私の残りの人生を幸福にすることができるでしょう」

「いいアイデアだ」。カルロス国王は少し考えてから言った。「私も異存はない。目立たぬ司令官の扮装で水曜日の六時四十五分に、セニョーラ・トッドの邸宅を訪問しよう」と約束した。

ゴドイはペパに、水曜日の晩餐に客人をお連れしてもいいかと尋ねた。

「どなたを?」。ペパは聞いた。

「国王陛下だよ」。ペパの落ち着いた顔は驚愕で固くなった。「国王陛下は君ととても知り合いになりたがっている」。

「私たちの結婚のこと、あなたからお聞きになったのね」とペパは嬉しそうに聞いた。

ゴドイは何とか切り抜けようとした。「国王は君に大切な打ち明け話があるそうだ」。

「なんの話か教えてちょうだい」とペパはせがんだ。「国王陛下が私の家に晩餐にお見えになるのだから、心の準備をしておきたいの」。

ゴドイは潮時と見て、ぶっきらぼうな断固たる口調で言った。「国王陛下は国家事情から、私が彼の従姉妹であるドーニャ・テレサと結婚することを望んでおり、それを君に伝えたいのだ。彼女に内親王の称号を与え、私にも親王の称号をくださることになっている。君との結婚は許されない」。

ペパは失神した。彼女が気がつくと、彼は優しい恋人であろうとした。「王室と祖国が要求している外交政策は、私が親王になってのみ、王室の一員たる最高の権威を帯びてのみ遂行できる。君にどんなに恐ろしい犠牲を強いているか、よくわかっている。だからこそカルロス国王がいらっしゃるんだ。国王の知己を得れば、君のマドリード社交界での地位は安泰だ。君にも大きな称号が準備してある。カスティリョフィエル伯爵、マラガに地所をもつ借金だらけの年配の、いや、非常な高齢の紳士がいる。この伯爵が君との結婚に色気を見せている。彼はもう天国が近いが、死ぬまでマラガにとどまるだろう。君はマドリードに居所を構えればいい」。

「でも、私とあなたはもう結婚しているのよ」。ペパは難色を示した。

「そうだよ。でも、果たしてそれを証明できるかな。あの神父は姿を消した。煙のごとく行方をくらました」。

ゴドイはいかにも困ったという顔をした。

ペパは、運命はゴドイとの合法的結婚を望んでいないのだと悟った。詩的なものを愛するいっぽう、堅実な現実感覚の持ち主であるペパにとって、夜の婚礼、闇の極秘結婚はけして意に添うものではなかった。ペパは運命に従う決心をした。

「運命の糸が導くままに」。彼女は夢見るように言った。「あなたは親王になるのね。カスティーリャの親王に！」。

「ひとえに君次第、君の気持ちひとつだよ」。ゴドイは紳士的に言った。

「国王陛下は私たちの怪しげな関係を是認してくださるかしら」

「国王のほうから君に歌を所望するだろう、請け合うよ」

「私、本当にカスティリョフィエル伯爵夫人になれるの？」

「さようでございます、奥方様」

「でも、老伯爵は借金だらけなんでしょう？」ペパは心配そうに聞いた。

「私に任せて」ゴドイは元気よく答えた。「カスティリョフィエル伯爵夫人に、スペイン一美しい貴婦人にふさわしい、そして親王マヌエル・ゴドイの最愛の女《ひと》にふさわしい暮らしを保証するよ」。

「私、あなたのためなら、いつ死んでもいいわ」

水曜日六時四十五分ゴドイに案内されて、カルロス国王はペパの邸宅を訪れた。目立たぬ司令官服姿で、のびのびと振る舞った。ペパをじっと見つめ、「ゴドイは国事に限らず、ほんとうにセンスがいい」と認めた。

国王は　ペパの肩を軽く叩き
美味しくできた煮込み料理オリャ・ポドリダを褒めた
彼女の歌うロマンスは
国王の心に染みた
今度くるときは　彼女に
自分のヴァイオリン演奏を聞かせると約束し
別れ際に　ちょっとした演説をした
「スペインの政治は
汗と労苦を要するものだ
ゴドイはさまざまな問題と心配事を抱えている
ねえ　あなたはこれからも素敵なスペイン女性でいておくれ

私の大切な友人ゴドイに
なにかと苦労の多い彼に
貴重な楽しい時間を設けてやっておくれ」

4　政略結婚

領地アレナーレス・デ・サン・ペドロで静かな生活を送っていたチンチョン・ブルボン女伯爵ドーニャ・テレサは、サン・イルデフォンソの宮殿に呼ばれた。王の面前で、王妃マリア・ルイーサは彼女に、国王ドン・カルロスが彼女を結婚させることを決意し、彼女に五〇〇万レアルの持参金を賜ること、夫君は顧問官の中でも最も優秀なマヌエル・ゴドイ平和大公であり、この機会に彼女はカスティーリャ内親王の称号を授かり、今後王家の一員に加わる旨を伝えた。

ドーニャ・テレサは最後の言葉をほとんど聞いていなかった。二十歳の彼女は華奢で、実際よりずっと若く見え、精一杯姿勢を保ってるものの、色白の顔は今や蒼白で、紺青の瞳はじっと動かず、唇を半開きにしていた。どこの馬の骨かわからない男のキスと抱擁に耐えねばならないと思うと背筋がぞっとし、ゴドイが厭わしかった。「なかなか、いい処遇でしょう。私は優しい従兄だと思いませんか」とドン・カルロスは満足げに言った。ドーニャ・テレサは国王夫妻の手にキスし、しかるべき言葉で礼を述べた。

ゴドイは未来の花嫁を表敬訪問した。彼女は、かつて平和大公ゴドイを高慢に見下した兄ドン・ルイス・マリア同席で、応対した。

若く真面目でほっそりしたドン・ルイス・マリアは高位聖職者の衣装に身を包んでいた。この数週間で彼は驚くべき出世をした。国王から親王の称号を授かったばかりでなく、セビーリャの大司教区に代わって、スペイン最高の聖職者の位であるトレドの大司教区と枢機卿の地位を得た。彼はもちろん、事態の関連を知っており、ゴドイと王妃の汚らわしい猿芝居を見通していた。自分の昇格が野卑なゴドイのおかげだとは虫酸が走る。内気で繊細な最愛の妹を、マリア・ルイーサ王妃の世にも厭わしい情人の人身御供にせねばならぬと思うと、胸が潰れるようだ。しかし、国王の言葉に異議を唱えることはできない。若き高位聖職者ルイスは信心深く、情熱的な愛国者だった。野心家ではなかったが、自己の天分を重んじており、妹を匹夫ゴドイの犠牲に供することも、自分がスペイン首席大司教になって政治へ介入する機会をもつことも、神の摂理なら、双方とも恭順の意をもって迎え入れねばならないと考えた。

ゴドイは未来の花嫁を検分した。ブロンドで細身の華奢なテレサは、ジュヌビエーヴ・ド・アブレ――後々まで私をうんざりさせた小娘だ――に少し似ている。こんながりがりに痩せた、由緒ある高位貴族の令嬢タイプは好みじゃない。所詮ペパの競争相手ではない。そもそも、このご令嬢は世継ぎを、子供を産めるのだろうか。だが彼はそんなことはおくびにも出さず大貴族らしく非の打ちどころのない振る舞いをした。未来の花嫁である内親王テレサに感謝の意を表し、幸福を約束し、青二才のルイス・マリアを枢機卿の地位にふさわしく恭しく取り扱った――その枢機卿のポストを与えたのはゴドイ自身なのだけれど。

その後エスコリアルの教会の、祖先のスペイン国王たちの墓所の上で、国王夫妻やスペインの大貴族たちが列席する中、ゴドイと内親王テレサとの婚礼が執り行われた。ゴドイは親王の称号を賜ったばかりではなかった。国王は彼に、コロンブス以外の誰にも賜ったことのない栄誉を与え、スペイン・インドの大提督に任命した。

同じ頃マラガで、ペパ・トッドがカスティリョフィエル伯爵と結婚した。新婦の伯爵夫人は数週間アンダルシアの夫のもとで過ごすと、夫をマラガへ残し、ひとりマドリードへ戻った。

ゴドイは約束通り、ペパに貴族の令夫人にふさわしい生活を送るチャンスを与えた。内親王の持参金五〇〇万レアルから、ペパことカスティリョフィエル伯爵夫人に五〇万レアルをまわした。五〇万――この言葉はペパの耳と心に詩のように響き、ロマンスを思い起こさせた。しゃれた私室にひとり座り、ギターをつまびき、夢見るように「五〇万」と口ずさんだ。「五〇万」と繰り返し歌った。

ペパは思いがけず転がり込んだ巨万の富で贅沢な暮らしをし、友人たちにも大盤振舞をした。かつて一緒に修行した役者仲間や、海軍将校トッドの未亡人であったころの知人、下士官、幾分いかがわしい中年のご婦人たち、女中頭コンチータの友人たちを招いた。マラガで彼女を雇った芝居興行主セニョール・リベロも招かれた。目端の利く金満家リベロは、有名な密輸業者や盗賊と交流があり、敵国商船拿捕にも関与していた。カスティリョフィエル伯爵夫人ことペパは、彼女の財政管理をリベロに任せ、それはおおいに彼女の利益になった。

甘美な成功の陰に、苦い思いもあった。宮廷に招かれないのだ。王妃マリア・ルイーサは、カスティリョフィエル伯爵夫人に拝謁と手にキスすることを許さなかった。貴族といえども、貴族の称号と栄誉を満喫できるのは、宮廷にお目見えしてからだ。

いっぽう宮廷やマドリードの町の人々は、カスティリョフィエル伯爵夫人がまだ根本において五百三十五名の貴族に数えられていないことに、なんの抵抗もおぼえず、彼女に引見を求めた。彼らは彼女の影響力を疑わず、ペパの屋敷は、大貴族と高位聖職者、俳優、下士官、いかがわしい老婦人たちが混在する奇妙なサロンになった。

宰相ゴドイはいつ姿を見せるのだろうと、皆は興味津々だった。彼はペパのサロンには近づかなかった。それどころか内親王テレサとたいそう仲睦まじく暮らし、彼の公爵邸で妻のために数々の盛大なパーティーを催し、まめな愛妻家であることを世間にアピールした。ペパの屋敷へは裏口からこっそり出入りした。

二か月が過ぎ、もう十分に礼を尽くしたと思ったゴドイは、ある朝ペパの引見にほんの数分だけ顔を見せた。二度目はもう少し長居をし、その後は頻繁に訪れた。しまいにペパの屋敷に小規模ながらゴドイの執務室が設けられ、まもなく異国の大使たちが来訪するようになり、今やたいていの国務はペパの屋敷で片付けられた。ペパはいくつもの官職や顕職を委託され、女中頭コンチータは、ゴドイの同僚である大臣以上に、国務に介入するようになった。

王妃マリア・ルイーサはそれを聞いても驚かなかった。ゴドイがペパから離れられないことは予想がついていた。それでも腹が立った。ゴドイから離れられずにいる自分自身を呪った。しかし自然がそのように定めたのだ。偉大な女帝でも男性と恋に落ちた人は他にもいる。人目をひかないだけよ。バビロンの空中庭園を築いたという偉大なる女王セミラーミスにはメノンだかニノだかがいたし、エリザベス女王にはエセックス卿が、女帝エカテリーナには寵臣ポチョムキンがいた。ゴドイを私の人生から消し去るわけにはいかない。でも彼の生意気な態度をあっさり受け入れることはできない。

ゴドイの「伯爵夫人」ごときのために大騒ぎするような、愚かしい真似はしない。ペパとゴドイの情事についてはまったく口外せず、無能な宰相を屈辱とともに解雇してやるわ。不興の理由は山ほどあるのよ。公的政治的な、立派な理由はごまんとあるの。宰相は役立たずで、しょっちゅう失態をやらかし、大逆罪と紙一重の貪欲さや怠慢な無能ぶりを露呈し、王室の威信を損なっている。

しかし尊大な雄の匂いを発するゴドイと向かい合うと、王妃の決意はたちまち消し飛んだ。「聞くところによると、スペインの政治はさる女のベッドで行われているそうね」と王妃はゴドイに切り込んだ。

ゴドイはすぐさま、今回は否認と宥めの言葉では切り抜けられないと悟った。ここは、とことん戦い抜かねばなるまい。「陛下のご不興のお言葉がカスティリョフィエル伯爵夫人をさすものであるならば、私がかの貴婦人の助言を時折受け入れているというのは本当です。彼女の忠告は優れています。根っからスペイン的で並外れて聡明なご婦人です」と丁重だが、冷ややかに喧嘩腰に答えた。マリア・ルイーサ王妃の堪忍袋の緒が切れた。

「このやくざ者！」。彼女は叫んだ。「貪欲で、見え坊で、ほら吹きの、ごろつきの、ろくでなし！　好色で不実で残虐な能無し！　私がごみ溜めから拾い上げてやったのに。下種《げす》男に輝かしい軍服を着せて、親王にしてやったのに。政治だって、私が苦労して伝授してあげたのよ。『かのご婦人から助言を頂戴しております』などと、どの面《つら》さげて言えるの！」。

王妃は指輪をはめた手で、不意に激しくゴドイの顔を右に、左に殴った。ゴドイの顔から血が吹き出し、きらびやかな正装は血で汚れた。

ゴドイは片手で王妃の手首をつかみ、もういっぽうの手で顔の血をぬぐった。一秒の何分の一か、王妃を殴り返し、辛辣な言葉を浴びせようかと思ったが、ペパに平手打ちをくわせた後の苦い経過を思い出し、今の平手打ちはあのときのしっぺ返しだと感じた。彼は丁重に、静かに言った。

「王妃様、本心とは思えません。スペイン王妃ともあろう方が、今おっしゃったような特性を備えた男性を、一番の助言者に、宰相に任命されるとは思えません。きっと王妃様は一瞬、ご自分を見失われたのでしょう。このような出来事の後、陛下の御前に、私がいることは望まれないでしょう」と恭しく言うと、しきたり通り膝をかがめてお辞儀し、王妃の手にキスをし、後退りしながら、退出した。

帰宅したゴドイはワイシャツの前飾り、上着、白いズボンにまで血の染みがついているのに気づいた。「鬼ばばあめ！」。怒りに燃えて罵った。

王妃は復讐をもくろむに違いないと思ったゴドイは、ミゲルに相談した。ミゲルはゴドイの置かれた状況を危険とは思わなかった。

「王妃はあなたの邪魔立てをするかもしれません。罷免するかもしれません。でも、それ以上、手出しできないでしょう。親王ゴドイを宮廷から追放することはできません。今、あなたのポストに誰か後釜が座っても、どうということはありません。どのみちスペインはフランスに嫌々ながら譲歩せねばならず、愛国の殉教者ゴドイが引っ込んでいる間に、後任が責任を取るなら、それはそれで結構なことではありませんか」

ゴドイは熟考した。ミゲルの考量に納得し、明るい気持ちになった。「私、マヌエル・ゴドイは万事うまくやってのけたというわけか」とほっとし、「ほんとうに、私は静観して待てばいいと思うかい？」と聞いた。

「私があなたなら」ミゲルは忠告した。「王妃の先手を打つでしょう。なぜ、まっすぐ国王ドン・カルロスのもとへ赴き、罷免を願い出ないのですか」。

ゴドイはカルロス国王のもとへ赴いた。

「最近、妃殿下と私との間に政治上の問題で、深刻な見解の相違があり、効果的な共同作業はもはや不可能と思われます。こうした状況では、将来国事の指導は、マリア・ルイーサ王妃おひとりにやっていただきたいと国王陛下にお願いすることが、祖国のためになるのではないかと思います」

カルロス国王がちゃんと飲み込めずにいるので、ゴドイは明言した。

「私の官職を陛下の手に戻してくださるようお願いします」

カルロスは仰天した。「君のスペイン人としての誇りはわかる。でもマリア・ルイーサだって、きっと悪気があったわけじゃない。私が丸くおさめてあげるよ。わが親王殿、そんなことを言わないでおくれ」。

ゴドイが頑として譲らないので、カルロスは大きな頭を振りながら言った。

「今までかくも順調に運んでいたのに。晩に、私が狩りから戻ると、晩に、王妃か君か、あるいは二人一緒に来て、何があったか報告してくれて、私は署名して飾り文字を書く。君の代わりに他の人間が来ても、果たして信頼できるかなあ。想像もできない」

国王は悲しげに座り込んだ。ゴドイも黙っている。

「せめて」しばらくすると国王は、少し元気になって話し始めた。「君の後任には、誰がいいか、助言してくれるね」

ゴドイはこの要請を待ち受けていた。大胆で抜け目のない万全の計画を練っていた。ミゲルはたびたび有徳の士にありがちな躊躇に襲われるので、この件はミゲルにも相談しなかった。政府の二つの要職を、相対立する政治志向をもつ人物に委ねてはどうか。いっぽうが敢行しようとすると、もういっぽうがそれを阻む。その結果、内政は麻痺状態になる。国王夫妻はまもなく救い主を求めてあたりを見回すだろう。そのとき救い主となる人物はひとりしかいない、つまりマヌエル・ゴドイだ。

ゴドイは国王に、「首相には自由主義者を、法務大臣には教皇権至上主義者を任命してはいかがでしょう。こうすれば国王陛下は、困難な現今にあって、二大勢力の不興をかわずにすみます」と助言した。

「いい考えだ。だが、王妃は承知するだろうか?」

「承知なさいますとも」

ゴドイは国王を安心させた。もちろん、とうに考慮済みである。念頭にあった二名をあげた。どちらも王妃マリア・ルイーサのベッドのお相手、王妃が明らかな好意のサインを送っていた男性だった。

ひとりはドン・マリアーノ・ルイス・デ・ウルキーホだった。長くフランスに住み、フランスの哲学者たちと交友があり、フランスの書物を翻訳し、公然とヴォルテールを引用した。王妃マリア・ルイーサは、急進的な自由主義は嫌いだったが、ウルキーホの凛々《りり》しい容貌と堂々たる体格に好感を抱き、異端審問所がウルキーホに対して問題を裁判沙汰にしようとしたとき、庇護の手を差し延べた。

もうひとりはドン・ホセ・アントニオ・デ・カバリェーロだった。こちらは反啓蒙主義者で、彼の政治志向は中世のそれであり、スペイン聖職者の進歩分子に反対するローマ側の主張をすべて支持した。王妃は、かくも急進的な教皇権至上主義者に、その反対派に劣らぬ好意を示した。王妃はカバリェーロの肉体を称賛し、女官のひとりを彼と結婚させ、結婚式にみずから列席した。

ゴドイが国王に進言したのは、この両名である。国王は悲しげにうなずいた。

「どうにもならないのか？　君は本当に去ってしまうんだね？」何度も聞いた。

「揺るぎない固い決意です」ゴドイは答えた。カルロス国王は目を潤ませて、彼を抱擁した。

その後ぼんやり座っていた国王は、親愛なるゴドイに深い感謝の手紙を書いた。

「委託された　あまたの要職において
あなたは
スペインと世界と歴史の前に
政治家として
平和を愛する者として
真価をあらわしました
生涯にわたって
深い感謝を捧げます」
手書きで
すぐ下に書き添えた
「私こと国王」と
飾り文字で書き添えた
カルロス国王独特の

ト音記号に似た飾り文字
カルロス国王は
署名に添える飾り書きを
愛着を込めて描いた
かつて
スペインを支配した
歴代の王の名が並ぶ
エスコリアル城のために
彫ったときのような愛着をこめて

5　妖怪たち

マルティン・サパテールは夏を郊外の別荘で過ごしていた。マルティンはラバ引きのジルと一緒に到着したゴヤを見て、ぎょっとした。ゴヤの顔は大きな帽子の陰になっているが、やつれて、髭は伸び放題、表情は険しかった。

ラバ引きのジルがゴヤの身に起こったことを説明している間、ゴヤは怒ったような顔つきで座っていた。マルティンが口を開く前に、ゴヤは横柄に「ジルが旅籠《はたご》に行けるように謝礼を、酒代をやってくれ。難儀な長旅はこれで終わりだ。二〇〇レアルやってくれ」と指図した。法外な酒代である。ゴヤとジルは酒袋から最後の一口を飲み干し、ラバ引きは表情豊かに風変わりな雇主に聖母とあらゆる聖人のご加護を祈った。ゴヤは長旅の連れが二頭のラバとともに、サラゴーサと反対方向の夜の闇へ消えていくのを見送った。

ゴヤは自分の身を起こった恐ろしい出来事、特に医師ペラールが説明した身の毛もよだつ狂気の危険を友に語りたくてたまらなかったが、さしあたり黙っていた。マルティンはどんな処方をしてくれるだろう。かねてからゴヤは、言葉の魔力に不安を抱いていた。頭の中で明晰に考えられた言葉はデーモンを引き寄せる。口に出された言葉はもっと危険をはらみ、明文化された言葉は危険きわまりない。

初めの数日、二人は、マルティンの年老いた小作人タデオとその妻ファルカに世話してもらい、マルティンの別荘ですごした。メランコリックなタデオは、ことのほか信心深かった。何時間も黙って座ったまま、目を閉じて宗教的瞑想に耽った。妻ファルカは柔和で夢想的な信心家だった。彼女はみずから「三身一体の奴婢《ぬひ》」を任じ、彼女の贖罪司祭は三身一体の名のもとに、文書でこの告白を受け入れることを認めた。ファルカは自室にある蝋でできた聖母マリア像の侍女として仕えることを義務としていた。定期的に花や灯を新しく取り替え、蝋の聖母像の前で定刻に祈りを捧げ、季節の変わり目や大事な日には聖母像の衣装を着せ替え、就寝時には聖母像にも寝間着を着せた。さらに三身一体の代行者たる贖罪司祭に毎週四レアル献金していた。

マルティンは言葉少なに、たえずゴヤを気遣い、傍らにいた。ゴヤは、マルティンがしばしば激しく咳き込むことに気がついた。ファルカにかねてから医者に行くように勧められていたが、マルティンは「風邪ぐらいで大騒ぎするんじゃないよ」と言って、ゴヤ同様、医師を「床屋」といってスペイン風に軽蔑していた。

ゴヤは、マルティンに自分の相手ばかりせずに、町で仕事に専念するよう主張した。ゴヤがひとりでいると、ファルカが来た。マルティンに自分の相手ばかりせずに、町で仕事に専念するよう主張した。

ゴヤは、マルティンに自分の相手ばかりせずに、町で仕事に専念するよう主張した。ゴヤがひとりでいると、ファルカが来た。彼女は読み書きができなかったから、ゴヤと意思疎通するのは容易でなかった。だが、忍耐強く、おしゃべりな彼女は不幸な聾の旦那を慰め、助言するのを義務と感じ、カテドラルのランプ係ブラウリオ・サストレと、その孫ペドロ・サストレの話をした。

「ブラウリオは片足を失いましたが、一年間ピラールの聖母様の聖別されたランプの油を患部に塗っていたら、足がまた生えてきたんですよ。孫のサストレも大いなる神の力にあずかり、不思議な治癒力を授かりました。とっつきにくい男ですが、ドン・フランシスコのような旦那のためなら、力を貸してくれるでしょう」と言って、ペドロの住まいを教えてくれた。少年時代、幾度となくゴヤが伏し目がちに傍らを通っていた家だった。今はもう、ペドロも大変な高齢に違いない。

次の日の晩、ゴヤはひとりでこっそりと、マルティンから借りた簡素なアラゴン人の服装で、丸い帽子を目深におろし、サラゴーサの郊外に出かけた。ペドロの家はたやすく見つかった。ゴヤは引き止めようとする家人をわきへ押しやり、奇蹟を行う治療師ペドロの前に立った。

予想通り、大変な高齢の皺だらけの小男だった。治療師は、本当に聾者なのか、あるいは聾者のふりをしているだけなのか、怪しげな名を名乗る突然の来訪者ゴヤに不審の念を抱いた。異端審問にびくびくしながら生きてきたペドロは、こうした力づくの闖入者に猜疑の目を向けるいっぽう、自分の治癒法を確信していた。この治療は、患者が信じているときだけ効き目がある。ゴヤの話を聞くと、特に優れた聴覚をもつ野犬の油でできた香油を与え、ゴヤの耳垢を蝋に混ぜたろうそくをピラールの聖母に献納するように勧めた。ゴヤはペラール医師が描いてみせた内耳の図と、わかりやすい説明を思い出し、ペドロを陰鬱な目付きでながめ、一〇レアル差し出した。ペドロは「雀の涙ほどのお代ですな」と力強く明瞭に発音したが、ゴヤは理解せず、出て行った。

その間に、誠実な友マルティンは、驚くべきスピードで手話の基本をマスターした。ゴヤとマルティンは練習に励んだ。ゴヤはこうした訓練の際に、しばしば冗談を言ったが、悪態をつき、マルティンを罵ることのほうがもっと多かった。両手と唇の動きに鋭く留意せねばならない今、いかに、これまで手と唇の特色を見過ごしてきたかに気づいた。

マルティンの肖像画制作にとりかかった。ゆっくりと入念に、マルティンの、そしてゴヤの厚い友情が画面全体から伝わってくるような絵を描いた。完成すると、絵の中のマルティンの前に置かれた手紙に、「わが友マルティン・サパテールへ、ゴヤが君のために心をこめて描きました」という文言を記した。マルティンはカンバスの中に、自分の大きな鼻と聡明で好意あふれる丸顔とサインの文言を見、友ゴヤのためなら、どれだけ尽くしても尽くし足りないと感じた。

数日後、マルティンがサラゴーサに仕事に行っている間、ゴヤは聾者がひとりで街頭をうろつくのはどんなものだろうと試しに出掛けた。奇蹟の治療師を訪問したときと同じ簡素なマントに丸い帽子姿で、ゴヤはサラゴーサへ忍び出て、馴染みの町を歩き回った。

古い橋の手摺《てすり》に寄り掛かり、サラゴーサを眺めた。有名な町と大河エブロが小さく陰気に見える。俺の心のサラゴーサは、活気ある賑やかな町だった。今や町は色あせ、沈んだ気配が漂う。厳めしく悲しげで陰鬱な町になってしまった。若き日の俺が、この町に見た、あの独特の陽気さはどこへ消えてしまったのだろう。

教会や豪壮な屋敷はもとのままあるが、聾者ゴヤの心は閉ざされたままだった。長年師事した画家ルサーンの家の傍らを通り過ぎた。敬虔で勤勉な尊敬に値する人物だった。何年もルサーンのもとで時間を空費したが、憤りや軽蔑はまったく感じなかった。異端審問所が秘密裏に恐ろしい会談を行っているアルハフェリアの傍らを通ったが、なんの恐怖も感じなかった。ソブラディエル館やエスコラピオ修道院の傍らを通った。これらの建物の壁に、かつてフレスコ画を描きながら、なんと過度の希望・勝利・敗北を味わったことか。つくづく眺めるまでもなく、思い浮かべるだけで、失望が押し寄せてくる。

このたいそう古い教会には、口を開いて、司教座教会参事会会員たちに語りかけるキリスト像がある。ここは聖ミゲルの礼拝堂だ。斬首された頭部が大司教ロペ・デ・ルナに告解し、彼から罪の許しを得ようと転がり込んだ場所だ。少年時代、夢にその生首が幾度となく現れ、そのたびに悪夢にうなされた。中年の聾者になった今、この敬虔で陰鬱な場所に戦慄をおぼえることもなければ、微苦笑すらわかない。

ここはエル・ピラール大聖堂だ。俺の最高の希望の場、最初の大成功の場であると同時にこのうえない屈辱の場だ。義兄バイユーに恥辱を、後まで尾を引く恥辱を加えられた場だ。聖堂内陣に俺のフレスコ画がある。「セニョール・ゴヤ。あなたに仕事を依頼します」と司教座教会参事会会員ドン・マテオが言ったのは、俺が二十五歳のとき、十二月九日のことだ。人生最大の出来事、天にも昇る心地だった。アルバ女公爵と一緒にいるときや、マリア・ルイーサ王妃が「『カルロス四世の家族』は傑作ですね」と表明したときですら、あれほど幸せな気持ちになったことはない。もっとも司教座教会参事会の面々は、画家アントニオ・ベラスケスの要求額があまりにも高かったから、彼の競争相手である俺に依頼してきたのだ。彼らは不当に短い期間で完成することを強いたばかりか、俺の下絵に「識者が判断する」という屈辱的な条件をつけてきた。俺はなにもかも呑んだ。報酬一万五〇〇〇レアルが問題じゃない。聖堂内陣の天井画を描けば、世紀の栄誉になると確信していたからだ。だが、このいつは屑だ、低俗な代物《しろもの》だ、へぼ絵師のカルニセーロのほうがうまくやれたろう。これが三身一体とは、このへブライ文字を付した愚かしく薄ぼんやりした興ざめな三角の構図が！　この天使は何とぶざまなことか！　雲は何とわざとらしいことか！　天井画全体がくだらぬ代物《しろもの》だ！

エル・ピラールの礼拝堂へ、恥辱の場へ赴いた。俺の描いた丸天井だ。「美徳」――信仰・剛毅・慈愛・堅忍だ。バイユー、司教座参事会の大司教、ジルベルト・アルエが「できそこない」と評した絵だ。この「美徳」は皆さんのおっしゃる通り、たしかに上出来とはいえないが、義兄バイユーの思惑や言辞だって、その場限りのものじゃないか。聖堂内陣の絵の勝利は雲散霧消し、あの日の屈辱は今も胸に焼き付いている。

ちくしょう！　心の内で思い、呪詛の言葉がこんな神聖な場で胸に込み上げてくるのに我ながら驚いた。ここはエル・ピラールだ。伝説によると、紀元後まもなく、イベリア半島の布教にあたっていた聖ヤコブの前に聖母マリアが表れ、柱（ピラール）の上に立つ自分自身の小像を彼に与え、その聖なる像を祭るための教会をエブロ河畔に建てるように言ったという。それがエル・ピラール大聖堂の名の由来だ。聖なる柱は大切な信仰の対象であり、信者たちは聖なる柱にキスすることが許された。

ゴヤは柱にキスしなかった。反抗心のせいでもなければ、聖母マリアに敬意を表したくないわけでもない。ただ聖母に助けを乞いたいと思わなかった。アトチャの聖母へ鞍替えする前は、懐疑と葛藤に苛まれるたびに、苦境に陥るたびに、どんなにピラールの聖母に祈ったことだろう。青少年時代あれほど熱心に礼拝したピラールの聖母像に対して、今やまったく信心を持てなかった。青年時代はとうに俺の中で死に絶えた。何の感慨もなかった。

大聖堂を後にし、町中へ戻った。〈去年《こぞ》の小鳥、今、いずこ〉――去年も、本当は小鳥などいなかったのではないか。俺の心のサラゴーサ、あの少年の日の活気ある陽気な町サラゴーサは、本当のサラゴーサじゃない。サラゴーサは、あの当時もわびしい埃っぽい町だったのだ。無音のサラゴーサが、真のサラゴーサなのだ。聾者の俺が今、音のない世界で見ているように、わびしい埃っぽい町だったのだ。

マルティンの別荘へ戻ると、ゴヤは殺風景な自室の白い壁に囲まれ、ひとり、ぽつねんと座った。ゴヤの周囲にも内部にも殺伐たる荒野が広がっていた。

再び白昼に、あの深刻な夢魔が襲ってきた。ゴヤの内部を、猫の頭、フクロウの目、コウモリの翼をもつ妖怪どもがうずくまり、飛び交った。

歯をくいしばって全力をふり絞り、鉛筆を手に取り、妖怪どもを紙に書きつけた。そら、やつらはそこにいる――妖怪どもが紙の上にいるのを見ると、ゴヤは落ち着きを取り戻した。

その日ばかりでなく翌日も翌々日も、彼は二度、三度、いや、もっと頻繁に妖怪どもを自分の外へ逃がし、紙に書きつけた。それは妖怪どもをつなぎとめる手段であり、自分を妖怪どもから解放する手段だった。紙の上なら、妖怪どもがうずくまろうが、飛ぼうが、もはや危険はなかった。

マルティンはゴヤをそっとしておいたので、約一週間ゴヤは殺風景な自室でひとり、妖怪どもを相手に絵を描いて過ごした。デーモンに対して目を閉じることもなければ、妖怪どもから頭をかばって机に身を投げ出すこともなかった。彼らのほうでゴヤに正体を明かすまで、彼らの顔をじっと見すえ、しっかり捕らえ、妖怪どもと自分の不安と狂気を強引に紙の上に描き出した。

ゴヤは鏡の中に、あるがままの自分を見た。頬はこけ、髪は乱れ、髭もじゃだ。だが、頬は以前よりふっくらしているし、皺も目立たない。サンルーカルで虚脱状態の直後、鏡にうつった、あの絶望した男の顔ではない。今なら、あの時の深い苦悩の顔が描ける。

アルバ女公爵の顔を何度も思い起こした。あのいかがわしい『彼女は飛び去った（昇天――まやかし）』の絵は、彼女にだいなしにされて、永遠に失われてしまったが、もう一度描こうとは思わなかった。彼女が魔女の集会に馳せ参じる絵、もっと明快で辛辣な絵を描いた。永遠に変貌を続ける彼女のたくさんの顔や姿を描いた。取り持ち女に耳を傾ける、夢見る美少女。たくさんの求愛者に囲まれ、誘惑し拒む女性。デーモンに追われ、デーモンの前を飛び、デーモンの様子をうかがう女性。魔女の集会そのもの、『魔女の夜宴』を描いた。悪魔が、蔦のからまる巨大な角と、丸く大きな炎のように輝く瞳をした強大な牡山羊の姿で正座している。回りで魔女たちが踊り、どくろを捧げ、乳飲み子を苛めている。牡山羊は前足を高々と掲げて、この夜宴を、魔女の集会を祝福している。夜宴の先頭に立つ、はつらつとした魔女はアルバ女公爵だった。

来る日も　来る日も　ゴヤは描いた
脳裏に浮かぶものを　次々と描き出した
彼の中の夢魔を解き放った
ネズミの尾をした　犬の顔をした
蛙の口をしたデーモンが　妖怪どもが
彼の脳裏から這い出し飛び回るに任せた
いつもその中にアルバ女公爵がいた
ゴヤは　激しい怒りを込めて描き
彼らをとらえた
彼らをそんな風に描くことは
ゴヤにとって苦しみであると同時に喜びだった
より望ましい狂気だった
愉快ですらあった
ただぼんやりと座って
妄想に弄ばれる
理性が砕かれ胸が潰れるような　悲痛さはなかった
俺は描いている限り　突拍子もない人間でいていいんだ
これは炯眼《けいがん》の狂気だ
自分でも嬉しかった　楽しかった
ゴヤは描き続けた

6　狂気

マルティンのほうから何も聞いてこないので、ゴヤには好都合だった。

だが具合の悪いこともあった。ここ数日描いていたものは、自分の思いをぶちまける手段だったが、ゴヤはペラール医師が開示した狂気への恐怖を誰かに直接ことばで打ち明けずにいられなかった。いつまでも胸の内にしまっておけるものではない。恐ろしい秘密を理解し、了察してくれる人間が必要だった。

ゴヤはマルティンに絵を見せた。全部ではないが、そこには猫かぶりの妖婦、アルバ女公爵がさまざまな形姿であらわされていた。マルティンは衝撃を受け、興奮のあまり激しく何度も咳き込んだ。絵を一枚一枚鑑賞し、脇へ置いては、また手に取り、あらためて、つくづく眺めた。友ゴヤが言おうとしていることを、悲痛な思いで懸命に探ろうとした。

「言葉では言い表せないから、こういうやり方で表現したんだ」

「わかるような気がするね……」とマルティンは控え目に、少し自信なげに答えた。

「肝を据えて」とゴヤは彼を励ました。「そうすれば、ちゃんと理解できるよ。絵は普遍言語だから」。もどかしい思いだった。「わかるよ」。マルティンは彼を宥めた。「事の顛末が何もかもわかるよ」。

「全然わかっていない！」。ゴヤは怒って言った。「彼女がどんなに大嘘つきか、誰にもわかるもんか」。

ゴヤは、彼女の気まぐれと底知れぬ堕落について語り、諍いと彼女が絵を引き裂いたさまを述べた。不思議なことに話していると、言葉とは裏腹に、彼女に対する怒りの侮蔑をまったく感じなかった。むしろ彼女の最後の言葉、強く真摯な愛の言葉が、熱くはっきりと胸の内によみがえってきた。だが、それを考えたくなかった。それを考えることをみずからに禁じた。自分の絵から新たに怒りをおぼえ、マルティンに「彼女を永久に俺の人生から締め出してやる、それがいい」と威張ってみせた。

それからゴヤは、友に恐ろしい秘密を打ち明けようとした。異様な顔と妖怪の絵を見せた。

「これはわかるかい?」

マルティンは狼狽して見つめている。「たぶん……」

「わかってくれよ!」。ゴヤはせがみ、世界のあらゆる絶望を物語るまなざしをした髭面の自画像を見せた。驚くマルティンが当惑しながら、描かれたゴヤと実物のゴヤを見比べていると、ゴヤは言った。「説明するよ」と、マルティンにもほとんど聞き取れないほどの小声で言った。「これはとっても大事なことだ、極秘だよ。答える前に、十分に考えてくれ。だが答えを紙に書いてはいけない」。

ゴヤは、ペラール医師から開示された彼の聾と狂気の密接な関係について語った。「ペラールの言う通りだ。かねてから俺は局部的に狂っていた。俺が描いた妖怪どもは、本当に俺がこの目で、この狂った目で実際に見たものだ。俺が描いた『狂えるゴヤ』こそ、俺の真の姿だ」。

マルティンは狼狽ぶりを悟られまいと努めた。

「まあ、じっくり考えてくれ。忍耐強く、ゆっくりしゃべってくれないか。君の唇の動きをみて、君の言葉を読み取るから」。そう語るゴヤの謙虚さが、マルティンの心を重くした。

しばらくしてからマルティンは慎重に、はっきりと答えた。「自己の狂気をかくも正確に見た者は、抜きん出た理性の持ち主に違いない。自己の狂気をかくも明瞭に、みずからの外に際立たせることができる者は、みずからを治癒する最良の医師であるに違いない」。マルティンは慎重に言葉を選んだ。簡潔だが、入念に考え抜かれた言葉は、ゴヤにとって慰めとなった。

今までゴヤは母親を訪問していなかった。母と話さねばならぬ。母も、息子のサラゴーサ滞在を噂に聞き、息子が訪ねてこないので気を悪くしているかもしれない。これまでは母に会おうという気持ちに、どうしてもなれなかった。自分の状態が恥ずかしかったのだ。マルティンと話すと、やっと心の準備ができた。

まず少し上等の衣服を調達し、床屋へ行った。「髭を剃ってくれ」と横柄に指示し、床屋の愛想のよいおしゃべりに、もごもごと無愛想な返事をした。しだいに床屋は、この客は聾者だと気がついた。ゴヤの肌はひどく敏感になっていて、髭を剃られると痛みをおぼえた。

もじゃもじゃ髭を剃り、髪を櫛で整えると、まるで別人だ。驚いた床屋は、いぶかしげに、おずおずと客を見上げた。店に入って来たときは、だらしない無法者、店から出て行くときは、不遜な貴人だ。

ゴヤは母に前もって来訪を告げておかなかった。期待するいっぽうで、うしろめたさがあり、通りをうろついた。髭のない顔は常ならずツルツルで、髭剃り跡がヒリヒリ痛み、やけに風がひんやりと感じられた。回り道をして、ゆっくりと母の住む小さな家へ赴いたが、家の前に佇み、通りを行ったり来たりした。ようやく二階へのぼり、ドアのノッカーに触れた。扉が開き、聾者ゴヤは母の前に立った。

「お入り」。ドーニャ・グラシアは言った。「座って、ロソリをお飲み」。彼女は強く言った。ロソリは焼酎・砂糖・シナモン・アニスなどで作った飲み物で、子供のころ、ゴヤは病気や具合の悪いときに、よくこれを飲んでいた。「なにもかも分かっているわ」とたいそう明瞭に言って、ロソリの入った瓶を持ってきた。「もっと早く来ればいいのに」と愚痴った。

彼女は、息子の前に瓶とグラスを置き、クッキーを添えると、息子の向かい側に腰を下ろした。甘く強いリキュールの香りを嗅ぎながら、ゴヤは母と自分のグラスに注いだ。一口飲んで、舌なめずりをし、クッキーをロソリに浸して、口に押し込み、母の顔を注意深く見つめた。

「お前は頭でっかちになって、ずいぶん高慢になったね」。母の唇から、そんな言葉が読み取れた。「いつも順風満帆とはいかないことぐらい、お前だってわかっているでしょう。そのうち天罰が下りますよって、いつも言い聞かせていたのに。〈きく耳を持たない者こそ、最悪の聾者〉なのよ」。古い諺を引用した。「お前は耳を傾けようとしなかった。憐れみ深い神様が、慈悲深い罰を下されたのよ。神様がお前を聾者にする代わりに、素寒貧にしたときのことを想像してごらん」。

この思考の流れは、ゴヤによく理解できた。母の言う通りだ、母は当初から警告しており、息子の出世も栄光もあまり評価していなかった。郷士《イダルゴ》の娘だったから、当然「ドーニャ」を名乗っていたが、夫の側で農民風のつましい生活を送り、やりくり算段は手堅く、服装は質素、田舎暮らしに順応していた。父の死後、ゴヤはマドリードを母へ呼び寄せたが、母は都会暮らしに耐えられず、ほどなくサラゴーサへ戻った。いつも息子の幸運に不信の目を向け、幸運は長続きしないと言って憚らなかった。今、息子は聾者、不具者として彼女の前に座り、ロソリで慰められ、母に罵られるがままになっている。

ゴヤは大きな丸い頭でうなずきながら、不幸を少しばかり誇張してみせ、母を満足させた。

「仕事の上でも、これからは問題が増えるでしょう。大貴族たちは忍耐心に欠けるから、自分たちのおしゃべりを画家がよく理解できないとなれば、依頼は減るでしょう」

「私への三〇〇レアルの送金を割愛する気？」。すぐさま嫌みが飛んだ。

「ちゃんと送金しますよ。たとえ麻痺した腕で石炭掘りをすることになっても」

「あいかわらず偉そうなことを言って。少しは薬にしなさい。耳が聞こえないなら、たくさんのことを見るようにしなくては。お前はいつも、ご大層な友人たちがいると吹聴していたね。お前は誰でも友人と思いたがるけど、耳の聞こえない人間と交際したがる者はいないのよ。今こそ、誰が真の友人かわかるでしょう」

こうした厳しい言葉の陰にゴヤは、母が息子をいかに誇りに思っているか、息子が不幸の中で真価を発揮することをいかに強く望んでいるか、安っぽい同情でいかに息子にきまり悪い思いをさせたくないかを感じ取った。

ゴヤが暇乞いすると、母は「気が向いたら、いつでも食事においで」と誘った。その週、何度もゴヤは母の家で食事をした。母はゴヤの子供時代の好物をよく覚えていて、ニンニク・玉葱・油・香辛料をたっぷり使った簡素な料理、濃厚な煮込み料理、略式オリャ・ポドリダを供した。二人は言葉少なに、料理に舌鼓を打ち、たっぷり食べた。

母にモデルになってくれるよう頼んだ。「お金を払ってくれる顧客で試す前に、ちんけなモデルで試してみるのも、悪くないわね」。実のところ、母は気分をよくしていた。ゴヤは、普段着姿のあるがままの母を描くことを提案したが、彼女は晴れ着姿で描いてもらうことを望んだ。ゴヤは母のためにマンティーリャと、薄くなった頭髪を隠す新しいレースの頭巾を買ってやるはめになった。

静かな写生の時間が流れた。母は黙って座っている。秀でた額、くぼんだ老いた瞳、表情豊かな鼻の下に長めの唇がきっと結ばれていた。片手には閉じた扇、もういっぽうの手にはロザリオ。写生は、母と息子に喜びをもたらし、忍耐を要求した。ついに完成した。カンバスから、生まれつき利発で、運命から知恵を授かり、慎ましく生きる術を心得、残りの人生を謳歌する意欲にあふれた人生経験豊かな老女が、こちらを見ている。深い愛をこめて、ゴヤは老母の骨張った力強い両手を描いた。ドーニャ・グラシアは自分の肖像画に満足した。

「お前が、びた一文払わない老女の肖像画のために、いやな顔をしないどころか、かくも多くの努力とカンバスをさいてくれて嬉しいわ」

ゴヤは金メッキ職人の兄トーマスのもとへ赴いた。いっこうに顔を見せない弟に、トーマスは気を悪くしていた。会話の最中にトーマスは、「お前は、この神の警告にしたがって、家族のためにもっと何かすべきだという気にならないのかい。マドリードに私たち一家が移住するというのは、どうだろう」と尋ねた。ゴヤは「明日はマルティンと一緒に狩りに行く」と、とんちんかんな返事をした。

ゴヤの義兄である主任司祭マヌエル・バイユーは、ゴヤがかくも長く義兄の宗教的な慰めを求めることを躊躇しているのは、天の戒めが十分でないしるしだと考えていた。ゴヤがマヌエルを訪問すると、ゴヤが描いた今は亡き宮廷画家バイユーの肖像画、妻ホセファによってサラゴーサの実家へ送られた肖像画が、薄暗い隅に掛けられていた。

ゴヤは直截に「この肖像画をどう思いますか」とマヌエルに尋ねた。「偉大な芸術だが、描き手はかたくなな心の持ち主のようだ」という答えが返ってきた。

マヌエルはゴヤの不幸に同情する言葉を述べたが、そこには罰当たりな芸術家の高慢さがついに破滅を招いたのだという、ほとんど意図しない微かな意地悪い喜びが混じっていた。

サラゴーサの名家サルバドール家、グラサ家、アスナー家の人々が、しきりにゴヤと交際を求めた。ゴヤは口実を設けて丁重に招待を断った。フェンデトードス伯爵は、ゴヤが二度目の招待に応じないでいると、マルティンを通して、訪問してもよいか打診してきた。「手話の基本をマスターしているので、会話は難儀ではないでしょう」と伯爵は言った。伯爵の謙虚で粘り強い誘いに、ゴヤは心を動かされた。これまで、故郷の村フェンドトードスを支配している伯爵に対して、自分の家族はどんなに畏敬の念を抱き、気おくれしてきたことか。

エル・ピラール大聖堂の大司教までも、ゴヤを訪問した。バイユーと争っていたころ、ゴヤに対して意地悪く高慢な態度をとっていた、あのドン・ジルベルト・アルエだ。たいそう高齢の声望ある大司教の訪問ほど、ゴヤの大出世を決定的に証明するものはなかった。ドン・ジルベルトはことのほか丁重で、サラゴーサが生んだ最も偉大な芸術家、首席宮廷画家を襲った不運をいかに遺憾に思うか、きれいな小さな字で書きつけた――アラゴン一偉大な芸術家はもはや故人バイユーではなく、この自分なのだ。

さらにドン・ジルベルトは、「大聖堂のために仕事を引き受けてくれれば、ことのほか嬉しいのですが……」と言って、それを書き記した。「小さな仕事で、あまり時間もかからないと思います。教会参事会は二万五〇〇〇アル出します」と、きれいな文字で急いで付け加えた。

一瞬ゴヤは自分が読み間違えたか、それとも大司教が書き違えたのかと思った。二万五〇〇〇レアル――それは、かつて高名な画家アントニオ・ベラスケスが何か月もかかる仕事に報酬として要求し、教会参事会が承諾しなかった金額である。今や教会参事会のほうから、この俺に二週間の仕事をその額で依頼したいという。わが心よ、あまり有頂天になるなよ――ゴヤは自分に命じ、一刻も無駄にせず、愛と恭順をもって制作にかかろうと思った。

敬虔な作品にとりかかろうとすると
マドリードから訃報が届いた
手紙の主ミゲルは
言葉少なに
ゴヤの息子マリアーノの死を伝え
すぐさまマドリードへ
妻ホセファのもとへ戻るよう促した
ゴヤは大急ぎで旅立った

今回は便利な
急行郵便馬車を使った
マルティンが旅に連れ添った
ゴヤはマルティンに
何かと世話されるがままになっていた

7　息子マリアーノの死

妻ホセファに会ったゴヤは、妻の唇がなにやら動くのを見たが、何を言っているのか理解できなかった。彼女はまるで別人のようになった夫を見て驚いたが、平静を装った。

小さなマリアーノは数日前に埋葬されていた。不器用な慰めの言葉を交わしたが、言葉など何の役にも立たない。ゴヤ夫婦はいつまでも黙りこくって一緒に座り、その沈黙はどんな言葉よりも雄弁だった。

ゴヤは元気を奮い起こして立上がり、引きつった笑顔で、筆談できるように今や片時も手放さないスケッチブックを妻に差し出した。「俺に言いたいことがあるときは、ここに書いてくれ。飲み込みは悪いが、推量してみせるよ。俺は完全に聾者だ」。ホセファはうなずいただけだ。夫の身に何があったのか、一言も聞かなかった。

ホセファは以前よりも控え目になり、自分の殻に閉じこもってしまった。だが、ゴヤは以前より妻をもっと深くはっきりと理解することができた。ホセファを常に単純で謎めいたところのない女性、自明の存在として受け止めてきた。妻と離れているときの俺の生活について、どう思っているのだろうなどと考えたこともなかった。俺のような地位にある男は、心に適う女を求める――そういうものさ。必要なときはいつも妻がそこにいる――そう期待し、そう望み、また、実際そうだった。ホセファが亡き兄バイユーを最も偉大な画家と思っており、夫の作品にはまるで理解を示さず、ゴヤ家よりずっと声望ある自分の生家バイユー家をひそかに誇りに思っていることも悪く取らなかった。俺が芸術家として世間に通用するようになる前からそうだったし、それは何十年も続いていた。だがホセファは俺を愛していた。彼女自身も気づかぬうちに俺を最初から愛していた。そうでなければバイユー家の娘は、俺のような男と結婚しなかっただろう。ホセファと結婚したのは、彼女を愛していたからであり、彼女がバイユー家の娘だったからだ。ホセファもずっと以前から、それを察知し、だから夫を愛し続け、耐えたのだろう。かねてから妻が耐え忍んでいることは気づいていたし、そのことで同情もした。俺が聾者になった今、ホセファの側にも俺に同情する理由ができたわけか――ほのぼのとした気持ちになり、気休めにもなった。

息子ハビエールを一目見るなり、ゴヤの胸は高鳴った。もはや子供ではなく、りっぱな若者、すれ違うご婦人方の目を引かずにいられない若者だった。ハビエールは「ここ数か月考えていたのですが、芸術家になる決心をしました。お父さんの弟子になりたいと思います」と語った。ゴヤは最愛の息子を、こまやかな愛情と誇らしい気持ちで見つめた。こんな息子を持てば、マリアーノを失った悲しみも慰められる。息子には、俺のような過酷な人生を歩ませたくない。息子は、生まれながら郷士《イダルゴ》、ドン・ハビエール・デ・ゴヤ・イ・バイユーだ。アラゴンの法律では、郷士はあくせく働かなくても、父の年金を受け取る権利があった。カスティーリャ地方でもアラゴンの法律は有効だ。この法律に喜んで従うことにしよう。息子は外国へ、イタリアやフランスへ遊学させよう。俺はイタリアで芸術を学んだが、次の食事の米・パン・チーズを工面するのに、ひどく苦労した。ハビエールには楽に勉強できるようにしてやりたい、楽な暮らしをさせたい。

ゴヤに再会すると、アウグスチンのむっつり顔に痙攣が走った。何か言いたげだ。ゴヤはお悔やみの言葉を聞きたくなかったので、乱暴に「俺がいない間に、まずいことでもあったのかい。お前、へまをしでかしたのかい?」と言って、マルティンと一緒に帳簿を見るよう命じた。

後からゴヤは、アウグスチンに「留守中のお前の仕事ぶりがみたい」と言うと、アウグスチンはジャン＝バプチスト・ル・プランスの新手法に従って仕上げたエッチングを見せた。アウグスチン・エステーベは手法に改良を加えており、ゴヤは出来栄えに驚嘆し、「こいつは驚いた！」と何度も言って、日頃はめったに褒めないのに、友であり助手であるアウグスチンを褒めちぎり、「これを『エステーベ手法』と名づけよう」と表明した。二人の昔ながらの深い絆が復活した。

次にゴヤは、サラゴーサで制作した自分のスケッチをアウグスチンに見せた。アウグスチンは深く心を動かされ、唇を何やら動かしたが、何か言ったのかすら、はっきりしない。アウグスチンは興奮すると、妙に舌打ちし、生唾を飲み込む癖があった。アウグスチンはじっと見つめ、いつまで見ても飽くことがなかった。ついにゴヤは優しい身振りで彼からスケッチを取り上げた。「さあ、何か言ってくれ」とせがんだ。アウグスチンは「これこそ、あなたの真の芸術です」と、不格好だが几帳面な大きな字で書きつけた。ゴヤは嬉しくて冗談を飛ばした。「それじゃあ、俺の油絵は取るに足らないってことかい?」。

後日ゴヤは内心忸怩《じくじ》たるものがあったが、宮廷に戻る旨を伝えた。彼は法外な配慮をもって遇され、あの傲慢なアリサ侯爵すら、せっせと思いやりのある態度を示した。

ドン・カルロス国王は聾者の気おくれをものともせず、陽気に切り抜けようとした。ゴヤのすぐ側まで来て、大声で怒鳴った。「耳で描くわけじゃない、目で描くんだ」。

ゴヤは少し驚いたが、理解できなかったので、深くお辞儀をし、恭しくスケッチブックと鉛筆を差し出した。国王は事態を把握し、首席宮廷画家と意思疎通をはかる手立てができたことを喜び、顔を輝かせて、さきほど怒鳴った慰めの言葉「耳で描くわけじゃない。目と手で描くのだ」と書きつけた。それからいつもの習慣で「私こと国王」の署名と飾り文字をつけた。ゴヤは読み、かしこまってお辞儀をした。

「どう思うかね?」と国王は聞いたが、ゴヤは「異存はございません、陛下」と常ならぬ大声で答えた。国王は愛想良く会話を続けた。「今までに描いた肖像画は、何点かね?」。

ゴヤは正確には知らなかったが、それを白状すると失礼になるのではないかと思い、「六十九点です」と答えた。「それはすごい」とカルロス国王は大声で言うと、重々しく付け加えた。「聖母マリアが私と君に、百点の肖像画を描くだけの歳月を授けてくださいますように」

平和大公ゴドイはゴヤを招き、画家に会うのを心待ちにしていた。彼は以前にもまして画家との奇しき縁を感じた。私たちはたいそう似通った境遇に生まれ、時を同じくして夢のような出世をした後、運命から苦難の一撃を加えられた。ゴヤは、私がペパと知り合う仲立ちをしてくれ、その絆はその後も私の人生に深く浸透し、私のほうもゴヤの出世を強く後押ししてきた。私たちは友達だ、互いに理解しあえる、互いに腹を割って語り合うことができる。

老け込んだゴヤを見ると、ゴドイは真摯な同情で胸がいっぱいになった。だが、絶頂期と同じように快活に振る舞い、ゴヤと自分は同類だとの確信を強めた。以前、私は、私たちはそれぞれの世界で頂点をきわめるだろうと予言したではないか？　今やゴヤは首席宮廷画家、私はカスティーリャ親王だ。

ゴドイは「目下、暗雲が漂っているけれど」と認めて、暗雲を手で吹き飛ばす仕草をし、「このごたごたも過ぎ去り、私たちの幸運の星はひたすら明るく輝くだろう。私たち二人のように、権力と名誉を求めてやまぬ者は」と勿体ぶって、いわくありげに続けた。「その出自より、ずっと権力と名誉を重んじる。手をゆるめない。プリュス・ウルトラ（もっと先へ）！」と叫んだ。ゴヤが理解できなかったので、書きつけた。「プリュス・ウルトラ」――ゴヤがカディス滞在中に習い覚えた言い回しだ。「カディスでは放埒な時を過ごしたよ。君もそうだと聞いた。裸のヴィーナスとやらが話題になっているよ」とゴドイは目配せした。

ゴヤはあわてふためいた。アルバ女公爵は第三者にあの絵を見せたのか？　巷の噂になってもかまわないのか？　彼女は異端審問が怖くないのだろうか？

ゴヤの狼狽ぶりに気づいたゴドイは、指を立てて脅した。「単なる噂だよ。是認してもいいし、紳士的に否認してもいい。私も、そんなヴィーナスを君に注文したいと思っている。実に魅力的なモデルがいるんだ。この話はまた後でしよう。とりあえず、私の妻であるテレサ内親王を私のために描いてくれないだろうか。聞くところによると、君は昔、子供時代の彼女を描いたことがあるそうだね」。

ゴドイはゴヤのすぐ側に来て、率直に打ち明けた。「ところで、私も手話を学んでいるんだ。わが友、フランコ、君と頻繁に、いろいろ細々と話がしたい。聾者のための近代施設創設のプランをたてた。レペ医師の方針に従ったものだ。その施設には君の名を冠するつもりだ。君のおかげで、このアイデアが浮かんだのだから。今日、こんな依頼をしても、僭越だとは思わないでくれ。暇がなくてね。私はもっと栄華をきわめてみせる。きっとだ、私のフランコ」。

　ゴヤには聞こえなかったが、ゴドイの深みのあるテノールの声は、張りのある輝きを帯びた。

　翌日、召使のアンドレが貴婦人の来訪を告げた。誰も通さないように言いつけておいたゴヤは怒ったが、アンドレは「あの貴婦人は追っ払えません。大貴族の貴婦人ですよ」と言う。ゴヤがアウグスチンを送ると、戻ってきたアウグスチンは当惑して「カスティリョフィエル伯爵夫人です」と告げた。ゴヤが理解しないので、アウグスチンは「ペパ、あのペパですよ！」と怒鳴った。

　ペパは順風満帆だった。ゴドイが役職を降りて面舞台から姿を消したために、彼女はさらに大きな栄光に包まれた。誰もがゴドイの不遇を一時的なものとみなし、遠謀深慮から親王ゴドイに面会を求める者は、遠謀深慮から、それだけ頻繁にカスティリョフィエル伯爵夫人の朝の引見に顔を出した。そればかりか彼女の富は、驚くほど膨れ上がった。

　ゴヤの不運を聞いたペパは、はじめは満足をおぼえた――私をないがしろにした罰ね。だが満足感は長続きしなかった。ゴヤの不幸はゴヤの情熱と一体をなしていると感じ、ゴヤをうらやましく思った。そんな情熱をゴヤに注ぎ込んだのが、自分でないのが恨めしかった。「罰はこの世でも、あの世でもあるのよ」とゴヤに悟らせるために訪問したのだが、別人のように変貌したゴヤを見ると衝撃を受け、かつての恋心がよみがえった――私の出世ぶりを見せびらかすだけにしましょう。「私、おめでたなの。合法的な結婚で生まれたカスティリョフィエル伯爵の母になるのよ」と誇らかに、馴々しく語った。

　ゴヤは、彼女が栄光に包まれているばかりでなく、幸福なのだと証明しようと躍起になっていることに気づいた――でも、本当はペパは幸福じゃない。俺がアルバ女公爵に苦しんでいるように、ペパもまたこの俺に苦しんでいる。ゴヤはペパに対して、かつての穏やかで、ちょっぴり同情の混じった快い情愛をおぼえた。

　二人は、二人にしか通じない話がたくさんある昔馴染の友人同士のように話した。ペパは憶せず緑色の瞳でゴヤをじっと見つめ、ゴヤは彼女の口からたやすく言葉を読み取ることができた。俺は、俺にとって、どうでもよい人間の言葉を読み取るのは難しいのに、俺にとって大切な相手や嫌いな奴の言葉なら、たやすく理解できるんだな……。

「コンチータはあいかわず、トランプでいかさまをするのかい？　今度、君の家で夕食をして、辛口のシェリー酒マンサニージャを飲ませてもらえるかな？」

ペパは鼻高々にならずにはいられなかった。「あらかじめ訪問を予約しなきゃだめよ。さもないと、私の家でドン・カルロスと鉢合わせすることになるわ」。

「どこのドン・カルロス？」

「スペイン国王のドン・カルロスよ」

「ちくしょう！」

「悪態をつくのはやめて。卑しくも、世継ぎの伯爵を懐妊中の貴婦人の前よ」。ペパはたしなめ、カルロス国王の話をした。「国王は一介の将軍としてお出でになるの。あなたが考えているようなことは、何も要求しないわ。時計を見せて、上腕の二頭筋を触らせて、我が家のオリャ・ポドリダ、豆や肉や腸詰めの煮込み料理を召し上がって、ヴァイオリン演奏を披露なさるの。そして私はロマンスを二、三曲歌ってさしあげるの」。

「俺にもロマンスを歌って聞かせてくれよ」。ゴヤはせがんだ。

ペパが彼の言葉にどう対処すればよいかわからず、当惑した様子なので、ゴヤは毒気のある陽気さで言った。

「そうさ、俺は聾者だ。だが今も、他の誰よりも、きく耳を持っているぜ」

「歌っておくれ　伴奏するよ」
ゴヤは怒ったような口調で言った
ペパは歌い　ゴヤは伴奏した
ロマンスの登場人物がそうするように
悲しく奔放に甘やかに
ゴヤの奏でる調べと　ペパの歌声が

8　妻の死

マルティンは、ビジネスを名目に、当初の予定より長くマドリードに滞在した。実際は友のためにすべての時間を捧げていた。聾者が事故にあうのではないかと心配で、ゴヤがひとりで街頭へ出ないように留意した。ゴヤのほうは庇護されるのが大嫌いだったから、マルティンは抜かりなくゴヤに気づかれないように見守った。

ゴヤはかつてなかったほど、仕事の依頼が山積みとなっていたが、実は、ゴヤが病のために世間から隔離されてしまったという印象を持たないように、マルティンが次々と注文を取りつけていたのである。ゴヤはほとんど仕事をせず、「後日、描きますので……」と注文主をなだめて言い逃れをした。

マルティンはゴヤの興味を引きそうなものなら、なんでも調査して突き止めようとした。アルバ女公爵についての情報も運んだ。「彼女は外国へ、イタリアの親戚のもとへ行く許可を求めた。宮廷の追放令がとけるまで、おそらくスペインには戻ってこないだろう」と報告した。ゴヤは「彼女はどこにいても、不具者のことなんぞ意に介さないよ」と言った。

天候の変化の激しいマドリード滞在は、明らかにマルティンの体に負担となった。マルティンは体調がすぐれず、よく咳き込んだが、ひどい咳でもゴヤには聞こえないので安堵した。

ついにマルティンは、帰郷を告げた。友人どおし、いつもの流儀で、騒々しくお別れをした。二人とも悲しみを隠して、乱暴に互いの肩をたたき合い、寄る年波や病苦について互いに冗談を言い合った。こうしてマルティンはサラゴーサへ戻って行った。

マルティンが去るやいなや、ゴヤは、聾者ゴヤとマドリードがいかに折り合えるか、誰にも邪魔されずに探索するために、ひとりで外出した。町の中央広場プエルタ・デル・ソル〈太陽門〉は自宅のすぐ側だ。中央広場から、カリャ・マヨール、アレナル、カルメン、アルカラのような複数の大通りが伸びている。

ゴヤは、最も往来の激しい中央広場プエルタ・デル・ソルに立った。まずレッド・デ・サン・ルイの屋台やカウンター前に立ち、それからサン・フェリペ・エル・レアル教会の前広場へ行き、マリアブランカ噴水へと足をのばした。中央広場プエルタ・デル・ソルは世界一騒々しい場所だ。ゴヤは喧騒と雑踏を見物した。どこに立っても邪魔らしく、ゴヤは押され、罵られた。だが気にせず、喧騒を見つめ、享受した——俺のサラゴーサは死んだが、俺のマドリードはかくも活気に満ちている。

「くみたての水！」と水売りたちが叫ぶ。風変わりな彫像が立つマリアブランカ噴水の回りに人が群がっている。この彫像はヴィーナスなのか聖女なのか不明だが、多くのことを見聞きしながら、けして秘密を漏らさない女性として有名だった。「くみたての水！」と水売りが叫んだ。「くみたての水はいかが？」。

「オレンジ！　二個で一クアトロ」。オレンジ売りが叫ぶ。

「セニョール」と貸し馬車の御者が申し出る。「粋な馬車、お行儀のいい馬、プラドでもどこでも、旦那のお好きな場所へお連れしますよ」。

「聖母マリアのために喜捨を。異端者に対する戦争で両足を失った勇敢な老兵に、ささやかな施しを」

「そこのお兄さん、元気？　私の小部屋に来ない？　すてきなベッドを見に来ない？　世界に二つとないような、柔らかくて、きれいで可愛いベッドよ」と街娼が誘いをかける。

「悔い改めよ。免罪符を買って悔い改めよ」とベンチから説教師が大音声をはりあげる。

「新聞、新聞、日刊新聞、官報」と売り子が叫ぶ。「残りはわずか、あと三部！」。

近衛兵がおしゃべりをし、色男が意中のご婦人に派手な広告を読んで聞かせ、ヴァロンの兵士とスイスの護衛部隊が大騒ぎをし、官庁に請願書を提出せねばならない人は、公文書を口述し、奇術師が猿にダンスをさせ、スペインと世界を改革する計画をたてた「改良家たち」が熱く議論し、古物商人が根気よく品物を見せている。

ゴヤはたたずみ、眺めた。〈中央広場プエルタ・デル・ソルでは、お前の前を行く女たちに気をつけろ、後ろのラバ引きに、隣の馬車に、お前の隣と背後で交わされるおしゃべりに用心せよ〉という諺があった。だが、ゴヤは諺に従わず、ただ佇み、ただ眺めた。聞こえないはずなのに、ちゃんと聞こえてくる。叫び声も言葉も、もはや耳に届かないはずなのに、ちゃんとわかる。以前よりも、もっとよくわかる。

　盲目の女性歌手がいた。マドリードっ子は盲人をあまり信用していなかった。スリ嫁業のかくれみのや同情を引くために盲人のふりをする人間がたくさんいたからだ。マドリードっ子は、本物の盲人であれ、偽盲人であれ、残酷ないたずらをしかけ、ゴヤもしばしば一緒になって悪さをした。だが今、盲目の女を見ると、聾者ゴヤは痛ましい気持ちになった。彼女はギターで伴奏しながら歌っていた。皆が同情・緊張・不安・喜びをもって耳を傾けているところを見ると、彼女はモリタート、恐ろしい絵物語を上手に歌って聞かせているらしい。彼女の口許をじっと見つめても、ゴヤにはまったく分からなかった。相棒が、歌手の歌っているシーンを下手くそな彩色画で示している。ゴヤは思わず苦笑をした。俺は歌詞が聞こえず、彼女は絵物語の絵が見えないのだ。

　勇敢な僧侶サルディビアに捕られた凶暴な盗賊マラゴートのモリタートらしい。マラゴートは義賊などではなく、金のためなら平気で人を殺す残虐なごろつきだった。貧しい僧が唯一の持ち物であるサンダルを差し出すと、マラゴートは「お前のサンダルでは弾一発の値打ちもない」と怒鳴り、銃で僧侶を打ちのめそうとした。だが勇敢な僧侶は盗賊に飛び掛かり、銃を奪うと、逃げる盗賊の尻に向けて発砲し、縛り上げた。この勇敢なカプチン会修道士に国じゅうが喝采を送り、中央広場プエルタ・デル・ソルの群衆は、バラード歌手が尾ひれをつけて生き生きと再現する事件に、夢中になって耳をすました。ゴヤは「これは無理だ」と降参し、モリタートの歌詞を買って、家でゆっくり読むことにした。

　午後も遅かった。祈りの時刻を知らせるアンジェルスの鐘が鳴り、人々は祈りを捧げる。小売り商人たちは店に灯をつけ、家々やマリア像の前にカンテラが灯された。ゴヤは家路を辿った。

　バルコニーに座って夕涼みをする人々がいる。ほとんど窓がなく暗く怪しげな家のバルコニーに、色白丸ぽちゃの可愛い娘が二人座っていた。二人は手すりによりかかり、勿体ぶってなにやら話しているが、眼下の道行く男たちをひそかにうかがっている。顔を隠すようにマントに身を包んだ娘たちの後ろには、二人の若者がじっとたたずんでいる。こうした光景に目を止めたゴヤは歩調をゆるめ、ついには立ち止まった。ゴヤがあまりにも長く見ているので、マントに身を包んだ女性がわずかに動いた。「立ち去りなさい」という合図の仕草だ。バルコニーにいたのはマノレリア出身の本物のマハ、誘惑の手練手管を用いる淫靡《いんび》なマハだ。彼女たちの背後には、しかるべく陰と脅威がある。

翌日、アウグスチンが「そろそろカストロフエルテ侯爵の肖像画を描き始めたほうがいいんじゃないですか?」と打診してきた。だがゴヤは首を左右に振るばかりだった。俺は他にやることがある。昨日見たものを描き始めた。盗賊マラゴートの物語を六枚のパネル画に描いた。マラゴートが修道院の門の前でカプチン会修道士を脅しているところ、勇敢で冷静沈着な修道士がこの盗賊に発砲すると、盗賊は腰が抜けて、むざむざと捕獲されてしまうところ。あのモリタートの単純で活気ある物語、中央広場プエルタ・デル・ソル全体があのモリタートに感じた強く率直な喜びが再現されていた。

またコルドバの広場で見た盗賊プナルの処刑、あの死刑囚の姿がゴヤの眼前に浮かんだ。ゴヤは黄色の懺悔服を着せられ、過酷な光のなか、死刑台で絞殺された盗賊を描いた。

ゴヤは今日中にどうしても仕上げてしまわなければという思いに駆られ、その日のうちにバルコニーの本物のマハたちと陰の危険な男友達を描いた。この女性たちが男性へ向けて放つ誘惑を、誘惑の罠ゆえにいっそう剣呑な背後の闇を描いた。

アウグスチンに絵を見せた。「これよりもカストロフエルテ侯爵を描いたほうがよかったかな?」とゴヤは誇らしげに陽気に言った。アウグスチンは生唾を飲み込み、舌打ちをし、「あなたの画家修行に終わりはありませんね」と言った。実際ゴヤが今までに描いたものとはまるで異なる絵だった。盗賊の絵やマハの絵は以前、国王のタピスリーでも描いていたが、それは、毒にも薬にもならない能天気な絵だった。だが、今度の絵は、そんな他愛のない絵ではない。〈首席宮廷画家がこんな風に描くなんて〉とアウグスチンは違和感と喜びと憂慮をおぼえた。いっぽうゴヤは有頂天で、自画自賛している。

「マラゴートが脅されているのが聞こえるようだろう。ピストルの音が聞こえるようだろう。マハのささやきが聞こえてくるだろう。これが聾者が描いた絵だと思う人間がいるだろうか」

アウグスチンが返事をする前に、ゴヤは誇らしげに言った。「ねえ、俺はさらに経験を積み、新たに習得した。

プリュス・ウルトラ（もっと先へ）だ！」。

「これらの絵をどうするつもりです？　オスーナ公爵夫人は小さな絵を何点か所望したことがありますね。彼女なら、きっと『盗賊マラゴート』を見て大喜びしますよ」

「これらの絵を売る気はない。自分自身のために描いた絵だ。だがプレゼントするよ。一点はお前に、他の絵はホセファに贈ろう」

ホセファは驚き、喜びのあまり赤くなった。にっこりして、修道院で覚えた慎重な字で「ありがとう」と書き、何か書き物をしたとき、いつもやるように十字を切った。

ゴヤは妻ホセファをつくづく眺めた。彼女は最近ますますやせて、ますます口数が少なくなった。夫婦で話すことはあまりないが、それでもときおり妻とおしゃべりがしたかった。多くの友人が手話を学び、縁遠い赤の他人までもが手話を学んでくれたというのに。そんな努力すらしてくれない妻が恨めしかった。

不意にゴヤは、妻を描こうと思いついた。妻が新たに以前よりもはっきりと見えた。妻の辛気臭く、義兄バイユーと似ているところ、夫の芸術を信用していないところ。いっぽう、以前には見ようとしなかった側面がはっきり見えた。夫を愛するがゆえに、夫の不信心ぶりや反抗心や破天荒な言動を心配し、案じる妻。

ホセファは忍耐強く優秀なモデルだった。ごわごわした高価なショールを肩にかけ、命じられた通り背筋を伸ばして椅子に座っていた。彼女の誇り高く傲慢で頑固なところを強調し、自制心に富んだ清楚な女性に仕上げた。美化せず、ただ実際より少し若く描いた。たっぷりしたシニヨンに結い上げた赤みを帯びた愛をこめて描いた。金髪、大きな鼻、固く結ばれた薄い唇。かすかに厳格さを漂わせる面長の顔、バラ色を帯びた色白の、しかし疲れの見える肌。なで肩は張りを失いつつあった。輝く大きな瞳は悲しげで、鑑賞者を突き抜けて彼方を見ていた。灰色の手袋をはめた両手を重たげに膝の上に置き、左手の小指を妙に気取ってまっすぐ伸ばして右手に重ねている。

陽気ではないが、愛情のこもった、よい絵だった。サラゴーサで二人の子供と一緒にいるホセファを描いたことがあるが、あの絵とはまったく違っていた。今、この最後の絵を描いたゴヤ自身も陽気ではなかった。

それは本当に最期の絵となった。肖像画が完成した数日後、ホセファは病に倒れ、床に伏すと、あっという間にこの世を去った。過労が原因だ。マドリードの悪性の気候、凍てつく厳冬、灼熱の夏、激しい風。多産も一因だった。

帰らぬ旅の人となった今、彼女の沈黙は多くを語った。妻が手話を学ばないといって気を悪くしたことが悔やまれた。ホセファは手話を学んだのだが、かたくなに用いずにいたのだ。わずか二、三日、苦労して夫と手話で話したのだが、その後、彼女は指があまりにも疲れてしまった。妻が大変な努力をして、最後のメッセージを送るのを見た。「節約して。あなたとあなたのお金を浪費しないで」——ゴヤが妻から読み取った最後の言葉だった。ホセファは彼女の生き方そのまま、ひっそりと、大げさに騒ぎ立てることなく、いましめの言葉を残して、静かに息を引き取った。

赤みを帯びた豊かな金髪に縁取られた亡妻の顔は、生前より生き生きと見えた。ゴヤは妻にまつわるすべてを想った——初めてこの腕に抱いたとき、身を固くしていたたおやかな処女。愚痴ひとつ言わず耐えた幾多の出産。夫から被った長い沈黙の苦悩。糟糠の妻の粘り強い愛。俺の芸術にはまるで理解がなかったけど……。夫婦がもっとよく理解しあえるようになった今、逝ってしまうとは、なんと運命はむごいことか。

いつもの荒々しい絶望的な悲壮感はなかった。むしろ悲しく荒涼とした殺伐たる思い、逃げ場のない孤独感に、全身の力が抜けるようだった。

ホセファのためにゴヤは
簡素な葬儀を取り行った
かつて小さなエレナのために行ったような
壮麗な葬儀にはしなかった
墓地から戻ると
ゴヤは辛辣な口調で

友人たちに
「死者は墓場に
生者は食卓へ」と古い諺を言った
　皆は　ゴヤが新たな不幸を
激怒の発作なく
受け入れるのをみて
ほっとした
ゴヤは「今こそ俺は
俺の内なる敵から解放された」と思った

9 〈聾者の家〉

故郷サラゴーサから思いがけず母が慰めに来て、故人を高く評価する言葉を述べた。マドリードにいたころ、母とホセファは折り合いが悪かったのに……。

母は一人旅をしてきた。息子トーマスやホセファの兄である司祭マヌエル・バイユーも同行したがったが、この二人はゴヤに金を無心するだろうと思った彼女は、ゴヤに散財させまいと気遣ったのだ。いっぽうマルティンには同行してもらいたかったのだが、適わなかった。マルティンは病気と咳がぶり返し、かなり大量の喀血をしたという。

ゴヤは狼狽した。母の冷静な言葉は、ゴヤの迷信めいた不安をかきたて、マルティンが心配になった。俺が描いた友人たちの多くのはあの世へと旅立ち、俺の絵の中でだけ生きている。ホセファが亡くなったのは、肖像画を描いた直後じゃないか。俺が全身全霊で誰かを描くと、その人物から生命エネルギーを奪ってしまうのか？　描かれた人物は絵の中で生き続けるが、それは息づく生身の人物から精気を奪ったせいではないか？　アルバ女公爵が言うように、この俺が、フランシスコ・ゴヤが不幸をもたらすのか？　だが、それこそ俺とアルバ女公爵を結びつけているものではないか？

理性的な母ドーニャ・グラシアが目の前にいるおかげで、ゴヤは不吉な思いを免れた。矍鑠《かくしゃく》たる老女は、息子に肖像画を描いてもらっても、衰弱の兆しをまったく見せなかった。

残念ながら彼女は、孫のハビエールに我慢できなかった。彼女らしく、つっけんどんに言った。「あの子は好きになれないわ。あの若者は、バイユー家の弱点とゴヤ家の弱点をすべて兼ね備えている。高慢で嘘つきで浪費家ね。フランコ、父であるお前から、あの子にはっきり言っておあげ。〈ばか息子とロバはどやしつけるに限る〉のよ」と古い金言を引用した。

上品で優雅なハビエールのほうも、アラゴンの不作法な祖母が好きになれなかった。これに対して友人たち、アウグスチンやミゲルやキンターナはゴヤの母に親切だった。ミゲルは「母上を宮廷にお連れして、両陛下に紹介し、君が国王や王妃マリア・ルイーサにいかに高く評価されているか、ご母堂の目で確かめさせてはどうだろう」とゴヤに提案した。しかし老女は反対した。「フランコ、私は、お前と同じように宮廷にそぐわないわ。玉葱はバラの花にはなれないのよ」。

彼女は長逗留せず、ゴヤが頼んでも、「サラゴーサへ戻るわ、やはり一人旅よ」と主張した。「お前だって、サラゴーサへ一人旅をしたのでしょう。老女のほうが聾者より楽々とやってのけられるのよ」。

旅立つ間際に、彼女はゴヤに、ホセファのいましめを忘れないように忠告した。「気をつけてね。ちゃんと倹約するのよ。欲深い兄や義弟バイユーには、お金を上げ過ぎないようになさい。遺言で遺贈してあげればいいわ。私だったら、決してあの子たちに手当てをはずんだりしないわ。フランコ、私のパコ、大物ぶるより、慎ましく生きなさい。思い上がってはいけないわ。思い上がれば、どうなるか、わかっているでしょう。人間というのは、綺羅《きら》を飾れば飾るほど、汚辱のぬかるみにはまるものよ」。

ゴヤは乗り合い馬車で帰る母を見送った。御者と助手が馬を駆り立て「よお、よお！」と怒鳴ったが、先頭の馬が動こうとしないので、「この頑固者が！」と罵った。叫喚が飛び交う中、馬車から母は顔をのぞかせて「パコ、聖母様のご加護がありますように」と言った。ゴヤの心の中で御者の呪詛と母の祝福が混じり合った。それから馬車は出発した。もう二度と母には会えないだろう。

母ドーニャ・グラシアが息子ハビエールと折り合えなかったことが気掛かりだった。ゴヤはあいかわらずハビエールを溺愛し甘やかした。ハビエールが何を言ってもゴヤの目尻は下がりっ放しで、息子への愛は深まるいっぽうだった。老母の言葉は的はずれだ。息子は甘やかすに値する子だ。

ゴヤは息子を描いた。肖像画を描くと、その人物を解明する助けになる。ゴヤは何一つ見逃さなかった。息子の弱点も忘れなかった。ホセファと老母が指摘した欠点だ。ハビエールはサン・アドリアン侯爵同様、めかし屋だった。ゴヤはお洒落《しやれ》な若者を描いた。皮肉っぽい情愛をこめて、魅力的なダンディーを描いた。過度にエレガントな銀灰色の上着、脚線にぴったりしたズボン、踵の高い黒い長靴、流行にならい気取って両足を広げて立つ大人になりかけた長身の若者。黄色の手袋をはめ、片手は散歩用ステッキと三角帽子を持ち、もういっぽうの手は高価なレースの白シャツの襞飾りに入れている。チョッキからは過剰な宝飾品が垂れ下がり、すらりとした若者の足下には、赤いリボンをつけた太った白い流行の愛玩犬がちょこんとうずくまっている。若者の顔は面長、額にかかる短い赤みを帯びた金髪、母譲りの目元、父譲りの団子鼻、長めの上唇。絵全体は、互いに交錯する明暗のニュアンスに富んだ、優しい灰色の色調に浸されていた。

完成した肖像画を見ると、ホセファと母にとって気障りだったハビエールの特性がよくわかる。だが、俺はあるがままのハビエールが好きだ。まさしく、この気取りと、若者らしくエレガンスと贅沢を愛する点が好きだ。

今、住んでいるこの家、サン・ヘロニモの豪華な家具を備えた家が、急にいやになった。エレナもマリアーノも亡くなり、今やハビエールと二人きりだ。家も家具も使い古され、時代遅れだ。

ゴヤは、マドリード郊外、マンサナーレス河畔、セゴヴィア橋のそばに家を購入した。古い三階建ての家屋で、広々とした敷地のある本物の田舎の別荘だ。景観はすばらしい。いっぽうには、しばしば描いた愛する聖イシドロの牧場、さらにマドリードの都が広がり、もういっぽうには、グアダラマの山々をのぞむことができた。

ゴヤはこの家には質素な家具を備えた。簡素な新居が息子ハビエールのお気に召さないのを見て取り、薄く笑いながら「お前の部屋は好きなように豪華な家具を入れていいよ」と息子を元気づけた。ハビエールが、高価な椅子やソファー、サン・ヘロニモの家から持ってきた金の綾折りのスツールを入れるがままにしておいた。油絵はほとんど息子に譲り、自分のためにはアルバ女公爵の肖像画のみを取っておいた。彼女のためではなく、自分の楽しみで描いた作品だ。ゴヤは広い自室には必要なものだけを設置した。前のアトリエの壁はタピスリーや高価な絵画で飾ったのに、今度の部屋の壁には何も飾らなかった。しばしばゴヤは、この殺風景な壁の前に、狡猾な笑みを浮かべて座った。ここに絵を描こうと計画を練っていた――この壁には、紛う方なき俺の世界から生まれた絵を描こう。俺ならではの観察力、俺ならではの想像力が、俺に絵筆を運ばせ、規則などなく、俺の内的世界がとりもなおさず現実であるような絵、そんな絵を描こう。

だが、計画実行前に、学ばねばならないことがたくさんある。確かに芸術において、なにがしかのものに到達したが、それはほんの第一段階に過ぎない。さながら最初の山頂によじ登った者が洋々たる山なみを一望のもとにおさめるように、苦悩と狂気、音のない世界の孤独の歳月を経て、覚醒する理性とともに、彼方にそびえる真の目標を見て取った。おぼろげながら、それを初めて予感したのは、パブロ・オラビーデの身の毛もよだつ屈辱の見せ物の後、異端審問や精神病院の絵を描いたときだ。今こそ、はっきり感じる。外的世界のビジョンは心眼によって補われなければならない。現世の赤裸々な現実は、おのれの頭脳から生み出された夢によって補われなければならない。それを描けるようになったら、この家の壁に描こう。

室内が質素なぶん、ゴヤは衣類に重きを置いた。プチブル風パリ・モードの衣服を身につけた。宮廷服は規則で定められたときのみ着用し、それ以外は膝下までの半ズボンではなく長ズボンをはき、三角帽子をごわごわのシルクハットと二束三文で交換した。完全に聴覚を奪われた耳を覆う髪形にした。シルクハットを被り、散歩用のステッキをもって威風堂々と広い荒れた庭を歩き回る、ライオンを思わせる容貌のゴヤの姿がしばしば目撃された。人々は彼を〈庭の聾者〉と呼び、彼の家を〈キンタ・デル・ソルド〉すなわち〈聾者の家〉と呼んだ。

ゴヤは、相手が何か言いたいことがあるときは筆談してもらうために、いつも紙と鉛筆を持ち歩いていたが、この筆談帳に小さな素早いスケッチをするようになった。彼の一瞬の内的外的風景を記録したデッサンだ。アウグスチンからエッチング新手法を学び、彼とともに仕事をし、憚《はばか》らずにアウグスチンに助言を求めた。サン・ヘロニモの家と同様に、〈聾者の家〉でもアウグスチンとアトリエを共有していた。しかし今、ゴヤが新たなものを描き、版を彫ろうとすると、思いやりある忠実な助手の存在が邪魔になった。そこで最もにぎやかなサン・ベルナルディーノ通りの一角、小部屋がたくさんある高い建物の最上階に部屋を借りた。この部屋も質素な内装にした。必要最低限の家具以外に運び込んだものといえば、銅版、印刷機、技術的付属品、エッチングに必要な道具だけだ。

この部屋にゴヤは入念に身繕いして座り、粗末な道具で銅版に励んだ。俺が汚れ仕事をするのに、上っ張りを着ないとしかめ面をするホセファはもういない。にぎやかなサン・ベルナルディーノ通りの横からも下からも邪魔のはいらない工房の静寂の中で、意欲的で大胆な試みをした。簡素な工房は愛する〈隠者の庵《いおり》〉になった。

アウグスチンの新手法は、今までになかった新たなニュアンスを可能にした。脳裏に思い描いた世界、銅版に彫ろうとする世界は豊かで多様だった。フェンデトードスやサラゴーサで過ごした農家風・小市民的な少年時代の人間・事物・経験、マドリードや王宮の世界、宮廷生活の人間や事物だ。長い間ゴヤは自分の中で、下層階級の生活、過去は死に絶え、佞臣《ねいしん》ゴヤのみが生き続けていると思っていた。だが聴覚を失い、ラバ引きのジルと旅をして以来、自分の中に過去がなおも生きていることに気づき、それが嬉しかった。俺は生まれ変わった、農民・市民・宮廷人・下賤の者・妖怪たちと交わる人生から学び、より賢明になった。

若い頃は血気盛んで、世間と戦ってきた。しかし世間に自分の考えを押しつけようとすると、運命の打撃が降りかかると身をもって知った。後には、華美で快適な宮廷生活に快活に順応した。だが、あきらめて同調すると、やはり運命の打撃が降りかかる、おのれを見失い、おのれの芸術を見失うのだと身をもって知った。猪突猛進ではだめだ、自分と世界を、しなやかに、円熟させてゆかねばならない。

今まで体験したことはなにもかも、ひたすら俺をここへ、サン・ベルナルディーノ通りの広く明るく、がらんとした部屋に導くためのものではないか。今までに描いたもの、スケッチしたものは、これから手がける仕事のための修業だったのではないか。この庵《いおり》に座れば、世界に対して俺を拒みがたいものにすることが許されるのではないか、世界に俺が見たままの世界であることを強いてもかまわないのではないか。

そんな世界を紙に写し取り、彫り、銅版にぼかして色を塗った。愚かな注文主が、これこそ自分だと認めるように留意して描かねばならない、注文された肖像画とはまるで違う。あるがままの真実を描くことができる。なんという喜びだろう！

質素な住居さながら、新たな芸術の素材が強いる控え目な簡素さが好ましかった。明るさを放つ光と色彩は、しばしばゴヤを熱狂させた。これからも熱狂させることだろう。だが今、孤独の中で過去の絵画を怒りを込めて罵った。猿の尻みたいに、色鮮やかだ！　俺の新たな辛辣で頑固で痛快な銅版画のためには、銅版彫刻用の鑿《のみ》だけがあればいい、節度を持った黒と白だけがあればいい。

アカデミーに「聴覚が奪われたため詮方《せんかた》なく、遺憾ながら会長職をやめさせていただきたいのです」と伝えると、アカデミーは彼を名誉会長に任命し、会長職退任に際して、りっぱな《ゴヤ作品展》を催し、国王は展覧会用に『カルロス四世の家族』を貸与してくれた。大胆な絵にまつわる風評が飛び交い、展覧会のオープニングには、芸術愛好家を気取り、ゴヤとの友情を示そうとする宮廷人ばかりか、マドリードの進歩的人物とされている人々が皆、姿を見せた。

威風堂々たる人物群像ゆえに前評判かまびすしい『カルロス四世の家族』が掛けられ、初めてこの絵を見た人々は思わず息をのんだ。鑑賞賞たちの唇から好意的な囁きが漏れた。

アカデミー会長、サンタ・クルス侯爵に案内されて、ゴヤは絵の前で待ち受ける大勢の貴人たちの中央へ歩み出た。窮屈な服を着込み、下唇を突き出し、年齢より老け込んだ、ずんぐりした男は、目を細めて、自作の『カルロス四世の家族』を眺め、彼の後ろには、マドリードの宮廷人と市民と芸術家がいた。ゴヤが絵の前に立つと、突然、割れるような拍手が起こった。「スペイン万歳、フランシスコ・ゴヤ万歳！」「ビバ！」「オーレ！」と彼らは叫び、力いっぱい拍手をした。だが、ゴヤはまったく気づかなかった。サンタ・クルス侯爵はゴヤの袖をつまみ、優しい仕草で皆のほうを向かせた。ゴヤは何が起こったのかを見て、生真面目にお辞儀をした。

大審問官ドン・ラモン・デ・レイノーソ・イ・アルセは絵をつくづく眺め、神の恩寵、王権神授に対するあつかましい挑戦が描かれていると思った。

大審問官は　部下の言葉は
誇張ではないと思った
ラテン語で言った
「私が国王ドン・カルロスだったら
このゴヤを首席宮廷画家には
任命しなかったろう
『この絵は犯罪ではないか』と
異端審問所に
鑑定を要求したことだろう」

10　謁見

ゴドイは、首相に自由主義のウルキーホ、法務大臣に反動的な教皇権至上主義のカバリェーロをすえるよう国王に提案したとき、十分な勝算があった。しかし、ひとつだけ見込み違いをしていた。ドン・マリアーノ・ルイス・デ・ウルキーホは利己的な政治家ではなく、彼が標榜する進歩の理念は、サロンのはやりの話題にとどまらなかった。ゴドイの目論見通り、二人の大臣は角突き合わせ、互いに相手の措置を阻もうとした。しかしウルキーホは熱烈な愛国者、非凡なる政治家として真価を発揮し、打算的で利己的で偏狭なカバリェーロは彼に太刀打ちできなかった。カバリェーロのせわしない行状に抗して、ウルキーホは、スペインの教会に対するローマ教会の影響力を減じ、スペインの教皇権至上主義者たちに、これまでローマへ流れていた金をスペイン国王に支払わせ、異端審問所の裁判権を制限することに成功した。ウルキーホはとりわけ外交政策において多大なる成功をおさめた。ゴドイには不可避と思われたフランス共和国への妥協を許すことなく、大事には優雅に抵抗を示し、小事には如才なく譲歩するという具合にしなやかに巧みに舵を取り、勝ち戦続きの強大で手強い同盟国フランスに対してスペイン国王の立場を強化した。

ゴドイは落胆した。王妃マリア・ルイーサはゴドイに助けを求めるどころか、あいかわらず冷ややかに無視し、新首相ウルキーホにますます満足と好意を示した。

ゴドイは表向きはウルキーホに愛想よくしたが、彼の政策を邪魔立てしようと百の陰謀を扇動した。信心に凝り固まったカバリェーロに「演壇や新聞で神を恐れぬウルキーホに反対せよ」と入れ知恵し、カスティーリャ評議会に「ウルキーホの運営では検閲がてぬるい」とカルロス国王に書面で訴えるよう勧めた。

とりわけゴドイはウルキーホの外交政策を阻もうとした。パリの権力者たちは、新首相ウルキーホを思いのほか賢明で不退転の強敵とみなし、マドリードで彼の失脚をねらって画策した。ゴドイはパリで自分の評判がよいことを利用し、まことしやかな口実を設けて、パリ総裁政府にウルキーホ解任を望み出た。

カルロス国王の弟、ナポリ王フェルディナンドは対仏連合に加入し、速攻で敵を撃退し、カルロス国王の密かな誉れだった。さてゴドイはカルロス国王に、次男のためにナポリの王位を求めるようそそのかした——実に厚かましい要求である。カルロス国王はそもそもフランス同盟者として、中立であるよう弟に指図すべきだったからだ。ウルキーホは「そうした要求は政治的配慮と抵触するものですし、まずい結果になるでしょう」と国王に説明した。しかし国王はゴドイの言いなりで、頑として譲らない。ウルキーホはパリでスペイン王子のためにナポリの王位を要求するはめになった。ウルキーホの憂慮が的中した。パリ総裁政府はこの要求を「恥知らずで笑止千万」と受け止め、容赦のない返事をし、国王に、フランス共和国にかくも侮辱的な要求をした首相を罷免するよう要請した。ゴドイは国王に「ウルキーホの間抜けな言い方がパリ総裁政府の気分を害し、ありがたくない窮状を招いただけです」と説いた。国王は、王妃マリア・ルイーサの願いを受け入れ、体面を理由にさしあたりウルキーホを解任せずに不同意を告げると、この叱責をパリ総裁政府に伝えた。〈利口な狐も、やがて毛皮になって私の手元に転がり込む〉とゴドイは古い諺を思い浮かべた。

またもやゴドイがあてにした僥倖、彼の人生をかくも豊かにした幸運な偶然が本当に舞い込んできた。エジプトから戻ったナポレオン・ボナパルトが第一執政に就任したのである。この勝ち戦続きの最高指揮官・政治家は、スペインの執務について、気難しいウルキーホと交渉しようとは考えず、友人である親王ゴドイの政権返り咲きを歓迎することを隠さなかった。

ナポレオンは、願望を実行にうつす男だった。彼は大使トリューゲを罷免し、弟リュシアンをその任につけた。リュシアンにスペインとフランスの新たな国家条約のプラン、王妃マリア・ルイーサのプライドをくすぐる協定プランを伝授し、さらに、この新条約はウルキーホとではなく、ゴドイと交渉するよう指示した。

リュシアンは極秘会談で、親王ゴドイに「第一執政はトスカーナ大公と教皇所領地から、新たな国エトルリア王国をつくろうと考えています。さらに、パルマ公国を失った補償として、スペイン国王夫妻の義理の息子にあたるパルマのルイス皇太子を、エトルリア王国の王位につけたいと考えています。こうした好意のお礼に、第一執政は、スペインがアメリカの植民地ルイジアナをフランスに割譲することを望んでおります」と打ち明けた。

ゴドイは即座に、この提案はスペインに必ずしも有利ではないが、王妃マリア・ルイーサの耳には心地好く響くに違いないと見抜いた。新任の大使リュシアン・ボナパルトを熱心に支持し、彼の言葉を国王夫妻に伝えることを約束した。

王妃マリア・ルイーサは、大きな諍い以来、ゴドイと二人きりで話すチャンスを与えなかった。そこでゴドイは純粋に政治的問題で、水入らずで会談したいと頼み、計画を伝えた。「ウルキーホの間抜けな言動がフランスとの軋轢《あつれき》を引き起こしました。第一執政ナポレオンの寛大な提案から見て取れるように、私が仲介することによって、フランスとの不和を取り除くことができるでしょう」と喜びを表明した。「また、エトルリア王国創設とスペインの反対給付のようにデリケートな国家問題について、ウルキーホのように不器用な男と交渉することになれば、第一執政ナポレオンは気を悪くするのではないでしょうか」と続けた。

マリア・ルイーサ王妃は感慨深げに、また嘲笑しながら、注意深く耳を傾けた。彼女は今はゴドイの代わりに、近衛将校フェルナンド・マリョを愛人にし、パルマ皇太子の侍従長のポストに据えたが、愚かで粗暴なマリョにうんざりしていた。久し振りにゴドイと二人きりで向い合うと、彼への恋しさが募り、身体がうずいた——たしかにウルキーホはたいした政治家だわ。でもゴドイの言う通り、ナポレオンはウルキーホではなく、ゴドイと交渉したがっている。

「親王、あなたは、問題の件を交渉し、契約を締結できるのは、あなただけだと思ってらっしゃるようね」

ゴドイはにっこりして彼女を見つめた。「大使リュシアン・ボナパルトが兄の極秘計画を私に詳述するということは、信頼のあかしであり、誰に対しても為される行為ではないと思われます。王妃様、あなたから直接、大使に質問されてもかまいません」と、ぬけぬけと続けた。

「どんな手段を使っても、あなたは宰相に返り咲きたいのね」と王妃はうっとりと、優しく言った。「ボナパルト将軍という回りくどい手段を使って、それをねらっているのでしょう」。

「王妃様、誤解なさらないでください」ゴドイは愛想よく説明した。「今日の事態がどうあれ、私は宰相の役職を引き受けるつもりはありません。あなたから助言を求められるたびに、私は、あなたの手が加えようとしている恥辱を考えざるを得ないでしょうから」。

「ずいぶん繊細でいらっしゃること。私から今度は何をゆする気なの、坊や」

「復職に補償はつきものです」

「よくもぬけぬけと。『あなたの愛娘がエトルリア王妃になるのに、私が一役買うのですから』というわけね！」

「恭順の意をもって」とゴドイは深みのあるテノールの声を響かせて言った。「私は、カスティリョフィエル伯爵夫人を陛下の女官のひとりに加えてくださるようお願い申し上げます」。

「卑怯だわ！」

「『功名心がある』とおっしゃってください。私は、私自身と、私に近しい人物のために、功名心をかきたてられる性分なのです」親王ゴドイは王妃の言葉を訂正した。

ペパは国王の侍従長アリサ侯爵から、両陛下の名で〈国王の誕生日にエスコリアル城にて拝謁し、手の甲に口づけするように〉との書状を受け取った。彼女の顔がぱっと輝いた。お腹の子供も順調に育ち、ペパは幸せいっぱいだった。八つの大祝祭日のひとつに宮廷に招かれるとは、なんという僥倖《ぎょうこう》でしょう。ゴドイはもちろん、宮廷の人々がみな来るでしょう。ゴヤも来るでしょう。国王の誕生日に、首席宮廷画家が姿を見せないはずはないわ。私が王妃と対面すれば、皆が私たち二人を見比べるでしょう。宮中の皆が、ゴドイが、ゴヤが、王妃と私を見比べることでしょう。

喜び勇んでペパは準備に励んだ。まずマラガへ特別急使を送り、あのご老体、夫君の伯爵をマドリードへ引っ張って来なければならない。国王陛下ご夫妻にお目見えするのに、夫の存在は欠かせない。面倒だし、二、三千レアルの出費だけど、それだけの価値はあるわ。ルチーアの計らいで、折よくパリのマドモアゼル・オデットの店から新しい緑色のイブニングドレスが届いた。ドレスのウェストサイズを少し大きくすれば、身重でもスタイルよく見えるわ。彼女はプエルタ・セラーダに店を出しているリゼッテ嬢と、サイズ変更について長々と話し合った。『礼法ハンドブック』を詳細にわたり、飽くことなく研究した。『礼法ハンドブック』は大判の八三ページもある本で、宮廷に出入りを許された人物にのみ式部卿から交付される非売品である。

レセプション当日、ペパは夫君のよぼよぼの伯爵とともに、宮殿の正面玄関先へ馬車で威風堂々と乗りつけた。今回彼女は裏門からエスコリアルへ入るのではなく、両陛下から招待されてのご入城だ。先代の亡き王たちの墓の上に建てられた柱や廊下を、深々とお辞儀をする従僕のかたわらを彼女は歩んだ。八つの大祝祭日には王の従者が総動員されることになっていた。ヴァロンやスイスの近衛隊、上下を問わず召使全員、一八七四名が結集する。

ペパは、国王夫妻に拝謁する貴婦人の応対をする任務を負う王妃付き女官長、モンテ・アレグレ侯爵夫人に接待された。今日拝謁する貴婦人は十九名、うら若いご婦人がほとんどだ。皆、両陛下に拝謁する課題を前に興奮しているが、ペパことカスティリョフィエル伯爵夫人だけは落ち着き払っている。女優修行していたころ、ペパはもっと難しい役どころをこなしてきたのだ。

王妃付き女官長が貴婦人の一団を連れて、玉座の間へ姿を現すと、すでに大貴族や高位聖職者や大使たちが集まっていた。下位の貴族や高級官僚たちは大広間の両脇や回廊にずらりと並んでいる。ペパの登場はセンセーシヨンを呼び起こした。ペパはまごついたりせず、周囲を見回し、知人を探した。大勢の人々が彼女に儀式ばった挨拶をし、彼女のほうは落ち着いて、にこやかにうなずいて返礼した。回廊にゴヤの姿を見つけると、ペパは元気に手を振って挨拶をした。

玄関の間にトランペットの音、号令が鳴り響き、見張り員の矛槍《ほこやり》がカチャカチャ鳴った。第二執事が三度杖でトントントンと打った――スペイン国王夫妻登場を知らせる合図だ。深々とお辞儀する人々の間を、スペイン国王夫妻が入場する。その後ろに王室一家が続き、その中には親王ゴドイ夫妻もいた。国王夫妻は玉座についた。第一執事は「大貴族の方々が、スペイン国王にこの喜ばしき日にお祝いの言葉を伝えるために集まりました」と告げ、「聖母マリアがスペイン国王にスペインと世界の平安をお恵みくださいますように」と叫んだ。全員がこの叫びを繰り返し、トランペットの音色が城じゅうに響き渡り、大聖堂の鐘が鳴り始めた。

荘重で賑々しい音がきらびやかで厳粛な大広間に鳴り響いている間に、十二の大貴族がその奥方とともに、両陛下の手の甲にキスをした。それから十九名の貴婦人の紹介が始まった。位階順で、カスティリョフィエル伯爵夫人は七番目だった。アリサ侯爵がペパの名を呼び、ベガ・インクラン侯爵がその名を繰り返すと、粛然たる大広間全体に、好奇心と緊張の波が走った。侍従長はペパを国王の前に連れて行った。ペパがカルロス国王の手にキスすると、国王は父親のような、いたずらっぽい微笑をおさえることができなかった。

カスティリョフィエル伯爵夫人は王妃マリア・ルイーサの前に進み出た。全員が待ちに待った瞬間である。ゴドイ、親王にして平和大公――王妃とスペインの運命に及ぼすその影響力は、全ヨーロッパの官房の注目を集め、期待や憂慮をもって語られ、その艶聞は嫌悪や目くばせとともに、巷の噂となっていた。今、そのゴドイを手放さない王妃と、ゴドイが手放さない庶民階級の女性という、ゴドイの二人の愛人が対峙する。それも、ゴドイの正妻の面前、王妃マリア・ルイーサの夫君カルロス国王の面前、ペパの夫君である老伯爵の面前である。

マリア・ルイーサ王妃はどっしりしたダマスク織りの女王のローブ・デコルテを身にまとい、王冠や宝石で飾り立て、偶像のようだった。王妃の前に立つペパは、豊満で優美、艶やかな若さにあふれ、赤みを帯びた金髪で、肌は輝くばかりに白く、自分の美しさに自信をもっていた。ペパは身重のため礼法通りほど深々とではないが、膝を屈めて、王妃の手にキスし、再び立ち上がった。二人の女性は互いに見つめ合った。王妃の小さな鋭い黒い目が、さらぬ体《てい》をよそおってペパを検分した。だが、王妃の内面は嵐のようだった――この小娘は思っていたより美しいし、頭もよさそうだわ。この小娘には適わない……。いっぽうペパは瞳をキラキラさせて、落ち着いて無力な王妃、手出しできない最高権力者の前で、たっぷり自分を演出した。規則通り二秒間、カスティリョフェイル伯爵夫人は王妃の顔を直視した。それから世継ぎのスペイン皇太子の高い椅子の方を向いた。

回廊に立っていたゴヤは、二人の女性の顔をよく見ることができ、にんまりした。〈雌鳥《めんどり》はカテドラルにはそぐわない〉というのに、雌鳥がカテドラルにいるじゃないか。あのペパ、あの丸ぽちゃの姥桜はやってのけたのだ。ペパは今や貴族の令夫人だ。文書によって貴族の称号を保証され、お腹の子は生まれながら伯爵様か。

正餐の後、ペパは王妃のトランプ遊びに加わった。王妃は誰彼なく愛想よく話しかける。ペパは王妃が話しかけてくるのを待った。ずいぶんたってから王妃は「伯爵夫人、勝ちましたか」とよく響く、快い声で話しかけてきた。王妃は、ペパを友好的に取り扱うことに決めた――それが最も賢明な策よ。

「それほどには……。王妃様」

「お名前はなんておっしゃるの、伯爵夫人」

「ホセファ、マリア・ホセファです。でもマドリードの民衆は、私のことをペパ伯爵夫人、もしくは親しみを込めてペパと呼びますわ」

「そうね、私の都、マドリードの民衆は愛想がよくて、人なつこいですから」

ペパは、この厚顔無恥な言葉に驚いた。マリア・ルイーサこと〈よそ者、イタリア女、娼婦、あばずれ〉は憎まれており、警察は王妃がマドリードの町中へ出るときは、こうした声明を避けるために、くだくだしい予防措置を取らねばならなかった。「あなたの領地はアンダルシアだったわね?」。

「ええ、王妃様」

「でも、あなたはマドリード滞在のほうがお好きなのね?」

「ええ、王妃様のおっしゃる通り、王妃様の都、マドリードの民衆は愛想がよくて、人なつこいものですから。

私に対してですけど」

「ご夫君は、マドリードでの生活を共になさらないの？」

「夫は、あいにく健康上の理由から、アンダルシアで一年の大半を過ごさねばなりませんの」

「あなた、身重なのでしょう」

「聖母マリア様のお恵みですわ」

「ご夫君の伯爵は
お幾つなのかしら？」
王妃は馴々しく揶揄するように言った
「六十八歳ですわ
でも
アトチャの聖母が
きっと　丈夫で健やかな坊やを
無事出産させてくれることでしょう」
ペパはそう言って
キラキラ輝く無邪気な瞳で
王妃の顔をまっすぐに見つめた

11　内親王テレサの悲しみ

王妃マリア・ルイーサは体面上、ナポレオンに役職の交替を指図されたという形をとりたくなかったので、ウルキーホ解任をしばらく先送りにしていた。

ゴドイにとって渡りに船だ。予測通りだ。ミゲルは先を見越して論理的に説明した。「フランス大使リュシアンが提案した条約は、スペインの不利益になるだけです。フランスがマリア・ルイーサ王妃の婿殿にエトルリアの王冠を呈しても、そんな昇格は王妃の虚栄心をあおる餌にすぎません。結局のところ、痛い目をみるのはスペインです。そんな条約、あなたではなく、別の人物の在職中に調印されたほうがいいですよ。それどころか、あなたにとって、これ以上望めない好条件になるでしょう。あなたが王妃の前で名誉を問題にすれば、ウルキーホは王妃に条約締結反対の論拠を持ち出すでしょう。見栄っ張りの王妃はウルキーホの見解を聞き入れず、結局ウルキーホは調印する羽目になり、それが彼の汚点となります」。

いつでも好きなときにウルキーホを失脚させられると確信したゴドイは、ウルキーホを友好的に遇した。「ウルキーホはあなたのことを怒り、侮蔑的な言葉を吐きました」と密告されても、気にしなかった。ほくそ笑み、心の中で思った――ピラールの聖母よ、私に好敵手を与え給え、復讐は蜜の味。

有頂天で上機嫌のゴドイは、この喜びを友人たちにも波及させた。理性的なマリア・ルイーサ婆さんは、節度ある振る舞いをしてくれるので、彼女に感謝の意を表して、歌を歌って聞かせ、ペパとの関係を目立たせないように努めた。ペパには「君のお腹の子供には早くも情愛をおぼえるが、その子が誰の子か疑惑の陰が差すことを避けたい。出産がすむまで、夫君のカスティリョフィエル伯爵にはマドリードに残ってほしい。私はここ数か月は礼儀作法上、身重の君に会うのは避けたほうがいいと思う」と言った。ペパは二つ返事で同意した。彼女も、生まれてくる小さな伯爵をできるかぎり品位ある状況に置きたかった。

ゴドイは妻である内親王テレサにも、陽気な感謝の気持ちをあらわし、粗野な憐憫めいた好意を示した。スペイン王妃が産んだ私の子供たちは私とは違う名字を名乗り、愛するペパの産む子も別な男性の名字を名乗る。でも高貴な血筋の内親王テレサが、私の名字を名乗る世継ぎの息子を産んでくれる。このやせっぽちの間抜け女に子供が産めるとは意外だったが、懐妊を祝い、妻に思いやりのあるところをみせようとした。ある理由から出産はマドリードで行われねばならないが、妻がどんなにマドリードを離れたがっているか知っていたので、妻テレサが二、三週間、愛する故郷アレーナス・デ・サン・ペドロの居城で静養することを認めた。

ゴヤに妻を、内親王テレサを描いてもらおう。テレサも喜ぶに違いない。

ゴヤはアレーナスへ行くのが嬉しかった。この地名を耳にすると、楽しい思い出がよみがえる。

ゴヤがまだ無名の小物だったころ、テレサの父ドン・ルイス親王は、ホベリャーノスから推薦されたゴヤに、自分と家族の肖像画を依頼してくれた。国王の弟である貴人が、マドリードやサラゴーサの庶民よりも謙虚だということは、世界観を覆すほどゴヤに強い印象を残した。ゴヤはそのとき一か月間アレーナスに滞在したが、親王ルイス一家は彼を温かく迎え入れ、身内のように遇してくれた。テレサと知り合いになり、彼女を描いたのは、そんな幸福なアレーナス滞在中のことである。そのころのテレサは内気な幼い少女だったが、ゴヤに信頼を寄せてくれた。

今になってみると、あのころよりずっとよく、親王ルイスがいかに賢明で思いやりのある人物だったかがわかる。ルイスはブルボンの王位継承権を持つ王子だが、アラゴンのバリャブリガという身分の低い貴族と結婚をしたために、王位をあきらめていた。彼は愛妻や愛児たちとアレーナスで暮らし、農業や狩り、絵画や書物に没頭することを選んだ。当時ゴヤは心の底で、ルイスを少し変人だと思っていた。今ならルイスのことがもっとよく理解できる。もっとも俺がルイスの立場だったら、王位をあきらめたりしないだろうけど。

テレサを二度目に描いたとき、彼女は十七歳で、両親はとうに亡くなっていた。あの両親の令嬢らしく、宮廷のけばけばしく滑稽なきらびやかさから離れた、静かな暮らしに満足していた。それなのに放埒なマリア・ルイーサ王妃は、この愛すべき無邪気な少女を、野蛮な賤しいゴドイに、テレサの夜伽をすることを対価にひそかに手渡したのである。そしてゴドイは他の手段ではけして手に入らない、喉から手が出そうなほどほしい親王の称号の、煩わしい添え物としてテレサを甘受したのだ。

ゴヤは辛酸をなめ尽くしてからというもの、他者の不幸がよく理解できた。身重の悲しげなテレサを見た。いかにテレサが、彼女が巻き込まれた、彼女の存在そのものを侮辱する不品行きわまりない猿芝居に悩んでいるかを見た。ゴヤはたいそう入念に、慎重に描いた。パトロンの令嬢に対する同情を、彼女の肖像画の中に描き込んだ。

このうえなく繊細な絵だった。可愛い姫君が座っている。少女っぽい華奢な身重の身体は、胸の下でリボンを結んだ白い紗のドレスに包まれ、たおやかな首と胸元がドレスからのぞいている。豊かな金髪、際立った美人というわけではないが、面長の魅力的な顔。その顔には、身重のうら若い女性のとまどいが見て取れた。大きく悲しげな当惑した瞳が、彼女には理解できない厭わしい世界を見つめている。

この肖像画を見たゴドイはあっけにとられた。妻である内親王がかくも感動的に、繊細に見えるとは思いも寄らぬことだった。敬虔な感情、微かな罪悪感に襲われたゴドイは、騒々しく叫んだ。「こんな風に内親王を描いてくれるとは！　私は彼女に惚れ込んでしまいそうだ」。

だがゴドイは妻の肖像画を鑑賞にきたわけではなく、妻をマドリードへ連れ戻しに来たのだ。出産は、どうしてもマドリードで行われねばならない。宮廷が子供の洗礼に立ち会う。王妃マリア・ルイーサもゴドイも、二人が仲直りしたことを世間に示したかった。

十月十五日、ゴドイの特別急使がエスコリアルに到着し、マリア・ルイーサ王妃に「内親王殿下が無事、健やかな女の子を出産なさいました」と伝えた。王妃はすぐさまカルロス国王のもとへ赴き、「エスコリアル城の滞在を中断し、小さな姫君の洗礼をマドリードの城で、国王の間で行いましょう」と言った。国王は憂慮した。たしかにマドリードへ旅立てば、エスコリアルの先祖の不気味な墓参りをせずにすむ。だが個々の城の滞在期間は礼法によって厳密に定められており、亡き父カルロス三世はこの規則を破らないようにするために、生命の危険をおかした。しかしマリア・ルイーサは「親王ゴドイは国王とスペイン王国のために、ことのほか尽くしてくれたのですから、彼のたっての願いを適えないわけにはいきませんわ」と主張し、国王は譲歩した。

国王は侍従長に命じ、依頼した。驚いた侍従長アリサ侯爵は「『礼法ハンドブック』の規則は明々白々であり、二百五十年の長きにわたって一度も破られたことはございません」と恭しく異議を述べた。マリア・ルイーサ王妃は冷たく「マンネリズムね」と言い放った。国王は大きな頭を振りながら、侯爵に「いやはや……」と言った。アリサ侯爵のみならず、同席していたベガ・インクラン侯爵やモンテ・アレグレ侯爵夫人も狼狽し、激昂した。生まれてこのかた、このように興奮したことのないアリサ侯爵が、顔を真っ赤にして『礼法ハンドブック』の五二ページを我が手で引きちぎり、田舎の領地に引っ込みたいくらいです」と表明した。

礼式が破られたことは、センセーションを呼び起こした。大使たちは皆、それぞれの政府に、「この出来事はゴドイが再びスペインの舵を取る確かな兆候です」と告げた。

国王夫妻のマドリード滞在は三十六時間の予定だが、大臣・将校・身分の上下を問わず国王並びに王妃の召使、宮廷楽団員、親王夫妻の従者など全員が、スペイン国王夫妻に同行しなければならなかった。

世継ぎの王子の洗礼にしか見られないような、荘重な洗礼式が行われた。スイスの近衛隊に護衛された女官長は、ゴドイの子供を王宮にお連れするために、ゴドイの邸宅に赴いた。乳母が王室の馬車でその後に続いた。国王の居室で大審問官ドン・ラモン・デ・レイノーソ・イ・アルセが洗礼を行い、子供にカルロッタ・ルイーサと洗礼名をつけた。それからカルロス国王に嬰児《みどりご》を手渡した。国王は、たくさんの勲章で嬰児にけがをさせないように注意しながら、「タタタ」と言って、嬰児を左右に揺すり、「可愛い子だ。ブルボン家の栄誉を担う溌剌《はつらつ》とした健やかなお姫様だ」と判断を下した。その後、今度はヴァロンの近衛隊に護衛された女官長が、ゴドイ邸へ小さな内親王を送っていった。

一時間後、スペイン国王夫妻はみずから豪華馬車でゴドイ邸へ赴いた。三週間前、フランス共和国から贈られた公式レセプション用豪華馬車の初乗りである。もともとギロチンに処されたルイ十六世の厩舎にあった馬車を、いくぶん改造したものだ。ゴドイ邸では正餐会が催され、国王夫妻の他、高位高官の人物がほぼ全員、フランス大使リュシアン・ボナパルトも列席した。小さな姫君への贈り物が展示され、大広間二つを占拠していた。リュシアンは兄である第一執政ナポレオンの委託で、黄金のガラガラを贈った。黒い鋭い目で贈り物を検分したマリア・ルイーサ王妃は、総額二、三〇〇万と見積もった。王妃自身は小さな内親王に、彼女が設けた勲章《高貴と徳と功績》を授与した。

親王ゴドイは五万レアルもの金を民衆にばらまいた。それでも一般大衆、庶民は不平をならし、陰口をたたいた。

数週間後、ペパが出産した。小さなカスティリョフィエル伯爵は、クエンカの司教によって、マリア・ルイーサヤマヌエルやフランシスコや他のたくさんの名の下で洗礼を受けた。洗礼式はマドリードのペパの屋敷で行われた。

ゴドイも参列した
国王の代理で参列した侍従のひとりが
国王からの贈り物として
奇蹟を呼ぶ珍しい
宝飾品を渡した
聖イシドロの歯が
はめ込まれた金細工の精巧な品だ
これを身につける者は
人々から愛され
友誼を深めるという

12　ゴドイの復権

リュシアン・ボナパルトは、宮廷がゴドイの愛娘、内親王洗礼式のためにマドリードへ向かう前日、政務のために首相ウルキーホを訪問した。別れ際にリュシアンが、「明日マドリードでお目にかかりましょう」とさりげなく表明すると、ウルキーホは「体調がよくないので、マドリードへは行きません」と答えた。リュシアンは少し驚き、「あなたがよりによって明日体調をくずされるとは、なんとも不運なことですね」と皮肉な返事をした。
実際にウルキーホの病気は、彼の失脚の原因となった。ウルキーホはここ数週間ゴドイを軽蔑するような言葉を頻繁に口にしていた。ゴドイは考えた――ウルキーホが洗礼式に出ないのは、私に対する挑戦だ。もう十分に待った。マリア・ルイーサ王妃とうまく行っているのだから、カルロス国王がらみで次の機会に、あの恥知らずなウルキーホを解任させてやる。

機会はまもなく訪れた。教皇ピーウスが、スペイン大使が教皇に対して発した、何やらいかがわしい哲学的表現について、自筆の手紙で苦情を言ってきた。〈大使は首相ウルキーホが計画した、教皇の権利を貶めるような改革を告知してきましたが、この改革を中止し、教会を圧迫し迫害するような人間ではなく、教会を擁護し慰める人間を国王の友にすべきです〉。ピーウスはローマ教皇使節に、国王に直接渡すように、この書状を委託した。ゴドイとウルキーホの敵対関係を知っているローマ教皇使節は、ゴドイにその旨を連絡し、ゴドイは、ローマ教皇使節が国王に謁見する際、王妃や自分も同席するように計らった。

ローマ教皇使節は国王に、教皇から委託された書状を渡し、この場ですぐさま読むよう頼んだ。書状を読んだカロルスは驚いた――ウルキーホは、スペインをローマから解放する大改革に勝利をおさめることをねらい、カルロス国王は、この改革を有効な法律にするための勅令に二週間前に署名していた。一度権力を手中におさめたウルキーホは、その利点と名目上の合法性を盾に、機略で切り抜け、いつまでもためらうカルロスを説得し、カルロスはついに同意した。ウルキーホが「今回は、教皇権至上主義者たちの愚痴と嘆きの大合唱を聞かされることでしょう」と語ったとき、カルロスは聖職者の攻撃に対する庇護まで約束した。それが今や、こうして教皇の苦情となって、災難となって降りかかってきたのである。

国王は当惑して、もごもごと詫びると、教皇に対するこのうえない敬意を確言し、深い同情をおぼえますと表明した。ローマ教皇使節は「そのお言葉を教皇にお伝えしますが、教皇はあまり満足なさらないのではないかと存じます」と答えた。

ローマ教皇使節が退出すると、ゴドイと王妃は「ずる賢いウルキーホが陛下をだましたのです。何も知らない陛下を悪魔のような雄弁さでだまして、勅令を出させたのです」と国王に信じ込ませた。カルロス国王の悔悟は、ウルキーホに対する怒りに転じ、ゴドイと王妃は抜かりなく国王の怒りを利用し、ウルキーホは即刻、責任をとらされることになった。

ウルキーホは病に伏していたが、そそくさと身仕舞いし、国王夫妻と仇敵ゴドイの前に出頭せねばならなかった。

「なんという勝手なことをしてくれたのだ！」。国王はどなりつけた。「私をよくもだましてくれたな！　私と教皇との間に不和をもたらし、神の怒りが下るような真似をするとは！　異端者め！」。

「私は、私の義務が命じるままに、陛下に利害得失を申し上げました」。病を押して、ウルキーホは答えた。「陛下は、私の諸々の根拠に耳を傾け、同意なさってから署名なさったではありませんか。それどころか陛下は、予期される教皇権至上主義者からの攻撃に対して、庇護をお約束なさったではありませんか」。

「よくも、ぬけぬけと！」。国王は怒鳴った。「私は聖職者に対する庇護を約束したが、ローマ教皇使節や教皇に対する庇護は約束しなかった。私がローマとほとんど戦争状態にある今、その責任は君にある。それなのに君は、私に罪をなすりつけようとするのか！」。怒りを爆発させて、国王は叫んだ。「パンプローナ送りだ、城塞禁固刑だ！」。ウルキーホを殴りたいのをおさえるのがやっとだった。

首相ウルキーホが顔面蒼白になり、だが威厳を保ちながら去ると、マリア・ルイーサ王妃は〈彼を失ったのは、ほんとうに残念なことだわ〉と思った。カルロスは頭をふりながら「実に妙なことだ。今朝まで彼は、男も惚れる快男子だったのに。それなのに、今は犯罪者だ。彼を幽閉せねばならないとは……」と言った。

「陛下　彼のことで
あまり心を痛めてはなりません」
ゴドイが国王をなだめた
「心配には及びません
詳細は異端審問所の熱意に
委ねてはいかがでしょう」

親王ゴドイの助言で、カルロス国王は、第一執政ナポレオンに友情と敬意を示すために、パリの大画家ジャック＝ルイ・ダヴィッドに、将軍ナポレオンを賛美する絵画を依頼した。ダヴィッドは画題として『サン・ベルナール峠を越えるボナパルト』を提案し、如才なく二五万レアルと少し変更を加えた複製画を三点作成する権利を要求した。ナポレオンと友好関係を築くことが主眼点だったので、宮廷は彼にそのまま依頼した。ダヴィッドの描いた絵がアランフェス宮に到着し、ゴヤ、ミゲル、アウグスチンはそれを鑑賞した。

高さ二・五メートル以上、幅二・五メートル近くある堂々たる絵だった。山岳風景の中で興奮して後脚で突っ立つ馬に勝ち誇ってまたがったナポレオン、彼の周囲には影のように小さな兵士や大砲。岩盤の白い綴りは、かつてアルプス越えをした二名の偉大なる先人、古代の名将ハンニバルと中世のシャルルマーニュ皇帝をしのばせた。

しばらく沈黙があり、真っ先に判断を下したのはミゲルだ。「これ以上の神格化は不可能なほどの天才の賛美、理想化された英雄像のきわみだ。雄大なアルプスすら、ボナパルトの偉大さの前では、ちっぽけに見えてしまう。古典的壮大さに満ちていながら、英雄ボナパルトの肖像画という性格を持たせている」。

「二五万レアルのためなら、誰でもおとなしく肖像画の性格を持たせるよ」。ゴヤは実務的な口調で言った。「馬は肖像画風ではないですよ」。アウグスチンがそっけなく言った。「この馬は造化の妙です」。

「そうだね」。ゴヤは同意した。「お前の馬の尻よりは上等だ」。

ミゲルはアウグスチンを諭した。「君は、ダヴィッドがフランス革命で断頭台の露と消えなかったのが、許せないようだね。僕個人としては、この巨匠が生き残っているのが嬉しいよ。彼が崇高なる模範、古代ローマを否認したことは問題ではない。彼がローマ人だったら、共和制が滅んだら皇帝アウグストゥスにくみしていたことだろう。第一執政ナポレオンのクーデターが伝えられたとき、ダヴィッドは『私たちは共和国のために、どんなに徳高くても、これで十分ということはない』と名言を述べた」。

ゴヤは理解できなかったので、「画家ダヴィッドは何と言ったんだい？」と聞いた。広大な大広間に、ミゲルの繰り返す声が響き渡った。「私たちは共和国のために、どんなに徳高くても、これで十分ということはない」

ゴヤは言い返したいのを我慢して「わかった」と言った。かつて革命を大声で鼓吹したダヴィッドは、今や、若き将軍を誇大宣伝で売り込んでいるわけか。それを「徳高い」と表現したわけか。うそをついているわけではない。ゴヤも若い頃、パルマ王立美術アカデミーの歴史画コンクールで『アルプスよりイタリアを眺めるハンニバル』を描いている。画面いっぱいに壮観な大軍、武装した兵士、像、連隊旗を描いた。ダヴィッドは道具だてを少なくし、卓越したテクニックを駆使している。だが二十歳のゴヤより、五十歳のダヴィッドは深い洞察力の持ち主というわけではない。

アウグスチンは嘲るのをやめなかった。「どんなにダヴィッド本人が柔軟でも、彼の芸術は硬直しています。政治家として機敏、画家としては鈍重ですね」。

「君ときたら感情の赴くままじゃないか、アウグスチン」。ミゲルは弁じ立てた。「政治を論じる者は、憎悪なくして語れ。行動者あるいは観察者として政治に携わる者は、正義の才を持て。ところで僕らは」と、さりげなく、しかし一言一言区切って発音しながら締めくくった。「さしあたりムッシュー・ダヴィッドについての信頼すべき情報を聞けるよ。パリでの使命を果たしたルチーアが、二週間後に戻ってくるんだ」。

ゴヤはアウグスチンの表情を見て、正しく理解し、心乱された。ルチーアが夫ミゲルのもとへ何事もなかったかのように戻ってくる。ミゲルも何事もなかったかのように妻を受け入れる。だが司祭はどうなったのだろう？女は次々と男を捨てる。ルチーアもアルバ女公爵もそうだ。

事実、二週間後ルチーアがマドリードへ戻ってきた。

ルチーアは親しい友人たちを夜会に招いた。ゴドイが初めてぺパに会った晩のパーティーと同じ顔触れだった。司祭だけがいなかった。

ルチーアはまるで短期間の田舎の滞在から戻ってきたかのごとく、こだわりがなかった。ゴヤは彼女を注意深く観察した。俺の描いたルチーアの肖像画は、なかなかいい出来栄えだった。あの絵は、あのときの彼女より、今日の彼女にもっと合致している。ルチーアは仮面のような、いたずらっ子のような微笑を浮かべて、落ち着き払って座っている。非の打ちどころのない貴婦人なのに、色事の匂いが濃く漂ってくる。俺とルチーアとの間には共通点がある。二人とも紛う方なく上流社会の人間なのに、俺たちの体には、その出自が、下層社会が息づいている。

ルチーアはパリの話をしたが、皆が聞きたがっている司祭の運命については一言も触れなかった。優艶な貴婦人の冷ややかさが馴々しい問いを寄せ付けなかった。

その後、ルチーアとペパは以前のように仲睦まじく一緒に座っていた。他者には入り込めない女二人だけの世界。二人は男たちの劣位をくすくす笑っているのだろうか。ルチーアが司祭との事の顛末を誰かに話すとしたら、その相手がペパであるのは間違いない。

ルチーアはゴヤとはほとんど話さなかった。明晰に話すことに慣れていない彼女は、聾者との会話が難儀らしい。もしかしたらゴヤが他の誰よりも彼女をよく知っているのを察し、用心しているのかもしれない。ゴヤは別に腹は立たなかった。

ルチーアはその後、頻繁にゴヤの家を訪れるようになった。ゴヤにとって嬉しい驚きだった。彼女はゴヤやアウグスチンと一緒にアトリエに座った。あいかわらずゴヤの聴覚を斟酌せず、明瞭に話してくれないし、ゴヤが理解しなかったときも、筆談の労をとってくれなかったが、ゴヤのそばにいるのが好きらしく、彼の制作をじっと眺めていた。

たびたびルチーアとペパは、一緒にやって来た。二人だけでおしゃべりをしたり、二人とも黙ってくつろいで座っていたりした。

アウグスチンは、ゴヤに友情と敬意を抱いていたが、それでも二人の美女を見ると、昔ながらの嫉妬と怒りにかられた。ゴヤは年寄りで耳も不自由なのに、あいもかわらず御婦人方がゴヤの後を追い回している。二人ともアウグスチンのほうには目もくれない。アウグスチンほど、スペインで芸術に理解ある人間はおらず、アウグスチンがいなかったら、ゴヤは今日のゴヤにはなれなかったというのに。おまけにゴヤは二人の美女に興味がないことをはっきり示す。今なおゴヤは心の奥底で、彼を不幸のどん底へと突き落とした貴婦人アルバ女公爵を想っている。ゴヤが数多の絵の中で唯一手元にとどめておいた肖像画、アルバ女公爵が二人の美女を見下ろし、二人の美女はそれを黙認している。

アルバ女公爵の絵の下に座るルチーアを見たアウグスチンは、なぜ、ルチーアのような女性をものにできる男がアルバ女公爵のような女性に甘んじるのか理解できなかった。アルバ女公爵はいつも、どんな扮装をしようとも、滑稽な女公爵でしかない。ゴヤの芸術ですら、彼女をマハに作り変えることはできなかった。おそらく彼女は哀れなゴヤに大貴族の貴婦人ぶりをたっぷり見せつけたのだろう。彼女の卑しい画家に対する素っ気ないよそよそしさは、ゴヤを激怒させたに違いない。いっぽうルチーアは真の貴婦人であると同時にマハだ。世評などどこ吹く風だ。ルチーアは気が向けば、司祭と一緒にパリへ行き、マドリードに郷愁をおぼえれば、なんのこだわりもなく、絵画通を気取る学者ばかの夫のもとへ戻ってくる。

アウグスチンとゴヤ、ルチーアの三人でアトリエにいたとき、ルチーアは出し抜けに「お二人とも司祭と親しかったのでしょう。一度も司祭のことを尋ねないというのは、冷たいんじゃないかしら」と、誰に言うともなく言った。ゴヤは描き続け、ルチーアの口許に注意を払っていなかった。アウグスチンは怪訝に思いながらもぽかんとした顔で黙っていたが、ついに「よかったら、私が筆談で伝えますよ」と申し出た。

「何の話だい?」。ゴヤがイーゼルの陰から尋ねた。

「司祭のことです」。アウグスチンがたいそう明瞭に言った。ゴヤは描くのを止め、ルチーアを注意深く見つめた。

「彼はまもなく戻ってくるわ」。ルチーアは平然と言った。

アウグスチンは腰を下ろした。ゴヤは絵筆とパレットを置き、部屋の中を行ったり来たりした。

「戻ってくるだなんて、どうしてまた、そんなことを?」。ゴヤが聞いた。

ルチーアはあの謎めいた、嘲笑するような瞳で彼を見つめた。「『戻ってらっしゃい』って、私が彼に手紙を書いたの」。

「異端審問が待ってますよ！　火刑に処されてしまいますよ！」。アウグスチンが叫んだ。

「異端審問所が許さない！」。ゴヤも叫んだ。

「私たちは」ルチーアがゆったりした口調で説明した。「ペパと私は、ゴドイと話し合ったの。ゴドイが大審問官と話してくれたわ。もちろん司祭は、少しいやな思いをさせられるでしょう。でも彼はその覚悟ができているし、少なくともスペインにいられるわ」。

ルチーアのさりげない口調に、不遜さは微塵もなかった。だが、ゴヤとアウグスチンは背筋がぞっとし、ルチーアが味わっているに違いない勝利感が厭わしかった。夫の上司から、愛人の帰国を勝ち取ったのだ。司祭は愛する女性と同じ国で空気を吸いたい一心で、犠牲と危険を覚悟で帰国する。大審問官が、極悪非道の異端者を火刑に処さないという条件を、安価で呑んだとは思えない。ゴドイが大審問官レイノーソと「話してくれた」内容は、一人の男性の運命を左右するものだ。それなのに彼女はここに座り、まるで夜会か、新しいヘアスタイルの話でもするかのように落ち着いて淑やかに、さりげなく話す。突然ゴヤの心の中に、あのプラドのナッツ売りの少女、本物のマハ、嬉々として下品な冗談を飛ばし、人を食った返答をする野卑ないたずらっ子のルチーアがよみがえった。あの彼女が今や、宰相、大審問官、国中を相手に、いたずらを仕掛けているのだ。

ところでルチーアが勝利を鼻にかけるのは
早すぎたらしい
数週間が過ぎ　一か月が過ぎ
さらに一か月が過ぎた
だが「司祭帰国」については
まったく音沙汰がなかった

14　異端審問所からの書状

ゴヤはサン・ベルナルディーノ通りのアトリエ、彼の〈隠者の庵《いおり》〉で制作していた。休憩し、銅版と彫刻鑿《のみ》を置くと、放心したような笑みを浮かべて汚れた両手を見つめ、立上がり、手を洗った。

ふと顔をあげると、部屋の中に男がいる。ずっと前からいたのかもしれない。異端審問の緑の制服を着た使者だ。男は丁重なお辞儀をして、何やら言ったが、ゴヤはまったく理解できなかった。男は受領証を渡し、封印された書状を示した。「署名せよ」ということらしい。ゴヤが機械的に入念に署名すると、男は受領証を受け取り、書状を渡して、お辞儀し、何やら言った。ゴヤが「聖母マリアに称えあれ」と答えると、男は出て行った。

ゴヤは書状を手にしたまま、ますます深まる孤独とともに、書状の封印、十字架、剣と鞭をぼんやりと見つめた。異端審問所は、俺を攻撃する格好の材料を手にしたらしい――アルバ女公爵、あの魔女、あの妖婦から裸婦像を見せられ、俺もまた裸婦を描いた。ゴドイは知っていた。異端審問所も嗅ぎつけたに違いない。悪意ある者は、俺の数々の発言を剣呑な哲学と取り、俺の絵の中に、異端と呼べるものをあれこれ探し出すだろう。悪意ある目で俺と俺の絵を見、それを証明したものが大審問官の発言となって、こうして俺にもたらされた。名声と国王の庇護のおかげで安全だと思っていたが、俺が今、手にしているのは、異端審問所の出頭命令だ。

ゴヤの息遣いは荒くなった。底知れぬ不安に胸が締めつけられるようだ。虚無の深淵を知り、やっと虚無の深い渦から浮かび上がったというのに……。また潜りたいとは思わなかった。この年になってようやく、人生とは何か、絵画とは何か、芸術とは何かがわかったというのに……。今、異端審問所の恐ろしい手につかまるわけにはいかない。

あえて異端審問所の書状を開封しようという勇気が出ず、書状をただ、ぼんやりと眺めていた。彼らはずっと待っていたのだ。敢えて俺に刃《やいば》を向けようとしなかったのに、なぜ今になって彼らは突然襲いかかってきたのだろう？　ルチーアとペパが『バルコニーのマハたち』さながら、いたずらっ子のような危険な誘惑の香りをふりまきながら、二人一緒に座っていたのを思い出した。俺は、ルチーアが仕掛けた司祭の帰国をめぐる取引に巻き込まれたのだろうか。アルバ女公爵との一件以来、ゴヤは猜疑心の塊だった。何事にも疑心暗鬼だった。

書状を開封すると、タラゴナの異端審問所からの〈異端者ディエゴ・ペリコ、前司祭、前マドリード異端審問所秘書官の判決の特別裁判に同席せよ〉という召喚状だった。

一瞬ゴヤはほっとしたが、それから異端審問所がかくも陰険な召喚状を送ってくることに対する怒りが込み上げてきた。判決が朗読されてもまったく聞こえない聾者に、最果ての地まで辛い長旅をさせようというのか。人面獣心の卑劣きわまる要求だ。悪辣で邪悪きわまる脅しだ。

耳が聞こえないというハンディキャップがなかったら、アウグスチンやミゲルに心配事を並べ立てたことだろう。だがそれは恥だ。この危機はほのめかしや微妙な言い回しでしか表現できないし、俺は相手の返答を理解できないだろう。問い返すなんて論外だ、考えただけでも胸苦しい。友人たちが筆談で返事を書けば、それは危険なデーモンをいっそう近づけることになるだろう。息子のハビエールに打ち明けようか。息子相手なら、恥をかかずにすむが、ハビエールは若すぎる。

こうしてゴヤは陰鬱な物思いに耽りながら、恐れと希望の間を行きつ戻りつした。司祭をその鉤爪でしっかりつかまえた大審問官は、ゴドイをものともせず、彼を火刑に処するに違いない。次は俺をつかまえにくるだろう。しかし、すぐまた、利口なゴドイと蛇のように狡猾なルチーアのことだから、審理は質《たち》の悪い笑劇以上のものではなく、この召喚状だって、害のない脅しにすぎないという保証を手に入れたのだろうと思い直した。

秘密厳守が義務づけられているのに、いつの間にか近々、異端審問が行われるという噂が広まった。司祭の帰国は神の栄光に満ちた勝利だ、神は異端者の良心を目覚めさせた、司祭はみずからの意思でスペインへ戻り、異端審問に出頭するのだという。

間近に控えた異端審問のことを聞くと、アウグスチンはたいそう動揺した。なるほど司祭の気取った博識ぶりや、才気煥発の洒落男ぶりに反感を抱き、ルチーアがこの男に夢中なのでひどく嫉妬した。だが、司祭がルチーアのために異端審問の淵に我が身を投じたのは、あっぱれだ。聡明で誠実なアウグスチンは司祭の進歩的思想を認めていたから、異端審問が司祭に対して勝利をおさめると思うと、胸が痛んだ。

相反する気持ちに揺れ動き、アウグスチンはゴヤに尋ねた。「司祭が本当に帰国したのを知ってますか？　異端審問の話、聞きましたか？」。

「ああ」。ゴヤは仏頂面で答え、特別裁判の召喚状を見せた。

アウグスチンは驚きながらも、誇らしく感じた——異端審問官たちは、この孤独な聾者をひどく恐れている。このような警告を送ってくるとは、彼らがゴヤの芸術に大きな影響力を認めているせいだ。だがアウグスチンは、この見解を口外しなかった。むしろゴヤと同じく、難儀な長旅を強いる彼らを怒り、「あなたにこんな荒行を強いるとは、卑劣きわまりない」と罵った。アウグスチンが召喚をこういう風に受け止めたのは、ゴヤには願ってもないことで、二人は異端審問やルチーアのことにはまったく触れず、長旅の苦労のことで毒づいた。

ややあってアウグスチンは、「もちろん私がお供しますよ」と言った。実はゴヤはずっと密かに、アウグスチンに同行を頼もうかと考えていたのだが、気が重く、言い出せずにいたのだった。危険人物視されている男と一緒に、危険きわまりない虎の穴まで来てくれと頼むのは憚られた。アウグスチンの方から同行を申し出てくれるとは！　ゴヤは拒絶めいた言葉をもぐもぐと口にしたが、感謝し、同行してもらうことにした。

大審問官は、政府がマドリードでの異端審問に同意しなかったので、熟考のすえ、タラゴナに決定したのだった。タラゴナと聞いただけで、スペイン人は皆、異端審問最大の勝利を思い浮かべる。〈一四九四年のことであった。当時バロセロナではペストが猛威をふるい、バロセロナの異端審問官コントレアスは部下を連れてタラゴナに避難した。タラゴナ当局は門の前に現れると、大審問官に「あなたにこの町に滞在することを許せば、国王の官吏もまた隔離されることを望むでしょう」と説明した。大審問官は「三度ミゼレの祈りを唱えますから、その間に熟考なさい。門が開かなければ、私は町に破門と禁止令を言い渡します」と言って、三度ミゼレの祈りを唱え、異端審問所の公証人に町の門をたたくように命じた。門が開かなかったので、大審問官は最寄りのドミニコ会修道院へ引き下がり、破門の文書を執筆し、それをタラゴナの門に貼り付けた。一週間後タラゴナは大審問官に、「町はあなたに対して開かれています」と伝えた。しかし、侮辱された大審問官は「この町の高位高官、指導的地位にある者は厳かに贖罪せよ」と要求し、町は従わねばならなかった。カタロニア副王が陪席するなか、タラゴナ当局と名望ある町民は、カテドラルに鎮座する異端審問官の前へ、悔悟服姿で両手を鎖で縛られて引き出され、子孫の代まで恥辱を噛み締める羽目になったのである〉。

禁を犯した者がいかなる目にあうか、あらためて思い起こさせようと、異端審問所は司祭の裁判のためにタラゴナの町を選んだのだった。

難儀な長旅の後、ゴヤとアウグスチンはタラゴナに定刻に到着した。簡素な宿に着くと、ゴヤは大司教邸に出頭したが、応対に出たのは代理司祭だけで、「明後日、大司教の邸宅の大広間で異端審問が行われます」と告げ、「この裁判に列席することは、首席宮廷画家にとってきっと有益でしょう」とそっけなく付け加えた。

ゴヤはタラゴナの町は初めてだった。アウグスチンと一緒に町を見物し、ローマ時代以前に建てられた巨石を接合材なしで積み上げたキュプロス式石壁や、無数のローマの遺跡や、回廊や門のある由緒ある見事なカテドラル、ローマ時代の柱、キリスト教式に手直しされた異教の彫刻を見て歩いた。ゴヤは散見される、今は亡き彫刻家たちの作品に感嘆した。「猫は死んだふりをして、ネズミたちによって墓場に運ばれましたが、ネズミがたくさん集まると、彼らに襲いかかりました」という小話が刻まれた碑の前に、微笑を浮かべて、いつまでも佇んでいた。その昔、この小話を石に刻んだ芸術家は、含意を匂わせるつもりはなかったことだろう。ゴヤは雑記帳を取り出し、彼流にこの猫の小話を描出した。

ゴヤはアウグスチンと一緒に港の倉庫へ行った。タラゴナは、ワイン・クルミ・マジパンで有名な町だ。大きな部屋で娘たちがクルミをより分けている。クズクルミをテーブルの下に投げ捨て、良いクルミを膝上の籠に入れる。おしゃべりしたり、笑ったり、歌ったり、煙草をふかしたりしながら、娘たちの手は機械的に迅速に作業を続ける。皆で二百人ほどだろうか。大きな部屋には生命力がみなぎり、ゴヤは異端審問のことを忘れ、その様子を描いた。

翌朝、ゴヤは大司教の邸宅へ赴いた。大広間はモダンで簡素だ。招待客のほとんどが、タラゴナか、近くのカタロニアの首都バロセロナの住民らしい。はるばるマドリードから呼ばれたゴヤが薄気味悪いらしく、おずおずした好奇の目を向けるが、話しかけてくる者はひとりもいなかった。

宗教裁判の始まりだ。旗、緑十字、異端審問官の黒っぽいローブが醸し出す物々しさは、大広間のモダンな内装や招待客たちの簡素で当世風の服装と奇妙なコントラストをなしていた。

司祭が連れてこられた。ゴヤは、司祭も黄色の悔悟服を着せられるのだろうとばかり思っていたが、司祭はパリ・モードの平服だった。エレガントな落ち着いた紳士を装おうとつとめている。しかし被疑者の壇の低い格子に閉じ込められ、物々しい恥辱に直面すると、ドン・ディエゴ司祭の顔は痙攣し始めた。顔がグニャリと弛緩し、溶解してゆく。木の格子に閉じ込められ、危険きわまりない法廷に立たされたシニカルな紳士は、平服姿なのに、悔悟服に劣らず哀れだった。

ドミニコ会の管区長が説教を始めた。どうせわからないので、ゴヤは耳を傾ける気はなく、ただ見つめていた。この法廷は、サン・ドミンゴ・エル・レアル教会のオラビーデ裁判ほど厳めしさや影響力を持たないが、あのときに劣らず陰鬱で胸が締めつけられるようだ。たとえルチーアとゴドイが大審問官と申し合わせているにせよ、司祭にどんな刑罰が下されるにせよ、ここでは人間性というものが一切認められず、それが司祭の顔にも現れていた。ここで司祭は世にも恐ろしい屈辱を味わっている。こんな屈辱を受けた人間は、その心をどんなに理性・勇気・懐疑論の鎧で覆っても、もはや二度と立ち直ることができないのではないか。何年か後、無罪放免になっても、異端者の烙印は消えない。スペイン人は嫌悪をもって彼に背を向けることだろう。

そうこうするうちに判決文の朗読が始まった。今回もやはり長い。ゴヤは恐怖に魅入られるように司祭の顔を観察した。彼の顔はますます形骸化し、世慣れた機知に富んだ紳士の仮面ははげ落ち、寄る辺ない哀れな生き物の屈辱・絶望・苦悩が浮き彫りになった。

サン・ドミンゴ教会のオラビーデ裁判のときは傍聴人だった司祭が、今や大司教邸の恥辱の場に閉じ込められている。ゴヤは観察した。俺もいつの日か、このような緑十字やろうそく、厳めしい脅威の法廷の格子前に引き出されるのだろうか。またもやデーモンが俺に近づき、俺につかみかかろうとしている。司祭が今、脳裏に思い描いていることが、手に取るようにわかる。今の司祭は、愛する女性のことも、未来の幸福も、これまでの功績も、これから成し遂げるはずの業績も考えられない。あるのはただ、この瞬間の永遠に続くかと思われる果てしなき苦悩、惨めさだ。ゴヤは今、目の前に起こっているのは、穏便な結末を迎える猿芝居だ、見せかけだけの茶番だと自分に言い聞かせようとしたが、それもむなしかった。少年時代、子供を脅かすお化けココが来ると、本物かどうか疑いながらも、息づまるような不安をおぼえたが、あの頃と同じ気持ちになった。

司祭が宣誓した。エレガントでモダンな服装の男が黒布の十字の前にひざまずくのを見ると、悔悟服姿のオラビーデのときより、もっと背筋がぞっとした。聖職者が決まり文句を唱えてみせると、司祭がその恐ろしい屈辱の言葉を復唱した。

あっと言う間に裁判は終わり、罪人は連れ去られ、客人たちは退出した。ゴヤはひとり残された。何も聞こえず、釈然とせぬままゴヤはよろよろと薄暗い部屋を後にした。

アウグスチンが宿で、常ならずワインの瓶を前に座っていた。アウグスチンに、司祭にどんな刑罰が下されたのか聞かれたが、ゴヤは知らないし、答えられなかった。すると、宿の主人がすぐに「司祭はある修道院に三年間幽閉されるそうです」と報告した。宿の主人は密かな自由主義者らしく、首席宮廷画家に敬意を表し、気の毒そうな顔をして、内気ながらも、かいがいしかった。「たいそう上質の十三年もののワインが七本あって、特別に尊敬する上客や自分用にとっておいてあるんですよ」と言って、そのワインをゴヤとアウグスチンのために供した。

帰路を辿るゴヤとアウグスチンは言葉少なだった。一度ゴヤは出し抜けに、怒ったような口調で言った。「政治に首を突っ込むと、こうなるんだ。望まれるがままに、俺も政治に首を突っ込んでいたら、宗教裁判所の牢獄で朽ち果てていたことだろう」。

だがゴヤは内心　計画を練っていた
あの異端審問を描こう
俺のアトリエで　〈隠者の庵〉で描こう

あるがままの異端審問を描こう
罪人が罠にかかって
もがき苦しんでいるのを
面白がって見物する
僧侶たちを
傍聴人たちを描こう
鉄の首枷ガローテで絞首刑に処せられた者を
また描こう
幽霊を
子供を脅かすお化けココを
悪夢を
実在しないはずなのに
なおも存在する
あのお化けをまた描こう

15　妖婦

ゴヤがマドリードに着くと、息子のハビエールが「アルバ女公爵が使いを寄越しました。彼女はまたモンクロアのブエナビスタ城にいるそうです。私から『父はすぐ近くに別にアトリエを設けました』と伝えました」と言った。息子ハビエールは、自分とアルバ女公爵との関係を知っているのだろうか、どの程度感づいているのだろうかと危ぶんだ。だがゴヤは自制し、ごくんと生唾を飲み込むと、できるだけさりげなく「ありがとう」とだけ言った。

アルバ女公爵の俺に対する不気味な支配は、もう終わりだ。残っているのはビジョンだけ、夢だけだ。楽しい夢、恐ろしい夢が残っているが、理性の鎖につないである。彼女がイタリアにいる限り、海へ隔てている限り、大丈夫だ。だが俺が彼女にちょっとでも歩み寄れば、理性の鎖は引きちぎられてしまうだろう。

アルバ女公爵には連絡を取らなかった。孤独なアトリエ〈隠者の庵〉にこもり、仕事をしようとした。だがタラゴナの異端審問のビジョンは薄れ、脳裏に浮かぶのはサンルーカルの恐ろしい夢ばかりだ。音のない寄る辺ない世界で、悲痛な憧れに引き裂かれる思いだった。

ふと気がつくと、アルバ女公爵の女官オイフェミアが彼の前にいる。黒ずくめの服に身を包み、威厳をもって、丁重さの中に憎悪をみなぎらせ、途方もない高齢を思わせる年齢不詳の彼女がすっくと立っていた。「聖母マリアの御加護を。首席宮廷画家にメッセージをお伝えするのは楽ではありません」と不興げに、みすぼらしい乱雑なアトリエを見回した。ゴヤは彼女の言葉を理解できなかったが、激昂し「何か話があるなら筆談を」としゃがれ声で言った。「前よりも耳が遠くなりました。いわゆる聾者です」。

オイフェミアは伝言を書きつけながら、「いつも貴方様に言っていたではありませんか。非道なことをなさると、ろくな結果になりませんと」と言った。ゴヤは返事をせず、注意深く伝言を読み、アルバ女公爵を明日の晩七時半に待ちますと答えた。「サン・ベルナルディーノの、このアトリエで待ちます」と大声で答えた。

その晩は特に入念に身繕いをしながら、自嘲せずにいられなかった。このアトリエで、貧窮時代のようにみすぼらしい部屋で、仕事用具と実験用具しかないような部屋で、エレガントに着飾る自分が滑稽だった。よりによって、俺はなぜ彼女をここへ来させるのか？「自堕落な若造めいた挑戦ですよ」と、オイフェミアの顔は語っていたが、俺は気にせず、意向を変えなかった。だが、アルバ女公爵は本当に来るだろうか？彼女は、俺がどんな風に変わったのか知っているのだろうか？女官は、俺が奇嬌な夢を紡ぐ、耳の聞こえない偏屈な老人になったと、彼女に告げていないだろうか？

七時半になった。さらに十分が経過した。来なければ、それは、いかにもアルバ女公爵らしい。彼女はこの歳月を、どんなふうに過ごしたのだろう。彼女に報われぬ恋をし、影のように無言で寄り添う医師ペラールや、スペイン男よりもっと軽薄なイタリア男のお取り巻きと、どんな風に時を過ごしたのだろう。ゴヤは戸口へ駆け寄り、ドアを見つめた。もしかしたら彼女が来て、ノックしたかもしれない。俺が耳が聞こえないということを忘れてしまったのかもしれない――いつだって自分自身にしか関心のない女性だから。ゴヤは光が差すように、ドアを少しだけ開けておいた。八時になったが、彼女は来なかった。きっと、もう来ないだろう。

八時五分に彼女が来た。毎度の事だが、遅刻だ。無言でベールをとり、以前とまったく変わらぬ様子でゴヤの前に立った。黒服に包まれた小柄でほっそりした身体、清楚な卵形の顔。二人は立ったまま見つめ合った。あの初めて雛壇で見つめ合ったときのように、大きな諍いなど、まったくなかったかのように。

翌日も、翌週も、翌月もまったく同じだった。言葉数が少なくなったかもしれないが、俺たちは当初から言葉より、表情や仕草で了解し合ってきたじゃないか。言葉は災いをもたらすだけだ。そのうえ、彼女をかつてなったほどよく理解できた。彼女の唇から何でも読み取れた。まるで俺の記憶が、彼女の硬い若々しい声を、何よりも貴いものにしてくれたかのようだ。いつでも俺の内なる耳から、彼女が俺には聞かれていないと思って語った最後の言葉、あの正確な響きを呼び出すことができるようだった。

ゴヤは音楽も台詞も目で追うだけだったが、二人は芝居へ行き、マノレリアの酒場へ行き、以前と同様、歓迎された。彼はどこへ行っても「エル・ソルド（聾者）」と呼ばれた。だがゴヤは、自分の障害を愚弄する人間を屁とも思わなかったし、滑稽な誤解に陥っても笑い飛ばし、皆と談笑することができた。男の中の男であらねばならない。さもなければアルバ女公爵を引き止めておくことはできない。

ゴヤの思い出はよみがえった。アルバ女公爵の底無しの深淵と邪悪さを熟知し、悪夢を鎖につなぐことができた。息づまるような深淵を後にして初めて、彼は再び光を享受することができた。これほどの恍惚感をもって彼女を享受したことはなく、彼女のほうでも彼の陶酔に応えてくれた。

彼女を描きたいとはもう思わなかったし、彼女のほうでも「私を描いてちょうだい」とねだらなかった。彼女を描いた大きな肖像画はどれも真実をうつしていない。表面的なものしかうつしていない。だが、ゴヤはそこにあるものを知悉し、実際に見てきた。孤独と不幸のどん底で描き、スケッチしてきたこと、それこそ真実であり、彼を癒す秘薬となった。彼女は無垢な悪意と冒涜的なまでに素知らぬ顔で、このうえなく手酷い仕打ちをしたが、それはゴヤにとって妙薬となり、彼をさらに強くする手立てとなった。

このころゴヤはたくさんの肖像画をやすやすと生み出したが、けしてぞんざいではなく、今やさらに上の段階に達していることが、ゴヤにもアウグスチンにもわかった。多くの美女を、彼女たちの美しさをさらに輝かしくする官能的な軽やかさをもって描いた。宮廷人、軍人、ブルジョワの弱点を隠蔽することなく、実物より立派に描いた。そうした肖像画はゴヤに新たな名声と富をもたらし、宮廷もマドリードの町も、聾者フランシスコ・ゴヤはヨーロッパに並びなき偉大な画家であると確信した。

ゴヤは息子ハビエールを甘やかし続けた。若者がすることすべてに強い関心を示し、父の講義で天狗にならないようにと、ラモン・バイユーの学校に行くように命じた。ハビエールの芸術判断力を重んじた。アルバ女公爵が広い殺風景な〈聾者の家〉を訪れると、しばしば息子を同席させた。ハビエールにとって大いなる時だった。彼女はハビエールを半ば少年、半ば若い紳士として扱った。それは若者にいつの間にか、それとなく身嗜みやマナーを教えることになり、ハビエールは過度に着飾ることを控えるようになった。アルバ女公爵から時計の鎖につける小さな宝石や手袋、指輪などを贈られ、ハビエールは身の回りのけばけばしく華美な小物を、上質で趣味のよい小物と交替させるようになった。若者はスペイン一の貴婦人と交流する利点を満喫した。アルバ女公爵が父との友情を公に見せびらかしていることは、若者に父の卓越した芸術家としての地位を確証させることになった。

そのころ船主セバスチアン・マルティネスがマドリードに到着し、ゴヤを訪問した。筆談でゴヤと意思疎通をした。ゴヤは、豪商の活発な指がすばやく、長くくだくだしい文章を生み出すさまをうっとりと眺めた。この手を入念に絵に描かないのは勿体ない！

最後にマルティネスは、「あなたがカディスとサンルーカルで描いたのは、サンタ・クエバ教会の絵だけではなかったそうですね。ヴィーナスを描いたと伺っております。私が、そのヴィーナスの複製画を注文したら、厚かましいと思われるでしょうか？」と書きながら、含み笑いをし、この文章を記した紙面をゴヤに見せた。

「厚かましいですね」。ゴヤが答えた。マルティネスはすばやく「複製画一枚に五万出します」と書き、「複製画」という文字にアンダーラインを入れ、紙面をゴヤに差し出した。ゴヤが返事をする前に、紙面を引っ込め、すばやく書き添えた。「これでも厚かましいとお思いですか?」。

「厚かましいですよ」。ゴヤは繰り返した。

マルティネスは「一〇万」と書いた。「一〇」の字をたいそう大きく、「万」の字をもっと大きく書くと、「これでもまだ厚かましいですか?」とすばやく付け加えた。「ええ」とだけゴヤは答え、マルティネスは悲しげに肩をすくめ、今度は筆談ではなく、明瞭な発音で言った。「たいそう気難しい方ですね」。

アルバ女公爵を表敬訪問したマルティネスを、彼女はパーティに招待した。パーティは延々と続き、《失神ダンス》を踊った。まず男性が、次に女性がパートナーの胸元にぐったりと目を閉じて身を委ねる踊りだ。その後は《中国人のマーチ》だ。《中国人のマーチ》とは、男性が四つん這いになって大広間を回り、女性が「壁」になって、つまり並んで立って、両手が床につくまで前屈みになると、男性が女性たちの腕の列の下をくぐり、次に女性が男性の腕の下をくぐるというものだ。

アルバ女公爵はこの双方のダンスに参加し、《失神ダンス》ではサン・アドリアン侯爵と、《中国人のマーチ》ではマルティネスと組んだ。吐き気をもよおすような出し物を見ていたゴヤは、以前描いた『魔女の夜宴』を、狂宴を、強大な山羊が後ろ足でちゃんとお座りをし、踊る魔女をたちを祝福している絵を思い出さずにはいられなかった。あの絵でも一座の花形はアルバ女公爵だった。

今ゴヤを満たしている憂鬱な不快感は、かつて彼女のファンダンゴを見たときに感じた無意味な怒りとは、まるで違っていた。彼女やサン・アドリアンやマルティネスや他のお取り巻きが自堕落な下品な姿勢で床にはいつくばっているのを見ていると、ひとりの人間の中にいかに多くの矛盾に満ちた特性が同時に存在しているかを、単に理性による認識にとどまらず、もっと深く感得することができた。どんな人間でも、たくさんの矛盾に満ちた特性を蔵しているのだと、全身全霊で感知することができた。彼女は他の誰よりも優しく情熱的で無我夢中になることができる――俺は知っている、俺はそれを身をもって味わった。男の魂を奪い、まったく耳の聞こえないはずの聾者の聴覚にまで語りかける、あの声で「いつまでもあなただけを愛するわ」と語った、あの女性が、はしたない蓮《はす》っ葉《ぱ》な笑い声をあげながら床にはいつくばっている。彼女の淫靡《いんび》な忍び笑いが、耳の聞こえない俺に鋭く突き刺さる。それが彼女だ。誰もがそうだ。俺もそうだ。俺はこのうえなく清浄な蒼穹を究めるが、このうえなく汚辱に満ちた深淵へと潜る。俺は色彩の魔力に曇りなき清らかな心で魅了されるいっぽうで、いったん絵筆を脇へ置くと、絵筆を洗いもせずに投げ捨て、情欲のままに娼婦に身を投げ出す。人間というのは、そういうものだ。オリャ・ポドリダのような煮込み料理を食べ、ベラスケスに感激し、おのれの芸術に身を焦がし、場末の娼婦とともに汚いベッドを転げ回り、デーモンを描き、肖像画一枚で千レアル以上取れるかどうか考える。

夜、祝宴の席を離れ、ゴヤはアトリエ〈隠者の庵〉へ戻った。

部屋の静寂の中で、ゴヤはアルバ女公爵と対話した。俺こそ彼女から愛された唯一の男性であり、彼女こそ俺が愛した唯一の女性だ。

ろうそくの不確定な光がアトリエを次第に浸食し、壁にうつるろうそくの影は踊るように大きくなったり、小さくなったりしながら、アルバ女公爵の顔を形作った。これまでにも見た彼女の邪悪な化身を見た。嘲笑する魔女、恋に身をゆだね、情熱に身を任せる妖婦。心に刻み付けよ！　決して忘れるな！　ゴヤは自分に命じた。

彼女に対して正しくあろうとした。彼女はデーモンを持ってはいけない、デーモンに喜びを感じてはいけないというのか？　俺自身、俺のデーモンなくしては生きていけないではないか？　デーモンがなかったら、きっと退屈な人間になってしまうだろう。ミゲルのような男になってしまうだろう。俺はデーモンを鎖につなぎ、おのれの邪悪さ、おのれの猥雑さを描くことができる。だがアルバ女公爵はデーモンを鎖につながなかった。一度も腰元ブリヒダの亡霊を描いたことがなく、紙に落書きすらしたことがない。だから彼女は彼女の邪悪さや矛盾を、言葉と行動へと解き放ち、ブリヒダの亡霊が囁くことを実行せずにいられないのだ。だから《失神ダンス》や《中国人のマーチ》を踊らずにいられないのだ。アルバ女公爵本人であることもあれば、ブリヒダの亡霊に操られていることもある。

目を閉じると、アルバ女公爵とブリヒダの亡霊はひとつに溶け合った。それを描いた。アルバ女公爵の究極の真実であり、ゴヤの究極の真実でもあった。夢を、まやかしを、移り気を描いた。
愛らしく横たわる女。彼女に二つの顔を与えた。ひとつの顔は抱き締める男をうっとりと見つめ、相手の男は紛う方なくゴヤの顔をしていた。

しかし　もうひとつの顔は
美しいが横柄で
別の方向へ
熱いまなざしを送っていた
別の男たちに目くばせしている
二つの顔もつ女の片手は
恋する男の手に
従順にゆだねられ
もういっぽうの手は
やはり二つの顔もつブリヒダの
メッセージを受け取っている
第二の太ったブリヒダは唇に
いたずらっぽく指を当てている
横たわる女性の前や回りには
ヒキガエルやマムシが
シューシュー音をたて
身をくねらせながら伺い
デーモンがニヤリと笑っている

はるか上空
手の届かぬ彼方に
輝くお城が浮かんでる
恋のために正気を失った男の幻影か

16 『聖アントニウスの奇蹟』

国王がよく狩猟に出かけるマンサナーレス谷には、サン・アントニオ・デ・ラ・フロリダ教会がある。狩りから戻るとき、丁度帰途にあるため、国王はここで夕べの祈りを捧げようと考えた。建築好きのカルロス国王は建築家ベントゥラ・ロドリゲスにこの朽ち果てた小教会の再建を委任した。六十年代、七十年代に流行した明るく華麗な建造物を愛するロドリゲスは、このサン・アントニオ・デ・ラ・フロリダ教会を、小綺麗な建物にしようと提案し、カルロス国王はすぐさま同意した。かつて美しい快活な夕ピスリー下絵を制作したゴヤは、小教会の内装には、うってつけの画家だった。

ゴヤは依頼されて悪い気はしなかった。かくも恐ろしい異端審問に召喚された後、敬虔な国王から、国王のお気に入りの教会の内装を任されれば、大審問官のさらなる攻撃に対する格好の盾になる。しかし宗教画を描くときはいつも、引け目を感じた。ゴヤはアルバ女公爵に「たしかに自分の業《わざ》を心得ている者は、なんでも描けます。しかし、私は聖者を描くのが必ずしも得意ではありません。悪魔ならこのうえなく巧みに描けますよ。悪魔をしばしば見ていますからね。聖人には滅多にお目にかかれませんけど」と語った。

ゴヤは、聖アントニウスの大いなる奇蹟のひとつを描くように命じられた。無実の者が殺人のぬれぎぬを着せられると、聖アントニウスが死者をよみがえらせ、その死者が容疑をはらす証言をしたというシーンだ。

度重なる災難と心的不調の時代を脱し、明るく陽気な生活を送っていたゴヤは、殺害行為や崇高なる聖人を描くのは気が進まなかったが、解決策を見出した。

天井には、実直に奇蹟のシーンを描いた。灰色の空を背景に、フランシスコ会修道士の僧服に身を包んだ痩身の聖アントニウスが立ち、説得力ある身振りで身を屈めている。身の毛もよだつ形相の半ば腐敗した死体が立上がり、無実の人が喜びに満ち、敬虔な気持ちで両手を広げている。この奇蹟を大勢の人間が目撃する。ゴヤは見物人を特に愛情をこめて描いた――これが打解策だ。聖人・死者・無実の人は、ゴヤにとって小道具にすぎず、見物する群衆こそ、ゴヤの最大の関心事だった。この群衆の中に、ゴヤは、彼が現に味わっている気分、酸いも甘いも嗅ぎ分けた、それでいて瑞々《みずみず》しく快活な第二の青春を描き込んだ。

描いたのは、聖アントニウスの同時代人ではなく、むしろ彼の回りにいるマドリードっ子、生粋のマドリードっ子、多くはマノレリア界隈の人間である。奇蹟は彼らの中に信心を呼び起こしたわけではなく、むしろ彼らは奇蹟を、壮大な牛追いや第一級の聖体神秘劇のように見物している。手すりにくつろいで寄り掛かり、派手なショールをまとっている。数人のわんぱく小僧が走り回り、手すりのあるバルコニーによじ登ろうとしている。おしゃべりをしながら、互いに一連の出来事への注意を喚起する人々がいる。興奮して、腐りかけた死体が本当に生き返るのか熱心に見守る者もいれば、当の出来事にはろくろく関心がなく、いちゃついたり、奇蹟とは無関係の話に興じている者もいる。ぬれぎぬを着せられた無実の人間のことを気遣う者はひとりもいない。

入り口の天井、丸天井と半月窓にゴヤはケルピムや他の天使像を描いた。豊頬の官能的な、このうえなく美しい女性的な天使で、異端審問所の規則に従い、ちゃんと服を着ているが、彼らの身体的長所を際立たせるように工夫した。これらの天使を描くのは、たいそう楽しかった。翼をのぞけば、彼らにはおよそ天使らしいところはなく、どの天使も、匿名でありながら識別できる顔、ゴヤにも他の人々にも馴染みの女性の顔をしていた――ゴヤならではの技である。

サン・アントニオ・デ・ラ・フロリダ教会を描くうちに、ゴヤ自身も変貌した。何不自由ない宮廷生活に無限の喜びをもって足を踏み入れた頃の、屈託ない不遜なゴヤに戻っていった。聾はほとんど気にならない小さな癪の種でしかなかった。再び宮廷人の服を着たマホとして、騒々しく賑やかな大言壮語する生活に入っていった。陽気で屈託のない過去の残照が彼を照らした。この小教会のフレスコ画は、タピスリー下絵制作時代の復活だが、画家としておおいに力量をあげ、色彩・光・動きについて熟知した画家の作品だった。

小教会はゴヤの家とアルバ女公爵のブエナビスタ城の近くにあった。アルバ女公爵が時々ゴヤの仕事ぶりを見にやってきた。ハビエールも頻繁に訪れ、アウグスチンはほとんどいつもゴヤと一緒だった。他にもゴヤの友人たち、大貴族やマノレリアの居酒屋の連中が訪れた。素早い筆さばきや、溌剌《はつらつ》と敏捷に足場へ上り、腹ばいになって描く画家の姿に、皆は驚嘆した。騒々しい賑やかな群衆や、ぴちぴちした元気なケルピムや、官能を刺激する天使たちが、無から生み出される現場に居合わせた者は、ただもう呆気にとられた。

ゴヤが「作品が完成しました」と報告した二日後、国王が狩りのお供を連れて、小教会を視察に来た。狩猟服姿の貴人たちが薄暗い小教会、ゴヤ独特の有翼・無翼のマドリードっ子の陽気な集団で明るく輝く教会に立った。大貴族たちは、宗教的な出来事がこのうえなく世俗的に描かれているのに少し驚いた。だが、外国の画家の中には、崇高な出来事を明るく賑々しく描いた巨匠もいるではないか？　ここ数か月、心配事続きだった大貴族たちは、耳の聞こえない熟年の画家がかくも生き生きと公然と生の喜びを表現しているのに好感を持った。これらの天使や陽気な民衆のように過ごした時代に戻れるようで嬉しかった。フレスコ画のシーンは喜びにあふれているし、無実の容疑者が聖者の介入によって救われることは現実には滅多にないので、そんな喜ばしい奇蹟を眺めるのは楽しかった。神様が私たちに奇蹟をもたらし、戦争から、フランス人から、絶えざる経済的困窮から救ってくださるかもしれない。

大貴族たちはそう考え、称讃したかったが、国王の表明を待って沈黙していた。長く沈黙していなければならなかった。開け放たれた教会の扉ごしに、居合わせた人々のひそひそ声と足踏みする馬のいななきだけが聞こえてくる。

カルロス国王はずっと黙っている。この絵をどう評価すればいいのか、よくわからなかった。国王は気むずかし屋ではなく、冗談好きで信心深かったが、陰鬱な祈祷は好まなかった。原則的に宗教画に描かれた明るく晴れやかな顔や衣服に異論はない。「この教会を明るくせよ」と命じたのは国王自身だ。だが首席宮廷画家が描いたものは、あまりにも不信心で軽率ではないだろうか。これらの天使たちは、まったく天使らしくない。「この翼をたたんだ天使、知っている顔だ」と国王は出し抜けに言った。「これはペパだ。それから、こっちは、アクロスの愛人だったラファエラじゃないか。彼女はその後、若いコレメーロの囲い者になり、今では警察のブラックリストに載っている。ドン・フランシスコ、私は、こういう天使は好きになれないね。芸術というのは人間の品性を高めるものだろう。だが、このラファエラは十分に醇化されていないよ」。

国王の大声は小さな教会に雷のように響き渡り、聞こえないのは聾者ゴヤだけだった。ゴヤは国王に帳面を差し出し、「誠に恐れ入ります。お手数とは存じますが、閣下の評価のお言葉を書いていただけないでしょうか」と言った。

王妃マリア・ルイーサが割って入った。その通りよ、この翼をたたんだ天使はペパにそっくりだわ。こっちの翼を広げた天使は、町中に知らぬ者はないラファエラを思わせる。ゴヤは違うモデルを探すことができたはずなのに。でも似ているだけで、肖像画ではないのよね。このフレスコ画の天使の中にも、群衆の中にも、探そうと思えば、よく似た人間をいくらでも探せるわ、それがゴヤの流儀なのよ。ゴヤがこの私、マリア・ルイーサ王妃をフレスコ画の中に描き入れなかったとは本当に残念だわ。でも、あのペパを娼婦ラファエラと並べて描いてるから、まあ、いいことにしましょう。それに、この天井画は、私の大好きなパルマ、パルマ大聖堂のコレッジョの絵を思い起こさせるわ。「傑作ですね、ドン・フランシスコ」と王妃はたいそう明瞭に言った。「たしかに天使や、見物人の中には少し上っ調子な男女もいて、その点、私も国王と同意見ですよ。でも天使も群衆も、奇蹟の光景にうっとりしていますから」。

マリア・ルイーサ王妃が作品に賛意を表したので、カルロス国王もすぐ穏やかな気持ちになった。国王はゴヤの肩を愛想よくたたいて、「いつも高い所によじ登って描くのは、さぞ大変だったことだろう。でも、君は活力にあふれているから」と言った。すると全員が、大貴族も聖職者もこぞってゴヤの作品を褒めちぎった。

その間に戸外には、マンサナーレス谷の民衆が、国王ご一行を見物しに集まった。彼らは国王に歓呼の挨拶をした。ゴヤは小教会を後にした最後のグループだったが、人々は彼を一目見るなり、大声をあげた。ゴヤの目に彼らが歓呼するのが見えた。ゴヤがマドリードっ子であるのを喜んでいるのがわかった。この最後の喚声が自分に向けられたものであることがわかった。礼服を着て、三角帽子を小脇に抱えていたゴヤは、挨拶に答えるときいつもやるように、帽子を被ったり脱いだりした。群衆がもっと大声で彼に歓呼するのがわかった。

ゴヤの馬車が出発した。ゴヤは召使のアンドレに「彼らは何を叫んでいるんだね」と聞いた。ゴヤの耳が聞こえなくなって以来、愛想がよくなり、ずっとかいがいしくなったアンドレは、たいそう明瞭に一語一語発音しようと努めた。「皆はこう叫んでいるんですよ。『聖アントニウス万歳！　聖母マリア万歳！　宮廷の方々、万歳！　フランシスコ・ゴヤ、聖者の画家、万歳！』って」

その後数日間、マドリードじゅうの人々がゴヤのフレスコ画を見ようと、サン・アントニオ・デ・ラ・フロリダ教会へ押しかけた。ゴヤは世の称賛の的になった。人々はゴヤの新たな創作活動について、恍惚として語り、記述した。美術批評家イリアルテは「フロリダ教会に行けば、二つの奇蹟が見られる。ひとつは聖アントニウスの奇蹟、もうひとつは画家フランシスコ・ゴヤの奇蹟である」と記した。

しかしながら大審問官レイノーソはゴヤの絵画に、非常な不興を示した。タラゴナの異端審問に召喚したのに、あの男は以前よりもっと生意気になった。「ゴヤは聖者を描けば、七つの大罪を犯した人間も一緒に描くばかりでなく、罪人を聖者よりもっと魅力的に仕上げる男だ」と異端審問枢機卿は怒った。できることなら、あの罪人ゴヤを逮捕し、あの教会を閉鎖してやりたい。だが、ゴヤは抜け目ない男だ。裸体は描いてないし、具体的に不道徳な点はまったく見当たらない。国王や群衆は残念ながら、この微妙な悪徳や不信心に気づかないらしい。

実際マドリードっ子はフレスコ画に大喜びした。ゴヤの友人である居酒屋のマホたち、小農、マンサナーレス谷の洗濯女たちが真っ先に見にきて、口をきわめてほめると、マドリードの民衆が、人気のある聖者の奇蹟を鑑賞するために我も我もと押し寄せた。彼らは自分が、絵の中のバルコニーの手すりにもたれる人物になったような気がした。自分たちが実際に奇蹟をまのあたりにしていたら、やはりこんな風に振る舞うだろう。それが彼らの宗教心だった――手すりにもたれて大行列や異端審問を体感するように、生々しく興奮する見せ物。彼らは画家が教会いっぱいに描いた、あの陽気で賑やかな群衆と同じだった。ゴヤが描いたのはマドリードっ子そのものであり、だからこそ彼らはゴヤに感謝をした。

ある日、暑さのためフロリダ教会を訪れる者もいない正午ごろ、ゴヤは完成したフレスコ画を誰にも邪魔されずに鑑賞するために出かけ、暗い隅に立った。ここが見たいと思う絵の部分が一番よく見える位置だ。
老女が入ってきた。ゴヤには気づかない。彼女はフレスコ画を鑑賞し、天井画の奇蹟をじっくり見るために、頭を大きくのけぞらせた。賛同するようにうなずき、足を引きずりながら、敬虔なる思いをこめて、あちらこちらを眺めた。真ん中に来ると、四方八方へ深々とお辞儀をした。だが老女がお辞儀をしたのは聖者ではなかった。老女が敬意を表していたのは、陽気な天使や見物する庶民だった。

ゴヤは仰天した
「小母さん　何をやっているんです?
なぜ　そんなことを?」
ゴヤは　自分の声量がわからないので
教会じゅうに響く
大音声をあげたらしい
老女はたいそう驚いて
あたりを見回し
見知らぬ男に目をとめた
「何をやっているんです?」。彼は繰り返した
「なぜ　絵の中の民衆に
卑しい庶民にお辞儀なんかするんです?」
ゴヤは微笑しながら問いを発し
老女の口から発せられる言葉を読み取った
老女は真剣な面持ちで言った

「こんなに美しいものを見たら
お辞儀せずにいられませんよ」

17　第一執政ナポレオン・ボナパルト

パリ総裁政府が実権を握っている間は、スペイン政府は厄介なポルトガル問題にけりをつけるのを先送りしてきたが、ナポレオン・ボナパルトが第一執政の座につくと、事態は一変した。ナポレオンは口実やお為ごかしの通じる相手ではなかった。彼は文書で親王ゴドイに、すぐさまポルトガルにイギリスとの関係を絶つように期限付き最後通牒を発するよう要求し、ポルトガルが拒絶すれば、スペイン・フランス同盟国の軍隊がリスボンを占拠するという通告を発せよと迫った。この要求を強めるために、ナポレオンはルクレール将軍率いるフランス特別奇襲隊をスペイン国境に派遣し、十日以内にスペイン宮廷がこの要求をのまない場合にはルクレール将軍と特別奇襲隊をスペイン国土へ送るという指令を出した。

ふてくされて泣き言をいうゴドイの前に、フランス大使リュシアン・ボナパルトが現れた。彼はゴドイに「スペイン国王が親戚であるポルトガル王家に反対する行動に出るのは、スペイン国王にとっていかに辛いことか、お察しします。でも私はあなたに目下、私が胸に抱き温め、兄ボナパルトも内々承知している、ある極秘計画についてお話したいと思います。この計画を耳にすれば、マリア・ルイーサ王妃も、リスボンにいる実の娘に戦争を仕掛けるのが楽になるのではないでしょうか。第一執政ナポレオンは奥方ジョゼフィーヌとの間に子宝に恵まれないので、まもなく彼女と離縁し、再婚するつもりでいます。私は内親王イサベルの愛らしさに魅了されました。イサベル内親王はまだ子供ですが、近い将来婚約という運びになることでしょう。第一執政である兄ボナパルト・ナポレオンにそのことをほのめかしましたら、彼は大変興味を示しました」と話した。

マリア・ルイーサ王妃の末娘、内親王イサベルはゴドイの子だった。ゴドイによく似ているのが何よりの証拠だ。ゴドイは一瞬、自分の娘がそのような出世をするのかと思うと、幸福のあまり気が動転した。だが、すぐさま、この話は口から出まかせではないかと思い直した。いずれにせよ面子は保てそうだ。そこで改まった口調で、「事情によっては、私が神と良心に誓って、ポルトガルへの最後通牒の責任を負うつもりです。私からスペイン国王に、第一執政からの勧告を勧めましょう」と答えた。

本心を隠したまま二人の紳士は、ポルトガルに期待できる戦争賠償金の分配について、さらに話し合った。

ボナパルト将軍の提案は、マリア・ルイーサ王妃の心をゆさぶった。なるほどポルトガルのお人好しで従順な娘カルロッタの気持ちを傷つけ、戦争するのは、気が引ける。でも、ナポレオンは前に、私の娘をエトルリアの王妃にすると約束してくれた。ナポレオンがブルボン家と縁組し、末娘イサベルを妻としてヴェルサイユへ呼び、彼女と一緒に統治したいと思うのは、不思議ではない。そうすれば、わがブルボン家の一族が全ヨーロッパの権力の頂点をきわめることになるわ。

王妃はこの不可避の事態に順応するよう、カルロス国王を説得した。国王は重苦しい気持ちで、リュシアンを呼び、ポルトガルへ最後通牒を発する旨を表明した。国王は目に涙を浮かべて「ねえ、フランス大使であるあなたにも、玉座につくことがいかに心痛を伴うものかわかるでしょう。私は義理の息子がどういう人間か、よく知っています。彼は譲歩しないでしょう。私は、実の娘に戦争を仕掛け、軍隊を送らねばならないのです。あの娘は、私に何ひとつ悪いことをしていないし、あの娘には、そもそも何が問題なのか見当もつかないというのに」と言った。

事実ポルトガル摂政の宮は最後通牒を拒否し、スペイン軍はゴドイの指揮の下、ポルトガルへ進入した。五月十六日のことである。

三十日にはもう、抵抗力のないポルトガルは和平を求めてきた。交渉はゴドイの生まれ故郷、ポルトガルの国境の町バダホスで行われ、驚くべきスピードで条約が締結された。ポルトガルから豪華な名誉表彰の贈り物をされたゴドイは、敗戦国に寛大な処置をした。リュシアン・ボナパルトも豪勢な贈り物をもらい、委託を受けてフランスの名において条約に調印した。

平和大公ゴドイはまたもや名をあげた。輝かしい戦勝にもかかわらず、敗戦国に気高く温情あふれる和平をもたらしたためである。「バダホスの和平」をスペイン人もポルトガル人も、おおいに称えた。カルロス四世は、勝利の勇者、親王ゴドイにマドリードへの凱旋行進の指令を出した。

しかしながら、マレンゴでオーストリアを徹底的に打ち負かしたばかりのナポレオンは、〈リュシアン大使は全権を逸脱しており、第一執政はこのばかげた「バダホスの和平」を承認する気は毛頭なく、ポルトガルとの戦争続行を考えている〉と覚書で手厳しく表明した。誤解を招かぬように、スペインへ第二の「フランス援軍」を送り込んだ。

親王ゴドイは、国家と国民のふるまう戦勝の美酒に酔い痴れ、すっかり目が曇っていた。ゴドイは、ナポレオンにも劣らぬ断固たる調子の覚書で、フランス政府は過剰な軍隊をすぐさまスペインから撤退させるよう要求し、「バダホスの和平」変更はまったく考えていないと通告した。これに対してナポレオンは、「あなたの厚かましい言葉は『スペイン国王は王座にいることの煩わしさに疲れ、他のブルボン家の一族と運命を共にすることを望んでいるのです』と解釈できますね」と答えた。

ゴドイはスペイン国民にも国王夫妻にも、ナポレオンが「バダホスの和平」に対して異議を唱えていることを秘密にし、宮廷もマドリードの町もゴドイの功績を鳴り物入りで祝い続けた。歓呼の声のために、ますます自分の立場や状況に盲目になったゴドイは、ナポレオンのふてぶてしい態度をしかるべくたしなめようとした。ゴドイの名で勿体ぶった返事の草案を認《したた》め、パリ在住スペイン大使アラサに個人的な要件でボナパルト将軍に渡させようと考えた。この手紙でゴドイは、成上がり者ナポレオンに、国家の運命を決定するのは第一執政ではなく、全知全能の神であることを気づかせ、政権を握ってまもない若き統治者は、千年も前から先祖代々王位についている支配者より、たやすく権力の座から滑り落ちるだろうと指摘した。

この手紙の草稿にざっと目を通したミゲルは、落ち着かぬ気分になった。百戦百勝の英雄ナポレオンに、このような覚書を送るとは、狂気の沙汰だ。秘書官ミゲルはゴドイに、「第一執政はこのようなメッセージに対して、マドリードへ軍隊を差し向けることで応えるでしょう」と具体的に説明した。ゴドイはミゲルを暗い目付きでじっと見つめた。酔いが一気に醒めた。確かにナポレオンは、簡単にあしらえる相手ではない。むっつりして「じゃあ、これは反故にすべきかな？」と聞いた。ミゲルは「あなたの美文をパリへ送るのは構いませんが、スペイン大使アサラに緊急事態として持たせてやるべきでしょう」と提案した。ゴドイはいやいやながら同意した。

そうこうする間にマドリードで、ポルトガルとの和平をめぐるナポレオンの最終条件が下された。「ポルトガルは植民地ギアナをフランスに割譲し、フランスにたいそう有利な通商条約に調印し、戦時賠償金は百億、もちろんイギリスとのあらゆる関係を絶つこと」という厳しい条件だった。さらに、この条件の維持を確かなものにするために、フランス軍は、イギリスとの調印締結までスペイン国土にとどまるという。第一執政が同盟国スペインに譲歩したのは、和平条約締結の場所はバダホスという点だけだった。

ゴドイはぐずぐずと苦情を述べた。するとナポレオンは弟リュシアンに、ゴドイと長々と話さないように指示し、「ゴドイには知らせずに、これをマリア・ルイーサ王妃に直接手渡しなさい」と直筆の書状を送った。明確で有無を言わせぬ第一執政の命令に、リュシアンは従わざるを得なかった。ナポレオン・ボナパルトからスペイン王妃に宛てた私信は次の通りである。〈陛下の宰相はここ数か月、私の政府に一連の侮辱的な覚書を送ってきたばかりでなく、私に対して厚かましい言辞を呈しました。私は、この愚かしくも不穏当な振る舞いにうんざりしております。私がなおも、この種の覚書を手にすることがあれば、電光石火、稲妻が下ることを陛下にお知らせ申し上げます〉。

驚いたマリア・ルイーサ王妃は、すぐさまゴドイに出頭を命じた。「すばらしいお友達をお持ちのようね」と言って、手紙をゴドイに見せ、彼が読むさまをじっと観察した。ふだんは自信に満ちたゴドイのでっぷりした顔が当惑の色を見せ、豊満な肉体から、ぐったりと力が抜けていった。

「宰相殿、お知恵を拝借できますか？」と彼女は嘲るように言った。

「ボナパルトがバダホスの和平を批准すると、あなたのご息女カルロッタはギアナを渡さねばならないでしょう」とゴドイは悲しげに言った。

「それと百億の戦時賠償金もね」とマリア・ルイーサは怒って付け加えた。

バダホスで
第二回和平条約が締結された
今回は第一執政ナポレオンが
署名した
地名バダホスをのぞけば
その中身は
第一回和平条約とは
雲泥の差である
　だが新たな条項について
知らされたスペイン人は
ごくわずかで
ゴドイはさらに褒めそやされた
そしてフランス軍は
スペインの経費で
スペイン国土にとどまった

18　ゴドイの肖像

ゴヤはアランフェス離宮でゴドイの肖像画を描いていた。

ゴドイの名声がとどろいても、「バダホスの和平」がどんなにお粗末なものであるか、利口なゴヤは見逃さなかった。いっぽうゴヤとの宿縁を確信するゴドイはゴヤを味方につけようとし、頻繁に画家に気の利いた極上品を贈り、食事や散歩に誘った。

ゴドイは手話も用いたが、早口で不明瞭な物言いをすることが多く、ゴヤには少ししか理解できなかった。ゴドイは果たして本当に俺に理解してもらいたがっているのだろうか？　ゴドイは何かに駆り立てられるように話す。受容能力にハンディキャップのある相手にしゃべるほうが安全だと思っているからでないか。ゴドイは命取りになりかねないことをペラペラしゃべる。第一執政ナポレオンについて辛辣で不遜な言葉を吐き、スペイン国王夫妻についても皮肉な言辞を容赦なく呈する。

ゴドイはゴヤに、総司令官の地位にふさわしい表彰をもたせた肖像画を要請し、「私は、ダヴィッドの描いた『サン・ベルナール峠を越えるボナパルト』のような絵をイメージしている」と表明した。それゆえゴヤは、戦場で勝利をめざして芝生の腰掛けで休息を取り、手に急送公文書をもつ輝かしい軍服姿のゴドイを描いた。

写生に際して、芝生のベンチ代わりに快適なソファーが用いられた。親王ゴドイはソファーに長々と寝そべって、画家とおしゃべりをした。ゴヤは相手が有力なパトロンでも容赦なく、ゴドイの顔や体のみならず、内面にもぶよぶよと脂肪がつき肥大化しているのを感知した。ゴドイはなんと残酷に、なに食わぬ顔で、妻である内親王テレーサの人生を打ち砕いたことだろう。ウルキーホは今やパンプローナ城塞のじめじめした暗い独房に閉じ込められ、食べ物もろくに与えられず、紙やインクも取り上げられたという。そう思いながらゴヤは、総司令官の栄光のみならず、心身ともども脂ぎった怠け者ぶり、大言壮語する不遜さを描き出した。〈猿は高く登れば登るほど、お尻が丸見え〉と古い諺が脳裏をよぎった。

しばしばペパが、この写生に同席した。ペパはアランフェス離宮で我が家のごとくのびのびと振る舞い、王妃の女官となり、王妃の覚えはめでたく、国王の覚えはさらにめでたく、まさに飛ぶ鳥を落とす勢いだった――ゴヤがサン・アントニオ・デ・ラ・フロリダ教会のフレスコ画に、私を天使の姿で描いてくれたということは、今なおゴヤの心の中で、私は天使なのね。ペパは小さな息子をゴヤと対面させた。子供好きのゴヤは幼子に笑いかけ、指であやした。「この子は、あなたを信頼しているのね。ドン・フランシスコ。こんなにニコニコしてるもの。この子、あなたに似ていると思わない？」と出し抜けに聞いた。

ゴドイの肖像画が完成し、ゴドイとペパは見入った。カンバスの中に、小高い盛り土に寄り掛かり、勲章で飾り立てた軍服姿のゴドイがいる。どこもかしこも金ぴかで、剣帯にも勲章がきらめいている。左側には敗戦国ポルトガルの旗がだらりと下がり、背景には馬や兵士が影のようにうごめいている。ゴドイの後ろに小さく副官テパ伯爵が控えている。鉛色の暗鬱な空の下に、戦勝に倦んだ元帥が座り、退屈そうな顔で急送公文書を読んでいる。たいそう手入れの行き届いた肉厚の手。

「座り方が不自然ね。でも、それ以外はそっくりよ。あなた、本当に少し太ってきたわよ」とペパ。ゴドイは賛同しなかった。大成功した男の肖像画だ。権力を握った男は、こんな風に座り、こんな出で立ちで、こんなまなざしをするのだ。「すばらしい絵だ」。ゴドイは賛美し、「これこそゴヤの絵だよ。わが友にして画家である君の前に、もう一枚モデルとして座る時間がないのが残念だ。今や、統治に一日中追われてるものだから」と溜め息をついてみせた。

実際ゴドイは多忙だった。ナポレオン将軍に妨げられてヨーロッパに権力を誇示できないので、せめてスペイン人には自分の力をわかってもらおうとした。今や、ウルキーホに代わる男が政権を掌握し、神をも恐れぬフランスの言いなりにならない男が政権の座についたことを誇示したかった。それゆえゴドイは自由主義者に反対する政策をとり、反動主義の貴族や教皇権至上主義の聖職者にますます歩み寄った。

ミゲルは目端の利いた論拠や、巧妙で遠回しな警告で、彼なりに穏やかにゴドイを諭そうとした。だがゴドイは耳を貸さず、ミゲルの忠告を小煩《こうるさ》く感じた。ミゲルとゴドイの関係は変質していった。これまでは厄介事に巻き込まれると、ミゲルに助けを求めてきたのだが、今や、それを無視しようとした。秘書官ミゲルはルチーアとの一件で女々しい態度をとっているからと、手前勝手な理屈をつけた。

ゴドイは沈着なミゲルの手にも負えなくなってきた。そうでなくてもミゲルは落ちつかぬ不安な日々を送っていた。ルチーアが帰国すれば、万事丸くおさまると思っていたのに、新たな混乱を引き起こしただけだった。妻ルチーアは今やゴドイと一緒に、僕のあずかり知らぬ陰謀をめぐらす。僕がそれを不快に思うことぐらい、分かっているはずなのに。司祭が寛大な刑罰で済んだのは、ゴドイが大審問官と由々しき取り決めをしたせいだ。

陰でルチーアとペパが糸を引いているのは間違いない。

ゴドイの腹心の部下であることが、ミゲルをさらに追い詰めた。ゴドイは、ミゲルの助言に耳を貸さず、さらに激しく自由主義者を弾圧し、決定的な打撃を加えようとしていた。

大審問官レイノーソは司祭ディエゴへの穏健な処置に対する見返りとして、筋金入りの異端者で、自由主義者ホベリャーノスを容赦なく罷免することを望んでいた。ゴドイは、かつてホベリャーノスに自ら恩赦を施し、彼の昇進に一役買っていたから、ホベリャーノスを裏切ることに難色を示したが、心の底では、この絶えず苦言を呈する口うるさい有徳の士を厄介払いしたかった。そこで、粘り強く交渉し、さんざん渋ってから、大審問官の条件に応じた。そのうち、大審問官との取り引きを実現する絶好のチャンスが訪れるだろうと思っていた。

まもなく、またとない口実ができた。ホベリャーノスは大胆な本を出版し、異端審問所は厳しい文言で、政府は冒涜的で謀反の匂いのする本をすぐさま発禁処分にし、著者に責任を問うように要求してきた。

「君の友人ホベリャーノスは、ばかな真似をしてくれたね。今回は、ホベリャーノスを告訴しなければならないと思う」とゴドイはミゲルに告げた。

「発禁処分に甘んじるおつもりですか?」。ミゲルは聞いた。

「レイノーソ宛ての返事は、宥和的で慰撫するような文句で頼むよ。今回は、無事切り抜けるのは無理だと思う」。ゴドイは悪巧みにきらめく瞳でミゲルをじっと見つめた。

「ホベリャーノスを戒告処分にするおつもりですか?」。ミゲルは真剣に不安げな面持ちで聞いた。いつもの角張った色白の顔が平静さを失っている。

「今回はそれだけでは済まないと思う」。ゴドイは肉厚の手で、倦怠感に満ちた上品な拒絶の仕草をした。「ホベリャーノスは絶えず私に大審問官やローマとの諍いの種をもたらす。片意地な男だ」。彼は本心をむき出しにし、意地悪く、聞き分けのない子供のように、いきり立った。「もう揉め事にはうんざりだ。彼の故郷アストゥリアスへ送り返そう。国王に、彼宛ての命令書を送達するよう頼むつもりだ」。

「やめてください!」。ミゲルは叫び、立ち上がった。ホベリャーノスを流謫《るたく》の地から復帰させるための長い戦いの苦い記憶がよみがえった。あの戦いによって、ゴヤの運命、ペパの運命、ゴドイの運命、そして僕自身の運命まで変わってしまったのだ。あの犠牲、あの苦労はなにもかも無駄だったのか？

「ご無礼をお許しください。でも、今、あなたが大審問官になにもかも譲歩してしまったら、相手はこれから、つけ上がるいっぽうです」

「忘れたのかい？」。ゴドイは優しく嘲るような口調で言った。「いざとなれば、私は教皇や大審問官に対して立派に任を果たす術を心得ていることを。有罪の烙印を押された異端者が国外へ逃れ、帰国し、命拾いしたことがあったね。ねえ、君、私がやってあげたんだよ。ディエゴ司祭は現に今、スペインにいて、それもまずまずの境遇じゃないか。これから、彼の運気はもっと上がるだろう。認めたまえ。異端審問所に痛烈な打撃を与えたんだ。だから、こちらが、ささやかな心付けをあげるのは当然じゃないか」。

「ささやかな心付けですって！」。ミゲルの声は自制心を失っていた。「スペイン一偉大な人物ホベリャーノスを追放するとは！　この敗北から、私たちは二度と立ち直れないでしょう。誤謬の道を歩み出す前に、もう一度考えて直してください」。

「君の助言は」ゴドイはおそろしく穏やかな口調で答えた。「最近、少々押しつけがましいね。私にも考える脳味噌があることを忘れてないかい？　君たち自由主義者は、あまりにも不遜だ。君たちに甘い顔をし過ぎたようだね」。ゴドイは立ち上がった。長身で肉付きがよく、堂々たる体格のゴドイが、痩身のミゲルの前に立ちはだかった。「もう考量済みだ。君の友人ホベリャーノスは命令書を受け取る」。ゴドイは深みのあるテノールの声を意地悪く、勝利を祝うように朗々と響かせた。

「私は辞職させていただきます」

「恩知らずめ！」。ゴドイは叫んだ。「無知蒙昧の恩知らずの愚か者！　事のつながりが、わからないのか？　ディエゴ司祭の帰国の代償だということが飲み込めないのか？　ルチーアから何も聞いていないのかね？　ルチーアやペパと詳細に論じた結果なんだがね。そんな愚か者が、この私に助言する気でいるとは！」。

ミゲルは身体の震えを
ゴドイに悟られまいとした
なにもかも心の奥底ではわかっていたのだ
ただ知りたくなくて
直視せずにいたのだ
「蒙《もう》を啓《ひら》いてくださってありがとうございます」
ミゲルは乾いた口調で言った
口を開くのもやっとだった
「ご多幸をお祈り申し上げます」
ミゲルは　しゃちほこばったお辞儀をし
退出した

19　自由主義者の敗北

ゴドイは、ミゲルとの諍いの余波で、ホベリャーノスに王の命令書を送付し追放するのは見合わせた。そのかわりホベリャーノスに私的な話し合いの場で、「あなたがマドリードにいると、ローマ教皇配下の聖職者や大審問官を絶えず挑発することになり、スペイン国王陛下の治世を危うくします。故郷アストゥリアスに帰られては、いかがでしょう。国王陛下も、あなたが二週間以内にヒホンへ旅立たれることを望んでおられます」と説明した。

ミゲルは、ホベリャーノスが貧乏くじを引く羽目になったのは妻ルチーアのせいであることを秘して、ホベリャーノスにアストゥリアスではなくフランスへ行くよう説いた。ミゲル本人も、ゴドイとの不和から、スペインにとどまるのは得策とは思われず、できればパリへ避難したいぐらいだったが、ルチーアからいくじなしと思われるのは耐えられない。せめて敬愛する友ホベリャーノスに国境越えをさせたくて、雄弁をふるった。

だがホベリャーノスは「なんてことを言うんだ！」と怒った。「ピレネーの尾根にいても、私は敵の哄笑を烈風のように感じるというのに。やくざ者ゴドイに『ほら、君たちの英雄はピレネーの向こう側に、尻に帆かけて逃げていったぞ！』などと勝ち誇って言わせるわけにはいかない。ミゲル、私は断固としてスペインに残る」

ホベリャーノスは、二度目の無期追放に出発する日、友人たちを集めた。ミゲル、キンターナ、ゴヤ、アウグスチンという顔触れだ。なぜかペラール博士もいる。

熟年のホベリャーノスは不運の中でも、期待にたがわず品位ある態度を示した。「ゴドイのねらいは、外交の失態を暴力的な内政で隠蔽することにある。英国との和平は長続きしないだろう。そして、がつがつ功名を求める哀れな風見鶏ゴドイは、またもやブルジョワと自由主義者をてなづけようとするだろう。ホベリャーノス追放は、長くは続かないだろう」。

他の者たちはホベリャーノスの自信に満ちた宣言を、当惑顔で聞いていた。彼の希望的観測を首肯する者はいなかった。ゴドイはウルキーホの処遇で、その残虐性をあらわにした。ホベリャーノスにも災いがふりかかるのではないか。

当惑と沈黙が続き、しばらくしてからペラール博士が口を開いた。落ち着いた分別ある口調で、ペラールは敬愛するホベリャーノスに「ゴドイが第一歩を踏み出した以上、次の動きを阻むのは難しいでしょう。ヒホンよりもパリへ行かれたほうがいいのではないでしょうか」と話した。他の者たちも、すぐさま医師に口々に同意した。最も活発に賛同したのは、若いキンターナである。

「あなたご自身のためばかりでなく、スペインのためにも、あの復讐心に燃えるやくざ者から、身の安全をはからねばなりません。あなたは自由と文明開化の戦いのために、なくてはならぬ人物なのですから」。キンターナは熱心に説いた。

友人たちの一致団結した助言、とりわけその熱意と徳を高く評価している若きキンターナの説得は、頑固なホベリャーノスに深い印象を与えたらしい。もの思わしげにホベリャーノスは、友人たちの顔をひとりひとり、じっと見ていた。それから、ほほ笑みを浮かべて答えた。「君たちは、私のことを心配してくれているんだね。しかし、たとえ私がアストゥリアスで生命を落とすとしても、そのほうが、私がおしゃべりで無為な逃亡者としてパリでのうのうと暮らすより、進歩のためになるのではないだろうか。主義に殉ずる者の死が、無駄死にになることはない。ファン・パディーリャは敗北したが、彼は生き抜いて、今なお戦い続けている」。

ゴヤはホベリャーノスの言葉を一言残らず理解できたわけではないが、意味はわかった。悲しげな微笑を押し殺すのに苦労した。たしかにパディーリャは生きているが、アルバ女公爵の忘れられた道化として、カディスのハロ館で道化として生きながらえているのだ。

ペラール博士は、ナポレオン将軍のことを話題にした。「ナポレオンがヨーロッパじゅうに啓蒙思想を広めることは間違いありません。しかしゴドイの政策では、第一執政ナポレオンはスペインの軍事的安全確保を先決と考え、スペインの文明開化を支持してスペイン国民の不興を増長させる気はないでしょう。現状ではナポレオンは、自由主義者と戦う宰相ゴドイを阻止する気はないと思われます。だから」とペラールは頑強にさっきの言葉を繰り返した。「私があなたなら、スペインにいません」。

他の者たち、特にミゲルは、ホベリャーノスが頑固な助言者を怒ってはねつけるだろうと思っていた。だがホベリャーノスは自制した。「私は苦い思いなくして、前の追放の時代のことを考えずにはいられない。隠居生活を無理強いされたからね。狩りをしたり、気ままな読書に耽溺したり、研究や執筆活動に勤《いそ》しむことができた。それらはまったく無価値というわけではなかった。神の摂理が私に再び山居を命じるなら、それは理由のあることなのかもしれない」。

皆は礼儀正しく黙っていたが、懐疑的だった。追放されたウルキーホは紙とインクを取り上げられた。ホベリャーノスは『パンと闘牛』のような本の執筆を果たして許してもらえるだろうか。

ホベリャーノスは皆を元気づけた。「諸君、私たちの敗北を、そして高貴で勇敢なウルキーホが成し遂げた偉業を忘れないでおくれ。スペインの教会の独立が問題だ。今になってローマに盲従していた頃のつけが回ってきているのだよ。大いなる成功に先立ち、私が少々不快を被っても、なにほどのことだろう」。

アウグスチンが口を開き、陰鬱な口調で言った。「あなたをマドリードから追放したら、お次は勅令撤回でしょうか」。

「そんなことはさせない！」。ホベリャーノスは叫んだ。「ローマ・カトリック教会が、私たちの最後の血の一滴まで搾り取るために襲いかかるような真似はさせない。諸君、私は断固として、そんな真似はさせない。勅令を撤回させはしない！」。

皆はこの楽観的な憶断を聞いて、内心ホベリャーノスのおめでたさを案じた。ホベリャーノスがかくも多くの悪しき経験を経てなお、この世の悪を信じていないとは、なんとおめでたいことだろう――政治に疎いゴヤですら、それはよくわかった。

ゴヤは壁に掛かっている、モデルのホベリャーノスの若い頃の肖像画を見つめた。この作品を描いた頃、俺はたいそう若かった。できの悪い肖像画だ。今日描くとしたら、凡庸で勿体ぶった人物だが、滑稽というより、ほろりとさせられる人物として描くだろう。さっさとピレネー越えをせずに、あいかわらず強大な敵の手中にいるとは！　目標のために戦う気なら、なんとしても生き延びることが先決ということが、この男にはわからないのか。にもかかわらずホベリャーノスの愚直さには、頭が下がる。ホベリャーノスは自分のモラルに忠実に生きている。その頑迷さは感嘆に値する。

ふと気づくと、ホベリャーノスがゴヤに話しかけている。「ドン・フランシスコ、このマドリードで私の役を引き継ぐのは、君だ。今日日《きょうび》の権力者たちは、なぜか君の絵の前では判断力を失い、君の絵が、陰で糸を引き、うまい汁を吸う人間に対する戦いにおいて、いかに大いなることを成し遂げるかということに、どういうわけかまったく気づかない。国王や大貴族の盲目の恩恵を利用なさい。逃げてはいけません。この腐敗堕落した時代を写し出しなさい。そうすれば、君は古代ローマの風刺詩人ユウェナリスのごとく、宮廷とマドリードの風刺家となるでしょう」。

これほどゴヤの意図から遠いものはない。ホベリャーノスの仰々しい台詞、言語道断の要求を強い言葉ではねつけたかった。だが、この熟年男は不確かな運命の真っ直中へ乗り出すのだ、自分にかくも多くの課題を課する人間は、他者にも諸々の要求をする権利があるのだと思い直した。

「あなたは、私の芸術の影響力を過大評価されているのではないでしょうか」。ゴヤは丁重に言った。「政府は、私の絵の影響がいかに微小なものか、わかっていますから、介入しないのです。国王や大貴族はあるがままの人物として、私に描かれるがままになっていますが、それは彼らが傲慢だからです。宮廷道化師が何を言おうが、宮廷画家がどう描こうが、彼らはいかなる真実にも恥じ入ったりしないほど、自分たちの偉大さに絶対の自信を持っているのです」。

「自分で自分を貶めてはいけません、ドン・フランシスコ」。キンターナが激しく言った。「私たち作家が表現できるのは、いくばくかの教養人の耳に快く響く、上品なカスティーリャ語です。でも、あなたの『カルロス四世の家族』や、フロリダ小教会のフレスコ画は万人の心に響きます。普遍言語です」。

ゴヤはキンターナを親しげに見つめたが、何も答えなかった。長時間、他者の言葉についていくのは難儀だ。ゴヤは再びホベリャーノスの肖像画を見つめた。彼が去らねばならないこと、彼の新たな肖像画を描く時間がもうないことが残念だった。

今こそ俺は　この男がよく理解できる
この男にとって大切なのは
勝利ではなく
戦いだ　永遠の戦いだ
彼にはドン・キホーテの片鱗が潜んでいる
スペイン人は皆そうだ
ホベリャーノスは
正義のために戦おうという
野望に燃えている
不正を見つけたら

倒さずにいられない
だが正義とは　あてどなき目標
騎士ドン・キホーテの目標のように
到達しえない理想に過ぎないことがわからないのだ
いや　だからこそ彼は行かねばならぬ
だからこそ　ドン・キホーテは愛馬にまたがって行かねばならぬ

20　ロス・カプリチョス

ゴヤはここ数か月エッチングにいそしみ、サンルーカルで幸福だったころ描いた素描を銅版画にしていた。しかし当時の快活で害のない素描は、新たな形を得て、違う意味をもってきた。アルバ女公爵はもはやアルバ女公爵にとどまらなかった。女官オイフェミアの陰から、亡き腰元ブリヒダがこちらをうかがい、侍女フルエラ、踊り子セラフィナが、マドリードのマハとして、さまざまな姿態で登場した。ゴヤ自身も自堕落な情夫、危険なマホ、恋に狂った男、欺かれた男、わら人形、道化として登場した。

マドリードの女たちが遭遇する巨悪と小善が混在した、無軌道で乱脈な画帳が出来上がった。娘たちは醜い金持ちと結婚し、お人好しの色男を誘惑し、金を搾り取れる人間からは遠慮なく搾取し、彼女たちも高利貸し・弁護士・裁判官から搾取される。恋をし、束の間の情事を楽しみ、きらびやかなドレスで着飾り、老いさらばえてデスマスクのような容貌になっても、鏡の前に座り、化粧に身をやつす。着飾って闊歩《かっぽ》し、豪勢に馬車を乗り回し、異端審問官の前に悔悟服姿で引きずり出され、獄につながれ絶望し、さらし者にされ、半裸で町を引きずり回され、罵られる。彼女たちの回りにはいつも、放蕩者の伊達男、残虐な警察官、乱暴なマホ、こすからい女中頭や取り持ち女がいる。

彼女たちの回りには、デーモンもいる。亡き腰元ブリヒダばかりではなく、妖怪の群れがいる。愛嬌ある妖怪もいれば、身の毛もよだつような妖怪もいる。グロテスクで奇怪な妖怪ども。一義的なものは何一つなく、すべて流動的で、見る見る姿を変えてゆく。婚礼の行列の歩を進める花嫁は、もう一つ、けだものの顔を持っており、花嫁の後ろの老女は厭わしい猿になり、暗がりから訳知り顔の見物人がニヤリとほくそ笑む。情欲に燃える男たち、求愛者たちが鳥になって飛び回り、落下し、文字通り羽をむしられる。彼らの顔は何者か識別できそうで、できない。花嫁のご先祖様の非の打ち所ない貴い系図を提示された花婿は子細に研究するが、生身の花嫁の猿のようなご面相は認識しない。花嫁自身にも分からない。誰もが仮面をかぶり、現にそうである人物ではなく、そうありたいと願う人物を演じる。みな、相手の正体を知らず、自分が何者かすら分からない。

ゴヤはここ数週間そんな画帳制作に没頭した。ホベリャーノスと別れてから気が抜けてしまい、〈隠者の庵〉に何をするというのでもなく座っていたが、ホベリャーノスとの会話が、脳裏にこびりついて離れなかった。自問自答した。彼らは俺に何を要求しているのか？　プエルタ・デル・ソル（太陽門広場）に立って、この画帳を人々に披露せよというのか？　ホベリャーノスもキンターナも、殉死は犬死にということが分からないのか？三百年も前から、虐待、拷問、死刑、獄死が脈々と続いている。だが、殉教者は何を手に入れただろう？　ご老体ホベリャーノスは、異端審問所の緑の制服を着た使者が彼を連れに来るまで、アウストゥリアスに山居して待つがいい。だが俺は、フランシスコ・ゴヤは判断力を義勇の精神で鈍らせたりしない。ともかく、人様《ひとさま》のことには口出しすまい。

だがホベリャーノス家で言われたことは、ゴヤの脳裏を去らなかった。怠け者で傲慢なゴドイが戦場を意味するソファーにのうのうと寄り掛かっていたさま、ガラス細工のようにもろく繊細な内親王テレサが、つぶらな瞳で不可解な厭わしい世界を凝視していたさまが眼前に浮かんだ。

突然、下唇をぐいと突き出し、ゴヤは再び机に向かって描いた。今度は女性ではない。貴婦人でもお洒落女でも、マハでも取り持ち女でもない。いわくありげなところも多義的なところもない。誰にでもわかるシンプルな素描だ。

大きな年老いたロバが、年少の小さなロバに、威厳をもって熱心にアルファベットを教えている。猿が老いた雌ロバにギターを弾いて聞かせると、雌ロバはうっとりと聞き惚れ、熱狂して拍手する。お上品なロバがご先祖様の系図を子細に研究している。千年前にさかのぼってもロバだ。器用な小猿がいそいそと、ロバをモデルに、誇り高く輝かしい肖像画を描いているが、カンバスに描かれた顔はロバというよりライオンである。

ゴヤは作品を吟味した。勇み足の単純な絵。友人たちはきっと「あんまりな絵だ」と言うだろう。そこで、屈んだ二人の男の背、今にもくずおれそうな背に乗った二頭の大きな重いロバを描き、意地悪い笑みを浮かべた。「私と私の太鼓腹、何も知らずに背負ってくれる」――このほうがずっといい。忍従のスペイン大衆が貴族と聖職者を背負っていることが、誰にでも見て取れる。

この種の冷やかしに政治的効果を期待するのはナンセンスだ。だが、こうしたものを描くのは楽しかった。その後しばらくゴヤは、アトリエにこもり、静かな熱意をもって制作に励んだ。これまで自分の素描やエッチングに名前をつけたことはなかったが、この作品群を「風刺」と呼んだ。

女性をさらに悪意を込めて、憐憫の情抜きで描いた。愛し合うカップル。恋人の足下には当世風に二匹の小犬がいて、愛し合うカップル同様、愛の営みにいそしんでいる。巨大な岩塊の前に、亡き恋人を前に絶望する男がいる。しかし彼女は本当に死んでいるのか？　恋人を翻弄するために、死んだふりをしてウインクしているのではないか？

ゴヤが描き出した生には、ますます多くのデーモンが戯れていた。人間味あふれるもの、天上的なもの、悪魔的なものが混在する中を、ゴヤ、アルバ女公爵、ルチーアが練り歩き、乱舞する。すべてが大胆きわまる戯れだった。

人生の浮き沈みを描いた。地球儀に座る山羊の足をしたサテュロス、巨大な陽気なデーモンが暇潰しにアクロバットをしている。サテュロスは楽しそうに何食わぬ顔で、ひとりの男に立派な軍服を着せ、たくさんの勲章をつけてやっている。男の巨大な鬘《かつら》からも、手にもった松明《たいまつ》からも、煙と炎が出ている。地球儀の片側では、サテュロスに遊び飽きられた男が滑り落ち、足を広げて、あられもない姿だ。もういっぽうの側にも、手足を広げて虚空へ、まっさかさまに墜落する男がいる。彼も、やはりサテュロスに飽きられた玩具である。

ゴヤは絵の多義性に満足した。煙を出す鬘《かつら》と、煙を出す松明《たいまつ》を見てほほ笑んだ。「ウメアール（煙を出す）」という言葉は「思い上がる、天狗になる」という意味があるからだ。大言壮語するおめでたい道化、山羊の足もつサテュロスと戯れ、すぐに飽きられ捨てられることに気づかない玩具のわら人形に、にんまりした。ゴドイは何食わぬ顔で遊ぶサテュロスのほうだろうか。それともサテュロスにもてあそばれる玩具、道化のほうだろうか。だが、これだけは確かだ。この素描を見れば、どんなに愚鈍な人間でも、幸運とは、よく言われるように美しい気まぐれな女神などではなく、大柄で陽気でのんきで無定見で、だからこそ危険極まりないサテュロスであることに気づくだろう。ゴヤはおのれの「人生の浮き沈み」を思った。もはや思い上がった道化でいてはならない。サテュロスに放り投げられるかもしれないが、サテュロスやデーモンに不意打ちを食らって振り回されるままではならない。虚仮《こけ》にされたままでいてたまるか。泣き寝入りはしないぞ。

だが、そんな自信も空威張りに過ぎないと判明する事件が起きた。サテュロスは、他の者と同様、ゴヤをも愚弄した。サラゴーサから、マルティン・サパテールの訃報が届いたのである。

ゴヤは誰にも我が身の不幸を語らず、アトリエに逃げ込んだ。長時間ぼんやりと座っていた。またもや人生の大切なものがが引きちぎられ、こぼれ落ち、失われてゆく。昔話に花を咲かせ、ばか話に笑い合い、小言を思い切りぶちまけて、心のままに「思い上がった天狗」にならせてくれる相手、その親友がもはや、この世にいない。マルティンが、大きな鼻の親友マルティンが死んだ！「あの世に行ってしまうとは、大ばか野郎！」。胸の内にとどめておこうと思った言葉が、口から大声でほとばしり出た。不意にゴヤは、アトリエで一人で踊り出した。銅版やプレスや紙や絵筆や彫刻鑿《のみ》や大小の金だらいの間を、激しく硬い動きで踊った。ゴヤとマルティンの故郷アラゴンの激しい戦いの踊り、ホタだ。マルティンの死を悼む別れの踊りだった。

晩になるとゴヤは、アルバ女公爵と約束していたことを思い出した。「死者は墓場へ、生者は食卓へ！」――苦々しく、独り言を言った。常ならぬ、だらしない身なりで、馬車も呼ばずに徒歩で出かけた。モンクロアまでの道程は長い。それを歩き通した。アルバ女公爵は、ゴヤが埃まみれの、だらしない格好で現れると驚いたが、何も聞かず、ゴヤのほうでもマルティンの訃報を告げなかった。ゴヤはその夜、彼女のもとに長居をし、彼女に対して粗野で乱暴だった。

翌日アトリエにいると、またもや妄想がゴヤを襲った。マルティンの死は俺のせいだ。マルティンが亡くなったのは、俺が肖像画を描いたせいだ。今回は妖怪どもに敢然と立ち向かわず、妖怪どもが爪をたてて我が身に食い込み、無音の哄笑を放つにまかせた。

長いことゴヤは、恐怖に押し潰されて座っていた。突如、度しがたい怒りが込み上げてきた。自分自身に対して、それからマルティンに対して。マルティンは俺に接近し、俺がマルティンなしでは生きていけないほど、俺の中に入り込み、絶対不可欠の存在になったとき、俺を見放し、裏切った。皆、俺の敵だ。近しい友として振舞う人間こそ、最もあくどい敵だ。そもそもマルティンとは何者だったのか？　抜け目のない木偶《でく》の坊、小犬のファニートほども芸術的センスのない銀行家、取るに取らぬ人間だ。それになんと醜男だったことか。あの大きな鼻で他人の秘密をのぞき込み、嗅ぎ回る。怒ってゴヤは、マルティンがスープ皿の前に座り、食べているさまを描いた。大きな鼻がますます巨大化した。舌鼓をうちながら貪り、すすり込み、嗅ぎ回る男の顔は、ひどく卑猥だった。これはもう人間の顔ではない、男性性器だ。

憤怒と悔悟がゴヤを揺さぶった。死者に対する冒涜だ！　俺がここに描き出したのは、俺自身の卑猥さ、底知れぬ卑しさだ。マルティンが親友で、俺のためになんでもしてくれたからこそ、彼の気立てのよさが妬ましくて、俺のさもしさを描き込んだのだ。マルティンは天分豊かで純朴な人間だったから、デーモンも彼には近づけなかった。デーモンは俺には近づける。デーモンを支配したなどと思い込む俺は、とんだ痴れ者だ。

デーモンは俺の回りにうずくまり、今にも飛び掛からんばかりだ。耳が聞こえないはずなのに、やつらの叫び声、うなり声、金切り声が俺の身体を切り刻む。やつらの恐ろしい吐息を感じる。

大変な努力で自制し、背筋を伸ばして座ると、口をきっと結び、上着を正し、耳上の髪をかきあげた。フランシスコ・ゴヤ、首席宮廷画家、アカデミー名誉会長は目をつぶったりしない。妖怪どもから顔をそむけたりしない。親友マルティンを妖怪どもに殺された後でも、やつらを凝視してやる！。

妖怪どもの好き勝手にはさせない——ゴヤは力業で妖怪たちを紙に描き出した。

ひたすら描いた。机につっぷして、腕で顔を隠す自分の姿も描いた。ゴヤの回りでうごめく夜の阿鼻叫喚を描いた。猫の顔や鳥の姿をした妖怪、怪物、フクロウ、コウモリが恐ろしい姿で迫ってくる。すぐ側から迫ってくる。怪物の一匹は、もう俺の背中に居座っているじゃないか。だが、やつらは近づくだけだ。俺の中に入り込ませはしないぞ。野蛮な恐ろしい鳥の姿をした怪物の爪を彫刻鑿《のみ》で描いた。妖怪どもを活用してやる、やつらを降参させてみせる、紙の上に描いてやる。そうすれば、やつらはもう悪さはできないはずだ。

それからはもう妖怪たちが怖くなくなった。妖怪たちと取っ組み合いの喧嘩をして、ゴヤは彼らを完全に屈伏させた。ゴヤが呼べば、手なづけられ、おとなしくなった妖怪たちが現れた。妖怪たちはいたるところに姿を現した。戸外へ出れば、刻々と姿を変える雲となって、散歩をすれば樹々の小枝となって、マンサナーレス河畔を歩けば偶然の砂流となって、またある時はアトリエの壁の染みや太陽の輪となって現れた。妖怪たちはいつも、ゴヤが心に思い描く輪郭と形姿で現れた。

若いころから、妖怪の発生学に取り組んできたゴヤは、スペインの他の画家や詩人、悪魔研究者や異端審問所の専門家よりも妖怪に詳しかった。今やゴヤは、これまで脇へ置いてきた妖怪たちに臆することなく迫り、ほどなく全員を知った。ゲルマン神話の地底に住む妖精アルプ、魔力を持つ小妖精アルラウネ、意地悪い夜の妖精ドゥルーダ、死者の霊レムール、取り替え子（産褥中に小人・妖精によって取り替えられ、実子の代わりに残された醜い子）、人狼、森に住む愛らしい妖魔エルフ、仙女、地中の宝を守る小人の姿をした地の精グノーム、魂の安息を得られず真夜中にさまよい歩く死霊、人食い鬼、ひとにらみで相手を石に変える怪物バジリスク。最も忌むべき化け物は「告げ口屋、密告者」で、警察や異端審問所のスパイも同じ名で呼ばれていた。それから、招かれなくとも夜中にいそいそと家事をしてくれる愛くるしいコーボルト。

妖怪たちはたいてい人間めいた容貌で、敵の特徴と味方の特徴が入り交じっていた。同じ魔女がアルバ女公爵にも、ペパにもルチーアにも見えた。同じ粗野な妖怪が、ゴドイになったり、カルロス国王になったりした。

妖怪たちはよく僧服を着て現れた。異端審問所の裁判官や、高位聖職者姿で現れた。教会の儀式を喜んで模倣し、聖体拝領を行い、塗油をほどこして王位につけたり司祭に叙階したり、臨終の秘跡を授けたりした。ある魔女はサテュロスの肩の上に座り、服従の誓いをした。司教の式服を着た精霊たちが宙を漂いながら、魔女の前に誓いの本を差し出し、新参者たちは歌いながら湖の深みから見つめている。

ゴヤはもう妖怪たちを怖いとは思わなかった。幽霊や妄想に対する恐怖を抱きながら一生を送る人々に嘲りの混じった深い同情をおぼえた。仕立て屋が大きな布をかぶせて拵《こしら》えた子供騙しのお化けココにひざまずき、祈りを捧げる群衆を描いた。搾取される知性貧しき人々、何も考えずに、おとなしく抑圧者を養う人々を描いた。チンチラ、大ネズミ、脳なしのナマケモノ、目隠しをし、耳には大きな耳あて、高価で由緒ある、ごわごわした長すぎる衣で四肢を覆い、身動きできない大貴族や僧侶を描いた。影のようにぼんやりとした怠惰な大衆、身動ぎもせず座る愚かで鈍感な被支配層。最後の力をふりしぼって巨大な板石を身体で支える痩せ細った男。板石は今にも崩れて、男と群衆を押し潰しそうだ。

ゴヤの空想の産物はますます大胆になり、ますます多義性を帯びてきた。この画を『風刺』ではなく『ロス・カプリチョス（理念、思いつき、気まぐれ）』と名づけた。

妖怪たちが酔っているとき、身繕いをしているとき、お互いの毛皮や爪を整えてやっているとき、そんなくつろいだ営みの最中でも、ゴヤは妖怪たちをうかがった。妖怪たちは魔女の夜宴にでかけるさま、彼らが乳児の放屁で煮立つスープの火加減をし、王侯の謁見の際にするように礼儀作法に通じた彼らが大山羊の前足にキスするさま、人間から動物に、山羊や猫に変身するときに用いる手段と呪文まで、ゴヤに開示した。

しばしばゴヤは昼食に
アトリエ〈隠者の庵〉へ
パンやチーズ
辛口のシェリー酒マンサニージャを
持ち込んだ
妖怪たちを招待し

パンやチーズをふるまい
彼らと食卓を共にした
山羊の足した妖怪を「友」と呼び
他の巨大な妖怪たちを
「おチビさんたち」と呼んだ
彼らとおしゃべりをし
冗談を言った
彼らの爪や角に触り
尻尾をつまんだ
彼らの粗暴で邪悪なしかめ面や
放埒な笑い顔を見た
音のない世界で
聾者ゴヤは哄笑した
デーモンたちを笑い飛ばした

21　描かれたデーモン

ゴヤは、たとえ緊急の用事でも、他人がアトリエ〈隠者の庵〉に訪ねてくることを禁じた。いつ来てもいいのはアルバ女公爵だけだった。

一度もゴヤの仕事のことを聞いたことのない彼女だが、ある日「このところアトリエに籠もりきりね。何をやってらっしゃるの?」と聞いた。

「ちょっとした思いつきを描いています。気まぐれとでもいいましょうか。松脂《まつやに》の粉末アクアチントを使う新手法は、とてもいいですね。たいしたものではありません。空想の産物、幻想、ロス・カプリチョスです」

ゴヤは取るに足らぬ作品のように語る自分に腹が立ったが、そうすれば「絵を見せてちょうだい」などとせがまれないだろう。そう思って様子をうかがった。彼女はせがまなかった。するとゴヤの意思に反して、口のほうが勝手に動いた。「よかったら、一点か二点、お見せしますよ」。

無差別に素描を見せたが、アルバ女公爵その人、あるいは暗示するような素描は除外しておいた。彼女はいつものように無言で素早くパラパラとめくった。鏡に見入りながら化粧する、たいそう醜い老女を見ると、満足げに「これは人に見せてはだめよ、マリア・ルイーサ王妃だわ」と言ったが、他の素描については何も言わなかった。

失望したゴヤは、アルバ女公爵が登場する素描を渡した。彼女は同様に如才なく、とおり一遍の興味をもって眺め、足下に小犬のいる、慇懃な会話を交わす恋人たち——ゴヤと彼女だ——の素描を前に「これは、あの人たちは喜ばないでしょうね。ゴドイとペパの二人は」と言った。ゴヤは一秒の何分の一か呆気にとられた。「誰もお互いがわからない」というわけか？　自分のこともわからないのか？

妖怪たちの素描を、彼女は他の素描よりも長く見つめていた。「ブリヒダはよく描けているわ」。だが、たいていの素描に対しては冷淡だった。どうやら馴染めなかったらしい。

「妙ね。『気まぐれ』と言うから、正直言って、私はもっと快活な絵を思い描いていたのよ。楽シカッタトハ、イエマセンワ」。彼女はフランス語で言うと、うっすらと意地悪な笑みを浮かべた。ゴヤのノートに手をのばすと「正直に言うと、残虐で野蛮だと思うわ」と書きつけ、「それに悪趣味ね」と、たいそう明瞭に口頭で付け加えた。

ゴヤは唖然として立ち尽くした。彼女が素描から目を背け、怒り出すのなら別に不思議ではない。だが「野蛮」だって？「悪趣味」だって？　この素描は、至福と絶望に満ちた五年の歳月の認識の所産だ。俺は危険きわまる大航海を経て、俺の新大陸を発見したのだ。それなのに、この女はそれを「悪趣味ね」の一言で片付けるのか。大貴族の品定めというわけか。失神ダンスを踊る女。夫が少し邪魔になったという理由で、あっさりあの世へ送る女。俺は、俺を破滅させようとするデーモンを屈伏させ呪縛したというのに、それを「悪趣味」だというのか。

数秒後、ゴヤは怒りを腹の底におさめた。彼女の冷淡さは百も承知じゃないか。素描を見せるんじゃなかった。「普遍言語」だって！ 青年キンターナは間違っている。ゴヤは薄く笑った。「何がおかしいの？」と聞かれて、「自分のやることが、なにもかも」と答え、『ロス・カプリチョス』を重ねて一つに取りまとめると、チェストにしまった。

翌日ゴヤは新たな素描を始めた。一本の木に縛りつけられ、離れようと、むなしくもがく男女を描いた。二人の頭上には目をらんらんと光らせ、翼を広げた巨大なフクロウがいて、片足の爪で木の根をつかみ、もう片足の爪で女の髪をかきむしっている。ホベリャーノスとキンターナなら、この巨大なフクロウを、結婚の神聖な絆を監視する教会の法とみなすことだろう。ゴドイなら、ミゲルのルチーアに寄せる宿命の愛と見なし、ミゲルなら、ゴドイのペパに対する愛欲の絆を思い浮かべることだろう。この素描にはそれらすべてが表現されている。アルバ女公爵と俺との永劫の絆でもある。

数日後、思いがけずペラール博士が〈聾者の家〉を訪れた。生来疑い深く、耳が聞こえないためにいっそう疑い深くなったゴヤは、ペラールはアルバ女公爵に頼まれて来訪したのだろうと思った。これが新作の反響か！ ちょっとの間、また黒い波が押し寄せてくるのを感じた。アルバ女公爵も手の込んだ真似をするじゃないか。素描の感想を率直に口にしたが、〈私とペパを同列に扱うなんて、あなたは痴れ者よ〉ということか。「白状なさったら、いかがです、博士」。ゴヤは無理に元気を装って言った。「アルバ女公爵に頼まれて来たのでしょう。ゴヤに『具合はいかが』って聞いてらっしゃいって言われたのですね」。

ペラールは同様に元気よく答えた。「正解でもあり、不正解でもありというところですね。たしかに彼女に刺激されて訪問したのですが、もと患者ゴヤではなく、画家ゴヤを訪問したのです。久しく新作を見ていませんが、最近、素描やエッチングをたくさん制作されたそうですね。私があなたをどんなに称賛しているか、ご存じでしょう。新作を見せていただければ、嬉しく誇らしく思います」。

「正直におっしゃってください。アルバ女公爵があなたに、『ゴヤはひとり閉じこもって、奇妙奇天烈《きてれつ》なものを描いているわ』と言ったのでしょう」。ゴヤは不意に怒りにかられた。「『ゴヤは頭がどうかしているわ。メランコリックなひねくれ者になった。気がふれたのよ』と言ったのでしょう」。ゴヤはますます怒り狂った。「狂気、精神病、狂乱状態、乱心、発狂！　そして、あなたはそれに対して学問的名称を与え、秩序づけ分類するのでしょう」。叫びながら、ゴヤは思った――自制しないと、ペラールに本当に「気がふれた」と思われてしまうぞ。

ペラール博士は悠揚と答えた。「彼女はあなたの素描を風変わりだと思っています。でも、私は以前から、そしてイタリア旅行中も、女公爵の審美眼は気まぐれだと思っていますから」。

「そうです。魔女というのは自分の美意識をもっていますから」。ゴヤは言った。

ペラールは何も聞かなかったかのように、続けた。「新たなものを生み出す巨匠は、多くの偏見と戦わねばならないということは、肝に銘じてらっしゃるはずだ。無理にとは申しません。でも、私があなたの作品に多大なる興味をかきたてられたからといって、それを野次馬根性や医学的興味とはお取りにならないでください」。アルバ女公爵の愚かしい言動の後に、この穏健で芸術通の紳士の意見を聞きたい気がした。「明日の午後、サン・ベルナルディーノ通りの私のアトリエにいらしてください。いや、明日はだめです」と訂正した。「明日は火曜日、不吉な日です。水曜日の午後、いらっしゃい。ただ、私がその時アトリエにいるかどうか保証できません」。

ペラールは水曜日にやってきた。ゴヤはちゃんとアトリエにいた。

ゴヤは素描を何枚か見せた。ペラールの識者の目が食い入るように素描を見つめる。そこでゴヤは、さらに数点を見せ、『ロス・カプリチョス』の数点も見せた。ペラールがいかなる快感をもって、それらの絵から立ち上ぼる香煙と硫黄の臭いを吸い込んでいるか察知したゴヤは、男たちの頭に乗って魔女の夜宴へと飛んでゆくアルバ女公爵の絵を見せた。ペラールの瞳がぱっと輝いた。ゴヤは意地悪い勝利に酔った。

「私は気がふれていますか　博士？
ここに描かれたものは

狂気の産物ですか?」
ペラールは畏敬の念を込めて言った
「正しく理解できないものがあっても
それは　私があなたのように
識見豊かでないせいです
あなたはまるで
地獄に行ってきたかのように描き出す
じっと見つめていると
めまいがします」
「私は実際に地獄にいたのですよ
博士　あなたのような方ならわかるはずだ
私も　めまいがしましたよ
これを見た他の人間が
『めまいがする』ことを
ねらったのです
そうなんですよ　博士」
ゴヤは若者のように
ペラールの肩を嬉しそうにたたいた

22　悪戯

ゴヤは肖像画の仕事をないがしろにしていた。依頼主は短気だ。アウグスチンが「ミランダ伯爵の肖像画は、本来なら三週間前に渡していなければならないんですよ。モンティリャーノ公爵も催促してきました。二点とも私にできるところはやっておきましたから、あとはあなたの出番です」と言った。

「お前が仕上げておくれ」。ゴヤは間延びした口調でさりげなく答えた。

「本気ですか?」。アウグスチンは熱心に聞いた。

「もちろん本気だ」。ゴヤはアルバ女公爵に『ロス・カプリチョス』を見せて以来、大貴族のモデルがどう言おうが、どうでもよくなっていた。

アウグスチンは緊張して制作し、十日後には肖像画が二枚とも完成した。ミランダ伯爵は絵を大いに気に入り、モンティリャーノ公爵もそれに劣らず満足げだった。

それ以後ゴヤはアウグスチンに肖像画の仕事をますます頻繁にまかせるようになり、自分はほんの少し手を入れる程度だった。誰も気づかなかった。依頼主・鑑賞者の芸術音痴ぶりはゴヤに密かな喜びをもたらした。

ゴヤはアウグスチンに言った。「アルバ女公爵が肖像画を所望している。俺が描くと、あまりにも個人的な感情が入り込んだ絵になってしまうだろう。俺のやり方はよくわかっているだろう。お前が描いてくれないか。研究するなら、いくらでも資料を提供しよう。最後に俺が二筆、三筆、手を入れて、署名すれば、面目は保てるよ」。アウグスチンは呆気にとられ、疑いの目でゴヤを見つめた。ゴヤは挑発するように「自信がないのかい?」と言った。アウグスチンは心の中で思った——危険な賭けだ。まずい結果になれば、この私が尻拭いをさせられるだろう。

「女公爵がどんなに芸術通か、知っているでしょう」。アウグスチンは不安げに言った。

「まあ、十人並みってとこかな」。ゴヤは答えた。

アウグスチンは描いた。いい出来栄えだ。絵の中の貴婦人はアルバ女公爵だった。清楚で非の打ち所なく美しい卵形の顔、大きな瞳、高慢な眉、官能的な黒髪。しかし彼女の額には、死んだ腰元ブリヒダの影は刻印されていなかった。誰も、これが夫の死期を早めた女性だとは思わないだろう。彼女の気まぐれ、高慢さ、残虐さのために、彼女を愛する人間が地獄の苦しみを嘗めるはめになるとは、誰ひとり思わないだろう。ゴヤは絵をじっくり眺めた。二筆、三筆描き加え、署名し、最後に一瞥をくれた。まさしくアウグスチン・エステーベの絵だ。
「すばらしい。これなら、アルバ女公爵がきっと喜ぶことだろう」。ゴヤは太鼓判を押した。

案の定　アルバ女公爵は
カンバスから彼女を見つめる
淑やかで清らかで誇り高い顔に大喜びだった
「あなたはもっと上手な私の肖像画も
描けるかもしれないけど
私はこの絵がいちばん好きよ
どうかしら
ペラール博士はどうお思いになって?」
ペラールは腑に落ちぬ顔で立っていたが
ゴヤが質《たち》の悪い悪戯を仕掛けたことを察し
「この肖像画は
あなたのコレクションにふさわしい
立派な作品です」と答えた
ゴヤはそのやり取りを把握したが
にこりともしなかった
これでアルバ女公爵に敵討ちができた

23　引き出しの中

ホベリャーノスが友人たちと最後の集いを設けた晩、アウグスチンは陰鬱な顔できっぱりと「ゴドイは、スペインの教会のローマからの独立に関するウルキーホの勅令を撤回するでしょう」と予言し、ホベリャーノスは「そんなことはさせない！」と激しく反駁した。それは理性的なホベリャーノスらしからぬ悲願という印象を与えた。だが実際、ゴドイは国王の命令を利用し、スペイン教会はローマから独立を勝ち取るどころか、あいかわらず金のかかる苦渋の従属関係を強いられることになった。予期していたものの、この結果はアウグスチンの心に重くのしかかった。

アウグスチンは、ゴヤの前で心情を吐露したかった。ゴヤ署名の肖像画の立て役者は自分だということは、アウグスチンには、二人の新たな親密な友情のあかしと思われた。だが喜びは長続きしなかった。何週間も前からゴヤは、親密な話をする機会を与えず、かくもゴヤを必要としているときに不在だった。次第にゴヤへの恨みが募った。

ゴヤは邪魔されたくないとき、アトリエ〈隠者の庵〉にこもる。アウグスチンはアトリエへ向かった。アウグスチンは入ってくると、ゴヤは怒って製作中の銅版を押し退けたので、アウグスチンは何も見えなかった。「お邪魔ですか?」。アウグスチンは大声で聞いた。

「何だって?」。ゴヤはノートを突き出した。

「お邪魔ですか?」。アウグスチンは込み上げる怒りのままに書きつけた。

「お邪魔だよ！」。ゴヤは怒鳴り返し、「どうしたんだ?」と聞いた。

「ゴドイが勅令を撤回しました」。アウグスチンは激昂し、たいそう明瞭に言った。

「どの勅令?」。ゴヤの問いに、アウグスチンはこれ以上我慢できなくなった。

「よくわかっているでしょう。あなたには大いに責任がある！」

「ばかめ、間抜けめ、愚か者めが！」。ゴヤは不気味なほど小声で言って、それから怒鳴り始めた。「そんなことで、俺の邪魔をするな！　今晩、それを聞いたからといって、どうなるというんだ？　どうかしてるよ。俺がまっしぐらに走り出し、ゴドイを刺殺するとでも思っているのか？」

「そんなに怒鳴らないでくださいよ！」。アウグスチンは怒って言った。「よくもそんな剣呑な台詞を、暴言を、腹の底から力いっぱい吐き出せますね」。

アウグスチンは「この部屋の壁は薄いんです。これ以上『要注意人物』のネタを増やさなくてもいいですよ」と書きつけると、抑えた声で辛辣な口調で言った。「あなたはここに座って、自分のしがない手仕事に夢中だ。打ち明け話があって、あふれる思いで友人があなたのもとへ駆け込んできても、『静かにしろ！』と怒鳴るだけだ。スペインが悪臭ただよう闇の中に沈もうとしているときに、いったい何をやっているんです？　あなたはゴドイを描いた。犯罪者の親玉、シーザーとアレクサンダー大王とフリードリヒ大王を一身に集めたような御仁《ごじん》だ。この台詞は、あなたが言うべきです。汚物に埋もれて、腐ってしまったんですか？」。

「そんなに怒鳴るなよ」。ゴヤは落ち着いて答えた。「この部屋の壁は薄いと自分で言ったくせに」と静かに言った。アウグスチンのじたばたぶりがおかしかった。ここ数か月、スペインの窮状をフランシスコ・ゴヤほど冷徹に見て取り、それを目に見える形で表した人間がいるだろうか。実直なアウグスチンは『ロス・カプリチョス』の世界にきて、俺がまるで盲目で怠け者の鈍物であるかのように、俺を怒鳴りつける。

「ホベリャーノスのことを思うと、彼があなたに『スペイン、スペイン、スペインのために仕事をなさい。スペインのために描きなさい』と説いたことを思うと、深く心を揺さぶられます」。アウグスチンはさらに、しゃがれ声でわめきたてた。「あなたの芸術のために、目をつぶってはいけません。あなたは我が身だけが可愛いんだ。首席宮廷画家は斟酌しなければなりませんからね。偉くなると、綺羅《きら》を飾ったお偉方の不興をかうような危険は冒さないというわけですな。なんという従僕根性、なんという奴隷根性だ。恥を知りなさい！」。

ゴヤは悠然と構え、笑みまで浮かべている。アウグスチンはそれを見て、ますますいきり立った。「もちろんなにもかも、あの女性のせいです。彼女のために危険を冒し、勇気のあるところを見せ、彼女ゆえに堕落したのです。ホベリャーノスの言葉に肩をすくめ、薄笑いを浮かべている。あなたが愚行をやらかしている間に、スペインは滅びます」。

アウグスチンの非難には、ルチーアへの執着と、自分でもどうすることもできない憤怒が含まれているのを感じ取ったゴヤは、「悲しい道化だな」と同情するように言った。「万年学生君！　君は芸術のことは、すばらしくよくわかるが、人間というもの、世間というものが、まるでわかっていないね。俺が、ここ数か月というもの何もせずに座り込み、ロマンチックな妄想に耽っていると思い込んでいるんだな。知ったかぶりの道学者君！　俺はここで、まるで違うことをしているんだ」。ゴヤはチェストを開けて、素描やエッチングの束を取り出し、アウグスチンの前に積み上げた。

ゴヤの嘲りは、アウグスチンの心をえぐった。気分を害したが、ゴヤが長時間かけて制作したという眼前のものを見たいという気持ちのほうが強かった。

アウグスチンは座って眺めた。『ロス・カプリチョス』の不気味な世界が不意に荒々しく襲いかかってきた。まさに前代未聞の超現実的体験だった。飽かず素描を見つめ、そこから身をもぎはなすことができなかった。やっと脇へ置くと、次の素描に食い入るように見入った。アウグスチンは我を忘れ、ゴドイの勅令も忘れ、『ロス・カプリチョス』の世界に飛び込み、どっぷり漬かった。以前のゴヤの素描も快活で野蛮で不気味だったが、『ロス・カプリチョス』はあふれんばかりの豊かさで新機軸を打ち出している。そこから垣間見えるのは、未知の新たなゴヤ、より深遠なる世界を発見したゴヤだった。

アウグスチンは舌打ちした。顔が痙攣している。ゴヤはアウグスチンをじっくり観察した。これでいい！　深い衝撃を受け、打ちのめされたアウグスチンは、言葉を発するのもやっとで、ゴヤは相手の唇から言葉を読み取るのに苦労した。「だから、私たちに勝手にしゃべらせておいたんですね。だから、私たちに訳知り顔で語らせておいたのですね。あなたの前では、私たちは皆、愚かな盲人のように思われます」。ゴヤがちゃんと理解できないでいるのを見て取り、手話を用いて、激しい身振りで語ったが、もどかしくて、また熱狂したおしゃべりと舌打ちに戻った。「ここに描かれているのは、あなたの内側と外側にあることだ。だから、私たちに勝手にしゃべらせておいたのですね」。再びスケッチを手にしたが、そこから身をもぎ離しがたく、歓呼と称賛のあまり罵倒し始めた。「あなたというのは実に食えない男だ。ここにひっそり座って、こんな仕事をしているとは！老獪で本心を見せない！この部屋の、この素描に、今日の世界が、過去の出来事がすべて詰まっている！」。彼は幸福のあまり、げらげら笑い出し、年甲斐もなくゴヤの肩に腕を回した。

ゴヤは嬉しかった。「お前の友人ゴヤがどんな人間か、今ごろになって、やっと分かったのかい。俺を罵倒するだけで、これっぽっちも信頼してないんだな。待てなくて、アトリエ〈隠者の庵〉に突っ込んでくるとは……。俺は堕落したかね？汚物に埋もれて腐ってるかね？」。ゴヤは同じ問いをくり返した。「俺の素描は面白いだろう？お前の銅版画の技術から学び、ちょっとしたことを成し遂げたと思わないか？」。

アウグスチンは、ことのほか風変わりな、ある素描から目を離さずに、謙虚に言った。「この作品は、私には理解できません、まだ理解できません。でも全体は分かります。この恐怖と幸福を呼び起こすものを、誰もが理解できるはずです。理解するはずです」。彼はほほ笑んだ。「普遍言語ですから」。

ゴヤはこれを聞いて、妙に狼狽した。これらの素描は他の人々にどんな印象を与えるのだろう、そもそも他の人々に見せてもいいのだろうかとときおり自問していたものの、それ以上考えないようにしてきた。アルバ女公爵から作品に対する苛立ちにも似た違和感を吐露されてからは、誰にも見せまいと決意を固めた。妖怪どもとの恐ろしくも滑稽な戦いは、俺個人の、きわめて私的な出来事だ。『ロス・カプリチョス』を見せて回るなんて、マドリードの街頭を裸で練り歩くようなものだ。

アウグスチンは友の顔から鬱屈した思いを読み取った。現実に目を向けよう。ゴヤも百も承知の事柄が意識にのぼってきた。この素描は危険だ。死をもたらすほど危険だ。人目にさらしたりしたら、その者は、すぐさま異端審問所に出頭し、異端者として自首しなければならない。アウグスチンは、友人ゴヤの荒涼たる寂寥をひしひしと感じた。この男は孤独の中で、この途方もなくグロテスクなものを自らの内から搾り出し、いつの日か他者がこの恐ろしい壮大なビジョンを共有するかもしれないという希望を持つことすらなく、胆力をもって、それを黙々と描き出したのである。

アウグスチンの胸の内を読み取ったかのように、ゴヤは「俺は、もっと思慮深くあるべきだったな。お前の目はこの素描を見なかったことにしておいたほうが、いいかもしれない」と言うと、素描を乱暴につかんだ。

ゴヤがむっつりとスケッチをチェストにしまうと、アウグスチンは思考の麻痺状態から立ち直った。これらの素描が長い間、もしかしたら永久に、誰の目にもふれることなく、チェストの中に眠ってしまうなんて！「せめて友だちにだけは、キンターナやミゲルにだけは見せなくては！ 蟄居《ちっきょ》して、高みの見物じゃだめですよ、フランコ。あなたは自分から、鈍物のレッテルを貼られたいんですか」とせがんだ。

ゴヤは無愛想な顔で悪態をつき、熟考した。心の奥底では、友人たちに作品を披露したかった。

ミゲルとキンターナをアトリエ〈隠者の庵〉へ招待した。息子ハビエールにも来るよう命じた。

二人以上の人間が〈隠者の庵〉にいるのは初めてだ。ゴヤはまるで神聖さを汚されたように感じた。ミゲルもキンターナも当惑顔で腰を下ろした。振る舞いがぎこちないが、期待に満ちている。ゴヤはワインやオープンサンドやチーズを並べ、皆に勧めたが、言葉少なで無愛想だった。

ついにゴヤは仰々しく、大儀そうにチェストから素描を取り出した。

素描が他者の手に渡された途端、〈隠者の庵〉は、人間と妖怪、半身半獣のどんちゃん騒ぎの場になった。ここに現れる人物たちは仮面を被っているけれども、いや仮面を被っているからこそ、生身の人間以上に赤裸々な顔をみせている。よく知っている人間たちが残酷に仮面をはがされ、はるかに邪悪な別の仮面をつけている。この素描の滑稽で恐ろしいデーモンたちは、人間の内部に深く根を下ろし、素知らぬ顔や憂い顔で、非難がましく、卑しく意地悪く、敬虔で淫らで陽気で、天真爛漫に不埒に人間を脅かす、とらえがたくグロテスクな妖怪たちだった。

皆、一言も発しなかった。ついにゴヤは「飲もう、飲んで食べようじゃないか。ハビエール、皆に酒をついでおくれ」と言った。皆が依然として黙っているので、ゴヤは「この素描に気まぐれ、思いつき、幻想、『ロス・カプリチョス』と名づけた」と言った。皆はなおも黙っている。若いハビエールだけが「なるほど」と言った。

やっとキンターナが元気を奮い起こして勢いよく立ち上がり、「ロス・カプリチョス！」と叫んだ。「あなたはひとつの世界を創造した。それを『ロス・カプリチョス』と名づけた」。

ゴヤは下唇を突き出し、唇の端をかすかに歪めて、微笑を浮かべた。キンターナの感激は歯止めがなかった。

「あなたは私を屈伏させました。私の意を尽くさぬ詩句が、なんと拙劣で、くだらないものに思われることでしょう。これらの素描の前では、私は小児に等しい。初めて学校へ行き、黒板のたくさんの綴りに頭がくらくらしている幼い子供のようです」。ミゲルは言った。「新たなものが生まれ、理論が根底から覆されることは、美術史家にとって、嬉しいことではない。僕は勉強し直さなければならない。それでも君におめでとうを言うよ」。咳払いをして続けた。「数枚の素描に、昔の巨匠の影響を認めたからといって、悪く取らないでほしい。例えばエスコリアルにあるボッシュの絵の影響、アビラとトレドのカテドラルにある椅子の木彫の影響、それからサラゴーサのピラール教会の木彫の影響」。

ハビエールは「最も偉大な芸術家でも、前例を踏まえているものですよ」と言った。若者の差出口に皆は当惑した。だがゴヤは、賛同の笑みを浮かべて、小賢しい息子を大目にみた。

ミゲルは考えあぐねて「たいていの素描は、意味が明快だが、数点、理解しかねるものがある」と言った。

ゴヤは「すまないが、俺自身にも分からないんだ。君なら説明できると思っていたんだが……」と答えた。

「僕はこう考えました」。ハビエールが嬉しそうに、小生意気に口を出した。「人間というのは何も理解しないと同時に、すべてを理解するのだと」。

そのときアウグスチンが、ワイングラスをひっくり返してこぼした。ワインは机にこぼれ、二枚の素描に染みができた。皆は、まるで冒涜行為のごとく凝視した。

キンターナは幾分いらいらした口調で、ミゲルに言った。さきほど「あなたは一、二点理解できないとおっしゃったけど、『全体の意味は誰にでも理解できる』と白状なさい。普遍言語です！　あなたにはわかっているはずだ、ドン・ミゲル。民衆はこの素描を理解します」。

「君は考え違いをしている」。ミゲルが答えた。「民衆が理解することはない。教養人も理解しない。君の主張が証明され得ないのは残念だ」。

「どうしてです?」。キンターナは喧嘩腰だ。「この驚異的作品がサン・ベルナルディーノのアトリエで眠ったままでいることを支持するのですか?」。

「他にどんな方法がある? 君はゴヤを火刑に処したいのか?」。ミゲルは言った。

「これらの素描が出回ったら」アウグスチンは陰鬱に口をはさんだ。「これまでの異端審問の火刑の炎が獣脂のランプの芯にしか思えないほどの、大規模な火刑になるでしょう。よくわかっているでしょう」。

「用心に越したことはないというわけですか!」。キンターナが苦々しげに叫んだ。「あなた方はいくじなしぞろいだ!」。

アウグスチンはエッチングの一枚一枚を指し示した。「これを公にしろというのですか? そして、これを?」。「もちろん何点か、公にできないものもあります」。キンターナは認めた。「でも、たいていの作品は出版できます」。

「たいていの作品は出版は無理だ」。ミゲルが容赦なく言った。「異端審問所や王室裁判所の介入を避けたければ、多くの作品はカットしなければならない」。他の者たちが暗い途方に暮れた表情をしたので、ミゲルは礼儀正しく慰めるように言った。「『待てば海路の日和あり』だよ」。

「『待てば海路の日和あり』とおっしゃいますが」キンターナは言った。「待っていたら、これらの素描が陽の目を見る日は永久に来ないでしょう。芸術を無用の長物にしておいていいものでしょうか」。

「芸術家の宿命ですね」。若いハビエールが物思わしげに言った。

だがホセ・キンターナは固執した。「芸術は、影響力を持たなければ、何の意味もありません。ドン・フランシスコは、国全体に広がる密やかで深刻な不安を、目に見える形で表現したのです。不安の正体を提示しさえすれば、不安は消し飛びます。人々を脅す〈お化けココ〉の衣服をはぎ取ってしまえば、もう危険はありません。ゴヤの傑作は、ここにいる私たち五名のためだけのものでしょうか?」。

まるでゴヤがその場にいないかのように、甲論乙駁が展開された。ゴヤは黙って拝聴し、一人一人の口許を見つめた。全部を理解できたわけではないが、個々の見解は十二分にわかり、彼らの論拠のつじつまを合わせることができた。

皆は根拠を論じ尽くし、ゴヤを見つめ、彼の発言を待った。ゴヤは抜け目なく熟考しながら言った。「ミゲル、君の意見は傾聴に値する。ドン・ホセ、君の意見も捨てがたい。双方は相反する意見だから、俺はじっくり考えなければならない。ところで」とニヤリとして続けた。「これだけの労作を、むだにするゆとりはないと思うよ。俺は、金がいるんだよ」。

それからゴヤは素描とエッチングをつかみ、チェストにしまった。

皆は金縛りにあったように
魅惑的な荒れ狂う別世界が沈みゆくさまを
じっと見つめた
ありふれた家の
目立たぬチェストに
ベラスケス以来のスペイン最高傑作が
誰の目にも触れることなく眠っている
このチェストには
スペインのデーモンが
おとなしく囚われている

だがデーモンたちは
ひとたび人前に姿を現せば
果たして　おとなしくしているだろうか
威力を発揮するのではないか

チェストの中にあるものは空恐ろしい

友人たちは驚愕し感嘆しながらも
伏し目がちに鬱屈した思いで
〈隠者の庵〉を後にした
そんな友人たちの後を
妖怪どもの不気味な影が
放埒で粗暴な影がついてゆく
人間の形した
もっと不気味な影もついてゆく

24　警句と俚言

ゴヤは、自分の作品が他の人々に、いかなる印象を与えたかということから学ぶ人間だった。偏見のない善意の友人たちが、『ロス・カプリチョス』の数点を理解できないと表明したことで、あまりにも陰鬱な、あまりにも個人的な作品ははずし、それ以外の作品を概観できるシリーズにしようと考えた。

馴染みやすいシチュエーションや小話の素描を前にもってきた。「現実」的な素描の後に、妖怪とその影響力を表わすエッチングをもってくれば、現実世界がデーモンの世界への注意を促し、より分かりやすくなるのではないか？　そうすれば第二グループ「妖怪」は、第一グループ「人間」を示唆するものになるだろう。こう配列すると、『ロス・カプリチョス』に描かれたゴヤ自身の物語、恋・出世・幸福・失意といった、とりとめもない想念は、万人の物語、スペイン人の普遍的な物語として、適格な意味をもつようになった。

素描をより分け、分類し、個々の素描に名前をつけた。よきキリスト者が名前をもつように、すぐれた素描は名前を持つべきだ。作家ではないから、適切な語をみつけるのに時間がかかったが、あれこれ考えるのは楽しかった。エッチングの表題が平凡すぎると思われるときにはちょっとしたコメントを加えた。しまいにどの素描にも表題と注釈が付されることになった。表題がご立派で高邁なときには、そのぶんコメントが辛辣で、表題がいかがわしいときは、そのぶん注釈は教化的だった。素描は諺・辛辣な警句・害のない俚言《りげん》・皮肉っぽい敬虔な教え・気の利いた洒落《しゃれ》・深淵なる箴言の大合唱になった。

死んだふりをする恋人の前で絶望する男に『タンタロス』の表題をつけ、「男がもっとやさしく言い寄って、女の気を引けば、女もまた、よみがえるさ」と自嘲しながらコメントを付けた。仮装舞踏会の下には『誰もお互いが分からない』と記した。鏡の前で七十五歳の誕生日のために入念にお金をかけた化粧をする老女の下には『死ぬまで』と記した。ロザリオの祈りを唱える取り持ち女ブリヒダと、めかしたてたマハの素描には「彼女のために祈ってる――この娘が幸せになって、災いから免れ、病気や外科医や執達吏の手を逃れ、彼女の亡き母と同じように機敏で器用で、かいがいしくあるように神に祈ってる」と記した。貧しい娼婦が異端審問所の書記の前に座り、判決に耳を傾けている絵には、「わずかな手当てで、まめまめしく有意義な働きをして皆に仕えた、あっぱれな女性が、かくも惨く手酷く扱われるとは！」と記した。サテュロスの肩にのった魔女が精霊たちに冒涜的な誓いをしている素描には「あなたの師や上司に従い、彼らを敬うことを誓いますか？　納屋を掃き、呼び鈴を鳴らし、泣き叫び、わめき、空を飛び、塗油をし、吸い、吐き、焼くことを誓いますか？　いつでも、どんな依頼でも実行することを誓いますか？――誓います――結構。わが娘よ、これであなたは魔女です。おめでとう」と記した。

巻頭はどの素描にしようか。長く考量した。ゴヤ自身が机につっぷして、妖怪たちから目を守っている素描に決定し、『普遍言語』と命名したが、あまりにも尊大な表題に思え、後から『理性の眠り』に改題した。「理性の眠りは、夢想を、怪物を生む。理性と調和させれば、空想は諸々の芸術の母に、傑作になる」と記した。

さらに『ロス・カプリチョス』の掉尾《ちょうび》を飾る新たな素描を描いた。

このうえなく醜い幽霊じみた僧侶が慌てふためいて走り、後ろにも僧侶、前面には大口を開けた低能の大貴族、もうひとり大声で叫ぶ僧侶らしき不気味な人物がいる。スケッチの下にゴヤは、これら四人の不気味な口から轟く叫び声を記した。

「ヤ・エス・ホラ　もう時間だ
その時が来た」
誰にでもわかるはずだ
その時が来たことが
妖怪どもの時代は終わりだ
彼らは去らねばならない
自動人形のような大貴族
その相棒
高位聖職者と僧侶は去らねばならない
ヤ・エス・ホラ
これこそ『ロス・カプリチョス』の
掉尾《ちょうび》を飾るにふさわしい素描だ
ヤ・エス・ホラ　もう時間だ

25　出版？

ゴヤは友人たちに『ロス・カプリチョス』を見せてから、アトリエ〈隠者の庵〉の静謐《せいひつ》が破られても、あまり気にしなくなった。友人たちがしばしば、ふらりと訪れるようになった。

ある日アウグスチン、ミゲル、キンターナの三人が訪れたときのことである。ミゲルは若き詩人をほほ笑みながら見やり、ゴヤに「彼から君にちょっとした贈り物がある」と書いた。詩人は赤面している。ゴヤが問いかけるように若き詩人を見つめると、アウグスチンが「彼は、あなたに捧げる頌詞《しょうし》を書いたんです」と言葉を継いだ。キンターナはためらいながら紙ばさみから原稿を取り出し、ゴヤに手渡そうとした。だがアウグスチンは「どうか詩を朗読してください」とせがんだ。ゴヤも賛同した。「その通りです。朗読してもらえませんか。私は、あなたが朗読するのを見るのが好きなんですよ。大半は理解できますよ」
キンターナは朗読した。響きのよい詩だった。「凋落」と彼は読み始めた。

「王国は凋落し　世界制覇はあだな夢
だがベラスケス　ムリリョの放つ灼熱の光だけは
今も輝き続ける
我らのゴヤの中で輝き続ける
ゴヤの幻惑的な想像力の前で
現実は色あせ　光を失う
ゴヤ　あなたの名の前で
地球がお辞儀する日が訪れる
その日は遠くない
今日ラファエロの名の前でそうであるように
フランシスコ・ゴヤ
諸国から人々はスペインへ巡礼し
あなたの芸術の前で
うっとりと立ち尽くすことだろう
ゴヤ　スペインの誉れ！

他の者たちはほほ笑み、感動の面持ちでゴヤを見つめた。ゴヤもほほ笑み、少々当惑しながらも、感動していた。

ゴヤ　あなたの名の前で
地球がお辞儀する日が訪れる
その日は遠くない

ゴヤはキンターナの詩句を繰り返した。皆は彼がよく理解しているのに驚いた。キンターナはますます赤くなった。「少し、大仰すぎると思いませんか?」とゴヤは微笑しながら聞いた。「あなたの詩によると、私はジャック＝ルイ・ダヴィッドより上等のようですね。確かにそういう面もあるかもしれません。でも、ラファエロより上というのは、少し誇張ではありませんか?」。

だがキンターナは激しく「あのような素描を描く人物には、いかなる褒め言葉といえども十分ではありません!」と答えた。キンターナはなんと純朴なことだろう。彼の詩はなんと素朴なことだろう。キンターナは、ゴヤがベラスケス以来スペインで最も偉大な画家であることに何の疑念も抱いていない。それが如何ほどのものだろう。にもかかわらずゴヤの胸に幸福の高潮が込み上げてきた。この若者は、俺の「残酷で野蛮で悪趣味な」素描に対して、かくも誇らしげな賛歌を書いてくれたのだ。以前キンターナに見せたとき、素描はばらばらで、理解しにくかったのに。

ゴヤは友人たちに、再構成した『ロス・カプリチョス』を見せたくなった。そこで、できるだけさりげなく「もう一度素描をお見せしましょうか。順番を整理して、表題をつけ、コメントも書いてみたんですよ」と言って、抜け目なく付け加えた。「解説を必要とする愚者たちのために」。

実のところ皆は四六時中、もう一度素描を見たくて矢も盾もたまらなかったのだが、この奇人にそれを切り出せずにいたのである。再び現れた『ロス・カプリチョス』の世界に、彼らは目を奪われた。ゴヤの配列はもっともな意義をもつと思われた。冷静なミゲルまで、畏敬の念をこめて言った。「君のこの作品は、君が今までに描いた最上、最大の肖像画といえるだろう。君はスペインの顔を描いたのだから」。

若いキンターナは「私は自由思想家ですが、これからはいかなる片隅にも魔女やデーモンの姿を認めることでしょう」と言った。アウグスチンは「ジャック＝ルイ・ダヴィッドをいっぱしの芸術家と思う輩《やから》もいますからね」と毒を含んだ意見を述べた。

彼らは最後の素描、罵り叫ぶ僧侶らしき妖怪のいる素描に達した。「ヤ・エス・ホラ　もう時間だ！　その時が来た！」。キンターナは叫んだ。「いざ立ち上がれ、スペイン！」。彼は顔を輝かせて熱狂し、鬨《とき》の声をあげた。

しかしミゲルは物思わしげだった。「表題は奇抜だけど、秀逸な題もある。僕の理解が正しければの話だが、こうした表題をつければ、内容の毒消しになるのではないかと思う。でも内容をいっそう辛辣にしている表題もある」。

「そうかな？」。ゴヤは、こすからい驚きの表情を浮かべて言った。「俺のつたないスペイン語では頭に浮かんだことをうまく表現できない。ミゲル、君からアドバイスをもらえれば、恩に着るよ。ドン・ホセ、そしてアウグスチンにも協力を頼みたい」。

ゴヤの大作に貢献できるとは光栄かつ欣幸の至りである。ミゲルは即座に、宝を隠す年老いた吝嗇漢《りんしょくかん》の素描にぴったりの言葉、「人間は神の被造物だが、劣化の道を辿ってる」というセルバンテスの言葉を引用した。他の二人も妙案を披露した。三人はゴヤの意図がよく理解できた。大衆的で辛辣でパンチのきいた表題でなければならない。「未研磨なものは未研磨なままに、粗野なものは粗野なままにしておこう」とミゲルが表明した。「もちろんだ。俺がまさにそういう男だから」とゴヤが言った。皆は一丸となって熱心に考え、一連の表題とコメントができあがった。アトリエは機知や軽口、朗笑に包まれた。

ミゲルは快活に振る舞いながらも、不安をおぼえた。なぜ、文章の苦手なゴヤが、こんなに手間隙かけて、すべての素描に表題とコメントを編み出そうとするのだろう？『ロス・カプリチョス』を出版する気なのだろうか？

ミゲルは考えれば考えるほど、心配になってきた。おめでたい天才ゴヤは、キンターナの世間知らずの熱狂主義に感染したに違いない。友ゴヤを破滅へと導く短慮の一念から引き離すには、どうすればよいのだろうか。

救いの手を差しのべられる人間がひとりだけいる。ルチーアだ。

ミゲルと妻ルチーアとの関係は、あいかわらず曖昧模糊としていた。「ゴドイの腐敗した政治にこれ以上協力できないので、退職を願い出た」とルチーアに告げると、そつなく慰めの言葉が返ってきたが、あまり思いやりは感じられなかった。おそらくペパやゴドイからすでに事情を知らされていたのだろう。

ルチーアは、夫とゴドイの不和をたいそう遺憾に思った。そもそもルチーアのせいなのだから。両者の和解を計画したが、それはずっと先の話だ。ここ数か月ゴドイには、経験豊かで頼りになる愛国的な助言者がいた――司祭のドン・ディエゴである。

実際に、宰相ゴドイと大審問官との約束は守られ、司祭は修道院から出てきた。まるで異端審問所は判決を無効にしたかのごとく、異端審問の一派は彼を見逃し、緑の制服を着た使者は彼のかたわらを素通りし、マドリードの都に正式に出入りする許可が下りたわけではないが、王室一家と宮中のお取り巻きがマドリードを離れているときは、こっそりマドリードに来てもよいとゴドイから御墨付きをもらっていた。秘書官ミゲルに去られた今、ゴドイは司祭のような有能な人物を必要としていた。

ミゲルはいうまでもなく、こうした内情を知っていた――ルチーアとゴドイは僕を聾桟敷《つんぼさじき》に置いて、司祭を代わりの座に据えたのだ。ミゲルはたいそう苦しんだ。

ゴヤのことが心配だ――それはミゲルにとって、ルチーアと打ち解けた話をする格好の口実になった。ミゲルは『ロス・カプリチョス』の斬新さと衝撃的なすばらしさを専門家らしく褒めてから、「ゴヤは出版しようと、とんでもない目論見をしている」と彼女に報告した。そして人間の、特に利口な人間の愚かしさを嘆く雄弁をふるった。ルチーアは熱心に同意し、ミゲルから頼まれ、ゴヤの軽々しい目論見を断念させることを約束した。

ルチーアはゴヤを訪問した。「格別優れたエッチングを制作されたそうね。古くからの友人に隠しておくなんてひどいわ」。ゴヤはミゲルの軟弱さと口の軽さに激昂した。だが、俺だって、誰にも見せないと心に決めていたはずなのに、アルバ女公爵にエッチングを見せたじゃないか？

ルチーアは単刀直入に、「いつ『ロス・カプリチョス』を見せていただけるかしら？」と聞いた。「私ひとりではなく、私たちの共通のお友達と一緒のときに見せていただきたいの」。

ゴヤは怒って聞いた。「誰を？」。きっとペパだろう。あの女に見せる気にはなれない。

「司祭と一緒に、あなたのエッチングを拝見したいのよ」

ゴヤは呆気にとられた。「ドン・ディエゴ司祭がマドリードにいるのか？　じゃあ……」

「いいえ。許されたわけではいないの。でも、彼はマドリードにいるわ」

ゴヤは面食らった。俺も陪席した異端審問で有罪判決を宣告された人間に、俺の家の敷居をまたがせるとは、異端審問所に対する、このうえなくふてぶてしい挑戦ではないのか？　ルチーアはゴヤの当惑ぶりを眺めている。細い斜視ぎみの瞳がゴヤの顔をまっすぐに見つめ、口許に嘲笑的で意味深長な微笑を浮かべている。「私を異端審問のスパイと思ってらっしゃるの？」。

実はゴヤは一瞬疑っていた――ルチーアは俺を異端審問の手に渡そうとしているのではないか？　ルチーアこそ、邪《よこしま》な心からホベリャーノスを窮地を追いやった張本人ではないか。こんな邪推は、むろんナンセンスだ。司祭に会うのをためらうのも、ナンセンスだ。司祭がマドリードにいても逮捕されずにすんでいるなら、司祭に門戸を開いたからといって、この俺にまで異端審問所の魔手が伸びることはあるまい。ルチーアとは腐れ縁だ。プラドで出会ったナッツ売りの少女の面影が、あの苦笑をさそう一瞬が脳裏をよぎる。俺の内面の不安、スペインの大きな不安に打ち勝ち、『ロス・カプリチョス』を制作した、この俺が、女に不意打ちされて、臆病風に吹かれるとは！　ちくしょう！　ゴヤは心の中で毒づいた。

ルチーアに『ロス・カプリチョス』を見せたくなった。油断はできないが、彼女には何かしら惹きつけられる。俺たちの間には共通点がある。俺もルチーアも自力で、下層社会から上流社会へのし上がった人間だ。彼女はきっと『ロス・カプリチョス』を理解するだろう。俺が知っているどんな女よりも深く理解するだろう。ルチーアに『ロス・カプリチョス』を見せれば、アルバ女公爵に対する仕返しになるような気がした。

「ドーニャ・ルチーア」。そっけなく言った。「ドン・ディエゴ司祭によろしくお伝えください。木曜日の午後三時に、サン・ベルナルディーノ通りの私のアトリエにおいで頂ければ光栄です」。

ルチーアと一緒に現れた司祭は、少し雰囲気が変わっていた。フランスで最新流行のシンプルでたいそうエレガントな服を着て、以前と同様にシニカルで卓越した才気あふれる人物に見えるように努めているらしかった。だがゴヤは、司祭がそのために大変な努力をしていることに気づき、落ち着かぬ気分になった。紋切り型の挨拶を手短に切り上げ、早々にチェストからエッチングを取り出した。

ルチーアと司祭は『ロス・カプリチョス』に見入った。ゴヤが予想した通りだ。ルチーアの顔から仮面めいた表情が消え、熱狂的な賛同がありありと浮かんだ。彼女の野性は作品の発する強靭な生命を飲み干し、それが彼女の顔に反映されていた。司祭は「現実」的な第一グループのエッチングの前では、識者らしく、技術面での思慮深い見解を披露した。だが作品が大胆に幻想的になってくるにつれて口をつぐみ、彼の顔にもルチーアと同じような陶酔の表情があらわれた。

今や二人は頭をぴたりとくっつけるように、あるエッチングの上にかがみこんでいた。運命のフクロウが愛し合う二人の頭部をつかんでいるエッチングだ。ゴヤはそれに『私たちを解き放してくれる者はいないのか？』と記した。ゴヤは、ルチーアと司祭がこの作品を、男女の運命をむさぼるように凝視するさまを見て、深い満足をおぼえた。それからは、『ロス・カプリチョス』に見入る二人とゴヤ、三者間に言葉を超えた絆が生まれた。

とうとうゴヤは、喜びを秘して乱暴な口調で「さあ、もう十分だろう」と言って、素描をひとまとめにしようとした。すると司祭が「まだ、まだ！」と、子供のように感情をむき出しにした叫び声をあげた。ルチーアも手に持っていた素描を元に戻す気はさらさらなかった。ルチーアは「私はならず者のことならお見通しだと思っていたわ。でも、あなたによって初めて、愚鈍と下劣さがいかに不気味に混じり合っているか、わかったわ」と言って、身を震わせ「くそっ！」と言った。貴婦人の形のよい優艶な口許から、そんな野卑な罵りの言葉が発せられると、妙な感じがした。

司祭はページを指しながら言った。「素描は七十六点だね？　たいへんな数だね！　全世界がある！　スペインの偉大さとスペインの悲惨さがある！」。

とうとうゴヤはエッチングをつかむと、チェストの底に沈めた。

司祭は、すさんだ荒々しい目付きでチェストを見つめていた。ゴヤには、タラゴナの異端審問所で膝を屈せざるを得なかった司祭の心の動きが、手に取るようにわかった。『ロス・カプリチョス』は、あらゆる踏みしだかれた人間——司祭もそうだ——の復讐だ。司祭も『ロス・カプリチョス』に登場する鉄面皮の権力者たちの顔に、憎悪と軽蔑をぶちまけたのだろう。

司祭は小声でゆっくりと、しかし激しい口調で言った。「この世のものも、この世のものならぬものも、極めがたい」。

チェストの素描に反映されている今日のスペインを支配する極悪非道の輩《やから》の素顔を、全世界に提示したいという司祭の熱い願いは、ゴヤに飛び移った。ゴヤは『ロス・カプリチョス』を世に送り出したいという、今までになく強い誘惑にかられた。「俺はこれを世に送り出すつもりだ」と、しゃがれ声で決意を表明した。

だが放心状態から、マドリードの都とアトリエという現実の世界へ舞い戻った司祭は、ごく普通の会話の軽口のように言った。「もちろん冗談だよね」。

ゴヤは司祭の顔を注意深く見つめた。司祭のエレガントな仮面の下に、死者の顔があった。そうだ、この男はとうに死んでいるのだ。追放の憂き目にあった男が、今も許されぬまま、こっそりとマドリードの都を徘徊している。かつて、どのサロンでも花形で、すべてを掌握していた男が、今や、同情と女の深情けにすがって、ひっそりと生きている。その女ゆえに、破滅を我が身に引き受けた死者が、軽やかな機知に富んだ会話をしようと、俺の目の前に座っている。ゴヤの脳裏に、『ロス・カプリチョス』の一枚、優雅にピアノに寄り掛かり、煙草をくゆらす、半ば腐敗した人物の姿がよぎった。

ゴヤは、この生者のごとく歩き回る死者を恐れ憚《はばか》る気持ちから、「耳が遠くてね……」と、いささか間抜けな返事をした。

ルチーアは立腹し、ゴヤの顔を見つめた。嘲りの色はなかった。「司祭は、分別をもつようにと意見してるのよ」とたいそう明瞭に言った。
突然ゴヤは繋がりがよめた。ルチーアが司祭を連れて来たのは、殉教者の末路を俺の目で確かめさせるためだ。ルチーアの警告は当を得ている。俺は幼児も同然じゃないか。「スペインの誉れ」というキンターナの詩句に頭がぼうっとなり、理性が虚栄心に玉砕されてしまったのか。俺は「誉れ」をこの手でつかもうとしたのだ。ルチーアの叱責、厳しい視線は当然だ。司祭を連れて来てくれるとは恩に着るよ。司祭の姿は、年甲斐もなく無思慮な俺を戒めてくれる。

ゴヤはあっさり言った
「その通りですよ　ドーニャ・ルチーア」
司祭にも言った「その通りですよ」
ルチーアは退出際に
ゴヤの真の誉れが眠っている
チェストを指しながら
一音節ずつ区切って
大声ではっきりと言った
「ありがとう　ゴヤ
これらの作品がこの世にある以上
私は自分がスペイン人であることを
恥じることはないでしょう」
彼女は司祭の目の前で
恥じらうことなく

26　女公爵の死

ペラール博士がゴヤのアトリエ〈隠者の庵〉にやって来た。重要な要件らしいと一目でわかった。「お伝えしなければならないことがあります」。ペラールは挨拶もそこそこに切り出した。「これを話すのはためらわれます。私が口にすべき事柄ではないかもしれません。でも、あなたは私に、『ロス・カプリチョス』の、あなたの目で見たアルバ女公爵を見せてくださった。また、例のアウグスチンが描いた彼女の肖像画では彼女の眼識を試し、私をその証人にしました。以上のことから私は、あなたと私をアルバ女公爵の近しい友人と見なすことが許されるのではないかと思うのです」。

ゴヤは黙って、相手の出方を待った。ゴヤのどっしりした顔はぴくりとも動かない。ペラールはためらいながら、また話し始めた。「最近の彼女は少し変わったと思いませんか?」。

ああ、彼女は、俺とアウグスチンが、ぐるになって悪戯を仕掛けたことに気づいたのだな。それでペラールが警告に来たのだなと思ったゴヤは、「私も、そう感じますよ」と答えた。ペラールはさりげなさを装って言った。「彼女は変わりました。身重なのです」。ゴヤは一瞬聞き違えたのかと思ったが、聞き違えではなかった。「おめでたです」とペラールは言った。

「おめでた!」。意味慎重な言葉だとぼんやり考えた。頭が混乱してきた。気持ちを静めなくては。ペラールは、俺がこうした事柄に一切関知したくないこと、アルバ女公爵の魔力に引っ掛かりたくないのだということを知っておくべきだ。だが、ペラールはありがたくもない親密さで続けた。それどころか筆談した。「以前こういう場合、彼女は時宜を得て対処してきました。しかし、今回彼女はごく初期の段階で、子供を産みたいと表明しました。ところが、今になって考えを変えたのです。手遅れです。彼女が決意に固執するなら、危険なことになるでしょう」。

ゴヤは文章を読み、「どうして、そんなことを私に教えるのですか?」と怒って聞いた。ペラールは答えず、ただゴヤの顔をじっと見つめている。つまり俺の子供なのか。俺の子供だから、彼女は産みたかった。だが今ではもう、産みたくないというわけか。

ペラールは書いた。「あなたから、彼女に手術をやめるよう説得してもらえませんか」。

ゴヤは嗄れた大声で言った。「彼女を説き伏せるのは、私の仕事じゃありません。私は一度として、そんなことはしませんでしたし、これからもそんなことをする気はまったくありません」。とりとめもない考えが、ゴヤの頭の中で渦巻いた——まさか、身重とは。あの女は自分の夫を殺したのだ。俺の愛娘エレナを殺したのだ。次は自分の子供を殺す気か。

ゴヤは大声で言った。「彼女とは話しません。そのことについて語る気はありません」。

ペラールは少し青ざめ、書きつけた。「わかってください。手術は危険です」。

読んだゴヤは肩をすくめ、「彼女と話はできません。博士」と苦しげに言った。それは謝罪のように響いた。「無理です」。ペラールはもはや何も言わず、筆談もしなかった。彼はノートから、自分が記した紙片をはずし、細かく千切った。

ゴヤは「私の激情を、短気を許してください」と言って、チェストから『ロス・カプリチョス』を取り出し、素描二点を引き出した。アルバ女公爵が、不埒にも三人の男の頭をした雲に乗って天国もしくは地獄へと飛ぶ姿を描いた作品と、うっとりする愛人やごろつき、宙に浮かぶ魔法の城に囲まれた二つの顔もつアルバ女公爵を描いた作品だ。「博士、ご所望ですか?」。ペラールは真っ赤になって、「配慮痛み入ります」と言った。

数日後ペラールから「大至急モンクロアへ来るように」という知らせを受け取り、ゴヤは駆けつけた。ペラールの顔を見た途端、もはやいかなる希望も失われたことを悟った。

アルバ女公爵が横たわる薄暗い部屋には、香水が振りまかれていたが、アルコーブから漂い来る微かな異臭は隠せない。アルコーブのカーテンが下りている。ペラールはゴヤに、カーテンを開けるよう合図した。ベッドのかたわらに、やせた女官が石と化して身じろぎもせず座っている。ゴヤはベッドのもういっぽうの側に歩み寄った。

アルバ女公爵が落ち窪んだ目を閉じて、蝋細工のような顔で横たわっていた。彼女のアーチ形の眉が、巨大アーチ門に思えることがよくあった。アーチ眉の奥では、何が起こっているのだろう。それを、ついにうかがい知ることができなかった。その蝋細工のような瞼《まぶた》をどうか開けてくれ。瞼は今にも痙攣しそうなのに、ついに微動だにしなかった。瞳を開けてくれさえすれば、俺は真実を見ることができるのではないか。

生きた彼女がこの部屋にいて、あの言葉、聾者となる前にゴヤが音のある世界で最後に耳にした、あの言葉を囁いたような気がした。ありありと感じた。「いつもあなただけを愛していたわ。フランコ、いつもあなただけを。愚かな熟年男、不格好な、かえがえのない方。いつもあなただけを。大胆不敵な画家のあなた。いつもあなただけを」——彼女は、俺への愛が身の破滅を導くとわかっていた。亡き腰元ブリヒダも、女官オイフェミアもそう言い聞かせた。そうと知りながら、愛と死の危険へのめり込んでいった。俺は、どんなにせがまれても、彼女の本当の姿を一度も描かなかった。描けなかった。俺は彼女の身に危険を及ぼしたくなくて、描かずにきたのではないか。なのに、彼女は今や亡骸となって横たわっている。

混乱した思いで彼女を凝視した。この世から飛んで行ったとは信じられない。あの熱く気まぐれで不遜な心臓が、もはや脈打たないなんて考えられない。動いてくれ、目を開けてくれ、俺に気づいてくれ、俺に話しかけてくれ。たいへんな忍耐力で待った。心の底で「気随気ままも、いい加減にしてくれ」と罵った。だが彼女は目を開けず、口もきかず、無力な亡骸として横たわり、息を吹き返すことはなかった。

途方もない寂寥と孤独が込み上げてきた。彼女と俺は結ばれていた。これ以上親密な絆は考えられないほど、俺たちは強く結ばれていた。しかも俺たちは互いに遠い存在だった。なんと彼女は俺の現実を、俺の芸術を知らず、なんと俺は彼女を知らなかったことだろう。俺の『タンタロス』は嘘っぱちだ。愛する女性は死んだふりをしてウインクしているわけではない、本当に死んでいるのだ。

女官オイフェミアが敵愾心《てきがい》もあらわに、ゴヤに近づいてきて、「もうお帰りください。ビリャフランカ侯爵夫人がお見えになります」と書いた。ゴヤは女官の胸中を察した——〈あなたは長年にわたり、名門アルバ公爵家のご息女の名誉を汚してきたのです。お嬢様を少なくとも名誉の中で死なせてやってください〉ということか。苦笑を漏らしそうになった。大胆不敵な嘲りの言葉を放って絶命したほうが、アルバ女公爵らしい。だが異臭を放ちながら力なく横たわる女性は、俺ではなく、ビリャフランカ一族に看取られたとしても、名誉ある逝去といえるだろうか。

女官は扉までゴヤについてきて、瞳に限りない憎しみを込め、「首席宮廷画家、殺したのはあなたです」と言った。

ペラールが控えの間にいた。男性二人は一言も発せずに、深くお辞儀した。

キリスト像をもった司祭が、粛然として広間を行く。ゴヤは他の人々とともにひざまずいた。アルバ女公爵は、司祭の訪問にも、ビリャフランカ一族の訪問にも、彼の訪問にも気づくことはないのだ。

マドリードの都に今回も、またたく間に、毒殺ではないか、それもアルバ女公爵のライバルである王妃、あのイタリア女性が毒を盛ったのではないかという噂が流れた。夫君の死去以来、アルバ女公爵を取り巻く疑念と妬みは、同情と好意と敬愛に変貌した。「大貴族なのに気取りなく、誰にでも分け隔てなく気さくに話しかけた」「庶民と一緒に闘牛を楽しんだ」「請われると貧者に惜しみなく喜捨をした」といった、胸にじいんとくる話が巷を駆け巡った。

マドリードの都全体が喪に服した。大貴族の貴婦人にふさわしい豪華絢爛たる葬儀が行われ、ビリャフランカ家は出費を惜しまなかったが、嘆き悲しむ風情はなかった。気立てのよいドーニャ・マリア・トマーサだけが「とても美しい方だったのに、こんなに早く亡くなられるとは」と遺憾の意を表明した。ビリャフランカ老侯爵夫人は、民衆の長嘆を軽蔑の目で眺めた――嫁は賤民を愛し、賤民から愛されたのね。老侯爵夫人の表情は堅く不遜だった。愛する息子を死に至らしめた、手におえぬ自堕落な女は、神の報いを受けたのよ。老侯爵夫人は死者の魂のために捧げる祈りの際にも、ほとんど唇を動かさず、敬虔な祝福の言葉も発しなかった。

アルバ女公爵は遺言で莫大な財産を、女官オイフェミア、侍女フルエラ、多数の召使に遺贈した。宮廷道化パディーリャのことも忘れなかった。なんとも気まぐれな遺言だった。彼女がちらっとしか知らない人間に、しばしば大変な高額を遺贈している。一度路上で顔を合わせただけの学生、彼女の地所に住まわせてもらっている白痴の托鉢僧、彼女の居城に捨てられていた孤児、俳優、闘牛士。首席宮廷画家フランシスコ・デ・ゴヤ・イ・ルシエンテスにはシンプルな指輪のみ、彼の息子ハビエールには小額の年金。これに対して医師ホアキン・ペラール博士は五〇万レアル、アンダルシアの地所と名画コレクションを遺贈された。

アルバ女公爵の宝石や装身具に羨望の目を向けていた王妃マリア・ルイーサは、それらが王妃自身ではなく、使用人や有象無象《うぞうむぞう》の輩《やから》の手に落ちるのに腹を立てた。しきたりに反してアルバ女公爵は、王妃に何一つ遺贈しなかったからである。ゴドイも失望させられた。主たる相続人である義弟のビリャフランカ侯爵から、アルバ家の絵画を安く交換してもらおうと思っていたのに、それらの絵画は大嫌いなペラール、頑固なことで有名なペラール博士の手に渡ってしまったからだ。

王妃も宰相ゴドイも、ドン・ルイス・マリア・デ・ビリャフランカ侯爵、今や第十四代アルバ公爵が遺言を執行するのを、歓迎した。〈アルバ女公爵は無条件に人を信頼する質《たち》で、実務に疎かった。医師や女官や侍女フルエラに法外な高額の遺贈をしているが、あの遺言書は女公爵を籠絡して書かせたものではないか。彼女の急死も腑に落ちない。芸術に目のない貪欲な医師が、巧みに遺言作成させた後、彼女の死期を早めて、遺産を受け取ったという推測も成り立つ〉。

王妃マリア・ルイーサは、医師ペラールを裁判にかければ、神聖なる王妃とアルバ女公爵の死を結びつける巷のばかげた噂を根絶やしにできると考えた。第一女官であるアルバ女公爵とその遺言について全面的に解明するよう、ゴドイに内々に依頼した。

ペラール博士、女官、侍女フルエラがさしあたり遺産横領の嫌疑で告訴された。被疑者は勾留され、相続財産は差し押えられた。「許容限度を越えた影響下で作成された遺言書」だと驚くべき迅速さで証明され、遺言は無効とされた。逮捕された三名の審理は続行された。

無効とされた遺産の大部分は、第十四代アルバ公爵が相続することになった。公爵は親王ゴドイに「相続調整に際し、ご尽力くださったお礼として故人の絵画コレクションから何点かお選びください」と申し出た。かくして狐につままれたような話だが、ゴドイがかねてから執着していた絵画が何点かアルバ邸から消えた。また、アルバ女公爵の謎の死を解明するために、かくも熱心に尽力した王妃マリア・ルイーサは、第十四代アルバ公爵から恭しく「かけがえのない故人の遺産の中から宝石や装身具を数点、形見としてお受け取りいただけませんか」と丁重な申し出を受けた。

まもなく親王ゴドイのギャラリーには
アルバ女公爵所蔵の
絵画が掛けられた
王妃の首や腕や両手には
腕輪や指輪が
さん然と輝いた
どれも亡きアルバ女公爵の
音に聞こえた宝石類だった

27　決心

友人たちは、アルバ女公爵の死について一言もふれなかった。ゴヤの妄想、狂乱状態の再発を恐れ、彼をいたわった。

ゴヤは暗い顔で言葉少なく、〈聾者の家〉の殺風景な部屋部屋を歩き回った。アルバ女公爵をよみがえらせたかった。できない相談だ。眼前に浮かぶのは、異臭を放つ、もの言わぬ蝋人形のような彼女の亡骸、頑として目を開けない陰険きわまりない姿だけだった。だが彼女の人となりの底知れぬ深淵に対する激しい怒りは、すでに急死の数か月前に鎮まっており、彼女がもはやいないということが、ゴヤを激しく打ちのめした。

ゴヤは高いつば広のボリヴァール帽を深くかぶり、みごとなステッキを手に、アラゴン人らしく背筋を伸ばし、怒ったような顔つきで、威厳をもって広い庭を歩き回った。彼女はもういない、もういないのだ。聖職者の説く天国も地獄もあるものか。現世こそ、俺の天国、俺の地獄だ。彼女がこの地上にいないのなら、それはとりもなおさず彼女は存在しないということだ。

彼女の遺品が何一つないのが心残りで恨めしかった。俺が描いた数々の彼女の肖像画は、悲しい哀れな影にすぎず、彼女のすばらしさの片鱗も伝えてくれない。アウグスチンのへぼ絵すら、もっと彼女の姿を伝えてくれるというのに。俺の芸術は役立たずだ。一番ましなのは、『ロス・カプリチョス』の彼女の姿だが、魔女の姿で固定してある。彼女の輝かしい魅力は、素描にも絵にも残してない。

〈死者は生者の目を開く〉と言われる。だが、死んだアルバ女公爵は俺の目を開いてくれない。俺は彼女を理解できなかった。今なお理解できない。一度も理解したことがない。彼女のほうでも俺を決して理解しなかった。俺の芸術に、かくも縁遠かった女もいない。「悪趣味で野蛮だわ」と言った。生まれるはずの子供を堕胎しようと決意したのは、あの『ロス・カプリチョス』のせいなのか?

彼女に対して正当であろうと努めた。確かに、最初の瞬間から彼女は俺を憎んでいた。雛壇の彼女を見た、あの瞬間から、俺も彼女を憎んでいた。一度として彼女を意のままにできたことはない。そんなことは到底むりだ。最も輝かしい瞬間ですら、俺の情熱は憎しみと渾然一体だった。彼女は寝たふりをしている男に愛の言葉を囁いた。だが俺のほうは、ただの一度も「愛してる」と言ったことがない。

ゴヤは泣いた。自分のために、彼女のために、恥も外聞もなく泣き崩れた。涙は、愛や憎しみを洗い流してはくれなかった。無力な死者を罵るのは、浅ましい限りだ。木彫のアトチャの聖母像の前で十字を切った。ちょうどアルバ女公爵が、聖母像に愛の衝動を見せまいと聖母像にベールをかけた、あの最初の夜のように。ゴヤは祈った。「そして私たちに罪ある者をゆるしましたように、私たちの罪をもおゆるしください。彼女の罪をもおゆるしください」――祈りの言葉まで浅ましい。だめだ、俺は彼女がゆるせない。

ゴヤの心は〈聾者の家〉同様、寂漠としていた。これまで進取の気性で意欲的に仕事に取り組み、充実した日々を過ごしてきたのに、今や無聊《ぶりょう》をかこっていた。どんなお楽しみも慰めとはならなかった。女性にも飲食にも食指が動かず、野心も成功も、どうでもよくなってしまった。仕事も興味を引かなかった。絵の具やカンバスの匂いを嗅いだだけで、うんざりした。

あらゆるものと縁切りだ。芸術ともアルバ女公爵とも、おさらばだ。言うべきことは、言い尽くしたぞ。『ロス・カプリチョス』はチェストの中で、腐るにまかせよう。

だがアルバ女公爵とは、どうしても縁が切れない。王妃とゴドイが死者に対して犯した不正に胸が痛んだ。ペラール博士と女官が獄につながれ、アルバ女公爵の思い出が悪評で汚されているとは！　怒りが込み上げてきた。死者に不当な振る舞いをゆるされるのはこの俺だけだ、それ以外の人間が彼女に邪《よこしま》な行為をすることは断じてゆるさない。

『ロス・カプリチョス』とも縁が切れなかった。「芸術は、影響力を持たなければ、何の意味もありません」とキンターナは言った。たしかに一理ある。自分の作品を誰にも見せずにしまい込むのは、女性がお腹の子を堕胎するようなものだ。

『ロス・カプリチョス』を出版したら、どうなるだろうとあれこれ想像した。大胆不敵なことをやってのけると、お上《かみ》は麻痺状態になって手出しできないことがある。若い頃の俺なら、猪突猛進の企てに魅了されたに違いない。アルバ女公爵を侮辱した人物を描いた作品を公表したら、彼女への罪滅ぼしになるのではないか。亡き女人に供える捧げ物になるかもしれない。だが、そんなことをしたら世間の人々は、この「悪趣味な」作品にはいかなる事情があるのだろうと詮索し、亡き腰元ブリヒダと結びつけて、空っぽ頭を悩ませることだろう。

確かに『ロス・カプリチョス』を出版するのは、正気の沙汰ではない。他の者たちから、その揺るがぬ証拠――ルチーアに連れて来られた司祭がその証拠だ――をつきつけられ、百も承知だ。だが俺はレールの上を歩くだけの覇気のない老いぼれになってしまったのか？　ミゲルのように面白みのない男になってしまったのか？　お宝を〈隠者の庵〉にしまい込む老婆のような意気地なしになってしまったのか？

ゴヤはアウグスチンの仕事を遮って「馬をつないである。一緒に来てくれ。『ロス・カプリチョス』を自宅へ運ぼうと思う」と言った。アウグスチンは驚いて、ゴヤの決然たる顔を見つめたが、何も聞かなかった。

二人は無言でサン・ベルナルディーノ通りへ馬車で行くと、〈隠者の庵〉の階段をのぼり、他の住人たちの驚きをよそに、銅版、素描、エッチング、チェスト、印刷機を通りに止めておいた馬車へ運んだ。二人は何度も狭い階段を上り下りし、ようやくすべてを豪華馬車に詰め込んだ。召使のアンドレが手を貸そうとすると、ゴヤは怒ってはねつけた。帰路、ゴヤは一言も発せず陰鬱な面持ちでチェストから目をはなさなかった。アウグスチンに手伝ってもらって、すべて自宅のアトリエに運び込んだ。チェストは壁際に置いた。ここなら人目を引かぬはずはない。

オスーナ公爵夫人やサン・アドリアン侯爵をはじめ、ゴヤと比較的親しい知人たちが次々と訪れた。ゴヤは皆の好奇心をかきたてた。「チェストの中身を知りたいと思ってらっしゃるのではないでしょうか。いつか披露したいと存じます。それだけの価値のある作品です」。煽《あお》るように言った。

カディスからの客人、船主マルティネスは、「私たちは二人とも、大きなものを失いました。女公爵、大貴族の貴婦人、すばらしい女性、由緒正しきスペイン最後の名花を」と素早く書きつけると、ゴヤの顔を思いやりを込めて見つめた。それから、また書き始めた。「あの貴婦人の遺産が分散・消失してしまったのは、なんとも悲しいことです。あのたくさんの絵画が消えてしまったのです。あなたの筆による神秘的な裸体のヴィーナスも、嘆かわしいことに、忽然と消えてしまいました。そこで、ひとつ提案があります。信頼できる敬虔な気前のよい芸術通が、せめてあのヴィーナスの複製を所望するというのは、無理でしょうか?」。

読んだゴヤは、顔を曇らせた。マルティネスは「いや、この話はなかったことにしてください」と早口で言って、紙片を小さく千切った。

マルティネスは侘しいアトリエを興味津々で探るように見回していたが、彼の視線はいつもチェストへ戻っていった。とうとう彼は言った。「首席宮廷画家はここ数か月、何を制作していたのですか。よろしければ、教えてください」。

ゴヤは少し考えて、ほほ笑みながら柔らかい口調で言った。「かくも賢く気前のいいコレクターの興味を引くとは、光栄ですね」。チェストから数枚の素描を、ロバ・シリーズ、マハの物語を取り出した。マルティネスが感動して楽しそうにエッチングを鑑賞しているのを見ると、ゴヤは意を決して、彼に『彼女は飛び去った』（アルバ女公爵の昇天）を見せた。マルティネスはハアハアと息も荒く、忍び笑いをし、赤面した。「ほしい！　このチェストの中のもの、すべてほしい！　チェストごと、ほしい！」。慌てふためいて吃ると、大急ぎで筆談しようとしたが、もどかしくて口頭で「あなたは私のコレクションをご覧になりましたね」と言うと、また書き始めた。「あなたの傑作は、カディスのマルティネス邸にこそふさわしい。プリュス・ウルトラ（もっと先へ）！――これがマルティネスの座右の銘です。プリュス・ウルトラ！――ドン・フランシスコ、あなたの芸術のモットーでもあります。あなたはとうにムリリョを超えている！　私にこのチェストごと売ってください。これほど品位ある敬虔な識者の買い手はいませんよ」。

「このエッチングに『ロス・カプリチョス』と命名しました」

「秀逸な表題です」。マルティネスは即座に情熱をこめて言った。「首席宮廷画家の気まぐれな空想――すばらしい！　ヒエロニムス・ボッシュとブリューゲルとフランスの画家ジャック・カローがひとつに集まったようだ。なにもかもスペイン的で荒々しく偉大だ」。

「でも、一体何をお買いになるつもりです？」。ゴヤは愛想よく言った。「ほんの数点、ご覧になっただけですよ。チェストには、その五倍か六倍、いや、十倍はあるでしょう」。

「全部買います。銅版も印刷物もチェストも全部。私に二言はありません。値段を言ってください」

「他ならぬあなたの作品ですから
高額でも
しみったれた真似はしません
あなたの傑作を　この私以外
誰の目にも触れさせません！」

『ロス・カプリチョス』を
印刷出版するときは
初刷をあなたにお送りします」ゴヤは言った
「初刷！」マルティネスは懇願し哀願した
「初刷！　初刷のうち三部を！
それと銅版を！」
マルティネスは懇願した
「銅版を！」
この興奮した男を
家から押し出すのに
ゴヤはさんざん苦労した

28　ホベリャーノスの幽閉

春になると、ホベリャーノスの運命にまつわる悲報が届いた。親王ゴドイはほどなく異端審問所にホベリャーノスを審議する許可を与えた。ヒホンの領地にいた老ホベリャーノスは、夜中に寝ているところをたたき起こされ、逮捕された。異端者としてバロセロナまでの長い道程を連れ回され、鎖につながれ衆人の目にさらされ、マジョルカ島の修道院の窓のない一室に幽閉されて書物も紙も外界との接触も一切禁じられた。

「ヤ・エス・ホラ　もう時間だ　その時が来た」。ゴヤはアウグスチンに言った。「『ロス・カプリチョス』は準備万端だ。紙を調達してくれ。手伝ってくれ。初版は三百で、十分だと思う」。

アウグスチンは何週間も、ゴヤがチェストの謎に包まれた中身を訪問者たちに、これみよがしに示すのを心配そうに見ていた。「本当に……やる気ですか?」。アウグスチンは当惑して、口ごもった。

「びっくりしたかい？」。ゴヤは嘲るように言った。「アトリエに駆け込んできて、『汚物に埋もれて、腐ってしまったんですか』と怒鳴りつけたのは、お前じゃないか。あのときホベリャーノスは追放されただけだったが、今や囚われの身だ。それも風も光もない地下室にね」。

「頭がどうかしてますよ！」。アウグスチンは突然激しい口調でしゃべり始めた。「印刷なんかしちゃだめです。異端審問所を喜ばせるだけです！」。

「三百、印刷する！」。ゴヤは命じた。「俺の行為を唯一の正しい手段とみなす友人は、他にもいるさ。例えばキンタ一ナだ」。「それはそうでしょう」。アウグスチンは苦々しく愚痴った。「キンタ一ナの薫陶よろしきを得たわけですね。あなたの不滅の名声をたたえた頌詩《しょうし》ですね」。

「不滅の名声なんぞ、糞食らえだ」。ゴヤは静かに言った。

「大嘘だ！」。アウグスチンは怒って答えた。

「悪態をつくのは止めなさい」。ゴヤはあいかわらず悠然としている。「事あるごとに、俺の芸術で政治をしろと吹き込むのは、お前のほうじゃないか。それなのに、ホベリャーノスが断末魔の苦しみを味わっている今、今度は俺に沈黙しろというのか。政治屋の政治談義だね。〈学者先生はおしゃべりに花を咲かせ、勇者は行動する〉のさ」。

「『ロス・カプリチョス』を今、チェストから出すなんて、狂気の沙汰です」。アウグスチンは躍起になって言った。「教会を敵に回すことになります。教会はやりたい放題です。正気に返ってください。実の父親を殺して自由になれる人間もいますが、今日、このようなエッチングを頒布するのは自殺行為です」。

「おいおい、やめてくれよ。俺はスペイン人だ。スペイン人は自殺なんかしない」

「自殺以外のなにものでもありませんよ」。アウグスチンは粘った。「あなたも分かっているはずだ。順当なこと、賢明なことじゃない。あの女性がいなくなってから、あなたは、なにもかも空虚に感じられるようになった。猪突猛進して自分に活を入れたい、生活に彩りを添えたいのでしょう？　そうなんでしょう？　なにもかも、あの女性のせいですね。死後も、あなたを不幸のどん底へ突き落とす女だ！」。

今度はゴヤが激怒した
「黙れ！」怒鳴った
「ぐちゃぐちゃ言って手伝う気がないなら
他の人間を探す」
「いくら探しても見つかりませんよ！」
アウグスチンが怒鳴った
「もう我慢できません
私まで頭がおかしくなりそうです！」
アウグスチンは部屋を出て行った
ゴヤには聞こえなくても
ドアを乱暴にバタンと閉めて
〈聾者の家〉を本当に出て行った

29　夜会

アウグスチンは、はにかみを克服してルチーアのもとへ赴いた。『ロス・カプリチョス』を出版しようというゴヤの愚考をなんとしても阻止せねばならない。ゴヤを説得できるのはルチーアだけだ。

アウグスチンは彼女に、ゴヤが厄難から逃れようとエッチングを印刷頒布しようと決心したと訴え、「どうか助けてください、ドーニャ・ルチーア！」と懇願した。「スペイン最大の画家を不幸のどん底へつき落とすわけにはいかない」。

混乱して、なす術なくしゃべり続けるアウグスチンの顔を、ルチーアは注意深く見つめていた。アウグスチンの心の動きが手に取るようにわかった——この人は私を愛しているけれど、心の底で私が彼の友人たちを、司祭やミゲルやホベリャーノスを破滅させたと非難している。それでも私に懇願しなければならないとは、さぞ苦しいことでしょう。「あなたは大切なお友だちよ、ドン・アウグスチン。できるだけのことはしましょう」。

ルチーアは、ゴヤを『ロス・カプリチョス』出版へと駆り立てるものは何なのか、把握しているつもりだった。悲嘆にくれたゴヤは、無力感と虚しさから身をもぎはなすために、危険きわまる賭けに出たのね。アラゴン出身の農夫は大胆さと慎重さを兼ね備えている。みずから選んだ冒険で失墜することがあっても、ちゃんと武装していることでしょう。ゴヤを異端審問から守る手立てがあるわ。でも、この計画にはいろいろと準備がいる。ゴヤに先走りさせてはいけない。

彼女はゴヤを訪問した。「あなたの企図がいかに危険か、百も承知なのでしょう」。

「承知だとも」。ゴヤは答えた。

「危険を少なくする手立てがあるのよ」

「俺は子供じゃない。炎に手を突っ込むのに、素手よりは火ばさみがあったほうがいい。火ばさみがあればの話だけど」

「アミアンの和平交渉は、ゴドイの個人的希望通りには進んでいないの。彼は信用できる代理人を必要としているわ。ミゲルがゴドイに『また協力しましょう』と表明すれば、ミゲルは大切な友人と進歩の理念のために、なにがしかの成果を収めることができるでしょう」

ゴヤは彼女の唇を注意深く見つめた。ルチーアは続けた。「近々、親しいお友だちだけで夜会を催そうと思っているの。ゴドイ、ペパ、ミゲル。あなたとアウグスチンにもいらしていただきたいわ」。

「必ず行くとも」。ゴヤは熱を込めて続けた。「俺の愚考の行く末を案じて、力を尽くしてくれてるんだね。和平条約の但し書きに潜入するつもりかい」。満面に笑みを浮かべた。

「あなたっていう方は勇猛果敢なライオンというより、悪賢い狐ね」ルチーアもほほ笑んだ。

政務はルチーアにとって順調に進み、情勢は有利だった。イギリス、フランス、スペインがヨーロッパ和平をめぐって交渉するアミアンの会議では、親王ゴドイが個人的に強い関心をもっている一連の問題が決定されるはずだ。ルチーアにはゴドイの胸の内がよく分かった――ゴドイは教皇に高く評価してもらいたいから、教皇に有利になるように進めたい。王妃に自分がなくてはならぬ人物だと証明するために、王妃の親戚であるイタリア諸国の諸侯に有利な条件で進めたい。とりわけナポリ王国の財産を増やし、この国からナポレオンの軍隊を撤退させねばならない。それが成功すれば、ナポリ皇太子とマリア・ルイーサ王妃の末娘との婚姻を邪魔立てする障害も消える。王妃の末娘、内親王イサベルは紛れもなくゴドイの子で、ゴドイはこの事実をペパにもルチーアにも隠さなかった。イサベラを王妃にすることにご執心だ。ゴドイの利益は必ずしもスペインの国益と一致しない。アミアン会議では、スペイン代表アサラ大使は到底ゴドイの味方とはいえぬ人物だったから、ゴドイは私的利益関連事項に理解を示す代理人を必要としている。ミゲルがゴドイの代理人としてアミアン行きを快諾するなら、ミゲルは高い見返りを要求できる――ルチーアはそう確信していた。

ルチーアはゴドイを夜会に招いた。「ミゲルも来ますわ」と告げると、ゴドイの顔がぱっと輝き、彼女の意を満たした。ミゲルは取り澄ましていたが、実は親王ゴドイに会えるのが嬉しかった。

ドーニャ・ルチーアの内輪の夜会には、ペパを宰相ゴドイに引き合わせた、あの晩と同じ顔触れが集まった。司祭だけがいなかった。

壁には上から下まで、あの頃よりもっとびっしりと絵が掛かっていた。ゴヤの描いたルチーアの肖像画もある。最近になってようやくミゲルは、この絵の魅力を痛感した。ゴヤはルチーアの本性と未来を、不可思議な予見の才で精確に嗅ぎ取っていた。今こそカンバスのルチーアと生身のルチーアがぴたりと重なり合う。

その晩ミゲルは願ってもない状況でゴドイと再会し、終始、晴れやかでにこやかな表情だったが、内面は混乱していた――僕は幸運児だ。僕のライフワークである大著『芸術家事典』はここ数か月ひまだったせいで、望みどおり捗《はかど》り、完成間近だ。最愛の美術品の真ん中に最愛の妻がいる。僕ら夫婦間の暗雲は消え去った。スペインの命運を陰から操るという適役を一度は失ったものの、かつて僕を侮辱した男が「また仕事を引き受けてくれ」と切願している。それなのに手放しで喜べない。僕の足下の地面は揺らぎ、あの揺るぎない自信は消えてしまった。自分にも他人にも、昔ながらのきっぱりした調子で「これはいい、これはまずい」と表明できるけれど、声だけが空しく権威的に響く。

いっぽう、その晩アウグスチンは長い間味わってなかった自信と満足感に浸された。ルチーアの計画の詳細について知る由もないが、彼女がゴヤを助けるために、この夜会を催したことはよくわかった。ミゲルとゴドイが、それもゴヤの面前で親しく再会するというだけでも意義深い。アウグスチンは自画自賛した――私がルチーアへのはにかみを克服して、ゴヤの愚考の行く末を案じて、対策の第一歩を踏み出したおかげだ。私の未来も開けたような気がする。アウグスチンは幸せな気分になった――私だって第一級の画家になれるかもしれない。のろまで不器用でも、ゆっくり成長し、頂点をきわめる者もいる。たとえ最終目標に到達できなくても、嘆いたりするものか。ゴヤの優秀な片腕というだけでも、相当なものだ。

ルチーアも夜会を楽しんだ。客人たちは、あの最初の夜会以来、さまざまな運命の急変を経ている。ルチーア自身も、この紆余曲折に関与してきた。国の命運をかけて、彼女の命運をめぐって、多くの運命を生み出してきた。司祭がここにいないのは残念だわ。ゴドイが、その卑しい姿を『ロス・カプリチョス』の中に永遠にとどめることに一役買うのを見たら、司祭はおおいに面白がることでしょう。

ゴドイはミゲルを取り戻そうと固く心に決めていた。平和大公ゴドイは〈一オンスの平和は一トンの勝利にまさる〉という金言を座右の銘に加えていた。金銀を積んだアメリカの艦隊が再び順調に帆走するようになれば、スペインじゅうに歓呼と金があふれ、ゴドイ本人も大いに恩恵にあずかる。そうとくれば、ミゲルに寛大さを示すのも難しいことではない。ミゲルがアミアン和平条約という大樹を揺さぶれば、もっと見事な果実が雨あられと降ってくるかもしれない。

ゴドイはルチーアの手にキスするやいなや、直立不動のミゲルのもとへ突進し、彼の肩をぽんとたたき、抱擁しようとした。「また君の顔を拝めて、どんなに嬉しいことか！　この前、最後に顔を合わせたとき、君があけっぴろげに粗野な言葉を口にしたような気がするけれど、私のほうも、そつなく対応したとはいえなかった。無意味なことは忘れた。君も忘れておくれ、ミゲル！」。

ミゲルは自制しようと決心していた。そのためにずっとマキャベリを熟読したのではないか。にもかかわらずミゲルは殻にこもり、堅苦しく言った。「あのとき表明された無意味の中には、いくばくかの本心もありました」。

「あのとき私がいかなる窮状にあったか、君もわかっているじゃないか。だが事情は変わった。まず和平だ。そうすれば君も、私がどんなに速やかに僧侶、修道士を撃退するか、わかるだろう。そんなに渋い顔をしないでくれよ、ミゲル！　アミアンでは君が必要なんだ！　私とスペインのために、君がこの任務を拒否することは許されない」

「あなたがリベラルな政策を決意していることは疑いません。和平がいかなる様相を呈そうと、結局は教皇、大審問官と、一握りの貪欲な大貴族が旨い汁を吸うことになるでしょう」

ゴドイはミゲルの抵抗と不信感にうんざりしたが、それを押し殺し、目標とする偉大なる進歩的企てについて語った。「長く温めてきた河川改修計画を実行しよう。農業モデルハウスや大きな研究所をつくろう。さらに三つ大学を創設することも考えている。もちろん検閲も緩和しよう。完全撤廃してもいい。君がスペインに平和をもたらしてくれれば」。ゴドイは叫んだ。「スペインは啓蒙の光のもとで、どんなに栄えることであろう」と深みのあるテノールを響かせた。皆が耳を傾けた。

「すばらしい計画です」。ミゲルはそっけなく事務的に言った。嘲笑の響きはなかった。「だが、あなたは、あなたの戦いに対する抵抗を過少評価しているようですね。ここ数か月、異端審問所がいかに厚かましくなっているか、よくわかっておられない。今日では、フランシスコ・ゴヤのような人物が、そのすばらしい素描を出版できるかどうか熟考しているというのに」。

ゴドイは驚いて、ゴヤのほうを向いて「本当かい？」と聞いた。「どんな素描なの？」とペパが口をはさんだ。「どうして私のところへ来てくれないんだい？　食えない男だな」。ゴドイは陽気に恨み言を言うと、ゴヤの肩を抱いてテーブルへ誘った。「どんな素描か、聞かせておくれ」とゴドイが言うと、すかさずペパも同じテーブルについた。

ゴヤはミゲルが巧みに、ゴドイに罠を仕掛けてくれたことに気づいた。この危険きわまる冒険は、やがて歓喜の嵐をもたらすことだろう。だが喜びは長く続かなかった。ゴドイは馴々しくゴヤの肋骨をつつき、ペパを見やりながら「ねえ、君、白状したまえ。また裸のヴィーナスを描いたんだね？」と言って、ニヤニヤした。

そういえばマルティネスが、かつてゴヤがサンルーカルで描いた二点の絵の運命について、ほのめかしたことがある。今こそ謎が解けた。ゴドイの好色な顔、ペパの落ち着き払った嘲笑を含んだ顔から、ゴヤはあの二点の絵がどうなったのか読み取ることができた――遺産目録作成時には確かにあったはずだ。着衣のアルバ女公爵こと『着衣のマハ』の後ろにあった『裸のマハ』が見つかり、今やゴドイの所有になっているのだろう。だからゴドイはミゲルの言葉を、俺が最近似たような作品を制作し、そのために異端審問所から逃げ回っていると解釈したのだろう。ゴドイとペパが、絵の中のアルバ女公爵の体を卑しい視線で撫で回し、眺めては下劣な喜びに浸っているのか――怒りが全身に込み上げてきた。やっとの思いで、怒りの爆発をこらえた。

ペパは、ゴヤが陰険な目つきになったのを見て、不安と喜びをおぼえた。だがゴドイは、ゴヤの不興を誤解し、おどけた粗野な態度でゴヤをからかった。「私たちは、君の計略を見破ったよ。君は本当に抜け目のない男だな。フランス男もお手上げだね。でも、心配しなくても大丈夫。絵はある識者の手元に、君を異端審問から守る力をもつ人物の手元にある。手前のご婦人も、後ろのご婦人も、今じゃ私のギャラリーに掛かっているよ。ハロ館に掛かっていたときと、まったく同じ状態でね」。

自分の怒りをやっと宥めたゴヤだが、今度は、ほくそ笑みそうになった――この汚らわしい愚か者は、すぐにも『ロス・カプリチョス』の庇護者気取りで、足場を組んでくれることだろう。奴の卑しさがさらし者になるというのに。俺はゆったり構えていよう。復讐の絶好のチャンスを棒に振るような真似はしない。

色白の美しいペパは、悠然と座っていた。どこから見ても完璧にカスティリョフィエル伯爵夫人である。これまでは黙っていたが、ゴヤが自分の恩恵にすがるのだと思うと、喜びが突き上げてくる。「あなたが描いたのは、どんな素描なの？」。彼女はやさしく聞いた。「あなたが出版するなら、ゴドイは庇護してくれるわ。太鼓判を押すわ」。

「裸のヴィーナス風の素描なのかい？」。ゴドイは興味津々である。

「いいえ、閣下。エロスの性格をもつ素描はごくわずかです」。ゴヤはそっけなく答えた。

ゴドイは驚き、少し失望して言った。「それなら、なぜ心配などする？」。

「皆さん、私に『出版するな』と言ってください。聖職者の着るスータンや修道服姿の妖怪のエッチングが数点あるからです。全体としては大変面白い作品集だと思います。『ロス・カプリチョス』と命名しました」

「あなたっていつも、とってもおかしなことを思いつくのね。ドン・フランシスコ」。ペパは言った。

ゴヤはペパの言葉を無視して話を続けた。「大審問官レイノーソは、私の芸術を快く思っていません」。

「レイノーソが私のことをどう思っているにせよ」ゴドイは声をはりあげた。「私も、計画のいくつかを彼のために見合わせねばならなかったことがある。だが、そうした斟酌はまもなく不要になるだろう」。ゴドイは立上がり、テーブルに両手をつくと、上気した面持ちで宣言した。「我らが友ゴヤは、修道服姿の妖怪を公表するのを、これ以上待つ必要はない。ミゲル、君がアミアンの件を引き受けてくれさえすればいい。ヤ・エス・ホラ、もう時間だ、その時が来た。フランシスコ、わかったかい？」と聾者に大音声で尋ねた。

ゴヤは注意深く、ゴドイの口を見つめた。「わかりました。ヤ・エス・ホラ」。

「そうだとも」。ゴドイは笑いながら、よく響く声で答えた「ヤ・エス・ホラ」。

アウグスチンは楽しそうに、大きなしわがれ声で繰り返した。「ヤ・エス・ホラ」。

「ところで、その危険な妖怪たちを見たいわ」。ペパはせがんだ。

「いよいよ好奇心をかきたてられるな」。ゴドイも同意し、ゴヤの肩をたたくと、大声で表明した。「君の妖怪、『ロス・カプリチョス』は必ず出版しよう。たとえ彼らが大審問官の緋色のマントをつまんで引っ張ってもだ。私が君の盾になろう。それでも敢えて手出しをする人間がいたら、それこそ見物《みもの》だ。少し待ってくれ。数か月、いや、和平まで数週間だ。その気になりさえすれば、和平を早められる人物がいるからね」と言って、ミゲルを指し示した。

ゴドイは立ち上がって

ゴヤをミゲルのほうへ引き寄せ
二人の肩をつかんだ
「今宵はいい晩だ」
ゴドイは叫んだ
「和平を祝して飲もう
ミゲル　君はアミアンへ行ってくれ
フランシスコ　君は
僧侶　妖怪　大立者をものともせず
『ロス・カプリチョス』を公表して
わがスペイン芸術の
誉れとなってくれ
私が君を保護しよう」

30　庇護

ペパはアルバ女公爵の死と、それに付随した怪異な事件を聞くと、心痛と勝利感をおぼえ、ゴヤにお悔やみに行こうとした。ルチーアはたびたびアトリエ〈隠者の庵〉に行っているが、ゴヤは一度もペパをアトリエに呼んでくれたことがない。カスティリョフィエル伯爵夫人が、勝手に押しかけるわけにはいかない。

その後ゴドイはペパを、あの恥知らずな絵、『着衣のマハ』と『裸のマハ』の前に連れて行き、大胆な闘牛士の衣装をつけた女公爵と、その後ろにあった裸の女公爵を見せた。アルバ女公爵と神をも恐れぬゴヤの淫らな所行に、ペパは反感をおぼえたが、くりかえし絵の前に足を運ばずにはいられなかった。ライバルの姿態を飽かず検分した。比べたって平気よ。ゴヤが私よりも、この淫らで破廉恥で気取った女が好みだったなどと、どうせ誰にもわかりはしないのだから……。ルチーアの夜会では残念ながら、ゴヤとざっくばらんに話す機会がなかったけれど、ゴヤはエッチング出版のために、ゴドイとペパに助けを求めてきた。ゴドイはアミアンの和平交渉で頭がいっぱいだったから、危険な『ロス・カプリチョス』を見るのはペパの担当になった。

ペパは気後れはするが、胸をはずませ、前触れなく〈聾者の家〉を訪れた。訪問の所以を話すと、ゴヤは丁重に応対した。

折よくアウグスチンがいない。ペパとゴヤは、まるで昔にかえったような気持ちになった。ゴヤは、ペパはゴドイ抜きでひとりで来てくれたのが嬉しく、彼女の親密であけっぴろげな態度を好ましく感じた。

「なんだか体調がすぐれないようね、フランコ」。彼女は切り出した。「ご愁傷さま。このたびのご不幸を聞いて、本当に気の毒に思うわ。でも私はいつも、女公爵とのつきあいは、あなたのためにならないと思っていたのよ」。

ゴヤは黙っていた。侘しい部屋に掛けられた唯一の絵、アルバ女公爵の肖像画が、ペパの癇に触ったらしい。

「彼女が描けてないわ。立ち方は不自然だし、人差し指を伸ばしているのは滑稽だわ。いつもそうよ。あなたとモデルとの間に、何か支障があると、あなたはちゃんとした肖像画が描けないのよ」

ゴヤは下唇を突き出した。この恥知らずな馬鹿女が、その愚かな愛人ゴドイと一緒に、『裸のマハ』の前に立つ姿が、ゴヤの脳裏をよぎった。ペパをぐいとつかんで、階段から突き落としてやりたいという強い衝動にかられた。だが、自制する十分な理由があった。「伯爵夫人、私の理解が正しければ、親王ゴドイから依頼されて、私のエッチングをご覧になるためにいらしたのでしょう」。たいそう丁重に話しかけた。カスティリョフィエル伯爵夫人は、たしなめられたと感じた。

ゴヤは『ロス・カプリチョス』を持ってきた。ペパは作品に見入っている。理解したらしい。ロバ・シリーズに夢中だ。彼女の高慢な顔つきを見たゴヤは危険を感じた。この女はゴドイに大いなる力をふるっている。俺とゴドイを仲違いさせることも、俺を破滅させることも、『ロス・カプリチョス』を未来永劫チェストの中に葬ることもできる。「あなたって本当に、超人的に大胆ね。フランコ」。それが彼女の発した言葉のすべてだった。彼女の顔から高慢さは消えていた。その美しい顔をほころばせ、左右に微かに振ってみせた。ゴヤの胸に、ペパと愛し合ったころの感情がよみがえった。

たいそう高齢の老婆が鏡の前で化粧している『死ぬまで』に、ペパは大喜びした——王妃様ね。ペパは、ごてごて着飾った、みっともないマハやお洒落女の中に自分の姿を認めても、知らんぷりしているくせに、アルバ女公爵を認めると、「あなたって残酷な人ね、フランシスコ」と言った。「百も承知だけど……。このエッチングはとても残酷だわ。女性たちは、あなたにひどい目に合わされるのよ。彼女もきっとひどい目に合わされたのでしょうね」。ペパは緑色の物憂い瞳で憶せずゴヤの顔をじっと見つめた。彼女の瞳はこう語っていた——〈女性たちがどんな目に合わされたとしても、私はまたあなたと愛し合いたいわ〉。そもそもペパのはちきれんばかりの肉体が、俺の前にあるだけで、嬉しくないはずはない。ゴドイに逆らい、俺の肩をもつのは、ペパにとって順当なことなのだろう。

ゴヤは、かつての二人の固い絆、気怠く心地好い歓びがよみがえるのを感じた。豊満で白い滑らかな肌をした、物分かりのよいロマンチックなペパと寝所を共にできれば楽しいだろう。だが焼けぼっくいに火がつくのはまずい。「今さらどうにもならない。過ぎたことは、過ぎたことだ」とゴヤはぼんやり言った。

ペパはその言葉を、ゴヤのアルバ女公爵に対する残酷さのことを指していると考えたらしく、さりげなく、しかし意地悪い喜びを込めて言った。「あなた、どうするつもりなの？　修道院へ行く気なの？」。

「君がよければ、近々、君を訪問して、君の可愛い坊やに会いたい」

彼女はまた『ロス・カプリチョス』に取り組んだ。夢見るように、たくさんの少女や女たちを眺めた。これはアルバ女公爵、これは私、これはルチーア、他にもゴヤが昵懇だった、あるいは昵懇《じっこん》だったと思われる女たち。ゴヤはこうした女たちを愛し、憎んだのね。どの女性のまわりにも悪霊がいる。ゴヤは偉大なる芸術家だけど、世間と人間、特に女性のことはまったくわかっていない——不思議だわ。でも実際には存在しないものが、ゴヤには見えるのよね——不思議だわ。憑かれた、かわいそうなフランコ。彼に優しくして、力づけてあげなければいけない。

「『ロス・カプリチョス』ハ、トテモ、オモシロイワ」とフランス語で褒めた。「あなたの数々の作品の中でも、上位にランキングされるでしょうね。注目すべき優れた作品だわ。ただ一つだけ異議を唱えるわ。誇張しすぎよ。あまりにも悲しげで悲観的だわ。私は悪しきことをたくさん体験したけれど、世の中はこれほど邪悪ではないわ。そう思っても構わないでしょう、フランコ。あなた自身だって、昔は世界をこれほど陰鬱とは思っていなかった。あの頃のあなたはまだ首席宮廷画家ではなかったけれど」。

ゴヤは思った——誇張、悲観的、野蛮、悪趣味か。俺の素描は、生者とも死者とも折り合いがよくない。

ペパは思った——ゴヤは私のもとにいる限り、幸せなのね。他の女性のもとでは、どんなに不幸か、エッチングを見ればわかる。

大きな声でペパは言った。「ロマンチックな作品ね、それは認めるわ。もちろん災いを振りまかなくても、ロマンチックになることはできるけど」。ゴヤが黙っているので、彼女は続けた。「あの女《ひと》は、あらゆるものに不幸をもたらすのよ。あの女が医師ペラールに遺贈したお金すら、医師を不幸にした。あの女は誰が味方で、誰が敵か、まるでわかっていなかった。わかっていたら、医師に遺贈などしないでしょう」。

ゴヤは耳を傾けた。全部理解できたわけではないが、気休めにはなった。ペパの立場に立てば、まさしくその通りだ。ペパはしばしば、そのくだらぬおしゃべりで俺をうんざりさせたが、俺に不幸をもたらしはしなかった。薄情どころか、思いやりのある女。

「ペラール博士について、いろいろ取り沙汰されているが、どれも当を得ていない。現実は、君のロマンチックな可愛いおつむが考えていることと、違うことがよくあるんだ」

ゴヤに頭の悪い小娘扱いされたのに腹が立ったが、ゴヤが心の痛手を吐露してくれたので、ペパは機嫌を直した。昔の情愛の名残があった。「ペラール医師はどうなるのかしら？　彼は本当に殺害したのかしら、それとも無実なの？」。

ゴヤは熱意と確信を込めて答えた。「ペラールは責任があるが、潔白だ。俺と同じさ。君がそれを、しかるべき人々に説明してはっきりわからせてくれると、功徳を施すことになる」。

ペパは嬉しくて誇らしい気持ちになった。ゴヤから率直に仕事を頼まれるのは初めてだ。「あなたを喜ばせて差し上げましょうか?」。ゴヤをじっと見つめて聞いた。

ゴヤはいくぶん素っ気ない口調で答えた。「無実の人間を救うことは、君にとっても俺にとっても、心温まる行為だ」。

彼女は溜め息をつき「『君にはどこか惹かれるよ』なんて、口が裂けても言わない気ね」と、こぼした。

「君にはどこか惹かれるよ」。ゴヤはからかうように、だが優しく言った。

帰り際にペパは言った
「乗馬姿の私を
今も描く気はないの?」
「どうしてもというなら描くよ
だけど　やめたほうがいいと思う」
「王妃でさえ　乗馬姿は素敵だったわ」
「そうだね」ゴヤはそっけなく答えた
「王妃だから　いいんだよ」
ペパは嘆いた
「あなたって　おそろしく正直ね　フランコ」
「お互い真実を告げるというのが
俺たちの友情の
一番いいところじゃないか」

ミゲルがしばしの別れを告げるために、ゴヤのもとを訪れた。「ゴドイと王妃が自分たちのために躍起になっていることは、アミアンで承認されるだろう。だが、スペインに平和をもたらすことはできない。僕がスペインのために多くのことを成し遂げても、それは口当たりのよい言葉にすぎず、せいぜい威信が保てる程度だ。この嬉しくない交渉には、実を言えば、あまり気が進まない。僕が引き受けたのは、ひとえに僕の親王ゴドイに対する立場を強化したいからだ。反啓蒙主義者を闇へ葬り去らねばならない」。ミゲルの顔は晴れやかだった。「アミアンの和平から、少なくともフランシスコ・ゴヤは恩恵を被るだろう」。ゴヤは深い敬意を払う仕草をした。

「君の芸術観には必ずしも同意しないが、君はいい友人だね」。ゴヤは深い敬意を払う仕草をした。しばらくしてからゴヤは尋ねた。「会議はどのくらい続きそうだい？」。

「長くても二か月だと思う」

「それまでに、こちらは準備万端だ。和平締結の三日後には『ロス・カプリチョス』が出る。一週間後にはマドリードっ子が一人残らず目にしているだろう。お金があれば買ってくれるよ」

ミゲルは少しためらいながら言った。「僕は、『ロス・カプリチョス』が世に出る前に、最終決定版を見ておきたい。僕がアミアンから戻ってくるまで、待てないか？」。

「待てない」。ゴヤはあっさり言った。

ミゲルは頼んだ。「せめてゴドイと王妃を描いた素描に関しては、もう一度考え直してくれないか」。

「二百回も考え直したよ。『カルロス四世の家族』のときも、君はお先真っ暗な悲観的予言をしたけれど……。『ロス・カプリチョス』は、個々の事件や特定の人物のあてこすりじゃない」。

「僕だったら、ロバ・シリーズは外すよ」。ミゲルは粘った。

ゴヤは拒絶した。「邪心なく『ロス・カプリチョス』を見れば」ゴヤは楽しそうに言った。「あるがままの『ロス・カプリチョス』を受け入れられる。邪心があるから、無垢のエッチングに悪意ある解釈をするんだ」。

「むこうみずな真似、常軌を逸した真似はしないでくれ」。ミゲルは頼んだ。

「恩に着るよ、ミゲル」。ゴヤは屈託なく答えた。「だが、俺のことは心配しなくて大丈夫。フランスに対してしなやかな対応で頼むよ。君はアミアンで自分の仕事に精を出してくれ。俺はここで頑張る」。

その後ゴヤは、『ロス・カプリチョス』のどの作品を残し、どの作品を削除すべきか、最後の考量をした。どれがゴドイを侮辱し、どれが王妃マリア・ルイーサを侮辱している作品かなど考えなかった。宮廷や政治のことは頭になかった。ただ、俺は果たしてアルバ女公爵に対して正しいのだろうかと自問した。神聖にして冒瀆的な『彼女は飛び去った(昇天)』の絵は残し、『嘘と不貞の夢』は外した。『ロス・カプリチョス』は、ゴヤにとってますます個人的な色彩を帯びてきた。それはゴヤの日記、自叙伝の年譜でもあった。

すると今度は、妖怪どもに囲まれて、ゴヤ自身が机につっぷしている冒頭の絵が、気になった。この絵はもっと後ろの適切な場所、第二部の妖怪シリーズに置いたほうがいい。でも、そうすると巻頭導入部はどうしよう。このエッチングのゴヤは理想化しているので、若すぎるし、ほっそりしすぎている。それに巻頭ページで作者が顔を隠すというのは礼を失し、沽券《こけん》にかかわる。『ロス・カプリチョス』のように好戦的な作品を世に問う者は、顔を見せねばならない。誰が見てもわかるように、作品の前に出るべきだ。『ロス・カプリチョス』の最初のページに、フランシスコ・ゴヤ本人が正々堂々と登場すべきだ。しかも現在のゴヤだ。妻ホセファ、親友マルティン、そしてアルバ女公爵に先立たれ、渦巻く恐ろしい深淵に身を沈め、再び浮上したゴヤ、理性にしたがい想像力をコントロールし、怪物ではなく芸術を生み出すゴヤでなければならない。

自画像はたくさん描いてきた。素描も多い。若き日のゴヤ、有力なパトロンの陰から控え目だが自信をもって顔をのぞかせるゴヤ、世界を掌握したと自負する闘牛士の衣装をつけた大胆で無鉄砲な中年のゴヤ、アルバ女公爵におべっかを使う気障な宮廷人ゴヤ、国王一家のほうを向いて陰から偉そうに顔をのぞかせるゴヤ。ありとあらゆる邪悪なデーモンにとりつかれ、絶望した髭面のゴヤ。

今日のゴヤ、認識のイバラの道を歩み、世界を容認しないものの、世界を受け入れることを会得したゴヤを提示せねばならない。

入念に耳上の髪をとかし、着るものは何がいいか、しばらく熟考した。『ロス・カプリチョス』の前に立つのは、堂々たる品位あるゴヤだ。山師やひょうきん者なんかじゃない。首席宮廷画家だ。スカーフを喉元でぴったりと結び、重々しいグレーのフロックコートに身を包み、大きな丸い頭には立派なシルクハットをかぶった。

その出で立ちで、次に何がくるか興味津々という横顔の自画像をスケッチした。

完成したスケッチを
ゴヤは驚いて眺めた
この気むずかしい老人が俺なのか？
これが俺なのか？
目の端から
鑑賞者を鋭く意地悪くうかがう男
不機嫌そうに突き出した下唇
深い皺の刻まれた口元
ひん曲がった薄い上唇
貫禄ある帽子の下の
獅子を思わせる丸顔は
厳然として
人を寄せつけない
　混乱した思いで
ゴヤはスケッチを眺めた
俺は本当にこんなに年老いているのか？

こんなに仏頂面なのか？
それとも　俺は未来の孤独を予見して
人間嫌いの自画像を描いたのか？
　こわい目つきでゴヤは眺めた
さて　いよいよ署名だ
「画家　フランシスコ・ゴヤ・イ・ルシエンテス」
それからコメントをつけた
「この勿体ぶった様子を
ご覧なさい
でも　この男の帽子をとって
頭蓋を開けば
中にあるものを見て
あなた方は
驚いて立ち尽くすことでしょう」

32　ロス・カプリチョスの出版

マドリードじゅうの鐘が鳴り響いた。スペイン全権委任大使とイギリス代表がアミアンで条約に調印し、和平が成立したのだ。戦争の惨禍は過去のものとなり、海外の船が再び帆走するようになった。インドの財宝は恵みの雨となってスペインに降り注ぐことだろう。明るい未来が待っている。

ゴヤはこんなに早く条約が締結されるとは意外だったが、準備は整っていた。『ロス・カプリチョス』を三百部印刷し、添付するパンフレットを書き上げた。

和平告知の一週間後、『ロス・カプリチョス』の広告として次の文章が《マドリード日報》に掲載された。〈フランシスコ・ゴヤ氏が「気まぐれ、幻想」をテーマにしたエッチングを発表。作者は常軌を逸し矛盾に満ちた社会の慣習や無知、暴利を正当化する予断やぺてんの中から、教訓的かつ幻想的な絵にうつしかえる最上の素材を選び出した。氏は、特定の人物や出来事を攻撃・嘲笑する意図はまったくなく、むしろ典型的な人間像、普遍的な悪癖や本末転倒ぶりを弾劾することをねらっている。この『ロス・カプリチョス』はデセンガーニョ通り三十七番地、フラゴラ氏の店で閲覧購入可能。エッチング七十六点収録。価格は金一オンスと同じく二八八レアル〉。

静かで洗練されたデセンガーニョ通りに、フラゴラは美しい高価な品々を扱う小さな店を出していた。極上の香水、ルイ十四世、十五世の時代のフランス製リキュール、バレンシア産レース、シガレットケース、古書、陶製の小さな置物、中国風美術工芸品、あらゆる種類の珍品や骨董品、上品な聖遺物や聖人の骨などを売っていた。アウグスチンとキンターナは、このような贅沢品を扱う店にエッチングを展示するのは、やめたほうがいいと忠告した。しかしゴヤは、『ロス・カプリチョス』は貴重品の中の貴重品ゆえ、こういう店こそ、ふさわしい。当初から政治的プロパガンダの手段ではなく、芸術作品と見なされるべきだ」と主張した。思い出の店だ。アルバ女公爵とよくこの店を訪れては、目利きのフラゴラが探し出した珍しい品々を見て回った。とりわけ、この通りの意味深長な名前が気に入っていた。「デセンガーニョ」には二種の意味がある。ひとつは失望、迷妄からの目覚め、幻滅という意味であり、もうひとつは苦い経験から得た教訓、認識という意味だ。デセンガーニョ通りは、まさしく『ロス・カプリチョス』にうってつけの通りだ。

だが、『ロス・カプリチョス』を見にきた来訪者は、そこから迷妄からの目覚めも教訓も引き出すことなく、エッチングに失望した。パラパラとめくり、違和感をおぼえた。批評も冷ややかで無理解だった。批評家アントニオ・ポンスだけは、作品の斬新さと深さを称え、「『二人で見れば、幽霊などいない』という諺があるが、ゴヤはこの諺が虚偽であることを暴き出した」と記した。

『ロス・カプリチョス』にマドリードじゅうが大騒ぎするだろうと期待していたキンターナは、憤慨した。いっぽうゴヤはそうではなかった。ゴヤには分かっていた――この作品は、正しく受けとめてもらうのに、時を必要とする。

しばらくすると、人々の関心が高まり、デセンガーニョ通りを訪れる人の数は急増した。

多くの人々は
ゴヤのコメントにもかかわらず
素描に大胆なカリカチュア化
高位高官の人物への警告
教会の慣習に対する機知に富んだ嘲笑を見た
ささやき声は
忍び笑いのひそひそ話になった
異端審問所の人々も
ますます頻繁に
フラゴラの店を訪れるようになった

33　召喚状

ゴヤの前に、いわくありげな異端審問所の使者が忽然と現れ、また風のごとく去って行った。ゴヤは、不安のためにおぼつかない手つきで、手紙を開封した。数日後、サンタ・カーサに出頭せよという異端審問所の召喚状だった。

心の奥底でゴヤは、サン・ドミンゴ教会でオラビーデの異端審問に倍席した時から、いつか自分もこうなるだろうと思っていた。何度も、執拗に警告されてきたではないか。それでもこの召喚状は、痛烈な大打撃だった。おのれの理性に助けを求めた。しかし大審問官は子供騙しのお化けココとは違う。画筆や彫刻鑿《のみ》で打ち負かせる相手ではない。他に武器はないか？　戦争が終結した今、ゴドイは異端審問への攻撃を難なく撃退できると、友人たちは太鼓判を押したではないか。

新たな陰鬱な不安が大波のようにゴヤに襲いかかった。ぐったりした面持ちで椅子に座り込んだ。全身から力が抜けてゆく。この不安におののく哀れな男が、フロックコートと高いつば広のボリヴァール帽で威風堂々と歩き回るゴヤと同一人物とは、誰も思わないだろう。

友人たちは皆、マドリードにいない。ミゲルとルチーアはまだフランスから帰国していない。ゴドイとペパはエスコリアルの宮廷だ。キンターナはインドの評議会でセビーリャに行っている。せめてアウグスチンか息子ハビエールには話しておきたい。だが秘密厳守の戒律をおかした人間に襲いかかる恐ろしい罰を思うと、怖じ気づいた。少年のころ、毎年、信仰勅令が出る度に味わった、あの恐怖心がよみがえった。

今度は俺が災いをもたらすのか。かわいそうな息子ハビエール！　ハビエールも弾劾され、破滅の道を辿るのか……。

当日ゴヤは地味な服装でサンタ・カーサへ赴いた。ごくありふれた小部屋に案内された。眼鏡をかけ、司祭の衣を着た物静かな紳士、裁判官が書記を連れて現れた。書類と『ロス・カプリチョス』が一度に机に載せられた。あれは初刷、それも試し刷りだろう。初刷りのうち三部はマルティネスに、一部はオスーナ公爵夫人に、一部はミゲルにあげた。異端審問所がこれをどうやって入手したのか、誰から秘密が漏れたのか、いくら考えても無駄だ。『ロス・カプリチョス』がここにある——それだけで大変なことだ。

聾者がかつて感じたことのないような深く重苦しい静寂が、小部屋を支配していた。誰ひとり、唇を動かさない。裁判官が質問事項を書いて書記に渡すと、書記は調書を作成し、それをゴヤに渡した。

書面には、『ロス・カプリチョス』におけるゴヤのコメントがあった。裁判官はゴヤにそれを差し出した。初稿を作成したのはアウグスチンだが、ゴヤが手を入れている。裁判官は質問した。「あなたの素描は、このコメントにあるものだけを表現しているのですか、それとも、それ以上の事柄を意味しているのですか?」。

ゴヤのまなざしは空ろで、考えをまとめることができなかった——奴らはこの素描を誰から入手したのだろう？　誰からコメントを入手したのだろう？　そんな自問を繰り返した。集中するために、裁判官の顔と両手を見つめた。面長の物静かな顔、うっすらと日焼けした色白の肌、眼鏡の奥のアーモンド形の表情のない瞳、形のよい骨張った手。やっと勇を鼓してゴヤは慎重に言った。「私は無学ですから、多くの言葉をみつけることに巧みではありません」。

裁判官は、書記がこの言葉を調書にとるまで待った。それから『ロス・カプリチョス』の一枚を取り上げ、ゴヤの前に差し出した。二十三番、悔悟服を着せられた娼婦に、異端審問所の書記が判決文を読み上げ、敬虔なる野次馬たちが雁首を並べて凝視し、拝聴している絵だ。ゴヤは裁判官の痩せた手が差し出す絵に見入った。いい作品だ。悔悟服のばかでかい帽子が、がらんとした部屋にそびえ立つさまといい、女の顔も姿勢も恥辱のあまり無と化しているさまといい、優れている。今ここで記録をとっている書記と同じく、職業柄鈍感になって、熱心に読み上げる書記。信心に凝り固まった淫らな傍聴人たちの人波。なにもかも上出来だ。この作品に恥じ入る必要などあろうか。裁判官は素描を机に戻し、落ち着いた物腰で、ゴヤにコメントを差し出した。〈カプリチョス二十三番――わずかな手当てで、まめまめしく有意義な働きをして皆に仕えた、あっぱれな女性が、かくも惨く手酷く扱われるとは！〉。

裁判官が尋ねた。「これで何を言おうとしているのですか。誰がこの女性を惨く手酷く扱うのですか？　異端審問所ですか？　他に誰がいるでしょう？」。

この問いはゴヤの前に、繊細で明晰な文字で具体的に提示された。実に危険な状況である。注意して答えないと身の破滅だ。俺ばかりではなく、息子も、息子の息子も、末代まで暗黒の未来が待っている。

「誰がこの女性を惨く手酷く扱うのですか？」という問いが依然として目の前にある。その問いはゴヤをつかんで離さない。「運命です」。ゴヤは答えた。裁判官のツルンとした面長の顔は、無表情のままだ。痩せた手が書く。「運命をどのように解釈しているのですか？　神の摂理ですか？」

ゴヤの答えは答えになっていない。丁重で冷笑するような危険な問いが、装いも新たに、あいもかわらずゴヤの前にあった。信心深い適切な答えを見つけねばならない。必死で答えを探したが、答えはなかった。奴らの罠にはまったのか。裁判官の落ち着いた瞳、眼鏡がきらめく。ゴヤは一生懸命考え、必死で答えを求めた。裁判官も書記も動じる風はない。裁判官のきらめく眼鏡からは何も読み取れなかった。ゴヤは心の中で祈った。アトチャの聖母よ、私に答えを見つけさせてください！　適切な答えを思いつかせてください！　私を憐れむことができなくても、私の息子を憐れんでください！

かすかな動きで裁判官は文章を指し示した。「運命をどのように解釈しているのですか？　神の摂理ですか？」筆跡が、鉛筆が、紙が答えを迫る。「デーモンです」。ゴヤは答えた。声がかすれている。書記が記録した。

次の質問が飛んだ。また質問が飛び、さらに十の質問が繰り出された。ひとつひとつの質問が拷問だった。質問と答えとの間に、永遠とも思われる時間が流れた。

永劫の苦悶の後、ようやく尋問は終了した。書記は作成した調書に署名している。ゴヤは座ったまま、書記の不格好な手が器用に文字を生み出すさまを観察した。ありふれた部屋、書類が載ったありふれた机、眼鏡をかけた物静かで礼儀正しい、司祭の衣に身を包んだ育ちのいい紳士、静かに規則的に文字を書きつける、なんの変哲もない手。それなのに、この部屋はどんどん暗くなって墓穴に似てくるような気がする。四方の壁がぐいぐい迫ってきて、ついには俺は弾き出されて、永遠にこの世から締め出されてしまうのではないか？

書記は堪え難いほどのんびりと書いている。ゴヤは調書が完成するのを待ついっぽうで、書記がもっとゆっくり書いて、調書が永久に完成しなければいいのにと思った――調書が完成すれば、署名するよう促され、署名したら最後、異端審問の制服を着た男たちがやってきて、俺は連れ去られ、永遠に獄につながれるだろう。人々は俺の居場所を尋ね、皆で大言壮語するが、結局のところ手も足も出せないだろう。そうして俺は牢獄で朽ち果てる……。

ゴヤは座ったまま、待った。四肢が重い。椅子に座って姿勢を保つのが、たいそう辛かった。今にも気絶して、脇へ転がり落ちそうだ。地獄とはどんなものか、今こそ分かった。

書記はやっと書き上げた。裁判官はゆっくりと厳密に調書に目を通し、署名した。ゴヤに筆記具を渡した。署名しろということらしい。ゴヤは不安げに裁判官を見上げた。「読みなさい」と裁判官に促され、ゴヤは、まだ署名しなくてもいいのかと、ほっとして深く息をついた。

ゴヤは読んだ。地獄の責め苦だ。裁判官の質問はいずれも巧妙な罠だ。ゴヤの答えは救いようのない愚答だ。だが、ゆっくりと読んだ。一秒でも稼がねばならない。二行目、三行目、四行目。五行目は半分で終わっている。これで全部か。書記がゴヤに鵞ペンを渡し、所定の箇所に署名するよう示した。裁判官の静かな瞳が彼をじっと見つめ、眼鏡がきらめいた。ゴヤはこわ張った指で、ぎこちなく署名した。時間稼ぎの名案が浮かんだ。ひょうきんな笑みを浮かべて、裁判官のきらめく眼鏡を見つめた。「署名に添える飾り書きも書きましょうか」

裁判官はうなずいた。またこれで時間が稼げる。ゴヤは飾り書きをゆっくりと入念に書いた。こうして署名を終えた。

何も起こらなかった
ゴヤは退出を許され
階段を一歩一歩おりて
戸外で出た
さわやかな空気が心地好く
胸に痛いほどしみた
家路を辿る一歩一歩が
辛く難儀だった
まるで床上げに早すぎる
重病人のようだ
疲労困憊して帰宅し
召使アンドレに食事を運ぶよう命じた
アンドレが戻ってきてみると

ゴヤはもう寝入っていた

34　和平交渉

ゴヤの息子、若いハビエールは、黄金時代の友人たちが彼をもう招待してくれないことや、彼からの招待を口実を設けては断ることを不思議に思っていた。おそらく、貴族や聖職たちの中に、『ロス・カプリチョス』を不快に思う人がいたせいだろう。だが、その話を父にするのはためらわれた。父は最近めっきり口数が少なくなり、むっつりしている。無思慮な若者でも切り出すのは憚られた。しかし、陽気な交遊関係や賞賛を必要とするハビエールには、今のマドリードはどうも居心地が悪かった。父は以前、外国留学を約束してくれたことがあるので、持ち前の人懐こい口調で遊学の件を切り出すと、思いがけず優しい答えが返ってきた。「潮時だ、すぐ準備にかかろう」。

アウグスチンも、ゴヤの回りから人気《ひとけ》がなくなったことを重苦しく感じていた。以前は熱心に肖像画を依頼してきた貴族たちが、今や見え透いた口実を設けては依頼を撤回してきた。突然フラゴラの店から、ゴヤの『ロス・カプリチョス』が影も形もなくなっている。ゴヤの名を聞くだけで、人々は困惑の表情をする。異端審問所がゴヤを審議したという噂が流れているが、その噂の発信元はどうやらサンタ・カーサらしい。ミゲル夫妻が近々帰国すると聞いて、アウグスチンはほっとした。

ミゲルはアミアンでの使命を首尾よく果たし、妻ルチーアと共にマドリードへの帰路にあった。

ミゲルは、彼が成立させた和平はスペインに何の利益ももたらさないのを自覚していた。それでもゴドイと王妃マリア・ルイーサのために、期待を上回る成果を勝ち取ることができた。イタリア諸国の助力を強化し、パルマ公国を再興し、フランスに近々教皇領とスペイン国から占領軍を撤退させることができた。親王ゴドイを大喜びさせた一番の手柄は、何日にもわたる和平条約を、フランス共和国全権委任大使に先立って、スペイン代表が調印したことだろう。ゴドイから感謝されてしかるべきだ。ミゲルはこの貸しを、進歩や文明開化や自由のために役立てようと決心した。

こうしてミゲルはマドリードへ大満足で戻った。マドリードに着くやいなや、アウグスチンが来訪し、取り乱したようすで、ゴヤをめぐる凶事を話して聞かせた。

ミゲルは、アウグスチンのパニック状態がどの程度根拠のあるものか確かめるために、すぐさま警視総監リナーレスのもとへ赴いた。サンタ・カーサに密偵を送り込んでいるリナーレスは事情通だった。リナーレスの話を聞くと、ミゲルは極度の不安に陥った。〈第四十四代、大審問官ドン・ラモン・デ・レイノーソ・イ・アルセ、ブルゴスとサラゴーサの大司教、インド総大司教職はフランシスコ・ゴヤの悪魔的な芸術から発せられる誘惑は、ホベリャーノスのどんな書物や演説よりも危険だと表明したばかりでなく、『『ロス・カプリチョス』からは地獄の硫黄の臭いがする』という類いの言葉を何度も、平信徒の前で口にしている。自分の言葉に尾ひれがついて広まることを計算に入れているのだろう。レイノーソが『ロス・カプリチョス』とその作者を告訴する決心をしたのは間違いない。首席宮廷画家はすでに尋問されたに違いない〉。

ミゲルは警視総監に礼を述べると、ルチーアに相談した——権謀術数に富む大審問官は、かねてから和平締結によって自分の権力が脅かされることを認識していたにちがいない、すぐさま巻き返しをはかる気だ。『ロス・カプリチョス』は大審問官に絶好の機会を与えたのだ。危険は大きい、急がねばならない。

ゴヤと長々と議論しても無駄だ。ミゲルとルチーアは、異端審問所の攻撃を初期の段階で根絶する計画をたてた。その日のうちにミゲルはエスコリアル城へ旅立った。

そこには、天にも昇る心地のゴドイがいた——私はやはり幸運の女神の寵児だ。第一に新たな素晴らしい爵位を頂戴した。教皇はアミアンの条約の成果を賞賛し、ゴドイを〈バッサーノ大公〉に任命し、その文書を、親王ドン・ルイス・マリア、かつてゴドイを完全に無視した男、義兄、妻の兄から手渡しさせた。第二に王妃マリア・ルイーサに、あらゆる危難をくぐり抜けてスペイン王家の運命を勝利に導き、政治家としての手腕を証明することができた。第三に王妃の秘蔵っ子イサベル内親王を、フランスから解放されたナポリ王妃の座に据えることができた。最後に、もっとも誇らしく思ったのは、代理人ミゲルが和平条約に真っ先に署名したことだ。ゴドイの名には新たな名誉が付与された。将軍ナポレオン・ボナパルトではなく、ゴドイがヨーロッパに平和を回復させたのだ。これからは、平和大公ゴドイの名はスペインじゅうで、聖母マリアの名にも等しく、このうえない敬意をもって称えられるだろう。

ゴドイはミゲルとの再会を心底喜んだ。代理人ミゲルにアミアンの成果のご褒美として、贈り物を準備していた。スペイン国王直筆の感謝状、新たな称号と名誉、それにかなりの額の現金である。

残念ながらミゲルは、再会の喜びに水を差し、ゴヤの窮状を持ち出した。

ゴドイの顔が曇った。ずっと新たな栄光に囲まれていたので、ゴヤのことを気遣う暇がなかった。確かに大審問官レイノーソが『ロス・カプリチョス』に眉をひそめたという噂を聞いているが、それぐらい予見していたではないか？　眉をひそめたからといって、異端審問ですぐに処刑されるわけではない。ミゲルは悲観的すぎる。大審問官は小言をいうだけにとどめるだろう。親王ゴドイは世慣れた社交家の手振りで、ミゲルの憂慮を吹き払おうとした。

ミゲルは引き下がらなかった。「このままでは確実にゴヤは、ホベリャーノスの二の舞いを演じることになります。今、大審問官を引き止めなければ、数日後にゴヤは異端審問の獄につながれてしまいます。そこからゴヤを連れ出すのは、今日、確たる有効な措置を講じるよりも、はるかに難しいでしょう」。

折角、お祭り気分だったのに、サンタ・カーサと事を構えねばならないというのは、ゴドイにとって楽しいことではなかった。だが何か策を講じなくてはならない。「君の言う通りだ。我らが友ゴヤのために尽力しなければならない。手を打とう。前代未聞の壮麗な王家の婚礼がある。バロセロナの町が祝祭の場だ。私が祝祭の総監督に誰を提案したか、わかるかい？　フランシスコ・ゴヤだよ。昔、似たような機会に、フェリペ国王がベラスケスに似たような任務を命じたことがあったね？」。ゴドイは活気づいてきた。「またとない妙案だろう？　こうすれば国中に、いかにスペイン国王陛下の寵愛がゴヤに注がれているか示すことができる。明日にはマリア・ルイーサ王妃と話をする。そうしたら、レイノーソも、我らがゴヤの邪魔立てはできないだろう」。

ミゲルは親王ゴドイの名案を大いに褒め称えた。「でも、そうした栄誉は、大審問官の狂信的な憎悪を抑止するのに十分ではないと思います。『ロス・カプリチョス』と直結した措置が必要です。いわば『ロス・カプリチョス』の周囲に、乗り越えられないような高い壁を構築するのです」。

ゴドイがうんざりした顔をしても、ミゲルは手を緩めなかった。「私たちの友人ゴヤが、王家のめでたい婚礼に贈り物をするというのは、いかがでしょう。『ロス・カプリチョス』の銅版を贈るのです。そうすれば後日、王室出版所が『ロス・カプリチョス』を印刷出版することになります」。

ゴドイは度肝を抜かれ、すぐに返事ができなかった。ゴヤから献本された『ロス・カプリチョス』見本をちらっと見たとき、ちらりと疑念がかすめた——ここかしこでゴヤが厚かましくも、あてこすっているのはこの私ではないのか？　しかし自分は重要人物なのだという幸福感が、そんな疑心を吹き飛ばしてくれた。王妃マリア・ルイーサの風刺画にはニヤリとしたが、それ以上考えなかった。作品全体としては不遜だが、根本的には芸術家の悪意のない冷やかしと思われた。

ミゲルの大胆な提案を聞くと、ゴドイの胸にあの疑念がよみがえってきた。マリア・ルイーサ王妃は、『ロス・カプリチョス』のあてこすりを不愉快に思うだろう。しかしゴドイはなぜか、この異議を差し控えた。しばしの沈黙の後、まるで違う方向の質問をした。「君はどう思う？　『ロス・カプリチョス』はすでに出版されている。いうなれば非処女だ。そうしたものを国王への贈り物として献呈することができるだろうか？　素描が市場に出回った後も、銅版は価値があるだろうか？　マリア・ルイーサ王妃は、たいそう打算的な女性だ。そのような贈り物を、侮辱的なまでに吝嗇《りんしょく》と思うのではないだろうか？」。

この異議に、ミゲルはすでに答えを準備していた。「フラゴラは異端審問を恐れて、数日後には販売を中止しました。私が知る限り、市場には二百部も出回っていません。あの銅版から五千部から六千部、印刷できますから、利益は大変なものです。一部、金一オンスの値段です。ゴヤがスペイン国王に献呈する贈り物は、大いなる慶事にふさわしいものです」。

ゴドイは頭の中で算出した。百五〇万レアルか。思わず口笛を吹いた。

「むしろ王妃は」とミゲルは微笑して続けた。「『ゴヤはどうしてこのような法外に高価な贈り物をするのかしら』

と訝《いぶか》しく思われ、『ゴヤは異端審問所から身の安全をはかろうとしているのね』と推察されることでしょう。この贈り物は王妃にとって金額面で価値あるばかりか、大審問官の鼻を明かすチャンスです」。

「君の論拠はもっともだ。でも」親王ゴドイは憂慮をふるい落とそうとした。「私の記憶が正しければ、何点か、マリア・ルイーサ王妃の不興を買いそうな作品がある。王妃は時折、たいそうデリケートになられる方だから」。

この異議にも心構えのできていたミゲルは、ためらわずに答えた。「王妃は、どうやら王妃を指しているらしいと思われる数点の作品があっても、そんな作品を敢えて王妃に献呈するはずがないと考えるでしょう。王妃みずからが出版すれば、その数点の作品が王妃をあてこすっているなどと考える者は、ひとりもいないでしょう」。

ゴドイは納得した――大政治家が匿名の誹謗文書を無害なものにしたかったら、みずから頒布するのが一番の得策だ。将軍ナポレオンは、誹謗プラカードを世間の軽蔑にさらして見せたではないか？　それとも、それを行ったのはプロイセンのフリードリヒ大王だったろうか？　まあ、誰でもいい。マリア・ルイーサ王妃と私は、その手を使おう。『ロス・カプリチョス』を王室印刷所から発行するとは、絶妙のアイデアだ。

「マリア・ルイーサ王妃に、ゴヤの計画と贈り物について話してみよう」。ゴドイは約束した。

「ありがとうございます」。ミゲルは答えた。

ミゲルから説得の成功を知らされ、ルチーアはゴヤを訪問した。

ゴヤは、ミゲルがやっと帰国したと思ったら、顔も見せずにエスコリアルへ出発したので、たいそう怒っていた――友人なんて、こんなものさ。やくざな奴らだ。俺が不幸の真っ直中にあるというのに、死んだふりか。

そこへルチーアが現れたので、ゴヤの顔はぱっと明るく輝いた。

「噂によると」と彼女は切り出した。「異端審問所は『ロス・カプリチョス』にご不満らしいわね。あなたは何も聞いていないの？」。

ゴヤは、なにもかも洗いざらいぶちまけたいという誘惑にかられたが、そっけない口調で言った。「別に」。

「あなたって変わった方ね。どうして私たちに打ち明けてくれないの？　約束したじゃないの」

「約束だって！」。ゴヤは立上がり、表情豊かに肩を落した。

「親王の婚礼の儀がバロセロナで執り行われることに決まったのよ。ドン・フランシスコ、あなたはエスコリアルに呼ばれ、壮麗な公式会見の場で、祝典のお膳立てと総監督を委任されるでしょう。かつてベラスケスが行ったように」

ゴヤは熟考し、「ミスキャストじゃないか？」と客観的な意見を述べた。「俺は聖者を描くのが苦手なように、そうした祝典も苦手なんだ」。

「あなたは王家に婚礼の贈り物を献呈することを期待されているのよ。贈り物には『ロス・カプリチョス』の銅版が最適だろうというのが、あなたの友人たちの意見よ」

ゴヤは聞き違いだと思った。「ちゃんと書いてくれないか」と言った。彼女は書いた。座って、舌先をちょろりと見せて一心に書き物をするルチーアの姿は、あのプラドのナッツ売りの少女そのままだった。ゴヤは読んだ。

「俺をエスコリアルの階段から突き落とす気じゃないだろうな？　あそこの階段は急だぜ」

「あなたの友人たちは、『ロス・カプリチョス』が王室印刷所から発行されれば、百五〇万レアルの利益を生むだろうと予想し、それを宮廷に理解させようと努めているの」

ゴヤは思案していたが、次第に愉快な気分になった。「この計画の発案者はルチーア？」。

彼女は返事の代わりに言った。「私があなたの立場だったら、国王夫妻に『ロス・カプリチョス』を献呈するとき、一枚外すわ。『死ぬまで』の絵よ」。

「あの化粧する老女か？」。ゴヤは聞き返した。

「そう、あの絵よ。年配のご婦人はデリケートですからね」

「一枚たりとも、外さない！」。ゴヤは大声で陽気に叫んだ。「あの老女は、あの中だ。死ぬまで」。それからゴヤは古い諺を引用した。「〈腰抜け男、戦う前から戦意喪失〉なんて御免だね」。

ルチーアは楽しそうだ。「危険を承知なのね。でも、お楽しみも〈命あっての物種《ものだね》〉って言うでしょう」。

ゴヤは、わざと彼女の言葉を誤解したふりをした。「そのとおりだよ。しがない画家がスペイン国王に、かくも高価な贈り物をしてはいけない」。

ゴヤはじっくり考えていたが、ぱっと閃いた。「ルチーアは本当に駆け引き上手だ。それにミゲルはたいした外交手腕の持ち主だ。俺はかねがね、息子のハビエールをイタリアかフランスへ遊学させたいと思っていた。経費は国王持ちというわけには、いかないかな？」。

ルチーアが朗笑している
めったにお目にかかれない光景だ
「あなたの提案は悪くないわ
あなたの才能を
このうえなく高く評価する宮廷人は
カルロス国王に
あなたの才能あるご子息の
遊学のために
しかるべき奨学金を出すことを
強く勧めるでしょう
カルロス国王は　その芸術センスで
父親の画家を認めているのだから
息子も認めないはずはないわ」
プラドのナッツ売りの少女と
アラゴンの農夫の息子は
互いに見つめ合い
高笑いした

カルロス国王とマリア・ルイーサ王妃は、高い玉座に座っていた。その後ろには親王ゴドイ、カスティリョフィエル伯爵夫人、他の貴人たちが控えていた。首席宮廷画家フランシスコ・デ・ゴヤは、玉座の階段にひざまずき、『ロス・カプリチョス』を献呈した。

ゴヤはひざまずいている間じゅう、ここで起こっている事態の滑稽さを心ゆくまで味わった――逸話・奇談に事欠かない俺の人生の中でも、こいつは最高傑作だ。『ロス・カプリチョス』の最も辛辣な道化芝居をさらに上回る。厳めしく壮麗なエスコリアル城、陽気で愚鈍な国王、好色で高慢な王妃、勿体ぶったロバ・猿のような娼婦・やせ細った老人・妖怪どもを満載した不遜なエッチングを携えて登場する画家。画家の気まぐれから生まれた怪物どもを画家が贈呈すると、スペイン国王夫妻は好意にあふれた礼を述べる。異端審問所が画家に手出ししようとすれば、国王夫妻が守ってくれる。それどころか、画家の嘲笑を具現した『ロス・カプリチョス』を世間に披露すると約束してくれる。歴代スペイン国王の遺体や異端審問のお歴々をものともせずに！　亡き国王が骨張った手で、銀の棺の重い蓋を持ち上げようとしている図が脳裏をよぎり、ゴヤは冒涜的な妄想に終止符を打った。

国王夫妻は『ロス・カプリチョス』に見入っている。二人はパラパラとめくっては、互いにエッチングを手渡し、長いこと見つめている。次第にゴヤの心から楽しげな不遜さが消えて、かわって居心地の悪さが忍び込んできた。さんざん考量したはずだが、『死ぬまで』の絵で面目をつぶされた王妃は、この贈り物を画家の足元に投げ捨て、俺を異端審問所に引き渡すかもしれない。

ゴドイとペパは、マリア・ルイーサ王妃を興味津々で見守っていた。怜悧な王妃は、これらの作品を正しく見るに違いない。だが、それを見過ごせるほど賢明だろうか？

さしあたりカルロス国王が口を開いた。『ロス・カプリチョス』は面白い。特にロバ・シリーズがいい。「大貴族にも、こういう人物がいるよ」と愉快そうに言った。「このロバは大貴族だね。ドン・フランシスコ、こんなに簡単な手段でやってのけるとは！　カリカチュアを描くのは簡単だね。長い鼻をさらに長くして、痩せたふくらはぎをさらにガリガリに描いてみせると、それだけでもう立派に芸術だ。さっそく私も試してみよう」。

マリア・ルイーサ王妃は、ここ数週間、晴れやかな高揚状態にあった——私の望みが、みごと適ったわ。強欲な賤民ナポレオン将軍に対して、こちらの願望を貫徹したわ。子供たちに王位を奪還し、王国ポルトガル、ナポリ、エトルリア、パルマ公国は王家が固守する。船は七つの海を渡り、全世界の財宝が私の足元に平伏《ひれふ》すのよ。

王妃は、そうした晴れやかな気持ちで『ロス・カプリチョス』を眺めた。宮廷画家ゴヤは、神をも恐れぬ、曇りなき目をしている。ゴヤは、誰にも何事にも惑わされることなく、虚無の荒々しい深淵をのぞき込む。ゴヤは女性というものを実によく知っている。女性を愛し、憎み、軽蔑し、賞賛した。男の中の男ね。女性ならどう戦うべきか、ゴヤの絵は示している。女性はきれいにお化粧し、髪飾りがきちんと止まっているか、ストッキングがたるんでないか留意しなければならない。どうすれば男性から金銭をしこたま巻き上げることができ、しかも、あまり搾取されずにすむか比較考量しなければならない。奸計にたけた大審問官の訓戒や王座の失墜に気をつけねばならない。

この天国、いいえ、地獄へと飛翔する女は、アルバ女公爵ではないかしら？　そうよ、間違いなく彼女よ。この作品のさまざまな箇所に彼女は魔女として、美しく誇らしげに登場する。彼女は愛人ゴヤに辛くあたっていたようね。この作品群に登場する彼女は美しいけれど、感じがよくないから。今や、彼女はサン・イシドロの墓所に腐敗して横たわっている。もう忘れられた存在だ。死んだ女は『ロス・カプリチョス』を見て喜びや怒りを感じることはない。生意気で高慢な美貌のライバルは、不名誉なスキャンダルにまみれて、墓穴の中で朽ち果ててゆく。けれども私、王妃マリア・ルイーサは今も花盛りで、人生を謳歌し、現世を堪能してから、あの世へ行くのよ。

ゴヤは、何度となく描いてきたマリア・ルイーサ王妃の肉厚の官能的な手が、パラパラとエッチングをめくるのを凝視した。王妃の指は幾つもの指輪がはまっている。あれはアルバ女公爵のお気に入りの指輪じゃないか？

俺は幾度となく、あの年代物の凝った珍品の指輪を体感し、描いてきた。俺の大好きな指輪、癪の種でもあった指輪。その指輪がこうして王妃の指にはまっているとは言語道断だ。王妃の好色な老醜ぶりを『ロス・カプリチョス』の中に永遠にとどめたのは、大正解だった。王妃は、アルバ女公爵とは対極的な卑しさゆえに、永遠にとどめるに値する女性だ。

王妃は厳しい顔つきで自制し、注意深く作品に黙って見入っている。ゴヤは突如、これまでにない激しい恐怖に襲われた。これはなんと厚かましい「贈り物」だろう。今こそ身にしみてわかった。ルチーアの助言に反して、『死ぬまで』の絵を残しておくとは、なんと愚かなことか。王妃は、こちらは自分を描いたもの、あちらはアルバ女公爵を描いたものと見抜くに違いない。『ロス・カプリチョス』の中で、とうに死んだはずの宿敵アルバ女公爵との戦いが、なおも繰り広げられていることに気づくだろう。

いよいよ例の『死ぬまで』の絵の番だ。中年の着飾った王妃は、絵の中の痩せこけた着飾った老婆を見つめた。王妃は痩せてないどころか肉付きがよく、この老婆のせいぜい半分の年齢だった。それでも王妃には、すぐわかった——このしなびた猿のような老婆は、私ね。認めたくはないけれど。中傷には慣れているが、このうえなく卑劣な侮辱の前で思わず息をのんだ。放心したように作品ナンバー五十五を眺めた。五十五、五十五。心の中で機械的に何度も唱えた。ごみ溜めから拾い上げてやった賤民のろくでなし、首席宮廷画家にしてやった男が、夫であるスペイン国王や敵や味方の面前で、この悪意に満ちた絵を、王妃の鼻先に突き付けてきた。ゴドイもペパも皆、大喜びだ。この世で最も誇り高い王妃が、不惑の年を越え、絶世の美女ではないというだけで、かくも無力になってしまうとは……。

自制心を失うまいと機械的に、王妃は繰り返し読んだ——『死ぬまで』、作品ナンバー五十五、五十五。ゴヤは私の絵をたくさん描いている。私の醜さを描き出したが、私の能力や威厳も併せて描き出した。私は美人ではないが、鋭い目と鋭いかぎ爪をもち、高く飛び、獲物を素早く狙い、確実にとらえる猛禽類のような女性だ。それなのに作品ナンバー五十五では、この男は私の長所のすべてを抹消し、ただただ醜さだけを描いた。何の力もなければ、威厳もない女として。

一秒の何分の一か、このならず者を破滅させたいという激しい欲望に駆り立てられた。片手をあげるまでもない。この「贈り物」を拒否する、なんらかの口実を設けさえすればよい。あとは異端審問所が引き受けてくれる。でも、異端審問所は、私の一挙一動を虎視眈々とうかがっているわ。将来、笑い者にされたくなければ、この賤民の厚かましさを、嘲笑とともに達観し、悠然と見過ごさねばならない。

王妃は黙って凝視している。ゴドイとペパは不安を募らせ、見守った。やはり、あれはやりすぎだったか？息詰まるような不安の大波がゴヤを襲った。

ついにマリア・ルイーサ王妃が口を開いた。ダイヤモンドの歯をきらめかせ、愛想よくほほ笑みながら、いたずらっぽく脅した。「この鏡の前の醜悪な老婆――フランシスコ、あなたはオスーナ公爵夫人に、あまりにもひどい仕打ちをしていませんか？」。

ゴヤ、ゴドイ、ペパの三人には了解した――王妃は、『死ぬまで』は自分をあてこすったものだとわかったが、びくともせず持ち堪えた。いかなる相手だろうが、王妃には適わない。まさに無敵だ。

マリア・ルイーサ王妃はもう一度パラパラと『ロス・カプリチョス』をめくり、紙ばさみに戻した。「いい素描です。大胆で突飛で、優れています。大貴族の中には、ふくれっ面をする者もいるかもしれませんが……。私の故郷パルマには、〈鏡に自分の姿がうつると怒るのは、愚か者だけ〉という諺があります」。

王妃は階段をのぼり、高所にある玉座に戻り、表明した。その声には、高揚感も尊大さもなかった。「長い歴史を誇るスペインは、隣国に劣らず活気に満ちた国です。真実が芸術や新趣向とともに供されるなら、スペインは真実に耐え得るでしょう。ともかく、ドン・フランシスコ、これからは慎重に。必ずしも理性のみが支配するわけではありません。愚か者たちに振り回される日が来ないとは限りませんから」。

王妃は、アルバ女公爵の持ち物だった指輪をはめた指で、『ロス・カプリチョス』を指し示した。「贈り物を受け取りましょう。スペイン国内のみならず国外でも、この素描が頒布されるよう取り計らいましょう」。

カルロス国王は玉座からおりて、ゴヤの背中をドンと力いっぱいたたくと、幼い子供を相手にするように聾者に大声で話しかけた。「すばらしいよ、君のカリカチュアは。おおいに楽しませてもらった。どうもありがとう」。

マリア・ルイーサ王妃は続けた。「あなたの子息に三年間の奨学金を与え、長期留学させることに決めました。私はこれをあなたに直接、伝えたかったのです。ゴヤ、ご子息は美青年？　それとも父親似？　息子さんに外国へ旅立つ前に、私のところへ顔を出すように伝えなさい。それから、バロセロナの婚礼の儀では、総監督の役割、しっかりね。私の子供たちとスペイン王国の、大いなる祝祭の日々を楽しみにしていますよ」。

こうして国王夫妻は退出した。ゴヤ、ゴドイ、ペパはすべて望みどおりに進展したので、大喜びだった。だが、三人とも、王妃を手玉に取ったという気分はまったくなく、王妃にしてやられた気分だった。

マリア・ルイーサ王妃は化粧室へ足を運んだ。あの作品ナンバー五十五が、頭にこびりついて離れない。王妃は着替えにかかったが、正装をとくやいなや、侍女たちに「ひとりにして」と命じた。

精巧で高価な趣味のよい化粧台は、マリー・アントワネットの遺品だった。化粧台の上には、えり抜きの品々、きれいな小物が並んでいる。ケースや小箱、小さな容器や小瓶、櫛、ポマード、白粉、あらゆる種類の化粧品が並んでいる。医師や美容専門家に調合させた二つとない極上の香水もある。マリア・ルイーサ王妃はもどかしげに、それらの品々を押し退け、『ロス・カプリチョス』を自分の前に置いた。

断頭台の露と消えたマリー・アントワネットの高価な化粧台の魅惑的な贅沢品の真っ直中に、辛辣で大胆で革命的な素描がある。マリア・ルイーサ王妃は今こそ、ひとりでじっくり素描を見ようとした。

もちろんゴヤがこの作品を私に渡したのは、私を怒らせるためではなく、大審問官から身を守るためだ。大審問官レイノーソのおかげで、私は実入りのいいビジネスに乗り出すことになる。不遜で愉快な『ロス・カプリチョス』を忍び笑いしながら購入する人間は大勢いることでしょう。「一〇〇万レアルはいけますよ」とゴドイは言っていた。その一〇〇万レアルを手にするのは、制作した画家ではなく、王妃。それは当の画家に、ふさわしい罰よ。

最後の絵、慌てふためいて逃げる妖怪じみた僧侶と大貴族の絵を眺めた。「ヤ・エス・ホラ　もう時間だ」と下にある。この絵の大胆きわまる謀反的な意味が脳裏に閃いた。「その時が来た」などと、あの画家は本当に思っているのかしら？　成り上がり者の首席宮廷画家は、思い違いをしている。まだ、その時はきていない。まだまだ、去り際時はきていない。マリア・ルイーサ王妃は逃げ出すことなど考えない。死ぬまで考えるものですか！

またもや『死ぬまで』の絵に見入った。下品で卑劣な絵だ。老いゆく多情な女をからかうとは、なんと陳腐で、つまらない悪ふざけだろう。第一級の画家は、こんな安易な真似をするものではない。

着想は貧困だが、作品としては優れている。貪欲に鏡の前に座る老女——そこに説教臭さは微塵もなく、陳腐な悪ふざけもなかった。ひそやかで悲しく赤裸々な真実がそこにあった。

かくも深遠な洞察力をもつ者は
危険だ
だが王妃はそういう人間を恐れなかった
周囲の雑音に惑わされずに　自分の信念の道を行く人物
王妃は　こんな画家が
この世に存在することが嬉しかった
王妃もまた自己の深淵を
洞察する人間だったから
デーモンを知る人間だったから
私とあの画家は一心同体
画家と王妃は
共犯者　悪事の相棒
同じ種類の人間
二人とも大胆不敵な輩《やから》
　王妃は素描を押しやり

鏡の中の自分を眺めた
まだまだ若いわ！
ゴヤの老婆と比較するなんて！
私は幸福なのよ！
ひとりの人間が
手に入れることのできるものを
すべて手に入れたのだから
　不意に涙がこぼれた
苦い怒りの涙がとめどなくこぼれた
激しく全身がわななくほど
号泣した
　ふと気を取り直し
鼻をかみ
涙をぬぐい
泣いて赤くなった鼻に白粉をはたき
背筋を伸ばして座った
お付きの女官たちが
やってきたときには
いつもと変わらぬ王妃に戻っていた

新たな栄誉に包まれたゴヤが疲れてバロセロナからマドリードへ戻ると、ゴヤの版画がよく売れていた。王室出版所はアウグスチンの指揮下で『ロス・カプリチョス』を大々的に売り出し、すでに第二版が出ていた。スペインの大きな町なら、どこでも購入でき、首都マドリードでは七つの書店で販売されていた。

たびたびゴヤはデュラン書店へ足を運び、『ロス・カプリチョス』の評判を尋ねた。美人の書店主フェリパ・デュランは、ゴヤの姿を見ると喜び、「大勢の方が『ロス・カプリチョス』を見に来ますよ。特に外国の方が多いですね。高価ですが、よく売れます」と、いそいそと嬉しそうに語って聞かせた——彼女は『ロス・カプリチョス』をあまり理解していなかったから、この現象を内心いぶかしく思っていた。「ドン・フランシスコ、あなたはなんと野蛮な夢想をお持ちなんでしょう！」と頭をふりながら、なまめかしく言った。ゴヤは愛想よくほほ笑み、彼女に視線を返した——いい女だ。

ゴヤは、たいていの人々は『ロス・カプリチョス』に違和感をおぼえたに違いないと考えていた——ダヴィッドの新古典主義が民衆の趣味を台無しにしてくれた。大勢押しかけてきて、この版画のために二八八レアルの大枚をはたいても、それは俺と俺の作品をめぐるゴシップとセンセーションのせいだ。彼らは『ロス・カプリチョス』に登場する人物のモデルは誰だろうと詮索し、異端審問所と俺との水面下の戦いについても聞いているにちがいない。

『ロス・カプリチョス』を辛辣でセンセーショナルな風刺画にとどまらないと考える若者たちもいた。彼らは新機軸の大胆な芸術を理解し、賞賛した。フランスやイタリアから理解と敬意に満ちた手紙が来た。キンターナは勝利に酔って、「私の詩が真実になりました。ヨーロッパじゅうがあなたを称えています」と表明した。

ファン、やじ馬——〈聾者の家〉は千客万来だった。ゴヤはめったに面会に応じなかった。

ある日のこと、驚くべきことに、ペラール博士が来訪した。釈放されたが、二週間以内にスペインを立ち去ること、生涯二度とこの国に足を踏み入れないという条件付きだった。ゴヤに礼を述べ、別れを告げるために訪れたのである。「私が自由の身になれたのは、ドン・フランシスコ、あなたの影響力が功を奏したからです」。

ペパが「功徳をほどこした」ことは、ゴヤにも嬉しかった。「たいしたことではありません。戦利品の分配が済んだ今、あなたを引き止めておいても、なんの利益にもならないからでしょう」。

ペラールは「私のコレクションの中から、記念にあなたに何点か差し上げたかったのですが、私のコレクションも押収されてしまいました」と言うと、ゴヤの驚きをよそに、テーブルの上に二八八レアルを数え上げた。「お願いです。店頭に並んでいる『ロス・カプリチョス』は印刷が薄く、精彩がありません。初版の中から一部、いただけませんか?」

ゴヤは顔をほころばせた。「親友アウグスチンが、あなたに最高の出来栄えの版画を差し上げます」。

ペラールもほほ笑んだ。彼の顔は一気に若返った。「国境を越えてから、感謝のしるしをお送りできると思います。昨今の辛い経験から、思い切った方向転換を考えました。サンクト・ペテルスブルクへ行きます。災難続きでなければ、そこに私のコレクションの秘蔵品があります。ドン・フランシスコ、そこに『ロス・カプリチョス』の最終決定版にも載らなかった素描があります」。二人きりだったのに、ペラールはゴヤのすぐ側に来て、一語一語はっきりと囁いた。「そこにはベラスケスの、素晴らしい、しかしあまり知られていない『鏡を持ったヴィーナス』もあります」。

「あなたは実に用意周到な方だ」。ゴヤは賞賛を込めて言った。「あのベラスケスを売れば、一生食べるに困りませんよ」。

「売る気はありません。ロシア皇帝の宮廷に貸与することになるでしょう。信頼できる友人たちが、大いに心そそられる約束をしてくれました。スペインを去るのは誠に名残惜しい。ドン・フランシスコ、あなたとお別れせねばならないのも、寂しいですね」

ペラールの出現にゴヤは心を揺さぶられた。あの幸福の絶頂と不幸のどん底の日々の思い出が、一気によみがえった。不倶戴天の敵にして心腹の友、アルバ女公爵とゴヤの甘美で悲痛な絆を、誰よりもよく知っている人物が去って行くのを暗鬱な思いで眺めた。

ほどなく息子ハビエールの遊学準備が整った。イタリアとフランスに長期滞在し、「一意専心勉学の旅」の予定である。息子は従者と豪勢な荷物もちのお大尽のように旅立つんだ——それが父親ゴヤの願いだった。

ゴヤはハビエールとともに馬車のかたわらに立っていた。最後の荷物が馬車に積まれる。「あなたの息子は、きっと、あなたの誇りとなるような一人前の芸術家になって戻ってきます。いつの日か、お父さんのような画家になりたいとひそかに夢見ています。そうはいっても『ロス・カプリチョス』は、誰にも真似できませんね」ハビエールは賞賛した。

ハビエールは流行の一枚仕立ての
マントの裾をからげ
首元には
アルバ女公爵の贈り物である
銀の留め金をつけ
足取りも軽やかに
馬車に飛び乗り
窓から笑顔で帽子を振った
御者が鞭を振り上げると
馬に引っ張られ
車輪が回った
ハビエールは旅立った
父の目には
帽子を振って

マントをひるがえし
首元に
アルバ女公爵の留め金をした
若く美しく屈託ない笑顔の息子の姿が
焼き付いた

37　巨人

その後、ゴヤはアウグスチンと一緒に、〈聾者の家〉ですでに描いた絵、まだ描かれていない絵に囲まれて暮らした。

ゴヤはそれほどの高齢でもないのに、視力が衰えてきた。妖怪たちを屈伏させたものの、妖怪たちはとかく謀反を起こす。いまだに異端審問官の前で味わった恐怖と憂苦が去来する。デーモンたちにつきまとわれたからといって、ゴヤは生を疎ましく思うことはなかった。それどころか恐怖と憂苦こそ、ゴヤがいかに生に執着しているかという証しだった。

書店の美しい女主人フェリパを想った。彼女はゴヤに会うのが嬉しいらしい。聾者だろうが、もはや若くなかろうが何の支障があろう。フェリパは『ロス・カプリチョス』が客の歓心を引くように努めたが、作品のためではなく、ゴヤに対する好意からだ。「あなたはなんと野蛮な夢想をお持ちなんでしょう、ドン・フランシスコ」。彼女はときおりゴヤの夢想の中を逍遥《しょうよう》した。近々、ゴヤは彼女を描くことになっていた。そうすれば、その後の展開もわかるというものだ。

ゴヤは大きな帽子を被り、散歩用ステッキを持って戸外へ出た。ゆっくりと家の裏の小高い丘へのぼった。丘の上には背もたれのない木ベンチが設けてある。アラゴン男らしく背筋を伸ばして、そこに座った。

朝もやに銀色にけむる広やかな平地が目の前に広がり、彼方には山頂に雪を抱いたグアダラマ山脈がそびえている。いつもなら心を晴れやかにしてくれる景観が、今日はなぜか違う。

機械的にステッキで砂上に、訳の分からない輪や人物や顔を描いた。友マルティンの大きな鼻を描いたときと同じことをしている——妙な気分になった。

今や大勢の死者がゴヤを訪ねてくる。存命中の友人よりも、死者の友人のほうが多い。〈死者は生者の目を開く〉という。それなら、とうに開眼しているはずなのだが……。

ゴヤはいくばくかのことを悟った。例えば人生を呪詛しても、人生はそれだけの甲斐がある。何はともあれ、人生は生きるに値する。

「ヤ・エス・ホラ　もう時間だ　その時が来た」と書いたが、実際には、まだまだ「その時」は来ない。その時を告げる鐘が永久に鳴らなくても、俺は待とう。いまわの際まで待ち続けよう。

原野と彼方の山々をぼんやり眺めた——稜線に達し、頂に着くと、次の山頂が見える。それがいかに高いか、究極の頂がいかに遥かな高みにあるかがわかる。「プリュス・ウルトラ（もっと先へ）」と、口で言うのは簡単だが、悪路はますます険しく石ころだらけになる。空気はますます薄く冷たくなり、息が止まりそうだ。

また砂上に手慰みに描いた。ゴヤのもとをしばしば訪れる巨人の輪郭だ。頭部を細い三日月へ傾け、休息するように、惚けたようにしゃがむ巨人。

ふいに描くのを止めた。緊張し、険しい表情になった。ピンとくるものがあった。これをカンバスや紙に描き出すのは至難の業だろう。荒涼たる酷寒の高みへ登ることになる。空前の絵を描くためには、未曾有の色調を見出さねばならない。グレーを帯びた白と茶、薄汚れた灰緑色、見る者の心を波立たせる色。「それは絵と呼べるのか?」と人々は問うだろう。もちろんだ、まさしく「ゴヤの絵」だ。『ロス・カプリチョス』を描いたときには、あれが究極の絵で、それ以前の画業は児戯に等しいと思えたけれど。

「あなたはなんと野蛮な夢想をお持ちなのでしょう、ドン・フランシスコ」か。威厳ある紳士は威厳あるつば広の帽子の下でニヤリと笑って立上がり、家路を辿った。

寝室へ行き、グレーのフロックコートを脱ぎ捨てた。窮屈さは吹き飛んだ。長い間袖を通さなかった仕事用の上っ張りを着込むと、思わず口元が緩んだ――倹約家の妻ホセファが生きていて、仕事着姿の夫を見たら、喜んだろうに。

仕事着姿で食堂へ下り、むき出しの壁の間に座った。

あの巨人にカンバスは不要だ。枠の中に布を張り渡したり、持ち運んだりする必要はない。ゴヤの世界の一部だ。永久保存だ。カンバスには載らなくても、この壁にはちゃんと載るはずだ。

むき出しの壁をじっと見つめた。目を閉じ、目を開き、鋭く心眼で凝視した。喜びに満ちた静かな活力が全身にみなぎった。

あの巨人はこの壁にこそふさわしい。今までよく目にした、お遊びで砂上に落書きしてきた巨人とは別物だ。今度の巨人もやはり強情だ。だがユリシーズの仲間たちを食べたような、あるいは我が子を次々とむさぼり食ったサトゥルヌスのように、貪欲で危険な巨人だ。

そうとも。この食堂の壁には、そんな人食い巨人がふさわしい。昔、ときおり真昼の妖怪ヤンタール（昼食）に遭遇した。ヤンタールは気立ての優しい、お人好しのデーモンだったが、あの頃は怖くて避けた。今はもう、不快で危険な殺人鬼ハヤーン（武骨者）が怖くない。それどころかハヤーンのほうが懐いて、いつも俺の目前でむさぼり食らい、飲み下し、口をもぐもぐと咀嚼し、しまいには俺まで食べようとしているではないか。生きとし生けるもの、食うか食われるかだ。そういうものだ。生きて物を食べることを許される限り、それを忘れてはいけない。

食卓を共にする仲間は、巨人を見て、自分が生きているということを何倍も甘苦《かんく》をもって実感することだろう。ミゲル、ルチーア、アウグスチン、書店の美しい女主人フェリパは、人食い鬼に食われてしまうかもしれない。だが物を食えば、全身に力がみなぎり、壁の頑固な巨人より自分のほうが上だと感じることだろう。巨人の全能と無能を、危険な悪意と憐れむべき滑稽さを見抜いてやる。食卓に座って食べながら、巨人の頑固さと貪欲さと悪意を嘲笑し、嘲弄してやる。壁の絵を貫いて、生死の彼岸で、愚かな人食い鬼を笑い飛ばしてやる。

ゴヤの巨人は当初は
緑がかった茶色
グレーの淡い微光を放ちながら
恐ろしい口に
ちっぽけな人間をくわえた影に過ぎなかった
しかし影はやがて肉体を　生命を持とうとしていた
暗闇からゴヤが
巨人を
日光とまではいかないが
青白い光のもとへ引きずり出すのだ
この巨人は
この壁だ！
　ゴヤは立ち上がり
言った
〈死者は墓場へ
生者は食卓へ〉
ゴヤは食事をした
歯は一本も抜けてないし
食欲は旺盛だ
　アウグスチンがやって来た
仕事着姿の友を見て怪訝に思った
ゴヤはニヤリと笑って陽気に言った

「さあ　また描くぞ
新しい作品を描くぞ
むき出しの壁はもう見たくない
この壁に描こう
食欲をそそるような
ピリッとした作品を描こう
明日　描き始めよう」

訳者あとがき

本書は一九五一年に発表された“Goya oder Der arge Weg der Erkenntnis”（Aufbau Taschenbuch Verlag 一九九九年版）の全訳である。

著者リオン・フォイヒトヴァンガーは反ナチズムユダヤ人作家・歴史小説家として幅広い読者層を有している。一八八四年ミュンヘンの工場主の息子として生まれ、ミュンヘンとベルリンで哲学と文献学を専攻、ハイネ研究でドクトル取得、文化雑誌〈シュピーゲル〉を創設・編集し、演劇誌〈シャウビューネ〉の劇評家（一九〇九～一六）となり、新人ブレヒトを発掘した。ミュンヘンの芸術家モデル小説『粘土の神』（一一）を発表、第一次大戦頃から社会批判的・革命的な詩を書き始め、反戦劇『トーマス・ヴェント』（一八）で反戦の旗手としての立場を明らかにした。ドイツ中世に取材し、天賦の醜貌という不利な条件や時代の波にあらがうチロルの貴族令嬢の苦闘を描いた歴史長編『醜い公爵令嬢鰐口《わにぐち》マルガレーテ』（二三）と、ユダヤの出自を隠して出世街道を駆け上る男の悲劇をテーマに、人種問題を真っ向から取り上げた『ユダヤ人ズュース』（二五）は世界的ベストセラーとなるが、アメリカ講演旅行中にナチスが権力を掌握、「ミュンヘンで最も著名なユダヤ人」である彼の著書を焚書にし、市民権を剥奪、家・財産を没収したため、ドイツへの帰国を断念して南フランスへ亡命、サナリー・スール・メールに居所を定めた。一九三七年ソビエト連邦へ旅行してスターリンと会見、旅行記『モスクワ』を書きソビエトで歓迎される。第二次大戦時ヴィシー政府によって逮捕されるが、アメリカの友人の助けでゲシュタポに引き渡されるのをすんでのところで免れた。四一年アメリカのカルフォルニアに亡命、歴史小説・物語・戯曲・エッセイを次々と発表、ミリオンセラー作家として称賛されるいっぽう、赤狩りで有名なジョゼフ・マッカーシー下で「コミュニストの疑いあり」としてアメリカ国籍取得を拒否される。五三年には旧東独より芸術・文学第一級国家功労賞を授与され、ノーベル賞候補と目されながら祖国ドイツの土を踏むことなく一九五八年ロサンゼルスで没した。

スペインの画家フランシスコ・デ・ゴヤ・イ・ルシエンテスを主人公としたこの伝記小説は、八二年にわたるゴヤの生涯のいわば絶頂期、華やかな宮廷生活時代に焦点を合わせ、すでに四十歳を過ぎ、カルロス四世の宮廷画家となったゴヤが運命の女性アルバ女公爵邸に招かれたときを起点に、民衆の暗愚や貴族・教会を痛烈に批判した銅版画『ロス・カプリチョス』を国王・王妃に献呈し、『わが子を食らうサトゥルヌス』を計画する時点で終わっている。ゴヤは聾というハンディキャップ、子供たちや親友や妻の死、アルバ女公爵の死を乗り越え、民衆の子マホにして宮廷画家であり啓蒙思想家でもあるという一見相容れぬ三つの立場から、理想主義の勢いにのるのでもなければ自分を世界に迎合させるのでもなく、あるがままの世界を受け入れ、理性にしたがい想像力をコントロールし、おのれの芸術を生み出すことをめざす。読者は、作中に登場するゴヤの切れ切れの回想から、彼の波瀾に富む青春時代を追体験し、彼の未来と〈聾者の家〉の壁に描かれる『黒い絵』を予見することになる。画家とスペインきっての名門アルバ女公爵との甘苦に満ちた宿命の絆、若くして謎の急死を遂げる彼女の死因（巷ではスペイン王妃による毒殺説まで飛び交った！）に迫るエロチックでミステリー風の味付け、見る者の心を惹きつけてやまぬ二枚の名画『着衣のマハ』『裸のマハ』のモデルは誰かという謎解きの面白さ、聖職者の欺瞞を暴きだした『ロス・カプリチョス』をめぐる異端審問との命がけの駆け引きや捨て身の行動に出る画家の機略といった手に汗握るスリリングな展開を満載し、巧みだが凡庸な宮廷画家が偉大なる芸術家へと成長する軌跡をスピーディーな場面転換と精彩に富む筆致で描き出した長編小説は、アメリカで大成功をおさめた。

十八世紀の終わり、隣国フランスの革命の波を受け、啓蒙思想と自由主義が花開くいっぽう、異端審問が放つ闇の魔力や迷信・俗信に支配されるスペインを舞台にした壮大な歴史絵巻は、人間心理の機微を織り込んだ重厚なタピスリーを思わせる。作者のまなざしは史実を淡々と追うと同時に、激動の時代を生きる多彩な人物の心の奥を覗き込む。フォイヒトヴァンガーの筆は語り手としての第三者的視点から、いつのまにか作中人物の思念・想念へと移行し、また語り手としての第三者的視点に戻るという風に、客観的事実と各人の内面を自在に行き来しながら歴史の実相に肉薄する。おのおのの登場人物の心の襞に分け入り、内面の葛藤、希望・不安・嫉妬など複雑に絡み合った心情、生の瞬間瞬間に閃く本人にも解き明かせない矛盾に満ちた心模様を仔細に描き出すことで、なにげない会話や行動の底に潜む人間の心の闇を開示する。

異端審問のシーンにはナチによるユダヤ人迫害や焚書、アメリカの赤狩りという著者の実体験が反映されており、上質のエンターテインメントとしての歴史小説の枠を超え、「今」を生きる生身の人間が息づく。主人公ゴヤをはじめ、お人よしの国王カルロス四世、生に貪欲なマリア・ルイーサ王妃、怪腕の戦術家ナポレオン、処世術にたけた艶福家の宰相ゴドイ、ゴヤと同じく仮借ない真実の探求に喜びをおぼえる医師ペラール、「私たち哀れな作家とはちがって、あなたの絵は普遍言語です」と熱く語る青年ホセ・キンターナ等々、読み手は、歴史学者の記す歴史とは一味ちがう歴史からこぼれ落ちていく人間の魂の真実の瞬間に立ち会うような思いがするのではないだろうか。

「人に喜ばれることをやめた瞬間から、ゴヤの怪物がめざめた」とはアンドレ・マルローの至言であるが、宮廷人好みの華やかなロココ風の絵を描いていた画家がやがておのれの内なるデーモン、あらゆる人間の心の奥に潜むデーモンを正視しつつ、みずからもデーモンに憑かれた男として、そのデーモンを、「炯眼の狂気」を紙の上に解き放つ。そんな芸術家の荒ぶる魂がロマンチシズムと残虐性、センチメンタリズムと理性の覚醒をないまぜにした絶妙の語り口で表出される。人間の卑小さと偉大さ、俗悪さと崇高さをあますところなく伝え、その振幅の大きさにおいて類をみないフォイヒトヴァンガーの歴史ロマンは、人間というのはたとえようもなく愚かしく滑稽で、同時に底知れぬ力を秘めた素晴らしい生き物だ、いかなる人生であっても人生は生きるに値すると高らかに謳いあげる人間賛歌の書でもある。

ゴヤのパトロンであり、本書に天上的な存在かつ魔女として登場するカイェターナ・デ・アルバは、彼女自身が生まれながら公爵の爵位を持ち、ルソー風の教育を受けた自由な女性であることに鑑み、「アルバ女公爵」と記すことにした。なお風刺的論文『パンと闘牛』（本書六三ページ）は長い間、啓蒙主義政治家ホベリャーノスの著作と考えられてきたが、今日ではレオン・デ・アロジャルという文筆家の手に帰されていること（サラ・シモンズ『ゴヤ』岩波書店、二〇〇一年、大高保二郎・松原典子訳、二七六ページ参照）、この小説が一九七一年ドイツ・ソビエト連邦共同制作でコンラード・ヴォルフ監督により映画化されたことを付記したい。

最後に、本書の刊行にあたってご尽力くださったクインテッセンス出版の佐々木一高氏と中島郁氏に心より感謝申し上げたい。

二〇〇四年四月

鈴木　芳子

年譜

西暦	フランシスコ・ゴヤの生涯	時代背景
一七四六	三月三〇日、スペイン北東部サラゴーサ近郊の小村フェンデトードスにフランシスコ・ゴヤ生まれる。父は鍍金師、母は郷士の血を引く。まもなくゴヤ一家サラゴーサに移住。	スペイン国王フェリペ五世没。 スペイン王立サン・フェルナンド美術アカデミー創設。
一七五三	ホアキン神父経営の小学校に入学。ここで終生の友マルティン・サパテールに出会う。	サラゴーサのエル・ピエール聖堂改築。
一七六〇	ホセ・ルサーン師の画房に入門、四年にわたりデッサンの基本を学ぶ。	
一七六三	サン・フェルナンド王立アカデミーの試験を受けるが、失敗。	ルソー『社会契約論』
一七六六	再びアカデミーを受験するが、失敗。	ヴィンケルマン『古代美術史』 スペイン宰相アランダの国政改革。エスキラーチェの叛乱。
一七七〇	この頃イタリア留学、ローマに滞在。『イタリア画帖』制作か？	
一七七一	サラゴーサへ帰り、エル・ピラール聖堂の天井画の注文を受ける。	

一七七三	同郷の宮廷画家バイユーの妹ホセファと結婚。	教皇クレメンス十四世、イエズス会廃止。
一七七四	新古典主義画家メングスからマドリードに招かれる。	フランス国王ルイ十六世即位。ゲーテ『若きウェルテルの悩み』
一七七五	王立タピスリー工場のカルトン（原寸大下絵）、以後一七九二年まで断続的に六八点のカルトンを制作。	マドリードのプラド遊歩道拡張計画始まる。 アメリカ独立戦争勃発（～七六）。 フロリダブランカ伯、宰相に。
一七七八	ベラスケスの作品十七点をエッチングで模写。	
一七七九	タピスリーの原画をカルロス三世、皇太子夫妻に見せる機会を得る。	
一七八〇	『十字架上のキリスト』でアカデミー会員に推挙される。	オーストリアの女帝マリア・テレジア没、ヨーゼフ二世即位。
一七八三	カルロス三世の弟ドン・ルイス親王の知遇を得、一家の肖像画を描く。この頃から貴族社会との絆を深め、肖像画家としての地位を確立。『宰相フロリダブランカ伯爵とゴヤ』	
一七八四	息子ハビエール生まれる。	後のスペイン国王フェルナンド七世生（～一八三三）。
一七八五	王立アカデミー絵画副会長に任命される。生涯のパトロンとなるオスーナ公爵夫人の知遇を得る。	スペイン、王立フィリピン会社設立。自然科学博物館（後のプラド美術館）着工。
一七八六	カルロス三世の御用画家に任命される。	スペイン王カルロス三世没、カルロス四世即位。ギボン『ローマ帝国滅亡史』
一七八九	カルロス四世の宮廷画家に任命される。新国王カルロス四世、王妃マリア・ルイーサの肖像画を描く。	フランス革命勃発。
一七九二	美術アカデミーに美術教育に関する意見書を提出。旅先のアンダルシアで病に倒れ、カディスで静養。聴覚を失う。	マヌエル・ゴドイ宰相に。（一八〇八年失脚） フランス国王ルイ十六世とマリー・アントワネット処刑される。フランス、スペインに宣戦布告。ルーブル美術館開館。

一七九五	義兄バイユー死去、美術アカデミー絵画会長に昇進。アルバ公爵家との交際始まり、公爵夫妻の肖像画を描く。	仏西和約。カルロス四世、ゴドイに平和大公の称号を与える。仏、総裁政府成立（〜一七九九）。
一七九六	アルバ公爵死去。アルバ女公爵にサン・ルーカルの別荘に招かれる。『サン・ルーカル画帖』、サンタ・クエバのために宗教画三点制作。	仏西間にサン・イルデフォンソ条約成立。西、英に宣戦布告。
一七九七	全聾を理由にアカデミー絵画会長職を辞し、名誉会長に。この頃啓蒙派や進歩的知識人や政治家と交わり、彼らの肖像画を描く。版画集『ロス・カプリチョス』制作に着手。『黒衣のアルバ女公爵』。オスーナ公爵家のために魔女の絵制作。	ゴドイ、ドン・ルイス親王の娘チンチョン女伯爵と結婚。ホベリャーノス、大臣に。
一七九八	後にゴヤの墓所となるサン・アントニオ・デ・ラ・フロリダ聖堂のフレスコ画『聖アントニウスの奇蹟』を描く。ホベリャーノスの肖像画制作。	
一七九九	『ロス・カプリチョス』が出版されるが、異端審問所に告発されたためかすぐ発売中止に。王と王妃の肖像画を制作。首席宮廷画家に任命される。	仏、ブリュメールのクーデター、執政政府成立。ナポレオン、第一執政になる
一八〇〇	『カルロス四世の家族』『チンチョン女伯爵』制作。二枚の『マハ』もこの頃か？	
一八〇一	マヌエル・ゴドイの肖像画を制作。	第二次サン・イルデフォンソ条約締結。ホベリャーノス投獄される。「オレンジ戦争」でスペインはポルトガルに勝利。
一八〇二	アルバ女公爵、謎の死を遂げる。ゴヤは墓碑をデザインする。	アミアンの和平成立。
一八〇三	『ロス・カプリチョス』原版を国王に贈呈し、見返りに息子ハビエールの年金を願い出る。親友サパテール死去。	ナポレオンの皇帝戴冠。トラファルガーの海戦。

一八〇六	孫マリアーノ誕生。『盗賊マラガト』六場面の絵を描く。	
一八〇八	ゴドイの絵画所蔵目録に『着衣のマハ』『裸のマハ』が記載される。この頃ゴヤは戦争と民衆の姿をテーマにした作品を制作。フェルナンド七世の肖像画をアカデミーより依頼される。同郷の将パラフォックスの招きでサラゴーサへ行き、独立戦争最大の激戦地の惨禍をつぶさに観察し素描する。	カルロス四世譲位、ゴドイの逮捕に続き、五月二日にスペイン人民がマドリードで反ナポレオン蜂起、市民戦争勃発。ジョゼフ・ボナパルト、スペイン王ホセ一世になる。
一八一〇	ホセ一世を称える『マドリード市の寓話』制作。版画集『戦争の惨禍』制作に着手。	この頃から新大陸のスペイン植民地、次々と独立する。
一八一一	親友ホベリャーノス死去。この頃『巨人』を描く。	
一八一二	妻ホセファ死去。ウェリントン卿の肖像画制作。	カディス憲法の起草。ウェリントンのマドリード入城。
一八一四	『五月二日』『五月三日』制作に着手。同居していたレオカディアの娘ロサリート生まれる。二枚のマハの絵をめぐり、異端審問所に訴えられる。	ホセ一世、スペインから追放。フェルナンド七世復位。ナポレオン退位、ルイ十八世即位。
一八一五	版画集『タウロマキア（闘牛技）』制作に着手。『マリアーノ・ゴヤ』制作。	ナポレオン、ワーテルローの戦いに敗れ、セント・ヘレナ島に流刑。
一八一九	「キンタ・デル・ソルド（聾者の家）」購入。三度目の大病。	カルロス四世と王妃マリア・ルイーサ、ローマで没。西、フロリダを米に売却。
一八二〇	回復後『ゴヤと医師アリエータ』制作。カディス憲法を支持するためアカデミー会合に出席。「聾者の家」の壁に『黒い絵』を描き始める。	リエゴ大佐率いる自由主義派が蜂起、カディス憲法復活。
一八二一	版画集『妄（ディスパラーテス）』と『黒い絵』制作に専念。	仏軍がスペインに侵入。フェルナンド七世復権、異端審問復活、自由主義派に対する弾圧激化。
一八二四	病気治療を口実に外国旅行の許可を得て、ボルドー経由	仏王ルイ十八世没、シャルル十世即位。

	でパリへ向かう。九月パリを発ち、ボルドーへ向かう。『モラティンの肖像』	
一八二五	石版画『ボルドーの闘牛』	ボリヴィアが独立し、南米におけるスペインの植民地支配が終わりを告げる。ダヴィッド没。
一八二六	マドリードへ一時的に帰り、宮廷画家辞職願を国王に提出、許可される。七月ボルドーへ戻る。	スペインで王党派（カルリスタ）の反乱。
一八二七	『ボルドーの乳売り娘』	ベートーベン没。
一八二八	絶筆『ピオ・デ・モリナ』制作。四月十六日ボルドーでゴヤ死去（享年八二歳）。	

【著者】
リオン・フォイヒトヴァンガー（Lion Feuchtwanger）
1884年ミュンヘン生まれ。反ナチズムユダヤ人作家、歴史小説家として幅広い読者層をもつ。哲学・文献学を学び、ハイネ研究でドクトルを取得。文化雑誌〈シュピーゲル〉を編集、演劇誌〈シャウビューネ〉の劇評家となる。二十五歳から本格的作家活動に入り、『醜い公爵令嬢ルガレーテ』『ユダヤ人ズュース』はベストセラーに。アメリカ講演旅行中にナチスが政権掌握、彼の著作が禁書とされ、市民権を剥奪されたため帰国を断念、南仏に亡命。1937年スターリンと会見。一時投獄されるが、1941年アメリカへ亡命、ミリオンセラー作家として活躍。代表作に『トーマス・ヴェント』『待合室』（三部作）『ヨゼーフス三部作』『トレドのユダヤ女』。1958年ロサンゼルスにて逝去。

【訳者】
鈴木　芳子（すずき・よしこ）
1987年早稲田大学大学院文学研究科修士課程修了。ドイツ文学専攻・翻訳家。1999年ゲーテ・エッセイコンクール受賞（ドイツ語）。訳書にフリッツ『エロチックな反乱』（筑摩書房、共訳）、ヒュルゼンベック編『ダダ大全』、カール・アインシュタイン『ベビュカン』（共に未知谷）、メラー『運河沿いのフェルメールの家』、ペルッツ『レオナルドのユダ』、カシュニッツ『ギュスターヴ・クールベ』（いずれもクインテッセンス出版）他。

エディションq

宮廷画家ゴヤ　荒ぶる魂のさけび
2004年8月10日　発行
著　者……………………リオン・フォイヒトヴァンガー
訳　者……………………鈴木芳子
発行者……………………佐々木一高
発行所……………………エディションq
発売所……………………クインテッセンス出版株式会社
東京都文京区本郷3-2-6
クイントハウスビル　〒113-0033
電話　03-5842-2272
振替口座　00100-3-47751
印刷・製本………………シナノ印刷

ISBN4-87417-806-5　C0098